Susanne Gerdom
Elidar

PIPER

Zu diesem Buch

Schon früh erkennt die junge Elidar, dass sie anders ist als alle anderen: Sie wird oft für einen Jungen gehalten und altert erheblich langsamer als ihre Mitmenschen. Als sie entdeckt, dass sie magische Fähigkeiten besitzt, bittet sie um Aufnahme in die Gemeinschaft der Dunklen Nigh, um Magie zu erlernen. Von nun an lebt sie beständig in der Angst vor Entdeckung – denn Frauen dürfen keine Magie ausüben. Als ihr Mitschüler Valon sie durchschaut, scheint alles verloren. Doch der junge Mann liebt Elidar, und schließlich gibt sie seinem Werben nach – bis sie den Orden verlassen muss, denn Elidar ist die Einzige, die ihre Welt vor dem Untergang retten kann. Dafür muss sie ihre Herkunft ergründen, die eng mit dem Schicksal der Drachen verwoben ist.

Susanne Gerdom, 1958 in Düsseldorf geboren, wuchs am Niederrhein auf. Nach einer Buchhändlerlehre arbeitete sie als Regisseurin und Schauspielerin an verschiedenen Düsseldorfer Theatern. Mit den Romanen »Elbenzorn« und »Die Seele der Elben« eroberte sie die Herzen der Fantasy-Leser. »Elidar – Magierin der Drachen« erzählt eine phantastische Geschichte um Liebe, Verrat und Magie. Weiteres zur Autorin: www.susannegerdom.de

Susanne Gerdom

ELIDAR

Magierin der Drachen

Roman

Piper München Zürich

Entdecke die Welt der Piper Fantasy:

Piper-Fantasy.de

Von Susanne Gerdom liegen bei Piper vor:
Elbenzorn
Die Seele der Elben
Elidar

Mix
Produktgruppe aus vorbildlich bewirtschafteten Wäldern und anderen kontrollierten Herkünften
FSC
www.fsc.org Zert.-Nr. GFA-COC-001223
© 1996 Forest Stewardship Council

Originalausgabe
Juli 2011

Umschlagkonzeption: semper smile, München
Umschlaggestaltung: Guter Punkt, München | www.guter-punkt.de
Umschlagabbildung: Sabine Zels unter Verwendung von Motiven von Shutterstock
Satz: Fotosatz Amann, Aichstetten
Druck und Bindung: CPI – Clausen & Bosse, Leck
Printed in Germany ISBN 978-3-492-26806-6

1

Tajos nackte Füße klatschten laut über das schadhafte Kopfsteinpflaster. Ein mausbrauner, struppiger Schopf wippte, und magere Arme ruderten heftig durch die Luft.

Tajo rannte wieder einmal vor den Bütteln davon. Es waren drei von ihnen, und Tajo verschwendete lieber keinen Atem auf die Flüche, die herauswollten. Durch die Glasmachergasse, Eintauchen in die dämmrige Schlucht des Basars. Stoffbahnen wehten über Tajos Kopf, und glitzernde Metallfäden fingen die wenigen Sonnenstrahlen ein, die sich zwischen den engstehenden Häusern hindurchstehlen konnten. Matte Reflexe spiegelten sich auf gehämmertem Kupfer, hier und da glänzte sattes Rot, dunkles Blau oder weiches Ocker auf – reifes Obst, von Wespen umschwirrt, Säcke voller Gewürze, die pulvrigen Farben eines Drogisten, leuchtend bunte Teppiche.

Irgendwo gingen Tongefäße zu Bruch. Die Büttel, größer, breiter und schwerfälliger als ihr Wild, hatten alle Mühe, es in der Enge der Budengassen nicht zu verlieren.

Tajo rempelte sich rücksichtslos durch eine Gruppe von Menschen, die vor einem Kaffeeausschank standen, winzige Tassen zum Mund führten und in überzuckertes Gebäck bissen. Jemand schrie: »Haltet den Burschen fest!«, aber Tajo schlängelte sich unter einem halbherzig zugreifenden Arm hindurch und rannte weiter.

Ein kurzer Blick über die Schulter zeigte, dass einer der Büttel in eine heftige Auseinandersetzung mit einem Händler verstrickt war. Nur noch zwei, dachte Tajo und sprang die steilen Stufen einer morschen Treppe hinunter in das Kellergewölbe eines Ladens, in dem es nach Moder und Fisch roch.

Die Füße silbern gesprenkelt von Fischschuppen tauchte sie kurz darauf in einer parallel verlaufenden Gasse wieder auf.

Tajo sah sich betont gelangweilt um. Niemand schien die magere Gestalt in den zerlumpten Kleidern zu beachten. Von den Verfolgern war nichts mehr zu hören. Tajo pfiff leise und fröhlich und ließ sich im Menschengewimmel die Gasse hinuntertreiben, ihre Hand in der Hosentasche fest um die Börse geschlossen, in der es verheißungsvoll klimperte. Ihr vorheriger Besitzer war einfach zu unvorsichtig gewesen.

Der »Eberkopf« gehörte nicht unbedingt zu den vornehmsten Tavernen an der Mondsteige, war aber wie immer um diese Tageszeit gut besucht.

Ibram blieb auf der letzten Stufe der Treppe stehen, die in das niedrige Kellergewölbe hinabführte, und sah sich um. Dann drängelte er sich rücksichtslos zu einem freien Tisch durch, wobei er freundlich in die Runde lächelte und jedem zornigen Gesicht beschwichtigend zunickte.

Sein Begleiter, größer und hagerer als der kleine Yasemit, nahm neben ihm Platz. Er lehnte sich zurück, bis sein Rücken die Mauer berührte und faltete die Hände auf dem Tisch. An seinem Zeigefinger blinkte matt das schwarze Gold eines ungewöhnlichen Ringes in Form einer langbeinigen Spinne.

Ibram sah sich aufmerksam um. »Dort«, sagte er und deutete auf einen langen Tisch, an dem ein Haufen Söldner zechte. Manche von ihnen hatten das blanke Schwert vor sich auf dem Tisch liegen als Zeichen dafür, dass sie frei waren und willens, Aufträge zu übernehmen.

Sein Begleiter warf einen Blick auf die Männer und schüttelte den Kopf. Er hatte trotz der stickigen Hitze die Kapuze seines Mantels nicht zurückgeschlagen, sodass man nichts von seinem Gesicht sehen konnte.

»Der Kräftige mit dem Ohrring, links«, insistierte Ibram. »Macht einen guten Eindruck. Wahrscheinlich nicht allzu intelligent, aber gesund und stark.«

Er erhielt keine Antwort und wandte sich achselzuckend der Qang kauenden Bedienung zu, die mit einem voll beladenen Tablett erschien. »Danke, schönes Kind.« Er warf ihr einen

Blick zu, der die Schankmaid sanft erröten ließ. Sie vergaß für Sekunden, auf der Qang-Wurzel herumzumalmen, stellte zwei gutgefüllte Humpen auf den Tisch und wartete, bis Ibram eine Börse aus seiner Schärpe gezogen und ihr einen halben Mhred aufs Tablett gelegt hatte.

»Also gut.« Er nahm einen tiefen Zug aus dem Humpen, verzog ein wenig das Gesicht und ließ den Blick weiter durch das Gewölbe schweifen. »Da drüben, die Chain-Frau?« Ibrams Tonfall ließ nur zu deutlich erkennen, was er von Söldnerinnen hielt. Sein Begleiter beugte sich vor, um an Ibrams farbenprächtigem Käppchen vorbei einen Blick auf die Frau zu werfen.

Er schüttelte leicht den Kopf.

»Wen also würdet Ihr auswählen, Magister?« fragte Ibram leise verstimmt. »Ich hatte Euch angeboten, dass ich mich darum kümmere, aber Ihr wollt mir ja nicht verraten, wofür Ihr einen Söldner benötigt!«

Sein Begleiter ließ sich Zeit mit seiner Antwort. Mit einem Seitenblick auf den unangerührten Humpen des Hageren trank Ibram von seinem Bier und verzog erneut das Gesicht. Er lüpfte sein prächtiges Käppchen, strich sein Haar darunter glatt und schob es sorgfältig wieder in die richtige Position. Dann betrachtete er seinen Humpen und entschied, ihn nicht zu leeren.

»Dieser dort, auf der Bank neben dem Schanktisch. Der große Ledonier mit der gebrochenen Nase«, sagte sein Begleiter. Ibram zuckte ein wenig zusammen und sah sich suchend um.

»Ach«, entfuhr es ihm zweifelnd, als er den Genannten entdeckte. »Aber, Magister, seid Ihr Euch ganz sicher?«

Der Magister hob seine Hand in einer knappen Geste. »Stell ihn ein.«

Ibram erhob sich von der Bank und zog die Schärpe über seinem Bauch stramm. »Wie Ihr wünscht«, erwiderte er nur.

Der Söldner blickte nicht auf, als der kleine Yasemit neben ihm stehen blieb. Ibram räusperte sich und betrachtete mit Abscheu das schäbige Äußere des Mannes. Er räusperte sich wieder, etwas energischer, und wurde mit einem schrägen Blick belohnt.

Das Gesicht des Söldners war ebenso schartig wie das rostige Schwert, das neben ihm auf der Bank lag. Er grunzte fragend.

»Mein Herr wünscht dich in Dienst zu nehmen.« Ibram fingerte einen Doppelmhri aus seiner Börse und warf ihn auf den Tisch. Der Söldner starrte auf die Münze, ergriff sie und betastete sie misstrauisch, ehe er sie wieder hinlegte. Er widmete sich wieder seinem Bier.

»Also, was ist?« fragte Ibram ungeduldig.

Der Mann spuckte neben Ibrams bestickten Stiefel. »Ich habe eine Grundregel. Arbeite nie für einen Auftraggeber, der sein Gesicht nicht zeigt.«

Ibram hob entnervt die Hände und wandte sich ab. Der Magister, der ihre Unterhaltung unmöglich mitgehört haben konnte, hob seine Hand und schob die Kapuze ein wenig zurück. Ibram stieß ein trockenes Lachen aus. »Nun?«, fragte er erneut.

Der Söldner blickte in die schwerlidrigen dunklen Augen des Magisters und zuckte mit den Achseln. »Wen soll ich töten?« fragte er gleichmütig.

Ibram zog die Braue empor. »Was für eine Frage! Du wirst als Leibwache engagiert, Mann!«

Der Söldner warf den Kopf zurück und lachte ein rostiges Lachen.

Ibram kniff die Lippen zusammen. »Komm jetzt mit«, befahl er barsch. »Wir holen deine Habseligkeiten, wenn du denn welche besitzen solltest, und dann bringe ich dich zu unserer Unterkunft. Wie lautet dein Name?«

»Luca«, entgegnete der Söldner. Er trank in Ruhe sein Bier aus, griff nach dem rostigen Schwert und stemmte sich in die Höhe. Ibram sah zu ihm auf. Die Schultern des Mannes waren von befriedigender Breite, seine langen Arme schienen einigermaßen muskulös zu sein. Der kleine Yasemit seufzte lautlos.

Luca, der Söldner, schob sein Schwert in die schäbige Scheide auf seinem Rücken und hinkte schwerfällig an Ibrams Seite.

Ibram konnte ein Ächzen nicht unterdrücken und warf seinem Herrn einen vorwurfsvollen Blick zu. Auch noch ein

Krüppel! Ein nicht mehr ganz junger, drittklassiger, verkrüppelter Leibwächter!

Die Lippen des Magisters verzogen sich zu einem beinahe unsichtbaren Lächeln. Schmale Finger griffen nach oben und zogen die Kapuze wieder tief über das Gesicht.

Ibram lief neben dem hinkenden Söldner her durch die gewundenen Gassen der Unterstadt. Er selbst hatte vorgeschlagen, den Leibwächter zu begleiten, damit sie sicher gingen, dass der Mann nicht das Handgeld einsteckte und auf Nimmerwiedersehen verschwand. Der Magister hatte das für unnötig befunden, aber Ibram hatte sich letztendlich durchgesetzt. Manchmal erschien ihm sein eigenbrötlerischer Herr mit seltsamer Weltfremdheit geschlagen.

»Komischer Kauz, dein – unser Brotherr«, brach Luca das Schweigen. »Warum benötigt er einen Leibwächter?«

Ibram verzog das Gesicht. »Ich gebe dir einen guten Rat: Nenne unseren Herrn nie einen komischen Kauz, wenn er in der Nähe ist. Magister Zorn könnte dich …«

Der Söldner blieb mit einem Fluch stehen. Er grub in seiner Tasche herum und warf Ibram das Handgeld vor die Füße, dann drehte er sich um und machte Anstalten, zu der Taverne zurückzukehren.

»Halt«, befahl Ibram. »Was soll das?«

»Ich arbeite nicht für eine verdammte Kutte!«

»Du hast das Handgeld akzeptiert. Wenn du einen Vertrag brichst, wird der Magister dafür sorgen, dass kein Brotherr in der Provinz dich mehr einstellt. Du kennst die Regeln!«

Luca spuckte erbittert aus. »Fahr zur Hölle«, knurrte er. Er bückte sich steifgliedrig, um das Geldstück aus dem Matsch zu klauben. »Fahr zu Hölle mitsamt deinem verfluchten Magister!«

Luca führte Ibram in grimmigem Schweigen zu seiner Unterkunft in einer der vielen billigen Dkhev-Absteigen der Stadt. Ibram blieb naserümpfend neben dem Strohlager stehen, während Luca ein paar Kleidungsstücke zusammenrollte. Er warf

Ibram einen schrägen Blick zu und murmelte etwas, ehe er unter das Stroh griff und ein sorgsam in eine Decke eingewickeltes schmales Bündel hervorzog.

Ibram trat neugierig einen Schritt näher und berührte den hellen Wollstoff, der aus dem Bündel hervorsah. Seine Finger ertasteten etwas Hartes, das in den Stoff eingewickelt war.

»Nimm deine dreckigen Pfoten von meinen Sachen, Krummnase«, bellte der Söldner. Er warf das Bündel auf seine Kleider und schlug die zerschlissene Decke des Lagers um den Packen, verschnürte ihn mit einem Ledergurt und warf ihn sich über die Schulter.

»Fertig?«, fragte Ibram. »Hast du eigentlich kein besseres Schwert?« Der Söldner antwortete nicht. Ibram zuckte mit den Schultern. »Magister Zorn wird für deine Ausrüstung sorgen.«

Luca knurrte wütend und spuckte aus. Danach begnügte Ibram sich damit, den Söldner schweigend zu ihrer Herberge zu geleiten.

Lichtschein ergoss sich aus den Gewölben der Händler auf die schmalen Gassen des Basars. Essensgerüche durchzogen die warme Luft, brachten die Flügel von Ibrams Nase zum Beben und seinen Magen zum Knurren.

Er blieb neben einer alten yasemitischen Frau stehen, die neben einer Feuerstelle hockte und in einem Kessel rührte, aus dem es verlockend duftete.

»Sei gegrüßt, schöner Fremder«, rief die Alte in ihrer Sprache und grinste ihn zahnlückig an. »Probiere mein Ras-Tal, du siehst aus, als hättest du eine Stärkung dringend nötig. Sieh nur, wie deine prächtigen Kleider dir schon am Leibe schlottern.« Sie schöpfte eine große Portion auf ein frischgebackenes Fladenbrot, rollte es zusammen und hielt es ihm lockend entgegen.

Das halbwüchsige Mädchen, das neben der Alten hockte und Teig auf einen heißen Stein goss, kicherte leise und zog den Schleier vor ihr Gesicht, als sie Ibrams Blick auf sich spürte.

»Mein Dank sei dir gewiss, Blume der Nacht«, erwiderte Ibram. »Deine Gabe hat mich vor der sicheren Auszehrung errettet.«

»Du bist mir allzeit willkommen, großzügiger Fremder. Lass es dir wohlschmecken« Die Alte schloss ihre Hand um das Geldstück, das Ibram ihr reichte.

Er biss in das gefüllte Brot. »Der Wohlgeschmack des Paradieses entspringt deinem Kessel, o Zierde des Basars.« Ibram wischte sich den Mund und rülpste wohlerzogen.

Die Alte stieß das Mädchen an, das pflichtvergessen neben ihr hockte und den kleinen Yasemiten anstarrte. Er konnte durch ihren dünnen Schleier hindurch erkennen, wie ihre dunklen Wangen sich noch etwas dunkler färbten, ehe sie sich wieder über das Brot beugte. Die silbernen Glöckchen, die in ihr Haar geflochten waren, klingelten sacht.

»Was ist mit deinem übel gelaunten Freund, mein nachtigallenzüngiger Gast?«, fragte die alte Frau mit einer Kopfbewegung auf Luca. »Solltest du ihm nicht ein wenig Wärme für seinen Magen gönnen, auf dass es vielleicht auch sein kaltes Herz erwärme?« Sie lachte breit und reichte Ibram einen winzigen Becher mit heißem Rosentee.

Ibram grinste und drehte sich zu dem Söldner um. »Was ist mit dir, hast du Hunger?«

Luca trat einen Schritt näher und spähte misstrauisch in den brodelnden Topf.

»Was du denken, was das sein?«, rief die Alte nun in gebrochenem Ledonisch. »Gedünstet Ratten und Hundedreck sein, was Krummnasen fressen!« Sie gackerte.

Ein hochgewachsener Berg-Yasemit, der im Gewölbe nebenan Dakh-Fleisch verkaufte, machte auf Yasmit eine anzügliche Bemerkung über ledonische Essgewohnheiten, die alle seine Landsleute in Hörweite in lautes Lachen ausbrechen ließ. Dann schickte er noch eine Bemerkung über käsegesichtige Fremde hinterher, die eine weitere Woge von Gelächter hervor rief. Alle sahen Luca an und feixten in der sicheren Überzeugung, dass der Ledonier kein Wort von dem verstanden hatte, was sie gesagt hatten.

Luca überraschte sie alle mit einem ausgeklügelten yasemitischen Fluch und hinkte davon.

Ibram reichte der Alten den geleerten Becher. »Sei abermals bedankt, Hüterin der Schätze. Möge dein Kessel sich niemals leeren und deine Börse immer gefüllt sein.« Er führte die zusammengelegten Handflächen zur Stirn, und die alte Händlerin neigte graziös den Kopf.

Ibram beeilte sich, den Söldner einzuholen. Er hielt ihn am Arm fest und redete auf ihn ein.

Tajo löste sich von der Mauer, an der sie gelehnt hatte und schlenderte langsam auf die beiden Männer zu. Sie taxierte den Kleineren der beiden, dessen Börse links in einer seidenen Schärpe steckte. Die geckenhafte Kleidung des Yasemiten, von seinen weichen Lederstiefeln mit den gebogenen Spitzen über die verzierte Schärpe bis zu dem bestickten Käppchen mit der seidenen Quaste, lenkte mehr davon ab, als sie es unterstrich, dass er ein ausgesprochen gutaussehender Mann war. Der Eindruck wurde zwar von dem unübersehbaren Bauchansatz unter seinem farbenprächtigen Kaftan ein wenig gestört, aber die Blicke der Frauen, die den Yasemiten trafen, legten deutlich Zeugnis dafür ab, dass sie dieses Detail für unerheblich hielten. Tajo grinste und machte sich bereit.

Die beiden Männer blockierten den schmalen Weg, und Tajo drängelte sich rücksichtslos an ihnen vorbei. Dabei kam sie ins Stolpern, sie fiel schwer gegen den Yasemiten und brachte ihn beinahe zu Fall.

»Hoppla«, sagte er freundlich und stützte sie. »Nicht so hastig, junger Freund.«

Tajo murmelte eine Entschuldigung und ging langsam weiter. Nichts passierte – anscheinend hatte ihr Opfer nichts bemerkt.

Erst in ihrer sicheren Zuflucht holte sie die Börse hervor und wog sie nachdenklich in der Hand, ehe sie sie öffnete und enttäuscht den Kopf schüttelte. Sie fluchte und schleuderte die Börse von sich. Dabei hatte der Kerl in seinen papageienbunten Kleidern recht wohlhabend ausgesehen. Wie hätte sie ahnen können, dass auch er nur so ein Hungerleider war, der gerade seine letzten Kröten für ein gefülltes Fladenbrot ausgegeben hatte?

2

Mit einer Mischung aus Drohungen und Schmeicheleien war es Ibram gelungen, Luca zu besänftigen und den Rest des Weges zu ihrer Unterkunft zurückzulegen.

Ibram klopfte an Magister Zorns Zimmertür, nachdem er den Söldner in einer Kammer neben dem Stall untergebracht hatte.

Der Magister antwortete nicht sofort, aber gerade als Ibram sich abwenden wollte, öffnete sich die Tür.

»Ibramarbi«, sagte der Magister förmlich. Er schob die Tür weit auf und ließ Ibram ein. Der Yasemit blieb neben der Tür stehen, um seinem Herrn Bericht zu erstatten.

»Du hast ihm seine Kammer gezeigt? Gut.« Magister Zorn lehnte sich in seinem Stuhl zurück und legte die Hände zusammen. Die leichte Kapuze seines Gewandes fiel ein wenig zurück und enthüllte seinen kahlgeschorenen Schädel und ein erstaunlich junges Gesicht. »Morgen kümmerst du dich darum, dass er anständige Kleidung bekommt. Danach will ich mit ihm sprechen.«

»Sein Schwert ist in ebenso elendem Zustand wie sein Äußeres, Magister. Sollten wir nicht auch noch einen Waffenschmied aufsuchen?«

»Du hast immer noch die Börse. Was du für notwendig erachtest, kannst du erwerben.«

Ibram nickte und fuhr mit den Händen über seine Schärpe. Dann erbleichte er und fühlte genauer nach. »Herr«, stammelte er und grub hektisch in den Falten seines Kaftans. »Herr, die Börse …« Er verstummte und schloss die Augen. »Der Junge«, murmelte er. »Der Junge, der mich im Basar angerempelt hat. Satt'ka entsende ihn in die unterste Hölle!«

Er verstummte und wartete auf das Strafgericht. Die kostbare Börse war ihm anvertraut worden, und er hatte sie sich stehlen lassen. Er hob ergeben den Blick, um seiner Bestrafung mannhaft entgegenzusehen, und entdeckte verblüfft, dass der Magister mit abwesender Miene auf seinen schwarzgoldenen Ring blickte, ein winziges Lächeln auf den Lippen.

Endlich wandte sein Herr den Kopf. »Es ist an der Zeit, dass wir uns wieder ein festes Quartier suchen«, sagte er zu Ibrams Erstaunen. Er winkte den Yasemiten zu sich und legte seine Hand auf Ibrams Schulter. Sein langer Zeigefinger legte sich an Ibrams Halsansatz und hinterließ dort ein Prickeln.

»Du wirst dich in der Stadt umsehen und nach einem geeigneten Objekt Ausschau halten. Und während du das tust ...« Sein Blick bohrte sich in Ibrams Augen, die sofort zu tränen begannen. »Hast du den Dieb berührt?«

Ibram nickte. Sein Herr lächelte kurz und fuhr fort: »Halte deine Augen offen, Ibramarbi. Vielleicht begegnest du dem Jungen ein zweites Mal.«

Ibram nickte zweifelnd. Zorn nahm seine Hand fort. »Morgen früh kümmerst du dich um Lucas Ausrüstung.« Er zog eine kleine Börse hervor. »Geh sorgsamer damit um als mit der ersten«, mahnte er. »Diese ist nicht unerschöpflich, hörst du?«

Ibram neigte den Kopf. »Wenn Ihr mich nun nicht mehr benötigt, würde ich mich gerne zurückziehen.«

»Geh nur.« Magister Zorns Lippen zuckten amüsiert. »Du hast nicht vor, hier im Gasthof zu übernachten, habe ich recht?«

Ibram riss die Augen auf. »Herr, woher könnt Ihr das ...«

»Wir sind erst seit sechs Tagen in der Stadt«, sagte Zorn belustigt. »Du bist wahrhaft erstaunlich, Ibram.«

Der kleine Yasemit hob die Schultern. »Reiner Zufall«, murmelte er. »Ich habe jemanden getroffen, den ich von früher kenne.«

»Geh nur, geh«, lachte Zorn. »Solange du nur rechtzeitig zu deinem Dienst wieder hier bist, ist mir gleich, wo du übernachtest.«

»Dein Name ist Luca.« Es war keine Frage, und der Söldner antwortete nicht darauf. Die Kleider, die Ibram ihm gekauft hatte, waren zwar nicht neu, aber sauber und ordentlich geflickt, und er trug einen neuen Brustpanzer aus dunklem Leder.

»Du weißt, was deine Aufgabe ist?«

Luca blickte starr über den Kopf des Magisters weg. »Ich bin Euer Leibwächter. Meine Aufgabe ist es, Euer Leben zu schützen, Eure Feinde zu töten und Euer Hab und Gut zu bewachen.«

»Ich sehe, dass Ibram dich eingewiesen hat. Du bist nicht zufrieden mit dieser Stelle?«

Der Söldner wich seinem Blick aus. »Die Bezahlung ist angemessen.«

»Das ist nicht die wahre Antwort.« Magister Zorn erhob sich und trat dicht vor Luca hin. Der Söldner zuckte mit den Lidern und presste die Lippen zusammen. »Du hast Angst«, konstatierte der Magister amüsiert.

Luca stieß empört die Luft aus und blickte zum ersten Mal seinem neuen Dienstherren in die Augen. »Angst!« knurrte er. »Ich habe keine Angst vor einer K…«

»Vor einer Kutte«, vollendete der Magister den Satz mit sanfter Stimme. »Du hegst Abneigung gegen meine Zunft?«

Der Söldner stieß ein raues Lachen aus. »Abneigung. Ein vornehmes Wort, Herr!«

Zorn ließ sich auf einen Stuhl sinken und schob die Kapuze seines Gewandes zurück. Er entblößte ein kahlgeschorenes Haupt, von dessen Scheitel ein schwarzer Zopf herabhing. An seiner Hand funkelten die roten Juwelenaugen des Spinnenrings. Luca musterte sie angewidert. »Der Spinnenorden.«

»Die Schlimmsten von allen«, ergänzte der Magister spöttisch. Seine Augen belauerten den Söldner.

»Warum habt Ihr ausgerechnet mich ausgewählt, Herr?«, fragte Luca geradeheraus.

»Du hast mir gefallen.« Zorn hob seine Hand in einer auffordernden Geste. »Dein Diensteid.«

Luca knirschte mit den Zähnen. »Ihr verzeiht, wenn ich nicht niederknie«, sagte er gepresst. Zorn nickte. Die linke Hand auf sein Herz gelegt, sprach der Söldner die alte Eidesformel. Der Magister beugte sich vor und berührte kurz seine ausgestreckte Rechte.

»Folge Ibrams Weisungen. Du wirst ihn begleiten, während er nach einem angemesseneren Quartier für uns sucht.« Ein Lächeln zuckte über Zorns Gesicht. »Achte auf seine Börse. Er ist in der letzten Zeit ein wenig unaufmerksam.«

Luca nickte und wandte sich zum Gehen. »Noch etwas«, hielt Magister Zorns sanfte Stimme ihn zurück. »Ich finde es inakzeptabel, wenn mein Leibwächter im Dienst trinkt. Ich hoffe, du hattest nicht vor, diesem Laster zu frönen.«

»Das sollte Euch nicht bekümmern«, erwiderte Luca. »Ich kenne die Regeln, Herr!« Er schloss die Tür mit großer Bedachtsamkeit hinter sich und stieß einen gedämpften Fluch aus.

»War es sehr schlimm?«, erkundigte sich Ibram mit geheucheltem Mitgefühl.

Luca fuhr herum und hob eine Hand wie zum Schlag. »Du hast an der Tür gelauscht, Krummnase!«

Ibram grinste. »Das war nicht nötig. Dein Gesicht erzählt mir alles, was ich wissen muss.« Er wurde ernst. »Der Magister wünscht, dass wir gleich aufbrechen. Ich habe ein Haus in der Nähe des Basars aufgetan, das möglicherweise zum Verkauf steht.«

Der Hafen stank immer noch nach Fisch. Tajo schob sich an dem zerfallenden Gerippe eines Bootes vorbei. Ein kräftiger Wind blies über das Hafenbecken und trug feinen Sand mit sich, der sich kitzelnd auf ihre Haut legte.

Massuf lebte in einem der Schiffe, die wie gestrandete Wale auf dem trockenen Boden des Hafenbeckens lagen. Tajo rief seinen Namen und hockte sich dann auf die zerfallende Kaimauer.

Nach einer Weile erklang ein Poltern aus dem Bauch des Schiffes, und ein mürrisches Gesicht lugte durch ein Loch in der Seite. »Du bist es. Was willst du schon wieder? Na meinetwegen, komm rein.«

Tajo kletterte die Kaimauer hinab und erklomm flink die Strickleiter, die der Mann ihr hinuntergelassen hatte.

Im Inneren des Wracks roch es nach brackigem Wasser, obwohl das Meer sich schon vor Jahrzehnten von dieser Küste zurückgezogen hatte. Durch die löchrigen Planken fiel diffuses Sonnenlicht und erhellte notdürftig das Innere. Tajo ließ ihren Augen einen Moment Zeit, sich an die veränderten Lichtverhältnisse anzupassen. Die Geräusche, die sie vernahm, ein blechernes Klappern, das Plätschern von Wasser und das leise Knistern, mit dem ein Feuer entzündet wurde, deuteten darauf hin, dass der alte Massuf ihr die unverhoffte Ehre eines Bechers Cha'fai erweisen wollte.

Sie kauerte mit untergeschlagenen Beinen auf einem Kissen nieder, das wie alles hier leichten Modergeruch ausströmte, und nahm mit einen Nicken den Tonbecher entgegen, den Massuf ihr hinhielt. Sie trank einen Schluck und seufzte vor Behagen. Er hatte ein Stück Tsha-Butter hineingetan, das dem bitteren Cha'fai ein nussiges Aroma verlieh.

Der alte Yasemit trank schmatzend seinen Becher leer und schenkte sich aus der Kanne nach. Seine knorrige Gestalt steckte in einem langen, hemdähnlichen Gewand, unter dem krummzehige Füße hervorsahen.

»Was hast du für mich?«, fragte Massuf.

Tajo kramte die ärmliche Börse hervor.

Massuf drehte das schäbige Lederding in den Fingern, öffnete es und blickte hinein. »Das meinst du nicht ernst.«

»Massuf, ich brauche Geld!« Tajo bemühte sich darum, nicht so verzweifelt zu klingen, wie sie sich fühlte.

Der Alte warf ihr die Börse hin. »Das hier ist nichts, du weißt das. Bringe mir etwas von Wert, und du bekommst Geld von mir. Ich habe nichts zu verschenken.«

»Massuf!« Er schüttelte den Kopf. Tajo hob die Börse auf, wollte sie durch eine der Öffnungen im Schiffsrumpf nach draußen schleudern, überlegte es sich jedoch anders und steckte sie wieder ein. Sie stand auf, dankte Massuf für den Cha'fai und bahnte sich den Weg durch all das Gerümpel, das den Bauch des Wracks füllte, nach draußen.

Eine Weile wanderte sie ziellos durch das staubige Hafenbecken, umrundete die Schiffe, die dort langsam vor sich hinrotteten und blickte hinaus auf die zerklüftete Wüstenei, die einmal der Grund des Meeres gewesen war. Sie hatte sich schon als Kind vorgestellt, eines Tages einfach hinauszuwandern, immer geradeaus, bis sie das verschwundene Meer finden würde.

Tajo drehte sich um und sah am Kai empor. In den Rissen der zerfallenden Mauer wuchsen kleine Bäume und Sträucher, und in den größeren Nischen lebten Menschen. Kinder, um genau zu sein. Die Hafenkinder lebten von der Hinterlassenschaft des Meeres, von dem, was sie in versunkenen Schiffen fanden und Leuten wie Massuf verkaufen konnten. Es war eine karge, traurige Ausbeute, viel zu wenig für viel zu viele. Es war gut, dass sie den Hafen verlassen hatte. Auch wenn das neue Probleme mit sich brachte.

Sie kletterte die Mauer wieder hinauf, vorbei an Höhlen, in denen kleine Feuer brannten. Misstrauische Blicke folgten ihr, als sie sich auf den Rand des Kais schwang. Unschlüssig stand sie eine Weile da und sah sich um, dann steuerte sie auf eine Hütte zu, die windschief an der Hafenmauer lehnte. Aus ihrer Tür strömten verlockende Düfte, die Tajo das Wasser im Munde zusammenlaufen ließen. Die armseligen Münzen in der gestohlenen Börse hatten für einen kleinen Imbiss gereicht, der kaum dazu gedient hatte, den ärgsten Hunger zu stillen, und Massufs Cha'fai war das Einzige, was sie seit beinahe zwei Tagen in den Magen bekommen hatte.

Die Garküche gehörte einer Frau, die noch nie in ihrem Leben eine Mahlzeit verschenkt hatte, und nie eine Portion aus Mitgefühl etwas größer ausfallen ließ.

Tajo blickte begehrlich auf die brodelnden Töpfe und fingerte an ihrer Börse herum, während sie überlegte, wie sie der Frau etwas zu essen abluchsen konnte. Zwischen ihren Fingern spürte sie etwas Hartes.

»Was willst du?«, fragte die Köchin scharf. »Herumlungern oder etwas bestellen? Hast du überhaupt Geld?«

Tajo schnürte resigniert die leere Börse auf. Eine runde

Münze fiel ihr entgegen, die sie stumm und erstaunt anstarrte. Der alte Massuf hatte doch ein Herz, dass er ihr heimlich einen ganzen Mhred in das lederne Behältnis gesteckt hatte.

»Ein Mhred? Dafür bekommst du einen Napf Eintopf.« Die Frau schöpfte den Napf nicht ganz voll, legte ein Stück Fladenbrot darauf und schob ihn zu Tajo hinüber.

Tajo schaufelte den heißen, fad gewürzten Eintopf mit dem Brot in ihren Mund, ohne sich weiter über Massufs unvermutete Großzügigkeit den Kopf zu zerbrechen. Sie wischte den Napf mit einem Rest des Brotes aus, stopfte es sich in den Mund und sah die Frau hoffnungsvoll an. Die nahm den Napf und ließ ihn in einen Bottich mit fettigem Wasser fallen. Tajo seufzte und verließ die Hütte.

Sie musste sich dringend um Geld kümmern. Vielleicht war es ihr jetzt, wo sie nicht mehr befürchten musste, dass ihr laut knurrender Magen sie verriet, im Gewühl des Basars möglich, die eine oder andere etwas fettere Börse zu ergattern. Sie lenkte ihre Schritte zur Unterstadt.

Eine Gestalt folgte ihr. Tajo beschleunigte ihre Schritte, wurde jedoch am Arm gepackt. Erschreckt fuhr sie herum.

»Skra-Dag«, keuchte sie. Die vier Finger des Echsenmannes gruben sich schmerzhaft in ihr Fleisch. Seine kugeligen Augen mit den senkrecht geschlitzten Pupillen fixierten sie reptilienhaft starr. Er lächelte. Eine bläuliche Zunge fuhr blitzschnell aus seinem Mund und leckte über seine Augen.

»Tajo«, zischelte er. »Der Alte Drache ist enttäuscht. Du weißt, warum.«

»Ich besorge das Geld, Skra-Dag. Sag deinem Boss, morgen oder übermorgen.«

»Er will es heute. Du bist mit deiner Steuer schon zwei Tayfs im Rückstand. Er wird ungeduldig. Sehr ungeduldig.«

»Morgen. Ich bringe das Geld morgen, ganz bestimmt!« Tajo riss sich los. Der Dkhev verzog seinen lippenlosen Mund zu einem erneuten Lächeln, das so kalt war wie die Hölle.

»Du kannst dir schon mal aussuchen, was du als Pfand dalassen willst«, sagte er im Plauderton. »Einen Finger, ein Auge, eins von diesen komischen Dingern an deinem Kopf ...« Er musterte Tajos Ohren.

»Ich denke darüber nach, Skra-Dag. Ein Ohr, warum nicht. Wir können später darüber reden.« Sie warf sich herum und rannte los, verfolgt von Skra-Dags Lachen.

Sie hatte kein Glück. Bis tief in die Nacht war sie durch die Unterstadt gestrichen und hatte nach Opfern Ausschau gehalten. Dreimal hatten ihre Finger eine fette Börse berührt, und jedes Mal war der Besitzer aufmerksam geworden, hatte sich umgewandt, gerufen, versucht, sie festzuhalten.

Tajo hockte in einem Hauseingang und betrachtete ihre schmutzigen Finger. Der Alte Drache scherzte nicht. Wenn er einen seiner Nestsöhne aussandte, um sie zu mahnen, konnte das bedeuten, dass sie an einem der nächsten Morgen mit dem Gesicht nach unten in der städtischen Kloake schwamm. Es hatte keinen Zweck, wenn sie versuchte, sich zu verstecken. Der Alte Drache hatte seine Augen überall.

Tajo erinnerte sich. Damals hatte sie zum ersten Mal in ihrem Leben einen Geldbeutel aus einer fremden Tasche gezogen, sich damit in eine leere Gasse geflüchtet und mit zitternden Fingern ihre Beute gezählt.

Ein Dkhev war lautlos hinter ihr aufgetaucht und hatte sie angeglotzt. Tajo hatte den geleerten Geldbeutel fortgeworfen und sich an dem Mann vorbeigedrängt, aber der hatte sie festgehalten. Und dann hatte er ihr erklärt, dass sie ab jetzt dem alten Drachen steuerpflichtig sei. Jeder Dieb in der Stadt entrichte dem Oberhaupt der Dkhev seinen Tribut, und sie bilde keine Ausnahme.

Sie hatte zähneknirschend gezahlt. Jeden ersten Tag im Tayf suchte einer der Dkhev sie seitdem auf und kassierte zwei Mhri, was eine große Summe für eine kleine Diebin darstellte.

Dann kam diese verfluchte Pechsträhne. Die Börsen, die sie erbeutete, waren mager oder gar leer, sie hielt sich damit am Leben, dass sie Essen stahl, Brot, Früchte. Aber der Alte Drache akzeptierte keine Naturalien, er wollte Geld.

Sie rappelte sich auf und ließ sich nach Hause treiben. Morgen früh musste sie das Geld für den alten Drachen auftreiben.

Sie erwachte nach wenigen Stunden Schlaf und streunte dann ziellos durch die Straßen der Unterstadt. Skra-Dag würde sie finden, er fand sie immer. Der Alte Drache besaß die Kontrolle über den gesamten Bezirk. Jeder Händler im Basar zahlte seinen monatlichen Obolus an die Nestsöhne und -neffen, und keiner von ihnen wagte, dagegen aufzubegehren. Nicht, nachdem der rebellische Seidenhändler Yusaf in seinem eigenen Laden gefunden worden war: eingeschnürt in Stränge kostbarster Seide, erwürgt von einem Tüchlein aus seiner Kollektion. Sein Gesicht trug das Mal des alten Drachen. Die Botschaft war im Basar verstanden worden.

Tajo saß auf den Stufen der alten Zisterne, als Skra-Dag sie fand. Er winkte ihr wortlos, und sie folgte ihm.

Der Alte Drache lebte in einem verfallenden Prachtbau, in dem einst der yasemitische Scha'Yas residiert hatte, der legendäre Herrscher aller yasemitischen Stämme. Das war lange her, der letzte Scha'Yas war von den Eroberern aus Ledon getötet worden, und seine Erben starben vergessen in der Fremde.

Nach ihm hatte der ledonische Statthalter diesen Palast bewohnt, aber seit einigen Equils dehnte der Alte Drache seinen Wirkungskreis auch auf diejenigen Teile der Stadt aus, die früher allein den Menschen vorbehalten gewesen waren. Das Oberhaupt der Dkhev hatte den Palast von den Ledoniern gekauft, und man erzählte sich, dass er einen Menschen, der in seinen Diensten stand, die Unterhandlungen hatte führen lassen. Ein Mensch, ein Ledonier stand in den Diensten des alten Drachen! Nicht nur Tajo bezweifelte diesen Teil der Geschichte.

Die Dkhev waren hier, seit das Meer begonnen hatte, sich zurückzuziehen. Die Ledonier kümmerten sich nicht darum, dass sich eine zweite Herrschaft unter der ihren errichtete. Solange die Yasemiten ihre Steuern zahlten, und die Dkhev den Beamten des ledonischen Imperiums nicht ins Gehege kamen, war es leichter, sie einfach zu ignorieren oder sogar Geschäfte mit ihnen zu machen. Es war anzunehmen, dass der schlaue Alte Drache einen Teil seiner Einnahmen in die privaten Schatztruhen des ledonischen Statthalters fließen ließ, um sich die Ruhe zu erhalten.

Skra-Dag führte sie durch den verwilderten Park, der das Gebäude umgab, bis zu einer unscheinbaren Tür auf der Rückseite. Er öffnete sie, nickte einer Wache zu, die dort vor sich hindöste, und schob Tajo ins kühle Innere des Palastes.

Sie durchquerten endlose Hallen, Gänge, Innenhöfe und Flure, bis Tajo jegliche Orientierung verloren hatte. Endlich schob der Echsenmann sie durch eine niedrige Tür in einen mit Efeu überwucherten Innenhof. Auf einer Steinbank kauerte reglos ein alter Dkhev, die Augen unter faltigen Lidern verborgen und das Gesicht den wärmenden Strahlen der Sonne zugewandt.

Skra-Dag räusperte sich höflich und murmelte mit einer Verneigung: »Ehrwürdiger, hier ist der Junge, nach dem du geschickt hast.«

Der alte Mann öffnete träge die Augen und blickte Tajo an. Eine graue Zungenspitze erschien in dem lippenlosen Spalt seines Mundes und bewegte sich witternd. »Du kannst gehen, Nestsohn«, sagte er dann.

Der Alte und Tajo musterten sich neugierig. Mukhar-Dag, der Alte Drache, war erstaunlich klein und noch stämmiger als andere Männer seines Volkes. Die Haut seines Schädels schimmerte bläulich, und die Schuppen wirkten rissig und spröde.

»Du bist der junge Dieb, der es gewagt hat, mir Steuern schuldig zu bleiben«, eröffnete der Dkhev das Gespräch. Eines seiner kugeligen Augen fixierte Tajo, das andere rollte zur Seite, um eine Bewegung im Efeu zu beobachten.

»Ich habe Pech gehabt«, sagte sie zögernd. »Die Börsen sitzen nicht mehr so locker, seit so viel Konkurrenz auf den Straßen …«

Der Drache hob die Hand, und Tajo verstummte. Eine schimmernde dunkle Klaue wies auf ihre Brust. »Du kannst nicht zahlen. Du weißt, was mit Leuten geschieht, die ihre Schulden nicht begleichen können.«

Tajos Kehle wurde eng. »Ehrwürdiger«, stammelte sie, »ich werde das Geld auftreiben, ich schwöre es.«

»Wie willst du das anstellen? Du schuldest mir bereits vier Mhri. Bald sind es sechs. Wen willst du um seine Börse erleichtern, den Statthalter?« Er lachte, und Tajo begann zu schwitzen.

Der Alte verlagerte seinen schweren Körper und kratzte sich nachdenklich über das Kinn. Trockene Schuppen rieselten auf sein Gewand.

»Du wirst für mich arbeiten«, beschied er Tajo. »Karem braucht einen Nachfolger. Er wird dich unterrichten, dann sehen wir weiter.«

Tajo begriff nichts. »Arbeiten?«, fragte sie. »Was für eine Arbeit ist das, Ehrwürdiger?«

Der Alte hatte sich zurückgelegt und genoss sein Sonnenbad. Er würdigte sie keiner Antwort. An Tajos Seite tauchte lautlos der hagere Skra-Dag auf und bedeutete ihr, ihm zu folgen. Er führte sie zurück zu der Hintertür, durch die Wildnis des Parks, hinaus auf die Straße.

»Du wirst morgen abgeholt«, sagte er nur und ließ Tajo stehen. Sie blickte ihm nach, bis er zwischen den Büschen verschwunden war, dann zuckte sie mit den Achseln und ließ sich in das Menschengewimmel des Basars fallen wie in ein warmes Bad.

3

In grimmigem Schweigen marschierten Luca und Ibram die steilen Gassen des Hafenviertels entlang. Ibram war zu müde, um ein mühsames Gespräch mit dem mürrischen Söldner aufrechtzuerhalten. Er hatte wenig Schlaf bekommen in der letzten Nacht, aber das reute ihn nicht. Mit einem versonnenen Lächeln dachte er an die Freuden zurück, die die rundliche Yael ihm bereitet, und die er ihr mit Zinsen zurückgezahlt hatte.

»Wo lang?«, riss die Stimme seines Begleiters ihn aus seinen süßen Erinnerungen. Ibram seufzte und deutete auf das Sträßchen, das sich linkerhand auftat. Das letzte Haus in der Gasse stand leer und abweisend da, ganz offensichtlich schon seit längerer Zeit unbewohnt.

Ibram klopfte energisch an die Tür der benachbarten Kate. Ein gebeugtes Männchen öffnete ihm und begutachtete Ibram misstrauisch.

Luca lauschte kurze Zeit der blumigen Rede, mit der Ibram sich vorstellte und sein Anliegen vortrug, und hockte sich dann gelangweilt auf einen Karren, der umgekippt an der Hauswand stand. Er döste ein wenig vor sich hin, hörte das Zufallen einer Tür, Ibrams Stimme, die sich verabschiedete, Schritte, die sich ihm näherten. Träge öffnete er die Augen, aber Ibram bedeutete ihm, sitzenzubleiben. »Ich sehe mich nur kurz drinnen um.«

Ibram kehrte schon nach kurzer Zeit zurück, sichtlich guter Dinge. »Das Haus ist genau richtig«, er rieb sich die Hände. »Magister Zorn wird zufrieden sein.«

Luca erhob sich. Er verzog das Gesicht und massierte sein Bein.

»Schmerzen?«, erkundigte Ibram sich teilnahmsvoll. Luca rückte sein Schwert zurecht und ignorierte Ibrams Frage.

»Ich habe noch einiges für Magister Zorn zu besorgen. Wenn dir das Laufen zu schwer ...« Ibram sprach zu Lucas sich entfernendem Rücken. Er zuckte mit den Achseln und holte den Söldner ein.

In den nächsten beiden Stunden führte Ibram sie kreuz und quer durch das Hafenviertel und blieb an allerlei Dkhev-Krämerbuden stehen, um Säckchen mit Gewürzen, pulverisierte Dakh-Schuppen und mumifizierte Khev-Eier zu kaufen. Während der ganzen Zeit bemühte er sich, Lucas angewiderte Miene und seine beleidigenden Bemerkungen zu ignorieren.

»So, das wär's«, verkündete Ibram, nachdem er ein letztes Mal seine Einkaufsliste kontrolliert hatte. »Wollen wir etwas trinken?«

Luca starrte ihn ungläubig an. »Hier willst du einkehren?

Mitten im Dkhev-Gebiet, in eine von ihren Schenken? Du musst vollkommen verrückt sein!«

»Solange es dort Bier gibt, warum nicht?«

Luca hob die Hände. »Mach, was du willst.« Er folgte dem Yasemiten und lockerte im Gehen sein Schwert.

Es war nicht das erste Mal, dass Luca eine Dkhev-Schenke betrat. Die steinernen Tische und Bänke waren etwas niedriger als gewohnt, und es roch nach fremdartigen Gewürzen, aber der Stimmenlärm und die stickige, biergeschwängerte Luft waren dieselben wie in jeder anderen Schenke des Imperiums.

Misstrauische und feindliche Blicke aus geschlitzten Pupillen folgten ihnen auf ihrem Weg zum Schanktisch. Hier und da scharrte eine scharfe Klaue über einen Steintisch, und ein schuppiges Bein streckte sich wie unabsichtlich in den Gang.

Ibram schlängelte sich geschickt an dem Hindernis vorbei und legte den Sack mit seinen Einkäufen auf den Tresen. »Zwei Bier«, bestellte er. »Und gut eingeschenkt, Wirt.«

Der untersetzte Dkhev schob ihnen schweigend zwei Humpen hin. Ibram warf ihm eine Münze hin und trank genüsslich. »Ah, das ist gut«, stöhnte er und wischte sich den Mund. »Ich habe heute dermaßen viel Staub geschluckt…« Er trank aus und warf den Sack wieder über die Schulter. Luca, der seinen wachsamen Blick nicht von den stummen Dkhev hinter ihnen gewandt hatte, kippte den Rest seines Bieres hinunter und hinkte mit betont grimmiger Miene zur Tür.

Sie hatten kaum mehr als ein Dutzend Schritte die Straße hinunter getan, als ihnen zwei stämmige Dkhev mit gezückten Krummschwertern in den Weg traten.

Lucas Schwert glitt mit einem leisen Seufzen aus seiner Scheide. »Hinter uns«, erklang Ibrams ruhige Stimme. »Ich übernehme diese beiden.« Der Sack mit den Einkäufen landete schwungvoll im Gesicht eines der Wegelagerer.

Luca fuhr herum und schlug dem Mann, der sich lautlos von hinten genähert hatte, die Waffe aus der Hand. Ein zweiter drang gleichzeitig auf ihn ein, und Luca hatte alle Mühe, sein Gleichgewicht zu bewahren, während er sein lahmes Bein belastete, um einen Hieb abzuwehren. Er wich fluchend zurück, schlug dem ersten Wegelagerer die flache Klinge ins Gesicht, sodass er stöhnend zu Boden ging, und schlitzte dem zweiten im Rückschwung den Arm auf.

Seine beiden Angreifer hatten offenbar nicht mit solch erbitterter Gegenwehr gerechnet und zogen sich eilig zurück. Luca drehte sich schnaufend um und sah gerade noch, wie Ibrams Gegner mit erstauntem Gesicht gegen eine Hauswand taumelte und langsam daran herunterrutschte. Seine schuppige Hand bemühte sich vergebens, den Schnitt zu verschließen, der ihm die Kehle beinahe von Ohrmembram zu Ohrmembram aufschlitzte.

Ibram säuberte sein schmales Messer an der Hose des zweiten Dkhev, der tot in der Gosse lag, und hob seinen Sack wieder auf.

»Gut gemacht, kleiner Mann«, konstatierte Luca überrascht.

Ibram blinzelte ihm zu. »Nicht gar so gut gemacht, großer Held.« Er bohrte die Zunge in die Wange. »Hast du deine beiden absichtlich entkommen lassen?«

Der Söldner schob sein Schwert zurück in die Scheide. »Es war nicht nötig, sie zu töten«, entgegnete er missbilligend. »Es waren feige Wegelagerer, die nicht mit ernsthafter Gegenwehr rechneten. Sie abzuschrecken hätte vollkommen gereicht.«

Ibram hob die Schultern. »Zwei dreckige Gauner weniger auf der Straße.«

Luca runzelte die Stirn, dann lachte er und klopfte dem anderen auf die Schulter. »Wie gesagt, gut gemacht!«

Ibram grinste zu ihm hoch. »Der kleine Strauß hat mir Appetit verschafft. Sollen wir uns eine Garküche suchen?«

»Wenn es sein muss – aber nicht hier im Dkhev-Viertel, kleiner Mann!«

»Du stehst schon lange in seinen Diensten?«, fragte Luca, nachdem er einen Humpen Bier geleert und Ibram dabei zugesehen hatte, wie er eine reichliche Portion eines zweifelhaft aussehenden Eintopfgerichtes verschlang.

»Anderthalb Equils, vielleicht etwas länger«, erwiderte Ibram und stocherte mit einem Span zwischen seinen Zähnen herum.

»Was will er hier in der Stadt?«, bohrte Luca. »Es ist doch seltsam, wenn ein ledonischer Magister so weit von seinem Orden entfernt durch eine der Provinzen reist. Und nur von einem krummnasigen Krämer begleitet, auch wenn der ein flinkes Messer führt.«

»Na, jetzt hat er ja dich«, erwiderte der geschmähte Yasemit friedlich, wenn auch ein wenig spitz.

Beide Männer funkelten sich an, dann lachte Luca und bestellte zwei Nakris. Die Bedienung brachte ihnen zwei winzige Gläser, und die Männer stürzten den starken Gewürzschnaps hinunter.

»Wozu braucht der Magister einen Leibwächter? Man sollte meinen, so eine Kutte kann sich ganz gut selbst verteidigen.«

Ibram fingerte eine Münze aus seiner Börse und warf sie auf den Tisch. »Gehen wir? Ich möchte Magister Zorn nicht durch unser langes Ausbleiben verärgern.«

»Oh, nein, das sollten wir nicht tun. Sonst verwandelt er uns am Ende noch in ein Paar Kröten und frisst uns zum Abendessen.«

Ibram erwiderte nichts. Die beiden Männer gingen nebeneinander her durch die sinkende Dämmerung. In den Buden flammten Lichter auf. »Du warst auch mal einer von denen, hm?«, Luca wies mit dem Kinn auf einen gestikulierenden Tuchhändler, der ähnlich farbenfroh gekleidet war wie Ibram.

»Wie kommst du darauf?«

»Ich habe einen Blick dafür. Du siehst so aus, als wärest du in einer erbärmlichen Marktbude geboren worden und hättest dein Leben lang den Leuten allen möglichen Ramsch aufgeschwatzt.«

»Ich bin im Laden meines Vaters aufgewachsen, das ist wahr.« Ibram lächelte. »Er verkaufte Stoff und auch sonst alles, was das Herz begehrt. Dabei ist er zwar nicht besonders wohlhabend geworden, aber er starb als zufriedener Mann.«

Luca schnaubte verächtlich. Ibram blieb stehen. »Was ist los? Den ganzen Tag schon schlägst du das Kamel, damit es schreit. Habe ich dir was getan?«

Luca verschränkte die Arme und wich Ibrams Blick aus. »Du hattest Angst, dass wir uns verspäten«, erinnerte er den Yasemiten.

Vor einer Garküche hielt Ibram plötzlich an und murmelte: »Ich bin sofort wieder da.« Luca sah ihm nach, wie er in der Garküche verschwand und lehnte sich mit belustigter Miene gegen die Hauswand.

Etliche Minuten später tauchte Ibram wieder auf, in Küchendünste gehüllt wie in einen schweren Mantel.

»Was war das, etwa ein Nachschlag?«, fragte Luca ungläubig.

»Hm«, erwiderte Ibram unverbindlich und schlug ein so schnelles Tempo an, dass der lahme Söldner kaum folgen konnte.

Zorn saß am Fenster und hielt ein Buch in den Händen. Das schwache Licht des aufgehenden Mondes schimmerte auf den Seiten wie flüssiges Silber. Als Ibram eintrat, legte Zorn die Hände schützend auf das Buch. »Ibramarbi al Fasil, was bringst du mir?«

»Möglicherweise habe ich ein Haus für Euch gefunden habe, Magister. Es ist nicht allzu groß, hat aber einen schönen Garten und liegt etwas abgelegen in einer ruhigen Gasse.«

Der Magister hatte ihm offensichtlich nicht zugehört. »Gut, gut«, sagte er und drehte unruhig an seinem Ring. »Danke, Ibram, du kannst gehen.«

»Herr, da gibt es noch etwas, das ich Euch berichten muss.«

»Hat das nicht Zeit bis morgen?«

Der kleine Mann blieb hartnäckig, trotz des offenkundigen Unmuts seines Herrn. »Ich glaube, dass es wichtig ist. Ich bin erneut verfolgt worden.«

Zorn sah auf. »Wann?«

»Heute Nachmittag, als wir das Haus aufgesucht haben, von dem ich Euch erzählte. Ich hatte die ganze Zeit das Gefühl, beobachtet zu werden, aber erst im Basar war ich mir sicher. Das Gesicht des Burschen kam mir bekannt vor, er lungerte schon den ganzen Tag in unserer Nähe herum. Ich habe Luca nichts davon gesagt, aber als ich den Kerl in eine Garküche verschwinden sah, habe ich den Spieß umgedreht.« Er grinste. »Ich habe ihn ein bisschen gestochen.«

»Ist er tot?«, fragte Zorn nüchtern.

»Was denkt Ihr von mir, Magister? Das hätte zu viel Aufsehen erregt. Es herrschte ein großes Gedränge, und ich habe ihn mit meinem Messer leicht geritzt. Er hat sicher gedacht, dass ihn eine Skill in den Nacken gestochen hat.« Ibram zwinkerte und zog ein Stilett aus seinem Stiefel.

»Gut gemacht.« Der Magister nahm das Messer in Empfang und legte es auf den Tisch. »Danke, du kannst gehen.«

Zorn schlug das kleine Buch in ein samtenes Tuch ein. Dann stand er auf und öffnete den Deckel einer kleinen, eisenbeschlagenen Truhe, der er eine Kristallschale entnahm, kaum größer als seine Hand, die in ein schweres Brokattuch eingeschlagen war. Er breitete das dunkle, mit silbernen und goldenen Zeichen bedeckte Tuch auf dem Tisch aus, stellte die Schale darauf und schüttete etwas Wasser hinein. Er schob den Kerzenleuchter dichter an sie heran und nahm dann Ibrams Stilett zur Hand, flüsterte tonlos einige Worte der Macht, zog die Klinge des Stiletts durch die Kerzenflamme und tauchte sie ins Wasser. Das wiederholte er zweimal, hob dann das Messer mit der Linken empor, immer noch flüsternd, und senkte es langsam wieder. Seine Augenlider flatterten kurz, als die Klinge die helle Haut seiner Handfläche teilte und dunkles Blut in Perlen hervortrat.

Zorn ließ sein Blut sorgsam über den ausgestreckten Zeigefinger in die Schale tröpfeln. Es rann über den Siegelring und färbte die Spinne purpurrot. Dünne rote Wolken sanken langsam auf den kristallenen Grund des Gefäßes.

Zorn verbrannte den Rest seines Blutes auf der Klinge zu Asche, wischte das Stilett sorgsam ab und legte es beiseite. Während er den Schnitt in seiner Hand mit einem Tuch betupfte, beugte er sich über die Kristallschale und blickte hinein. Das blutige Wasser bewegte sich träge wie unter einem Windhauch. Zorn blies sacht hinein und murmelte vor sich hin.

Nach einigen Minuten richtete er sich auf und tauchte seine

Finger in die Schale. Er versprühte etwas von dem Wasser in Richtung des Sonnenuntergangs, murmelte eine Beschwörung und schüttete das restliche Wasser auf den Boden. Dann wischte er die Schale sorgfältig aus, polierte mit dem gleichen Tuch seinen Siegelring und warf das blutbefleckte, feuchte Tuch ins Feuer. Mit wenigen Handgriffen war die Schale wieder in ihre Hülle eingeschlagen und in der Truhe verstaut.

Zorn wandte sich zum Fenster und blickte in den Himmel. Der Langbogen hing funkelnd über dem Giebel des Nachbarhauses, und Zorn suchte automatisch nach seinem Begleiter, dem Kleinen Schild, der etwas oberhalb des Sternbildes am Himmel stand, beinahe überstrahlt von der vollen Rundung des Mondes.

»Ein Scherge des Kurators«, sagte er zu sich selbst. »Ich dachte, er hätte inzwischen sein Interesse an uns verloren. Ich muss Sao-Tan warnen.«

Er stand noch eine Weile in seine Betrachtung versunken da, dann kehrte er an seinen Platz am Feuer zurück. Er schlug die samtene Hülle des Büchleins zurück und hielt die Seiten erneut in das silberne Licht des Mondes. Seine Lippen bewegten sich stumm, während er die Schriftzeichen entzifferte. Das Mondlicht strahlte von den Seiten zurück und ergoss sich über seine Hände, bis sie leuchteten wie herabgefallene Sterne. Und während er las, begannen seine Augen in einem unirdischen Glanz zu glühen – nicht weiß oder silbern wie das Mondlicht, sondern in dem dunklen, beinahe schwarzen Rot eines langsam erlöschenden Feuers. Tiefe Atemzüge hoben seine Brust, und Funken spielten um seine Nasenlöcher. Über ihm im Dunkel des Zimmers erhob sich schattenhaft der Kopf eines Drachen auf einem langen, stachelbewehrten Hals, und riesige Schwingen schienen sich zu entfalten, bereit, die Schattengestalt aus Mensch und Drache emporzutragen in den Nachthimmel.

4

Die Wohnung, die Skra-Dag ihr genannt hatte, lag über dem Geschäft eines Baders, der gerade damit beschäftigt war, einen widerspenstigen Kunden unter Aufbietung aller Kräfte von seinem schmerzenden Backenzahn zu erlösen. Ein Dkhev-Leibeigener, der dem Bader zur Hand ging, stemmte dem brüllenden Patienten sein Knie auf die Brust und umklammerte seine Arme, während der schwitzende Zahnreißer über dem geplagten Mann hockte und mit einer riesigen Zange in seinem Mund herumfuhrwerkte.

Das obere Geschoss war nicht viel sauberer als die Zahnreißer-Bude, dafür roch es weniger durchdringend nach altem Schweiß und billigem Parfüm.

Tajo klopfte zaghaft an eine Tür, die den Treppenabsatz beschloss. Schlurfende Schritte näherten sich, und eine Stimme fragte mürrisch nach ihrem Begehr.

»Der Alte Drache schickt mich«, rief Tajo. Ein Riegel knirschte, die Tür sprang auf, und eine knorrige Hand krallte sich um Tajos Arm. Sie wurde in einen engen Flur gezerrt, und die Tür schlug hinter ihr zu.

Tajo schnaufte überrascht. Der dürre alte Mann, der sorgsam die Tür verriegelte, drehte sich zu ihr um und musterte sie mit zusammengekniffenen Augen.

»Du bist der neue Lehrling?«, fragte er. Tajo wich ein wenig zurück, denn sein faltiges Gesicht kam ihr so nahe, als wollte er sie in die Nase beißen.

»Seid Ihr Meister Karem?«, fragte sie zurück.

Er keckerte und winkte ihr, ihm zu folgen. Das Zimmer, das an den Flur grenzte, war winzig klein und voller Kram. Das Fenster war zugehängt, so dass kein Lichtstrahl und kein Lüftchen von draußen hereindringen konnte. Kerzen und ein winziges Feuer in der Feuerstelle sorgten für ein wenig Beleuchtung. Es war stickig und warm.

Der alte Mann hockte sich auf ein dickes Kissen und schob sich das Mundstück einer Wasserpfeife zwischen die Zähne.

»Wie heißt du, Junge?«, nuschelte er.

Tajo sah sich unbehaglich um und ließ sich dann mit untergeschlagenen Beinen auf einem Stapel mottenzerfressener Schaffelle nieder. »Tajo.«

»Tajo«, wiederholte der Alte und kaute auf dem zerbissenen Mundstück herum. Das Wasser in der Pfeife gurgelte leise. Seine trüben Augen starrten sie unverwandt an. »Wie alt bist du, Junge?« Er hob die Hand abwehrend. »Warte, lass mich schätzen. Elf Equils, meinetwegen zwölf, habe ich recht? Ich habe so viele Jungen ausgebildet, so viele … Ich verschätze mich nie!«

Tajo verkniff sich ein Lächeln. »Ihr habt recht, Meister Karem«, log sie. »Ich werde in drei Tayfs zwölf.«

Er kicherte zufrieden. »Gut, gut.« Dann bewölkte sich sein faltiges Gesicht. »Nein, nicht gut. Du bist viel zu alt, um mit der Lehre anzufangen. Viel zu alt. Wie soll ich einen Jungen ausbilden, der alles schon besser zu wissen meint als sein Lehrmeister, hä? Sag mir das!« Er fuchtelte mit einem krummen Zeigefinger vor ihrer Nase herum. »Wenigstens bist du nicht so ein großer, grober Klotz. Ach, es ist ein Elend, ein wahres Elend! Muss ich denn wahrlich ins Grab fahren ohne einen würdigen Nachfolger gefunden zu haben? Was für eine Schande, dass eine alte, angesehene Profession auf diese Art zugrunde gehen soll!«

Er lamentierte noch eine Weile weiter, ohne dass Tajo erfuhr, welches Handwerk dieser kindische Greis ihr nun beibringen würde.

Der klagende Monolog des alten Mannes verstummte. Er saugte friedlich an seiner Wasserpfeife und lächelte sie an. Tajo ertappte sich dabei, wie sie sein Lächeln erwiderte.

»Also, mein Junge, wollen wir beginnen?« Karem wandte sich mit einem Ächzen zur Seite und zog eine abgeschabte Ledertasche hervor. Der alte Mann öffnete mit einer feierlichen

Handbewegung die Tasche und bedeutete Tajo, neben ihn zu rücken. Sie blickte hinein und musterte eine Anzahl ordentlich aufgereihter Instrumente aus Holz und Metall.

»Was ist das?«, fragte sie ratlos.

Karem kicherte und schloss die Tasche wieder. »Noch ein wenig zu früh für dich. Aber du wirst bald lernen, damit umzugehen, o ja!«

Er lehnte sich zurück und zog Tajo neben sich auf das große Kissen. »Sag mir, Junge, hast du je von dem großen Abdal Zan gehört?« Sein starrer Blick spießte sie auf.

»Nein, Meister Karem, es tut mir leid«, gab sie zu.

Er spuckte aus. »Ah, die Jugend! Kein Sinn für das, was war. Kein Wissen über unsere Geschichte, unsere Ahnen. Wo soll das alles enden?«

Er zog Tajo am Ärmel näher und stierte ihr ins Gesicht. Sein Atem blies ihr über die Wange. »Du bist gar kein Yasemit, oder?«

»Ich weiß es nicht. Jedenfalls sehe ich nicht wie einer aus.«

Der alte Mann hielt sie immer noch fest und erforschte ihr Gesicht. Tajo erkannte entsetzt, dass Karem beinahe blind sein musste.

»Der große Abdal Zan«, begann Karem leise und setzte sich zurück. Tajo entspannte sich ebenfalls. »Er war der Urahn unserer Zunft, der Größte von allen und der erste, der den Titel ›Meister der Diebe‹ tragen durfte, ihm feierlich verliehen von Scha'Yas Sekrim dem Dritten. Abdal Zan war der erste königliche Dieb, und seither blieb diese Tradition ungebrochen, in all den Equils und Zequils der Herrschaft der Scha'Yassim über unser Volk. Immer gab es einen ›Dieb des Scha'Yas‹ – bis zum heutigen Tag, wo die Scha'Yassim gestürzt sind und unser Volk fremden Herren gehorchen muss.« Sein Gesicht wurde traurig. »Ich bin der letzte königliche Dieb. Mit mir stirbt die Tradition. Was treibt mich, einen Jungen wie dich auszubilden, wo doch unsere Herren fort sind, und der königliche Palast allein von den Drachen bewohnt wird?«

Tajo entließ den angehaltenen Atem. »Du hast seitdem für den Alten Drachen gearbeitet?«

Karem fuhr sich beschämt durch sein schütteres weißes Haar. »Weh mir, das tat ich. Einst diente ich dem Herrn über alle Yasemiten, und jetzt beuge ich mein Haupt vor denen, die einst die niedrigsten der Sklaven waren.«

Er blinzelte listig. »Du bist ein Dieb, sonst hätten sie dich nicht zu mir geschickt. Sag mir: hast du bisher den Leuten die Taschen ausgeräumt und ihre Beutel geschnitten?«

»Ich bin auch schon in ein Haus eingestiegen«, gab sie ein wenig beleidigt zurück.

Der Alte nickte nicht sonderlich beeindruckt. »Waren Leute darin?«

»Nein«, gab Tajo zu. »Es stand leer. Aber ich habe es bei Tage getan, wo jeder Nachbar mich hätte erwischen können.«

Karem kicherte. »Das ist keine Kunst. Bei Tag sind die Leute beschäftigt, sie machen Lärm und achten nicht auf Geräusche in der Nachbarschaft. Bei Nacht einzusteigen, wenn du nicht weißt, wie fest der Schlaf der Bewohner ist, und ängstliche Ohren auf jedes unbekannte Rascheln lauschen – das ist die wahre Herausforderung.«

Er wurde ernst. »Du wirst früh genug lernen, wann es günstig ist, ein Haus zu betreten, und wann du es besser lässt. Heute beginnen wir mit etwas anderem.« Er stand auf und kramte eine Weile in all dem Gerümpel herum, das sich neben dem verhängten Fenster stapelte. Endlich zog er einen klobigen Gegenstand hervor und gab ihn Tajo. Sie wendete das Ding in der Hand und hob fragend die Augen.

»Sieh es an«, forderte der Alte sie auf. »Was ist das?«

»Ein Schloss«, murmelte Tajo. »Ohne Schlüssel.«

»Richtig.« Karem nahm einen dünnen, gebogenen Draht auf und hielt ihn hoch. »Das hier ist ab jetzt dein Schlüssel.«

Der alte Mann zeigte sich als geduldiger Lehrer, und seine gichtigen Finger bewiesen erstaunliche Geschicklichkeit im Umgang mit den dünnen Drähten und flachen Metallstreifen, deren Anwendung Tajo erlernen sollte. Sie fand sich selbst tölpelhaft und ungelenk, wenn sie zusah, mit welch präzisen Bewegungen der Alte die Schlösser öffnete, die er aus seiner schier unerschöpflichen Lade zog. Ihre Augen brannten, und alle Finger schmerzten, als er sie endlich entließ.

»Du wirst es noch lernen, warte nur«, tröstete er sie. »Das einfache Schloss hast du doch schon gemeistert, das ist ein guter Anfang. Du musst nur noch ein wenig mehr auf deine Finger vertrauen. Deine Augen nützen dir nichts bei dieser Kunst. Morgen werde ich sie dir verbinden, damit sie dich nicht mehr ablenken.« Er klapste ihr unbeholfen auf den Rücken und schob sie zur Tür hinaus.

Karem sollte recht behalten. In den nächsten Tagen begann Tajo, dem feinen Gefühl ihrer Finger und Hände Vertrauen zu schenken. Ihre verbundenen Augen bewirkten zudem, dass sich ihr Gehör auf wundersame Weise schärfte, und sie jedes noch so leise Klicken im Inneren eines Schlosses aufzunehmen und richtig zu interpretieren vermochte. Ihr Lehrmeister zeigte sich zufrieden mit ihren Fortschritten, obwohl er häufig betonte, dass sein neuer Lehrjunge viel zu spät mit seiner Ausbildung bei ihm begonnen habe.

»Wenn ich dich hätte anlernen können, als du noch vier oder fünf Equils alt warst«, sinnierte er. »Was für einen Meisterdieb hätte ich aus dir machen können! Jetzt ist es zu spät; du wirst möglicherweise ein Könner in unserem Fach, aber sicher kein Meister mehr. Ach, es ist ein Jammer!«

Meister Karem war trotz seines Lamentierens ein guter, sanftmütiger Lehrer. Tajo fand schnell Vergnügen an der Kunst, die ihr Meister so liebte, und je geschickter sie sich zeigte, desto fröhlicher wurde der alte Dieb. Er erzählte von den goldenen Zeiten, da er noch dem letzten Scha'Yas gedient und die atemberaubendsten Abenteuer erlebt hatte. Der halbblinde Mann nahm sie mit sich auf lange Streifzüge durch die Stadt und zeigte ihr, wie man die Bewohner eines Hauses beobachtete, ihre Vorlieben und Eigenheiten auskundschaftete und die Häuser und Katen selbst auf den besten und am wenigsten gesicherten Einstieg prüfte, ohne dabei Aufsehen zu erregen.

Tajo schlief auf den gestapelten Schaffellen in Karems stickigem Zimmer, holte ihre Mahlzeiten in der benachbarten Garküche, lauschte seinen Geschichten und lernte.

Eines Morgens wachte Tajo von den klirrenden und klimpernden Geräuschen auf, mit denen Karem sein Handwerkszeug in einen ledernen Beutel packte. Tajo rieb sich die schweren Augen – ihr Schlaf war kurz gewesen, weil sie unter der strengen Aufsicht ihres Lehrers ihren ersten Einbruch bei Nacht gewagt hatte – und fragte schlaftrunken: »Was tut Ihr, Meister Karem?«

»Bleib liegen, Junge, ruh dich aus. Ich werde sicher einige Tage fort sein, der Alte Drache hat nach mir verlangt.« Der Dieb zwinkerte ihr zu. »Du hast dir eine Pause verdient.«

Tajo nickte nur und kroch wieder zwischen die Felle. Als sie erneut erwachte, war der Tag schon weit vorgeschritten. Sie trödelte unentschlossen in Karems düsterer Wohnung herum, dann verbrachte sie den Rest des Tages auf den Straßen des Basars. Es war heiß, und der Wind, der gegen Abend vom Hafen her aufkam, brachte keine Erfrischung. Tajo dachte mit Grausen an die stickige Wohnung des alten Karem und die kratzigen alten Felle ihres Lagers und lenkte kurzentschlossen ihre Schritte zu ihrem alten Unterschlupf. Das Innere des leer stehenden Hauses war immer schön kühl gewesen, dort ließ sich gut schlafen, wenn einen der Modergeruch nicht störte.

Tajo besaß inzwischen eigenes Werkzeug und machte sich einen Spaß daraus, durch eines der hinteren Fenster in das Haus einzusteigen. Es war eine stockdunkle Nacht, in der sie kaum die Hand vor Augen sah, aber sie kannte das Innere ihres Unterschlupfs gut genug, um auf eine Kerze als Beleuchtung verzichten zu können. Im Dunklen tastete sie sich zur Treppe vor und stieg lautlos hinauf. Karem hatte oft genug mit ihr geübt, wie man das knarrende Holz alter Treppen überlistete, und es machte ihr ein wahrhaft diebisches Vergnügen, das bei jeder sich bietenden Gelegenheit zu probieren.

Im oberen Stock öffnete sie die Tür zu einem der ehemaligen Schlafräume und blieb erschreckt stehen. Ein fremder Geruch wehte ihr daraus entgegen, nicht mehr wie früher nach Staub und altem Moder, sondern frisch und ein wenig scharf, wie Minze und kaltes Metall. Etwas regte sich in dem dunklen Gemach, Stoff raschelte.

Tajo fuhr herum und wollte flüchten, aber es war zu spät. Ein gespenstisches Licht flackerte auf und nagelte sie an ihren Platz. Sie blickte in ein Paar kalter Augen in einem Gesicht, das Tajo an einen Raubvogel erinnerte. Die Gestalt war in ein dunkles Gewand gehüllt, in ihrer Hand glomm ein winziger Ball aus grünem Feuer, und das gleiche unnatürliche Licht umzüngelte die düstere Gestalt.

»Oh«, seufzte Tajo. Ihre Knie wurden weich wie feuchter Lehm, und sie schlug die schützende Rune über Brust, Schultern und Stirn.

Die Erscheinung hob die Hand und berührte mit kalten Fingern Tajos Stirn. Tajo keuchte und fühlte, wie ihre Glieder erstarrten und ihr den Dienst verweigerten.

»Ibram«, rief Zorn scharf. Wenig später klappte eine Tür, und der schlaftrunkene Luca erklomm hinkend die Treppe.

»Wo ist Ibram?«, fragte der Magister ungehalten.

Luca zuckte mit den Achseln. »Sicher bei einer seiner Witwen.« Er musterte interessiert den gebannten Eindringling, der ihn aus angsterfüllten Augen anstarrte. »Was ist das hier?«

»Ein kleiner Dieb.«

»Soll ich Euch das Ungeziefer vom Halse schaffen, Magister?«, bot Luca an. Tajo versuchte, zu protestieren, aber weder Lippen noch Zunge gehorchten ihr.

Der Magister klopfte nachdenklich mit einem spitzen Zeigefinger gegen seine Zähne. »Nein«, entschied er. »Sperr ihn in die kleine Kammer.«

Luca packte Tajo am Arm und zerrte sie den Gang entlang. Der Magister hatte mit einem nachlässigen Winken seinen Bann gelöst, und Tajos Füße trugen sie wieder. Sie versuchte vergebens, sich gegen den brutalen Griff zu wehren. Luca hieb ihr beiläufig eine Faust gegen die Schläfe, sodass Sterne vor ihren Augen explodierten, schickte noch einen zweiten Schlag in die Rippen hinterher und schob sie unsanft in die fensterlose Kammer am Ende des Ganges. Die Tür knallte hinter ihr zu und ein Schlüssel drehte sich im Schloss.

Tajo rappelte sich vom Boden auf und schüttelte den Kopf, um das laute Brummen zu vertreiben, das ihr in den Ohren klang. Ihre Rippen schmerzten, als hätte ein Pferd sie getreten, aber noch mehr schmerzte die Demütigung. »Ein Magister. Musste ich ausgerechnet einer verdammten Kutte in die Arme laufen?« Ein wenig schämte sie sich ihrer Angst, die sie beim Anblick des vermeintlichen Gespenstes gezeigt hatte.

Sie tastete nach ihrer Werkzeugtasche, die unversehrt an ihrem Gürtel baumelte. Ihre Augen blitzten auf und sie zog die Zunge zwischen die Zähne. Sie drückte sich eng an die Tür, und als sie keinen Laut mehr von draußen hörte, führte sie den ersten Haken in das Türschloss ein.

Erst, als ihre Finger schmerzten und sich kaum noch krümmen ließen, gab Tajo auf. Der Magister musste das Türschloss verhext haben; es war von einfacher Machart, und Tajo wäre es normalerweise ein Leichtes gewesen, es innerhalb von Minuten zu öffnen. Entmutigt ließ sie sich auf den staubigen Boden sinken.

Die Zeit, die sie in dem finsteren, fensterlosen Gelass verbrachte, erschien ihr endlos. Sie schlief einen unruhigen, von Albträumen gestörten Schlaf, erwachte von ihrem knurrenden Magen und schlief irgendwann wieder ein. Als sie das nächste Mal aufwachte, hämmerte sie gegen die Tür, unter der ein Streifen Tageslicht zu sehen war. Draußen regte sich nichts. Angst kroch in ihr empor, ringelte sich um ihre Brust und drückte zu, dass ihr Atem stockte. Sie war durstig und hungrig, und ihre Finger schmerzten noch immer von den vergeblichen Versuchen, sich aus ihrem Gefängnis zu befreien.

Tajo leckte über ihre trockenen, staubbedeckten Lippen und schrie: »He, hallo! Hört mich jemand?« Sie trat mehrmals wuchtig gegen die Tür.

Das Knirschen des Schlüssels im Schloss beschleunigte ihren Puls. Die Tür schwang auf, und Tajo musste geblendet die

Augen schließen. »Gib Ruhe«, sagte eine melodische Männerstimme. Jemand trat ein, und Tajo blinzelte den Mann an. Es war keiner der beiden, die sie in der Nacht gesehen hatte, er war klein, von yasemitischem Aussehen und ein wenig geckenhaft gekleidet, und er kam ihr entfernt bekannt vor. Der Mann musterte sie in aller Seelenruhe.

»Und?«, fragte eine andere Stimme. Tajo zuckte zusammen, denn sie hatte nicht bemerkt, dass der Magister hinter dem kleinen Yasemiten stand.

»Ich denke, es ist der Bengel. Ich müsste mich sehr täuschen. Habt Ihr ihn befragt, Herr?«

»Noch nicht«, sagte der Dunkelgekleidete. Eine sanfte Drohung schwang in seiner Stimme mit, die Tajo schaudern machte.

»Soll ich ihn in Euer Studierzimmer bringen?«

Der Magister schüttelte den Kopf. »Nein, aber hol mir Luca. Für dich habe ich gleich noch einen anderen Auftrag.«

Der Yasemit nickte und ging. Tajo und der Magister musterten einander. Tajo verschränkte trotzig die Arme vor der Brust. »Und, was wird jetzt geschehen?«, fragte sie. »Wollt Ihr mich hier festhalten? Ich habe schließlich nichts getan.«

Der Magister lächelte. »Nein?«

Tajo biss die Zähne zusammen. Sie war hier eingestiegen, aber das Haus hatte bisher leer gestanden. Und sie hatte nichts beschädigt oder entwendet. »Ruft meinetwegen die Stadtwache. Ich habe Euch nichts gestohlen, aber Ihr habt mich eingesperrt und misshandelt!«

Der Magier hob eine Braue. »Misshandelt? Ich?«

»Nein, aber Euer Schläger. Der dort.« Tajo deutete auf Luca, der gerade eintrat.

Der Söldner grinste humorlos. »Beklagt der kleine Dieb sich etwa?«

Der Magister beachtete ihn nicht. »Komm her«, sagte er zu Tajo. Und als sie sich nicht rührte, hob er die Hand und winkte. Tajo spürte, wie unsichtbare Finger an ihr zerrten. »Na«, sagte sie empört. »Lasst das!« Die Finger lockerten ihren Griff.

Der Magister hob wieder eine Braue, seine Miene war eher amüsiert als ärgerlich.

»Schau an«, sagte er. »Ein kleiner Dieb mit überraschenden Fähigkeiten.« Er sah Luca nicht an, als er befahl: »Bring ihn in mein Studierzimmer. Und achte bitte darauf, ihn nicht wieder zu ›misshandeln‹, hörst du?«

Der Söldner schnaubte verächtlich, doch der Griff, mit dem er Tajo jetzt beim Arm packte, war nicht ganz so schmerzhaft wie am Abend zuvor. Als sie sich jedoch sträubte, knurrte er: »Du kannst dich ja meinetwegen hinter seiner Kutte verstecken, aber wenn du Zicken machst, verpass ich dir trotzdem ein blaues Auge!« Er verdrehte ihr zur Bekräftigung kurz und schmerzhaft den Arm.

Sie entschied, lammfromm mitzugehen. Nicht der Schläger war ihr Problem, sondern sein Herr.

Dann stand sie im Studierzimmer, einem kühlen, im Halbdunkel liegenden Raum. Die Vorhänge ließen nur wenig Licht ein und schützten vor der Hitze des yasemitischen Sommers.

Der Söldner schob sie in die Mitte des Zimmers und schloss die Tür. Tajo ließ sich ihr Unbehagen nicht anmerken, sie verschränkte die Arme und sah sich um. »Worauf warten wir?«, fragte sie.

Der große Mann musterte sie und schwieg.

»Du hast mich ›Dieb‹ genannt.« Tajo ließ nicht locker, aber er ignorierte sie. Sie zuckte die Schultern und setzte sich auf den Stuhl, der neben einem kleinen Tisch stand. Tajo betrachtete die Bücher, die darauf gestapelt lagen, aber als sie Anstalten machte, eins davon aufzuschlagen, knurrte der Mann: »Finger weg!« Es klang bösartig genug, um sie zurückzucken zu lassen.

Dann öffnete sich die Tür und der Magier trat ein. Er nickte dem Söldner zu, der sich stumm gegen die Tür lehnte. Dann sah er Tajo an, die sich alle Mühe gab, still sitzen zu bleiben und ihm einen trotzigen Blick zu schenken.

»Wie heißt du?«, fragte der Magier.

Tajo antwortete nicht. Wenn der Zauberer ihren Namen erfuhr, bekam er Gewalt über sie.

Der Magier lächelte. »Gut. Mein Junge, du hast etwas gestohlen, das mir gehört und das ich gerne zurückhätte.«

Tajo protestierte. Der Magier wischte ihren Widerspruch mit einer Handbewegung weg – und das war nicht nur bildlich gemeint. Tajo blieben die Worte im Hals stecken und sie schloss stumm und hilflos den Mund.

»Du hast meinen Diener bestohlen«, sagte er. »Gib mir mein Eigentum zurück.« Der Magier bewegte die Hand, und Tajo sah mit hervorquellenden Augen, wie die alte Lederbörse sich aus ihrer Tasche arbeitete und in die Hand des Magisters flog.

Dann löste sich der Bann, und Tajo sagte: »Das wusste ich nicht. Aber das alte Ding! Es war nur eine lumpige Münze darin!«

Magister Zorn hob den Kopf und sah sie scharf an. »Es waren Münzen darin?«, wiederholte er ungläubig.

»Eine«, wiederholte Tajo. »Ein Mhred. Und ich glaube, den hat mir der alte Massuf reingetan, denn als ich das erste Mal nachsah, war rein gar nichts in der Börse!«

Der Magier überraschte sie mit einem Lächeln, das gleichermaßen Überraschung und Freude ausstrahlte. »Ein Mhred«, wiederholte er. »Das ist aber wunderbar!«

Ist er verrückt?, fragte sich Tajo beklommen.

Magister Zorn hob die Hand mit dem Beutel und sagte zu dem Söldner, Luca: »Du musst deinen Lohn für diese Woche noch bekommen, habe ich recht?«

Luca nickte mit fragender Miene. Der Magister sah Tajo an, als er fortfuhr: »Diese leere Börse, mein Kind, ist ein ganz besonderes Ding. Schau her.« Er öffnete das Säckchen und schüttelte eine Handvoll Münzen heraus.

Tajo staunte mit offenem Mund. »Ich schwöre, sie war leer.«

»Du bist anscheinend genügsam«, erwiderte der Magister und gab Luca das Geld.

Der Magister zog den Lehnstuhl hinter dem Tisch hervor und setzte sich hinein. Seine langen Finger strichen über die Armlehne, dann stützte er sein Kinn in die Hand und sah Tajo an. »Wer sind deine Eltern?«

»Ich habe keine.«

»Keine Eltern«, murmelte der Magister. Er drehte ruhelos den Spinnenring, den er am Finger trug. »Kennst du den Alten Drachen?«

Sowohl Tajo als auch Luca fuhren auf. »Ja – nein«, stammelte Tajo. Aber Magister Zorn beachtete sie nicht, er fixierte den Söldner. »Du kennst ihn recht gut, Luca, das stimmt doch?«

Der große Mann kniff die Lippen zusammen, seine Augen funkelten bedrohlich. Er nickte stumm. Sein Gesicht sagte: *Bis hierhin und nicht weiter.*

Der Magister störte sich nicht daran. Er lehnte sich in den Stuhl zurück, legte die Fingerspitzen vor der Brust zusammen und sah Luca unverwandt an. »Du hast die Drecksarbeit für ihn gemacht«, sagte er im Plauderton.

»Das ist nicht …«, fuhr der Söldner auf.

»Was ist es nicht? Die Wahrheit?«, provozierte ihn der Magier. Tajo zog den Kopf ein. Das gab Ärger, sie konnte es riechen.

»Ich bin Euch keine Rechenschaft über mein Leben schuldig.« Lucas Hand öffnete und schloss sich nervös. Tajo konnte ihm ansehen, dass er am liebsten sein Schwert gezogen hätte oder dem Magister mit bloßen Händen an den Kragen gegangen wäre, wenn er sich nur getraut hätte. Sie verbarg ein Lachen hinter ihrer Hand.

Magister Zorn nickte langsam. »Keine Rechenschaft, das ist wahr.« Er sah Tajo an. »Der blaue Fleck da auf deiner Wange. War er das?«

Tajo fuhr mit den Fingern über die Stelle. Sie schmerzte ein wenig. »Das ist weniger schlimm als meine zerschlagenen Rippen«, sagte sie vorlaut.

Der Magister zog die Brauen zusammen. »Hast du ihn geschlagen?«, fragte er Luca.

Der Söldner erwiderte wütend: »Ja, und ich bedauere es, dass ich die Ratte nicht gleich totgeschlagen habe! Machen nichts als Ärger, diese kleinen Stromer und Diebe!«

Magister Zorn zuckte mit den Lidern. »Nichts als Ärger«, wiederholte er nachdenklich. Er fixierte Luca, und Tajo sah überrascht, dass der Blick alles andere als unfreundlich war, sondern eher bedauernd und ein wenig traurig.

»Du hast dich einmal für einen kleinen Stromer und Dieb zum Krüppel schlagen lassen.«

Luca stürmte zu dem Magus und riss ihn aus dem Stuhl. »Wer hat Euch das erzählt?«, brüllte er und schüttelte den Magier, der sich erstaunlicherweise nicht gegen den Angriff wehrte.

»Elidar«, sagte er nur.

Das unschuldige Wort hatte die Wirkung eines Faustschlags. Der Söldner ließ Magister Zorn los und prallte zurück. »Woher kennt Ihr diesen Namen?«

Tajo sah von einem zum anderen. Die Spannung zwischen den beiden so unterschiedlichen Männern war mit Händen zu greifen.

»Nun«, sagte der Magier, »ich weiß, dass du früher nicht so unsanft mit einem kleinen Streuner umgegangen wärst, wie du es mit diesem hier getan hast. Du hast ganz im Gegenteil sogar deine Gesundheit und dein Leben für Elidar riskiert.«

Luca schnaubte verächtlich. »Jeder begeht einmal eine Dummheit.«

Magister Zorn nickte nachdenklich. Er sah Tajo an. »Vielleicht sollte ich dir und dem großen, bösen Söldner da drüben eine kleine Geschichte erzählen.« Er klopfte mit dem Spinnenring gegen seine Zähne und lächelte. »Das machen wir. Setz dich hin, Luca, dort ist noch ein Stuhl. Und du, junger Dieb, hast doch sicher Hunger und Durst? Bediene dich.«

Tajo riss die Augen auf, denn genau in diesem Moment öffnete sich die Tür und der kleine Yasemit trat mit einem hochbeladenen Tablett voller Leckereien ins Zimmer. »Frühstück«, rief er fröhlich.

Der Magister bedeutete ihm, das Tablett auf den Tisch neben Tajo zu stellen, und wartete, bis der Yasemit wieder gegangen war und die Tür fest hinter sich geschlossen hatte.

»Was gibt das jetzt?«, knurrte der Söldner, aber er nahm gehorsam Platz.

Tajo beachtete ihn nicht weiter, sie stürzte sich auf das Festmahl. So gut hatte sie schon lange nicht mehr gegessen – nein, so gut hatte sie noch nie gegessen! Sie kaute und schluckte und stöhnte vor Behagen, während der Magister ihr geduldig zusah.

Dann lehnte Tajo sich zurück und sagte: »Das war also die Entschädigung dafür, dass Ihr mich hier festhaltet?«

Magister Zorn legte die Stirn in Falten. »Du hast das mit meiner Börse vergessen?«

Tajos Grinsen erlosch. »Euer Diener war unaufmerksam«, verteidigte sie sich.

»Das war er. Und das war dein Glück, denn sonst wärst du jetzt nicht mehr in der Lage, ein Frühstück zu verputzen. Was du, wie ich bemerken möchte, mit erstaunlichem Erfolg getan hast.«

Tajo blickte auf das Tablett, das nahezu leergefegt war.

»Also, was ist nun mit dieser Geschichte«, warf der Söldner ein. »Ich sitze ungern herum.«

»Die Geschichte, ungeduldiger Luca. Nun, ich habe sie euch versprochen, also hört mir zu.« Magister Zorn lehnte sich zurück und schloss für einen Moment die Augen. Dann begann er zu sprechen: »Hört die Geschichte von Elidar und einer langen, weiten und gefahrvollen Reise, die schließlich an ihren Anfang zurückführt …«

5

Nackte Füße klatschten auf das sonnenglühende Pflaster. Arme ruderten, ein dunkler Schopf wippte im Rhythmus der Schritte. Schneller, keuchender Atem, fliegende Beine.

Durch die Glasmachergasse, eintauchen in die dämmrige Schlucht des Basars. Glitzernde Metallfäden, sattes Rot, dunkles Blau, Honigduft, saftstrotzend reifes Obst, von Wespen umschwirrt, Säcke voller Gewürze. Kein Blick für die leuchtende

Pracht der Auslagen. Laufen. Die schweren Schritte der Büttel im Ohr. *Lauf schneller …*

Luca trat aus der Taverne in das blendende Licht des frühen Nachmittags und blinzelte. Er ordnete die Falten seines hellen Umhangs und rückte das Cingulum zurecht.

»Was ist, willst du da anwachsen?«, dröhnte Rufus und stieß ihm die Faust in den Rücken. Luca trat einen Schritt beiseite, damit der andere ins Freie treten konnte. »Gehen wir noch zum Hahnenkampf?«

Rufus sah zum Himmel auf. »Muss mich sputen. Der Alte macht mich einen Kopf kürzer, wenn ich wieder zu spät komme.«

»He«, rief Luca. »Denk an unseren Ruf. Wie sieht das denn aus, ein rennender ›Unsterblicher‹?«

Rufus wandte im Laufen den Kopf und vollführte mit zwei Fingern eine äußerst obszöne Geste, die Luca breit grinsend mit der geballten Faust beantwortete.

Immer noch lachend drehte er sich um und prallte hart mit jemandem zusammen. »Uff – hoppla«, sagte er und hielt sich an dem anderen fest, um nicht das Gleichgewicht zu verlieren.

»Lass mich los«, rief eine helle, wütende Stimme. Ein nackter Fuß stampfte auf Lucas Sandale, und ein erstaunlich spitzer Ellbogen rammte sich in seinen Bauch.

»He, he, immer mit der Ruhe«, brummte der ledonische Gardist und hielt den Jungen fest. »Warum hast du es denn so eilig … ah!«

Zwei Büttel keuchten um die Ecke. Noch hatten sie den Jungen in Lucas Griff nicht entdeckt, weil der breite Rücken des Soldaten ihn ihren Blicken entzog, aber mit jedem Schritt, den sie näher kamen, wurde das stumme, verbissene Zappeln unter seinen Händen heftiger.

»Hier rein«, sagte Luca und schob den Jungen in den Eingang der Taverne. Er verschränkte seine Arme und lehnte sich bequem in die Türöffnung. In seinem Rücken atmete es leise und schnell.

»Soldat«, keuchte einer der Büttel. Sie standen in der Mitte der Gasse und sahen sich hektisch um. »Hast du gerade einen jungen Burschen hier vorbeilaufen sehen?«

»Hmm«, machte Luca und bohrte desinteressiert zwischen seinen Zähnen herum. Er spuckte aus und deutete vage in Richtung Basar. »So ein zerlumpter Bengel? Da ist er lang.«

Der ältere der beiden Büttel blickte verdutzt. »Aber dann hätte er doch an uns vorbeigemusst.«

Luca zuckte mit den Achseln. »Vielleicht war es ja ein anderer.« Er ruckte an seinem Cingulum, was die silberfarbenen Metallplättchen leise zum Klimpern brachte, und beugte sich vor. Die Sonne streifte seine weißgewandete Schulter.

Der jüngere Büttel machte riesengroße Augen und legte die Hände vor der Brust zusammen, der ältere verbeugte sich hastig. »Verzeiht, wir haben nicht erkannt – der Schatten ... Wir wollten Euch nicht belästigen, Herr!« Er verneigte sich erneut, noch tiefer, und der Jüngere tat es ihm eilig nach.

»Schon gut, schon gut«, sagte Luca herablassend. »Geht, tut eure Pflicht, wackere Männer.«

Die beiden machten kehrt und entfernten sich schnell.

»Sie laufen wie die Hasen«, sagte Luca und kicherte. »Warte, bis sie um die Ecke sind.«

Er drehte sich um und musterte den Jungen, der sich in die Türöffnung drückte. »Was hast du angestellt, dass sie in der Mittagshitze hinter dir her rennen? Ich dachte, den Dicken trifft jeden Moment der Schlag.« Er lächelte den Jungen an.

Der musterte ihn mit einem ernsten Blick. »Du bist ein ›Unsterblicher‹«, sagte er.

»Offensichtlich.«

»Das ist dummes Zeug, oder?« Der Junge zog die Unterlippe zwischen die Zähne. Er hatte blendend weiße Zähne und kohlschwarze Augen, die ihn zu durchbohren schienen.

»Was ist dummes Zeug?« Luca tat, als wisse er nicht, worauf der Junge hinauswollte.

»Dass ihr nicht sterbt. Das ist doch dummes Zeug, oder? Seid ihr Zauberer?« Seine Augen leuchteten.

Die Tür öffnete sich und der Wirt steckte schimpfend den Kopf heraus. »Was treibt ihr hier auf meiner Schwelle, ihr stinkenden Tagediebe? Satt'ka röste euch in der untersten Hölle, ihr vertreibt mir meine Gäste, elendes Pack!«

»Ho, ruhig, Wirt«, Luca hob die Hand. »Wir haben niemanden verjagt.«

Der Wirt kniff die Augen zusammen und sank in eine Verbeugung. »Vergebt einem Unwürdigen, edler Herr! Ich habe Euch nicht gleich erkannt. Kommt herein, dass ich Euch und Euren Begleiter labe!« Er warf einen flüchtigen Blick auf den Jungen, und seine Augen weiteten sich. »Oh. Uh. Nun ... Ihr seid mir jederzeit willkommen, Unsterblicher. Aber leider fällt mir gerade ein, dass ich ... meine Großmutter ist gestorben, gerade, ich bin untröstlich. Vergebung, ich muss mich um ihr Begräbnis kümmern.« Die Tür knallte zu und ein Riegel schnappte vor.

»Was war das denn?« Luca starrte verdutzt die Tür an. Drinnen konnte man den Wirt murmeln hören, aber die Tür blieb verschlossen.

»He!«, brüllte Luca und trat fest gegen die unschuldige Tür. Der Junge hatte die Arme vor der Brust verschränkt und starrte zu Boden. »Es ist wegen mir«, sagte er leise.

»Was sagst du?«, der Gardist fuhr herum. »Was bedeutet das?«

Der Junge hob das Gesicht. Es war hell wie das eines Nord-Ledoniers. Die Yasemiten waren allesamt dunkel wie ihr bitterer Cha'fai oder reife Datteln, aber dieser Junge hatte trotz seiner schwarzen Haare und Augen eine porzellanweiße Haut.

»Du bist kein Yasemit, oder?«, fragte Luca.

Das Gesicht des Jungen war verschlossen. Er hob die Schultern, als erwarte er Prügel.

Luca legte seine große Hand auf die erschreckend magere Schulter des Jungen und gab ihm einen aufmunternden Klaps. »He, ich könnte einen Happen vertragen. Wie steht es mit dir?«

»Hmhm«, machte der Junge scheinbar uninteressiert, aber Luca sah die Hoffnung in seinem Gesicht.

»Wie heißt du überhaupt?«, fragte Luca, während er den Jungen Richtung Basar schob.

»Elidar«, antwortete der Junge.

»Luca«, stellte der Gardist sich vor.

»Luca, der Unsterbliche«, erwiderte Elidar und lachte mit blitzenden Zähnen.

»Was wollten die Büttel von dir?« Luca lehnte entspannt an der grob gekalkten Wand und stemmte seinen Fuß gegen die Bank, auf der Elidar hockte. Der Junge kaute hingebungsvoll auf einem gefüllten Pfannkuchen herum. Er schluckte und kratzte sich an der Nase. »Na ja«, sagt er zögernd.

»Du hast was mitgehen lassen, was dir nicht gehört.« Luca kniff ein Auge zu.

»Hm«, machte Elidar.

Luca stützte sein Kinn auf die Hand und sah dem Jungen beim Essen zu. »Warum gehst du nicht zur Wache? Wie alt bist du? Elf, zwölf? Der Statthalter nimmt gerne Jungen in deinem Alter auf. Du bekommst ein Bett und zu essen, eine Ausbildung und ein kleines Handgeld, und du dienst einem Gardisten als Burschen, bis du alt genug bist, eine Waffe zu tragen. Wäre das nichts?«

Elidar schüttelte den Kopf. »Die nehmen mich nicht«, sagte er mit vollem Mund.

Luca wurde ärgerlich. »Das ist doch dummes Zeug. Du bist gerade gewachsen und nicht zu klein, du bist zwar mager, aber gesund und flink – warum sollte die Wache dich nicht nehmen?«

Elidar schüttelte stur den Kopf. »Die nehmen mich nicht, wirklich.« Er schob das letzte Stückchen Pfannkuchen in seinen Mund, wischte die fettigen Finger an seiner Hose ab und ruckte auf der Bank herum.

»Sag doch einfach, wenn du keine Lust dazu hast. Auch wenn das dumm von dir ist, sehr dumm!« Luca warf ein paar Münzen auf den Tisch und stand auf. »Fertig? Gehen wir.«

Der Junge sah misstrauisch zu ihm auf. »Wohin?«

Der Gardist streckte sich. »Ich habe genug gesessen. Gehen wir einfach.«

Elidar folgte Luca hinaus. »Danke«, sagte er.

»He, halt«, Luca hielt ihn am Ärmel fest. »Kommst du nicht mit?« Er zwinkerte wieder.

Elidars Blick wurde noch misstrauischer. »Ich weiß nicht ...«

»Ich habe heute einen freien Tag.« Normalerweise gehe ich ein bisschen zum Hahnenkampf oder zum Würfeln, und dann trinke ich was. Wenn ich gerade meinen Sold bekommen habe, gehe ich auch mal ins Badehaus.« Luca grinste. »Weißt du was? Ich *habe* gerade meinen Sold bekommen.«

Elidar machte zwei Schritte rückwärts. »Danke, aber ich gehe jetzt lieber.«

Luca lachte. »Zier dich nicht. Es wird von uns erwartet, jeden Tag etwas Wohltätiges zu tun, ohne Dank dafür zu bekommen.« Er klopfte dem Jungen auf die Schulter. »Du bist mein Opfer für heute. Widerstand ist zwecklos!«

Der Junge schrumpfte in seinen Lumpen zusammen wie eine angehauchte Schnecke ins Gehäuse. »Nein, danke«, stammelte er und versuchte, sich loszumachen.

Luca hockte sich vor ihn hin, sodass sie auf Augenhöhe waren. »Wovor hast du Angst?«, fragte er sanft. »Du siehst nicht aus wie ein Bursche, der sich vor irgendetwas fürchtet. Ich bin kein Liebhaber von mageren kleinen Jungen, wenn du das denkst. Ich lade dich nur ins Badehaus ein, und du hast ein Bad dringend nötig.«

Elidar blickte finster zu Boden. Luca sah seine helle Stirn blutrot aufflammen. »Warst du überhaupt schon mal im Badehaus?« Elidar schüttelte den Kopf.

»Na, dann komm einfach mit.« Luca erhob sich. »Es tut nicht weh, versprochen.«

Der Junge wisperte etwas. Luca beugte sich zu ihm und bat ihn, es zu wiederholen.

»Darf ich meine Ilbas anbehalten?«

»Deine ..« Luca sah ihn fragend an.

»Meine Ilbas. Mein – mein ...« Der Junge macht eine hilflose

Handbewegung. Endlich verstand Luca und hielt sich die Hand vor den Mund, um Elidar nicht durch sein Lachen zu kränken.

»Du bekommst ein schönes großes Handtuch vom Bademeister«, sagte er. »Das kannst du dir umbinden. Nun komm schon, du Veilchen.« Er zog Elidar mit sich.

Während sie die belebte Straße der Engel entlanggingen, der Junge stumm und ergeben an seiner Seite, fragte Luca sich, was ihn geritten haben mochte, sich an seinem freien Tag mit diesem Bettlerkind abzugeben, es abzufüttern und gegen seinen Willen ins Badehaus zu schleppen, statt einen seiner Kameraden als Begleitung zu wählen. Er schüttelte den Kopf.

»Was ist ein ›Veilchen‹?«, riss Elidar ihn aus seinen Gedanken.

Luca begann, ihm von den Pflanzen Ledons zu erzählen, ging dann über zu Tieren und Menschen, Provinzen und Städten, landete dann bei seinem Heimatdorf und stellte plötzlich fest, dass er von Heimweh geschüttelt wurde wie schon lange nicht mehr. Er hielt inne und räusperte sich heftig, glaubte die salzige, kühle Luft seiner Heimat zu riechen und die Schreie der Seevögel zu hören.

»Warum bist du hier und nicht zu Hause?« Die helle Stimme des Jungen holte ihn mit einem Ruck in die staubig-heiße Gegenwart zurück.

Er schnaubte. »Der Statthalter braucht Soldaten. Und meine Familie ist arm. Wenn ich eines Tages heiraten will, dann muss ich mir das leisten können.«

Elidar nickte nachdrücklich. »Es ist nicht schön, kein Geld zu haben.« Sein Gesicht wurde noch schmaler. »Und keine Familie«, setzte er beinahe unhörbar hinzu.

»Deine Eltern?«

»Ich habe keine Mutter. Mein Vater ist Mukhar-Dag«, erwiderte der Junge trotzig.

Luca kramte in seinem Gedächtnis. Mukhar-Dag war ein Dkhev-Name, der ihm verflucht bekannt vorkam … das war doch …

»Mukhar-Dag?«, entfuhr es ihm. »Der Alte Drache?«

»Meine Ziehmutter hat es mir gesagt. Und sie hat mich nie belogen.« Elidar erwiderte Lucas verblüfften Blick zornig.

Der Gardist zog ihn aus dem Strom der Passanten neben eine nach Fisch und Öl stinkende Garküche und legte ihm beide Hände auf die Schultern. »Schau mal«, sagte er geduldig. »Du bist ein Mensch. Das da drüben«, er deutete auf einen Dkhev, der in einen fettigen Backfisch biss, dass die Gräten splitterten, »das da drüben ist ein Dkhev. Siehst du seine Schuppen und die lange Zunge? Mukhar-Dag kann nicht der Vater eines Menschenjungen sein, Kleiner. Deine Ziehmutter hat dich aufgezogen.«

»Ja, allerdings, das hat sie«, konterte Elidar vergnügt.

»Ach, du weißt, was ich meine«, erwiderte Luca, aber er musste auch lachen. »Du hast mich ganz schön aufs Eis geführt!« Er gab Elidar einen Klaps und schob ihn dann zurück auf die Straße. »Komm jetzt. Ich will noch was vom Tag haben.«

Er hatte erwartet, dass der Junge sich doch noch vor dem Betreten des Badehauses drücken würde. Aber Elidar trottete gefügig neben ihm her durch den Eingang und verschränkte dabei unbehaglich die Arme vor dem schmalen Brustkasten. Luca bezahlte den Eintritt für beide und schob Elidar zum Eingang des Männerbads. In der großen Halle hörte man Stimmen und Gelächter, die sich an den blaugold gekachelten Wänden brachen und als fröhlicher Lärm von der gekuppelten Decke zurückschwappten. Elidar sah sich um und musterte die Frauen, die hinter ihnen den zweiten Eingang passierten. Alte Frauen in langen Jilbabs, Haar und Schultern mit einem dunklen Shayla bedeckt, trugen Körbe am Arm, aus denen es verlockend duftete. Junge Frauen mit ihren Kindern an der Hand in hellen Kaftanen und Hosen, schwatzend und lachend, kichernde Mädchen, die mit ihren Freundinnen durch die Halle liefen, die Zöpfe tanzten auf ihren Schultern.

Auf der Männerseite sah er alte Yasemiten in ihren weiten Dishdashs, das graue Haar mit bestickten Käppchen bedeckt. Sie sprachen leise miteinander, während sie auf ihre Stöcke gestützt voranschritten. Junge Männer in Hemden und enggewickelten Hosen mit dunklen Bärten und lauten Stimmen; Kaufleute, die ihren Bauch in der bestickten Weste und ihre wichtige Miene vor sich hertrugen wie eine Standarte, ein paar hellhäutige Gardisten mit von der Hitze geröteten Gesichtern, den Helm unter den Arm geklemmt, die Luca zunickten ... Elidar seufzte. Luca sah seinen Blick, der sehnsuchtsvoll zur Frauenseite schweifte, und lächelte. »Hübsche Dinger, hm?«

Elidar nickte verkniffen. Luca legte die Hand auf seine Schulter und schob ihn in den langen, gekachelten Gang, in dem alle Schritte trotz der weichen Pantoffeln und Ledersandalen so laut hallten, als trügen die Badegäste genagelte Schuhe.

»Dort kannst du dich ausziehen«, sagte Luca und deutete auf eine Reihe kleiner Nischen, die mit Bänken und Körben ausgestattet waren. »Leg deine Sachen in den Korb.«

Elidar blickte sich mit unglücklicher Miene um. Dann zuckte er ergeben mit den Schultern.

Luca sah ihm mit halb offenem Mund zu. Der Junge wand sich wie eine Schlange, um ja keinen Flecken nackter Haut sehen zu lassen. Die zerlumpte Hose fiel um die dünnen Knöchel, dann griff Elidar hastig nach einem großen Badetuch, wand es sich unter seinen Sachen um den Leib und schlängelte sich dann aus dem schmutzigen, viel zu großen Hemd.

»Junge«, sagte Luca beeindruckt, »Junge ...« Er schüttelte den Kopf und zog seine Uniform aus. »He, Bursche«, er winkte einen Badejungen heran und drückte ihm eine Münze in die Hand. »Pass auf, dass keiner mein Schwert klaut.«

Um sie herum standen und gingen schwatzende und schweigende Männer in fröhlicher Nacktheit, riefen sich Scherze zu und betraten die verschiedenen Räume, aus denen Plätschern, Stimmen und Musik erklang.

»Zuerst das Waschen«, kündigte Luca an und deutete auf einen niedrigen Durchgang. Elidar warf einen Blick hinein, und schrak zurück.

»Du hast gesagt, ich muss nicht nackt ...« Er schüttelte den Kopf und machte Anstalten, zu seinen Kleidern zurückzuflüchten.

»Halt, halt«, Luca hielt ihn am Arm fest. »Bist du sicher, dass du ein Yasemit bist? Du benimmst dich so schamhaft wie ein Berg-Ledonier.« Luca seufzte. »Also gut.« Er sah sich um und winkte dann einem Mann in weißer Hose und mit nacktem Oberkörper zu. »Jabir, ich brauche eine Zelle.«

Der Bademeister verneigte sich kurz und geleitete die beiden zu einer Tür mit Vorhang. »Wünscht ihr meine Dienste?«

Luca warf einen Seitenblick auf Elidar und verneinte bedauernd. Der Bademeister nickte mit ausdruckslosem Gesicht, verbeugte sich wieder und entfernte sich.

»Da geht er hin, der Meister aller Masseure und das größte Klatschmaul des Badehauses«, murmelte Luca. »Und er wird die Nachricht verbreiten, dass Luca der Ledonier mit einem kleinen Jungen in eine Zelle gegangen ist.« Mit einem Achselzucken tat er den Gedanken ab und öffnete den Vorhang zu dem kleinen Raum. »Rein mit dir, du Zerstörer meines Rufes.«

Elidar trat ein und sah sich um. Eine Bank, ein Zuber mit Wasser, Bürsten und Seife.

»Waschen«, sagte Luca kurz. »Weißt du, wie das geht? Hast du das schon mal gemacht? Vergiss die Ohren nicht.«

Elidar errötete und griff nach der Seife. »Drehst du dich um?«

»Was? Ach, na gut!« Halb wütend, halb lachend drehte Luca sich in der Enge zur hölzernen Wand, die diese Zelle von der benachbarten trennte, und begutachtete ihre Maserung. Hinter sich hörte er zaghaftes, dann immer lauter werdendes Plätschern und Platschen.

»Wenn du versprichst, dich regelmäßig zu waschen, mache ich dich zu meinem Burschen«, hörte er sich zu seiner eigenen Überraschung sagen.

Hinter Luca erklang ein erschrecktes »Hu«, dann polterte etwas zu Boden. Wasser platschte über den Rand des Bottichs und spritzte gegen Lucas Beine. Er schreckte herum.

»Oh«, sagte er. Und nochmal »Oh«.

Elidar war halb aus dem Bottich geklettert, stand erstarrt da und umklammerte das Badetuch. Schwarze Augen in einem totenblassen Gesicht flehten Luca an.

Der Gardist drehte sich hastig wieder um und räusperte sich. »Du hättest etwas sagen können«, murmelte er, als er sich seiner festen Stimme wieder sicher war. »Wenn uns hier jemand erwischt … Ich wäre hinterher nicht mehr derselbe.« Er versuchte ein Lachen, das ein wenig krächzend ausfiel. Hinter ihm trocknete Elidar sich hastig ab.

»Lauf jetzt nicht weg«, sagte Luca. »Ich bringe dich raus. Keine Sorge, ich halte den Mund.« Er räusperte sich wieder. »Bist du fertig?«

Ein zustimmendes Geräusch. Luca drehte sich um und öffnete den Vorhang.

Sie gingen zurück zu der Nische mit Elidars Kleidern. Luca stellte sich davor auf und verdeckte mit seinem breiten Kreuz den Blick auf Elidar. »Fertig?«, fragte er nach einer Weile.

»Ja.«

»Dann komm.« Luca legte eine Hand auf Elidars Rücken und schob seinen Schützling zur Halle zurück. »Halt«, sagte er dort. Er fingerte ein paar Münzen aus seinem verknoteten Badetuch und drückte sie Elidar in die Finger. »Geh rüber«, sagte er und deutete mit einem Nicken zum gegenüberliegenden Eingang. »Lass dir von der Badefrau zeigen, wie alles geht. Wenn der Rufer das Abendgebet anstimmt, treffen wir uns wieder hier in der Halle, ja?« Er lächelte. »Ich brauche nach dem Bad immer ein kleines Abendessen.«

Elidar zögerte. Dann leuchtete das blasse Gesicht auf. »Danke.«

Luca sah zu, wie das magere Kind ohne zu zögern die Halle durchquerte und sich unter die schwatzenden und lachenden Mädchen und Frauen mischte. Er erhaschte noch einen kurzen Blick auf eine schmale Gestalt mit hocherhobenem Kopf, die durch den Eingang der Frauen trat, dann war Elidar verschwunden.

Luca blieb noch eine Weile nachdenklich im Eingang zum Männerbad stehen. »Was mache ich hier eigentlich?«, fragte er sich schließlich laut und erntete dafür einen befremdeten Blick eines älteren Yasemiten. Er lächelte dem Mann zu, zuckte mit den Achseln und betrat das Bad. »Eine Massage bist du mir schuldig, Jabir, altes Klatschmaul«, murmelte er. »Mal sehen, was für einen Bären ich dir jetzt aufbinden muss.«

Zur verabredeten Stunde wartete Luca vergebens auf Elidar. Er setzte sich auf eine Ruhebank, senkte den Kopf und verschränkte die Arme vor der Brust.

Den neugierigen Bademeister hatte er ruhig gestellt, indem er ihm ein paar Münzen »für seine Mühe« in die Hand gedrückt und ihm versichert hatte, wie hoch er sein schweigsames Wesen und seine zurückhaltende Art schätzte. Jabir war ein Klatschmaul, aber er wusste auch, wann es besser war, zu schweigen. Kein Yasemit legte sich mutwillig mit der Garde des Statthalters an, niemand mit klarem Verstand wollte es riskieren, sich einen »Unsterblichen« zum Feind zu machen.

Luca wartete, bis der Abendruf wiederholt wurde. Dann stand er auf und ging. Elidar hatte ihn offensichtlich versetzt.

»Dummkopf«, schimpfte er stumm, und wusste nicht recht, ob er damit Elidar meinte oder sich selbst.

Er kehrte zurück in sein Quartier und vergaß Elidar.

6

Es waren unruhige Zeiten für das Reich. Ledon herrschte seit Langem über den größten Teil der bekannten Welt, und eine nahezu unüberschaubare Zahl von Soldaten, Offizieren, Gardisten und Beamten im Dienste der Verwaltung waren damit beschäftigt, die Ruhe und Ordnung im groß-ledonischen Herrschaftsgebiet aufrecht zu erhalten.

Es gehörte zu den Eigenheiten des Imperiums, dass sich von Zeit zu Zeit Patrizierhäuser miteinander zerstritten. Dieses Mal waren sogar mehrere der bedeutendsten Häuser in diesen Streit verwickelt, und das brachte die Strukturen des Reiches zum Erzittern.

Yasaim gehörte jedoch zu den Randgebieten des ledonischen Imperiums. Seine Bewohner wurden kaum von den Wirren und Unruhen in der fernen Hauptstadt des Reiches berührt. Der ledonische Statthalter Maurus war ein fülliger, phlegmatischer Mann, der nun schon seit beinahe zwanzig Equils im vormaligen Scha'Yassim-Serail residierte.

Maurus, Sohn eines der unbedeutenderen Patrizierhäuser, war als junger Mann nach Yasaim geschickt worden. Er war dankbar für diesen ebenfalls unbedeutenden Statthalterposten am Rande des Imperiums und deshalb (und auch aus reiner Gewohnheit) dem ledonischen Kurator treu ergeben. In jungen Jahren war der Statthalter von schlanker Gestalt und reizbarem Temperament gewesen, aber beides war im Laufe der Equils und in der Hitze der yasemitischen Sonne geschmolzen und hatte einer bedächtigeren Natur und einem ausgeprägten Sinn für die Freuden leiblicher Genüsse Platz gemacht.

Deshalb pflegte er auch die Beamten des Kurators, die sich gelegentlich in Kayvans alten Königspalast verirrten, freundlich zu empfangen und fürstlich zu bewirten.

»Was gibt es Neues?«, fragte er, sich in die großen Kissen seines Ruhebettes zurücklehnend. Er schwenkte seinen Becher und spritzte dabei Wein auf sein Gewand.

Sein Gast, ein magenkrank wirkender Beamter der Steuerbehörde, pickte mit der Spitze seines kleinen Fingers ein Bröckchen Brot aus seinem Mundwinkel und sagte gedehnt: »Nun ...« Er deutete beiläufig auf seinen leeren Becher. Der Diener, der hinter seinem Stuhl stand, beugte sich vor, um ihn aufzufüllen. »Du hast sicher vernommen, dass die Narviti und die Artagoi sich vor zwei Equils um die Besitzrechte an Weinbergen im südlichen Valanon gestritten haben«, sagte er.

Der Statthalter nickte gelangweilt. »Haben sie sich inzwischen geeinigt?«

»Im Gegenteil.« Sein Gast befeuchtete seine Lippen. »Mittlerweile ist daraus eine Streitigkeit geworden, die das gesamte Valanon betrifft, und die Attini und die Mocaveri sind ebenfalls darin verwickelt.« Er schüttelte den Kopf. »Der Kurator ist außer sich!«

Der Statthalter kicherte und biss in eine Ghilvan-Frucht, die dabei eine großzügige Menge von dunkelgelben, klebrigen Samen auf sein besudeltes Gewand versprühte. »Was hat der Kurator vor?«

»Ich bin zwar nicht der Intimus seiner Herrlichkeit«, murmelte der Beamte in gespielter Bescheidenheit, »aber ich darf mich rühmen, das Vertrauen einiger hochgestellter Persönlichkeiten aus seinem allerengsten Kreis zu besitzen.« Er beugte sich vor und hauchte: »Die Mondprinzessin ... du verstehst?«

Der Statthalter grunzte, er wirkte nicht sehr beeindruckt. Nyimaganyi-Chun, »Morgenblüte«, die Zweitfrau des Kurators, besaß nur unbedeutenden Einfluss, wenn es um die Intrigen und politischen Verästelungen des Imperiums ging. Sie war die jüngste Schwester des 123. Dyen-Shu von Malandakay, seiner kaiserlichen Heiligkeit Nogyan Melku Tietin, und hatte weder am Smaragdenen Hof noch im Palatium des Kurators auch nur das Mindeste zu sagen. Jeder wusste, dass sie das Pfand des Friedens zwischen den beiden größten Reichen der bekannten Welt darstellte – nicht weniger, aber auch nicht mehr.

»Morgenblüte zeigt sich äußerst besorgt über die Entwicklungen«, berichtete der Beamte. »Die Narviti und die Artagoi sind inzwischen in allergrößte Ungnade gefallen, der Kurator empfängt beide Prinzipale nicht mehr bei Hofe.«

»Uhm«, machte der Statthalter und wischte sich die klebrigen Finger an dem feuchten Tuch ab, das sein Leibdiener ihm reichte. Sein Blick fiel auf die Gardisten, die die Tür bewachten. »Du«, winkte er.

»Subadar«, der angesprochene Gardist schlug mit der Faust gegen seinen Brustpanzer und verneigte sich.

»Ach, diese lokalen Sitten – köstlich!«, begeisterte sich der Steuerbeamte und nahm ein weiteres Stück Braten.

»Gardist, welches Haus bezahlt deinen Sold?«

»Das Haus Lampador, Subadar.«

Maurus nickte. »Gut, gut. Weißt du, ob unter deinen Kameraden Narviti- oder Artagoi-Anhänger sind?«

»Das kann dir sicher der Tesserar beantworten, Subadar«, erwiderte der Gardist ausweichend.

»Hmm«, machte der Statthalter unzufrieden. »Du da!« Sein Zeigefinger stocherte nach dem zweiten Gardisten. »Wer hat deine Ausbildung bezahlt?«

»Ihre Majestät, die Mondprinzessin, Subadar«, sagte Luca.

»Oh«, sagte der Steuerbeamte entzückt. »Oh, die liebliche Morgenblüte. Ich wusste gar nicht, dass sie eigene Soldaten unterhält.«

»Das tut sie auch nicht«, unterbrach der Statthalter rüde. »Es gibt einen Etat unter ihrem Patronat für junge Männer, die über keinerlei Protektion verfügen, aber gutes Soldatenmaterial abgeben. Dieser Gardist ist ein armer Schlucker aus einer Familie von Habenichtsen.«

Luca nahm die Beleidigung gleichmütig hin. Dergleichen hatte er im Dienst des Statthalters schon reichlich hinunterschlucken müssen.

Das Gespräch wandte sich einem anderen Thema zu. Luca wechselte das Standbein und ließ seine Gedanken wandern. Natürlich waren Soldaten der beiden in Ungnade gefallenen Häuser unter den Gardisten. Er war sich sogar einigermaßen sicher, dass Ioann, der neben ihm stand, ein Artagoi war und das vor dem Statthalter bloß nicht hatte zugeben wollen. Subadar Maurus war ein unberechenbarer Herr. Wenn die Nase eines Gardisten ihm nicht gefiel, wurde der Soldat umgehend entfernt, auch wenn der Tesserar deswegen schäumte. Das war unangenehm, weil die Reise zurück ins ferne Ledon bei einer unehrenhaften Entlassung aus eigener Tasche bezahlt werden musste, und die Prinzipale in der Regel ungnädig auf solch einen Vorfall reagierten.

Nicht zum ersten Mal kamen Luca Zweifel darüber, ob es vernünftig war, wenn ein Herrscher wie der Kurator seine Soldaten zum größten Teil von den Patrizierhäusern bezahlen ließ. Was, wenn sich die Häuser gegen ihn zusammenschlossen? Bei einem solchen Putsch stünde dem Kurator nur die imperiale Garde zur Seite – sie war zwar durchaus eine Eliteeinheit, aber zahlenmäßig den Truppen der Häuser weit unterlegen.

Aber es war doch höchst unwahrscheinlich, dass sich die Häuser verbündeten. Wie hieß das Sprichwort? »Eher würde der Erste Hierodule zulassen, dass der Jason-Tempel in ein Bordell verwandelt wird.«

Die Diener trugen Cha'fai, ledonischen Tee und Süßigkeiten auf, das Mahl ging seinem Ende entgegen. Luca gestattete sich einen Gedanken an das Ende seines Dienstes. Ein Bad. Vielleicht ein oder zwei Becher Wein. Vielleicht sah er die hübsche Basma wieder, der Rufus vor ein paar Tagen so feurige Blicke zugeworfen hatte. Sie waren an der eiskalten Schulter der Schönen abgeprallt, aber Luca bildete sich ein, dass Basma ihn selbst durchaus freundlich angeschaut hatte.

Doch er musste vorsichtig sein. Zu Basma gehörte sicherlich eine Kompanie jähzorniger Brüder, die nur darauf warteten, den Fremden zu entmannen, der es wagte, ihrer Schwester schöne Augen zu machen. Jeder in der Garde kannte jemanden, der jemanden kannte, der durch einen solchen »Unfall« plötzlich auf einen Posten im Frauenhaus seines Prinzipals befördert worden war.

Die Speisen wurden abgeräumt, andere Diener eilten mit heißen Tüchern und Schalen mit Eiswasser zum Tisch. Der Statthalter gab mit einem lauten Gähnen zu verstehen, dass er seines Gastes nunmehr überdrüssig sei und dieser sich entfernen möge.

Der Beamte stand auf und verneigte sich. »Darf ich morgen um Audienz bitten, Ehrenwerter Maurus?«

Der Statthalter ließ sich von zwei Dienern aufhelfen. »Die Steuern, die leidigen Steuern«, sagte er. »Nun ja, es führt kein Weg daran vorbei. Der Staatssäckel will gefüllt sein.« Er nickte dem Beamten jovial zu. »Morgen nach dem dritten Ruf. Ich erwarte dich, Spurius.«

Er schritt zur Tür, und die beiden Gardisten geleiteten ihn zu seinen Gemächern. Vor drei Equils war ein yasemitischer Rebell, Anhänger des vor zwei Generationen entmachteten Scha'Yas, ins Innere des nachlässig bewachten Serails gelangt, unbehelligt bis ins Schlafgemach des Statthalters spaziert und hatte den dort Schlafenden erstochen. Zu seinem Pech – und dem Glück des Statthalters – befand Maurus sich zu diesem Zeitpunkt auf einer seiner seltenen Inspektionsreisen durch die Provinz und einer seiner Leibdiener hatte es sich an seiner Statt im weichen Bett seines Herrn bequem gemacht. Für diese Frechheit hatte er mit seinem Leben bezahlen müssen.

Der Statthalter zeigte nach seiner Rückkehr keinerlei Bedauern über das stellvertretende Hinscheiden des Dieners. »Was schläft er auch in meinem Bett?«, hatte er nur gesagt, und befahl den Tesserar zu einer Audienz, nach welcher der Kommandant der Garde blass und deutlich weich in den Knien seine Soldaten zusammenbrüllte.

Seither wurde der Serail und auch der Statthalter Tag und Nacht bewacht. »Wozu seid ihr sonst gut?«, sollte Maurus gesagt haben. »Fressen, Saufen und Schlafen. Unsterbliche Faulpelze!«

Fressen, Saufen und Schlafen. Das klang sehr verlockend in Lucas Ohren. Er hatte zehn Stunden Wache hinter sich und fühlte sich gleichzeitig erschöpft und überreizt. Mit klatschenden Sandalen geleitete er den Statthalter in sein Schlafgemach, wartete, bis Maurus ihn mit einer ungeduldigen Handbewegung entließ, und marschierte dann über den Hof zu den Quartieren der Garde.

»Ho«, grüßte ihn sein Stubennachbar Otho. Er stand im Gang und lockerte die Riemen seines Brustpanzers. »Hast du auch Freiwache? Würfeln wir eine Runde?«

»Nein, habe gerade eine Doppelwache geschoben.« Luca klemmte den Helm unter den Arm und fuhr sich mit den Fingern durch das schweißfeuchte Haar. »Brauche ein Bad und ein Bett.«

»Allein?« Otho zwinkerte anzüglich.

Luca grinste. Er war mit einem Mal steinmüde. Ein Bad? Nein, nur ein Bett. »Allein«, erwiderte er. »Leider.«

Luca erwachte erfrischt irgendwann in der Morgendämmerung. Die sonst so trockene yasemitische Luft war noch taufeucht und roch süß. Luca steckte seinen Kopf in den Waschzuber, schüttelte ihn und genoss die kalten Tropfen, die auf seine Schultern und seinen Rücken fielen. Nach der Doppelwache hatte er einen ganzen Tag frei, also konnte er jetzt in die Stadt gehen, ein Frühstück in einer der Garküchen zu sich nehmen und dann vielleicht den Besuch im Badehaus nachholen, von dem er gestern geträumt hatte.

Er pfiff leise vor sich hin. Er wählte den leichten Brustpanzer und das kurze Schwert und verzichtete auf seinen Helm, obwohl er damit gegen die Regel verstieß, nach der Mitglieder der Garde sich außerhalb des Serails ausschließlich in voller Montur zu bewegen hatten.

Als letztes legte er sich die Jason-Medaille um den Hals, die er schon lange nicht mehr getragen hatte. Heute war sie ihm in die Hand gefallen, als er ein sauberes Hemd aus der Truhe zog. Er hatte sie zuerst zurücklegen wollen, aber dann dachte er an die Frau, die sie ihm gegeben hatte, an ihre mitternachtsdunklen Augen und die Aprikosenhaut, den zarten Duft nach exotischen Blüten, der ihrem Haar entstieg. Er lächelte und zog die Kette über den Kopf.

Heiß und trocken. Wie sehr war er es leid. Die Nächte hier waren eine um die andere kalt und klar, und die Tage einer wie der andere heiß und trocken. Er sehnte sich nach ein bisschen Wetter, sogar nach der drückenden Schwüle, die einem Gewitter voranging oder einem nebligen Wintertag, bei dem die Nase sich rötete und alles am Leib klamm und feucht war. Das Knirschen von Schritten im Schnee, das Knistern des klirrenden Frostes, die sanfte Berührung des Frühlingsregens, Matsch unter den Stiefeln, Salzwasser, das auf der Haut trocknete und die Kleider weiß verkrustete … Er trat aus dem Schatten des Tordurchgangs in das blendende Sonnenlicht, das sich auf den lehmgelben und blau gestrichenen Wänden der Häuser brach, und seufzte. Es war ein trockener, heißer Tag. Was für eine Überraschung.

Auf dem Weg zum Basar lief eine Schar zerlumpter Kinder an ihm vorbei, lachend, schreiend und sich schubsend. Er fragte sich, ob das seltsame Mädchen – wie hatte sie nur geheißen? – auch mit einer solchen Gruppe unterwegs sein mochte. Luca hatte sie seit der Episode im Badehaus nicht wieder gesehen. Überall in der Stadt lebten Bettlerkinder, und meistens waren sie zu zweit oder zu dritt unterwegs. Schutz vor Erwachsenen, die ihnen Böses wollten? Freundliche Gesellschaft in einem Leben, das ansonsten wenig Freundliches bereithielt? Das Mädchen war allein unterwegs gewesen. Vielleicht gab sie sich deshalb als Junge aus.

Seine bevorzugte Garküche stand heute nicht an ihrem gewohnten Platz. Luca drehte sich ein wenig verloren um die eigene Achse. Heiße Teigtaschen mit würziger Hackfleischfüllung schwebten als verführerische Phantome über seine Zunge und ließen den Speichel fließen. Ein kühler Gurkensalat. Fruchtig-scharfe Getreidebällchen, scharf ausgebacken. Leicht angebrannt riechende und köstlich schmeckende Hühnerflügel, mehr Knochen als Fleisch und scharf wie die Hölle. Ingwerparfümiertes, gebratenes Gemüse. Sanft-zimtige Fischstückchen in weißer Tunke, die am Gaumen zerschmolzen … Wo, bei allen Höllenhunden, war die Betreiberin dieser Küche? Was trieb sie, ausgerechnet heute, an seinem freien Tag?

Luca wanderte die Gasse hinunter, tiefer in den Basar hinein. Er hielt sich lieber in den Randgebieten des Gewimmels auf. Die Enge der Gassen und das Drängeln und Schieben der buntgekleideten Yasemiten nahm ihm den Atem. Im sonnengesprenkelten Halbdunkel zwischen den Buden schrillten die hellen und kehligen Stimmen der Frauen, Singen, Lachen und Schimpfen, Ziegenmeckern, das Klirren von Metall, Scheppern von Tongeschirr und dumpfe Hammerschläge auf Holz oder Leder. Dick wie ein Teppich legten sich Gerüche über alles und machten das Atmen schwer: der Rauch der vielen Kohle- und Holzfeuer, Dakhdung, Kochschwaden, der zitronenscharfe Geruch der Qang-Wurzel, das holzige Aroma starken Cha'fais, zeremonielle Räucherstäbchen. Durch den Stimmenlärm hindurch drangen fiepende Flötentöne und das winselnde Saitenspiel von Straßenmusikern, Eselsgeschrei, Kinderlachen. Das Flimmern des Sonnenlichts, das durch Tücher und Stoffbahnen, Sonnensegel und geflochtene Überdachungen fiel und glitzernde Goldfäden, buntes Glas, gemusterte Stoffe und blumenfarbene Gewürze zum Leuchten brachte, narrte seine Augen ... Luca wurde es schwummerig. Mit weichen Knien rettete er sich aus dem Gewühl in eine Nische, in der schon eine in Lumpen gehüllte Gestalt hockte, und atmete tief durch.

Ein magerer, schmutziger Arm stieß ihn in die Kniekehle. Er blickte hinab und sah eine Qang-Pfeife, die zu ihm emporgehalten wurde. Ein zahnlückiges Grinsen in einem faltigen, Cha'fai-braunen Gesicht. »*Ha'l, ha'l!*«, sagte der Yasemit – oder war es eine Frau? – auffordernd. Nimm, nimm!

Luca zögerte. Er hatte schon oft Qang gekaut. Beinahe alle Gardisten trugen die Wurzel bei sich, sie sorgte dafür, dass lange Wachen weniger ermüdend, der Durst und der Hunger geringer wurden. Aber die zu Pulver zerstoßene Wurzel, vermischt mit dem Harz des Qang-Strauchs, war ein weitaus weniger harmloses Mittelchen. »*Ba'alayx*«, lehnte er höflich ab. Danke, nein.

Der Alte nickte lächelnd und schob die stummelige Pfeife wieder zwischen die schadhaften Zähne. Luca sah das Weiße in seinen Augen gespenstisch leuchten, als die Augäpfel unter halbgeschlossenen Lidern nach oben rollten.

Luca holte noch einmal tief Luft und bereute es sogleich, als er die Mixtur aus Schweiß, schmutzigen Kleidern und Qang-Rauch einatmete. Er trat wieder in die Gasse hinaus und hielt Ausschau nach einem Wasserverkäufer. Dort, neben dem Teppichhändler, der so laut seine Ware anpries (nur noch übertönt von dem langschwänzigen bunten Vogel, der angekettet an eine Stange über dem Eingang zu seinem Geschäft saß), stand ein mit Wasserschläuchen beladener Dakh. Luca winkte dem Besitzer der Lastechse, der herbeieilte, den Schlauch über seiner Schulter anhob und einen gezielten Strahl in Lucas Mund lenkte.

Luca warf ihm einen Achtelmhred zu und sah sich um. Dort war eine Garküche, sogar mit einigen Hockern. Es roch gut aus den Töpfen und Pfannen, die über dem lodernden Holzfeuer klapperten und dampfend vor sich hinzischten.

Luca arbeitete sich zu dem Stand vor und orderte einen großen Teller »von allem«. Dann sah er zu, wie die Köchin geschäftig zwischen den Töpfen herumwirbelte und Kleckse gold- und zimtfarbenen Gemüsepürees, kleine frittierte Bällchen, Brocken von Dakh-Fleisch in dicker Tunke, Linsenfladen, Salat und scharfe, ölig-rote und gelblich schimmernde Saucen auf eins der großen, flachen Brote häufte. Sie schob es ihm hin, reichte einen Holzlöffel dazu und einen Becher mit vergorener Ziegenmilch und lächelte ihn an, als sie ihre erhitzten Wangen mit ihrem Schleier abtupfte. Sie war nicht allzu jung und nicht allzu hübsch, aber Luca erwiderte das Lächeln so feurig, wie es ihm möglich war. Die Köchin lachte und gab ihm einen Klaps sowie ein zusätzliches Stück heißes Fladenbrot, das mit Kartoffelstücken gefüllt war und nach Knoblauch duftete.

Luca stöhnte vor Behagen und setzte sich auf einen der niedrigen, gepolsterten Hocker. Gelegentlich einen Schluck von der Ziegenmilch nehmend, um die Schärfe des Essens zu mildern, genoss er seine Mahlzeit und sah dem Treiben auf der Gasse zu.

Ein fingerfertiger Würfelspieler hatte eine Handvoll Männer um sich versammelt und nahm ihnen ihr Geld ab. Luca grinste und biss in den gefüllten Fladen. Mit solchen Betrügern aufzuräumen gehörte zu den Aufgaben der Stadtbüttel, nicht zu denen der Garde – Jason sei Dank!

Er wischte sich den Mund ab und stand auf. Frisch gestärkt und ein wenig übermütig beschloss er, nicht gleich zum Badehaus zu gehen, sondern erst noch ein wenig durch den Basar zu schlendern. Diese Gegend hier kannte er noch nicht, obwohl er inzwischen schon seit beinahe vier Equils in Kayvan stationiert war.

Es konnte kein Muster in der Anlage der Budengassen erkennen. Eben noch ging es leicht bergab, die Gasse führte in Richtung des ehemaligen Hafens, dann machte sie einen scharfen Knick, teilte sich in drei Gassen auf und führte zum Zentrum zurück – oder seitlich daran vorbei. Und so ging es die ganze Zeit. Zwei- oder dreimal landete er sogar in einer Sackgasse, stand vor höhlenähnlichen Geschäften, und musste ein Stück zurückgehen, bis er die nächste Gabelung erreichte.

Doch irgendwann hatte er vollkommen die Orientierung verloren. Die Gasse, in der er stand, war ihm vollkommen fremd, obwohl er geglaubt hatte, sich längst wieder auf dem Rückweg in bekanntes Terrain zu befinden. Luca rieb sich irritiert den Nacken. Es war drückend heiß, die Sonne stand hoch über dem Basar und stach wie mit Nadeln.

»Gardist?«, sprach ihn eine Stimme freundlich an. Er drehte sich um und nickte fragend.

Der junge Mann lächelte zähneblitzend, er trug ein sauberes, wenn auch geflicktes weißes Hemd und Sandalen an den staubigen Füßen und führte ein mit Körben beladenes Dakh am Zügel. »Du siehst aus, als hättest du dich verlaufen. Soll ich dir den Weg zeigen?«

»Ich will zum Badehaus«, erklärte Luca.

»Ach, das ist ganz einfach.« Er begann zu erklären, mit vielen ausladenden Handbewegungen. Luca sprach mittlerweile ein ganz annehmbares Yasemitisch, aber das Tempo, in dem der Mann redete, ließ Luca die Hälfte der Anweisungen verpassen.

»Danke«, sagte er verwirrt, als der Mann endete mit: »... und dann gehst du rechts am Laden vom alten Saïd vorbei. Das Badehaus liegt auf der linken Seite.«

Er nickte dem hilfreichen Yasemiten noch einmal zu und ging los. Hinter sich hörte er ihn noch rufen: »Hier rechts. Rechts, nicht links!«

Wieder tauchte er in den Irrgarten ein und ließ sich mit der Menge hangabwärts treiben. Das Badehaus lag etwas unterhalb der Stadtmauern, also konnte die Richtung nicht ganz falsch sein.

Plötzlich drehte er sich um. Folgte ihm da jemand? Schon seit einer ganzen Weile verspürte er ein Kitzeln im Nacken, als würde ihn jemand beobachten.

Luca ging langsam weiter. Aufmerksam. Und dann erkannte er, was ihn die ganze Zeit schon gestört hatte: Wo waren die Dkhev?

Er blieb stehen und sah sich um. Yasemiten. Ein paar Dakhs, die stumpfsinnig kauend vor den Buden standen. Hühner, eine Ziege, zwei struppige Hunde, eine magere Katze. Spatzen. Fliegen. Es roch durchdringend nach Qang-Harz und Dakhdung.

Luca drehte sich nochmals um die eigene Achse. Yasemiten. Tiere. Keine Dkhev.

Er ging weiter, das Kribbeln im Nacken, und schaute in jede Bude. Inzwischen war er in einer weniger belebten Gegend des Basars angelangt. Er sah kaum noch Frauen und Kinder auf der Straße, sondern fast ausschließlich Männer in langen Hemden oder weiten Hosen, graubärtige Alte und glattrasierte Jünglinge, die um kleine Feuer saßen und schwatzten, Qang rauchten und Cha'fai tranken.

Und immer noch kein einziger Dkhev.

Stirnrunzelnd ging Luca weiter. Inzwischen hatte er vollkommen vergessen, dass er nach dem Badehaus suchte.

Seine erste Begegnung mit einem Dkhev war ihm immer noch so frisch im Gedächtnis, als wäre sie erst gestern geschehen. Er hatte zwei Tage zuvor seinen Dienst im Serail angetreten, und es war sein erster Ausflug aus dem Palastgelände. Ein dienstälterer Gardist führte ihn herum und zeigte ihm die wichtigsten Plätze der Stadt.

Am Rande des Basars war ein Dkhev auf sie zugekommen und hatte seinen Führer angesprochen: »He, Gaius. Du schuldest mir noch einen Mhri. Vergessen?«

Der Gardist zog ihn beiseite und kramte mit rot angelaufenen Ohren in seinem Geldbeutel herum. Luca hatte erstmals Gelegenheit, den Echsenmann einer genauen Musterung zu unterziehen. Er hatte von den nichtmenschlichen Bewohnern der Stadt gehört, aber einem von ihnen von Angesicht zu Angesicht gegenüber zu stehen, war doch ganz etwas anderes. Er hatte sich die Dkhev anders vorgestellt: weniger menschenähnlich und doch menschlicher. Seine Statur war die eines mittelgroßen, stämmigen Mannes. Er trug eine gewickelte Hose und eine bestickte Weste, wie sie auch junge Yasemiten trugen. Aber aus den Hosenbeinen ragten vierzehige, graugeschuppte Füße mit langen Klauen, die langen, muskulösen Arme hatten eine andere Form als Menschenarme, das Ellbogengelenk saß viel höher und schien in die falsche Richtung zu weisen. Die Haut des glatten, haarlosen Kopfes schimmerte grünlich und hatte keine Ohrmuscheln.

Gaius hatte sein Geld gefunden und drückte es dem Echsenmann in die vierfingrige Hand. Der Dkhev drehte sich um und sah Luca an. »Dich kenne ich nicht. Neu hier?«, fragte er und leckte sich mit einer langen blaugrauen Zunge über die kugeligen Augen. Sein Mund war ein glatter, lippenloser Schlitz.

Luca schluckte. »Ja«, brachte er heraus. »Ja, ich bin neu hier.«

Der Dkhev nickte und lächelte, was ein beängstigender Anblick war. »Ich hoffe, du spielst Vierhand«, sagte er. »Gaius hier ist ein erbärmlich schlechter Partner.«

Luca schüttelte den Kopf, um Worte verlegen.

»Schade«, sagte der Dkhev. »Aber wenn du willst, bringe ich es dir bei.« Er wandte sich an Gaius. »Bring ihn mal mit.« Er nickte beiden Gardisten zu und ging.

»Das war Yrga-Dag«, sagte Gaius, dessen Ohren immer noch glühten. »Halt dich lieber von ihm fern. Er ist ein Gauner.«

Luca hatte danach häufiger mit Dkhevs zu tun. Nkar-Dag, der Legat des Dkhev-Oberhaupts, besuchte regelmäßig den Serail. Der alte Dkhev war ein freundlicher, umgänglicher Mann, der gerne mit den Gardisten plauderte, während er auf die Audienz beim Statthalter wartete.

Keine Dkhev. Der Basar ohne grauhäutige, lässig dahinschlendernde Echsenmänner war ein seltsam beängstigender Anblick. Inzwischen war auch keine einzige Frau mehr auf der Gasse zu sehen. Viele der Buden hatten ihre Auslagen in die

Gewölbe geräumt und die Tore geschlossen, dabei herrschte sonst bis tief in die Nacht geschäftiges Treiben im Basar. Irgendetwas schien ganz und gar nicht zu stimmen. Luca ertappte sich bei dem Wunsch, wieder hinter der sicheren Umfriedung der Serailmauern zu sein.

Der harzige Qang-Geruch wurde immer intensiver. Ringsherum saßen, standen, hockten rauchende Yasemiten, und sogar aus einigen Kohlebecken stieg der durchdringende Geruch der Wurzel auf.

Irgendwo hinter Luca, in einer der Seitengassen, erscholl Lärm. Das Klirren und Scheppern zerbrechender Gegenstände. Splittern von Holz. Rennende Füße. Geschrei.

Luca reagierte, ohne nachzudenken. Er lockerte sein Schwert in der Scheide und rannte auf das Getümmel zu.

7

Hätte man Luca vorher gefragt, er hätte gelacht. Kannst du dir eine Situation vorstellen, Luca, in der du deine Füße in die Hand nimmst und zusiehst, dass du Land gewinnst?

Niemals, dachte der Gardist. Ganz und gar undenkbar. Jetzt hockte er hinter einem wackligen Stapel Kisten, betete zu Jason und beobachtete, was sich auf der Gasse abspielte.

Er hatte die Männer von Kayvan als friedliche, freundliche, ruhige Bürger einer gemütlichen Stadt kennengelernt. Sie feierten gerne und oft, rauchten ihre Pfeifen, pflegten in der Mittagshitze zu schlafen und dafür bis spät in die Nacht umgeben von ihren Frauen, Kindern, Enkeln und Haustieren ihrem Familienleben nachzugehen.

Luca starrte ungläubig auf das Schauspiel, das vor seinen Augen ablief. Messerschwingende, mit den Augen rollende Yasemiten? Alte und junge Männer, mit Schaum vor dem Mund und triefend vor Schweiß? Und wer kein Messer hatte, schwang eben einen Knüppel oder einen Hammer, eine Mistgabel, einen Kochlöffel? Was war hier los, bei allen Teufeln der untersten Hölle? Und hinter wem war diese Meute her, die jetzt an seinem Versteck vorbeitrampelte und dabei brüllte, was die Lunge hergab?

Er konnte Worte aus dem Geschrei heraushören: »Drachenbrut«, schrie ein junger Mann, fast noch ein Kind, mit sich überschlagender Stimme. »Verfluchte Hexerei«, krächzte ein Alter, der mühsam an Lucas Versteck vorbeihumpelte und seinen Stock schwenkte.

Luca schluckte. Eine Hexenjagd. Das war übel. Er musste zurück in den Serail und die Garde alarmieren. Dieser Aufruhr war eine Nummer zu groß für die Stadtbüttel.

Er sah sich um. Die Nische, in die er sich geflüchtet hatte, war gerade groß genug, um ihn aufzunehmen und bot keinen anderen Weg hinaus als zurück auf die Gasse. Luca griff nach einem zerrissenen Getreidesack, der auf der Erde lag, trennte ihn mit seinem Schwert ganz auf und legte ihn sich über die Schultern. Damit sah er immer noch nicht aus wie ein Yasemit, aber es mochte bei flüchtiger Betrachtung gehen. Seine Körpergröße konnte er durch gebückte Haltung ein wenig kaschieren.

Luca humpelte um den Kistenstapel herum, lehnte sich mit abgewandtem Gesicht an die Hausmauer und imitierte recht gekonnt einen krächzenden Husten. Dann zog er den Sack eng vor der Brust zusammen, achtete darauf, dass sein Gesicht im Schatten blieb, und ließ sich von den Ausläufern der Menschenmenge mitreißen, die wie ein reißender Fluss hügelabwärts Richtung Hafen donnerte. Er lauerte auf eine Gelegenheit, sich von dem Aufruhr zu lösen, aber das gestaltete sich schwieriger, als er gehofft hatte. Neben ihm lief ein großer Yasemit mit einem schweren Hammer und einer brandfleckigen Lederschürze, der hin und wieder verwundert versuchte, unter Lucas improvisierte Kapuze zu spähen. Der Schmied fragte sich wohl, wer der knickebeinige Riese da neben ihm war. Luca hustete und verlangsamte seinen Humpelschritt, aber der Yasemit ließ sich nicht abschütteln.

»He«, sagte er rau. »Kenn ich dich nicht? Bist du Mahfuz der Seilmacher?«

Luca schüttelte verzweifelt den Kopf. »*Ani-ani*«, sagte er. »Nein, nein!«.

Der Schmied ließ nicht locker, und das Misstrauen in seinem Blick wuchs. »He, zeig mir dein Gesicht«, forderte er. »Du bist doch nicht etwa ein verfluchter Drachenhexer, oder?«

Luca produzierte ein abfälliges Lachen. »Ich?«, rief er in gespielter Empörung. »Habe ich grüne Füße?«

Der Schmied sah auf Lucas Sandalen herab. »*Ani*«, sagte er zögernd. »Aber warum verbirgst du ...«

Etwas zerrte an Lucas. Fünf dünne, erstaunlich kräftige Finger zogen ihn aus der Menge wie einen Fisch aus dem Wasser. »Hier rein«, hörte er ein atemloses Zischeln. »Duck dich.«

Er fand sich in einem Kellerloch wieder, in dem es erstickend nach Schimmel und uraltem, ranzigem Fett roch. Die Finger lösten sich von seinem Arm. »Hallo«, sagte die Stimme, immer noch atemlos.

»Hallo«, erwiderte er verdutzt. »Ich habe auf dich gewartet – du hast mich versetzt.«

Elidar – jetzt, als er sie sah, fiel ihm ihr Name wieder ein – hob die mageren Schultern. Sie sah noch ein wenig abgerissener und verwahrloster aus als vor einigen Monaten.

»Was ist da draußen los?«, fragte Luca.

»Kalay'ch-Tag«, erwiderte das Mädchen lakonisch.

Das sagte ihm nichts. Er kannte sich mittlerweile mit den lokalen Feiertagen recht gut aus, aber dieser Tag war ihm unbekannt. Und als »Feiertag« konnte man das da draußen eigentlich auch nicht bezeichnen.

»Was bedeutet das?«, fragte er.

»Der Tag des Drachensterns«, erwiderte sie. »Das war der Tag, an dem die Drachen ihre Macht abgeben mussten, und es wird der Tag sein, an dem sie sich einst alles wieder zurückholen.« Sie zeichnete eine paar verschlungene Linien in den Staub. »Wenn der Drachenstern über dem Nur-Tayl steht, sind alle Teufel der sieben Höllen unterwegs.«

Der Nur-Tayl war der höchste Turm der Dakanima – ein halb religiöser, halb weltlicher Prachtbau inmitten der Altstadt, der zwar langsam zerfiel, aber den Kayvanern immer noch als Gericht, Wachstube, Versammlungsort und Bethaus diente.

»Aber seit ich hier stationiert bin, hat es einen solchen Aufruhr nicht gegeben«, wunderte Luca sich.

»Der Drachenstern kommt nicht in jedem Equil. Sein letzter Besuch war vor vier Equils, und der davor ist schon elf Equils her.« Sie schauderte. »Das war ganz furchtbar!«

»Aber daran kannst du dich doch sicher gar nicht erinnern«, lachte Luca. »Warst du da überhaupt schon aus den Windeln heraus?«

Sie schwieg. »Ich habe davon gehört«, murmelte sie nach einer Weile.

»Was passiert an diesem Tag?«, fragte Luca.

»Sie rauchen Qang und jagen die Drachen. Aber der Alte Drache ist klug, er lässt seine Nestsöhne nicht hinaus an diesem Tag. Also gehen sie und belagern das Drachennest.«

Luca schüttelte den Kopf. »Die Dkhev sind in Gefahr, und niemand kümmert sich darum?«

»Wer sollte sich darum kümmern?«

Luca schüttelte immer noch den Kopf. »Die Stadtbüttel. Die Garde. Alle, die in Kayvan für Ruhe und Ordnung sorgen.«

»Die Büttel sind doch mit von der Partie.« Elidar lachte über seine Dummheit.

»Aber die Garde …«

»Die holt sich auch nicht gerne eine blutige Nase, Unsterblicher.«

Da war Spott in ihrer Stimme. Luca wollte aufbrausen, aber er rief sich zur Ordnung. Sie war nur ein Kind, und sie sprach, wie es ihr in den Sinn kam.

»Ich muss hier raus und die Garde alarmieren«, sagte er.

»Bleib hier, wenn du nicht wirklich unsterblich bist.« Das Mädchen hielt ihn fest. »Sie mögen an diesem Tag keine Fremden. Was meinst du, warum ich mich verberge? Kein Nicht-Yasemit sollte heute dort draußen herumlaufen.«

»Du hast mich durch den Basar verfolgt«, erkannte er erstaunt.

Elidar hob wieder die Schultern. »Du hattest dich verlaufen«, sagte sie wie zur Verteidigung.

»Das hatte ich«, erwiderte Luca und lachte.

Sie schwiegen beide und lauschten dem Getrappel und Stimmengewirr vor ihrem Kellerloch. Es schien weniger zu werden, leiser, weniger aggressiv.

»Sie sind fort«, sagte Elidar nach einer weiteren Weile. Es war still geworden. Irgendwo weinte ein Kind, und ein Hund bellte sich die Seele aus dem Leib.

Luca kletterte zurück auf die Straße und streckte die verkrampften Glieder. Dann beugte er sich hinunter und reichte Elidar die Hand, um ihr auf die Gasse zu helfen.

»Danke«, sagte das Mädchen überrascht. Sie klopfte ihre Knie ab.

»Ich sage danke«, erwiderte Luca. »Du hast mich vorhin aus einer brenzligen Situation befreit. Der Schmied hätte mir den Schädel einschlagen können.«

»Wahrscheinlich nicht, wenn er deine Uniform gesehen hätte.« Elidar runzelte die Stirn. »Aber vielleicht hätten sie dich verprügelt. Qang-Köpfe sind unberechenbar.«

»Ich muss zum Serail.« Luca sah sich um.

»Hier lang«, sagte Elidar und zeigte auf das Ende der Gasse.

»Sie sind zum Drachennest unterwegs, sagst du?«

»Drachennest« wurde das gesamte Altstadtgebiet auf der Hafenseite genannt. Luca hatte das Nest noch nie von innen gesehen. Es war so gelegen, dass nur eine einzige Straße in das Viertel hineinführte, und an der stand gewöhnlich eine Gruppe von kräftigen Echsenmännern, die kontrollierte, wer dort ein- und ausging. Es war Menschen zwar nicht verboten, das Nest zu betreten, aber sie waren dort auch nicht wirklich willkommen.

»Ich würde mich nicht einmischen«, sagte Elidar. »Sie werden vor dem Nest stehen, brüllen und Steine werfen. Der eine oder andere wird es schaffen, hinein zu gelangen. Dann kommt er entweder nie wieder heraus – oder in ganz kleinen Stücken.« Sie gluckste. »Die Drachen wissen sich zu verteidigen, auch ohne eure unglaublich zahlreiche Hilfe.«

Natürlich war die Garde an Mannstärke dem Aufruhr der Yasemiten unterlegen. Aber immerhin waren er und seine Kameraden gut ausgebildet und bewaffnet und bestens darin geschult, mit Aufruhr aller Art umzugehen. Die Drachen waren dahingegen nur Zivilisten, genauso wie die Yasemiten, die sie angriffen, redete er sich ein.

Luca wollte loslaufen, aber dann hielte er inne. »Wo finde ich dich?«

Das Mädchen wedelte mit der Hand. »Na, hier. Irgendwo.«

»Wo schläfst du?«

Sie zog wieder die Schultern hoch. Ihre Haltung spiegelte ihr Unbehagen. Das Gesicht war so verschlossen wie das Tor des Serails in der Nacht.

»Hier und da«, sagte sie ausweichend.

»Also nirgends.« Luca seufzte. »Was mache ich denn mit dir?«

Sie wich ein paar Schritte zurück. »Nichts«, sagte sie. »Ich komme sehr gut klar, danke.« Sie wandte sich um und rannte davon.

»He«, rief Luca. »He, bleib doch hier!« Aber das Mädchen bog schon um die Ecke und war außer Sicht.

Kopfschüttelnd lief er los, hinter der Meute her. An der nächsten Straßengabelung zögerte er kurz, aber dann erkannte er das Kaffeehaus von Salim, dem Einäugigen. Von hier aus konnte er ohne großen Umweg das Geschehen vor dem Drachennest in Augenschein nehmen, bevor er zum Serail weiterlief. Der Tesserar legte Wert auf eine präzise Berichterstattung.

Er hörte den Aufruhr, ehe er ihn sehen konnte. Das Geschrei und Poltern und die Geräusche von zerbrechenden und zersplitternden Gegenständen waren ohrenbetäubend. Es klang, als sei die ganze Stadt vor dem Viertel der Dkhev versammelt.

Luca ging langsamer und hielt das blanke Schwert umklammert. Er hatte als blutjunger Rekrut den Aufstand des Plebses in der Hauptstadt miterlebt, und damals hatte er wahrlich um sein Leben gezittert. Viele Gardisten waren bei den Kämpfen in den Straßen Cathretas getötet worden, auch wenn es der Garde letztlich gelungen war, den Aufstand niederzuschlagen. Aber damals hatte er gesehen, dass es auch einfachen Zivilisten durchaus möglich war, ein gut ausgebildetes Kommando in Bedrängnis zu bringen.

Er atmete tief und zwang sich zur Ruhe, dann bog er um die Hausecke, die ihn vom Geschehen abschirmte.

Die schiere Lautstärke des Aufruhrs ließ ihn unwillkürlich zurückweichen. Er hätte nie gedacht, dass Kayvan dermaßen viele Männer beherbergte. Die Menschenmenge wogte vor und zurück und brandete gegen die abweisenden Mauern der Häuserreihe, die die Grenze zum Dkhev-Viertel bildete. Steine waren aus den Mauern und dem Pflaster herausgerissen worden und flogen wie ein riesengroßer, grauer Hagel gegen die fensterlosen Mauern und über die Dächer in die dahinter liegenden Gassen. Karren und die Aufbauten von Ständen und Buden lagen zertrümmert am Boden. Hier und da flackerte ein Feuer, und über allem lag das wortlose, wütende Gebrüll der Männer, die sich gegen die Mauern warfen.

Luca sah sich das Schauspiel einen Moment lang an, ehe er sich abwandte und auf den Weg zum Serail machte. Elidar schien recht zu haben – es sah nicht so aus, als würde das Drachennest gerade im Sturm genommen. Aber dennoch erschien es ihm richtig, den Tesserar von den Ausschreitungen in Kenntnis zu setzen.

Luca fand Aulus, Tesserar der Garde des Statthalters, in einem der inneren Höfe, wo er damit beschäftigt war, dem Schmied der Garde die Leviten zu lesen.

»Ja?«, sagte er unwirsch und wandte seine Aufmerksamkeit Luca zu, der ihm von dem Aufruhr in der Stadt berichtete.

Er lauschte schweigend, die Stirn gerunzelt, und kratzte sich dabei an der gebogenen Nase.

»Und?«, fragte er, als Luca geendet hatte.

»Ich dachte ...«, erwiderte Luca überrascht. »Nun, ich dachte, wir ... also die Garde, sollte ...«

»Etwa eingreifen?« Der Tesserar schnaubte. »Langweilst du dich, Luca? Dagegen könnten wir leicht etwas unternehmen.« Er deutete auf einen in der Ecke lehnenden Besen.

»Aber wenn das Drachennest gestürmt wird ...«, begann Luca.

»Das ist der vierte Aufstand dieser Art, den ich miterlebe«, sagte der Tesserar müde. »Wenn es wirklich schlimm wird, zünden sie ihre eigenen Stadtviertel an, diese Irren. Aber meistens verprügeln sie sich nur gegenseitig, weil die Drachen so klug sind, die Köpfe unten zu halten und sich nicht blicken zu lassen. Woran wir uns ein Beispiel nehmen sollten, Gardist!«

Er wandte sich ab und schrie: »Und wenn du mir noch mal so einen Mist lieferst, lasse ich dich auf deinem eigenen Amboss durchprügeln, Flavius!«

Ein wenig unschlüssig stand Luca vor den Quartieren der Garde. Der Abendruf war noch nicht erklungen (und würde es heute wahrscheinlich auch nicht, denn die Bebefai'i standen wahrscheinlich wie alle anderen Männer der Stadt vor den Mauern des Drachennestes, brüllten mit ihren geschulten Stimmen Schimpfworte und Drohungen und warfen mit Steinen).

So oder so – er war vor dem Morgenruf noch nicht wieder im Dienst. Er konnte zurückkehren in die Stadt und nach dem Mädchen suchen. Es ließ ihm keine Ruhe. Sie hatte ausgesehen, als hätte sie eine schlimme Zeit hinter sich, und er verspürte ein seltsames Gefühl der Verantwortung für sie. Man musste ein Heim für sie finden, jemanden, der sich um sie kümmerte, ihr zu essen gab, ein Lager, auf dem sie schlafen konnte. Luca schüttelte den Kopf. Was für ein absurder Gedankengang. Da draußen in den Gassen der Stadt lebten Dutzende solcher Streuner. Wollte er sich um alle kümmern? Luca, der Wohltäter der Waisen?

Er fluchte vor sich hin, als er seinen Helm aus seinem Quartier holte, und er schimpfte weiter, während er erneut die winkligen Gassen hinunterstapfte, die zur Altstadt führten. Immer noch waren sie menschenleer, und immer noch hörte er in der Ferne den Krawall und atmete Brandgeruch ein. In der Straße, durch die er ging, klappten Fensterläden zu. Er konnte die neugierigen und ängstlichen Blicke dahinter erahnen. Die einzigen lebenden Seelen, die sich auf der Straße aufhielten, waren scharrende und glucksende Hühner, magere Hunde, Ratten und ungezählte Katzen, die um die Abfallhaufen strichen. Es war gespenstisch.

Wo sollte er Elidar suchen? Es war ohnehin gut möglich, dass sie sich vor ihm versteckte, und ohne Frage kannte sie die Altstadt im Gegensatz zu ihm wie ihre eigene Handfläche.

Er wanderte ziellos herum und beschimpfte sich. Dies war sein freier Tag, und wie verbrachte er ihn? Ihm taten inzwischen die Füße weh, als hätte er zwei Wachperioden hindurch vor der Tür des Statthalters gestanden.

Luca blieb stehen und lauschte. Rechts von ihm, in der Gasse, die schräg von dieser hier abging und steil wie eine Treppe hinabführte, hörte er laute Stimmen. »Hexendreck«, konnte er hören, und »Kleines Stück Drachenscheiße«.

Er setzte den Helm auf, zog sein Schwert und bog in die Gasse ein. Ein Stück weiter unten hatte sich eine Gruppe von Männern um jemanden geschart, den sie zwischen sich herumschubsten. Das sah soweit ganz harmlos aus, aber zwei der Männer trugen schwere Knüppel mit sich herum und sahen so aus, als würden sie sie jeden Augenblick benutzen.

»He«, rief Luca und sprang die steile Gasse hinab. Sie war so eng, dass sein Mantel beim Laufen die Wände streifte. »Was treibt ihr? Fort, geht auseinander!«

Zwei der Männer drehten sich zu ihm um und bleckten angriffslustig die Zähne. Ihre Augen waren blutunterlaufen und glänzten stark.

Zwischen den Männern – es waren sechs – strampelte ein mageres Bündel Mensch um seine Freiheit. Mit hilflosem Zorn erkannte Luca das Mädchen Elidar. Ihre Lumpen waren ihr vom Leib gerissen worden, und ihre Schultern und ihr blasses Gesicht trugen die Spuren von Misshandlungen.

»Lasst sie los«, brüllte Luca, dem die Zornesröte den Blick verdunkelte. Er hob sein Schwert – warum nur war er heute mit der leichten, kurzen Waffe unterwegs? – zog mit der weniger starken Linken den Dolch, und stürmte auf die Männer zu, die johlend und knurrend ihre Knüppel und Messer hoben.

»Lauf, Elidar«, schrie Luca und hieb dem ersten, der ihm entgegenkam, den Knauf seines Dolches gegen die Schläfe. Er betete, dass keiner mit einem Knüppel den Sitz seines Helmes prüfen möge, denn er hatte den Kinnriemen nur nachlässig geschlossen.

Der erste Angreifer ging mit einem Ächzen zu Boden. Die nächsten beiden handelten sich einen Hieb mit dem Schwert ein, der eher schmerzhaft als böse war. Luca zögerte, die berauschten und ihrer Sinne kaum noch mächtigen Männer zu verstümmeln oder gar zu töten.

Zumindest ließen die Männer jetzt von Elidar ab. »Lauf«, rief Luca wieder, und das Mädchen raffte ihre Lumpen um sich und machte ein paar zögernde Schritte, bevor sie stehen blieb und mit riesengroßen Augen dem Kampf zusah.

Es hätte ein ungleiches Gefecht sein müssen. Die Yasemiten waren mit nichts Gefährlicherem als ein paar Messern und Knüppeln bewaffnet, und obwohl sie in der Mehrzahl waren, war Luca ein junger und starker Soldat mit guter Bewaffnung und leichter Rüstung.

So waren auch drei der Männer bald außer Gefecht gesetzt, die beiden Übriggebliebenen brüllten und drohten mit ihren Knüppeln, trauten sich aber nicht in Lucas Reichweite, sondern suchten schon nach einem Fluchtweg. Das Ende des Kampfes schien in Sicht. Luca lächelte Elidar beruhigend zu und ließ sein Schwert sinken.

»Luca«, schrie das Mädchen und riss die Hände hoch, als wollte sie einen Schlag abwehren.

Ein mörderischer Hieb traf Lucas Kopf und ließ den Helm über seine Augen rutschen. Einen Wimpernschlag bevor der zweite Schlag seine Beine und ein dritter wieder seinen ungeschützten Kopf traf, dachte er noch: »Sechs. Es waren sechs …«

Ein gleißender Blitz flammte auf, dann wurde es dunkel um ihn.

8

Hell, dunkel. Hell, dunkel. Stimmen. Das Geschrei eines Dakhs. Ruhe, das ferne Pfeifen des Windes in den Türmen des Schweigens.

Schmerzen. Zerrend, beißend, klopfend, nagend. Jemand hatte Schmerzen. Jemand war durstig. Jemand stöhnte.

Der Jemand sollte ruhig sein. Er wollte schlafen. Warum hörte er nicht auf?

Zerrender, nagender, klopfender, reißender Schmerz. Jemand hatte Schmerzen. Er wollte, dass dieser Jemand ging und ihn allein ließ.

Dunkel. Kühl. Still, still bis auf das beständige Jammern und Stöhnen, Wimmern und Weinen.

»Ich habe Durst«, sagte Luca. Es war wohl niemand da, der seine Worte hörte, denn niemand antwortete. Seine Stimme klang fremd und dumpf. Er hob eine Hand, die bleischwer am Ende seines Armes hing, und betastete sein Gesicht. Da war ein Verband, aber sein Gesicht tat nicht weh. »Gut«, sagte er und schlief ein.

»Ich habe Durst.« Hatte er das nicht schon einmal gesagt? Luca versuchte, nachzudenken, aber sein Kopf schmerzte.

Etwas berührte seine Lippen. Kühl. Wasser. »Langsam«, sagte eine Stimme.

Er schluckte und hustete. »Danke«, sagte er. »Es waren sechs!«

»Du bist im Serail«, sagte die Stimme. »Ein Junge hat uns alarmiert, nachdem du zusammengeschlagen worden bist.«

Luca öffnete die Augen und blinzelte. Seine Sicht war verschwommen, aber er erkannte das Gesicht. Der Name fiel ihm nicht ein. Er leckte über seine rissigen Lippen.

Der Mann sah ihn kopfschüttelnd an. »Junge, die haben dich

böse zugerichtet. Der Medicus kommt gleich und wechselt die Verbände. Hast du Schmerzen?«

Luca nickte. Rufus. Das war Rufus.

Als er das nächste Mal erwachte, blickte ein dunkelhäutiger, missmutig dreinschauender Mann auf ihn herunter. »Beiß die Zähne zusammen«, sagte er. »Ich muss dein Bein neu schienen.«

Das Bein? Luca wollte sich aufrichten, aber ihm wurde schwindelig. Dann tat der dunkle Mann etwas mit seinem Bein, das Luca laut aufschreien und nach Halt suchen ließ. Der Schmerz war so ungeheuer, dass er sich voller Dankbarkeit in die erstickenden Arme der Bewusstlosigkeit fallen ließ.

»He«, flüsterte eine Stimme. Jemand stupste ihn sacht an. Er öffnete die Augen, aber es blieb dunkel. Er erschrak, aber dann nahm er den schwachen Schimmer von Mondlicht wahr, der durch das kleine Fenster fiel. Es war Nacht, er war nicht blind.

»Bist du wach?«, fragte die hartnäckige Stimme.

»Wach«, murmelte er mit schwerer Zunge. Schmerz klopfte dumpf in seinem Bein.

»Ich wollte sehen, wie es dir geht.«

Luca wandte mühsam den Kopf. Eine helle, schmale Gestalt.

»Elidar.«

»Ja.« Besorgte dunkle Augen. »Du hast mir geholfen«, sagte sie. »Ich war zu langsam. Er hat dich geschlagen.« Luca erkannte, dass sie weinte.

»He«, sagte er. »Alles ist gut. Ich lebe und du auch.«

Wieder war Tag. Er erwachte und wusste sofort, wo er war. Sein Kopf tat weh, aber noch stärker schmerzte sein Bein. Er richtete sich mühsam und fluchend auf. Die Kammer, in der er lag, war klein, eng und kahl.

Luca griff nach dem Becher, der auf einem Hocker neben seinem Feldbett stand. Dabei musste er sich etwas strecken, was neue Schmerzwellen durch Kopf, Rücken und das linke Bein jagte. »Verflucht«, murmelte er, während ihm der Schweiß ausbrach. Er hielt den Becher umklammert und sank auf sein

Lager zurück. Nach dem zweiten Schluck des abgestandenen Wassers sank er wieder in unruhigen Schlaf.

Nacht. Er wurde ruckartig wach und stöhnte. Neben seinem Bett saß eine stille Gestalt.

»Sie kümmern sich nicht um dich«, sagte das Mädchen vorwurfsvoll.

»Ich werde versorgt«, entgegnete Luca. Er hatte am Nachmittag eine Suppe bekommen und ein Stückchen Brot, das er hineintauchen konnte, und hatte sich beim Essen so schwach wie ein Kind gefühlt. Aber es hatte gut getan, wieder etwas im Magen zu haben, auch wenn ihm gleich darauf übel geworden war.

Sie beugte sich vor, und er konnte ihr Gesicht im fahlen Mondlicht erkennen. Ein großer blauer Fleck saß auf ihrem Wangenknochen. »Du musst hier weg«, sagte er. »Da auf der Straße bist du nicht sicher. Auch nicht als Junge verkleidet. Das geht nicht mehr lange gut, weißt du? Du wirst älter.«

Sie legte das Kinn in die Hände. Ihre Augen waren unverwandt auf sein Gesicht gerichtet. »Ich kann mich schützen«, sagte sie.

Er schüttelte den Kopf und stöhnte, weil die Bewegung sein Gehirn schmerzhaft gegen die Schädelknochen schwappen ließ. »Das kannst du nicht«, sagte er. »Erinnerst du dich an unsere letzte Begegnung?« Es klang barscher, als er beabsichtigt hatte, aber der schmerzende Kopf machte ihn ungeduldig.

Sie biss sich auf die Lippe. »Sie haben mich überrascht. Und es waren zu viele auf einmal. Mit dreien werde ich fertig«, setzte sie stolz hinzu. »Ich bin kein kleines Kind mehr.«

Er lachte und richtete sich vorsichtig auf. »Das möchte ich sehen«, sagte er. »Was du mit dreien machst.«

Ihr Rücken wurde vor Empörung steif und gerade. »Soll ich es dir zeigen?« Sie hob die Hand, schloss die Augen und hielt die Luft an. Luca schmunzelte und wollte etwas sagen, aber die Worte blieben ihm im Hals stecken, als Elidar unvermutet den Atem ausstieß und gleichzeitig ein kleiner, blendend heller Blitz von ihrer Handfläche schoss und seinen Wasserbecher in tausend Stücke zerspringen ließ.

»Oh«, sagte sie und betrachtete erschreckt die Pfütze mit den Scherben. »Das tut mir leid. Ich hole dir frisches Wasser.«

»Halt, halt!« Luca schnappte nach Luft und hielt Elidar fest. »Was hast du … wie hast du das gemacht?«

Sie zog die Schultern hoch. »Es war dumm von mir. Ich hätte es dir nicht zeigen dürfen. Aber du hast mich geärgert.«

Sie hatte Angst, das konnte er deutlich sehen. Er hielt sie weiter fest und redete beruhigend auf sie ein, obwohl sein Herz immer noch bis zum Hals schlug und sein Kopf vor Schmerzen beinahe zersprang.

»Wie hast du das gemacht?«, fragte er schließlich erneut, als das Zittern ihrer Schultern unter seinen Händen sich beruhigt hatte.

»Einfach so. Es geht besser, wenn ich wütend bin. Das mit dem Zielen ist schwierig.« Sie seufzte, und ihr Gesicht war traurig. »Meine Ziehmutter hat immer gesagt, dass ich aufpassen muss, dass es keiner bemerkt. Sie mögen keine Zauberei.«

»Die Yasemiten?«

Sie nickte.

Luca dachte an das wütende Gebrüll der tobenden Menge und schauderte. »Sind sie deshalb hinter den Drachen her?«

Elidar dachte nach. »Das weiß ich nicht«, gab sie zu. »Die Drachen sind nicht beliebt. Sie waren vor den Scha'Yassim und dem Statthalter die Herren. Alle fürchten sich davor, dass sie die Herrschaft zurückhaben wollen.«

Luca dachte an die Echsenmänner, die er kennengelernt hatte, an den freundlichen Legaten Nkar-Dag und all die gleichmütigen Händler, Tavernenbesitzer und kleinen Gauner, und lächelte. »Herrscher und Zauberer – das passt nicht ganz zu den Dkhev, die ich kenne.«

Elidar rümpfte die Nase. »Du warst nie im Nest. Da sind die anderen.«

Er musste lachen. »Aber du warst im Nest, ja?« Sie erwiderte nichts, sah ihn nur wütend an. Er wurde ernst.

»Du solltest von hier fortgehen«, wiederholte er eindringlich. »Beim nächsten Mal bin ich vielleicht nicht in der Nähe, um dich rauszuhauen.«

Sie verschränkte mit trotziger Miene die Arme vor der Brust. »Wo soll ich denn hingehen?«, stieß sie wütend hervor. »Du hast gut reden, du bist ein Mann und kannst tun und lassen, was du willst!«

»He«, sagte er sanft. »Sei nicht wütend auf mich, ich kann doch nichts dazu.«

Sie wandte den Kopf ab. »Wo soll ich denn hingehen?«, sagte sie wieder, aber dieses Mal klang es nicht mehr wütend.

Luca war mit einem Mal todmüde. »Ich denke darüber nach«, sagte er. »Sei nicht böse, ich muss schlafen. Kommst du morgen wieder? Aber sei vorsichtig, dass sie dich nicht erwischen.« Er schlief, ehe er ihre Antwort gehört hatte.

Elidar kam nicht wieder, nicht in der nächsten Nacht, nicht in der übernächsten und auch nicht in den Nächten, die folgten.

Luca musste lernen, wieder zu laufen. Als er das erste Mal aufstand, und versuchte, weiter als zu seinem Nachttopf und wieder zurück ins Bett zu kommen, hockte er entmutigt auf dem Boden vor dem Fenster und musste sich auf die Lippen beißen, um nicht vor Wut zu weinen. Nicht, weil es erbärmlich weh tat – das war auszuhalten – sondern, weil es einfach nicht so ging, wie er es wollte. Sein Bein benahm sich, als gehörte es nicht zu seinem Körper, es fühlte sich fremd an, wie ein totes Stück Holz, das man ihm an den Leib gebunden hatte.

Der Medicus sorgte dafür, dass er eine Krücke bekam, mit deren Hilfe er ein paar Schritte gehen konnte, ehe die Schwäche ihn wieder auf sein Lager trieb. Er übte sich darin, jeden Tag ein wenig länger auf den Beinen zu bleiben und ein Stückchen weiter voranzukommen. Aber nachts lag er da, starrte an die Decke seiner Kammer und verfluchte sein Schicksal.

Der Tesserar hatte ihn besucht und den Worten des Medicus gelauscht, der mit zuversichtlicher Miene von Genesung und Besserung redete. Luca hatte seinen Kommandanten dabei scharf beobachtet und sah, dass der Tesserar alles andere als zufrieden und zuversichtlich aussah. Seine Miene war überaus bedenklich, als er Luca musterte und ihm befahl, ein paar Schritte zu gehen.

»Wir werden sehen«, hatte er gemurmelt. Luca wusste, dass das seinen Abschied bedeutete. Es würde ein ehrenvoller Abschied sein, denn immerhin hatte er sich nicht im Suff oder in einer Prügelei die Knochen gebrochen, sondern er war in einen Aufruhr geraten. Nicht im Dienst, deshalb würde es keinen Bonus und keine Auszeichnung geben, aber immerhin würde man ihm die Reise nach Hause bezahlen und wahrscheinlich noch den Sold eines Viertel-Equils.

Luca ballte in ohnmächtiger Wut die Fäuste. Er würde wieder vollkommen diensttauglich sein, und zwar bald. Dafür musste er sich ab jetzt eben noch mehr anstrengen.

Er klemmte sich jeden Morgen seine verhasste Krücke unter den Arm und marschierte los. Mit zusammengebissenen Zähnen, keuchend vor Schmerzen, rasend vor Zorn, weil sein Bein, dieses widerspenstige, erbärmliche Stück Fleisch und Knochen, einfach nicht tat, was es sollte.

Der Medicus versuchte, ihn ein wenig zu besänftigen. »Du darfst dich nicht überanstrengen«, sagte er. »Es wird heilen, aber das braucht Zeit. Sei geduldig, Luca.«

Die väterlichen Worte prallten an Luca ab. Er hatte keine Zeit, begriff dieser Idiot das denn nicht? Die Zahl der Unsterblichen blieb immer konstant – wenn ein Gardist ausfiel, rückte ein Ersatzmann nach. Die Garde hatte keine Verwendung für Krüppel.

Luca schleppte sich um die äußere Mauer des Serails. Der Weg war gut zu begehen und vor allem eins: menschenleer. Kein Yasemit wagte es, um den alten Scha'Yassim-Palast herumzulungern, und die Gardisten und Bediensteten des Statthalters hatten Besseres zu tun, als auf dem Pfad auf- und abzulaufen.

Auf der Rückseite des Serails, die zum alten Hafen zeigte,

verschnaufte er. Er setzte sich ächzend auf einen großen Stein am Wegrand und streckte das müde, schmerzende Bein aus. Dann nahm er die Feldflasche vom Gürtel, trank einen Schluck Wein und wünschte sich gleichzeitig, es wäre Nakri, der yasemitische Gewürzschnaps. Der mit Wasser versetzte Wein war zwar erfrischend, aber Schnaps betäubte für einen Moment die Schmerzen und sorgte für einen angenehmen, sanften Nebel.

Leichte Schritte raschelten hinter ihm durch den Staub. Er kniff die Lippen zusammen und blickte starr auf den Weg.

Die Schritte wurden langsamer, verharrten. »Hallo«, sagte jemand zaghaft.

Luca blickte auf, zornige, abweisende Worte auf den Lippen, die erstarben, als er in Elidars Gesicht blickte. »Ach, du«, sagte er nur.

Das Mädchen nickte und hockte sich neben ihn auf die Fersen. Sie rührte sacht mit dem Handrücken an seine Krücke. »Geht es dir besser?«

Luca biss die Zähne zusammen. »Danke«, knurrte er. »Ich bin ein verdammter, nutzloser Krüppel, aber vielleicht behalten sie mich als Pferdeknecht.«

Als er ihr erschrockenes Gesicht sah, taten ihm seine Worte leid. Er griff nach ihrer Hand und drückte sie unbeholfen. »Entschuldige«, sagte er. »Ich bin ein altes Ekel. Und ich wollte dich nicht anfauchen.«

Elidar nickte nur, aber der Schreck in ihren Augen wich nicht. Sie machte Anstalten, aufzustehen. »Ich gehe dann …«

»Bleib hier«, sagte Luca heftig. Er wischte sich übers Gesicht, bemerkte, dass er sich hätte rasieren müssen. Er hatte es vergessen. Er hatte es einfach vergessen.

»Ich werde wahrscheinlich die Garde verlassen müssen«, sagte er ruhiger. »Und ich weiß noch nicht, was ich dann machen soll. Du kannst nichts dazu, es ist ganz und gar meine eigene Schuld. Ich war nachlässig, und das habe ich bezahlt.«

Sie nickte unmerklich. Ihr nackter Zeh bohrte sich in den Staub. »Gehst du nach Ledon zurück, zu deiner Familie?« Es klang halb sehnsüchtig, halb traurig.

Luca schloss die Augen. »Ich habe keine Familie«, sagte er bitter. »Ich habe das immer nur erzählt, weil – egal. Nein, ich weiß nicht, was ich in Ledon machen soll. Keine Familie, kein Ort, wohin ich gehöre. Die Garde ist meine Familie.«

Sie seufzte. »Niemand? Auch keine Liebste, die auf dich wartet?«

Die unschuldige Frage tat unerwartet weh. Er atmete tief ein, um den Schmerz in sein Innerstes zu verbannen, und schüttelte den Kopf. »Niemand«, sagte er hart.

Ihre Hand berührte seinen Arm. »Wir können zusammen bleiben«, sagte sie. »Ich kenne mich gut aus. Weiß, wo man schlafen kann und wo es Essen gibt, das man sich nehmen kann.«

Luca legte den Kopf in den Nacken und lachte laut und böse. »Was für eine Karriere«, lachte er. »Erst unsterblich und dann ein Tagedieb und Lungerer!«

Er hörte auf zu lachen und strich Elidar unsanft über den Kopf. »Habe ich dich gekränkt? Du darfst mich schelten, ich hatte dir versprochen, dass ich mir etwas überlege für dich.« Er hob die Hände und zog die Kette mit der Jason-Medaille über den Kopf. »Hier«, sagte er. »Nimm. Du solltest nach Ledon gehen.« Er ließ die Kette los.

Sie fing die Medaille auf und starrte ihn an. »Nach Ledon?«

Er reckte sich und ächzte. Dann nahm er die Feldflasche, schüttelte sie prüfend, hielt sie Elidar hin. »Magst du?« Sie roch daran und verneinte. Er trank sie aus.

»Ledon«, sagte er. »Genauer gesagt: in die Hauptstadt. Cathreta ist schön, es wird dir dort gefallen.« Er deutete beiläufig auf die Medaille, die zwischen Elidars Fingern baumelte. »Das wirst du jemandem im Palatium des Kurators zeigen. Ich sage dir genau, nach wem du fragen musst. Sie wird dir weiterhelfen.«

Elidar drehte die Medaille zwischen den Fingern und betrachtete das Bildnis des gekrönten Hirsches. »Was ist das?«

»Der Gott der Ledonier, Jason.«

»Also euer Satt'ka? Warum sieht er aus wie ein Tier? Und warum hat er all diese Hörner auf dem Kopf?«

Luca erwog kurz, dem Mädchen die komplizierte Geschichte des Hirschgottes Jason und seines alljährlichen Todes während der Großen Jagd zu erzählen. Dann schüttelte er den Kopf. »Satt'ka hat vier Arme und eine Menge Augen. Das ist etwas Ähnliches.«

Elidar nickte. »Ich glaube nicht daran.«

Luca fragte nicht, woran sie nicht glaubte – an die Augenzahl des yasemitischen Gottes oder an seine Existenz – sondern deutete auf die Medaille.

»Wenn du dich damit ausweist, wird man für dich sorgen, das verspreche ich dir. Du wirst Kleidung bekommen und Essen und ein Dach über den Kopf.«

Das Mädchen sah ihn an, tiefes Misstrauen im Blick. »Was muss ich dafür tun? Ich gehe nicht in ein Hurenhaus!«

»Hu ...«, Luca schluckte. »Hör mal, wofür hältst du mich?«

»Für einen Mann.« Es klang hart, aber sie lächelte ein wenig, als sie es sagte.

Luca schüttelte den Kopf. »Komm, ich muss aufstehen«, sagte er. »Sonst bleibe ich hier hocken, bis die Sonne untergeht.« Er stemmte sich auf die Füße, verschnaufte einen Moment, bis das Stechen im Knie abgeklungen war, und humpelte dann den Weg entlang.

»Wie bringen wir dich nach Cathreta?« Luca atmete schon nach wenigen Schritten schwerer. »Vielleicht kann Rui dich mitnehmen. Wenn du beim Auf- und Abladen zur Hand gehst, auf die Tiere aufpasst und nachts bei den Waren schläfst, bist du keine Last und er erwartet keinen Lohn dafür.« Luca blieb stehen und wischte sich den Schweiß von der Stirn.

Rui war ein mokarenischer Händler, der mit seinen Waren regelmäßig zwischen Yasaim und Ledon reiste. Jeder in Kayvan kannte ihn und seine Karawane von Dakhs.

Elidars Miene blieb skeptisch. »Was soll ich in Ledon? Ich kenne mich dort nicht aus. Ich kenne niemanden. Was soll ich dort tun? Und außerdem werde ich frieren. Ich habe gehört, dass in deiner Heimat die Sonne nie scheint und es immer kalt ist.«

Luca hielt an und lehnte sich gegen die Mauer, um sein Bein

zu entlasten. Elidar bot ihm ihre Schulter an, um sich abzustützen.

»Danke«, sagte er. »Pass auf, Kleine. Es wird dir gefallen. Es stimmt schon, dass es oft kalt ist oder regnet, aber wir haben auch Sonne und Wärme in Ledon. Im Sommer ist es wunderschön, nicht so grässlich heiß wie hier, wo einem das Wasser in den Augen kocht. Du wirst Kleider bekommen, die dich wärmen, wenn du frierst, das wird am Anfang sicher so sein. Aber du wirst im Palatium leben und da ist es immer schön warm. Sie werden dir Arbeit geben, vielleicht in der Küche oder in der Wäscherei. Das ist gut für dich. Willst du dich dein ganzes Leben in Kellerlöchern verstecken?«

Elidar senkte den Kopf, so dass er ihr Gesicht nicht sehen konnte. Sie flüsterte etwas.

»Was?«, fragte er.

»Hassen sie Zauberer?«, fragte sie lauter.

Luca kratzte sich am Kopf. Hassten die Ledonier ihre Magier? Er konnte es nicht sagen. Er selbst hegte keine große Sympathie für die »Kutten« – aber das war seine Meinung, nicht die der anderen.

»Nein«, sagte er laut. »Nein, ganz im Gegenteil. Sie werden ›Magister‹ genannt und geachtet. Es gibt Schulen, in denen sie lehren, und sie kümmern sich darum, dass Menschen gesund werden.«

Und verdammt oft sorgten sie auch dafür, dass Menschen starben, dachte er. Sie mischten sich in alles ein, flüsterten dem Kurator zu, was ihnen nützlich schien, und spannen Ränke, wo sie konnten. Aber es stimmte, sie wurden geachtet. Nicht geliebt, aber respektiert. Und wenn es aus Angst war …

Elidar sah ihn mit blitzenden Augen an. »Dann will ich nach Ledon«, verkündete sie. »Und ich werde ein Zauberer!«

Es dauerte ein paar Wochen, bis Rui wieder nach Kayvan kam. Während dieser Zeit entschied sich der Tesserar, Luca den Abschied zu geben.

»Es hat keinen Sinn.« Er stand mit gespreizten Beinen da,

wippte auf den Fußballen und verschränkte die Arme hinter dem Rücken. Sein Blick wich Luca nicht aus. »Wir können dich hier nicht durchfüttern, der Etat für die Garde ist ohnehin knapp bemessen. Ich habe schon einen Ersatzmann angefordert, er wird Rui auf seinem Weg hierher eskortieren.«

Luca nickte knapp, er hatte nichts anderes erwartet. Sein Bein war gut verheilt, aber es trug ihn nur unter Schmerzen, sein Knie war immer noch steif, und er konnte noch nicht auf die Krücke verzichten.

»Du bekommst einen Equilssold, das habe ich mit Cathreta vereinbart. Und du kannst mit Rui zurückreisen.«

Luca nickte wieder. Ein Equilssold, das war großzügig. Also konnte er Elidar sogar selbst nach Cathreta bringen, darüber würde das Mädchen sich bestimmt freuen.

Er sagte es ihr, als sie sich wie mittlerweile jeden Tag unten am alten Hafen trafen. Elidar saß auf der zerbröckelnden Kaimauer, ließ die Beine über dem ausgetrockneten Grund baumeln, und kaute hingebungsvoll an der Pastete, die Luca ihr in ein Stück Braunblatt gewickelt mitgebracht hatte.

Sie schluckte und lachte. »Guten Tag«, sagte sie langsam und deutlich auf Ledonisch. »Ich heiße Elidar. Ich werde ein Zauberer.«

Luca stöhnte. »Du kannst kein Zauberer werden«, sagte er zum tausendundzweiten Mal. »Du bist ein Mädchen. Mädchen werden keine Zauberer, sondern Dienstmagd oder Köchin.«

Sie hob die Schultern, kräuselte die Nase und machte »Püh.« Was soviel hieß wie: »Red du mal. Ich werde Zauberer. So.«

»Hier«, sagte Luca, als sie aufgegessen hatte, und schob ihr das Bündel hin, das er unter den Arm geklemmt mitgebracht hatte.

»Was ist das?« Elidar löste den Riemen, der das Paket verschnürte. »Oh.« Sie wendete das Kleidungsstück in den Händen. »Oh.«

»Das klingt ja nicht gerade begeistert«, knurrte Luca. Er löste die Flasche von seinem geflochtenen Gürtel – inzwischen trug er immer öfter Zivil statt der weißen Gardeuniform – und nahm einen großen Schluck daraus.

»Du trinkst zuviel«, sagte Elidar.

»Ich weiß«, gab er zurück. »Also?«

»Das sind seltsame Kleider, aber es sind wenigstens Männerkleider«, sagte Elidar. »Das ist gut. Aber sie werden mir nicht passen.«

Luca nickte »Sie sind zu groß, aber etwas Kleineres hatten wir nicht in der Zeugkammer. Sie haben einem Burschen gehört, der vor zwei Equils zurück nach Hause gegangen ist.«

Unehrenhaft entlassen, ehe er in die Garde aufgenommen werden konnte, hieß das.

»Hmm«, machte Elidar nachdenklich. »Wenn ich sie Mayan gebe, kann sie die Hose kürzen und die Ärmel auch. Das Hemd kann ruhig zu lang sein, dann sehe ich mehr wie ein Junge aus.«

Mayan war die Näherin, die auch die Wäsche der Gardisten in Ordnung hielt. Luca nickte. »Gute Idee. Gib her, ich bringe sie ihr.«

Elidar runzelte die Stirn. »Wie soll sie wissen, was sie ändern muss? Ich bringe sie ihr selbst.«

Luca fummelte einen Mhri aus der Tasche. »Hier. Das müsste reichen. Falls nicht, sag ihr, dass ich den Rest später begleiche.« Er zögerte, dann zog er auch den Devi aus der Tasche, seine Ersparnisse aus vier Equils in Kayvan. Elidar machte große Augen.

»Ist das ein Devi?«, fragte sie ehrfürchtig. »Mann, ich habe noch nie einen Devi in der Hand gehabt. Darf ich …«

Luca legte die schwere Goldmünze in ihre mageren Finger. »Behalte ihn«, sagte er heiser. »Du brauchst Geld für die Reise. Und du sollst in Cathreta nicht vollkommen mittellos dastehen – vielleicht gefällt es dir nicht im Palatium. Das Leben in der Hauptstadt ist teuer.«

Sie starrte den Devi an. »Satt'kas tausend Höllen«, flüsterte sie. Dann blickte sie Luca scharf an. »Du kommst nicht mit.«

Er senkte den Blick. »Ich weiß es noch nicht«, murmelte er. »Wahrscheinlich doch. Ich habe es dir schließlich versprochen.«

Sie sagte nichts, aber ihre magere kleine Hand legte sich auf seine große Pranke. Er fühlte, wie die glatte, schwere Münze wieder zwischen seine Finger geschoben wurde.

»Danke«, sagte das Mädchen. »Du hast schon zuviel für mich getan. Ich brauche nicht so viel Geld. Ich bin es gewöhnt, keins zu haben. Und ich komme überall zurecht. Auch in Cathreta.«

Er sah sie an. Porzellanweiße Haut, kohlschwarze Augen, struppig-kurzes schwarzes Haar. Kein Wunder, dass die Yasemiten sie für eine Missgeburt hielten. Er konnte sie inzwischen nicht mehr als Jungen sehen und wunderte sich, dass er es je getan hatte. Die zarten Knochen unter der weißen Haut, die schmalen Glieder und der feine Mund konnten nur einem Mädchen gehören, auch wenn noch nichts von weiblichen Rundungen zu sehen war.

»Wie alt bist du eigentlich?«, fragte er. Auf diese Frage hatte er noch nie eine Antwort von ihr bekommen. Auch dieses Mal wich sie aus.

»Ich bringe die Kleider zu Mayan.« Sie sprang auf die Füße. »Rui soll in drei Tagen ankommen. Ich freue mich so!«

Luca sah ihr nach. Drei Tage, dann war sein Abschied aus der Garde endgültig, unwiderruflich gekommen. Und er wusste immer noch nicht, was er mit seinem Leben als Zivilist anfangen sollte. Er könnte Elidar nach Cathreta bringen, aber was dann? Im Palatium war kein Platz für ihn …

Aprikosenfarbene Haut, mandelförmige, sanfte dunkle Augen, ein Mund mit Lippen, die aus Rosenblättern geformt zu sein schienen. Leise Worte in einer melodischen Sprache, die er nie hatte erlernen können. Die Zeit war zu kurz gewesen. Süß, aber kurz.

Luca stand auf und fluchte herzhaft.

9

Rui war eingetroffen, auf den Tag pünktlich. Seine Karawane stand im Hof des Serails und wurde entladen, während der Händler mit dem Zeugmeister die Frachtlisten durchging, Bestellungen notierte und das Abladen der Kisten beaufsichtigte.

Luca hatte ihn gebeten, ihm ein paar Momente seiner kostbaren Zeit zu schenken, und wartete nun auf einer Bank im Schatten vor dem Haupttor.

Schritte näherten sich, jemand blieb neben ihm stehen. Luca konnte Rui drinnen Befehle schreien hören. Er blickte auf und sah in das schuppige Gesicht des Dkhev-Legaten Nkar-Dag.

Die kugeligen Augen des Legaten musterten ihn aufmerksam und freundlich. Luca erinnerte sich daran, welches Unbehagen ihm die senkrecht geschlitzten Pupillen der hellen Augen und ihr starrer Ausdruck zu Anfang verursacht hatten. Inzwischen hatte er sich daran gewöhnt und meinte sogar, Gefühlsregungen in der Miene des Drachen lesen zu können. Wobei das höchstwahrscheinlich Einbildung war.

»Luca«, sprach ihn Nkar-Dag mit seiner hellen, etwas rauen Stimme an. »Ich habe gehört, dass du die Garde und Kayvan verlässt. Wie höchst bedauerlich!«

Luca verneigte sich im Sitzen. »Ich bedauere es auch unendlich, ehrenwerter Legat.«

»Darf ich?« Nkar-Dag ließ sich umständlich neben Luca nieder. Luca rutschte verwundert ein Stückchen beiseite.

»Luca«, sagte der Legat und legte seine vierfingrige Hand auf Lucas Schulter. Seine kühlen, trockenen Finger fühlten sich ledrig an wie ein weicher, viel getragener Handschuh. »Möchtest du in Kayvan bleiben?«

Luca blickte ihn an, wartete.

Nkar-Dag leckte über seine gelben Kugelaugen. So entfernten Dkhev Staub und andere Teilchen, wusste Luca. Es sah trotzdem immer wieder spektakulär und ein bisschen eklig aus.

»Ich habe eine Botschaft für dich. Der Ehrwürdige bittet dich, ihn aufzusuchen. Ich werde dich zu ihm geleiten.«

Luca riss die Augen auf. Der Alte Drache empfing gewöhnlich keine Menschen in seinem Nest. Jedenfalls hatte Luca noch nie davon gehört. Wenn Mukhar-Dag nach ihm schickte – nach einem einfachen Soldaten, nein, nach einem ganz gewöhnlichen Zivilisten – dann war das mehr als bemerkenswert.

»Was will Mukhar-Dag von mir?«, fragte Luca.

Der Legat hob die Schultern. »Er hat nicht geruht, es mir zu verraten«, sagte er.

Er lügt, dachte Luca. Aber gut, was habe ich zu verlieren? Außerdem bin ich neugierig ...

»Ich möchte dich bitten, noch einen Moment mit mir zu warten«, sagte er. »Ich muss Rui etwas ausrichten. Dann komme ich mit dir.«

Nkar-Dag nickte und erhob sich, um ein paar Schritte beiseite zu gehen. Der Legat war immer von ausgesuchter Höflichkeit den Menschen gegenüber. (Eine Eigenschaft, die er nicht mit all seinen Brüdern teilte.)

Luca dachte nach, während er auf den Händler wartete. Mukhar-Dag, der Alte Drache, war schon das Oberhaupt der Dkhev gewesen, als die Ledonier Yasaim eroberten. Das lag zwei Menschenalter zurück. Luca wusste nicht viel über ihn. Die Dkhev sprachen allesamt mit größter Ehrfurcht – oder war es schlichte Furcht? – von ihm. Angeblich war er der Vater aller Drachen, die hier in der Stadt lebten.

»Luca«, hörte er Elidar rufen. Er drehte den Kopf, sah sie aber nicht. Da stand eine Gruppe von Gardisten und rauchte, zwei Bedienstete des Statthalters schleppten einen Korb über den Hof, ein blasser Bursche in ledonischen Kleidern, wahrscheinlich einer der mitreisenden Handlanger, stand vor dem Tor und sah ihn an. Elidar. Er hatte sie in den Kleidern nicht erkannt. Luca hob amüsiert lächelnd die Hand und winkte ihr zu.

Sie winkte auch und kam auf ihn zu. »Na?«, fragte sie und drehte sich einmal um die eigene Achse.

»Du siehst gut aus«, erwiderte er. »Wirklich gut. Keiner wird glauben, dass du etwas anderes bist als ein Junge aus Nord-Ledon.«

Sie lachte und drehte sich ein zweites Mal. »Es fühlt sich ganz seltsam an. Diese Hosen sind so schwer und kratzig!«

»Du wirst noch froh darüber sein«, sagte Luca. »Einen Mantel muss ich dir auch noch besorgen. Oder wenigstens eine wärmere Jacke.« Er bemerkte, dass er sich Sorgen um sie machte. Wie würde sie in Ledon zurechtkommen? Vieles war vollkommen anders als hier in Yasaim, nicht nur das Wetter.

Er runzelte die Stirn. Anscheinend hatte etwas in ihm entschieden, dass er nicht zurück nach Cathreta ging. Er würde hierbleiben.

Elidar wurde ernst. Sie setzte sich an seine Seite. »Du kommst nicht mit«, sagte sie.

Luca nickte mit steifem Nacken. Es fiel ihm schwer, ihr das zu bestätigen. Er brach damit sein Wort.

Sie lächelte ihn an, auch wenn ihre Augen ernst blieben. »Das ist gut«, sagte sie. »Du würdest mich ja doch nur bevormunden. Ich müsste Küchenmagd werden oder Näherin. Puh!«

»Da kommt Rui«, sagte Luca erleichtert.

Der kleine Händler wieselte mit geschäftiger Miene auf sie zu. »Luca, mein Freund. Was kann ich für dich tun?«

Rui kannte jeden der Gardisten mit Namen. Er kannte auch jeden der Bediensteten und wahrscheinlich jeden in Kayvan. Luca bewunderte das Gedächtnis des Mannes.

»Rui, alter Gauner«, sagte er warm. »Ich habe eine Bitte.«

»Hm«, machte der Händler unverbindlich.

»Nichts, was du mir verweigern würdest«, beeilte Luca sich zu versichern. »Es geht um Elidar hier.« Er schob das Mädchen ein Stück nach vorne. »Er möchte nach Cathreta und würde für seine Passage arbeiten. Nimmst du ihn mit?«

»Hm«, machte Rui wieder. Er musterte Elidar gründlich. »Wie kommt ein ledonischer Junge nach Yasaim?«, fragte er

Luca in seinem mokarenisch-weich gefärbten Ledonisch. »Ist er dein Bankert?«

Luca sah, dass Elidar errötete. Er hätte nicht geglaubt, dass sie seine Sprache schon so gut verstand.

»Nein«, sagte er. »Nein, aber ich habe ihn unter meine Fittiche genommen. Nun bin ich in eine Lage geraten, die es mir nicht mehr erlaubt, einem anderen zu helfen.«

Rui verzog das Gesicht und warf einen Seitenblick auf die Krücke, die an Lucas Bein lehnte. »Habe davon gehört«, sagte er. »Mein Beileid, mein Alter. Dumme Geschichte.«

»Dumme Geschichte«, bestätigte Luca.

»Was wirst du jetzt machen?«

Luca zuckte mit den Schultern und sah kurz zu Nkar-Dag hin, der immer noch geduldig auf der anderen Seite des Tors wartete. »Wird sich finden«, sagte er kurz. »Nimmst du den Jungen mit?«

Rui wiegte den Kopf. »Das ist teuer«, sagte er. »Ein zusätzliches Maul auf der langen Reise, und er sieht aus, als könnte er einiges verdrücken. Dünn wie ein Zaunpfahl.«

Luca entspannte sich. Wenn Rui anfing zu handeln, war die Sache schon so gut wie besiegelt. Jetzt ging es nur noch um den Preis.

»Er kann anpacken«, sagte er. »Ist kräftiger als er aussieht. Ein zähes Kerlchen, wirklich. Und er braucht nicht viel. Kann bei den Tieren schlafen.«

»Braucht nicht viel, schmaucht nicht viel. Essen muss er doch. Und einen Platz irgendwo auf einem Karren muss ich ihm auch freilassen. Weniger Fracht, weniger Gewinn am Ende.«

»Ich kann reiten«, mischte sich Elidar unvermutet ein. »Du bringst doch immer Khevs in den Norden, oder? Ich würde eins davon für dich führen.«

Luca und Rui sahen sie verblüfft an. »Du kannst ein Khev reiten?«, fragte Luca.

Elidar nickte. »Ist doch ganz einfach.«

Das war es nicht. Die kleinen Echsen waren schnell, gemein,

bockig und hinterhältig. Khev-Rennen waren eine große Attraktion in Ledon, aber selbst geübte Reiter kapitulierten oft vor den unberechenbaren Reitechsen, und es war schwierig, mehrere von ihnen über längere Strecken zu transportieren, weil sie dazu neigten, ihre Reiter und andere Khevs zu beißen und mit ihren stachelbesetzten Schwänzen zu schlagen.

»Das will ich sehen«, sagte Rui ungläubig.

»Ich auch«, murmelte Luca.

Elidar stemmte die Hände in die Hüften. »Los, bring mir ein Khev«, fordert sie Rui auf.

Der Händler zog die Brauen hoch. »Schneid hat er ja«, sagte er zu Luca. »Also, Bürschchen, du hast es gewollt.«

Luca sah ihm nach. »Du bist verrückt«, sagte er zu Elidar.

Sie zog die Brauen zusammen. »Wirst schon sehen.«

Der Legat, der dem Disput gelauscht hatte, gesellte sich zu ihnen. »Mutiger Junge«, sagte er zu Elidar. »Die kleinen Brüder sind bösartig zu Menschenreitern!«

Luca sah ihn an. »Kleine Brüder?«, fragte er, aber da kam schon Rui, gefolgt von einem stämmigen Gehilfen, der ein fauchendes Khev am Geschirr führte. Die Reitechse trug eine Art Maulkorb, aber das hinderte das Tier nicht daran, nach allem zu schnappen, was ihm vor die Schnauze kam.

»Also – zeig was du kannst, kleiner Maulheld.« Rui stellte sich breitbeinig und lächelnd neben Luca und wies seinen Gehilfen mit einer Kopfbewegung an, Elidar die Zügel zu übergeben.

Als Luca in Kayvan angekommen war, hatte er ein Mal versucht, eins dieser Biester zu reiten. Einer der älteren Gardisten wettete mit ihm, dass er sich keine fünf Atemzüge lang auf dem Rücken der Reitechse halten würde. Luca, der sich für einen guten Reiter hielt, nahm die Herausforderung an und kletterte auf den Rücken des Tiers. Kaum saß er oben, lag er schon mit der Nase im Staub und musste zum Verlust seiner Wettschuld auch noch einen schmerzhaften Echsenbiss in der Kehrseite und den Spott seiner Kameraden ertragen. Seitdem hatte er um die Biester einen großen Bogen gemacht und hätte auch jedem anderen dazu geraten.

Jetzt hielt er die Luft an. Elidar ging forschen Schrittes auf den Gehilfen zu. »Der Beißkorb ist nicht nötig«, sagte sie.

Luca hörte, wie Rui nach Luft schnappte. »Jetzt wirst du übermütig«, sagte er. »Vorsicht, Kleiner, du willst doch sicher die meisten deiner Körperteile behalten, oder?«

Elidar lächelte nicht. »Nimm ihm den Beißkorb ab«, sagte sie zu dem Gehilfen. Der zuckte mit den Schultern und sah Rui an.

»Na gut, du musst es wissen«, lachte Rui. »Tu, was er sagt, Gualdo.«

Der Gehilfe näherte sich vorsichtig dem Kopf der Echse und löste die Schnallen, die den Maulkorb hielten. Dann sprang er mit einem Fluch vor dem zuschnappenden Tier zurück, wobei er ein Stück seines Ärmels und ein bisschen Haut einbüßte.

Das Khev fauchte und sah sich mit tückisch glitzernden Augen nach seinem nächsten Opfer um. Er drehte den schmalen Kopf und ließ ein blitzendes Raubtiergebiss sehen. Sein Blick fiel auf Elidar, die wenige Schritte entfernt stand und den langen Zügel lose um den Arm geschlungen hatte.

»Hsss«, machte sie. »Hsss, kleiner Bruder.«

Luca spürte, wie der Legat, der neben ihm stand, eine Bewegung machte. Auch Luca konnte kaum still stehen bleiben. Das Mädchen war verrückt. Er umfasste seine Krücke fester, um sich zwischen Elidar und die Echse zu werfen.

»Warte«, sagte der Legat.

Elidar näherte sich dem fauchenden und spuckenden Tier bis auf eine Armeslänge und ließ die ganze Zeit sanfte Zischlaute hören. Das Khev reckte den Hals und schnappte nach ihr, aber merkwürdig kraftlos und halbherzig und es verfehlte Elidar um eine ganze Handbreite.

Als Elidar nahe genug heran war, legte sie eine Hand auf die Stirn des Tieres und die andere über seine tiefliegenden Nasenlöcher.

Luca umklammerte seine Krücke so fest, dass seine Finger weiß wurden. Die Hand des Mädchens lag beinahe im zähnestarrenden Maul des Khevs – eine schnelle Bewegung des Echsenkopfes und Elidar hätte keine Finger mehr.

Er hörte, wie Nkar-Dag neben ihm leise zischend atmete. Der Legat schien ebenso nervös zu sein wie er selbst.

Das Mädchen legte sich nun in aller Seelenruhe die Zügel zurecht und machte Anstalten, auf den Rücken der Echse zu steigen.

»Lass gut sein«, rief Rui. »Ich nehme dich mit, Junge. Du hast die Mutprobe bestanden!«

Elidar lachte ihn an und schwang ihr Bein über den Khev-Rücken. Ein letzter Ruck, und sie hockte auf dem hochgezogenen Rückenpanzer, der so etwas wie einen natürlichen Sattel bildete. »Hoassss«, zischte sie und ruckte am Zügel. Das Khev nickte unwillig mit dem Kopf, aber es gehorchte. Es richtete sich auf seinen starken Hinterbeinen auf, hob die kleineren Vorderbeine in einer anmutigen Geste gegen die Brust und rannte los.

Luca hörte, wie die kleine Zuschauermenge, die sich inzwischen angesammelt hatte, erstaunt aufschrie. Er selbst schnaufte und musste sich hinsetzen, weil sein zertrümmertes Knie ihn nicht mehr tragen wollte.

»Interessant«, sagte der Dkhev. »Du kennst das Menschenkind? Wer sind seine Eltern?«

Luca schüttelte den Kopf. »Ich weiß es nicht.«

Sie schwiegen, bis kurz darauf das Khev mit seiner Reiterin das Serail umrundet hatte und unter dem Beifall der Zuschauer fauchend vor Rui anhielt. Es ließ sich mit einem unmutigen Schütteln seines Kopfes auf seine vier Beine nieder, senkte den Kopf und ließ Elidar absteigen. Sie reichte dem Gehilfen die Zügel, nickte Rui hoheitsvoll zu und sagte: »Nun?«

Der kleine Händler breitete die Arme aus. »Was soll ich sagen?« Er lachte. »Pack dein Bündel. Wir reisen morgen früh beim ersten Ruf ab. Komm gleich zu mir, ich weise dir einen Platz für dein Gepäck zu.«

»So bald schon?«, fragte Luca.

Rui hob die Schultern. »Termine. Ich will den Senfmarkt in Auritos noch mitnehmen.«

Elidar, die ein wenig schwerer atmete, kam an Lucas Seite. »Morgen«, sagte sie. Ihre Augen strahlten.

»Legat«, sagte Luca, »hast du noch einen Moment Geduld?«

Der Dkhev lächelte, was seinem Reptiliengesicht einen unheilvollen Ausdruck verlieh. »Ich habe Zeit«, sagte er.

Luca zog das Mädchen beiseite. »Ich hatte so etwas befürchtet«, sagte er und drückte ihr einen zusammengefalteten und versiegelten Brief in die Hand. »Hier. Das gibst du der Domna Antela. Sie ist die Vorsteherin der Dienstboten im Palatium. Sie wird dir weiterhelfen.«

Elidar steckte den Brief sorgsam ein. »Was steht darin?«

»Ich bitte sie darum, dich unter ihre Fittiche zu nehmen. Sie wird dich schrecklich bemuttern. Ich hoffe, du hältst das aus.« Luca gab ihr einen Klaps auf die Schulter. »Ich muss jetzt gehen, Nkar-Dag wartet auf mich.«

»Kommst du morgen und winkst mir nach?« Elidar versuchte, gleichmütig zu klingen.

»Denkst du, ich lasse dich einfach so gehen? Ich verabschiede mich natürlich in aller Form von dir!«, sagte Luca streng.

Elidar lächelte schief. »Dann bis morgen. Lass dich nicht fressen.« Sie winkte und lief in den Hof des Serails zurück.

10

Luca hatte das Drachennest noch nie betreten und kannte auch niemanden, der es vor ihm getan hatte. Wenn sein Knie nach dem Fußmarsch nicht geschmerzt hätte, als steckten rostige Nägel darin, hätte er es genossen, mit Nkar-Dag durch das enge Tor zu treten, das das Dkhev-Viertel von den Stadtteilen der Menschen trennte. Die Bewachung des Durchgangs wäre ihm beinahe nicht aufgefallen. Das Gässchen war düster und nicht allzu sauber, und in zwei zugemauerten Türöffnungen rechts und links lehnten schläfrig dreinblickende Dkhev-Männer, die Luca aber bei aller scheinbaren Lässigkeit scharf musterten. Einer von ihnen trat ihnen in den Weg. »Wo willst du hin, Mensch?«

Nkar-Dag schob den jungen Dkhev beiseite. »Mach die Augen auf, Kesko-Dag. Der Mensch wurde eingeladen.«

Der gerügte Dkhev verbeugte sich hastig. »Ich habe dich nicht erkannt, großer Bruder. Vergib mir.«

Nkar-Dag nickte nur. »Geh weiter«, murmelte er. »Es wird dir nichts geschehen.«

Luca schnaubte. »Ich habe keine Angst«, erwiderte er.

Der Legat neigte den Kopf. »Gut.«

Luca sah sich neugierig um. Auf der Gasse war niemand unterwegs. Die Häuser, die sie passierten, schienen leer zu stehen, die meisten Fenster und Türen waren zugemauert.

»Wohnt hier niemand?«, fragte Luca.

Nkar-Dag sah ihn verwundert an. »Aber natürlich. Wir haben sehr wenig Platz hier im Nest für alle.«

Luca sah sich ungläubig um. »Aber – wo sind all die Leute?«

Nkar-Dag zeigte auf die wenig einladend wirkenden Häuser. »Dort. Und natürlich unten.« Er erläuterte nicht, was er damit meinte, und Luca fragte nicht weiter. Er war müde, sein Bein schmerzte und er hatte Durst.

»Wir sind bald da«, sagte Nkar-Dag, als hätte er Lucas Gedanken gelesen. »Dort drüben.« Er zeigte auf ein großes Haus am anderen Ende eines gepflasterten Platzes, dessen zweiflüglige Tür weit offen stand.

Sie überquerten den Platz und traten in den Eingang. Nkar-Dag betätigte den bronzenen Klopfer. Der Laut schallte durch die Eingangshalle und verklang in einem dumpfen Echo irgendwo in den düsteren Tiefen des Hauses. Die Luft in der Halle roch abgestanden und nach uraltem Staub. Luca lief eine Gänsehaut über den Rücken.

Nkar-Dag wartete, die Hände auf dem Rücken gefaltet. Luca lehnte sich auf seine Krücke und versuchte, das Bein zu entlasten.

Nichts bewegte sich. Die gesprungenen Steinfliesen des Bodens waren schmutzig, ein kalter Hauch wehte durch die Halle und ließ Luca frösteln. Draußen brach die Dämmerung an.

Bald würde es ganz finster sein, und er stand hier mutterseelenallein im Drachennest, das bis auf die Wächter am Tor ausgestorben zu sein schien, auch wenn der Legat etwas anderes behauptete.

Luca musterte seinen Begleiter von der Seite. Nkar-Dag stand geduldig und reglos da, nur gelegentlich zuckte seine Zunge heraus, verharrte einen Moment zitternd und wurde wieder eingezogen.

»Nkar-Dag«, begann Luca schließlich, aber der Legat legte nur einen Finger an den Mund und schüttelte den Kopf.

Sie warteten weiter. Inzwischen war es beinah vollständig dunkel in der großen Halle. Luca verlor die Geduld. »Ich gehe«, sagte er zu dem Dkhev.

Ehe Nkar-Dag etwas erwidern konnte, erklangen Schritte, die aus dem Inneren des Hauses kamen. Sie näherten sich rasch, und mit ihnen das flackernde, freundliche Licht einer Fackel.

Ein stämmiger Echsenmann eilte herbei und nickte Nkar-Dag zu. »Der Ehrwürdige erwartet dich, Nestbruder.« Er streifte Luca mit einem flüchtigen Blick, in dem sich gleichermaßen Neugier und Verachtung mischten. Er hob die Fackel ein wenig höher und deutete ihnen den Weg.

»Danke, Nestbruder«, erwiderte der Legat. »Gehen wir, Freund Luca.«

Luca sah, dass der andere Dkhev die herzliche Anrede des Legaten registrierte. Er nickte Luca kurz zu und wandte sich ab. »Ich gehe vor.«

Luca und der Legat folgten dem Dkhev ins Innere des Hauses. Luca sah sich neugierig um. Die Spuren der Vernachlässigung und des Verfalls waren groß. Wohnte hier wirklich jemand? Er kannte Dkhev-Kaufleute und Wirte, die im menschlichen Teil der Altstadt ihre Geschäfte betrieben, und hatte die Lokalitäten immer für penibel sauber und höchst ordentlich befunden. Das hier erschien ihm seltsam und untypisch für die Echsenmenschen.

»Sag mir, Nkar-Dag«, wandte er sich an seinen Begleiter, »wo sind eigentlich eure Frauen? Ich glaube, ich habe noch nie eine von ihnen zu Gesicht bekommen.« Hoffentlich war das keine Frage, die den sofortigen Tod nach sich zog, überlegte er ein wenig zu spät.

Der Legat hob in einer eigentümlichen Geste die Hände. »Keine Frauen«, sagte er. »Nicht hier.«

Keine Frauen – nicht hier? Luca runzelte die Stirn. Kayvan war, so viel er wusste, die letzte Kolonie der Dkhev in Yasaim. Gab es irgendwo anders noch Nester, in denen die Frauen lebten? Und was war das hier – eine Art Kaserne?

Sie waren inzwischen tief in den Bauch des Hauses eingedrungen. Es war stockfinster, nur die Fackel spendete eine kleine Lichtinsel. Luca konnte kleine Ausschnitte des Interieurs erhaschen – leere Zimmerfluchten, leere Gänge, Haufen von Schutt, herabhängende Wandbespannungen und zerborstene Täfelungen. Das hier musste einmal ein hochherrschaftliches Gebäude gewesen sein.

Eine weitere Flügeltür öffnete sich vor ihnen. Dahinter war es zum ersten Mal nicht stockfinster, sondern Kerzenlicht und ein Kaminfeuer blendeten seine inzwischen an die Dunkelheit gewöhnten Augen. Wärme schlug ihnen entgegen. »Ah«, machte Luca unwillkürlich.

»Ehrwürdiger Nestvater, deine Gäste sind eingetroffen«, meldete ihr Führer.

»Bring sie her«, erwiderte eine kräftige Bassstimme.

Luca sah sich im Zimmer um. Es war nicht groß, und es war beinahe so kahl wie alle anderen Räume, die sie durchquert hatten. Keine Teppiche, keine Dekorationen, kaum Möbel. Auf einer harten Bank neben dem Kamin saß hoch aufgerichtet ein Dkhev und sah ihnen entgegen.

Nkar-Dag ging auf den Mann zu und ließ sich einige Schritte vor ihm geschmeidig auf die Knie sinken. Er legte die Hände auf den Boden und seine Stirn darauf. Luca blieb unbehaglich neben ihm stehen.

»Erhebe dich, Nestsohn«, sagte der Alte Drache, Mukhar-Dag. »Das ist er also.«

»Das ist Luca, Ehrwürdiger.«

Mukhar-Dag musterte Luca vom Kopf bis zu den Füßen. »Er ist versehrt?«, fragte er den Legaten.

Luca biss die Zähne zusammen. Es war demütigend, wie der Alte Drache über ihn sprach, als wäre er nicht anwesend.

»Ja, ich bin ein Krüppel«, sagte er laut.

Die beiden Dkhev sahen sich und dann ihn an. »Ich war unhöflich, vergib mir«, sagte der Alte Drache zu Lucas Überraschung. »Ich bin es nicht mehr gewöhnt, mit Menschen Umgang zu pflegen, das ist Nkars Aufgabe.«

Luca nickte knapp. »Was willst du von mir?«, fragte er geradeheraus. Das lange Warten und sein schmerzendes Bein machten ihn ungeduldig.

Der Alte Drache gluckste leise. »Komm her, lass dich ansehen. Du siehst ganz anders aus als die Menschen von Kayvan, das interessiert mich.« Er winkte mit seiner vierfingrigen Klauenhand.

Luca humpelte zur Bank, auf der das Oberhaupt der Dkhev saß. Mukhar-Dag deutete auf den Platz an seiner Seite. »Setz dich hierher.«

Nkar-Dag sog scharf die Luft ein. »Ehrwürdiger ...«, sagte er, und es klang schockiert.

»Danke, Nestsohn«, unterbrach Mukhar-Dag ihn. »Ich lasse dich rufen.«

Nkar-Dags Zunge zuckte aus dem lippenlosen Mund und wurde mit einem kleinen Zischen wieder zurückgezogen. »Ehrwürdiger«, sagte der Legat, verbeugte sich steif und ging hinaus.

»Jetzt ist er gekränkt«, sagte der Alte Drache. »Er ist ein guter Junge.«

Luca lachte. Es klang zu ulkig, den nicht mehr ganz jugendlichen Legaten als »Jungen« bezeichnet zu hören.

Der Alte Drache zwinkerte. Seine Augen waren groß und strahlend gelb. »Du gehörst nicht mehr zur Garde dieses fetten Stinktiers, richtig?«

Luca schnappte nach Luft. »Das ist nicht sehr diplomatisch, Ehrwürdiger«, sagte er.

Der Alte Drache winkte ab. »Ah, bah. Für Diplomatie ist

Nkar zuständig, damit muss ich mich nicht aufhalten. Maurus ist ein kleines, fettes Stinktier. Sein Vorgänger hatte Format, aber er ist tot. Leider.« Er machte eine bedauernde Geste. »Wir haben oft Scha'Yas miteinander gespielt. Ich habe immer gewonnen.« Er lächelte zähnestarrend.

Luca musste an sich halten, um nicht laut zu lachen. Der letzte Statthalter war eine Legende, ein alter Haudegen, der entfernt mit dem Kurator selbst verwandt gewesen war. Es gab so gut wie niemandem in Ledon, mit dem er nicht verstritten gewesen war, deshalb war er auf diesen entlegenen Posten abgeschoben worden.

»Du hast recht, Maurus ist ein Stinktier«, hörte er sich sagen. Der Alte Drache zwinkerte wieder.

»Das muss dich nicht mehr bekümmern«, sagte er. »Was hast du jetzt vor? Gehst du zurück in deine Heimat?«

Luca erwiderte den Blick des Echsenmannes ebenso offen. »Warum willst du das wissen?«

Der Alte Drache verschränkte die Arme und züngelte. »Nun, ich habe dir möglicherweise ein Angebot zu machen. Falls du vorhaben solltest, noch eine Weile – oder gar länger – hier in Qssa-Qartan zu bleiben.«

Qssa-Qartan. Die alte Bezeichnung für Kayvan, aus einer Zeit, als die Echsen über diesen Teil der Welt geherrscht hatten.

»Ich habe darüber nachgedacht, ja«, sagte Luca.

Mukhar-Dag nickte, als hätte er nichts anderes erwartet.

»Ich brauche jemanden, der sich in menschlichen Angelegenheiten auskennt«, sagte er. »Nkar ist ein guter Junge, und er ist geschult darin, mit Menschen wie dem Statthalter umzugehen. Aber es gibt vieles, wofür ich ihn nicht einsetzen kann – Aufgaben, die wahrscheinlich nur ein Mensch erfüllen kann. Den Glanz des Großen Nestes von Qssa-Qartan werden wir nicht wiederherstellen können – diese goldene Zeit ist ein für alle Male vorüber und vergangen.« Seine Handbewegung zeigte das große Bedauern, das er darüber empfand. »Aber ich kann mich nicht damit abfinden, ohne das Rasseln des Siegs und das Heulen der Windhörner aus dem Ewigen Spiel auszuscheiden.

Mukhar-Dag und die letzten seiner Sippe werden einen Abdruck ihrer Zähne in der Geschichte hinterlassen!«

Er hatte sich hoch aufgerichtet und schlug mit der Faust auf die steinerne Armlehne der Bank.

»Wozu brauchst du mich?«, fragte Luca, der ein Stückchen abgerückt war. Er verspürte keine große Lust, diesen geschichtsträchtigen Gebissabdruck am eigenen Leib zu erfahren.

Mukhar-Dag setzte sich bequem zurecht. »Du wirst großzügig entlohnt«, sagte er. »Wir sind nicht kleinlich. Du bekommst alles, was du benötigst. Ein Quartier – hier oder in der alten Stadt, wie du willst. Einen Devi zu jedem zweiten Mondwechsel. Jeden Luxus, den du dir wünschst.« Sein Blick fixierte Luca so starr, wie das nur ein Echsenauge konnte.

»Das ist wirklich großzügig«, sagte Luca, der bei der Aufzählung nach Luft geschnappt hatte. Vier Devi im Equil? Vier DEVI? Das war nicht nur großzügig, das war nahezu fürstlich! »Aber was muss ich dafür tun?«, fragte er zweifelnd. Jemanden ermorden, dachte er. Den Statthalter und die komplette Garde. Den Kurator.

»Mir zur Verfügung stehen«, erwiderte der Alte Drache. »Wenn ich es wünsche, Tag und Nacht. Du wärst mein persönlicher Verbindungsmensch. Wie würde das bei euch heißen? Mein Sekretär? Mein Sklave?«

Luca schluckte. Haussklave des alten Drachen. Großartig. Aber immerhin, er wäre ein fürstlich entlohnter Sklave.

»Nein, danke«, sagte er.

Mukhar-Dag legte den Kopf schief und züngelte heftig. »Warte. Ich fürchte, ich habe ein falsches Wort gewählt, das dich gekränkt hat. Sekretär, das ist etwas Unwürdiges?«

Luca lachte und schüttelte den Kopf. »Nein, Ehrwürdiger. Ein Sekretär ist durchaus etwas Ehrenwertes. Der Sklave hat mich gestört.« Er erklärte dem konzentriert lauschenden alten Drachen, was ein Sklave war, und Mukhar-Dag hob entsetzt die Hände. »Menschen! Nein, nein, so etwas gibt es bei uns nicht. Du bist und bleibst frei und dein eigener Herr. Wenn du gehen willst, kannst du gehen. Niemand wird dich halten.«

Luca nickte langsam. »Gut. Ich bin bereit, es zu probieren. Und wenn ich gehen will …«

»… lasse ich dich gehen. Es ist versprochen.« Der Alte Drache hielt Luca die Hand hin. Luca wollte einschlagen, aber Mukhar-Dag griff blitzschnell nach seinem Handgelenk und zog Lucas Hand an seinen Mund. Die lange graue Zunge schnellte heraus und betupfte mehrmals Lucas Handfläche. Ein farbloses, klebriges Sekret blieb darauf zurück, und Luca musste an sich halten, um sich nicht vor Ekel zu schütteln.

»Mit meinem Namen besiegelt«, sagte der Dkhev und ließ Lucas Hand los. Luca wollte seine Handfläche abwischen, aber das Sekret war schon getrocknet und hatte sich wie kleine, kristallene Leimtröpfchen fest mit der Haut verbunden.

»Dein Ausweis«, sagte Mukhar-Dag. »Damit kannst du jederzeit unsere Tore passieren, und jeder meiner Nestsöhne ist verpflichtet, dir beizustehen, wenn du ihn darum bittest.«

»Oh«, sagte Luca und rieb unauffällig seine Hand an der Hose. Die Tröpfchen saßen fest, sie waren glatt und trocken und klebten nicht mehr.

»Nkar wird dir jetzt zeigen, wie du das Nest betreten und verlassen kannst und wie du zu mir findest. Dann soll er dir ein Quartier zuweisen. Ah, ich sage es ihm lieber selbst.« Mukhar-Dag schlug gegen eine große Bronzeschale, die neben der Bank auf dem Boden stand. Wenig später öffnete sich die Tür und ein Dkhev trat ein und verneigte sich.

»Ruf mir Nkar«, befahl der Alte Drache.

Während sie warteten, fragte Mukhar-Dag beiläufig nach Lucas Familie.

Luca schüttelte den Kopf. »Ich habe keine Familie. Mein Vater stand einem Magus im Wege, und der hat dafür gesorgt, dass das Hindernis verschwindet.« Seltsam, wie ruhig er mittlerweile davon erzählen konnte. Er weilte zur Rekrutenausbildung in Cathreta, als es passierte, und das hatte zumindest ihm das Leben gerettet.

Mukhar-Dag sah ihn aufmerksam an. »Du bist sehr ruhig«, sagte er.

Luca hob die Schultern. »Ich war rasend. Aber man legt sich nicht mit den Magierorden von Ledon an.«

»Du hasst die Magier?«

»Ich hasse sie, ja.« Warum hatte er Elidar nichts davon erzählt? Warum hatte er so getan, als hielte er Zauberer für ehrenwerte Männer, die niemandem etwas zuleide taten? Er wusste es nicht. Eigentlich begriff er einen guten Teil seines Verhaltens nicht. Dass er dem Streunerkind seine Ersparnisse angeboten hatte, wo er nicht einmal wusste, wie sein Leben ab jetzt verlaufen würde. Das war irrsinnig.

»Du hast einen Nestling in Kayvan, sagte mir Nkar?«

Luca sah ihn verständnislos an. »Nestling? Ein Kind, meinst du?« Mukhar-Dag nickte.

»Ein Nestling, der Khevs reitet.« Der Legat war eingetreten und hatte Mukhar-Dags Frage gehört. »Verzeih mir, dass ich mich in eure Unterhaltung mische. Aber es war ein bemerkenswertes Schauspiel, Ehrwürdiger.«

Der Alte Drache wandte langsam den Kopf. »Der Nestling reitet die kleinen Söhne?«

»Ja, Ehrwürdiger. Ich habe sie selbst dabei beobachtet.«

Mukhar-Dag sah Luca an. »Das ist bemerkenswert. Sie muss einen starken Willen haben. Und den richtigen Geruch.«

Warum sprach der Alte Drache von einem Mädchen? Luca fragte nach, und Mukhar-Dag lächelte.

»Nur Weibchen reiten ein nicht-verwandtes Khev, ohne es vorher zu betäuben. Aber wenn dein Nestling Qang verwendet hätte, hätte Nkar hier üble Kopfschmerzen, und das ist nicht der Fall, das sehe ich.«

Luca versuchte, die unverständlichen Informationen zu sortieren. »Das gilt sicher nicht für Menschen«, sagte er schließlich. »Khev-Rennen werden bei uns nur von Männern geritten.«

Mukhar-Dag lächelte wieder, und der Legat hüstelte. »Die Reiter benutzen alle Qang-Pulver«, sagte er. »Es erschiene als ein Zeichen von Schwäche, also redet man nicht darüber. Aber die kleinen Brüder werden vor jedem Rennen betäubt, deshalb leben sie auch nicht lange.« Seine Stimme klang zornig, obwohl seine Miene unbewegt blieb.

Luca war verwirrt. »Aber Elidar hatte dieses Pulver nicht«, sagte er, halb fragend.

»Sie hat ihn beruhigt, als wäre sie eine Prinzessin«, sagte der Legat.

Mukhar-Dag zischte leise. Er sah seinen Nest-Sohn an, und der hob die Schultern in einer menschlich wirkenden Geste. »Ich habe es gesehen«, sagte er.

»Sie hat magische Kräfte«, erklärte Luca, dem all das bedeutungsvolle Blicken und Zischeln zuviel wurde. »Ich glaube, dass sie stark sind, wenn ich bedenke, wie sie mich um den kleinen Finger wickelt. Sie weiß sie noch nicht gezielt einzusetzen, das glaube ich zumindest, aber unbewusst ...«

»Sssss«, machte der Alte Drache nachdenklich. »Ja, das mag so sein. Nun, es ist, wie es ist. Wird dein Nestling bei dir leben?«

»Sie ist nicht meine Tochter, und sie reist mit Rui nach Ledon.«

»Nach Ledon«, echote der Alte Drache. Es klang erstaunt.

»Sie reisen beim ersten Ruf ab.« Luca verspürte plötzlich Unruhe. Wie weit mochte die Nacht vorangeschritten sein? Der erste Ruf erklang weit vor der Morgendämmerung, und er hielt sich nun schon seit geraumer Zeit im Drachennest auf.

»Nun ist die Stunde des Nebelherzen. Nkar?«, fragte der Alte Drache.

Der Legat züngelte. »Der erste Ruf ertönt in Kürze«, sagte er.

Luca sprang auf. »Ihr müsst verzeihen«, sagte er, schon halb auf dem Weg zur Tür. »Ich komme zurück, sobald ... ich muss mich sputen!«

»Nkar!«, rief der Alte Drache. Der Legat bewegte sich schneller, als Luca das bei diesem bedächtigen Echsenmann jemals für möglich gehalten hätte. Er holte Luca ein, überholte ihn gar, und riss die Tür auf. »Folgen«, rief er knapp.

Luca folgte. Dieses Mal führte der Weg nicht durch die langen Korridore und staubigen Zimmer, sondern der Legat führte

Luca zu einer Öffnung in der Wand. Dahinter war es stockfinster. Luca zögerte, und Nkar-Dag ergriff kurz entschlossen seine Hand und zog ihn mit sich. Luca stöhnte, denn diese totale Dunkelheit war beklemmend. Er stolperte hinter dem Legaten her, humpelte, so schnell es ging, blieb immer wieder mit dem Fuß an kleinen Erhebungen hängen, und wenn er noch Atem übrig gehabt hätte, hätte er pausenlos geflucht.

Der Gang führte steil abwärts. Er schien ohne Richtungsänderungen geradeaus zu führen, und nach einiger Zeit begann sich Luca zu fragen, wo sie inzwischen sein mochten – jedenfalls nicht mehr unter dem Drachenhaus. Es war ein schmaler Gang, Luca stieß rechts und links an Wände. Auch die Decke war nicht allzu hoch über seinem Kopf, und die Luft war stickig. Luca fühlte sich, als wäre er lebendigen Leibes begraben worden. Im Laufen begraben, dachte er grimmig und hustete. Nkar-Dag zog ihn unbarmherzig weiter voran.

Irgendwann stieg der Gang wieder an. Das Laufen wurde noch beschwerlicher. Luca stöhnte und schnaufte wie ein Dkhev, das einen zu schweren Karren ziehen musste.

»Wir sind gleich da«, rief der Legat.

»Hoffentlich«, ächzte Luca. »Falle sonst tot um.«

Ein grauer Schimmer narrte seine Augen. War dort vorne Licht?

Es wurde heller, die Finsternis wich einem trüben Halbdunkel. Die Wände des Ganges rückten weiter auseinander, und die Decke hob sich. Luca holte tief Luft. Nein, die Decke war verschwunden, hoch über seinem Kopf erblickte er Sterne am Himmel.

»Wo«, begann er. Nkar-Dag ließ seine Hand los und blieb stehen. Luca stützte sich mit der Hand auf dem gesunden Knie ab und holte keuchend Luft.

»Dort ist der alte Hafen«, zeigte der Legat. »Dort die Seilmachergasse.« Luca schüttelte den Kopf. Natürlich, jetzt erkannte er den Ort. Wie konnten sie so schnell vom Drachennest hierher gelangt sein?

Seine Überlegungen wurden jäh unterbrochen. Vom Nur-

Tayl herab erklang der erste Ruf über die Dächer der Altstadt. Luca fluchte laut und setzte sich wieder in Bewegung.

»Wir sehen uns heute Nachmittag«, rief der Legat hinter ihm her.

Er kam zu spät. Auf dem Hof des Serails exerzierten seine ehemaligen Kameraden, überall lag Dakh-Dung und tiefe Furchen im Staub zeigten, wo die Karren gestanden hatten – aber Ruis Karawane war fort.

Luca ließ sich schwer atmend auf die Bank vor dem Tor sinken und legte den Kopf in die Hände. Elidar war auf dem Weg in den Norden, und wahrscheinlich würde er sie nie wiedersehen. Er hatte ihr noch alles Gute wünschen wollen, sie noch einmal fest umarmen und ihr sagen, dass sie sich nicht blenden lassen sollte von der Hauptstadt und ihrem Glanz. Vielleicht hätte er sie auch vor den Zauberern gewarnt, und davor, dass sie unberechenbar waren, tückisch, hinterhältig …

»Luca«, rief Elidar. Er riss den Kopf hoch. Das Mädchen ritt auf einem Khev auf ihn zu und winkte begeistert. »Ich wusste, dass du noch kommst«, rief sie. »Ich habe es gewusst!« Sie zügelte die zischende Echse, sprang von ihrem Rücken und befahl dem Tier mit einem Pfiff, sich hinzulegen.

»Elidar«, sagte Luca fassungslos, »was machst du hier, bist du verrückt? Wo ist die Karawane?«

»Auf dem Weg nach Gaskiar«, sagte das Mädchen und hockte sich neben ihn. »Ich habe Rui gesagt, dass ich mich unbedingt noch von dir verabschieden will – und mit dem Khev hole ich die Karawane ganz leicht wieder ein. Die Dakhs sind Schnecken!«

»Er hat dir das Khev überlassen?« Luca schüttelte den Kopf. »Einfach so? Hat er keine Angst, dass du dich damit aus dem Staub machst?« Khevs waren wertvoll, und Rui war ein gerissener alter Händler, dem so ein leichtsinniges Verhalten alles andere als ähnlich sah.

Elidar sah ihn unschuldig an. »Er hat mein Bündel als Pfand«, sagte sie.

Luca verschluckte sich. Hustend sagte er: »Na, dann ist ja alles gut. Dein Bündel als Pfand. Ich fasse es nicht!«

Sie grinste. Luca nahm ihre Hand. »Ich hatte mich schon fast damit abgefunden, dass wir uns nicht mehr voneinander verabschieden können«, sagte er. »Ich bin froh, dass du zurückgekommen bist!«

Elidar erwiderte den Druck seiner Finger. »Ich werde dich vermissen«, sagte sie leise. »Willst du wirklich hierbleiben?«

Luca nickte. »Ich habe schon eine neue Beschäftigung«, sagte er. »Der Alte Drache braucht einen menschlichen Laufburschen.«

Elidar gluckste und sah zum Morgenhimmel, an dem sich das zarte Licht der aufgehenden Sonne zeigte. »Ich muss gleich wieder los«, sagte sie und stand auf. »Leb wohl, Luca. Wir sehen uns bestimmt eines Tages wieder.«

Luca erhob sich ebenfalls und umarmte sie ungeschickt. »Das werden wir«, sagte er. »Pass auf dich auf. Cathreta ist etwas anderes als Kayvan. Lass dich nicht …« Verführen? Verderben? Ins Unglück locken? Er schluckte alles hinunter. »Du wirst deinen Weg machen, das weiß ich«, sagte er. »Lern ganz schnell schreiben. Dann kannst du Rui ab und zu einen Brief für mich mitgeben.«

Elidar nickte stumm und schluckte. Sie umarmte ihn fest und wischte sich im Abwenden die Augen. »Leb wohl«, rief sie noch einmal, während sie auf den Rücken der Echse stieg. Sie winkte, zischte »Hoassss« und schon war sie in einer Staubwolke verschwunden.

Luca saß noch bis zum zweiten Ruf auf der Bank, lauschte den Kommandos, die vom Hof des Serails schollen und blickte die leere Straße entlang. Dann erhob er sich, denn sein Magen knurrte. Rührung war ja gut und schön, aber ein Frühstück hatte er jetzt noch weitaus nötiger.

11

Das nannte man also »Frühling« in Ledon. Elidar bewegte unbehaglich die Zehen in den ungewohnt festen Schuhen und blickte zu all der Feuchtigkeit empor, die vom bleigrauen Himmel auf sie herabfiel. Schneematsch. Auch so ein Wort, das sie hier gelernt hatte. Graupelschauer. Nieselregen. Oh, wie sehr vermisste sie die gleißende Sonne von Kayvan!

Sie schauderte. Ihr war kalt. Seit sie hier angekommen war, an diesem grauen, nassen Tag gegen Winterende, fror sie ununterbrochen. Frierend stand sie auf, schlotternd erledigte sie die Arbeiten, die ihr aufgetragen wurden, mit Gänsehaut am ganzen Körper legte sie sich abends schlafen, um dann die ganze Nacht mit eiskalten Füßen vor sich hinzuzittern.

Sie hätte mit Rui weiterreisen können, statt hier im grauen Cathreta an Frostbeulen zu sterben. Er hatte es ihr angeboten. »Du kannst meine Khevs vorführen«, hatte er gesagt. »Ich brauche immer gute Reiter, und du bist der beste, der mir je begegnet ist.«

Aber dann waren sie in Cathreta angekommen, und beim Entladen der Karren fiel ihr ein vornehm aussehender Mann in einer düsteren Robe mit weiter Kapuze auf. Seine Hände zierten schwere Ringe mit funkelnden Steinen, er trug einen schwarzen, silberbeschlagenen Stock in der Hand. Sein Begleiter, ein sommersprossiger Jüngling mit feuerrotem Haar und wichtiger Miene, scheuchte diejenigen aus dem Weg, die seinem Herrn keinen Platz machten, während der Düstere schweigend und in Gedanken versunken über die Straße wandelte, ohne das Treiben um sich herum wahrzunehmen.

Elidar sah ihm fasziniert nach. »Wer ist das?«, fragte sie Silma, Ruis ältesten Gehilfen.

»Einer vom Spinnenorden«, sagte der und spuckte aus – aber

erst, nachdem er sich vergewissert hatte, dass der Düstere ihn nicht sah.

»Spinnenorden?«, fragte Elidar. »Was ist das?«

»Magier«, erwiderte Silma lakonisch und wuchtete eine große Kiste auf seine Schulter. »Halt dich fern von ihnen.« Er verschwand im Hintereingang des Gasthauses.

Ein Zauberer. Elidar musste sich zügeln, um dem Magier nicht mit offenem Mund hinterherzulaufen. Die Aufregung kribbelte in ihrem Magen. Ein Orden, das bedeutete, es gab viele Zauberer hier. Sie musste sie unbedingt finden.

Ruis Karawane reiste wenige Tage später ohne sie weiter, und Elidar machte sich auf, die Hauptstadt des ledonischen Imperiums zu erobern – mit nichts als den Kleidern, die sie am Leibe trug und einem Empfehlungsschreiben, das ihr bei der Suche nach einem Magierorden, der sie aufnehmen mochte, schwerlich helfen würde.

Cathreta war viel größer als Kayvan. Die Häuser waren prächtiger, die Straßen breiter und die Menschen schienen allesamt riesengroß und kräftig zu sein. Sie unterhielten sich mit lauten, tiefen Stimmen in ihrer seltsamen Sprache, die Elidar inzwischen recht gut verstand, und viele von ihnen hatten rote Haare, was sie äußerst merkwürdig fand.

Der Besitzer des Gasthofs, bei dem Rui während seines Aufenthalts in Cathreta zu logieren pflegte (seine Gehilfen schliefen selbstverständlich im Stall), erlaubte ihr, weiter dort zu nächtigen und sich in der Küche mit Verpflegung zu versorgen. Dafür musste sie dem Burschen beim Füttern und Striegeln der Pferde und beim Ausmisten helfen. Das war eine gute Arbeit, die ihr je nach Belegung des Gasthofs immer noch einen halben Tag oder sogar mehr Zeit ließ, sich in Cathreta umzusehen.

Mit einem Kanten Brot in ihrem Säckel, die Hände gegen die Kälte tief in den Taschen ihrer Jacke vergraben, stromerte sie durch die Gassen und Straßen der Stadt und hoffte, auf einen freundlichen Magier zu treffen, der sie unter seine Fittiche nehmen würde. Oder ihr wenigstens verriet, wo der Spinnenorden residierte.

Ihre Kreise wurden immer größer, je besser sie sich in der Stadt zurechtfand. Der eisige Winter wich einem ebenso kalten Frühling, und Elidar fragte sich, ob sie nicht vielleicht doch besser mit Rui gereist wäre.

Schließlich gelangte sie auf einer ihrer Exkursionen auf einen riesigen Platz, der mit blankem Marmor belegt und von Statuen und hohen Bäumen gesäumt war. In seiner Mitte war ein großes, flaches Becken, aus dem sich auf einem hohen Sockel ein steinerner Hirsch emporbäumte, den Kopf mit dem machtvollen Geweih stolz erhoben. Rundherum saß, stand und lag allerlei steinernes Getier, das dem Hirsch zu huldigen schien.

Elidar umrundete das Monument und fragte sich, wozu das flache Becken dienen mochte. Sollte es vielleicht das Blut heiliger Opfer auffangen?

Sie hockte sich auf die Balustrade, die das Becken umgab, und holte ihr Stück Brot aus der Tasche.

»He«, rief eine rüde Stimme. »Pack dich da weg, du Lümmel. Hier wird nicht herumgelungert!« Ein Soldat in weiß-goldener Rüstung kam auf sie zugelaufen.

Elidar sah den Soldaten fragend an. »Warum nicht?«

»Was?« Der Soldat stand jetzt vor ihr und blinzelte verdutzt. Er hatte offensichtlich nicht damit gerechnet, sich mit ihr unterhalten zu müssen.

»Warum darf ich hier nicht sitzen? Es ist doch so viel Platz da, und weit und breit niemand, den ich störe.« Elidar biss seelenruhig in ihr Brot.

»Hör mal«, sagte der Soldat empört. »Was bildest du dir ein? Hältst du dich für königliches Blut?«

Elidar schüttelte den Kopf. »Nicht, dass ich wüsste. Muss man das sein, um hier zu sitzen?«

Der Soldat richtete sich steif auf. »Das hier ist der Platz des Kurators. Dort drüben ist sein Palatium.« Eine weiß behandschuhte Hand deutete auf ein langgestrecktes Gebäude, das am anderen Ende des Platzes zu sehen war. »Wenn der Kurator aus seinem Fenster blickt, wünscht er nicht, herumlungerndes Lumpenpack zu erblicken.«

»Um mich hier sitzen zu sehen, müsste er schon Adleraugen haben«, konterte Elidar. Der Disput begann ihr Spaß zu machen. Stadtbüttel blieben Stadtbüttel, auch wenn sie vornehm in Weiß und Gold herumstolzierten.

Der Soldat lief rot an, was zu seinen rötlichen Haaren ganz und gar scheußlich aussah, wie Elidar belustigt feststellte.

»Du – verschwindest – sofort – von hier!«, dröhnte er und legte die Hand an sein Schwert. Er machte einen Schritt auf sie zu, um sie am Kragen zu packen, aber Elidar entwischte ihm leicht.

»Ist ja schon gut«, sagte sie und packte gemächlich ihr Brot ein. »Ich bin ja schon weg. Nicht, dass dich noch der Schlag trifft.«

»Unverschämter Bengel, warte, wenn du dich noch mal hier blicken lässt …!«, tönte es hinter ihr her. Lachend marschierte sie mitten über den marmornen Platz, genoss das eisglatte Gefühl unter ihren Sohlen, schlitterte hier und da ein paar Schritte und kam so dem Palatium immer näher.

Aus der Ferne hatte das Gebäude nicht besonders eindrucksvoll auf sie gewirkt. Aber je näher sie kam, desto deutlicher wurden seine imposanten Ausmaße. Der weite Platz und die Entfernung hatten ihr Auge getäuscht, sie hatte das Palatium für ein flaches, langgestrecktes Haus gehalten. Im Herankommen schien es förmlich aus dem Boden zu wachsen, bis sie schließlich den Kopf in den Nacken legen musste, um an der Fassade emporzusehen.

»Donner und Blitz«, murmelte sie. »Das ist doch ein wenig größer als der Serail der Scha'Yassim.«

In ihrer Tasche knisterte das Empfehlungsschreiben für die Dame, die hier den Haushalt führte. Elidar nagte unschlüssig an ihrer Unterlippe. Möglicherweise war das hier ein besserer Ort, um Magiern zu begegnen. In Gantars Gasthof verkehrten sie jedenfalls nicht.

Kurzentschlossen blickte sie sich nach der Tür um.

Es war ihr recht leicht gefallen, in den Serail einzudringen, um Luca zu besuchen. Aber das hier war etwas anderes, denn schon näherte sich mit energischen Schritten ein weiterer Soldat. Allem Anschein nach hatte man hier Angst vor Attentätern oder Aufruhr. Wobei ihr das etwas übertrieben schien, da sie doch allein schwerlich als Bedrohung angesehen werden konnte.

Elidar zog es also vor, einer erneuten Begegnung mit der Ordnungsmacht vorerst aus dem Weg zu gehen, und setzte sich gemächlich in Bewegung. Eingänge, die auch Menschen vom unteren Ende der Gesellschaft offen standen, befanden sich bei solchen Gebäuden in der Regel irgendwo hinten – dort, wo die Fassade nicht mehr ganz so prächtig und auch die Bewachung deutlich nachlässiger war.

Elidar begann den Palast zu umrunden. Zuerst hatte es sie erstaunt, dass keine hohe Mauer oder andere Umzäunung dafür sorgte, dass all die offenbar unerwünschten Leute in sicherem Abstand zum Palatium gehalten wurden, aber nach wenigen Längen wurde ihr klar, dass so etwas hier in Ledon anders geregelt wurde. Alle paar Schritte stand ein Soldat und sah sie drohend an. Sie ging zügig weiter und musterte dabei den Prachtbau.

Diese Seite des Palastes war kürzer als die Vorderfront. Elidar kam an die zweite Hausecke und dort endete die weiße Mauer an einem Tor. Es war ein großes, zweiflügliges Tor aus dunklem Holz mit schweren Beschlägen und einer kleineren Tür mit einem Fensterchen, das vergittert und verschlossen war. Sie schöpfte Hoffnung. Dort musste jemand sein, der sich ihr Anliegen anhören würde. Zumal sich neben dem Türchen auch ein Seilzug für eine Klingel befand.

Elidar zog also beherzt an dem Seil. In der Ferne glaubte sie eine Glocke scheppern zu hören. Dann passierte eine ganze Weile lang überhaupt nichts. So lange, dass Elidar sich schon abwenden und ihren Weg fortsetzen wollte.

Da flog die Fensterklappe auf und ein Paar wässrig-blauer Augen musterte sie durch das Gitter. »Ja?«

»Ich möchte zu Domna Antela«, sagte Elidar.

Der Blauäugige zwinkerte verdutzt und begann zu lachen. »Ha, ja«, sagte er. »Natürlich. Zu Domna Antela, einfach so, junger Herr. Hast du einen Termin?«

»Einen Termin? Nein.« Elidar kramte den zerknitterten Brief hervor. »Aber ich habe eine Empfehlung.« Sie hielt den Brief so vor das Fenster, dass der Mann ihn sehen konnte.

»Hm«, sagte der Mann. »Damit kann ja jeder kommen.« Er schnüffelte. »Gut, gib mir den Brief.« Er wandte sich schon ab. »Schieb ihn einfach durch.«

Elidar zögerte. »Wenn ich ihn dir gebe ...«, sagte sie, »wer garantiert mir dann, dass du ihn auch ablieferst? Bei Domna Antela?«

»Werd mal nicht unverschämt«, sagte der Mann. »Wofür hältst du mich?«

»Ich weiß ja nicht mal deinen Namen«, erwiderte Elidar.

»Gib ihn mir oder lass es bleiben«, erwiderte der Mann. »Mir ist es gleich. Ich habe ohnehin keine Lust, mir einen Anpfiff der Domna einzuhandeln, weil ich sie mit einer Lappalie störe.«

Blaue und schwarze Augen starrten sich an. »Na gut«, sagte Elidar schließlich. »Hier.« Sie schob den Brief durch das Gitter und sah ihm nach, wie er auf der anderen Seite verschwand. Die Klappe begann sich zu schließen.

»He!«, schrie Elidar. »Und was mache ich jetzt?«

»Warten«, erwiderte der Mann. »Am Besten kommst du morgen wieder.« Die Klappe fiel ganz zu.

»Mist«, sagte Elidar. Der Fluch kam von Herzen. Sie trat gegen die Tür, aber das half ihr auch nicht.

Mit dem sicheren Gefühl, ihr Empfehlungsschreiben zum letzten Mal gesehen zu haben, trat sie den Rückweg an. Die Ställe warteten sicher schon auf sie.

Ohne große Hoffnung stand Elidar am nächsten Tag wieder vor der kleinen Tür. Sie läutete und wartete. Gerade als sie ihren Mut schon sinken fühlte, flog die Klappe auf. »Ja?«, bellte der Besitzer eines braunen Augenpaars.

»Ich habe gestern um einen Termin bei Domna Antela gebeten«, erklärte Elidar.

»Ha? Bei der Domna? Einfach so?« Die braunen Augen zogen sich misstrauisch zusammen. »Du siehst nicht aus, als würde die Domna dich zu kennen wünschen.«

»Ich bin der Sohn eines alten Bekannten«, behauptete Elidar forsch. »Gestern habe ich mein Empfehlungsschreiben hier abgegeben – man hat mir gesagt, ich solle heute wiederkommen, dann würde ich vorgelassen.«

»Hm«, machte der Mann. »Ich höre mal nach.« Die Klappe flog zu.

Nach einer Weile läutete Elidar noch mal, aber nichts rührte sich. Sie ging ein paar Schritte beiseite, setzte sich unter einen Baum und wartete weiter, aber im Geiste war sie schon wieder auf dem Rückweg. Sollte sie es morgen noch mal versuchen? Vielleicht war ja der Blauäugige wieder da, erinnerte sich an sie und hatte etwas erreicht …

Sie sprang auf, denn die Klappe in der Tür öffnete sich. »Hallo«, rief sie und rannte auf das Tor zu. »Hallo, hier bin ich!«

Die Klappe, die sich schon wieder geschlossen hatte, ging erneut auf. »Warum bist du weggegangen?«, fragte der Mann missvergnügt. »Wenn du so wenig Geduld hast, solltest du nicht meine kostbare Zeit stehlen!« Er starrte Elidar an.

»Entschuldigung«, sagte sie erwartungsvoll.

Er machte ein kehliges Geräusch, wie ein Hahn, der versucht, ein Ei zu legen. »Also wirklich.« Er schloss die Klappe, und Elidar hörte, wie ein Riegel schnappte. Dann öffnete sich die Tür einen Spalt breit.

»Rein da«, sagte der Mann, den Elidar nun zum ersten Mal ganz sah. Er trug eine dunkelblaue Livree und eine schief sitzende Perücke und sah ungemein wichtig aus.

Elidar zögerte nicht, sie schlüpfte durch den Türspalt und stand in einem dunklen und niedrigen, gefliesten Gang. Der Mann verriegelte hinter ihr sorgfältig die Tür und drehte sich dann zu ihr um. »Ich bringe dich zu Domna Antela«, verkündete er griesgrämig. »Weiß der Himmel, womit du das verdient hast.« Sein Blick, der Elidar vom Kopf bis zu den Zehen musterte, zeigte deutlich, was er davon hielt.

Er wies ihr steif den Weg und ging dann mit schnellen, kurzen Schritten voran. Seine Füße in den glänzenden Schnallenschuhen stampften laut und ärgerlich auf.

Elidar lief leichtfüßig hinter ihm her und bestaunte das Innere des Palastes. Dies hier war jedenfalls nicht der repräsentative, hochherrschaftliche Teil – dafür war alles ein wenig zu schlicht und sogar ein bisschen schäbig. Der Putz an den Wänden hatte Risse, es lag Staub auf den Simsen, und die Bodenfliesen waren hier und da gesprungen oder fehlten sogar zur Gänze. Hin und wieder begegneten sie einem Bediensteten in einfacher Kleidung, der den Livrierten ergeben grüßte, ohne jedoch eines Blickes gewürdigt zu werden.

Sie liefen eine ganze Weile und ganz allmählich änderte sich etwas. Die Wände präsentierten sich nicht mehr roh verputzt, sondern mit feinen Tapeten geschmückt, und in regelmäßigen Abständen waren Leuchter an den Wänden angebracht, in denen honiggelbe Kerzen steckten. Der Boden war immer noch gefliest, aber diese Fliesen waren aus feinem, glattpoliertem Stein, der ebenso honigfarben leuchtete wie die zart duftenden Kerzen an den Wänden.

Und wenn ihnen jetzt jemand begegnete, dann war es ihr Führer, der beiseite trat und untertänig grüßte, und es war sein Gruß, der in der Regel nicht beantwortet wurde. Dafür trafen aber Elidar verwunderte Blicke, die sie ebenso erstaunt beantwortete. Die Menschen hier im Palatium waren allesamt gekleidet, als ginge es zu einer Trauerfeier: nachtdunkles Blau, mitternächtiges Violett, waldfinsteres Grün, glänzendes oder mattes Schwarz, tiefdunkles Rot waren die vorherrschenden Farben der raschelnden und rauschenden Stoffe, aus denen die voluminös geschnittenen, steifen Roben und strengen langen Jacken geschneidert waren. Hier und da blitzten zwar eine cremige Spitze, ein glänzendes Schmuckstück oder ein silberner Besatz auf, aber das betonte die allgegenwärtige Düsternis nur noch mehr.

Der Livrierte blieb stehen und klopfte an eine dunkle Tür. Elidar hörte keine Antwort, aber ihr Führer drückte die Klinke herunter und schob die Tür auf. »Der Junge, Domna«, meldete er.

Der Mann legte ihr die Hand zwischen die Schulterblätter und schob sie unsanft ins Zimmer. »Benimm dich anständig«, zischelte er noch, dann schloss er die Tür, und Elidar stand in einem hohen, schmalen Raum, vor dessen Fenster ein Baum seine kahlen Äste in den Himmel reckte.

»Komm näher«, forderte eine Stimme sie ungeduldig auf. Elidar bemerkte jetzt erst, dass neben dem mit Papieren übersäten Schreibtisch am Fenster eine hochgewachsene Frau in einem schwarzen Kleid stand und sie nicht besonders freundlich musterte. Sie hielt Lucas Brief in der Hand.

»So«, sagte sie. »Was haben wir denn da?« Sie hob eine Brille an einem langen Stiel zur Nase und überflog den Brief. Elidar starrte das seltsame Brillending fasziniert an.

Domna Antela ließ die Brille fallen – sie baumelte an einer langen Silberkette – und wedelte mit dem Brief. »Woher hast du das Schreiben?«, fragte sie, es klang ärgerlich. »Wem hast du es gestohlen?«

Elidar riss die Augen auf. »Ich habe es niemandem gestohlen«, verteidigte sie sich. »Luca hat es mir für Sie gegeben.« Sie fand, dass diese imposante Dame nach einer förmlichen Anrede verlangte.

Domna Antela wirkte nicht sehr überzeugt. Sie spielte an der Brillenkette.

»Luca«, sagte sie nach einer Weile, in der Elidar sich bemühte, nicht nervös von einem Bein aufs andere zu treten. »Ich erinnere mich an ihn. Der junge Mann ist erstaunlich dreist.« Sie presste die Lippen schmal zusammen. Elidar begann sich zu wundern. Luca hatte ihr den Eindruck vermittelt, dass er mit der Domna auf höchst vertrautem Fuße stand.

»Aber«, fuhr die Domna fort und hob drohend den Brief, »er schreibt hier, dass er mir ein Mädchen schickt. Ein *Mädchen*! Wie erklärst du mir das?«

Elidar machte »Gnnnff« – ein Geräusch, das sich nicht allzu fein anhörte, und von Domna Antela mit einem indignierten Blick kommentiert wurde. Luca, dieser … Elidar hätte ihn am liebsten getreten, es war gut, dass er jetzt in sicherer Entfernung in Yasaim weilte. »Ja«, sagte sie widerstrebend. »Das ist schon richtig so. Ich bin … ich bin …« Es wollte ihr nicht über die Lippen. »Ich bin kein Junge.«

»Ach«, sagte die Domna, es klang skeptisch. Sie hob wieder dieses Brillending an die Nase und musterte Elidars struppige Erscheinung gründlich. »Bist du dir sicher?«, fragte sie.

Elidar wurde rot und entgegnet wütend: »Natürlich bin ich das! Ich kann es dir gerne beweisen!« Pfeif auf die höfliche Anrede!

Sie machte Anstalten, ihre Schuhe aufzuschnüren, damit sie aus der Hose schlüpfen konnte. Domna Antela schrie spitz und vornehm leise auf und hob abwehrend die Hände. »Unterlasse das!«

Elidar konnte ihre Gedanken förmlich erraten: Flöhe. Ungewaschene Körperteile. Geruch. Wenn nun jemand hereinkam!

»Also gut«, sagte die Domna, um Fassung ringend. »Ich glaube dir. Auch wenn es mir schwer fällt!« Sie ließ den Brief auf den Schreibtisch fallen und griff nach einem Fächer, um sich Luft zuzuwedeln. Elidar fand das überaus albern, außerdem war es gar nicht so besonders warm im Zimmer.

»Ich kann dich beim besten Willen nirgendwo unterbringen«, sagte die Domna. »Wo sollte ich dich hinstecken? In den Stall, das würde passen. Aber als Mädchen …«

Dieser Idiot, dachte Elidar erneut.

»Die Küche, das wäre die einzige Möglichkeit. Wir könnten dich als Spülmädchen einsetzen.« Wieder ein zweifelnder Blick. »Spülen« und »Elidar« schienen für Domna Antela nicht unbedingt eng verwandte Begriffe darzustellen.

Aber auch Elidar zweifelte daran, dass dies das Ziel ihrer Träume war. »Eigentlich wollte ich ja …«, begann sie, aber da wurde die Tür geöffnet, und jemand trat mit einer leisen Entschuldigung ein.

»Ja? Was gibt es denn?«, fuhr die Domna auf, der Elidar den Blick auf den Eindringling versperrte. Elidar trat beiseite und wurde daraufhin Zeugin, wie die würdige Domna in einen tiefen Knicks versank.

»Bitte, Domna Antela«, sagte eine melodiöse Stimme. »Erhebe dich.«

»Damisel«, erwiderte die Hausdame atemlos. »Ich erbitte Eure Verzeihung, dass diese – dieser – das Kind hier …«

»Ihretwegen bin ich gekommen«, sagte die Frau. Elidar, die versucht hatte, unsichtbar zu werden, blickte überrascht in ein Paar freundlicher, mandelförmiger Augen.

Endlich mal kein Trauerkloß, schoss es Elidar durch den Kopf. Die Frau trug eine fließende Robe in hellen Farben. Vögel, Blumen, Ornamente überzogen in leuchtender Fülle das Gewand. Ihr Gesicht war zart und honigfarben, mit einem kleinen, rosigen Mund und hohen Wangenknochen unter einem dunklen Haarturm. Wie schön sie ist, dachte Elidar hingerissen.

»Du bist Elidar?«, fragte die Frau zu ihrer Überraschung. Sie nickte.

Die Frau sah Domna Antela an. »Ich nehme sie mit. Oder benötigst du sie noch für etwas?«

»N-nein«, stotterte die Domna überrascht.

»Gut.« Die Frau nickte freundlich und reichte Elidar die Hand. »Dann komm.« Sie trippelte zur Tür, und Elidar stolperte hinter ihr her aus dem Zimmer.

»Entschuldigen Sie«, sagte sie nach ein paar Schritten. »Darf ich fragen, wohin Sie mich bringen?«

Die Frau sah sich überrascht um, als hätte sie vergessen, dass Elidar ihr folgte. »Wohin?« Sie lächelte ein entzückendes Lächeln. »Ich habe mich nicht vorgestellt, das ist sehr unhöflich von mir. Yag-Po Tshan.«

»Elidar«, erwiderte das Mädchen. »Domna …«

Die Frau lachte hell und perlend. »Ich bin keine Ledonierin und keine Bedienstete, Liebes. Du darfst Yag-Po zu mir sagen.« Sie kniff ein Auge zu und setzte hinzu: »Wenn jemand uns zuhört, solltest du vielleicht ›Damisel‹ sagen. Man legt hier großen Wert auf so etwas.« Sie legte mit verschwörerischer Miene einen Zeigefinger auf die Lippen. Elidar betrachtete den langen, spitzen Fingernagel, der rot bemalt und mit glitzernden Blüten besetzt war, und nickte stumm.

»Wohin bringst du mich?«, unternahm sie einige Schritte später einen erneuten Vorstoß.

»Zu meiner Cousine«, war die Antwort, die ihr auch nicht weiterhalf.

12

Es war kein Zimmer, sondern eine Zimmerflucht, ein Zimmergelände, eine weite Zimmerebene, in die Yag-Po sie führte, nachdem sie ihre Schuhe ausgezogen hatte.

Als sich die Tür öffnete, holte Elidar entzückt Luft. Im ersten Augenblick glaubte sie, im Freien zu sein, so weit konnte ihr Blick schweifen. Aber weit hinten erkannte sie dann doch noch Wände mit bodentiefen Fenstern, die auf eine Terrasse führten, und hoch über ihrem Kopf schwebte eine Decke – viel weiter entfernt als Elidar es jemals in einem Haus gesehen hatte.

Der Eindruck, sich mitten in einem Garten zu befinden, entstand aber vor allem dadurch, dass der Boden bedeckt war mit dicken, weichen, seidigen, über und über blumengemusterten Teppichen, auf denen Berge von Seidenkissen lagen, die mit Vögeln und Schmetterlingen bestickt waren. Aus all dieser bunten Pracht ragten hohe Vasen mit Blütenzweigen, und auf dem Boden verteilt waren niedrige Tische oder eher hohe Tabletts, auf denen Schalen mit Früchten oder Konfekt standen. Aus kleinen Räuchergefäßen stieg ein zarter Duft nach Gewürzen und Blumen auf. Vögel zwitscherten und sangen trillernde Läufe, aber Elidar konnte nicht sehen, woher der Gesang kam.

Dieses ganze seidige, farbenfrohe Wunder war bewohnt, aber das bemerkte die überwältigte Elidar erst, als ihre Führerin jemanden ansprach: »Chian-Xin, würdest du es unserem Gast bitte bequem machen?«

Ein Blumenbeet erhob sich anmutig von einem Blütenkissen und entpuppte sich als mandeläugiges, zartgliedriges Geschöpf. Jetzt erst erkannte Elidar wie in einem Vexierbild, dass überall im Raum Mädchen und Frauen saßen, die sie neugierig anblickten. Sie lächelte ein wenig verlegen ob der Aufmerksamkeit, die ihr von allen Seiten zuteil wurde, und ließ sich gerne von Chian-Xin an die Hand nehmen und zu einem der zierlichen Tische führen.

»Möchtest du etwas essen?«, fragte Chian-Xin. Ihre Stimme war hoch und melodisch, und ihr Ledonisch klang fremdartig.

»Nein, danke«, sagte Elidar und betrachtete besorgt das hübsche Kissen, auf dem sie sich niederlassen sollte. Ihre Füße waren wirklich nicht allzu sauber, und das Gleiche galt für ihre Kleider, denen man die lange Reise, die Stallarbeit und die Nächte im Heu durchaus ansah.

Ihre Begleiterin lächelte. »Setz dich ruhig«, sagte sie.

Elidar tat es und betrachtete die Umgebung. Eine Vase mit blühenden Zweigen stand gleich neben ihr, und sie berührte die Zweige vorsichtig, weil sie sich nicht vorstellen konnte, wo zu dieser Jahreszeit so schöne Blumen herkommen mochten.

»Ah«, sagte sie überrascht. »Die sind ja nicht echt!«

Ihre Begleiterin neigte anmutig den Kopf. »Nein, das ist viel, viel besser – große Kunst und Fingerfertigkeit«, sagte sie.

Elidar war da jedoch anderer Meinung. Sie wandte sich von den gefälschten Blumen ab und sah sich um.

Ein Mädchen kam zu ihnen und schenkte aus einer goldgefassten Karaffe eine klare Flüssigkeit in das langstielige Glas, das vor Elidar auf dem Tischchen stand.

»Danke«, murmelte Elidar und beugte sich über das Glas, um an seinem Inhalt zu riechen. Blüten, Früchte, Gewürze. Sie hob fragend den Kopf.

»Das kannst du beruhigt trinken«, sagte Chian-Xin. »Es ist nicht …«, ihr fehlte ein Wort, und sie malte wirre Kringel mit der Hand in die Luft.

»Ah«, sagte Elidar und nahm das Glas vorsichtig zwischen die Finger. Es war so zart, dass sie Angst hatte, es zu zerbrechen.

Den ersten Schluck hätte sie fast wieder ausgespuckt, so fremdartig schmeckte das Getränk. Es war süß und bitter zugleich, und der Geschmack mit nichts zu vergleichen, was sie kannte. Sie zwang sich, es hinunterzuschlucken und stellte das Glas ab.

Dann wurde ihr Magen warm, und auf ihrer Zunge blühte sanft, süß und würzig ein ganzer Garten aus Obst und Blumen auf. Sie riss die Augen auf. »Oh, das ist aber gut«, sagte sie.

Chian-Xin nickte lächelnd und nippte an ihrem Glas. »Aus meiner Heimat«, sagte sie, und es klang wehmütig.

»Woher ...«, begann Elidar.

»Nimm eine Masia«, sagte Chian-Xin und wählte eine bläuliche Frucht aus der Schale, die zwischen ihnen stand. Mit ihrem langen Zeigefingernagel schlitzte sie die Frucht auf, und dunkelgelbes Fruchtfleisch quoll hervor. Chian-Xin reichte Elidar die Frucht und bedeutete ihr, das Innere aus der Schale zu essen.

Elidar gehorchte mit einer gehörigen Portion Misstrauen, aber der erste Bissen ließ sie vor Wonne stöhnen. »Oh, das ist das Beste, was ich je gegessen habe«, sagte sie und leckte sich sorgfältig jedes einzelne Tröpfchen Saft und Fetzchen Fruchtfleisch von den Fingern.

Chian-Xin lächelte und bot ihr eine weitere Frucht an. Elidar nahm sie und wollte gerade die Schale öffnen, als Yag-Po zurückkehrte. »Komm mit«, sagte sie. Elidar blickte unschlüssig auf die Masia in ihrer Hand. »Komm mit«, wiederholte Yag-Po, und es klang erstaunlich ungeduldig. Chian-Xin hatte sich erhoben und ihre Hände vor der Brust zusammengelegt.

Elidar schob die Frucht kurzentschlossen in ihre Jackentasche und stand auf. »Wohin ...?«, fragte sie den sich entfernenden Rücken Yag-Pos.

»Geh, beeile dich«, flüsterte Chian-Xin. »Lass sie nicht warten.«

Elidar lief hinter Yag-Po her, die sie quer durch den riesigen

Raum zu einer Tür führte. Es war nicht der Eingang, durch den sie diese Blumenwiese betreten hatten. Sie linste neugierig über die Schulter ihrer Führerin, als diese die Tür öffnete. »Hier ist Elidar«, sagte Yag-Po und trat beiseite, um das Mädchen eintreten zu lassen. »Mach einen Knicks«, flüsterte sie, und Elidar hörte, wie sich hinter ihr die Tür schloss.

Der im Halbdunkel liegende Raum schien die Ausmaße eines normalen, wenn auch großen Zimmers zu haben. Dichte Vorhänge sperrten das Licht aus, und in einem großen Kamin brannte ein Feuer, das für eine nahezu yasemitische Temperatur im Zimmer sorgte.

Elidar fühlte, wie ihr der Schweiß ausbrach. Für eine solche Wärme, die sie ansonsten genossen hätte, war sie einfach viel zu dick angezogen.

Ihr Blick fiel auf eine großgewachsene Gestalt, die schweigend neben dem Feuer stand. Ein dunkel gekleideter Mann, kahlköpfig bis auf einen schmalen Streifen schwarzen Haars, der sich über seinen Kopf zog und in einem Zopf endete. Sein narbiges Gesicht war ausdruckslos, als er Elidar ansah.

Er hatte eine schmale Nase und geschlitzte Augen wie eine Katze, und seine Reglosigkeit wirkte bedrohlich. Über seine Schultern ragte der Griff eines Schwertes, das er auf dem Rücken zu tragen schien.

Elidar räusperte sich unbehaglich. »Hallo«, sagte sie zu ihm.

»Komm näher, mein Kind«, erwiderte eine weibliche Stimme, und sie sah jetzt erst, dass auf einem Ruhebett neben dem Kamin eine junge Frau lag. Elidar ging an dem großen Mann vorbei, dessen dunkle Augen ihr wachsam folgten, und vollführte vor dem Ruhebett eine ungeschickte kleine Verbeugung.

»Lass dich ansehen«, sagte die Frau und richtete sich auf.

Elidar betrachtete die Frau, die sie selbst gründlich musterte. Sie sah mandelförmige, schwarz umrandete dunkle Augen in einem honigfarbenen Gesicht – das schien allen Frauen, die sie hier zu Gesicht bekommen hatte, eigen zu sein. Ein kleiner, dunkelrot geschminkter Mund, hochgetürmtes dunkles Haar, ein weinrotes, golddurchwirktes Gewand und mit Schmuck überladene Hände, die eine zierliche Tonpfeife hielten.

Die Frau führte die Pfeife an den Mund, sog daran und blies ein grünliches Rauchwölkchen aus. Der Geruch nach frischer Minze, den Elidar schon beim Eintreten wahrgenommen hatte, verstärkte sich ein wenig.

»Du bist also Lucas Schützling«, sagte die Frau. Elidar nickte verwundert. Woher wusste sie das?

»Für seine Tochter bist du ein wenig zu alt«, fuhr die Frau fort. »Wann ist er von hier fortgegangen?«

»Vor vier oder fünf Jahreszeiten«, sagte der Mann, den Elidar schon beinahe vergessen hatte. Sie sah ihn verwundert an, denn sie hätte nach seinem Aussehen eine tiefe, laute Stimme erwartet, nicht diesen wohlklingenden, leisen Flötenton.

»Vier oder fünf, ja.« Die Frau nickte und sog an ihrer Pfeife. Sie hob die Hand. Elidar ergriff sie nach einem kleinen Moment des Zögerns, und die Frau zog sie zu sich heran. »Setz dich«, sagte sie wieder, und Elidar nahm auf der Kante des Ruhebettes Platz. Der große Mann trat einen Schritt näher.

»Prinzessin …«, sagte er warnend. Elidar riss die Augen auf. War dies etwa die zweite Frau des Kurators? Morgenblüte, die Schwester des Mondkaisers?

Die Prinzessin beachtete ihn nicht. Sie hielt Elidars Hand in ihrer Hand mit den langen, spitzen, goldlackierten Nägeln. »Du bist ein seltsames Mädchen«, sagte sie. »Kein Wunder, dass Luca vernarrt in dich ist. Er hat eine Vorliebe für seltsame Menschen.« Sie lachte.

Elidar runzelte die Stirn. »Hoheit«, sagte sie versuchsweise, vielleicht war das ja die richtige Anrede. »Ihr kennt Luca gut, wie mir scheint?«

Morgenblüte lächelte sanft und rätselhaft. »Recht gut«, erwiderte sie. »Aber es heißt nicht ›Hoheit‹, mein Kind. Der Titel steht allein der ersten Frau des Kurators zu. Du magst ›Prinzessin‹ zu mir sagen.« Ihre Hand fuhr hoch und der spitze, goldene Nagel bohrte sich in Elidars Hemdkragen. Ein kurzer, scharfer Schmerz an ihrem Hals, dann hatte die Prinzessin das Kettchen hervorgeholt, an dem Lucas Jason-Medaille hing. Elidar wollte zurückweichen, aber die Kette fesselte sie an ihren Platz. Morgenblüte schloss ihre Hand fest um die Medaille. Ihre Augen verschleierten sich.

»Woher wusstet Ihr, dass ich hier bin?«, fragte Elidar.

Zu ihrer Überraschung antwortete der große Mann: »Luca hat geschrieben.«

»Das Schreiben an die Domna«, sagte Elidar. »Er wollte gar nicht, dass sie sich um mich kümmert! Und ich habe mich schon gewundert …«

»Wenn du mit einer Empfehlung für die Prinzessin hier angeklopft hättest, wärst du nicht weit gekommen«, sagte der Mann. »Und außerdem hätte das den allerschönsten Tratsch gegeben. Domna Antela ist ein kratziger alter Busch, aber sie weiß, wann sie den Mund zu halten hat – im Gegensatz zu den Torwächtern. Sie hat das beigelegte Briefchen zuverlässig an meine Herrin weitergeleitet.«

Elidar nickte und ruckte unbehaglich an der Kette, die Morgenblüte immer noch zwischen den Fingern hielt.

»Lass sie«, sagte der Mann leise.

Elidar ergab sich. Sie saß da und wartete, dass die Prinzessin die Medaille losließ.

Die Haltung des großen Mannes war jetzt entspannter als bei Elidars Eintreten. Seine Hände, die bereit gewesen waren, das Schwert zu ziehen, hingen locker herab. Dennoch war Elidar überzeugt davon, dass er schnell wie ein Skorpion zuschlagen würde, wenn jemand der Prinzessin zu nahe kommen sollte.

Endlich seufzte Morgenblüte leise und öffnete die Augen wieder weit. Sie lächelte Elidar an. »Danke«, sagte sie und berührte die Medaille noch einmal zart mit der Fingerspitze, ehe sie sie ganz losließ. »Er ist nicht glücklich«, sagte sie. »Und er ist nicht gesund. Was ist geschehen?«

Elidar erzählte ihr von Lucas Verletzung, und die Prinzessin schüttelte den Kopf. »Er hätte zurückkommen müssen«, sagte sie vorwurfsvoll. »Dieser dumme Mann. Dumm und stolz.«

Elidar hob unbehaglich die Schultern. Sie war schuld daran,

dass Luca nun ein lahmes Bein hatte, und das wog schwer. Umso schwerer, als dieser mächtigen Frau ganz offensichtlich viel an Luca gelegen war.

»Dich trifft kein Vorwurf«, sagte Morgenblüte hellsichtig. »Er hat getan, was er tun musste. Und er wäre nicht Luca, wenn er nicht versucht hätte, dich zu beschützen.« Sie verengte die Augen und legte einen Finger an Elidars Schläfe, genau auf das winzige Muttermal. »Du bist allerdings wirklich etwas Besonderes, du trägst das Drachenmal«, sagte sie. »Hast du ihn verhext?«

»Nein«, sagte Elidar verdutzt. »Nein, das kann ich nicht. Ich kann ein bisschen Feuer machen und mich wehren, wenn man mich angreift. Aber es dürfen nicht zu viele sein.«

Die Prinzessin nickte. »Das ist es«, sagte sie. »Deshalb schickt er dich zu mir.« Sie lächelte. »Sonst hätte es wahrhaftig ausgereicht, Domna Antela eine Stelle für dich finden zu lassen.«

Elidar runzelte die Stirn. »Ich möchte Zauberer werden«, sagte sie. »Nicht Spülmädchen.«

Morgenblüte legte die Hand vor den Mund. »Zauberer statt Spülmädchen!« Sie lachte. »Wenn das der ehrenwerte Magister Sturm gehört hätte!«

Ihr Leibwächter, denn das schien der große Mann zu sein, schmunzelte. »Es wäre ein interessantes Experiment, das Mädchen mit einer Empfehlung von Euch zu ihm zu schicken«, sagte er.

Die Prinzessin kicherte und schlug nach ihm. »Du bist frech, Sao-Tan. Sehr frech!« Sie klatschte in die Hände. »Bring mir Schreibzeug!«

Der große Mann verneigte sich knapp und verließ den Raum. Elidar wagte kaum zu atmen. Sollte die Prinzessin ihr wahrhaftig den Zutritt zu einem Magierorden verschaffen können?

Sie bemerkte, dass Morgenblüte sie lächelnd ansah. »Ihr seid selbst ein Zauberer«, sagte Elidar. Natürlich, wie sonst hätte die Prinzessin wissen können, wie es Luca ging? Er hatte sicherlich in seinem Brief kein Wort von seiner Verwundung geschrieben.

Morgenblüte neigte den Kopf zur Seite und spielte mit ihren langen Ohrgehängen, die aussahen wie eine Kaskade zierlicher

Blüten. »Das ist nicht ganz richtig«, sagte sie. »Frauen sind keine Zauberer.«

Elidar schüttelte den Kopf. »Ich weiß, dass ich ein Zauberer werde«, sagte sie. »Das weiß ich, seit ich laufen kann.«

Die Prinzessin ließ die Hand sinken. »Hör mir zu«, sagte sie eindringlich. Das Lächeln war aus ihrer Miene gewichen. »Das hier ist ein seltsames Land. Die Magierorden haben einen großen Einfluss auf alles, was geschieht. Selbst der Kurator würde es niemals wagen, etwas zu tun, das den Interessen der Orden zuwiderliefe.« Sie verzog verächtlich den Mund. »Der Mondkaiser, mein Bruder, würde es niemals zulassen, dass die Hexer meiner Heimat einen solchen Einfluss erlangen. Eher würde er sie alle köpfen lassen!«

Elidar hörte gespannt zu. Das war das erste Mal, dass jemand mit ihr über ihr Lieblingsthema sprach – und die Spannung schickte kleine Schauder über ihren Rücken. »Aber wenn du selbst eine Hexe bist«, sagte sie, »könntest du dem Kurator doch helfen.«

Sie verfiel, ohne es zu merken, in eine vertrauliche Anrede, aber die Prinzessin rügte sie deshalb nicht. Morgenblüte lachte, und das Lachen klang bitter. »Ich bin nur die zweite Frau des Kurators. Carelja würde mir Gift in meinen Tee schütten lassen, wenn ich es wagte, mich in Staatsgeschäfte zu mischen. Das ist allein ihr Privileg, sie ist schließlich die Mutter des Thronerben.«

Elidar schüttelte sich.

Morgenblüte richtete sich auf. »Tee!«, rief sie aus. »Ich habe große Lust auf eine Tasse Tee und es ist längst Zeit dafür! Wo bleibt Sao-Tan? Wo ist Yag-Po?« Sie griff nach einem Glöckchen und ließ es erklingen. Der Ruf der Glocke war so zart, dass Elidar nicht glaubte, dass irgendjemand darauf reagieren würde, aber da öffnete sich die Tür und ein Mädchen trat ein. Sie warf sich auf der Schwelle auf die Knie und berührte den Boden mit ihrer Stirn. So blieb sie liegen, und Morgenblüte befahl: »Schau, wo mein Tee bleibt, Kwan-See. Und falls du irgendwo Sao-Tan siehst, dann darfst du ihm in meinem Namen einen Tritt in seinen faulen Hintern geben!« Das Mädchen stand auf, faltete mit einer Verneigung die Hände vor der Brust und schloss leise die Tür.

Elidar kicherte. Die Prinzessin schleuderte voller Unmut das Glöckchen durch den Raum. »Sao-Tan lässt mich immer warten«, schimpfte sie. »Er weiß genau, dass ich ihn nicht züchtige. Aber er soll sich nicht zu sicher sein, heute habe ich große Lust, ihm die Peitsche zu schmecken zu geben!«

Die Tür ging auf, und der große Mann trat ein, gefolgt von einer Dienerin mit einem beladenen Tablett.

»Die Peitsche, Sao-Tan«, rief Morgenblüte aufgebracht. »Heute bekommst du die Peitsche, ich verspreche es dir. Wie kannst du mich warten lassen!«

»Vergebung, alles überstrahlende Nyimaganyi-Chun«, sagte der Mann und sank geschmeidig auf ein Knie nieder. »Ich bin Euer nichtswürdigster Sklave, verfahrt mit mir, wie es Euch beliebt.« Er senkte den Kopf, aber seine Miene war nicht allzu demütig, sondern eher belustigt.

Morgenblüte schlug nach ihm. »Du nutzt meine Güte aus«, tobte sie. »Wahrlich, Sao-Tan, du nutzt meine Güte und meine Geduld bis zur letzten Faser aus!«

Der Kopf des großen Mannes sank tief auf sein Knie. »Ich erflehe untertänigst Eure Vergebung. Soll ich gehen und mich entleiben?«

Elidar hielt die Luft an. Das klang ernst, und das Gesicht der Prinzessin war eine einzige Gewitterwolke.

Eine Weile herrschte Stille. Elidar sah, dass die Hände des großen Mannes, die auf seinem Knie lagen, zu zittern begannen. Und dann erkannte sie das triumphierende Funkeln in Morgenblütes Augen und atmete aus. Die Gefahr war vorüber, auch wenn Sao-Tan es noch nicht wusste.

»Ja, geh«, sagte Morgenblüte. Sao-Tan fuhr auf, er suchte den Blick der Prinzessin. Sie sah ihn nicht an, ihre Finger tanzten über das Tablett und die Dinge darauf.

»Geh, hol mir Kuchen aus der Küche«, sagte sie. »Diese dumme Kuh hat schon wieder meinen Teekuchen vergessen. Ich sollte sie auspeitschen lassen!«

Elidar sah, dass die Spannung in den Schultern des großen Mannes nachließ. Er schnaufte leise. »Ich eile, Prinzessin«, sagte er und stand auf.

»Er hat mich als kleines Mädchen auf seinen Knien gewiegt«, sagte die Prinzessin, als die Tür sich hinter ihm geschlossen hatte. »Deshalb denkt er, er könnte sich alles herausnehmen. Von Zeit zu Zeit muss ich ihn ein bisschen zurechtstutzen.«

»Ich habe es geglaubt«, sagte Elidar. »Und er auch.«

Morgenblüte neigte den Kopf und lächelte fein. »Schenk uns Tee ein, kleine Hexe«, sagte sie.

Elidar griff nach der zierlich bemalten Kanne und goss eine hellgrüne, nach Gras und Blüten duftende Flüssigkeit in zwei hauchdünne Tassen. Morgenblüte beobachtete sie aufmerksam.

»Du hast gute Manieren«, sagte sie und nahm die Tasse entgegen. »Luca schrieb, er habe dich auf der Straße aufgesammelt. Dort hast du deine Manieren aber nicht gelernt, oder?« Sie nippte an ihrem Tee.

Elidar griff nach ihrer Tasse und ließ den heißen Dampf in ihre Nase steigen. »Nein«, sagte sie. »Meine Ziehmutter hat darauf geachtet, dass ich mich zu benehmen weiß. Sie ist gestorben.«

»Und deine Eltern? Was ist mit ihnen?«

Elidar hob die Schultern und ließ einen Schluck Tee auf ihrer Zunge herumrollen. Es schmeckte, als hätte sie in eine Wiese gebissen, und sie wusste nicht so recht, ob sie es mochte oder nicht.

»Keine Eltern«, sagte sie kurz. »Mukhar-Dag ist mein Vater.« Sie wusste, dass das nicht stimmen konnte. Drachen waren Drachen und Menschen waren Menschen. Aber ihre Ziehmutter hatte das immer zu ihr gesagt, wenn sie sie zu Bett gebracht hatte: »Denk daran, Elidar, Mukhar-Dag ist dein Vater. Mach ihm und mir keine Schande. Und nun schlaf gut.« Sie seufzte.

»Mukhar-Dag?«, fragte die Prinzessin, aber da kam Sao-Tan herein und brachte den Kuchen, und der Alte Drache war vergessen.

»Nun schreiben wir den Brief«, sagte Morgenblüte und wischte sich die Krümel von den Fingern. »Sao-Tan, sei nicht so langweilig, beweg dich. Ich glaube, du wirst alt!«

Der große Mann nickte gleichmütig und legte Papier und Feder auf einem kleinen Tisch bereit.

»Du musst schreiben«, sagte die Prinzessin. »Ich diktiere. Also. ›An seine Magnifizenz Casarius Sturm, zu eigenen Händen und streng vertraulich‹.« Sie lachte und klatschte in die Hände.

»... vertraulich«, sagte Sao-Tan nach einer Weile.

Die Prinzessin pflückte ein Stückchen zuckerbestäubtes Konfekt von einem Teller und roch daran. »Mandeln«, murmelte sie. »Warte, Sao-Tan. Wie gehen wir am Besten vor?«

»Wenn er sieht, dass Elidar ein Mädchen ist, wird er sie umgehend fortschicken«, sagte der Mann.

Morgenblüte steckte das Konfekt in den Mund und machte ein zustimmendes Geräusch. Sie deutete auf den Teller und nickte Elidar auffordernd zu.

»Wenn er es sieht, du sagst es«, sagte sie schließlich und leckte sich die puderzuckerüberstäubten Finger ab. »Nimm ein grünes. Die sind besonders gut.«

Elidar nahm ein grünes Stückchen Konfekt, das so sehr klebte, dass sie es kaum von den Fingern in den Mund bekam. »Lecker«, sagte sie undeutlich.

»Wenn er es sieht«, wiederholte Morgenblüte und lächelte. »Also schreib, Sao-Tan.« Sie diktierte in schnellem Tempo, und Elidar beobachtete die tanzende Feder des großen Mannes.

»Was denkst du?«, fragte die Prinzessin, als Sao-Tan den schwungvollen letzten Schnörkel unter den Brief setzte und ihn versiegelte. Elidar hob die Schultern. »Ich weiß nicht«, sagte sie zögernd. »Er ist ein Zauberer. Er wird es merken.«

»Casarius Sturm ist kurzsichtig wie ein Huhn«, sagte Morgenblüte. »Zauberer sind nicht allwissend. Und diese Empfehlung kommt immerhin von der Zweitfrau des Kurators!« Sie hob hochmütig das Kinn, aber ihre Augen lachten. »Was ist, kleine Hexe? Hast du Mut? Es gibt keinen anderen Weg für dich, ein Zauberer zu werden.«

Elidar schluckte. »Gebt mir den Brief und weist mir den Weg zum Orden«, sagte sie und streckte die klebrige Hand aus.

»Nein«, rief Morgenblüte und breitete die Arme aus. »Ich weiß etwas viel Besseres. Sao-Tan – du bringst Elidar hin.«

Der große Mann erhob sich.

Die Prinzessin hielt Elidar am Ärmel fest. »Komm her, so lasse ich dich nicht vor die Augen der gestrengen Magnifizenz treten.« Sie nahm ein Tüchlein aus dem Ärmel, tauchte es in den erkalteten Tee und wischte damit Elidars Mund sauber. »Deine Finger«, befahl sie.

Schließlich musterte Morgenblüte sie kritisch. »So wird es gehen. Niemand erwartet, dass ein Stallbursche nach Rosen duftet.« Sie richtete sich hoheitsvoll auf. »Wenn sie dich aufnehmen, erwarte ich, dass du dich regelmäßig bei mir meldest. Ich will alles wissen, was du dort erfährst. Das ist mein Preis für meine unbezahlbare Hilfe. Und jetzt … nein, warte!«

Sie blickte sich suchend um. »Sao-Tan, hilf mir. Wo habe ich mein Kästchen hingetan?«

Der Leibwächter griff unter einen niedrigen Tisch, der unweit des Kamins stand, und holte ein lackiertes Kästchen hervor, das er der Prinzessin reichte.

»Danke«, sagte sie zerstreut. »Kleines, gib mir die Medaille zurück. Du glaubst doch nicht an Jason, oder?«

Elidar zog die Kette aus dem Hemd und zögerte. Das war Lucas Geschenk, und es widerstrebte ihr, es wegzugeben.

Morgenblüte hob erstaunt den Kopf. »Was ist?«

Elidar umklammerte die Medaille mit der Faust. Die Prinzessin zog die Brauen zusammen.

»Diese Medaille habe ich Luca gegeben, als er nach Yasaim ging«, erklärte sie. »Sie wird dir nichts nützen, und ich brauche sie. Nun komm schon. Du bekommst etwas Anderes im Tausch dafür.«

Elidar zögerte noch immer. Morgenblüte spitzte die Lippen. »Sao-Tan«, sagte sie knapp.

Der große Mann beugte sich vor, bog Elidars Finger auseinander, als wären sie aus weichem Teig, und nahm ihr die Medaille ab. Er reichte sie mit einer Verbeugung der Prinzessin und zog sich wieder zurück.

Elidar rieb sich die Finger. Er hatte ihr nicht wirklich weh getan, aber der Verlust der Medaille schmerzte sie.

»Schau nicht so unglücklich drein«, sagte Morgenblüte munter. Sie öffnete das Lackkästchen und wühlte darin herum. »Sieh mal, das ist doch viel schöner.« Sie hielt einen winzigen, silbernen Anhänger hoch, aber bevor Elidar ihn sich ansehen konnte, hatte Morgenblüte ihn mit der Hand umschlossen und beugte sich darüber. Elidar hörte sie leise, fremdartige Worte flüstern. Ein Zauber? War das ein Zauber? Sie rückte aufgeregt näher.

Endlich hob Morgenblüte den Kopf und seufzte erschöpft. »Du bist schwierig«, sagte sie. »Aber ich habe es geschafft. Hier.« Sie reichte Elidar den Anhänger.

Diese betrachtete ihn neugierig. Es war ein wunderschön detailliert gearbeiteter Drache mit roten Augen. Aus seinem winzigen, geöffneten Maul schienen Flammen zu schlagen, und sein gezackter Schwanz war über den Rücken hochgebogen wie der eines Skorpions. Elidar blickte auf. »Wie wunderschön«, sagte sie atemlos.

Morgenblüte, die sich in die Kissen ihres Ruhebettes hatte zurücksinken lassen, nickte matt. »Das stammt aus meiner Heimat«, sagte sie. Sie griff nach der zierlichen Pfeife und reichte sie Sao-Tan, der sie aus einem silbernen Topf befüllte. »Der große Drache des Sonnenuntergangs. Er hat Macht, kleine Hexe, und ich glaube, über die wirst auch du einst verfügen.« Sie schloss die Augen. »Denk daran – ich erwarte dich zum regelmäßigen Rapport. Frag den Pförtner nach Sao-Tan.« Sie streckte die Hand aus, und der Leibwächter legte die Pfeife hinein.

»Gehen wir«, sagte er leise und schob Elidar zur Tür, ohne dass sie sich noch bei Morgenblüte bedanken oder von ihr verabschieden konnte.

13

Sao-Tan schwieg während er sie quer durch Cathreta führte. Sie erklommen den kleinen Hügel, der zwischen dem Palatium und dem Fluss lag, und gelangten so in einen Teil der Stadt, der Elidar noch unbekannt war.

Hier hätte sie jedenfalls keinen Magierorden vermutet, dachte Elidar und bestaunte die Villen und mehrstöckigen Prachtbauten, die baumbestandene Alleen säumten.

Sie rechnete damit, dass sie auch dieses Viertel durchqueren und sich dann östlich zum Flusshafen wenden würden, dessen Umgebung verwinkelt und sehr viel weniger vornehm war, aber zu ihrer Überraschung bog Sao-Tan in eine stille Seitenstraße ein. Eine abweisende Mauer verbarg das dahinterliegende Gebäude, und Elidar liefen kleine Schauer über den Rücken, als Sao-Tan vor dem geschlossenen Tor stehenblieb und einen Klingelzug betätigte. »Ist es hier?«, fragte Elidar und sprang vor Aufregung von einem Fuß auf den anderen.

Sao-Tans narbiges Gesicht verzog sich zu einem Lächeln, das seine schmalen Augen beinahe verschwinden ließ. »Es ist hier«, bestätigte er. »Du bist doch nicht etwa nervös?«

»Ich mache mir fast in die Hose«, entgegnete Elidar.

Der große Mann legte seine Hand auf ihre Schulter. »Nur die Ruhe«, sagte er. »Du machst das schon.«

Das Tor öffnete sich und ein junger, kahlgeschorener Mann in einer schlichten dunklen Kutte schaute sie an. »Ja?«, fragte er nicht besonders höflich.

»Ihre Hoheit, die kaiserliche Prinzessin Nyimaganyi-Chun, schickt mich«, erwiderte Sao-Tan würdevoll. »Melde mich seiner Magnifizenz.«

»Hm«, machte der junge Mann, ganz offensichtlich wenig beeindruckt. »Ich habe Anweisung, seine Magnifizenz nicht zu stören. Ich hole Spectabilis Dorn.« Mit diesen Worten wollte er ihnen das Tor vor der Nase zuknallen, aber Sao-Tan hatte schon seine große Hand gehoben und drückte gegen das dunkle Holz. Der junge Mann ächzte leise, und sein Gesicht lief rot an, als er sich gegen die Tür lehnte, aber Sao-Tan blieb, ohne erkennbar Kraft anwenden zu müssen, der Stärkere. »Du willst einen Gesandten ihrer Kaiserlichen Hoheit doch bestimmt nicht vor der Tür stehen lassen wie einen Bettler«, sagte er freundlich mahnend. Er schob etwas kräftiger, und die Tür schwang widerstandslos auf. »Wir werden hier drinnen warten, danke schön.«

Der junge Mann kniff die Lippen zusammen. »Folgt mir«, sagte er knapp. Elidar sah, dass er sich verstohlen die Schulter rieb, als sie durch eine weitläufige Halle eilten.

Elidar mühte sich, mit den beiden Männern Schritt zu halten, während sie sich hastig umsah. Der schwarz-weiß geflieste Boden und die dunklen Holzpaneele an den Wänden wirkten gleichzeitig alt und kostbar. Ein riesiger Bronzeleuchter hing hoch über ihrem Kopf, und sie fragte sich, wie die Kerzen darin wohl angezündet und ausgetauscht werden mochten. Dunkle Bilder in schweren Rahmen zeigten grimmig dreinblickende Männer, die die Gesellschaft von Büchern, Schreibfedern, hämisch grinsenden Schädeln und Raben zu bevorzugen schienen. Nur einer der Dargestellten schmunzelte ein wenig und streichelte eine Katze.

»Wartet hier«, sagte ihr Führer und zeigte auf zwei unbequem aussehende Stühle, die rechts und links neben einer hohen Tür standen. Er drückte die Klinke herab, die sich eigentümlicherweise in Höhe seines Brustbeins befand, und verschwand.

»Na, dann setz dich mal«, sagte Elidars Begleiter. Er verschränkte die Arme und stand da wie eine Statue.

»Wartest du denn mit mir?«, fragte Elidar.

»Ich habe den Auftrag, dich bei seiner Magnifizenz abzuliefern, und das werde ich tun.« Sao-Tan schloss nachdrücklich den Mund, er hatte offensichtlich keine Lust, sich zu unterhalten.

Elidar ging ein bisschen auf und ab. Um sich hinzusetzen, war sie viel zu aufgeregt. Zauberer! Das hier war ein Haus voller Zauberer! Sie stockte mitten im Schritt. Dann war dieser unfreundliche junge Mann, der sie hergeführt hatte, womöglich auch …?

»War das ein Zauberer?«, fragte sie Sao-Tan. Der nickte nur.

»Aber wenn er dich jetzt verhext hätte«, sagte Elidar, die an den kleinen Kampf an der Tür dachte.

Sao-Tan zuckte mit den Schultern. »Er hätte es ja mal versuchen können.«

»Hu«, machte Elidar und hüpfte wieder ein bisschen auf und ab. Ihr war, als unternähme ein ganzes Ameisenvolk einen ausgedehnten Ausflug in ihrer Wäsche.

»Willst du dich nicht setzen?«, wiederholte Sao-Tan. »Es kann noch dauern, bis wir vorgelassen werden.«

Aber er schien sich geirrt zu haben, denn nun öffnete sich die Tür und ein schmächtiger Mann mit einem dünnen blonden Haarkranz um den kahlen Kopf trat zu ihnen. Er sah Elidar flüchtig an und wandte sich dann mit einem freundlichen Nicken Sao-Tan zu. »Die Prinzessin schickt dich?«, sagte er.

Sao-Tan holte das Schreiben hervor. »Ich habe den Auftrag, dieses Schreiben und den Jungen hier zu seiner Magnifizenz zu bringen«, sagte er.

Die Augenbrauen des Mannes wanderten an seiner hohen Stirn empor. Er musterte Elidar genauer. »Ein Stallbursche, scheint mir«, sagte er und rümpfte die Nase.

»Ihre Hoheit befiehlt es«, erwiderte Sao-Tan ungerührt.

»Sie befiehlt es, so, so.« Der Tonfall verriet milde Erheiterung. »Dann werde ich wohl eilen und seine Magnifizenz in seinen Studien stören müssen.« Er tat aber nichts dergleichen, sondern sah Sao-Tan fragend an.

»Ich an deiner Stelle würde es tun, Spectabilis Dorn«, sagte Sao-Tan. »Seine Magnifizenz wird dir deswegen nicht zürnen.«

»Da bin ich mir weniger sicher als du«, murmelte der Magier. »Sehr viel weniger sicher.« Aber er nahm Sao-Tan den Brief ab und schloss die Tür hinter sich.

»Mittagsschläfchen«, murmelte Sao-Tan. Elidar sah ihn fragend an. »Er sagte ›Studien‹, ich sage ›Mittagsschläfchen‹«, erläuterte der große Mann und lächelte sein seltenes Lächeln.

Es dauerte noch einmal so lange wie beim ersten Mal, dann öffnete sich die Tür erneut. »Tretet also ein«, sagte Spectabilis Dorn, der etwas zerzaust aussah, als hätte ein Windstoß seine spärlichen Haare zu Berge stehen lassen. »Seine Magnifizenz erwartet euch.«

Das altväterliche Gepränge der großen Halle blieb vor der Tür – der Raum, in den sie jetzt eintraten, war zwar auch recht groß, aber er wirkte eher ein bisschen schäbig, wenn auch behaglich. Der Teppich zeigte deutliche Spuren der vielen Füße, die ihn im Laufe der Zeit abgetreten hatten, die holzgetäfelten Wände waren an manchen Stellen dunkel verfärbt, und die samtbezogenen Sessel hatten glänzend abgescheuerte Polster und waren durchgesessen. Elidar entspannte sich. Ganz so hochherrschaftlich, wie sie befürchtet hatte, schien es hier nicht zuzugehen.

Spectabilis Dorn führte sie durch zwei weitere ähnliche Zimmer. Im zweiten saß ein jüngerer Mann an einem Tisch am Fenster und schrieb etwas aus einem Buch ab. Er blickte kurz auf, sah sie mit leerem Blick an, nickte Spectabilis Dorn kurz zu und schrieb dann weiter.

»Er bereitet sich auf die Prüfung vor«, erklärte Dorn leise.

Prüfung. Elidar lief schon wieder eine Ameisenfamilie über den Rücken. Ob sie auch einmal so dasitzen und für eine Prüfung lernen würde? Lesen konnte sie einigermaßen, aber mit dem Schreiben haperte es ein wenig. Hoffentlich fragte seine Magnifizenz sie nicht danach!

Wieder eine Tür, dahinter ein Gang, in dem ihre Schritte laut hallten. Spectabilis Dorn blieb vor der Tür am Ende des Ganges stehen und klopfte zweimal leise, bevor er öffnete. »Sao-Tan und sein junger Begleiter, Magnifizenz«, sagte er.

»Danke«, erwiderte eine äußerst schlecht gelaunt klingende Stimme. Elidar zögerte und spürte Sao-Tans große Hand im Rücken, die sie voranschob.

»Eure Magnifizenz«, grüßte der Leibwächter höflich. »Danke, dass Ihr uns Eure kostbare Zeit schenkt.«

Der Mann am Fenster wandte sich nicht um. Elidar sah den Brief in seinen auf dem Rücken verschränkten Händen. »Sao-Tan«, sagte der Magus. »Was bringst du mir da? Ich hoffe, es ist die Störung wert.«

»Das ist es, Magnifizenz«, erwiderte Sao-Tan gelassen. Er gab Elidar einen kleinen Schubs.

»Eure Magnifizenz«, sagte sie atemlos.

Der Magus drehte sich nicht um. »Dein Name?«

»Elidar, Magnifizenz.«

»Das ist kein ledonischer Name.«

»Nein, Magnifizenz.« Es war auch kein yasemitischer Name, dachte Elidar. Hoffentlich fragte er nicht danach. Sie wollte nicht dumm wirken. Tief einatmend verschränkte sie die bebenden Finger ineinander.

Der Brief in den Händen des Magiers bewegte sich leicht. »Ihre Hoheit schreibt, du seist ihr aufgefallen.« Es klang spöttisch. Ehe Elidar etwas erwidern konnte, fuhr der Magier fort: »Ich kann nur hoffen, dass die Prinzessin nicht wieder ihren seltsamen Sinn für Humor an mir ausprobiert. Ich tauge nicht für derlei Experimente.«

Er drehte sich um und fixierte Elidar unfreundlich. »Also?« Und, als Elidar nicht gleich antwortete: »Was denkst du?«

»Äh«, sagte Elidar ratlos. »Nein, eure Magnifizenz.«

»Was, nein?«

»Ich glaube auch nicht, dass Ihr dafür taugt«, sagte sie tapfer. Sao-Tan, der schräg hinter ihr stand, atmete leise zischend ein.

Der Magier sah sie einen Moment lang ausdruckslos an, dann nickte er zu Elidars Erleichterung und wies auf einen Hocker am Fenster. »Setz dich. Ich will sehen, was man mir schickt, um mein Schläfchen zu stören.«

Sao-Tan gluckste. Elidar lächelte den Magier an. »Danke«, sagte sie und setzte sich.

»Danke, Sao-Tan«, sagte Magnifizenz Sturm. Der große Leibwächter verneigte sich knapp und ging hinaus.

Magnifizenz Sturm setzte sich Elidar gegenüber in den Lehnstuhl, der neben dem vollgestopften Bücherregal stand, und winkte ihr, etwas näher zu rücken. Er griff nach ihrem Kinn und drehte ihr Gesicht ins Licht. »Hm«, machte er.

Elidar nutzte die Nähe, um ihn eingehend zu betrachten. Seine Augen, die tief in einem Nest kleiner Fältchen lagen, waren von einem kühlen Grau, genau wie die Strähnen, die sein dunkelblondes Haar durchzogen. Er hatte eine ziemlich große Nase und sein Mund wirkte jetzt, da er sich nicht mehr über die Störung zu ärgern schien, sogar ganz freundlich und gar nicht mehr schmallippig. Die Robe, die er trug, war ehrfurchtgebietend schwarz, aber aus der Nähe konnte Elidar eine säuberliche Flickstelle an der Schulter erkennen und dass die Ärmel ein wenig ausgefranst waren.

»Und?«, fragte der Magus erheitert, »was siehst du?«

Elidar erschrak ein wenig, denn sie hatte ihn wohl doch ein wenig zu unverhohlen angestarrt. »Ich habe noch nie einen Zauberer aus der Nähe gesehen«, sagte sie. »Ich wollte immer schon Zauberer werden, schon als ganz kleines Kind.«

Der Magus lachte los. »Soso«, sagte er und griff in den Ärmel seiner Robe. Er holte ein Taschentuch heraus und wischte sich über die Augen, dann zog er einen Kneifer hervor, polierte ihn und setzte ihn auf die Nase. »Also dann«, sagte er, »zeig mir mal, was du kannst.« Er lehnte sich erwartungsvoll zurück.

»Uh«, machte Elidar verblüfft. »Was kann ich? Ich weiß nicht …«

Er hob die Hand. »Ganz ruhig, Junge. Womit hast du die Prinzessin denn dermaßen beeindruckt?«

Elidar verschränkte die zitternden Hände im Schoß. »Ich bin Stalljunge«, begann sie die falsche Geschichte zu erzählen, die Morgenblüte ausgeheckt hatte. »Sie hat mich einmal beobachtet, wie ich ein Pferd erschreckt habe. Es war ein Versehen«, fügte sie schnell hinzu, denn sie mochte Pferde. Sie waren so viel sanftmütiger als Dakhs oder Khevs.

»Erschreckt?«, fragte Sturm.

»Ja, mit einem Blitz.« Elidar begann sich für die Geschichte zu erwärmen. »Ich war zornig, und dann kann ich Blitze werfen.«

»Also Feuer«, murmelte der Magus. »Welches andere Element gehört noch zu dir?«

Elidar sah ihn groß an. »Element?«

»Feuer, Wasser, Erde, Wind, Äther«, zählte der Magus auf.

Elidar zuckte mit den Schultern. »Ich weiß es nicht«, sagte sie.

»Gleichgültig«, winkte der Magus ab. »Dann zeig mir, wie du einen Blitz wirfst.« Er deutete auf den Kamin, in dem ein paar Holzscheite auf ihren Tod warteten. »Ah, einen Moment«, sagte er. Er winkte beiläufig mit der Hand, und ein Korb mit Schriftrollen neben dem Kamin erhob sich in die Luft und stellte sich ein paar Schritte weiter entfernt wieder ab. »So, jetzt.«

Elidar staunte. Dann zog sie die Brauen zusammen und sammelte sich. Konzentrierte sich. Hielt die Luft an und …

»Ich bin nicht zornig«, sagte sie. »Es geht nur, wenn ich zornig bin!«

Magnifizenz Sturm nahm seinen Kneifer ab und polierte ihn erneut. »Hm«, machte er, und es klang müde und ein wenig enttäuscht.

»Ich gebe nicht an«, rief Elidar. »Wirklich, Ihr müsst mir glauben. Aber wenn ich nicht zornig bin, dann …« Sie wedelte mit den Händen durch die Luft, suchte nach Worten. »Da drinnen ist das Feuer, und ich muss es nur nach draußen bringen. Aber wenn ich nicht zornig bin, dann ist einfach kein Feuer da, das ich nach draußen bringen kann.« Sie starrte den Magier beschwörend und eindringlich an. In ihren Ohren sang ein schriller, unangenehmer Ton.

Magnifizenz Sturm zog die Brauen zusammen, und sein Mund wurde zu einer dünnen Linie. »Bursche«, sagte er drohend und erhob sich halb aus seinem Stuhl, sein Kneifer fiel zu Boden. »Bürschchen …« Er deutete auf Elidar, die sich in Erwartung eines magischen Schlages zusammenduckte.

»… hör sofort damit auf!« Sturm legte seine Hände umgekehrt ineinander und hob sie ruckartig in Stirnhöhe.

Das Singen in Elidars Ohren wurde zu einem schrillen Pfeifen und riss wie eine zu straff gespannte Saite. Zwischen ihren Schläfen stach sie etwas wie eine Nadel. »Aua«, rief sie. »Was war das?«

Der Magier breitete die Hände aus und lachte. »Zornig«, sagte er. »Du musst also zornig sein, wie?«

Elidar rieb sich die Schläfen. »Das schmerzt«, rief sie anklagend. »Was habe ich denn verbrochen, dass Ihr mir weh tut?«

Sturm trat auf sie zu und legte die Hände um ihren Kopf. Der Schmerz ebbte ab und verschwand. »Das war nicht ich«, sagte er. »Hast du das mit der Prinzessin gemacht, damit sie dich zu mir schickt?«

»Was denn?«, schrie Elidar und schlug nach seiner Hand. Sie war so wütend, dass sie ihn am liebsten getreten hätte.

»Jetzt!«, befahl er und zeigte auf den Kamin. Elidar fuhr herum und stieß heftig den Atem aus. Der Blitz war rot und blendend hell, und er schlug mit einem vernehmlichen Knall in das Feuerholz ein.

»Sehr gut«, sagte der Magus zufrieden. Er hob seinen Kneifer auf, setzte ihn auf die Nase und inspizierte das hell lodernde Feuer.

»Casarius? Ist alles in Ordnung?« Die Tür sprang mit einem Knall auf und schlug gegen die Wand. Im Regal fielen einige Bücher um und etwas Putz rieselte von der Decke.

»Bis du hereingekommen bist, war alles in Ordnung, ja«, sagte Sturm und betrachtete betrübt das Häufchen Putz auf dem Teppich.

»Es war eine Entladung, die das ganze Haus zum Beben gebracht hat. Ich dachte, es wäre besser, nachzusehen«, entschuldigte sich der andere. Er war klein und rundlich und hatte ein rotes Gesicht unter karottenroten Stoppelhaaren.

»Lieber Eusebian, du bist zu ängstlich«, sagte Sturm würdevoll. »Aber du kommst dennoch gerade recht: Sei so gut und melde dem Novizenmeister, dass wir einen neuen Jungen für ihn haben.«

Der andere beäugte Elidar neugierig. »Ein Neuer, so«, sagte er. »War er das gerade?«

»Ungesteuert, ungezähmt und ungehobelt«, erwiderte Sturm. »Ja, das war er.«

»Ich hole den Novizenmeister.« Der Rundliche verschwand und ließ Elidar und Magnifizenz Sturm allein.

In Elidars Kopf drehte sich alles, kleine Funken tanzten vor ihren Augen. »Entladung?«, sagte sie schwach.

»Er meinte nicht den Blitz«, erwiderte Sturm und nahm Elidar beim Arm. Er führte sie zu dem Hocker und ließ sie niedersitzen. »Tief atmen, mein Junge. Leg den Kopf auf die Knie. Es wird dir gleich besser gehen.« Elidar gehorchte und hörte, wie der Magus Flüssigkeit in ein Gefäß schüttete. Wenig später spürte sie seine Hand an der Schulter. »Trink das aus. Es schmeckt nicht besonders gut, aber es wird dir helfen.«

Er hatte Recht – der Trank schmeckte scheußlich, aber kurz darauf hob Elidar den Kopf und atmete tief ein und aus.

Casarius Sturm saß ihr gegenüber und betrachtete sie mit wohlwollender Miene. »Gut geschlagen, junger Mann«, sagte er. »Du hast mich überrascht, das schaffen die wenigsten.«

»Ihr habt mir weh getan, damit ich zornig werde und das Feuer werfen kann«, sagte Elidar.

Sturm schüttelte den Kopf. »Der Blitz – nein, das ist ein simpler kleiner Jahrmarktstrick. Dafür braucht man zwar ein wenig magische Befähigung, aber das hätte mir niemals gereicht, um dich hier in diesen Orden aufzunehmen. Ich wollte nur sehen, wie du es machst, und es war durchaus ganz ordentlich.«

Elidar dachte darüber nach. »Aber was war es dann?«, fragte sie ratlos.

Die Tür ging auf, und ein magerer, finster dreinblickender Mann trat ein. »Du hast mich rufen lassen?« Er streifte Elidar mit einem flüchtigen Blick. »War er das gerade? Mir ist fast der Kopf geplatzt.«

»Er hat das Haus ordentlich durchgeschüttelt, ja«, sagte Sturm zufrieden. »Ein starker Äthermagus, wenn er einmal ausgebildet ist – und wenn ich mich nicht irre.«

»Du irrst dich nie, Casarius.« Der Magere sah Elidar prüfend an. »Einen Äthermagus hatten wir schon lange nicht mehr. Das verspricht immer Ärger mit den anderen Novizen.«

Sturm lachte. »Das kann nur gut sein. Die Jungen sind mir alle ein bisschen zu selbstgefällig.«

Der Novizenmeister lächelte schmal. »Dann wollen wir mal schauen, wo wir dich unterbringen. Wo hast du deine Sachen?«

»Im Stall«, stotterte Elidar und wurde rot.

Die Magier schmunzelten. »Wir schicken jemanden, der sie holt«, sagte der Novizenmeister. Er sah Magnifizenz Sturm fragend an.

»Palatium«, sagte der kurz.

»Oh.« Die Augenbrauen des Novizenmeisters schossen empor. »Wieder so ein Fundstück der Prinzessin?«

Sturm nickte.

»Also gut. Wer kann uns dein Bündel geben? Stallmeister Sorgus?«

Elidar schluckte. »Nein«, sagte sie leise. »Ich wohne nicht im Palatium.«

»Nicht?« Sturm runzelte die Stirn. »Aber …«

»Die Prinzessin wollte nicht, dass es jemand erfährt.« Elidars Gedanken rasten. »Sie – ich – sie hat mich im Roten Stier gefunden.«

Beide Magier starrten sie mit offenem Mund an. »Im Roten Stier?«, stieß Sturm hervor.

»Das ist ein Gasthof im Selvanischen Viertel«, erklärte der Novizenmeister.

»Ihre Hoheit verkehrt im Selvanischen Viertel in einem Gasthof mit einem solch … pittoresken Namen?«

Elidar schloss die Augen. »Nein, natürlich nicht«, sagte sie hastig. »Nicht sie selbst, aber … aber Sao-Tan!«

Sie hörte, wie beide Magier ausatmeten. »Ach so«, sagte Sturm. »Ja. Gut. Das hätte ich zwar auch Sao-Tan nicht zugetraut, aber nun ja. Eine Form der Entspannung, denke ich. Ein wenig raue Luft schnuppern beim gewöhnlichen Volk.« Er räusperte sich und zog eine angewiderte Miene. »Nun, dann lass dein Bündel dort abholen, im – im – Goldenen Ochsen.«

»Im Roten Stier«, flüsterte Elidar. »Aber der Wirt wird mein Bündel nicht einfach so herausgeben, fürchte ich.«

Sturm sah ihn bass erstaunt an. »Wenn jemand in meinem Namen kommt und es von ihm fordert? Mein lieber Junge!« Er machte eine Handbewegung. »Geh jetzt, kläre das mit dem Novizenmeister. Und morgen möchte ich dich vor der Nachmittagsklausur sprechen.«

Der Novizenmeister nahm Elidars Arm und schob sie zur Tür. »Sag ›Danke, Eure Magnifizenz‹«, zischte er.

»Danke, Eure Magnifizenz«, wiederholte Elidar gehorsam und ließ sich aus der Tür schieben.

»Wie heißt du?«, fragte der Novizenmeister.

»Elidar.«

»Das ist kein ledonischer Name.«

»Nein.«

Sie schwiegen, während sie die Eingangshalle passierten und an ihrem anderen Ende durch eine schmale Tür gingen, die Elidar beim ersten Mal nicht aufgefallen war. »Hier sind die Räume der Novizen«, sagte der Novizenmeister. »Im ersten Abschnitt ihrer Ausbildung teilt ihr euch das Zimmer mit einem anderen Jungen.« Er öffnete eine Tür, und Elidar dachte voller Sorge an die Probleme, die es mit sich bringen würde, mit jemandem im gleichen Zimmer zu leben. Dann sah sie das kleine Zimmerchen, mehr eine Zelle, und das einzelne Bett darin. »Du hast allerdings Pech«, sagte der Novizenmeister. »Du bist momentan der fünfte Novize im ersten Abschnitt und wirst deshalb allein schlafen müssen.«

»Danke«, sagte Elidar aus tiefstem Herzen. »Dankeschön!«

»Die anderen Jungen sind um diese Zeit in der Nachmittagsklausur«, sagte der Novizenmeister. »Ich zeige dir euren Gemeinschaftsraum und das Unterrichtszimmer, wo du dich morgen nach dem Frühstück einfinden wirst. Frühstück bekommst du im Refektorium. Dann musst du noch wissen, wo die Bibliothek ist, die euch Novizen offen steht. Es wird erwartet, dass ihr dort und in euren Räumen regelmäßig selbstständig arbeitet – zum Beispiel während der Nachmittagsklausur. Du bekommst eine Bücherliste von mir und natürlich alles, was du an Schreibzeug und Papier benötigst. Geh sparsam damit um, es ist teuer! Und deinen Habit bekommst du beim Cubicular. Den Kopf scheren wir dir erst, wenn du das Postulat hinter dir hast – aber so, wie ich seine Magnifizenz verstanden habe, dürfte das übermorgen der Fall sein.« Er holte Luft und Elidar tat es ihm gleich. Sie hatte sich nicht die Hälfte von dem merken können, was der Novizenmeister ihr gesagt hatte.

»Cubicular?«, fragte sie verzweifelt.

Der Novizenmeister sah sie an, als hätte ein Dakh angefangen zu singen wie eine Lerche. »Bitte?«

»Ich bekomme irgendwas beim Cubicular«, sagte Elidar.

»Du bekommst alles beim Cubicular, dafür ist er schließlich da«, erwiderte der Novizenmeister ungeduldig. »Pass auf, wenn ich dir etwas sage!«

Er schob sie zur Tür hinaus, und Elidar schaute sich hastig um, damit sie den Eingang zu ihrem Zimmer auch ja wiederfand. Jetzt ging es wieder durch schmale Gänge und halbrunde Torbögen, der Boden unter ihren Füßen war aus grob behauenem Stein. »Das hier ist der alte Teil des Gebäudes«, erklärte der Novizenmeister. »Hier ist euer Aufenthaltsraum«, er legte die Hand auf ein Türblatt, ohne anzuhalten. »Die Treppe dort drüben führt zur Bibliothek, der Gang hier zum Refektorium.« Sie eilten weiter. Der Talar des Novizenmeisters wischte über ausgetretene Treppenstufen und seine Ärmel flatterten. »Hof. Waschkammer. Vorratsräume. Küche«, sie durchquerten einen kleinen Innenhof und betraten einen Arkadengang, von dem aus sie wieder ins Gebäude kamen. »Hier sitzt der Cubicular«, erklärte der Novizenmeister und klopfte an eine halb offen stehende Tür.

»Ja?«

»Ein Neuer«, sagte der Novizenmeister. »Wir brauchen eine

komplette Ausrüstung.« Er schob Elidar in das Zimmer und verschwand.

»Hallo«, sagte der rundliche, rothaarige kleine Mann, den Elidar vorhin schon in Sturms Arbeitszimmer gesehen hatte. »Du bist das, das habe ich mir gedacht. Komm, Junge, setz dich hin, du siehst ganz blass aus.«

Elidar murmelte einen Dank und ließ sich auf den Hocker sinken, während der Cubicular geschäftig durch den Raum wuselte.

Was hatte der Novizenmeister ihr alles erzählt? Und wie sollte sie bloß jemals ihr Zimmer wiederfinden?

Sie lehnte den Kopf an die Wand und schloss die Augen. In ihr wirbelte alles durcheinander: die Prinzessin, der Leibwächter, Magnifizenz Sturm und der Novizenmeister, das Palatium und das riesige Ordenshaus, und dass sie jetzt hier leben würde und morgen Unterricht bekam, andere Novizen mit ihr lernen würden und dass niemand merken durfte, dass sie kein Junge war …

Eine Hand rüttelte an ihrer Schulter. »He, Kleiner«, sagte der freundliche Cubicular. »Du fällst ja um vor Müdigkeit. Das ist alles ganz schön aufregend, hm?«

Elidar nickte. »Danke, Herr Cubicular«.

Der Cubicular zwinkerte ihr zu.

»Eusebian«, sagte er. »Oder meinetwegen ›Magister Eusebian‹. Und du heißt?«

»Elidar«, murmelte sie und erwartete die übliche Antwort. Aber der Cubicular überraschte sie. »Schöner Name«, sagte er. Er hielt ihr ein Kleiderbündel hin. »Schau mal, ob dir das passt. Das ist die Winterausstattung, aber im Sommer bist du bestimmt ein Stück gewachsen, dann bekommst du andere Kleider von mir.«

Elidar nahm die einzelnen Kleidungsstücke in die Hände und sah sie einigermaßen ratlos an. Eusebian gluckste. »Pass auf. Das hier ziehst du zuerst an, das ist die Tunika. Im Sommer trägst du nichts drunter, im Winter schöne warme Hosen und ein dickes Hemd. Das bekommst du von mir, wenn du selbst nichts anderes hast.« Elidar sah den Blick, mit dem der freundliche Cubicular ihre Kleider musterte, und errötete. Sie nahm ihm die helle, langärmelige Tunika ab, die sauber, aber offensichtlich nicht mehr neu war, und zog sie über den Kopf.

»Passt«, sagte Eusebian zufrieden. »Jetzt bindest du dir das Cingulum um. Das musst du übrigens nicht immer tragen, es ist aber ganz praktisch, um die Tunika hochzubinden oder Beutel daran zu befestigen.« Elidar nahm die Kordel und knotete sie um die Taille. Es beulte ein wenig wegen der Hose und dem Hemd, das sie darunter trug, aber die Tunika war sehr bequem und hübsch warm.

»So, und wenn du hinausgehst, oder wenn dir kalt ist, wenn es regnet oder für die Concilien hier im Haus ziehst du noch die Kukulle über die Tunika.« Eusebian zeigte auf den kurzen Wollumhang mit der langen Kapuze und den weiten Ärmeln. Auch er war hell, von einem verwaschenen Beige oder Hellgrau, das war nicht genau zu erkennen.

»Sandalen und feste Schuhe«, zählte der Cubicular auf und wühlte in einem Regal herum. »Eine Tasche für Schreibzeug und Bücher. Schreibzeug. Ein Löffel, ein Messer, ein Taschentuch.« Er kratzte sich am Kopf. »Was fehlt noch?«

»Die Magister tragen alle schwarze Kleider«, sagte Elidar.

Eusebian nickte und erwiderte: »Das wirst du auch eines Tages, mein Junge, wenn du dein Noviziat beendet hast. Dann musst du dir auch nicht mehr den Kopf scheren, was im Winter wirklich unangenehm sein kann.« Er fuhr sich mit einem Zwinkern durch das karottenrote Haar.

Elidar nahm die Kleider und Utensilien und stopfte sie in den Ledersack. Dann atmete sie tief durch und dachte an den Rückweg. Zuerst über den Hof, dann der Arkadengang, dann die Treppe … nein, umgekehrt. Erst die Treppe, dann der Arkadengang … Sie seufzte. »Entschuldigt, Magister Eusebian«, sagte sie, »ich muss zurück zu den Novizenräumen. Könnt Ihr mir den Weg weisen?«

Eusebian hob die Brauen. »Ach ja, der erste Tag«, sagte er gedankenverloren. »Wie lange das bei mir schon her ist …

Warte.« Er verschwand im Nebenzimmer. Wenig später kehrte er zurück und hielt Elidar einen weißen Kieselstein hin. Sie nahm ihn und wendete ihn zwischen den Fingern. Ein ganz gewöhnlicher Kiesel, rund, glatt, unscheinbar.

»Wenn dich jemand danach fragt, hast du ihn nicht von mir«, sagte Eusebian. »Ihr Novizen dürft so was gar nicht benutzen, aber ich finde immer, man muss euch die ersten Wochen nicht schwerer machen als unbedingt nötig. Ihr habt so viel zu lernen.«

Elidar fand das zwar sehr nett, aber sie wusste nicht, wie ein Kieselstein ihr da helfen konnte.

Der Cubicular lächelte so breit, dass die Sommersprossen auf seiner Nase zu tanzen begannen. »Halt den Stein zwischen zwei Fingern. Ja, so.« Er beugte sich vor und legte seine Hand um Elidars Finger und den Stein. Elidar roch seinen Atem, eine Mischung aus Minze und Zwiebeln. Dann wurden ihre Finger warm und ein scharfes Prickeln zog durch ihre Hand, bewegte sich den Arm hinauf und kroch in ihre Nase. Sie nieste.

»Gesundheit«, sagte Eusebian und ließ ihre Hand los. »So, jetzt kannst du ihn benutzen. Weißt du, wie es geht?«

Elidar starrte ihn an. »Ihr seid auch ein Zauberer«, entfuhr es ihr.

Der Cubicular starrte ebenso verblüfft zurück. »Ja, natürlich. Was denkst du denn, was ich sonst hier täte?«

»Verzeihung«, murmelte Elidar und kam sich dumm vor.

»Also, weißt du, wie du den Stein benutzen musst?«

»Nein.«

»Du musst an den Ort denken, den du suchst. Es funktioniert nur mit Orten, an denen du schon warst, denn du musst ihn dir so deutlich vorstellen, wie du nur kannst. Versuche es.«

Elidar schloss die Hand um den Stein und dachte an das Arbeitszimmer seiner Magnifizenz. Sie holte die dunklen Wände, die vielen Bücher und den Schreibtisch, den schweren Lehnstuhl und den kleinen Hocker zurück in ihr Gedächtnis, den dunkel gemusterten Teppich, den Blick aus dem Fenster …

»Ah«, machte sie erschreckt und ließ beinahe den Stein fallen. Er zuckte in ihrer Hand wie ein kleines Tier.

»Festhalten«, sagte Eusebian. »Mach die Augen zu. Siehst du etwas?«

Elidar senkte gehorsam die Lider. Das Nachbild der Lampe malte rötliche Muster in die Dunkelheit. Die Muster bewegten sich, formten andere Muster. Sie atmete scharf ein. »Das ist der Arkadengang«, sagte sie. »Der Hof und die Tür. Diesen Gang entlang, dort ist die Treppe ...« Sie riss die Augen auf, und der Weg zum Arbeitszimmer des Magieroberhaupts verblasste, verschwand aber nicht völlig aus ihrem Blickfeld. »Donner und Blitz«, sagte sie beeindruckt.

Der Cubicular rieb sich vergnügt die Hände. »Behalte den Findestein eine Weile. In einem halben Equil kennst du alle Winkel und alle Wege, dann kannst du ihn mir wiederbringen.«

Elidar bedankte sich überschwänglich bei dem freundlichen Magus, der nur abwinkte. »Geh, mein Junge. Lerne, was zu lernen ist. Und lass dich nicht einschüchtern, die älteren Jungen machen sich einen Spaß daraus, euch frische Novizen zu piesacken. Halte den Kopf oben, und wenn du jemanden zum Ausheulen brauchst, weißt du ja jetzt, wie ich zu finden bin.« Er zeigte auf den Findestein.

Elidar dankte ihm erneut und schulterte ihren prallvollen Beutel. Der Stein in ihren Fingern prickelte. »Novizenräume«, dachte sie und stellte sich den Gang mit den ausgetretenen Steinplatten und den rauen Wänden vor. Der Stein zuckte, und schwach glühende, rötliche Linien vor ihrem inneren Auge wiesen ihr gehorsam den Weg durch das Labyrinth des Ordenshauses.

14

Sie hatte sich in ihr Zimmerchen zurückgerettet wie eine erschöpfte Maus in ihr Nest. Der Findestein hatte sie unfehlbar dorthin geleitet, und ohne das magische Hilfsmittel wäre sie wahrscheinlich vollkommen orientierungslos durch das riesige Ordenshaus geirrt.

In ihrer Zelle angekommen, ließ sich auf das niedrige, schmale Bett fallen und stieß dabei mit dem Fuß ein Bündel hinunter. Ihr Bündel.

Sie umarmte es wie einen alten Freund und schob es sich unter den Kopf, zu erschöpft, um noch mehr zu tun als einfach zu schlafen. Sie zog sich die dünne Decke über, die gefaltet auf dem Bett gelegen hatte, und schlief augenblicklich ein.

Elidar schreckte aus traumlosem Schlaf, als jemand neben ihrem Bett laut »Aufstehen« rief. Sie wusste nicht sofort, wo sie sich befand. In das kahle Zimmerchen fiel durch ein kleines Fenster hoch oben in der Wand das fahle Licht eines frühen Morgens. Sie sah sich um. Wer hatte sie geweckt? Es war niemand außer ihr im Zimmer.

Elidar schüttelte den Kopf und reckte sich. Nach und nach kehrte die Erinnerung zurück. Sie war im Ordenshaus. Gleich würde sie die anderen Novizen kennenlernen und ihren ersten Unterricht erhalten.

Was hatte sie nur geweckt? Wahrscheinlich die Aufregung. Sie sprang aus dem Bett und zog ihre neuen Kleider an. Elidar knotete die geflochtene Kordel um ihre Hüften und stopfte das Schreibzeug in ihren Beutel. Wo war der Findestein? Sie nahm ihn in die Hand, dann steckte sie ihn mit einem ärgerlichen Schnaufen wieder fort. Sie würde sich ihr Frühstück selbst suchen müssen, ebenso wie den Unterrichtsraum.

Draußen hörte sie Schritte und verschlafen klingende Stimmen. Sie schulterte den Beutel und riss ihre Tür auf.

Drei Köpfe fuhren zu ihr herum.

»Wer ist das?«, fragte ein großer Junge in Novizentracht.

»Ein Neuer, schätze ich«, erwiderte einer seiner Begleiter, ein stämmiger Bursche mit gesunder Hautfarbe.

»Er ist bloß ein Postulant«, sagte der dritte Junge, ein rattengesichtiger kleiner Kerl, abfällig. »Schaut mal, er ist ja noch nicht mal geschoren.« Die anderen beiden lachten, dann gingen sie weiter, ohne Elidar eines weiteren Blickes zu würdigen.

Sie biss die Zähne zusammen und folgte den Jungen. Unhöflich hin, herablassend her – zumindest würden die drei sie zum Frühstück und zum Unterricht führen, wenn auch unfreiwillig.

Der Weg zum Refektorium – jetzt fiel ihr der Name des Speisesaals wieder ein – war leicht zu merken, darüber freute sie sich. Der große, dunkle Saal war leer und kalt. Entweder waren die Novizen besonders früh oder sehr viel später an der Reihe als alle anderen Mitglieder des Ordens.

Die drei Novizen gingen zielstrebig zu einem Tisch, der an der Stirnseite des langgestreckten Raumes stand. Elidar blieb am Eingang stehen und sah sich erst einmal um. Sie sah, dass der rattengesichtige Junge sich nicht zu den anderen beiden setzte, sondern durch eine offen stehende Tür am anderen Ende des Saales ging und nach einer Weile mit einem Tablett wiederkam. Er schob es auf den Tisch und verteilte Becher, schenkte aus einer Kanne dampfende Flüssigkeit ein und legte einen Laib Brot und Käse auf den Tisch. Dann setzte er sich neben den Stämmigen, und die drei Jungen begannen schweigend zu essen.

Elidar zögerte kurz, dann durchquerte sie entschlossen den Raum und trat ebenfalls durch die Tür. Sie fand sich in einer halbdunklen, warmen, nach frischem Brot und Kernseife riechenden Küche wieder. In einem Herd gloste ein Feuer, auf ihm dampften zwei große Kannen, und an einem zerschrammten Holztisch neben dem Feuer saß ein Riese in einem verwaschenen, ehemals schwarzen Habit und aß geräuschvoll ein ebenfalls riesiges Butterbrot. Das musste der Koch des Ordens sein.

Er nickte Elidar zu. »Ah, du bist sicher der Neue«, nuschelte er mit vollem Mund. »Nimm dir einen Becher und Tee.« Er deutete mit dem Butterbrot in der Hand auf die Kannen. »Brot und Käse sind dort im Schrank«, fuhr er fort. »Hast du ein Messer?«

Elidar nickte. Sie ging durch die Küche und suchte ihr Frühstück zusammen. Der Riese saß kauend an seinem Tisch und sah ihr interessiert zu. »Hast du die anderen schon kennengelernt?«, fragte er.

Elidar blieb an seinem Tisch stehen, Becher und Kanne in der Hand, und schüttelte den Kopf. »Sie sind nicht an mir interessiert, fürchte ich.«

Der Riese gluckste. »Eine eingebildete Bande, diese Klasse«, sagte er. »Vor allem das feine Herrchen Valon hält sich für etwas ganz Besonderes.« Er schob den letzten Bissen in den Mund und klopfte neben sich auf die Bank. »Hock dich her«, sagte er und schluckte. »Du kannst hier mit mir frühstücken. In der Küche ist es viel gemütlicher als im kalten Refektorium.«

Elidar schob sich erleichtert neben den riesigen Mann, der jetzt behäbig mit einem Holzspan in seinen Zähnen herumbohrte. »Lang gut zu«, sagte er. »Du hast einen anstrengenden Tag vor dir, alles ist noch ungewohnt und neu. Davon bekommt man Hunger.« Er klopfte mit der Hand auf seinen Bauch. »Und glaube mir, ich weiß, wovon ich spreche.« Er lachte.

Elidar säbelte eine dicke Scheibe von dem frischen Brot ab und legte daumendick Käse darauf. Sie hatte gestern nicht viel in den Magen bekommen und war hungrig wie ein Dakh.

Der Riese stützte sein Kinn in die Hand und sah ihr beim Essen zu. »Du kannst wirklich was wegputzen«, sagte er nach einer Weile anerkennend. »Hätte ich nicht gedacht, bei so einem mageren Kerlchen wie dir.«

Er streckte den Arm aus und schob Elidar einen Korb mit Äpfeln hin. »Steck dir was davon ein«, sagte er. »Und dann los, euer Unterricht fängt gleich an.«

Elidar schluckte den letzten Brocken Käse hinunter und

wischte sich die Finger an der Tunika ab. »Danke«, sagte sie und nahm zwei Äpfel, die sie in ihrem Sack verstaute.

»Nichts zu danken«, murmelte der Riese und gähnte, dass sein Kiefer knackte und die Augen zu Schlitzen wurden.

Elidar hörte, dass die Jungen draußen aufbrachen. Sie stand hastig auf und verabschiedete sich von dem riesigen Koch, der ihr mit belustigter Miene nachschaute, als sie aus der Küche rannte.

Die Jungen waren weg. Elidar biss die Zähne zusammen. Sie lief aus dem Refektorium, ein Stück den Gang entlang, den sie gekommen war, und spitzte die Ohren. Tatsächlich, in der Ferne erklangen Stimmen, die etwas zu rezitieren schienen. Aber sie waren viel zu tief für drei halbwüchsige Jungen.

»He«, rief plötzlich jemand. Elidar wandte sich um. Ein schlaksiger Bursche, etwas älter als die anderen Novizen, kam gemächlichen Schrittes auf sie zu. »Du bist der Neue?«, fragte er und beäugte sie interessiert. »Valerian.« Er hielt ihr die Hand hin. Elidar schüttelte sie und stellte sich ebenfalls vor.

»Du suchst sicher den Unterrichtsraum«, sagte Valerian und setzte sich in Bewegung. »Spectabilis Grimm ist bekannt für seine Hausführungen, nach denen man seinen eigenen Kopf nicht mehr wiederfindet.« Er grinste.

»Grimm – das ist der Novizenmeister?«, fragte Elidar. Valerian nickte. Der rotblonde Flaum auf seinem geschorenen Kopf leuchtete in einem dünnen Sonnenstrahl auf, der durch eins der hohen Fenster des Ganges fiel.

»Unterrichtet er uns?«

Valerian sah sie beinahe entsetzt an. »Grimmbart? Jason sei dank, nein! Das Vergnügen haben die alten Kerle, die Novizen im dritten Abschnitt, und ich gönne es ihnen von Herzen.« Er nahm Elidars Arm und zog ihn ein paar Stufen hoch. »Hier lang.«

»Wer unterrichtet uns?«

»Honorabilis Bär in Person. Er ist der Stellvertreter seiner Magnifizenz.« Es klang stolz. »Wir sind wichtiger als die alten Kerle, weißt du? Wenn sie den ersten Abschnitt verhunzen, dann ist danach alle Mühe umsonst.« Er blieb stehen und legte Elidar einen Arm um die Schulter. »Lass dich nicht von Valon und den anderen einschüchtern. Luriel ist eigentlich ganz in Ordnung, und Sprenz solltest du einfach ignorieren, den kleinen Scheißer.«

»Luriel ist der Stämmige?«, fragte Elidar. Valerian nickte.

»Gehen wir rein.« Er drückte die Tür auf und sie betraten den Unterrichtsraum der Novizen im ersten Abschnitt. Elidars Gefühle waren durchaus gemischt – einerseits freute sie sich auf den Unterricht, aber andererseits hatte sie auch ein wenig Angst. Würde sie mit den anderen Novizen zurechtkommen? Würden sie Elidar durchschauen? Vielleicht war es gar nicht so schlecht, dass zumindest drei von ihnen nichts von ihr wissen wollten. So war die Gefahr kleiner, dass ihr Geheimnis aufflog.

Sie atmete tief ein und sah sich um. Ein kleiner Raum, gerade groß genug für fünf Schreibpulte und einen etwas erhöhten Platz für den Lehrer. Das Fenster saß auch hier hoch in der Wand. Um hinauszusehen, hätte sie auf eins der Pulte steigen müssen. Die drei Jungen hatten die Köpfe zusammengesteckt und flüsterten miteinander.

»Na, ihr Strohköpfe, wieder beim Geheimniskrämern?«, fragte Valerian laut und ließ seinen abgetragenen Lederbeutel auf eins der Pulte fallen.

»Valerian, die Pestbeule«, der große Junge, der anscheinend der Anführer der Novizen war, sah auf und verzog den Mund. »Ah, du kommst in passender Begleitung, wie ich sehe. Der Stallbursche hat auch hergefunden.«

Die anderen beiden lachten beifällig. Valerian schüttelte den Kopf und antwortete: »Dumme Kinder!«

»Ohrfeige ihn, Luriel«, sagte Valon gleichgültig. Der Stämmige drehte sich zu Valon um, zögerte, sah dann Valerian an.

»Tu's, Luriel«, feuerte Valerian ihn an und zeigte spitze Zähne. »Ich wollte immer schon mal herausfinden, ob du als Kröte hübscher bist.« Luriel machte einen Schritt rückwärts.

»Er schneidet nur auf«, sagte Valon. »Wenn Valerian das

könnte, wäre er nicht hier bei uns. Und selbst wenn – er weiß genauso gut wie wir, dass es ihm nicht erlaubt ist. Wenn der Brummbär ihn erwischt ...« Er unterbrach sich und täuschte einen Hustenanfall vor, denn die Tür war aufgegangen und eine massige Gestalt füllte den Türrahmen beinahe komplett aus.

»Guten Morgen«, sagte Honorabilis Bär. »Wie ich sehe, streitet ihr euch schon wieder.« Er nickte Elidar zu, die ihn mit großen Augen anstaunte. »Schön dich wiederzusehen, Elidar. Setz dich dort neben Valerian. Wenn du Fragen hast, melde dich.«

Elidar setzte sich an das freie Pult und holte ihr Schreibzeug aus der Tasche. Honorabilis Bär, der Stellvertreter seiner Magnifizenz, hatte sich vor Valon aufgebaut und blickte auf ihn hinab. »Mein Junge«, sagte er. »Ich habe den Eindruck, du bist mit deinen Studien nicht ausgelastet. Kannst du mir kurz wiederholen, womit wir uns vorgestern beschäftigt haben?«

Valon stand auf, legte die Hände auf dem Rücken zusammen und begann zu referieren, wobei er gleichgültig an seinem Lehrer vorbeischaute. Er schien wenig beeindruckt.

»Er ist gut«, zischelte Valerian, der sich zu Elidar hinüberbeugte. »Das ist das Schlimme – er ist einfach gut, und er weiß es!«

»Halt den Mund, Valerian«, sagte Bär, ohne sich zu ihnen umzudrehen.

Elidar bemühte sich, dem Vortrag des Novizen zu folgen, aber sie verstand kein Wort. »Magische Resonanz«, hörte sie, und »Schwingungsdichte«, und »Konzentration auf den Fokus« und »Energienodi, die im Zentrum verknüpft werden müssen«. Sie schloss die Augen. Wie sollte sie das nur schaffen? Sie wusste überhaupt nicht, wie man zauberte. Sie konnte Feuer werfen, aber nur, wenn sie zornig war, und selbst da wusste sie nicht genau, WIE sie es machte!

»Danke, Valon«, hörte sie ihren Lehrer sagen. Bär ging zu seinem Tisch, öffnete ein dickes Buch, das darauf lag, und las eine längere Passage daraus vor, wobei er hier und da innehielt und das Gelesene erläuterte. Die anderen Novizen begannen, sich Notizen zu machen, aber Elidar, die zuerst auch nach ihrer Feder gegriffen hatte, ließ nach einigen Sätzen das Schreibgerät fallen und legte das Kinn in die verschränkten Hände. Wenn Valons Vortrag rätselhaft für sie gewesen war, dann war das, was sie jetzt zu hören bekam, vollkommen kryptisch, und sie bezweifelte sogar, dass es in einer Sprache gelesen wurde, die sie kannte.

Valerian, dessen Blick zwischendurch immer wieder einmal zu ihr schweifte, flüsterte: »Keine Sorge. Du bekommst Einzelunterricht. Das machen sie immer, wenn jemand neu …«

»Valerian? Was hast du uns Wichtiges mitzuteilen?«, dröhnte der Bass des Lehrers durch das kleine Zimmer.

Der rattengesichtige Novize namens Sprenz kicherte. Alle sahen Valerian und Elidar an.

Valerian erhob sich, warf Sprenz einen Seitenblick zu und antwortete höflich: »Ich habe dort in der Ecke eine Ratte gesehen und einen Vertreiber gesprochen. Ich bitte um Vergebung, wenn ich dadurch Euren Vortrag gestört haben sollte, Honorabilis.«

Elidar sah, dass Bär ein Lächeln zwischen seinen Zähnen zerbiss. Seine kleinen, dunklen Augen funkelten. »Eine Ratte, so«, sagte er gemächlich. »Wacker, Herr Valerian. Darf ich darum bitten, den Vertreiber zu hören, den du benutzt hast?«

»Selbstverständlich«, erwiderte Valerian unbeirrt. »Ich würde aber vorschlagen, dass Sprenz sich derweil die Ohren zuhält. Sicher ist sicher.«

Luriel prustete und erntete einen giftigen Seitenblick des kleinen Sprenz.

»Also bitte«, sagte Bär auffordernd und ließ sich in seinen Stuhl sinken.

Valerian spreizte die Finger in einer beschwörenden Geste. »Averto bestiae«, sagte er. »Mures disparete!«

Bär zeigte seine Zähne, die groß und gelb waren. »Netter Versuch«, sagte er. »Aber deine Grammatik ist schauderhaft, und die ›bestiae‹ finde ich persönlich ein wenig übertrieben.« Er klopfte auf seinen Schenkel. »Genug herumgealbert, meine Herren«, sagte er. »Setz dich, Valerian. Ich schätze deine Hilfsbereitschaft, aber ich möchte dich dennoch bitten, den Mund zu halten, während ich rede.«

Valerian ließ sich grinsend auf seinen Hocker fallen. Er blinzelte Elidar zu. »In Ordnung«, sagte er fast unhörbar und deutete auf den Lehrer.

Elidar fand zwar, dass Honorabilis Bär sie rechtzeitig darüber hätte aufklären können, dass er nicht der Koch des Ordens war, aber sie nickte dennoch.

Irgendwann klappte Bär sein Buch zu. »Wahrscheinlich habt ihr nichts verstanden, aber ich erwarte, dass ihr euch so lange mit dem Stoff beschäftigt, bis ihr ihn verstanden habt.« Er stand auf. »Ach, Valerian?«

Elidars Nachbar sah von seinen Notizen auf. »Honorabilis?«, erwiderte er höflich.

»Ich möchte, dass du mir ein paar Varianten des Vertreibe-Zaubers präsentierst«, sagte Bär. »Sagen wir – übermorgen?«

Valerian nickte ungerührt. »Mit dem größten Vergnügen, Honorabilis Bär. Übermorgen.«

Bär nickte ihm zu, und Elidar sah die Anerkennung in seinem Blick. Valerians Art schien dem Lehrer zu gefallen – er war frech, ohne respektlos zu sein, und er war ganz offensichtlich nicht dumm.

Sie schreckte aus ihren Überlegungen auf. Bär hatte sie angesprochen. »Honorabilis?«, sagte sie, sich Valerians höfliche Anrede zum Vorbild nehmend.

Bär lächelte. »Wir beide haben eine Verabredung«, sagte er. »Seine Magnifizenz erwartet uns.«

Elidar schulterte ihren Beutel und nickte Valerian zu. Sie fühlte eine leichte Beklommenheit. Valon und Luriel steckten die Köpfe zusammen, und Sprenz grinste sie an.

Bär legte ihr seine Pranke auf die Schulter und schob sie zur Tür. Jetzt würden die beiden Magier sie auf Herz und Nieren prüfen, und womöglich musste sie Magnifizenz Sturm zeigen, was sie im Unterricht gelernt hatte. Ihr wurden die Knie weich, und ihr Herz raste.

Die Hand auf ihrer Schulter übte einen festen, beruhigenden Druck aus. »Valerian hat dich schon unter seine Fittiche genommen, hm?«, sagte Bär.

»Ja, es sieht so aus«, erwiderte sie. »Aber wahrscheinlich nur, weil er die anderen Novizen nicht leiden mag – oder sie ihn.«

Bär knurrte leise und amüsiert. »Valon und Valerian – die beiden sind Konkurrenten. Aber Valon versteht es, Anhänger zu gewinnen, Valerian liegt nichts daran. Er ist ein Einzelkämpfer.« Bär bleckte die Zähne. »Wir sind sehr gespannt, wer von den beiden das Noviziat überlebt.«

Elidar schauderte.

»Da sind wir«, sagte Bär und öffnete die Tür von Sturms Arbeitszimmer. Sie traten ein, und Elidar sah, dass das Zimmer leer war.

Bär ging zum Fenster und sah hinaus. »Wir sind da«, sagte er leise.

»Setzt euch«, ertönte es von nirgendwoher und Elidar japste erschreckt auf.

»Setz dich«, sagte Bär. Er ließ sich mit einem Ächzen in den Sessel neben dem kalten Kamin fallen, streckte die Beine aus und faltete die Hände über dem Bauch. »Womit hast du seine Magnifizenz überzeugt, dich aufzunehmen?«, fragte er. »Ich bin heute früh erst ins Haus zurückgekommen und fand nur eine Nachricht auf dem Tisch, dass ich einen neuen Schüler habe.«

Sein Gesicht war freundlich, und Elidar entspannte sich ein wenig. Niemand würde sie fressen. Sie war in einer Zauberschule, hierher hatte sie immer gewollt, sie würde lernen, zu zaubern und seine Magnifizenz würde sie nicht gleich wieder fortschicken, weil sie es noch nicht konnte.

Die Tür flog auf. Das Oberhaupt des Spinnenordens trat ein und nickte ihnen zu. Sturm trug einen knöchellangen Mantel mit weiter Kapuze und einer großen silbernen Schließe in Spinnenform.

»Schön, schön«, sagte er. »Danke, dass du mitgekommen bist, Nicodemus. Du bist heute früh erst zurückgekehrt, oder?«

Bär nickte und gähnte.

Sturm warf seinen Mantel achtlos über einen Hocker. Er fixierte Elidar. »Wie ist es dir ergangen, Junge?«

»Sehr gut, danke. Alle sind sehr freundlich zu mir.« Fast alle. Nun gut, alle, auf die es ankam, dachte sie für sich.

Sturm lächelte, als hätte er ihre Gedanken gelesen. Er wandte sich an Bär, der mit halbgeschlossenen Augen in seinem Stuhl lehnte. »Was denkst du über unseren Postulanten?«

Bär brummte leise. »Was soll ich denken? Er hat mir noch nicht viel gezeigt. Er ist ein netter Junge, und Valerian hat ihn richtig ins Herz geschlossen.«

Sturm gluckste leise. »Eusebian ist auch ganz hingerissen von ihm.«

Bär öffnete beide Augen und sah Sturm aufmerksam an. »Eusebian? Unser Cubicular? Ich bin beeindruckt, Casarius.«

Sturm wandte sich Elidar zu. »Zeig es ihm, Junge.«

Elidar seufzte. Das Kunststückchen mit dem Feuerblitz hatte Sturm nicht sonderlich beeindruckt, und ohne Zorn konnte sie es erst recht nicht. Sie öffnete den Mund, aber Sturm schüttelte schon den Kopf. »Nicht den Blitz«, sagte er. »Das ist nichts Besonderes.« Er beugte sich vor und sah sie eindringlich an. »Stell dir vor, dass du etwas von Honorabilis Bär haben möchtest. Du wünschst dir etwas. Er soll etwas für dich tun.«

Elidar blinzelte ratlos. Was sollte sie sich denn wünschen? Sie war hier, das war alles, was sie immer gewollt hatte.

Bär verschränkte die Arme vor der breiten Brust und blickte sie erwartungsvoll an. Zum ersten Mal fiel ihr ein Ring in Form einer Spinne an seinem kleinen Finger auf. Die Augen der Spinne funkelten rötlich. »Wie hübsch«, sagte Elidar unwillkürlich. »Darf ich den Ring einmal haben?«

Sturm richtete sich erwartungsvoll auf.

Bär zog den Ring vom Finger und reichte ihn Elidar, die ihn in Empfang nahm und aus der Nähe betrachtete. Die Spinne war wunderschön gearbeitet, mit langen Beinen und Augen aus kleinen roten Steinen.

»Na?«, sagte Casarius Sturm, und es klang triumphierend. »Was sagst du jetzt?«

Bär kratzte sich verwirrt am Kopf. »Wie hat er das gemacht?«, fragte er. »Elidar, sei ein guter Junge, gib mir den Ring zurück.«

Elidar reichte ihm die Spinne, und Bär schob den Ring wieder auf den Finger. »Was gemacht?«, fragte sie.

Sturm verschränkte die Finger ineinander. »Was glaubst du?«, fragte er über Elidars Kopf hinweg seinen Stellvertreter.

Bär drehte den Ring und dachte nach. Dann grinste er. »Wir haben wieder einen Äthermagier?«

Sturm nickte nachdrücklich. »Ich denke, ja. Wir sollten ihn aber noch prüfen.«

Beide wandten sich Elidar zu, die ein wenig zurückwich. Prüfung. Jetzt kam das, was sie so gefürchtet hatte. Sie wollte nicht geprüft werden! Warum konnten sie nicht einfach darauf verzichten?

»Ich habe nichts verstanden«, sagte sie tapfer. »Ich habe es versucht, wirklich, aber ich habe nichts davon verstanden.«

Magnifizenz Sturm runzelte die Stirn. »Wovon redest du?«

Bär lachte. »Mein Unterricht«, sagte er vergnügt. »Junge, tröste dich – die anderen dürften auch nicht viel mitbekommen haben. Die Lektion heute war für die beiden Vs gedacht – ich will einfach wissen, wer von beiden als erster dem Fuchs den Schwanz stiehlt.«

Casarius Sturm schnalzte missbilligend mit der Zunge. »Du sollst die Novizen unterrichten – nicht sie zum Aufgeben bringen. Wir bekommen nicht mehr so viele Neue, vergiss das bitte nicht!«

Bär setzte eine sture Miene auf. »Es wird darauf hinauslaufen, dass einer der beiden geht«, sagte er. »Beide zusammen in einem Abschnitt – das gibt irgendwann Tote. Was schadet es? Soll doch der Salamanderorden sich mit Valon herumschlagen!«

»Wenn du dich mal nicht irrst. Valerian ist stark, aber Valon ist der Zielstrebigere von beiden.«

»Valon ist ein Politiker«, schnappte Bär. »Er passt nicht zu uns!«

»Valon hat das Zeug zum Honorabilis«, gab Sturm ruhig zurück. »Valerian nimmt nichts wirklich ernst. So kommt man in unserer Profession nicht weiter!« Die beiden Magier starrten sich aufgebracht an, sie schienen Elidar über vollkommen vergessen zu haben. Casarius Sturm schüttelte sich plötzlich. »Er hat es schon wieder getan«, sagte er.

»Was denn?« Bär schaute verblüfft drein. »Ach … wir wollten den Burschen doch prüfen.« Er riss die Augen auf und lachte dröhnend. »Casarius, ich denke, das können wir uns schenken.«

Wovon redeten die beiden bloß? Warum benahmen sie sich die ganze Zeit so, als hätte sie irgend etwas gemacht?, dachte Elidar ärgerlich.

»Ich will aber wissen, welches sein zweites Element ist«, sagte Sturm. »Feuer läge zwar nahe, aber es widerspricht dem Äther zu sehr. Kennst du einen Äthermagier, dessen ergänzendes Element Feuer ist?«

Bär schloss die Augen zu schmalen Schlitzen. »Feuer und Äther«, murmelte er. »Warte mal. Nein. Äther und Wind oder Äther und Wasser. Feuer und Äther heben sich gegenseitig auf. Jedenfalls sagen das alle Schriften, die ich kenne.«

»So ist es.« Sturm klang grimmig. »Feuer und Äther, das wäre ja … das wäre …«

»Drachenmagie«, ergänzte Bär. »Die gibt es seit Tausenden von Equils nicht mehr.«

»Dummes Geschwätz, es hat sie nie gegeben, das ist nur ein Märchen«, entgegnete Sturm scharf.

»Darüber können wir uns gerne streiten«, sagte Bär. »Aber nicht jetzt. Teste den kleinen Kerl, dann sehen wir, was er ist. Wind, denke ich.«

»Wasser«, sagte Sturm und lächelte. »Drei Stunden darauf, dass es Wasser ist.«

»Vier«, sagte Bär. Die beiden schüttelten sich die Hände.

Elidar sah von einem zum anderen. »Du verstehst nicht, was wir von dir wollen, oder?«, fragte Sturm. Elidar schüttelte den Kopf.

»Pass auf, Junge«, sagte seine Magnifizenz. »Wir vermuten, dass du zu einer recht seltenen Kategorie magischer Kräfte Zugang hast. Es gibt sehr, sehr viele Magier, die mit Feuer arbeiten können.« Er blinzelte. »Auch, wenn sie nicht zornig sind.«

Elidar nickte. »Die anderen arbeiten also mit Wind und Wasser«, sagte sie.

Bär klatschte leise Beifall. »Korrekt, mein Junge. Wind, Wasser, Erde und Feuer sind die vier Hauptelemente. Eins davon ist in jedem Magier besonders stark ausgeprägt, und damit arbeitet er vornehmlich. Aber es gibt noch ein weiteres Element, das unabhängig von allen anderen existiert – Äther.«

»Und das kommt nicht besonders häufig vor«, ergänzte Sturm. »Äther ist von allen Elementen am schwersten zu beherrschen. Es gibt Magier, die es niemals gebändigt haben und dann nur noch mit ihrem ergänzenden Element arbeiten konnten. Entsprechend schwach sind ihre magischen Kräfte.«

»Der arme Cornelius Maus«, sagte Bär. »Ein wirklich talentierter Junge, und er hat sich so gequält.«

Beide sahen wieder Elidar an, die sich bemühte, diese Informationen zu verarbeiten. Das war alles so neu für sie. War es gut, Äthermagier zu sein? Es schien zumindest etwas Besonderes zu sein. Doch eigentlich hatte sie immer nur ein ganz gewöhnlicher Zauberer werden wollen, dachte sie verwirrt.

»So, es geht los«, sagte Magnifizenz Sturm. »Nicodemus, du assistierst mir, und ich fange an?«

»Gerne.« Bär stand auf, stellte sich hinter Elidar und legte ihr die Hände auf die Schultern. Sie spürte den beruhigenden Druck und entspannte sich. Was auch immer jetzt geschah – sie glaubte nicht mehr daran, dass die beiden Ordensoberen sie heute hinauswerfen würden, und etwas Schlimmeres als das konnte sie sich nicht vorstellen. Sie war hier, das hatte sie sich gewünscht, und jetzt würde sie darum kämpfen, bleiben zu dürfen.

Casparius Sturm stand mit geschlossenen Augen vor ihr. Er hatte die Hände übereinandergelegt und atmete tief und ruhig ein und aus. Dann öffnete er die Augen, rieb seine Hände kräftig gegeneinander und legte sie behutsam auf Elidars Schläfen, sodass seine Daumen ihre Nasenwurzel berührten.

»Du wirst möglicherweise etwas spüren«, sagte er. »Ein Kitzeln, ein Ziehen, einen Druck. Wenn das der Fall ist, sag es mir.« Er schloss die Augen.

Elidar verharrte und horchte in sich hinein. Einen kurzen Moment lang zuckte Sorge in ihr auf: Konnte der Magier ihre Gedanken lesen? Würde er entdecken, dass sie kein Junge war? Dann zwang sie sich, einfach abzuwarten.

Nichts geschah. Irgendwann wurde ihr langweilig. Elidar widerstand dem Impuls, unruhig von einem Fuß auf den anderen zu treten, aber sie bewegte sich ein wenig und Sturm schlug die Augen auf und nahm die Hände von ihr. »Nichts?«, fragte er. Elidar schüttelte den Kopf.

Sturm sah Bär an. Der Druck der Hände auf ihren Schultern löste sich, beide Männer tauschten ihre Plätze. Sturms Hände auf ihren Schultern wogen viel leichter, und Bärs Pranken umschlossen ihren Kopf wie große, warme Tiere.

Druck auf ihrer Nasenwurzel, ein Kitzeln tief in ihrem Kopf. Sie nieste.

Bär sah Sturm an. »Feuer«, sagte er kurz.

»Unmöglich«, erwiderte Sturm. »Noch einmal.«

Wieder war es still. Elidar wartete gespannt, aber nichts geschah. Sie atmete flach und schnell, horchte in sich hinein. Nichts. Der kleine silberne Drache auf ihrer Brust schien mit ihr zu atmen, schnell und leise.

»Nein«, sagte Bär, und es klang unzufrieden. »Du hast recht, da war nichts.« Er ließ Elidar los und stemmte die Hände in die Seiten. Sein aufmerksamer Blick ging ihr durch Haut und Knochen, aber sie erwiderte ihn, ohne zu blinzeln.

»›Nichts‹ kann nicht sein«, sagte Sturm, und er klang noch unzufriedener als Bär. »Er hat Kräfte, das hast du selbst zu spüren bekommen. Also muss da etwas sein, irgendwo.«

Bär schüttelte den Kopf. »Versuch du es noch einmal.«

Sie tauschten erneut. Elidar wurde langsam müde. Es war anstrengend, einfach nur herumzustehen und in sich hinein zu horchen. Sie unterdrückte ein Gähnen.

Und schrak zusammen. Ein scharfer Schmerz fuhr durch ihre Stirn. Elidar zuckte zurück.

»Ah«, sagte Sturm zufrieden. »Siehst du?« Der Schmerz ebbte ab. »So, mein Junge. Das werde ich gleich nochmal tun, aber du wirst aufpassen. Wenn du aufpasst, wird es kaum schmerzen.«

Elidar biss die Zähne zusammen. Tief in ihrem Inneren loderte ein zorniges Flämmchen. Warum tat er ihr weh? Niemand durfte ihr weh tun!

Der Schmerz kam, und sie sah ihn wie einen grünen Pfeil. Sie atmete scharf ein und schlug den Pfeil weg. Ein kurzer Blitz, es roch versengt. Sturm sprang zurück und schüttelte seine Hände, Bär grunzte laut vor Schreck.

»Kind«, sagte Sturm und hörte auf, seine Hände zu schütteln. »Kind, Kind.« Elidar sah, dass sich auf seinem Daumen eine große Blase bildete, seine Finger waren rot.

»Was war das?«, fragte Bär.

Sturm sah auf seine Hände und schüttelte den Kopf. »Wind«, sagte er. »Mein eigenes Element. Das hätte gar nicht passieren dürfen.« Er schloss die Augen, und Elidar sah, wie die Rötung und dann auch die Blase verschwanden.

»Äthermagie«, murmelte Bär. »Unberechenbar in allerhöchstem Maße!«

Sturm sah Elidar an. »Donnerwetter, mein Junge. Warst du sehr zornig?«

Elidar schüttelte den Kopf. »Nur ein bisschen.«

»Du hast deine Sache gut gemacht. Und jetzt kennen wir dein ergänzendes Element.« Sturm sah zufrieden aus.

Bär räusperte sich. »Es ist allerdings merkwürdig …«, sagte er langsam. »Die Entladung sah nicht gerade nach Windmagie aus.«

»Nicodemus, alter Freund, ich weiß, dass du bei unserem jungen Postulanten am liebsten die sagenumwobene Drachenmagie entdeckt hättest«, erwiderte Sturm geduldig. »Aber wir sollten uns glücklich schätzen, in so schweren Zeiten wie den diesen auf einen Äthermagus gestoßen zu sein. Auch, wenn er jetzt noch ein unfertiger kleiner Zauberlehrling ist und vielleicht nie zu einem Magister heranreifen wird.«

Er sah väterlich auf Elidar hinab. »Ich denke, dass wir dich morgen oder übermorgen als Novizen in den Orden aufnehmen können. Nicodemus, benachrichtige bitte den Novizenmeister und den Cubicular, sie sollen ihre Vorbereitungen treffen.«

Honorabilis Bär setzte zu einer Erwiderung an, aber dann schüttelte er nur den Kopf und sagte: »Wie du wünschst, Casarius.«

Elidar blieb allein mit Casarius Sturm, Magnifizenz des Spinnenordens. In ihrem Kopf drehte sich alles, und sie verschränkte fest die Arme vor der Brust, weil sie am liebsten vor Begeisterung durch das Zimmer getanzt wäre. Novize. Sie würde als Novize aufgenommen werden, das hatte er doch gesagt, oder?

»So, mein Junge«, sagte Sturm. »Ich würde gerne noch einmal sehen, was du gemacht hast. Darf ich etwas probieren?« Er wartete ihre Erwiderung nicht ab, sondern legte ohne Umstände seine Hände an ihre Schläfen. Elidar sträubte sich kurz, aber dann ließ sie ihn gewähren.

»Ich möchte, dass du dich jetzt darauf konzentrierst, mich aus deinem Geist zu vertreiben«, erklärte Sturm. »Du solltest versuchen, nicht wütend zu werden. Fühle den Druck, den ich aufbaue, und leiste Gegendruck. Versuch es jetzt.«

Elidar begann vor Anstrengung zu schielen, da sie gleichzeitig nach innen horchte und versuchte, irgendetwas zu fühlen und sich dagegen zu wehren.

Sturm murmelte: »Ruhig, du brauchst dich nicht so stark zu bemühen. Ich mache noch nichts, ich suche noch nach dem Punkt, der vorhin deine Gegenwehr ausgelöst hat.«

Elidar zwang sich, sich zu entspannen. Die Angst davor, dass Sturm ihr wahres Wesen erkennen würde, begleitete sie wie ein ferner Trommelwirbel.

Druck zwischen ihren Augen. Sie atmete schnell ein, fühlte die anschwellende Hitze des Zorns tief in ihrem Inneren, und zwang sich, ruhig weiterzuatmen. Gegendruck, hatte Sturm gesagt. Wie machte man das?

Das Gefühl des Drucks verstärkte sich. Es wurde unangenehm, begann sich in Schmerz zu verwandeln. Elidar ballte die Fäuste und *schob*. Was genau sie tat und womit, hätte sie nicht sagen können. Es war wie eine Hand, die tief aus der Hitze in ihrem Inneren kam und sich gegen den anschwellenden Druck in ihrem Kopf stemmte. Sie schnappte nach Luft, verstärkte ihre Anstrengung, aber es wollte ihr nicht gelingen, den Eindringling aus ihrem Kopf zu vertreiben. Der heiße, zornige Kern flammte hell auf und blendete sie. Mit einem Schrei, der gellend in ihrem Inneren widerhallte, schlug sie auf das fremde Ding ein und prügelte es aus sich hinaus. Geh, geh, geh!, rief sie lautlos, und der Druck zerplatzte und war verschwunden.

Als sie wieder sehen konnte, lag Casarius Sturm vor ihr auf den Knien und hielt sich den Kopf.

»Oh«, rief Elidar und hockte sich neben ihn. Sie rüttelte zaghaft an seiner Schulter. »Magnifizenz Sturm«, sagte sie. »Magnifizenz, habe ich Euch verletzt?«

Er rieb sich über die Augen und hob den Kopf. »Ich war unvorsichtig«, sagte er heiser. »Wie dumm von mir, so etwas ohne einen Mittler zu versuchen. Aber ich dachte, dass ich als Windmagier damit fertig werden würde.« Er ließ sich von Elidar aufhelfen und fiel in seinen Stuhl.

»Mein lieber Junge«, sagte er und wischte sich das Gesicht ab. »Ich muss dich bitten, sehr, sehr vorsichtig zu sein, wenn du zornig wirst. Deine Kräfte sind roh und vollkommen unkontrolliert, und du könntest ernsthaften Schaden damit anrichten. Wir werden uns darum kümmern müssen, dir einen Dämpfer zu geben, bis du selbst deine Kraft kontrollieren kannst.« Er lächelte ein wenig gequält. »Vor allem deine Fähigkeit, andere nach deinen Wünschen zu beeinflussen, bringt mir viel zu viel Unordnung ins Haus. Du wirst dich also nach der Nachmittagsklausur wieder hier einfinden, und wir werden zusehen, dass wir dich ein wenig entschärfen.«

Elidar verzog unwillig das Gesicht. Das klang alles andere als verheißungsvoll, und sie wusste nicht, was sie davon halten sollte. Aber man musste schließlich immer für die Erfüllung seiner Wünsche zahlen, und je stärker man sich etwas wünschte, desto höher war der Preis. Also würde sie sich fügen, und sie würde lernen, damit sie sich irgendwann einmal nicht mehr fügen musste.

»Hast du mich verstanden?«, fragte Sturm scharf, und Elidar antwortete widerstrebend: »Ja, Magnifizenz.«

Er entließ sie mit einem Wink, und Elidar machte, dass sie aus dem Zimmer kam.

15

Beim Betreten ihres Zimmerchens sah Elidar ein paar Füße über die Bettkante baumeln. Jemand lag auf *ihrem* Bett, hatte wahrscheinlich auch noch *ihr* Bündel mit Habseligkeiten unter dem Kopf und las in aller Seelenruhe in einem Buch.

»He«, rief sie voller Empörung.

Das Buch senkte sich. »Hallo«, sagte Valerian. »Ich habe auf dich gewartet.« Er richtete sich auf und streckte knackend die Arme. »Wie war es?«

Elidar setzte sich neben ihn. Das schmale Bett knarrte laut. »Anstrengend«, sagte sie. »Unangenehm.«

Valerian nickte mitfühlend. »Ich weiß. Dieser Test ist ganz schön eklig. Hattest du auch das Gefühl, dass jemand dein Gehirn nimmt, es langzieht, ganz langsam zu einem Knoten verdreht und dann loslässt?« Er schnitt eine Grimasse.

Elidar lachte. »Nein, aber das klingt auch schlimm.«

»Was bist du?«, fragte er gespannt. »Feuer, wie Valon? Oder Wasser wie Sprenz oder Erde wie Luriel?« Er richtete sich stolz auf. »Ich bin Wind. Das ist seltener als Feuer und Wasser, und die Windmagier sind die Stärksten von allen. Seine Magnifizenz ist Wind. Ich werde von ihm unterrichtet, sobald ich im zweiten Abschnitt bin. Es wäre großartig, wenn du auch Windmagier wärst, dann hätten wir zusammen Unterricht.«

Elidar murmelte: »Ja, Wind. Glaube ich.«

Er lachte vergnügt auf und schlug ihr auf die Schulter. »Ich habe es gewusst«, sagte er. »Du bist nicht so ein Wischi-Waschi-Zauberlehrling wie Sprenz!«

Elidar freute sich, dass er so glücklich war. »Ich muss nachher noch mal hin, sie wollen mich dämpfen«, sagte sie, weil ihr der Gedanke wie ein kaltes Messer durch den Bauch schnitt.

Valerian riss die Augen auf. »Donner und Blitz«, sagte er, und es klang ein wenig neidisch. »Du musst sie ja richtig beeindruckt haben!« Er gab ihr einen Knuff. »Das tut nicht weh. Und sie werden den Dämpfer entfernen, wenn du selbst gelernt hast, dich zu beherrschen.«

»Ich kann mich beherrschen!«, sagte Elidar gekränkt.

Valerian nickte. »Klar. Aber jetzt stell dir mal vor, die Pestbeule Valon piesackt dich. Glaube mir, das ist nicht lustig, das habe ich oft genug am eigenen Leib erfahren müssen. Du würdest dich wehren, oder?«

Elidar nickte entschieden. Und ob sie das tun würde! Ihre Hände ballten sich unwillkürlich zu Fäusten, und das zornige Feuer in ihrem Inneren loderte hell auf.

Valerian sah sie gespannt an. »Du würdest ihn zerlegen«, sagte er anerkennend. »Das kann sogar ich spüren. Es wäre nicht schade um ihn, wirklich. Aber wir sind nur fünf in diesem Abschnitt, und der Orden kann es sich nicht leisten, einen von uns zu verlieren.« Er lachte. »Wenn ich meinen Großvater erzählen höre, ist es ihnen früher sogar lieb gewesen, wenn die stärkeren Novizen die schwächeren aus dem Rennen genommen haben!«

Er sprang auf die Füße. »Los, lassen wir die schöne Zeit nicht einfach so verstreichen. Gleich beginnt die Nachmittagsklausur, und die Magister hocken alle in ihren Zimmern.« Er rieb sich die Hände. »Jetzt gehört das Ordenshaus uns!«

Elidar erhob sich etwas langsamer. »Müssten wir nicht lernen oder so was?«, fragte sie.

Valerian grinste sie breit an. »Na klar müssten wir das! Aber für heute gebe ich uns frei. Du hast doch noch gar keine ordentliche Führung durchs Haus bekommen. Ich zeige dir Ecken, die der alte Grimmbart nicht mal vom Hörensagen kennt!«

Übermütig machten sie sich auf den Weg. Während sie den Hauptkorridor durchquerten, deutete Valerian nach links und rechts. »Die große Bibliothek«, sagte er und zeigte auf eine zweiflüglige Tür. »Da dürfen wir nur in Begleitung eines Magisters hinein. Wir haben unsere eigene Bibliothek oben bei den Studierzimmern.« Sie liefen weiter. »Hast du den Saal schon gesehen?«

Elidar schüttelte den Kopf und strengte sich an, sich die Räume gut einzuprägen, damit der Findestein ihr helfen konnte, sie wiederzufinden.

Valerian schnippte mit den Fingern. »Nein, ich weiß was viel Besseres, der Saal ist langweilig. Komm!« Er ließ seine langen Beine weiter ausgreifen, und Elidar rannte schneller, um den Anschluss nicht zu verlieren. Es ging zwei breite Steintreppen hinauf, wobei Valerian immer zwei Stufen auf einmal nahm. Auf dem zweiten Absatz blieb er stehen und legte den Finger auf die Lippen. »Hier wohnen die Magister«, flüsterte er.

Sie schlichen durch einen kahlen Korridor und gelangten an eine schmale Wendeltreppe aus Holz. Sie erklommen die ächzende Treppe, liefen an einer langen Reihe niedriger Türen vorbei und gelangten zu einer steilen Leiter, die an der Decke endete. Valerian kletterte daran empor wie ein Eichhörnchen und stieß über seinem Kopf eine Luke auf. »Los, beeil dich«, zischelte er und schob sich mit einem Klimmzug hindurch.

Elidar folgte ihm mit klopfendem Herzen. Das war alles so aufregend! Oben angekommen ließ sie staunend den Blick wandern. Sie standen unter dem Dach des Hauses. Ein langgestreckter, dämmriger Raum lag vor ihr. Durch das Ziegeldach sickerten Pfeile aus Sonnenlicht und malten dünne Streifen durch die Luft, in denen Staubkörnchen tanzten wie kleine silberne und goldene Feenkinder. Tauben gurrten und unsichtbare kleine Füße kratzten, huschten und trippelten über die dunklen Balken, die das Dach stützten.

»Komm schon«, rief Valerian. Er war hinter einem Möbelberg verschwunden. Stühle, Tische, mehrere kleine und große Schränke, ein Dutzend oder mehr eisenbeschlagener Kisten, Stapel von in Segeltuch gewickelten und verschnürten Ballen und ein Haufen riesiger Koffer standen mitten im Raum. Elidar öffnete im Vorbeigehen einen der Koffer, aber sie fand nichts außer Staub und nach Schimmel und Mäusekot riechender Bespannung.

»Komm hier rauf«, hörte sie Valerians Stimme. Sie sah sich um, aber fand ihn nicht.

»Hier bin ich«, rief er. Sie legte den Kopf in den Nacken, und sah, wie Valerian an einem Balken emporturnte und sich dicht unter den First zog. Er legte sich auf den Verbindungsbalken und hielt ihr die Hand hin. »Ich ziehe dich rauf.«

Elidar zögerte nicht, sie griff nach seiner Hand und stieß sich mit den Füßen vom Stützbalken ab. Halb kletternd, halb gezogen, landete sie schließlich nach Luft schnappend neben Valerian. Beide hockten eine Weile da, die Füße in der Luft baumelnd. Unter ihnen sank der aufgewirbelte Staub in langsamen Spiralen wieder auf den Boden, und das erschreckte Gurren und Flattern der aufgestörten Tauben beruhigte sich.

Valerian grub zwei Äpfel aus der Tasche und warf Elidar einen davon zu. »Das hier ist mein Reich«, erklärte er mit einer ausholenden Bewegung, ehe er knirschend in den Apfel biss. »Keiner von den anderen kommt je hier herauf. Gefällt es dir?«

Elidar nickte. Es war friedlich und geheimnisvoll zugleich auf dem dämmrigen Dachboden, und sie freute sich, dass Valerian diesen wunderbaren Ort mit ihr teilte.

»Ich habe ein paar Bücher aus unserer Bibliothek dort drüben versteckt«, fuhr Valerian fort. »Die anderen können damit ohnehin nichts anfangen. Wenn du magst, können wir hier zusammen lernen. Ich bringe dir alles bei, was ich weiß.«

Elidar nickte, aber dann legte sich ihre Stirn in Falten. Warum bemühte Valerian sich derart um ihre Freundschaft – war es vielleicht das, was Magnifizenz Sturm gemeint hatte, als er ihr vorwarf, andere zu beeinflussen?

Sie schluckte den letzten Bissen ihres Apfels hinunter und

fragte geradeheraus: »Warum bist du eigentlich so nett zu mir? Die anderen wollen von einem Stallburschen nichts wissen. Habe ich dich irgendwie beeinflusst?«

Valerian hörte auf zu kauen und sah sie verblüfft an. »Du bist ja ulkig«, sagte er, und es klang ein wenig eingeschnappt. »Was soll denn das heißen ›beeinflusst‹? Ich kann ja wohl ganz gut alleine entscheiden, mit wem ich befreundet sein möchte!« Er spuckte einen Kern aus und funkelte Elidar grimmig an.

Sie hob beide Hände. »Ich wollte dich nicht kränken«, sagte sie. »Aber Magnifizenz Sturm will mich deswegen dämpfen.« Sie verzog das Gesicht und erzählte Valerian von ihren Erlebnissen, wobei sie ihm verschwieg, dass die Zauberer sie für einen Äthermagier hielten.

Valerian vergaß, seinen Apfel weiter zu essen und hörte gespannt zu. »Na so was«, sagte er schließlich. »Du bist ja ein glücklicher Fang für die Magister!« Er wirkte beeindruckt.

Elidar musste an das denken, was er ihr vorhin erzählt hatte. »Gab es früher mehr Novizen als heute?«

Valerian streckte sich bäuchlings auf dem Balken aus. Es sah so gemütlich aus, als läge er auf einem weichen Bett. Das Kinn in die Hände gestützt, sagte er: »Einen Haufen mehr Novizen und auch sehr viel mehr Magister. Das Ordenshaus ist aus allen Nähten geplatzt. Du hast das Refektorium gesehen?« Elidar nickte.

»Sie haben in mehreren Schichten essen müssen, weil nicht alle gleichzeitig reingepasst haben. Alle Zimmer im Haus waren belegt. Im Dachgeschoss – du erinnerst dich? Die vielen Türen? – haben die Novizen gewohnt. Jetzt wohnen wir ganz fürstlich in den alten Magisterkammern. Das zweite Geschoss steht heute halb leer, sie haben zusätzliche Arbeitszimmer und Vorratskammern in den alten Schlafräumen untergebracht, und jeder Magister hat heute zwei oder drei Zimmer zur Verfügung.«

»Was ist geschehen? Sind die anderen Orden größer geworden als der Spinnenorden?« Elidar hatte gehört, dass es mehrere Magierorden in der Stadt gab, aber der Spinnenorden war ihr als der mächtigste und größte geschildert worden. Das schien wohl nicht ganz zu stimmen.

Valerian schüttelte den Kopf. »Nein, bei allen Orden werden die Magier immer weniger. Es gibt auch kaum noch Jungen, die magisch begabt sind und ausgebildet werden können. Deshalb nehmen sie ja inzwischen sogar solche Zauberzwerge wie Sprenz auf.« Er spuckte verächtlich aus.

»Warum machen sie dann keine Mädchen zu Novizen?«, rutschte es Elidar heraus.

Valerian kicherte. »Mädchen können doch nicht zaubern«, sagte er. »Sie haben einfach keine magische Begabung, nicht ein Fünkchen!«

»Aber das ist doch Blödsinn«, sagte Elidar, doch bevor sie weitersprechen und sich verraten konnte, stach sie etwas ins Brustbein. Sie fuhr hoch. »Autsch«, sagte sie und klammerte sich mit den Beinen fest, um nicht vom Balken zu fallen. Sie schob ihre Hand unter die Tunika und tastete herum.

»Was, hast du Flöhe?«, fragte Valerian amüsiert.

Elidar schnaufte. »Nein, aber irgendwas hat mich gepiekt.« Ihre Finger berührten den kleinen Silberdrachen, der sich warm anfühlte. Sie suchte weiter, aber sie fand nichts.

»Ich sag's ja, Flöhe!«, neckte Valerian sie, und als Elidar nach ihm schlug, ließ er sich am Stützbalken hinunterrutschen und rannte lachend über den Boden, um zwischen dem Gerümpel zu verschwinden. Es rumpelte ein wenig, dann war es still.

Elidar kletterte hinab und umrundete das Möbel- und Kistengebirge. Stühle versperrten den Weg, halboffene Schranktüren blockierten die Sicht, und hochkant stehende Kisten verbargen, was sich hinter ihnen verstecken mochte. »Hier bin ich«, wisperte es aus dem Wirrwarr.

Elidar stieß einen leisen Knurrlaut aus und schob energisch einen Stapel Stühle beiseite. Dann zwängte sie sich durch den Spalt und wand sich wie eine kleine, finster entschlossene Schlange ins Innere des Gerümpellabyrinths.

Staub und Spinnwegen kitzelten sie in der Nase, und erschreckte Spinnen machten sich auf langen Beinen vor ihr davon.

Sie kroch unter zwei übereinander gestapelten Tischen hindurch und berührte mit der Schulter ein riesiges Schrankungetüm. Eine seiner Türen schwang knarrend auf. »Huuuu!«, ertönte es dumpf und hohl von drinnen, und es kostete Elidar eine gute Portion Selbstbeherrschung, nicht vor Schreck in die Luft zu springen. Ihr Herz schlug ein paar Schläge schneller als gewöhnlich.

Ein Arm schoss aus dem Schrank und zerrte sie ins Innere. Die Tür knallte zu. Jemand atmete rasch in ihr Ohr, dann murmelte er ein Wort, das Elidar nicht verstand, und ein winziges grünes Licht schimmerte auf, das gespenstisch ein breit grinsendes Gesicht beleuchtete. »Ist das nicht ein wunderbares Versteck?«

Elidar schob etwas Spitzes beiseite, das sich in ihre Rippen bohrte, und hockte sich bequemer hin. »Toll«, sagte sie. »Aber es stinkt ein bisschen.«

»Du redest wie ein Mädchen«, sagte Valerian. »Schau, hier sind meine Schätze.« Er saß im Schneidersitz auf einer mottenzerfressenen Decke und klopfte mit der Hand auf einen kleinen Bücherstapel neben seinem Knie.

Elidar interessierte sich jedoch mehr für das grüne Licht, das auf seiner Handfläche tanzte wie ein Irrwisch. »Wie machst du das?«, fragte sie fasziniert.

»Ach das«, seine wegwerfende Handbewegung schleuderte das Lichtchen ein paar Spannen weit fort, und es kehrte im Zickzackflug wieder zu ihm zurück. »Das ist ganz einfach, das haben sie uns in der ersten Stunde beigebracht.«

»Mir nicht«, konnte Elidar sich nicht verkneifen zu sagen.

Er lachte. »Du hattest Pech. Der Brummbär war schlecht gelaunt, das ist er immer, wenn er in einem der anderen Ordenshäuser übernachtet hat.« Er blies die Wangen auf, streckte den Bauch vor und brummte: »Wenn ich Schlangenfraß und Dummköpfe zur Gesellschaft haben will, kann ich genauso gut zu Hause bleiben.«

Elidar kicherte. Dann sagte sie: »Du behauptest, Mädchen könnten nicht zaubern. Aber was ist mit der Prinzessin?«

»Prinzessin?« Valerian hörte auf, mit seinem Messer in der

Rückwand des Schrankes herumzubohren, und kratzte sich damit an der Nase. »Ach so. Die Nebenfrau unseres Kurators. Sie stammt aus Malandakay, hast du das gewusst?« Er sah begeistert aus. »Ich würde so gerne einmal den Smaragdenen Hof besuchen. Mein Vater war dort, als der Hochzeitsvertrag geschlossen wurde. Er hatte die Ehre, auf dieser Reise zum Gefolge des Ersten Hierodulen zu gehören.«

»Morgenblüte«, sagte Elidar hartnäckig. »Sie kann zaubern!«

»Ach was«, sagte er wegwerfend. »Das ist doch nur ein Gerücht. Sie ist nicht von hier, und da reden die Leute eben.« Es klang, als wiederholte er etwas, was er von anderen gehört hatte, und das ließ Elidar gereizt auffahren.

»Ich weiß aber, dass sie zaubern kann«, schnappte sie.

»Du? Woher willst du das denn wissen?«

»Jetzt hörst du dich an wie Valon«, entgegnete Elidar wütend. »Woher soll der Stallbursche schon etwas über hochedle Herrschaften wissen, was du nicht weißt, du – du – Hierodulengefolgschaftssohn!«

Valerian heulte wie ein getretener Hund und stürzte sich auf Elidar. Das Licht erlosch und sie musste sich im stockfinsteren Schrankinneren gegen unsichtbare Ellbogen, Fäuste und Knie wehren. Ein schmerzhafter Schlag traf ihr Auge, und eine hellrote Zornesflamme blühte in ihr auf. Sie zischte einen yasemitischen Fluch und schlug mit der Kraft ihres Zornes zurück. Eine magische Entladung ließ den Schrank erzittern und grollte donnernd über den Dachboden.

Beide erstarrten und lauschten. »Was war das?«, zischelte Valerian atemlos. Sein grünes Zauberlicht flammte auf.

»Wer war das?«, ließ sie eine Stimme zusammenfahren. Der Sprecher musste ebenfalls bei ihnen im Schrank hocken, dachte Elidar verblüfft, aber sie sah niemanden.

»Entschuldigung«, sagte Valerian zu ihrer Überraschung kleinlaut. »Wir wollten Euch nicht stören, Magnifizenz.«

»Valerian«, sagte die körperlose Stimme, »ich hätte es mir doch denken können. Bei der achtbeinigen Nigh, was treibst du während deiner Nachmittagsklausur?«

»Ich arbeite an einer Aufgabe für Honorabilis Bär, Magnifizenz«, erklärte Valerian. »Verschiedene Varianten des Vertreibe-Zaubers. Der letzte ist mir ein bisschen zu gut gelungen, fürchte ich.«

Eine Weile rührte sich nichts, dann hörte Elidar das leise Lachen des obersten Magiers. »Du hast jedenfalls dafür gesorgt, dass alle wach sind«, sagte er. »Und was den Zauber angeht, der dir so derart eindrucksvoll gelungen ist – ich möchte, dass du ihn mir morgen oder übermorgen einmal vorführst.«

»Jederzeit gerne, Magnifizenz«, erwiderte Valerian. Er schnitt Elidar eine fürchterliche Grimasse.

»Dann gib dich jetzt bitte einer ruhigeren Beschäftigung hin, Valerian Donner.« Wieder das leise Lachen, das abrupt abbrach.

»Valerian Donner«, sagte Valerian nachdenklich. »Mann, das wäre ein guter Name für mich, wenn ich erst mal meine Prüfung zum Magister bestanden habe.«

Er knuffte Elidar in die Seite. »Warst du das gerade?«

Elidar, der es gerade noch gelungen war, die Entladung gegen die Seitenwand des Schrankes zu lenken, statt mitten in Valerians Gesicht, nickte stumm.

»Wie hast du das gemacht?«, fragte Valerian interessiert. »Das war ein Riesending, wenn es sogar den alten Sturm aus seinem Nachmittagsschläfchen geweckt hat!«

»Ich bin zornig geworden«, murmelte Elidar.

Valerian lachte und klatschte die Hand auf ihre Schulter. »Magister Donner und Magister Zorn – wenn wir erst mal Magier sind, werden wir überall Furcht und Schrecken verbreiten!« Er legte den Kopf in den Nacken und heulte wie ein Wolf.

Dann verstummte er und krauste die Stirn. »Du musst mir unbedingt zeigen, was du gemacht hast«, sagte er. »Seine Magnifizenz wird das nicht vergessen, und dann muss ich ihm etwas vorführen können!«

Elidar hörte nur halb hin. »Es hat nicht geblitzt«, sagte sie nachdenklich.

»Nein, aber es hat ordentlich gerummst.« Valerian rüttelte

vorsichtig an der Seitenwand des Schrankes, die ein wenig schief hing. »Der fällt uns gleich auf den Kopf. Komm lieber mit raus.«

Elidar folgte ihm. »Es hätte eigentlich blitzen müssen«, sagte sie. »Und manchmal brennt es auch.«

»Na, da haben wir aber Glück gehabt«, murmelte Valerian, der von außen versuchte, den Schrank wieder zu richten.

Elidar beachtete ihn nicht. »Ich wollte nicht, dass es dich trifft. Also habe ich es im letzten Moment genommen und gedreht.« Sie hockte sich auf die Fersen und hielt den Kopf zwischen den Fäusten, während sie versuchte, das Gefühl nachzuempfinden, das sie empfunden hatte, als sie den Blitzschlag ablenkte.

Valerian hörte auf, am Schrank herumzurütteln, und hockte sich neben sie. »Gedreht?«

»Ich weiß nicht, was ich gemacht habe«, sagte Elidar unglücklich.

»Kannst du es mir beibringen?«

»Zeigst du mir das mit dem Licht?«

Beide hatten ihren Streit vergessen. Valerian sprang auf die Füße. »Komm, noch ist Klausur, und das ist sogar ganz richtige Arbeit. Wir gehen in eins der abgeschirmten Labors!«

Die magischen Labors befanden sich im ersten Stock des Ordenshauses. Elidar sah zu, wie Valerian die Hand auf eine der alten Türen legte und die Augen schloss. Kurz darauf schnappte etwas im Inneren der Tür und sie schwang auf. »Wir dürfen die Labors eigentlich nur in Begleitung eines Magisters benutzen«, erklärte Valerian, als er Elidar ins Zimmer führte. »Aber ich habe eine Sondererlaubnis«, fügte er stolz hinzu.

»Warum?« Elidar sah sich enttäuscht um. Der Raum war etwas größer als ihr Unterrichtszimmer und recht kahl. Er sah ganz und gar nicht geheimnisvoll oder magisch aus, sondern einfach nur wie ein ganz gewöhnliches, langweiliges Zimmer.

»Bevor wir anfangen, muss ich die Abschirmung errichten«, erklärte Valerian.

»Du hast mir nicht geantwortet«, sagte Elidar. Valerian ließ sich nicht stören. Er schritt die Wände des Raumes ab und murmelte vor sich hin. Als er wieder an seinem Ausgangspunkt angelangt war, klatschte er laut in die Hände und lauschte. Das Geräusch verstummte wie in der Mitte abgeschnitten. »Jetzt du«, sagte er.

Elidar versuchte einen lauten Schrei. Er verließ ihren Mund und erstickte in der Luft zwischen ihr und der Zimmertür. »Toll«, sagte sie.

»Und jetzt wirf mal so einen Blitz gegen die Wand«, forderte Valerian sie auf.

Elidar stöhnte. »Kann ich nicht«, gab sie zu.

Valerian nickte. »Was brauchst du?«

»Ich muss zornig sein.«

»Da hast du aber Glück«, sagte er. »Sprenz musste sich dafür fürchten, was meinst du, was er sich in der ersten Zeit hier in die Hose gemacht hat.« Er prustete. »Der Brummbär hat im Unterricht Dämonen und wilde Bestien auf ihn losgelassen, damit er lernt, seine Kraft zu nutzen. Sprenz hat in seiner ersten Zeit vor Angst keine Nacht geschlafen.«

Elidar empfand sogar ein wenig Mitleid mit dem rattengesichtigen Novizen. »Aber wie lernt man, ohne Angst oder Zorn mit seiner Kraft zu arbeiten?«

Valerian zuckte mit den Schultern. »Du musst dich einfach dabei beobachten, während du es tust. Und dann wiederholst du es, ohne zornig zu sein. Oder ängstlich.«

Ohne Vorwarnung hob er die Hand und gab ihr eine schallende Ohrfeige. Elidar schüttelte sich erbost und griff nach dem zornigen Feuer, das mit dem Schlag aufgeflammt war.

»Jetzt musst du warten«, sagte Valerian ruhig. »Warte. Halte das fest, was du tust, aber warte, bis du nicht mehr wütend bist.«

Elidar tat, was er sagte. Sie stand da, gespannt wie ein Bogen, und balancierte in ihrem Innersten die feurige Kraft, bis sie sie wie einen kalten, schweren Stein in ihrer Hand liegen fühlte. Der Zorn verging, aber das Gefühl der Schwere blieb.

»Wenn du soweit bist«, sagte Valerian leise, »dann lass es los, wie du es sonst auch tust.«

Elidar holte langsam und tief Luft und schleuderte den erkalteten Zornesstein gegen die Zimmerwand. Ein grelles Licht explodierte vor ihren Augen und blendete sie für einen kurzen Moment. Donner rollte und wurde sofort wieder erstickt. Der Boden unter ihren Füßen bewegte sich kurz und heftig.

»Heilige Drachenscheiße!«, flüsterte Valerian. »Das musst du mir unbedingt beibringen!«

Elidar betrachtete die Zimmerwand, die eine deutliche Brandspur aufwies. »War ich das?«

Wie ein leises Echo hörte sie die Stimme Sturms: »Was war das? Valerian?«

»Durch die Abschirmung«, murmelte Valerian. »Na toll!«

Und lauter: »Ja, Magnifizenz. Ich bitte vielmals um Entschuldigung. Ich bin in einem der abgeschirmten Labors.«

»Donnerwetter«, hörten sie Sturm sagen. »Bleib wo du bist, Junge, ich komme!«

Ehe sie etwas tun konnten, schnappte die Tür auf. Mit einem leisen Seufzen erlosch die Abschirmung, einen Atemzug später ertönte zwischen ihnen ein leises »Plopp« und die Umrisse eines Mannes erschienen. Sie verfestigten sich, dann stand Casparius Sturm zwischen ihnen und schüttelte die Falten seiner Robe aus. Er rückte seinen Kneifer auf der Nase zurecht und blickte von Valerian zu Elidar. »Sieh mal an«, sagte er. »Dachte ich mir doch, dass sich das nicht nach Windenergie angefühlt hat!«

Valerian öffnete den Mund und schloss ihn wieder. Elidar zog die Schultern hoch. »Er hat mir nur gezeigt …«, begann sie.

Sturm hob die Hand und sah sie streng an. »Du solltest dich ein wenig zurückhalten, bis wir dich gedämpft haben. Hatte ich mich nicht klar genug ausgedrückt?«

»Doch«, murmelte Elidar.

»Ihr beide spielt mit Kräften herum, die ihr nicht beherrscht«, fuhr Sturm fort. »Was glaubt ihr denn, was so ein lächerlicher Schutzzauber wie dieser hier verhindern kann?«

Valerian schrumpfte ein wenig zusammen. »Ich habe mir

Mühe gegeben!«, verteidigte er sich. »Die Abschirmung war die beste, die ich je gemacht habe.«

Sturm funkelte ihn an. »Das glaube ich dir sogar«, sagte er grimmig. »Aber du bist immer noch am Anfang deiner Ausbildung, und auch, wenn du unser bester Schüler im ersten Abschnitt bist, heißt das nicht besonders viel. Ich muss dir deine Sondererlaubnis vielleicht wieder entziehen, Valerian.«

»Bitte«, sagte Elidar, »das wäre nicht gerecht. Er hat mir doch nur beim Lernen helfen wollen.«

Sturm sah sie an. »Ich kenne Valerian«, sagte er. »Er wird sich versprochen haben, dass dabei auch etwas für ihn herausspringt. Geschenkt bekommst du hier im Haus und vor allem von deinen Mitnovizen nichts, mein Junge. Das hier ist ein Magierorden, kein Gutseelenhaus! Du musst besser sein als die anderen, und die anderen werden versuchen, besser zu sein als du, und wenn jemand dabei Schaden nimmt, dann ist es ganz und gar sein eigenes Versagen.«

Elidar schluckte. Die Miene des Magiers wurde etwas freundlicher. »Nun gut, ihr beide seid noch im ersten Abschnitt, da gelten ein wenig laxere Regeln. Valerian, du darfst weiterhin die Labors benutzen, aber verbessere deinen Schutzzauber. Und ich verlange, dass du künftig einen der Magister benachrichtigst, bevor du das Labor benutzt, und ihm mitteilst, an welchem Zauber du arbeiten willst.«

Valerian senkte den Kopf. »Ja, Magnifizenz. Danke.«

Sturm wandte sich Elidar zu. »Und du kommst gleich mit. Wir kümmern uns darum, dass du nicht mehr zu einer Gefahr für dich und die anderen werden kannst. Das hätte ich besser gleich erledigen sollen.« Er legte seine Hand auf ihre Schulter und schob sie zur Tür, und Elidar hörte, wie er »Kinder!« murmelte. Sie warf einen Blick über die Schulter und blinzelt Valerian zu, der ihr eine schreckliche Grimasse schnitt und dann zurückblinzelte.

16

Elidar hatte erwartet, dass sie sich an das kalte, harte Band um ihren Kopf gewöhnen würde. Hin und wieder ertappte sie sich dabei, dass sie mit den Fingern danach tastete, weil sie es so deutlich fühlte, als läge wirklich ein eiserner Reif um ihre Stirn und ihre Schläfen.

Sie klagte dem jungen Magister Schnee ihr Leid, als sie in seiner Studierstube am offenen Fenster hockte, durch das die warme Herbstsonne auf ihr Buch schien, und die fünfzehn Regeln des gewöhnlichen Bannens auswendig lernte. Schnee war ein stiller, blasser junger Mann, der gerade in diesem Frühjahr erst seine Prüfungen abgelegt hatte. Honorabilis Bär hatte ihm aufgetragen, Elidar all das beizubringen, was die anderen Novizen ihres Abschnitts ihr voraus hatten, und Ambrosius Schnee gab sich seitdem viermal in der Woche allergrößte Mühe, Elidar einen riesigen Berg an Stoff einzupauken, an dem sie schier verzweifelte.

»Es ist ja nicht so, dass ich das alles nicht verstünde«, erklärte sie ihm. Schnee nickte und hörte ihr mit schiefgelegtem Kopf zu. »Es ist eigentlich sogar ganz leicht, ich kann es mir gut merken, und ich weiß, dass ich die meisten Zauber beherrsche. Aber dieses Band um den Kopf …!« Wieder fuhren ihre Finger an ihre Schläfe, tasteten vergeblich über die Haut ihres geschorenen Kopfes.

»Ich habe mit Honorabilis Bär darüber gesprochen«, sagte Schnee zu ihrer Überraschung. Der junge Magister war ihr immer schüchtern und ein wenig ängstlich erschienen, und der riesige Nicodemus Bär schien ihm ganz besondere Furcht einzuflößen. Wenn er mit dem Honorabilis sprach, schrumpfte Magister Schnee immer in seiner Kukulle zusammen und versteckte die Hände in den weiten Ärmeln, und seine Stimme klang noch leiser und atemloser als sonst.

»Ich habe ihm gesagt, dass du den Dämpfer jetzt seit beinahe einem halben Equil trägst, und dass jeder weiß, dass ein Novize mit Dämpfer nicht in der Lage ist, das zu lernen, was er lernen muss.« Ambrosius Schnee ereiferte sich regelrecht, seine blassen Hände mit den feinen Sommersprossen gestikulierten temperamentvoll. Elidar sah ihn mit offenem Mund an. So hatte sie ihren Nachhilfelehrer noch nie erlebt.

»Du bist ein guter Schüler, du bist fleißig und du verstehst alles sehr schnell. Aber der Dämpfer lässt nicht zu, dass du deine Fähigkeiten voll nutzen kannst. Das ist, als würde man einem Khev die Beine zusammenbinden, bevor man es in ein Rennen schickt! Es ist dumm und unsinnig!«

»Das hast du Honorabilis Bär gesagt?«, fragte Elidar beeindruckt.

Die Schultern des jungen Magisters fielen ein wenig zusammen, und er senkte den Kopf. Er wischte verlegen über seine spitze Nase. »Ja – nein, nicht ganz so«, sagte er. »Aber fast.«

Elidar seufzte. »Er hat geantwortet, dass du dich um deine eigenen Angelegenheiten kümmern sollst, richtig?«

Ambrosius Schnee hob seine Mundwinkel um eine Winzigkeit. »Er hat gesagt, dass er mit seiner Magnifizenz darüber sprechen wird«, erwiderte er triumphierend. Seine blassen Augen glänzten.

»Wahr und wirklich?«

»Wahr und wirklich«, nickte Schnee. »Ich verstehe nicht, warum sie dich so lange damit quälen. Du hast deine Kräfte längst unter Kontrolle – sogar besser als Sprenz oder Luriel.«

Elidar seufzte. Magister Schnee erlebte ihre ermüdenden und enttäuschenden Sitzungen mit seiner Magnifizenz nicht mit. Es mochte ja sein, dass es ihr mittlerweile gelang, die Flamme des Zorns in ihrem Inneren zu bändigen, aber sie schaffte es nach wie vor nicht, das Ausmaß der Kraft zu kontrollieren, die sie als Zauber nach außen gab. Sie hatte zwei der abgeschirmten Labors regelrecht verwüstet, und nur das schnelle Eingreifen des obersten Magiers hatte verhindert, dass das komplette Stockwerk in Flammen aufging.

Elidar legte das schwere Buch auf ihre Knie und rieb sich die Hände, die trotz des Sonnenscheins draußen kalt und steif waren. Es war nicht besonders warm in Magister Schnees Studierzimmer, und sie hatte sehr lange still auf einem Fleck gesessen. Sie streckte sich und gähnte.

»Sollen wir für heute Schluss machen?«, fragte Ambrosius Schnee. Er war immer sehr besorgt um ihr Wohlergehen. Wenn sie zu ihm kam, stand in der Regel ein Teller mit Obst oder Nüssen an ihrem Platz, und er achtete streng darauf, dass sie sich nicht überanstrengte. Anfangs hatte sie seine gluckenhafte Sorge amüsiert, aber dann hatte sie feststellen müssen, wie sehr der Unterricht in all seinen Facetten sie anstrengte. Sie gewöhnte sich sogar an, einen Teil der nachmittäglichen Klausur für ein kleines Schläfchen zu nutzen, damit sie das abendliche Pensum mit neuer Frische aufnehmen konnte. Eine Weile lang hatte sie sogar befürchtet, krank zu sein, dann wieder gab sie dem Dämpfer die Schuld an ihrer Mattigkeit – bis sie eines warmen Sommertags Valerian im kleinen Rosengarten gefunden hatte. Er hatte sich unter dem Fliederbusch zusammengerollt und schlief fest und tief mitten am helllichten Tag.

Die Magister nahmen die Novizen unbarmherzig ran. Sie lernten und übten vom Morgengrauen bis in die Dämmerung. Der kleine, rattengesichtige Sprenz war sogar irgendwann zusammengebrochen und in sein Elternhaus zurückgegangen. Noch nicht einmal Valerian hatte darüber Witze gerissen, so sehr hatte der Vorfall die anderen Novizen betroffen gemacht.

Sprenz kehrte zurück, noch ein wenig spitzer und rattengesichtiger als zuvor, und vergrub sich seitdem geradezu verbissen in seine Studien. Auch Valon und sein getreuer Luriel ließen Elidar in Ruhe und steckten lieber ihre Nasen in die Bücher. Zu Anfang des Winters standen die ersten Prüfungen an, und keiner von ihnen wollte dabei schlecht abschneiden.

Elidar klappte ihr Buch zu und steckte es in ihren Beutel. »Ja, machen wir Schluss«, sagte sie. »Ich muss noch den Schwebezauber üben, sonst demonstriert der Brummbär ihn an mir!«

Magister Schnee nickte ernst. »Wir sehen uns übermorgen«, sagte er.

Draußen lockte die Abendsonne. Elidar zögerte kurz, dann ging sie zur kleinen Hintertür hinaus in den Kräutergarten. Den Schwebezauber konnte sie auch genauso gut dort üben.

Hinter dem Kräuter- und Gemüsegarten lag der Kleine Garten mit niedrigen Buchsbaumhecken, schlanken Ulmen und Birken, kleinen Goldfischteichen und gewundenen Kieswegen, über die stumme, schwarzgekleidete Magister schritten, in Bücher vertieft oder in ihre Gedanken versunken.

Elidar lief quer durch den Garten und gelangte durch den Heckenbogen in den Großen Garten, der beinahe eine Wildnis war, ein zwergkleines Wäldchen, ein verwunschener, überwucherter, geheimnisvoller Ort voller Tierstimmen, Blätterrauschen und Wohlgeruch inmitten der Stadt.

Sie rannte über moosweichen, federnden Boden, sprang über einen kleinen Wasserlauf, schob sich durch ein hüfthohes Büschel aus Schilf und gelangte auf eine kleine Lichtung inmitten dunkelgrüner Büsche und einiger mannshoher Bäumchen. Dort warf sie sich bäuchlings auf den Boden, streckte die Glieder und seufzte vor Wonne. Eine Weile blieb sie so liegen, atmete den würzigen Duft des warmen Bodens und sah einer Truppe Ameisen dabei zu, wie sie Samenkörner, Blättchen und Nadeln an ihrer Nase vorbeischleppten.

Endlich setzte sie sich auf und holte ihre Notizen aus der Tasche. Sie las stirnrunzelnd die Anweisungen für den Schwebezauber durch und wiederholte, stumm die Lippen bewegend, die Formel.

Hinter ihr raschelte etwas, dann näherten sich leichte Schritte. »Na, Alter?«, hörte sie Valerian sagen. Er fiel neben ihr ins Gras und schaute ihr über die Schulter. »Oh, du mit deiner Geheimschrift«, schimpfte er.

Elidar lächelte. Sie hatte sich so mit der eckigen, spitzen Schrift der Ledonier geplagt. Lesen konnte sie sie inzwischen flüssig, aber das Schreiben bereitete ihr endlose Mühe. Sie hatte beobachtet, dass die anderen Novizen eine andere Form dieser Schrift benutzten, die runder war und beim Schreiben leicht ineinander floss, aber es war ihr einfach zu umständlich erschienen, neben ihrem ganzen Pensum auch noch diese Handschrift einzuüben. Also hatte sie kurzentschlossen damit begonnen, ihre persönlichen Notizen in der vertrauten Schlingenschrift der Yasemiten zu verfassen. Die angenehme Begleiterscheinung, dass nun keiner ihrer Mitschüler ihre Notizen entziffern konnte, bereitete ihr dabei eine gewisse Genugtuung.

Sie konzentrierte sich wieder auf den Schwebezauber. Er formte sich in ihrem Inneren, und als er reif war, pflückte sie ihn mit vorsichtigen Geistfingern und lenkte ihn auf ein Zweiglein, das vor ihr im Gras lag. Es erzitterte kurz und heftig, dann lag es wieder still.

Elidar seufzte enttäuscht und konzentrierte sich erneut. Valerian lag, das Kinn in die Hände gestützt, neben ihr und sah interessiert zu.

Wieder rundete sich der Zauber wie eine reife Frucht, wieder nahm sie ihn sacht und behutsam auf und schickte ihn zu dem Zweig. Erzittern, ein winziger Hüpfer, dann lag das Ästchen ruhig auf dem Boden.

Elidar schnaubte und wischte sich einen Schweißtropfen von der Nase.

»Der Schweber?«, fragte Valerian.

Elidar nickte und streckte sich neben ihm aus. »Er will und will mir nicht gelingen.«

Valerian sah sie ungläubig an. »Aber das ist ein Zauber für Kinder«, sagte er. »Den hast du im kleinen Finger! Jeder Windmagier beherrscht Schwebezauber im Schlaf.« Er grinste. »Aber wenn du einmal gesehen hast, wie Valon sich damit abmüht – Feuermagie und Schwebezauber, das geht gar nicht!«

Elidar legte den Kopf in die Hände und sammelte sich. Dann griff sie wieder nach ihrer Kraft, ließ den Zauber reifen und schickte ihn los. Dieses Mal bewegte sich der Zweig nicht einmal um eine Haaresbreite.

Elidar zischte wie eine Schlange, packte ihre Kraft, bündelte sie und schoss sie auf den widerspenstigen Zweig. Der hob sich schaukelnd eine Handspanne weit in die Luft und explodierte dann mit einer bläulichen Stichflamme.

»Toll«, sagte Valerian. »Wenn seine Magnifizenz es nicht selbst gesagt hätte, würde ich annehmen, dass du Feuer bist – und nicht Wind.«

Elidar ließ sich zurück ins Gras sinken und starrte in den zartblauen Himmel. »Ich auch«, murmelte sie.

Beide hingen schweigend ihren Gedanken nach. Elidar dachte beunruhigt an den morgigen Unterricht bei Honorabilis Bär. Valerian hatte recht, den Schwebezauber sollte sie längst beherrschen. Bär würde ihr Faulheit vorwerfen, und sie wusste nicht, was ihr lieber war: zuzugeben, dass sie den Zauber immer noch nicht beherrschte oder als faul zu gelten. Sie seufzte tief.

»Ich würde es ihm sagen.« Valerian musterte sie mitfühlend. »Du trägst immer noch den Dämpfer, wahrscheinlich ist er daran schuld, dass du nicht so recht vorwärts kommst.«

Elidar nickte halbherzig. »Zeigst du mir noch mal, wie du es machst?«

Valerian hob beiläufig die Hand und deutete auf einen taubeneigroßen Kieselstein, der neben Elidars Ellbogen lag. Der Stein wackelte ein bisschen, dann erhob er sich leicht und graziös in die Luft, schaukelte vor und zurück und segelte davon über das wogende Schilf. Valerian schnippte mit den Fingern, und Elidar hörte das laute Plumpsen, mit dem der Stein in den Bach fiel.

Sie drehte sich wieder auf den Rücken und legte ihren Arm über die Augen. »Ich lerne das nie.«

»Und ich werde es nie lernen, einen Zweig explodieren zu lassen. Oder eine Zimmerwand anzusengen«, erwiderte Valerian lachend. Elidar fand das nicht besonders tröstlich. Sie grunzte nur und beschloss, ein wenig zu schlafen.

Ein scharfer Ruf riss sie aus ihrem Schlummer. Sie schreckte hoch und antwortete laut: »Ja, hier!«

Neben ihr war Valerian ebenso aufgefahren. »Ich bin hier, Magnifizenz.«

Elidar vernahm die Antwort in ihrem Kopf: »Ich brauche dich in der Halle. Rasch, mein Junge.«

Valerian und sie antworteten im Chor und liefen los.

»Was mag er von uns wollen?«, keuchte Elidar, während sie durch den Gemüsegarten hetzten.

»Hast du in letzter Zeit was ausgefressen?«, prustete Valerian zurück.

Elidar blätterte durch ihre Erinnerungen. Sie war nicht vollkommen unschuldig – die Küche war nicht sicher vor ihren Beutezügen, gestern hatte sie Luriels Tasche so gut mit einem Blendzauber versteckt, dass er drei Stunden danach hatte suchen müssen und eine Unterrichtsstunde darüber versäumte, und möglicherweise war der Novizenmeister inzwischen dahintergekommen, wer für die unpassierbar gemachte Treppe zu seinem Arbeitszimmer verantwortlich war. Sie ächzte leise. Das war ein Gemeinschaftswerk mit Valerian gewesen!

»Die Hintertreppe«, sagte sie.

Valerian warf ihr einen entsetzten Blick zu. »Meinst du, sie sind uns draufgekommen?« Sie nickte. »Aua«, sagte er.

In der Halle stand wartend Magnifizenz Sturm. Er trug seine würdevolle, nachtschwarze Robe und den weiten Mantel mit der großen silbernen Spinnenschließe. Er stützte sich auf einen ebenholzschwarzen Stock mit silbernem Knauf.

Beide hielten vor ihm an und bemühten sich, nicht zu laut zu schnaufen. Sturm sah sie über den Rand seines Kneifers an. »Was gebt ihr denn für ein Bild ab?«, fragte er.

»Wir waren im Garten – wir haben gelernt«, antworteten beide durcheinander.

»Gelernt«, sagte er in überaus skeptischem Ton. »Nun gut. Elidar, lass deine Tasche hier stehen. Valerian, ist das etwa die sauberste Tunika, die du besitzt?« Er schüttelte den Kopf. »Wir haben keine Zeit. Folgt mir.«

Valerian und Elidar sahen sich fragend an und beeilten sich dann, dem obersten Magus auf den Fersen zu bleiben. Magnifizenz Sturm führte sie nicht, wie erwartet, hinauf in sein Studierzimmer, sondern schnurstracks aus dem Haupteingang und durch das Tor, vor dem sie eine geschlossene Kutsche erwartete. Magnifizenz Sturm ignorierte den Kutscher, der bei ihrem Anblick vom Bock sprang und den Schlag öffnete, und schob die beiden Novizen in die Kutsche. Dann stieg er selbst ein, pochte mit seinem Stock gegen das Dach, und die Kutsche rollte an.

Elidar sah aus dem kleinen Fenster. Mit Erschrecken wurde ihr bewusst, dass sie zum ersten Mal ihren Fuß aus dem Ordenshaus setzte, seit Sao-Tan sie dort abgeliefert hatte. Sie blickte Valerian an und sah, dass es ihm nicht viel anders erging. Auch er starrte mit großen, entzückten Augen aus dem Kutschenfenster.

»Ich bitte um eure Aufmerksamkeit«, riss die Stimme seiner Magnifizenz sie aus ihren Betrachtungen. »Wir werden gleich an unserem Ziel angelangt sein, und ich möchte, dass ihr euch eurem Stand gemäß benehmt. Valerian, du begleitest mich als der beste Schüler deines Abschnitts. Es ist durchaus möglich, dass du aufgefordert wirst, die eine oder andere Fertigkeit vorzuführen. Ich möchte dich bitten, dies zu tun, ohne dich dabei aufzuspielen. Bescheidenheit, junger Mann, und ein Gefühl für deinen Stand wären angemessen.«

Valerian schluckte und nickte stumm.

Casarius Sturm wandte sich an Elidar. Sein Blick bohrte sich in ihr Innerstes. »Nun zu dir, Elidar. Du wirst bei uns bleiben und zuhören und zusehen. Ich möchte, dass du still bist und dich unauffällig benimmst. Sei dankbar, dass du uns begleiten darfst und sei aufmerksam.«

Elidar nickte beklommen und fasste sich ein Herz, da Sturm ganz offensichtlich nicht beabsichtigte, mehr zu sagen.

»Eure Magnifizenz«, sagte sie, »dürfen wir erfahren, wohin Ihr uns bringt?«

Der Magus hob die Brauen. »Warum?«

»Weil ich gerne wüsste, was uns erwartet«, antwortete Elidar.

Sturm senkte den Kopf und blickte in das Büchlein, das er in der Hand hielt. »Ihr werdet dem Kurator vorgestellt«, sagte er.

Elidar hielt den Atem an und wechselte einen Blick mit Valerian, der aufgeregt die Hände ineinander klammerte. Sie runzelte die Stirn. Warum hatte Magnifizenz Sturm sie auf diesen bedeutenden Besuch bei Hofe nicht früher vorbereitet? Valerians Tunika zierten Flecken und kleine Brandlöcher, und sie selbst hatte nicht allzu saubere Fingernägel.

Die Kutsche hielt an, und sie hörten, wie der Kutscher vom Bock sprang. Dann öffnete sich der Schlag, sie stiegen aus und standen vor einem der Durchgänge in den inneren Bereich des Palatiums.

Casarius Sturm ging mit wehendem Mantel voraus, und die beiden Novizen eilten hinter ihm her. Elidar sah sich neugierig um, während Valerian weder rechts noch links blickte und nur an die bevorstehende Begegnung mit dem Kurator zu denken schien. Elidar bemerkte, dass er verstohlen an einem Grasfleck auf seiner Kukulle herumrieb.

Sturm führte sie durch einen Innenhof und sie betraten einen Arkadengang, von dort gelangten sie ins Innere des Gebäudes. Eine hohe, lichtdurchflutete Halle mit Säulen aus weißem und rosafarbenem Marmor mit blattgoldüberzogenen Kapitellen empfing sie. Auf dem spiegelnden Marmorboden stand kein Möbelstück, nur rechts und links der Tür, die weiter ins Innere des Hauses führte, waren zwei streng dreinblickende Statuen platziert, die einen Mann und eine Frau darstellten, jeder mit einem Speer und einer Schriftrolle in den Händen. »Macht und Wissen«, flüsterte Valerian ihr zu.

Sie hatten reichlich Gelegenheit, sich umzusehen, denn Sturm blieb in dieser Halle stehen, stützte sich auf seinen Stab und wartete. Seine Miene war gelassen, aber Elidar spürte dennoch eine Ungeduld, die mit jedem Moment wuchs.

Endlich hörten sie Schritte. Ein livrierter Mann eilte durch die Tür und verneigte sich vor dem Magus. »Um Vergebung, dass ich Euch habe warten lassen, Magnifizenz«, sagte er. »Ich bin untröstlich. Man hat mich zu spät von Eurer Ankunft unterrichtet. Wenn Ihr mir nun bitte folgen wollt ...« Sein Blick fiel mit flüchtiger Neugier auf die beiden Novizen, bevor er sich umdrehte und sie tiefer in den Palast hinein führte.

Sie liefen über schimmernde Böden, die so glatt waren, dass

Elidar bei jedem Schritt ein wenig schlitterte. Sie warf Valerian einen Blick zu und sah, dass es ihm ähnlich erging. Casarius Sturm dagegen schritt fest voran, wobei sein Stock im Takt seiner Schritte hart auf dem Boden aufschlug.

Endlich hielten sie vor einer hohen weißgoldenen Tür, die ihr Führer mit einer feierlichen Verbeugung öffnete. »Magnifizenz Sturm vom Orden der Dunklen Nigh und Begleiter«, verkündete er laut und setzte geflüstert hinzu: »Ihr dürft eintreten, Eure Magnifizenz.«

Die Tür fiel lautlos hinter ihnen ins Schloss. Elidar war so aufgeregt, dass es sie am ganzen Körper juckte.

Sie standen in einer Art Vorzimmer, in dem zwei dunkel gekleidete Männer auf hochlehnigen Stühlen saßen und gedämpft miteinander redeten. Der Ältere der beiden unterbrach sich und blickte auf. »Magnifizenz Sturm«, sagte er. »Seine Herrlichkeit erwartet Euch bereits.«

Sturm nickte würdevoll und wartete, dass der Mann sich erhob und ihm vorausging. Wieder liefen sie durch eine Flucht von Gängen, Sälen und Salons, bis sie schließlich vor einer Tür aus goldbeschlagenem Ebenholz standen. Der Mann klopfte leise an, wartete einen Augenblick und öffnete dann die Tür.

Elidar hatte alles Mögliche erwartet, aber ganz sicher nicht diesen recht kleinen, freundlichen Raum, der eher an Sturms Studierzimmer erinnerte als an einen hochoffiziellen Empfangssalon. Auch hier stand ein schlichter Schreibtisch am Fenster, der mit Papieren übersät war, und mitten im Zimmer eine kleine Gruppe von zierlichen Sesselchen um einen lackschwarzen, runden Tisch mit gebogenen Beinen. Ein Kamin mit aufgeschichteten Scheiten und ein paar goldgerahmte Bilder an den mit Seidentapeten bedeckten Wänden komplettierten die eher schlichte Einrichtung.

Der Mann am Schreibtisch ließ mit gerunzelter Stirn die Feder sinken und sah auf. Er nickte Sturm zu.

»Casarius«, sagte er. »Danke, dass du gekommen bist.«

Sturm neigte höflich den Kopf. »Es ist mir eine Ehre, Hilarius.« Er legte Valerian eine Hand auf die Schulter und schob ihn einen Schritt nach vorne. »Mein bester Schüler unter den Jüngsten.«

Der Mann am Schreibtisch würdigte Valerian keines Blickes. »Nehmt Platz«, sagte er. »Ich muss hier noch etwas fertig machen.« Er tunkte seine Feder ins Tintenfass und schrieb weiter.

»Setzt euch«, bedeutete Sturm den beiden Novizen. Er selbst blieb stehen, während Elidar und Valerian sich vorsichtig auf die hübschen Stühle sinken ließen.

Elidar nutzte die Gelegenheit, den mächtigsten Mann des ledonischen Imperiums eingehend zu betrachten. Sie war ein wenig enttäuscht. Der Kurator war von mittelgroßer, kräftiger Statur und hatte ein eckiges Gesicht, das weniger vornehm als vielmehr energisch wirkte. Seine sich lichtenden Haare waren ganz gewöhnlich braun, ebenso seine Augen, die Farbe seiner Haut erschien gesund und wettergegerbt, und die Kleider, die er trug, waren schlicht und praktisch. Alles in allem hätte sie den Kurator, wenn sie ihm auf der Straße begegnet wäre, für einen Viehhändler oder einen Offizier gehalten. Casarius Sturm mit seinem Stab, der schwarzen Robe und der großen Nase gab eine weitaus beeindruckendere Figur ab als seine Herrlichkeit.

Da legte der Kurator die Feder beiseite und sah auf.

»Dies sind zwei deiner jüngeren Novizen?«, eröffnete er die Unterhaltung.

Sturm nickte und wiederholte, was er über Valerian gesagt hatte. Der Kurator sah diesen immer noch nicht an. Sein Blick haftete auf Elidar, die ihn ungeniert erwiderte.

»Dieser Junge ist der Nachzügler, richtig?«, fragte er. »Kann er etwas Besonderes?«

Sturm runzelte die Stirn. »Meine Schüler sind keine Jahrmarktsattraktionen«, sagte er mit leisem Tadel. »Jeder von ihnen verfügt über ein vielversprechendes Talent, das allerdings noch einer gründlichen Ausbildung bedarf. Valerian ist …«

»Wie heißt dieser Junge?«, unterbrach der Kurator ihn.

Sturm kniff die Lippen zusammen. »Elidar«, erwiderte er kurz.

»So.« Der Kurator lehnte sich zurück und legte die Fingerspitzen vor dem Mund zusammen. »Elidar, komm her.«

Elidar gehorchte. Der Kurator musterte sie von oben bis unten. »Warum ist meine Gemahlin so sehr an dir interessiert, dass sie dich hierher einlädt?«, fragte er in freundlichem Ton.

Elidar öffnete den Mund und schloss ihn wieder. »Hat sie das?«, fragte sie schließlich.

Der Kurator nickte und schob ihr einen Brief hin. »Lies ihn, er ist für dich«, sagte er. Elidar nahm den Brief und sah, dass er geöffnet worden war. Das Siegel der Prinzessin, ein Drache mit geringeltem Schwanz, hing zerbrochen herab.

Sie blickte auf und sagte: »Das gehört sich aber nicht.«

Sie hörte, wie Sturm tief Luft holte. Der Gesichtsausdruck seiner Herrlichkeit veränderte sich jedoch nicht.

»Du dürftest es nicht«, sagte er, und seine Stimme klang erheitert. »Aber wenn ich es mache, ist es recht und billig. Das Leben ist kein Spielplatz, mein Junge.« Er fixierte Elidar unverwandt, und sie wich seinem Blick nicht aus.

»Ich bin nur ein Novize, und Ihr könnt mit mir ganz nach Eurem Belieben verfahren, Eure Herrlichkeit«, sagte sie. »Aber die Prinzessin Morgenblüte ist Eure Gemahlin, und ich frage mich, ob sie Euer Tun gutheißen würde.«

Der Kurator sah sie weiter ungerührt an, aber Elidar bemerkte, dass sein Augenlid ein wenig zuckte. Anscheinend ließ ihn der Gedanke an einen Temperamentsausbruch der Prinzessin nicht vollkommen kalt.

»Lies deinen Brief«, sagte der Kurator.

Elidar faltete den steifen Bogen auseinander und sah mit leiser Verzweiflung auf die spinnenfeinen, zierlichen Buchstaben der Handschrift. Sie entzifferte mühsam die Anrede und den ersten Satz und rieb sich dabei ratlos über die Nase.

»Du kannst doch lesen, oder?«, fragte der Kurator. Elidar hörte, wie Magnifizenz Sturm hinter ihr hüstelte.

Elidar lächelte den Kurator an. »Ich kann die ledonische Schrift ausgezeichnet lesen, Eure Herrlichkeit. Aber diese Schrift hier bereitet mir Schwierigkeiten.« Sie reichte ihm den

Brief. »Da Ihr den Brief ohnehin bereits gelesen habt – wäret Ihr so freundlich, mir vorzulesen, was Eure Gemahlin mir mitzuteilen wünscht?«

Das Hüsteln Sturms hinter ihr klang jetzt eher wie ein Erstickungsanfall. Elidar ließ den Blick nicht von dem Gesicht vor ihr. Der Kurator hob um eine Winzigkeit seine Mundwinkel.

»Du bist frech, kleiner Zauberlehrling«, sagte er. »Erkläre mir zuerst, warum du eine ganz normale Handschrift nicht zu lesen verstehst.«

Elidar spürte einen Schweißtropfen über ihre Schläfe rinnen. Es war warm im Zimmer, oder kam es ihr nur so vor? »Ich bin in Yasaim aufgewachsen«, sagte sie. »Unsere Schriften unterscheiden sich voneinander.«

»Ein kleiner Yasemit, sieh an«, sagte der Kurator überrascht. »Du siehst allerdings ledonisch aus. Ist dein Vater Ledonier?«

Elidar zögerte. »Ja«, sagte sie und dachte an Luca. Er würde ihr diese Lüge sicher nicht übel nehmen. »Er ist Gardist.«

Der Kurator nickte. »Die Prinzessin Morgenblüte entbietet dir ihren Gruß und fragt, ob du ihr die Freude machst, mit ihr eine Tasse Tee zu trinken«, sagte er. »Und ich möchte immer noch wissen, warum meine Gemahlin Umgang mit einem Novizen pflegt.« Er wartete.

Elidar wischte sich verstohlen die Hände in den weiten Ärmeln trocken. »Sie hat mich dem Spinnenorden geschickt.«

»Sie hat dich dem Spinnenorden geschickt.« Der Kurator lehnte sich vor. »Woher kannte sie dich?«

»Sao-Tan hat mich ihr empfohlen«, erwiderte Elidar mit wachsender Verzweiflung. Sie steckte zwischen dem Hammer und dem Amboss – der Kurator durchbohrte sie mit Blicken, und sie fühlte die Anspannung seiner Magnifizenz in ihrem Rücken.

Seltsamerweise schien ihre Antwort den Kurator zu befriedigen. Er ließ sich in seinen Stuhl zurücksinken und legte die Hände vor der Brust zusammen. »Sao-Tan«, sagte er mit deutlicher Verachtung. »Der unermüdliche Schatten meiner entzückenden Gemahlin. Und aus welchem Abfallhaufen hat er dich gegraben?«

Elidar öffnete den Mund, um entgegen aller Vernunft eine heftige Erwiderung zu geben, aber ein scharfer Schmerz in ihren Schläfen ließ sie stumm bleiben. Sie schloss kurz die Augen und atmete tief ein und wieder aus. Der Schmerz verging so plötzlich, wie er gekommen war. Sie spürte, wie Magnifizenz Sturm in ihrem Rücken sich entspannte.

»Casarius, wolltest du etwas sagen?«, fragte der Kurator mit samtweicher Stimme.

»Elidar ist ein Novize im ersten Abschnitt«, erwiderte Sturm ruhig. »Er, wie jeder, der meinem Orden angehört, hat seine Vergangenheit und seine Familie hinter sich gelassen und ist ein Kind der Dunklen Nigh.«

Der Kurator verzog den Mund, aber er ließ nun von Elidar ab und wandte sich Sturm zu. Elidar zog sich an Valerians Seite zurück und trocknete ihre Stirn.

»Dein Amtsbruder Calixtus Sarcinor hat mich um meine Hilfe gebeten«, sagte der Kurator.

Elidar sah den angewiderten Blick Sturms. Calixtus Sarcinor vom Orden des Glühenden Salamanders war sein Intimfeind. Ein Gerücht besagte, dass beide Magier ihr Noviziat gemeinsam in einem Abschnitt verbracht hatten, und dass sie damals die allerengsten Freunde gewesen seien. Aber freundschaftliche Beziehungen unter Magiern waren ein zweischneidiges Ding, und wenn das Noviziat beendet war, gehörten auch Freundschaften meist der Vergangenheit an. Elidar musterte den neben ihr sitzenden Valerian mit einem plötzlichen Gefühl des Verlustes und der Trauer. Würden auch sie sich irgendwann einmal gleichgültig sein oder einander gar hassen?

Valerian, der ihren Blick gespürt hatte, sah sie an. Er schien ähnliche Gedanken gehegt zu haben, denn seine Miene zeigte Bedauern. Dann hob er die Schultern und flüsterte: »Niemals!«

»Niemals«, hauchte Elidar.

»Calixtus Sarcinor hat einen seiner Novizen verloren«, fuhr der Kurator fort. »Ein dummer Unfall bei der Beschwörung eines Feuerdämons, wie er mir sagte.«

Casarius Sturm richtete sich in seinem Stuhl auf und stemmte den Stab auf den Boden. Seine Augen loderten vor Empörung. »Es ist in höchstem Maße unverantwortlich, Novizen eine Dämonenbeschwörung vornehmen zu lassen. Ich habe Calixtus immer vorhergesagt, dass er eines Tages damit ...«

»Casarius, bitte!«, sagte der Kurator. »Ich erinnere mich an einen Vorfall in deinem Orden, bei dem drei Novizen zu Schaden gekommen sind, weil einer deiner Magister seine Kräfte überschätzt hatte. Du solltest nicht über deine Amtskollegen richten.«

Sturm schnappte nach Luft, aber er schwieg.

»Darf ich fortfahren?« Der Kurator legte die Hände auf den Tisch und fixierte Sturm. »Du weißt besser als ich, dass die Orden mit ernsten Nachwuchsproblemen zu kämpfen haben. Ich frage dich jetzt nicht nach dem Stand der Nachforschungen, die du und deine Kollegen betreiben, um den Ursachen dieser Entwicklung auf den Grund zu gehen.« Er wartete einen Moment, aber als Sturm sich dazu nicht äußerte, fuhr er fort: »Magnifizenz Sarcinor bittet darum, dass du ihm einen deiner Novizen im ersten Abschnitt überlässt. Du hast inzwischen fünf, also müssten zwei davon mit der gleichen Kraft ausgestattet sein.« Er hob eine Hand, um Sturms Protest zuvorzukommen. »Ich weiß, Casarius. Dennoch – es ist wichtiger als eure Differenzen, dass die Orden arbeitsfähig bleiben. Sarcinor braucht einen Windmagier.« Er warf den beiden Novizen einen bedeutungsvollen Blick zu.

Elidar hielt den Atem an. Valerian presste seine Hände ineinander.

»Ich muss dich bitten, einen dieser beiden Jungen an den Salamanderorden abzutreten«, sagte der Kurator.

Casarius Sturm fuhr auf. Seine Hände umklammerten den Stab wie eine Waffe. »Niemals!«, rief er.

Der Kurator blickte ihn stumm an. Sturm ließ langsam den Stab sinken und rieb sich über die Augen. »Um Vergebung, Eure Herrlichkeit«, sagte er. »Ich habe mich vergessen. Aber dieses Ansinnen kann ich unmöglich erfüllen.«

»Casarius, ich bitte dich darum.« Die Stimme des Kurators klang leise und nicht ohne Verständnis, aber unter dem Samt lag kalter Stahl. »Es liegt im allerhöchsten Interesse, dass die Orden weiterhin ihren Geschäften nachgehen können. Du weißt selbst, dass sich ein Abschnitt nicht perfekt entwickelt, wenn die Elemente nicht gleichmäßig vertreten sind. Du selbst hast mir vor einigen Equils einen langen Vortrag darüber gehalten, als ich dir den jungen Bär abspenstig machen wollte.«

Sturm senkte geschlagen den Kopf. »Ich werde deinem Begehren entsprechen«, sagte er leise. »Gib mir einen Moment, um darüber nachzudenken. Meine Entscheidung bringt weit reichende Konsequenzen für die innere Struktur meines Ordens mit sich.«

Der Kurator nickte nur. Sturm faltete die Hände auf dem Knauf seines Stabes und senkte den Blick. Elidar wechselte einen fassungslosen Blick mit Valerian. Das konnte seine Magnifizenz doch nicht ernsthaft in Erwägung ziehen!

Sturm hob den Kopf. »Ich werde dann wohl schweren Herzens meinen besten Schüler ziehen lassen«, verkündete er mit Grabesstimme. »Valerian, seine Herrlichkeit wird dir mitteilen, was das für dich bedeutet. Ich bitte nun darum, mich entschuldigen zu dürfen.« Er stand auf.

»Was?«, entfuhr es Valerian. »Warum wählt Ihr mich? Warum nicht Elidar? Er ist neu, er ist viel schwächer als ich und muss all das erst noch lernen, was ich bereits beherrsche!« Er war aufgesprungen und gestikulierte wild.

»Casarius, würdest du deinen Zögling bitten, sich zu mäßigen?« Der Kurator erhob seine Stimme nur um eine Winzigkeit, aber Valerian verstummte. Er warf Elidar einen zutiefst gekränkten Blick zu und stürmte aus dem Zimmer.

17

Elidar zitterte am ganzen Leib, als sie mit Magnifizenz Sturm wieder im Vorzimmer stand. Valerian war nirgends zu sehen.

»Der dumme Junge«, sagte Sturm, er klang erschöpft. »Er wird noch lernen müssen, wann es sinnlos ist, sich zu widersetzen.« Er zog ein Tüchlein aus seiner Robe und wischte sich über die Stirn. »Meine Güte, meine Güte«, sagte er.

Elidar hätte es nicht besser ausdrücken können. Sturm legte ihr die Hand auf die Schulter. »Gehen wir«, murmelte er.

Auf ihrem Weg begegneten sie nur einigen Dienern, die stumm grüßten und weiter ihren Verrichtungen nachgingen. Sie erreichten das Zimmer, in dem die beiden Männer gesessen hatten. Ein großgewachsener, bis auf einen schwarzen Zopf kahlgeschorener Mann stand neben der Tür.

»Sao-Tan«, sagte Elidar.

Der Leibwächter nickte und sah Sturm an. »Darf ich ihn mitnehmen?«

Sturm machte eine matte Handbewegung. »Was immer du wünschst«, sagte er. »Diesen Novizen möchte ich aber irgendwann zurückbekommen.«

Sao-Tan nickte gleichmütig. »Ihr seht beide aus, als wäre euch eine Kuh auf den Kopf gefallen«, sagte er, als sich die Tür hinter dem Magus geschlossen hatte. »Ist etwas vorgefallen?«

»Ach, Sao-Tan«, sagte Elidar nur. Sie musste an sich halten, um nicht in Tränen auszubrechen.

»Ho«, machte der große Mann und rüttelte sacht an ihrer Schulter. »Komm schon. So schlimm?«

Elidar schniefte und schüttelte den Kopf. »Nein, nicht schlimm. Niemand ist gestorben.«

»Na also.« Er sah auf sie hinab. »Hast du die Nachricht bekommen?«

»Gerade eben«, sagte Elidar. »Vom Kurator persönlich.«

Sao-Tan nickte unbewegt. »Sie hat damit gerechnet. War es unangenehm für dich?«

»Nein, das nicht«, erwiderte Elidar. Sie probierte ein Lächeln.

Der große Leibwächter nickte nur ernst, aber sein Blick war mitfühlend. »Man darf sich von ihm nicht allzu sehr einschüchtern lassen«, sagte er. »Es gibt Schlimmere als ihn.«

Elidar mochte es sich nicht vorstellen.

Sie folgte Sao-Tan zurück in die Eingeweide des Palatiums, und ihr Herz war schwer. Valerian hatte sie so ungläubig, verletzt und wütend angesehen. Wie sollte sie ihm erklären, dass seine Magnifizenz sie ausgewählt hatte, beim Orden zu bleiben? Sie musste ihm sagen, dass Sturm sie als Äthermagier behalten wollte, aber sie kannte Valerian inzwischen gut genug, um zu wissen, dass ihn das nur noch mehr kränken würde. Er war ehrgeizig, er hatte sich vorgenommen, der nächste Honorabilis oder gar die nächste Magnifizenz des Spinnenordens zu werden. Über den Salamanderorden hatte sie ihn immer nur spötteln hören. »Nichtskönner« und »Möchtegernmagier«, »Jahrmarktszauberer« – das waren noch die freundlichsten Bemerkungen, die er über die Mitglieder des Bruderordens verlor. Es musste ihn zutiefst kränken, dass Sturm ihn so scheinbar leichten Herzens an den Salamanderorden abtrat.

Sie schrak aus ihren trüben Gedanken, als Sao-Tan stehenblieb und eine Tür öffnete.

Dies war nicht das Zimmer, in dem sie die Prinzessin kennengelernt hatte, sondern ein großer, lichter Raum, der nur spärlich mit einem Ruhebett, einigen große Kissen und paar niedrigen Tischen ausgestattet war. Morgenblüte saß am geöffneten Fenster und schaute hinaus in den abendlich dämmrigen Park, aus dem eine Fülle von Vogellauten ins Zimmer drang. Als sie Elidars Schritte hörte, wandte sie sich um und hob in gespieltem Erstaunen die Hände. »Welche Überraschung«, sagte sie. »Ich dachte, du hättest mich vollkommen vergessen.« Sie klopfte einladend neben sich auf das große Kissen, das die

Fensternische ausfüllte. »Lass dich anschauen. Du bist wahrhaftig ein Stück gewachsen.« Sie legte mit kritischer Miene den Kopf zur Seite. »Dass sie euch Novizen den Kopf scheren – ist es dir schwergefallen?« Sie strich unwillkürlich in einer beschützenden Geste über ihr eigenes Haar.

Elidar schüttelte den Kopf. Was hätte ihr daran schwerfallen sollen? Das Haar wuchs schließlich nach.

»Erzähl mir alles«, sagte Morgenblüte. »Komm, setz dich her. Möchtest du eine Tasse Tee?« Sie klatschte in die Hände, ohne Elidars Antwort abzuwarten.

Elidar schob sich ein wenig verlegen neben sie in die Fensternische. Sie fühlte sich unbeholfen und grob neben der zierlichen Prinzessin in ihren seidenen Gewändern.

Die Prinzessin rief der Dienerin, die hereinkam, »Bring Tee« zu und lehnte sich dann zurück. Sie zog ihren Fuß, der in einem Seidenpantöffelchen steckte, auf das Kissen und legte die Hände um ihr Knie. Ihre mandelförmigen, dunkel umrandeten Augen betrachteten Elidar ungeniert vom Kopf bis zu den Füßen. Morgenblüte streckte die Hand aus und zupfte neugierig an der Kukulle. »Das ist sicher schön warm«, sagte sie.

Elidar lachte. »Der Habit ist nicht besonders schön«, gab sie zu. »Aber er ist sehr praktisch.«

»Ja, praktisch sieht es auch aus«, sagte Morgenblüte fröhlich.

Die Dienerin kam und servierte ihnen Tee und Gebäck. Elidar erinnerte sich an das blütenduftende Getränk und nahm genießerisch einen Schluck.

»Erzähl mir, was du lernst«, forderte die Prinzessin sie auf. »Erzähl mir von deinen Mitschülern. Hat wirklich noch niemand bemerkt, dass du ein Mädchen bist?«

Elidar starrte sie verdutzt an. Morgenblüte erwiderte den Blick nicht minder verwundert, dann begann sie zu lachen. »Sag nicht, dass du …« Sie legte die Hand vor den Mund. »Du hast es selbst vergessen!«

Elidar schluckte. So verrückt es klingen mochte, aber sie hatte wahrhaftig schon lange nicht mehr darüber nachgedacht, dass sie kein Junge war. Man pflegte im Orden keinen allzu nahen Umgang mit anderen; auch das allwöchentliche Bad war eine Angelegenheit, bei der jedes Ordensmitglied für sich blieb.

Morgenblüte trank von ihrem Tee und pickte dann ein wenig an einem krümeligen Nussgebäck herum. »Du hast dich nicht mehr bei mir gemeldet«, sagte sie. »Deshalb habe ich dir den Brief geschrieben.« Ihr Gesicht bewölkte sich. »Er öffnet immer meine Briefe. War es unangenehm für dich?«

Elidar schüttelte stumm den Kopf.

Morgenblüte nippte an ihrem Tee und sah sie erwartungsvoll an. »Was bringen die schrecklichen alten Männer dir bei?«

Elidar begann zu erzählen: Von Schwebezaubern und Vertreibern, von Windmagie und den Schwierigkeiten, das Feuer in ihrem Inneren im Zaum zu halten.

Morgenblüte lauschte mit gekrauster Stirn, und nach einer Weile schüttelte sie den Kopf. »Warte«, sagte sie. »Ich verstehe das alles nicht recht. Ich weiß etwas Besseres.« Sie beugte sich vor und zog an der Kette, an der der kleine Silberdrache baumelte. Elidar konnte den schwachen Blumenduft riechen, der aus dem Haar der Prinzessin aufstieg.

»Sitz einfach ruhig da«, sagte Morgenblüte. Sie legte einen Arm um Elidars Schulter, umfasste den Drachen mit der Hand und schloss die Augen. Elidar lehnte sich in den Arm der Prinzessin, blickte in den Garten hinaus und ließ die Gedanken schweifen. Sie fühlte spinnenfeine Berührungen über die Oberfläche ihres Geistes wandern, aber das machte ihr keine Angst.

Nach einer Weile ließ Morgenblüte den Drachen los und rückte ein wenig von ihr ab. Sie atmete ein paar Mal tief ein und aus und öffnete dann die Augen, um Elidar voller Empörung anzusehen. »Was haben sie mit dir gemacht?«, fragte sie.

Elidar sah sie einen Moment lang verständnislos an. Die Prinzessin legte zwei Finger an ihre Schläfe, und Elidar verstand. »Der Dämpfer – das ist lästig, aber nichts Schlimmes«, erklärte sie.

Morgenblüte schüttelte den Kopf. »Nichts Schlimmes!« Sie griff wieder nach dem Silberdrachen und hauchte darauf. Dann schloss sie die Hand und strich mit der anderen über Elidars Stirn. Der Druck, der um ihre Schläfen lag wie ein Eisenreif, hob sich plötzlich und war verschwunden. Und mit dem Druck verschwand auch der Nebelschleier, der Elidars Sinne bedeckt hatte, und an den sie sich so gewöhnt hatte, dass er ihr gar nicht mehr aufgefallen war.

»Oh«, machte sie. »Oh, das …« Sie legte die Hände an den Kopf. »Seine Magnifizenz wird es bemerken, und dann bekomme ich großen Ärger.«

Morgenblüte kniff verschwörerisch ein Auge zu. »Wofür hältst du mich, für eine Stümperin? Nichts wird er merken, der große Magier!« Sie lachte.

»Frauen können nicht zaubern«, sagte Elidar und lachte auch.

»Das sagen sie hier in Ledon, ja.« Die Prinzessin lehnte sich zurück und ließ den Fuß baumeln, dass ihre Fußkettchen leise klirrten. »Du wirst jetzt viel stärker sein, ohne diesen Dämpfer.« Sie schnaubte damenhaft. »Was für eine Idee, deine Zauberkräfte zu beschneiden, damit du ja nicht lernst, damit umzugehen. So etwas kann auch nur diesen schrecklichen alten Männern einfallen.« Sie legte einen Finger an die Lippen. »Sag, du blutest doch sicher schon?«

Elidar verstand sie nicht. »Wenn ich mich schneide?«, sagte sie zögernd.

»Du bist doch längst alt genug«, sagte Morgenblüte. »Du müsstest bluten. Und dann bist du stärker als jeder der schrecklichen alten Männer. Was meinst du, warum sie solche Angst vor uns haben?«

Elidar sah sie verständnislos an. Morgenblüte schüttelte ungeduldig den Kopf. »Willst du mich nicht verstehen?« Sie erklärte Elidar, was sie meinte. Elidar legte die Hände vor den Mund.

»Nein«, sagte sie erschreckt. »Nein, das kenne ich nicht. Bist du sicher, dass das nicht nur in deinem Volk so ist?«

»Nein, Kind«, sagte Morgenblüte sanft. »Nein, das ist so, wenn du eine Frau bist. Wenn du alt genug bist, um selbst Kinder zu bekommen, dann blutest du.« Sie befühlte unwillkürlich ihren Bauch. »Wenn ich aufhöre damit, wird der Kurator mich in meine Heimat zurückschicken. Ich habe ihm nur Mädchen geboren. Als Mutter seines Sohnes wäre ich ihm mehr wert.«

Elidar konnte sich gar nicht vorstellen, dass diese zarte Prinzessin Kinder haben sollte. »Ich blute nicht«, sagte sie fest. »Und ich bekomme auch keine Kinder. Mein Vater ist der Alte Drache, und Drachen bekommen keine Kinder wie Menschen.« Dann lachte sie, über sich selbst und den offensichtlichen Widerspruch in ihren Worten.

Morgenblüte lachte nicht mit ihr. Sie nickte nur. »Drachentochter«, sagte sie. »Das habe ich wohl gefühlt. Der Drache ist mein Schutzgeist.« Sie stand auf. »Sei vorsichtig«, sagte sie. »Die schrecklichen alten Männer mögen keine zaubermächtigen Frauen. Sie verteidigen ihre Pfründe mit Zähnen und Klauen. Du musst listig und klug sein, Drachentochter, sonst vernichten sie dich.« Sie wandte sich ab. »Ich hätte dich nicht dorthin schicken dürfen.«

Elidar schwirrte der Kopf. »Nein«, sagte sie endlich. »Wo sonst hätte ich lernen können?« Sie erhob sich ebenfalls und legte schüchtern eine Hand auf Morgenblütes Schulter. »Ich bin Euch sehr dankbar dafür«, sagte sie.

»Danke mir nicht«, murmelt Morgenblüte. »Ich wünsche dir, dass du lernst und stärker wirst als deine Lehrer.« Sie umfasste Elidars Hand mit kräftigem Griff. »Versprich mir, dass du vorsichtig bist. Und bitte, komm zu mir, wenn du jemanden brauchst.«

Elidar nickte verlegen. Morgenblüte berührte sacht den Silberdrachen mit dem Finger. »Damit kannst du mich rufen«, sagte sie.

Elidar nickte erneut. Mit einem Mal war sie schrecklich erschöpft. Es war ein langer und verwirrender Tag gewesen.

Morgenblüte sah ihr blasses Gesicht und klatschte wieder in die Hände. »Sao-Tan«, rief sie. Der Leibwächter tauchte in der Tür auf wie ein düsterer Schattenriss. »Sao-Tan, bring Elidar zum Orden zurück«, befahl Morgenblüte. »Nehmt mein Gespann.« Sie umarmte Elidar und küsste sie auf die Stirn, wozu sie sich ein wenig auf die Zehen stellen musste. »Du bist wirklich gewachsen«, sagte sie lachend und schob Elidar von sich. »Geh, Drachentochter. Mach uns Ehre.«

Elidar ließ sich von Sao-Tan aus dem Palatium führen – wieder auf einem anderen Weg, den sie noch nicht kannte. Wahrscheinlich würde sie sich hier nie alleine zurechtfinden, aber das musste sie ja auch nicht. Sie lächelte unwillkürlich. Hier im Palast wäre ihr der Findestein des Cubiculars auch von Nutzen gewesen, aber sie hatte ihn längst zurückgegeben.

Die Fahrt durch die abendlichen Straßen der Stadt verflog wie ein Traum, und ehe sie sich versah, stand sie wieder vor dem Tor des Ordenshauses. Sie ging durch die verwinkelten Flure, stibitzte in der dämmrigen Küche einen Apfel und ein Stück Brot, das sie auf dem Weg in ihr Zimmer aß, und fiel mit dem angebissenen Apfel in der Hand in ihr Bett, wo sie auf der Stelle einschlief.

Die Stimme des Novizenmeisters weckte sie, wie an jedem Morgen. Schlaftrunken betrat sie das Refektorium und sah erstaunt, dass Valerian und Valon an einem Tisch etwas abseits der anderen Novizen saßen und die Köpfe zusammensteckten. Elidar holte ihr Frühstück aus der Küche und ging zu den beiden Jungen hinüber. »Darf ich mich zu euch setzen?«, fragte sie.

Valerian blickte zur Seite, und Valon musterte sie, als hätte er sie nie zuvor zu Gesicht bekommen. »Setz dich«, sagte er. »Du gibst uns Rätsel auf, Stalljunge.«

Elidar biss die Zähne zusammen. Der Schimpfname war nicht mit dem üblichen Hohn über seine Lippen gekommen, Valons wirkte eher verwundert und neugierig.

»Warum will seine Magnifizenz ausgerechnet dich behalten und schickt Valerian zu diesen Nichtskönnern vom Salamanderorden? Kannst du uns helfen, Stalljunge?«

»Ich bin dir ganz sicher keine Rechenschaft schuldig, Valon«, sagte Elidar. »Seit wann interessierst du dich für Valerian?« Sie wandte sich an ihren Freund: »Und seit wann lässt du ausgerechnet Valon für dich sprechen?«

Valerian wandte wortlos das Gesicht ab.

Valon legte die Hände flach auf den Tisch und sah Elidar mit leiser Belustigung in den graugrünen Augen an. »Ich leugne nicht, dass wir hin und wieder kleinere Differenzen haben«, sagte er. »Aber du darfst mir glauben, dass ich jedem das Leben zur Hölle mache, der meinem Bruder in die Suppe spuckt. Und das tust du, Stalljunge. Das tust du ganz gewaltig!«

Elidar brauchte ein paar Momente, bis sie den Sinn seiner Worte verstanden hatte. Sie schüttelte ungläubig den Kopf. »Dein Bruder?« Sie sah Valerian fragend an. Der kniff die Lippen zusammen und sagte nichts.

»Mein Bruder«, bestätigte Valon leise. »Ich wäre dir allerdings unendlich dankbar, wenn du mit diesem Wissen nicht hausieren gingest.« Er grinste ein wenig schief.

Elidar spitzte die Lippen zu einem lautlosen Pfiff. »Wenn du aufhörst, mich ›Stalljunge‹ zu nennen, überlege ich es mir«, sagte sie.

Valons Grinsen wurde breiter. Er hielt ihr schweigend die Hand hin, und Elidar schlug ein. »Also«, sagte Valon. »Was ist so Besonderes an dir, dass unser verehrtes Oberhaupt dich nicht gehen lassen will?«

Elidar schluckte. Dann beugte sie sich vor und murmelte: »Ich bin kein Windmagier.«

Valon runzelte die Stirn. »Umso schlimmer«, sagte er ebenso leise. »Dann verlieren wir den einzigen Windmagier in unserem Abschnitt!«

Valerian schnappte nach Luft. Er starrte Elidar an. »Nein«, sagte er atemlos. »Du willst doch nicht etwa behaupten …«

Elidar nickte. Valon sah von ihr zu Valerian. »Was denn?«, fragte er scharf.

»Äther«, sagte Valerian.

»Das glaubst du doch selbst nicht«, sagte Valon. Er musterte Elidar. »Äthermagier – du wärst stärker als jeder andere Magier hier im Haus. Stärker als seine Magnifizenz selbst!« Er lachte. »Du!«

Valerian schnitt eine Grimasse. »Du hast ihn nie erlebt«, sagte er finster. »Was er selbst mit dem Dämpfer anrichten kann ...« Sein Gesicht hellte sich ein wenig auf. »Es ist keine gar so große Schande, wenn sie einen Äthermagier mir vorziehen. Oder?«

»Keine Schande«, bestätigte Valon. »Aber ich fürchte, unter diesen Umständen können wir nichts daran ändern, dass du gehen musst, Pestbeule.«

»Nein«, murmelte Valerian niedergeschlagen.

»Es tut mir so leid«, sagte Elidar. »Glaubst du, ich freue mich, wenn du fortgehst?« Sie streifte Valon mit einem Blick. »Ich werde allein sein.«

Valon grinste sie furchterregend an. »Oh nein, Kleiner, das bist du nicht. Aber wahrscheinlich wirst du es dir wünschen!«

Elidar erwiderte seinen Blick und seufzte innerlich. Wenn sie auch nur den Hauch einer Hoffnung verspürt hätte, dass Casarius Sturm sie an Valerians Statt gehen ließ, dann hätte sie ihn jetzt wahrscheinlich darum gebeten.

Valerian schwang die Beine über die Bank und stand auf. Ohne ein weiteres Wort, ohne einen Blick zurück verließ er das Refektorium und verschwand aus Elidars Leben.

18

»Bist du soweit?« Valon lehnte in seinem dunkelgrauen Habit an der Tür. Er verschränkte die Arme und tat wie immer lässig und ungerührt, aber Elidar kannte ihn inzwischen gut genug, um die Nervosität aus seinem Gesichtsausdruck und dem Scharren seiner Füße lesen zu können.

Sie klappte das Buch zu, aus dem sie sich noch ein wenig Unterstützung und Hilfe hatte holen wollen, und nickte.

Sie gingen Seite an Seite durch den langen Korridor, der zum

Saal führte. Elidar war inzwischen zwei Fingerbreit größer als Valon, dafür war er breiter in den Schultern und kräftiger als sie, die die letzte Spanne ihres Wachstums noch ein wenig hagerer und langgliedriger geformt hatte, als sie es als Kind gewesen war.

»Was meinst du, fragen sie nach den Sieben Grundsätzen der Vollständigen Beschwörung?«, fragte Valon nervös.

Elidar hob die Schultern. »Das wäre mir lieber als die Neun verborgenen Herleitungen«, sagte sie. »Die vierte fällt mir nie ein.«

»Wasser aus Stein, Feuer aus Metall, Wind aus dem Lebenden«, begann Valon, und Elidar ergänzte: »... Erde aus dem Toten. Stimmt, das ist die vierte Herleitung.« Sie krauste die Stirn. »Ich werde bei der Windbeschwörung durchfallen. Wieder mal.«

Valon hörte ihr nicht zu, er tastete hektisch seine Kleider ab. »Ich habe meinen Feuerstein vergessen.«

»Sie geben uns alles, was wir benötigen.«

»Aber es ist mein Stein. Ich weiß nicht, ob ich mit einem anderen ...« Valon holte tief Luft und lächelte gequält. »Wie albern von mir. Ich bin doch kein Frischling mehr. Wir sind alte Kerle, wir beide.«

»Alte Kerle«, stimmte Elidar zu. Dies war die letzte, die alles entscheidende Prüfung, vor der sie nun standen, und es war wenig wahrscheinlich, dass einer von ihnen durchfiel. Aber dennoch ...

Die Tür zum Saal war geschlossen. »Wer ist dran?«, fragte Elidar gedämpft.

»Luriel, glaube ich.« Valon verschränkte die Hände fest ineinander. Er musterte Elidar besorgt. »Willst du zuerst oder nach mir?«

»Ich glaube nicht, dass wir das selbst entscheiden können«, murmelte Elidar.

Die Tür auf. Die beiden sahen sich an. »Viel Glück«, hauchte Elidar.

»Du machst das schon«, erwiderte Valon.

Dann schritten sie Seite an Seite in den großen Saal, in dem sie das Prüfungskomitee erwartete.

Magnifizenz Sturm und Honorabilis Bär sahen ihnen wohlwollend entgegen, der Novizenmeister mit der gewohnt grämlichen Miene, und als vierter saß Erzmagus Sarcinor, der Oberste Magier des Salamanderordens, an dem langen Tisch.

Elidar verspürte Unbehagen bei seinem Anblick. Jeder wusste, dass die beiden größten ledonischen Magierorden sich nicht sonderlich gewogen waren, und Calixtus Sarcinor war berüchtigt für seine Vorliebe, den Prüflingen des Spinnenordens das Leben richtig sauer zu machen.

»Unsere beiden Meisterschüler«, sagte der Novizenmeister Spectabilis Grimm. »Wir werden euch heute gründlich auf den Zahn fühlen, meine Herren. Setz dich dort drüben an den Tisch, Valon.«

Elidar fühlte ihr Herz in der Kehle klopfen. Sie schluckte.

Honorabilis Bär lächelte ihr beruhigend zu. »Wir beginnen mit dir, Elidar. Bist du bereit?«

»Bereit«, sagte sie heiser.

Die Prüfung begann mit einigen theoretischen Fragen, die ihr keine Schwierigkeiten bereiteten. Sie begann sich ein wenig zu entspannen, als Sarcinor das Wort ergriff. »Nenne mir die drei und die sieben Hindernisse«, forderte er.

Die drei und die sieben Hindernisse wovon? Elidar schaute sich ratlos um. Honorabilis Bär und Magnifizenz Sturm formten beide gleichzeitig auf dem Tisch ein Spitzdach mit den Fingern und schlossen die Augen.

»Die drei Hindernisse sind Frost, Hitze und Unbeweglichkeit«, sagte Elidar erleichtert. »Die sieben sind Ärger, Neugier, Langeweile, Überheblichkeit, Erregung, Schläfrigkeit und Angst.«

Sarcinor murmelte unzufrieden. »Nenne mir die wichtigste Voraussetzung des langsamen Zerfalls.«

Der langsame Zerfall war ein Zauber, den niemand mehr anwandte. Er war zu unzuverlässig und schwer zu kontrollieren, und wenn er aus dem Ruder lief, konnte das einen ganzen Gebäudeteil für immer ruinieren. Elidar biss die Zähne zusammen. Sarcinor stellte wahrhaftig Fragen aus den obskursten Winkeln des magischen Wissens, um sie zum Kentern zu bringen.

»Das Objekt muss in irgendeiner Weise beschädigt sein«, antwortete sie.

»Und welchen Anstoß benötigt man?«

»Der zuverlässigste Anstoß ist ein halbierter Apfel.« Sarcinor begann triumphierend zu lächeln, und Elidar setzte eilig hinzu: »Ein halbierter, *wurmstichiger* Apfel, Erzmagus.«

Der Magier senkte geschlagen den Kopf und machte eine Handbewegung zu seinem Amtskollegen hin.

»Ich denke, wir können auf weitere Proben deines Wissens verzichten«, erklärte Sturm. »Setz dich eine Weile dort drüben hin, wir werden jetzt deinen Mitnovizen prüfen.«

Die Fragen, die jetzt auf ihn niederprasselten, hätten ihr keine großen Schwierigkeiten bereitet, und auch Valon bestand diesen Teil der Prüfung mit Bravour. Als er wieder zu ihr zurückkehrte, war sein Gesicht mit feinen Schweißperlen bedeckt, aber er lächelte.

»Elidar«, sagte Calixtus Sarcinor, als sie sich erneut ihren Prüfern näherte. »Du bist das Wunderkind unter den Wunderkindern – der vorgebliche Äthermagier, habe ich recht?« Er schnaubte verächtlich.

»Ja, Erzmagus«, erwiderte Elidar ruhig.

»Dein ehemaliger Mitnovize, Magister Tonitrus, hat mir von dir erzählt«, fuhr der Salamandermagier fort. »Du scheinst ihm ja einen schönen Bären aufgebunden zu haben.«

Valerian hatte vor zwei Wochen seine Prüfungen bestanden, das hatte Valon ihr schon berichtet. Elidar blickte Sarcinor aufmerksam und reglos an.

»Nun?«, fragte der scharf.

»Was wollt Ihr wissen, Erzmagus?«

»Hast du ihm erzählt, du wärest Äthermagier oder nicht?«

»Nein, Erzmagus.«

»Du hast es ihm also nicht erzählt?«

»Nein, Erzmagus. Er hat es selbst herausgefunden.«

Sarcinor lachte höhnisch und sah seinen Amtsbruder an. »Du lässt dir allerlei bieten von deinen Novizen, Casarius.«

Sturm verzog keine Miene. »Wir sollten jetzt zur praktischen Prüfung schreiten«, sagte er nur. »Elidar, ich möchte, dass du diesen Hocker anhebst und dort drüben auf dem Tisch platzierst.«

Elidar seufzte innerlich. Schwebezauber waren nach wie vor ihre schwache Seite, und Sturm wusste das. Sie fragte sich, warum er ihr genau das auferlegte. Aber dann sah sie das enttäuschte Gesicht Sarcinors und verstand. Der Salamandermagier schien von ihren Stärken und Schwächen zu wissen, und er hatte sich gewiss eine viel schwierigere Aufgabe ausgedacht, mit der er ihre windmagischen Kräfte geprüft hätte. Aber so war Sturm ihm zuvorgekommen – und jetzt musste sie den Zauber nur noch bewältigen.

Sie atmete aus und schloss die Augen. Wie immer war das lodernde Feuer in ihrem Inneren zum Greifen nah und verleitete sie dazu, es zu packen und zu benutzen. Leider würde sie damit den Hocker zur Explosion bringen und nicht zum Schweben, deshalb ignorierte sie seinen Lockruf und suchte hinter dem Feuer nach den schwachen Bewegungen der Windenergie. Sie fasste das sanfte Wehen mit vorsichtigen Geistfingern, formte es behutsam zu einem kleinen, dichten Ball und führte ihn unter den Hocker. Dann öffnete sie die Augen, holte tief Luft und schob ihren Atem hinterher. Der Windenergie-Ball blähte sich auf und der Hocker erhob sich eine Handspanne über den Boden. Wieder holte sie Wind, formte und schob, blies und lenkte, bis schließlich der Hocker schaukelnd und kippelnd über dem Tisch schwebte und sich mit einem satten Knall darauf niederließ.

»Das war allenfalls mittelprächtig«, kommentierte seine Magnifizenz streng, aber seine Augen lächelten ihr zu. »Ich hoffe sehr, dass du dich bei der nächsten Aufgabe etwas mehr bemühst, Elidar. Sei nicht zu selbstsicher, hörst du?«

Sie lächelte schwach zurück. Sie beide wussten, dass dies das beste Ergebnis war, das sie in dieser Disziplin erzielen würde. Sturm war es ebenso wie ihr ein Rätsel, warum sie so eine überaus schwache Leistung in ihrem ureigenen Gebiet erbrachte, aber er hatte ihr versprochen, herauszufinden, was sie derart hemmte, und dass sie nach der Beseitigung des Hindernisses stärker sein würde als jeder andere im Orden.

Sturm nickte ihr zu und erteilte mit einer Handbewegung Honorabilis Bär das Wort. Der lehnte sich behäbig zurück und sagte: »Mir gefällt der Hocker dort oben nicht. Zerstöre ihn.«

Elidar musste sich ein breites Lachen verkneifen. Bär wusste, dass dies ihre beste Disziplin war. Sie machte eine beiläufige Geste mit Zeigefinger und Daumen, und der Hocker explodierte mit einem dramatischen Funkenschauer in tausend Splitter, die sich in der Luft entzündeten und verglühten, bevor sie auf dem Boden auftrafen. Der Salamandermagier riss die Augen auf. »Windmagier, was?«, sagte er.

Sie hörte Valon unterdrückt lachen und sah das befriedigte Glitzern in Bärs kleinen Augen. »Danke«, sagte der Honorabilis und winkte seinem Nachbarn zu.

»Ich mache es ähnlich kurz wie mein geschätzter Kollege«, sagte Spectabilis Grimm. »Lass es regnen. Draußen!«, fügte er hastig hinzu.

Elidar bewältigte die leichte Aufgabe und wappnete sich dann für den Angriff des Salamandermagiers. Erde war das Element, das noch fehlte. Was würde Sarcinor sich Kniffliges für sie ausdenken?

Der Erzmagus ihres Bruderordens überraschte sie alle. Er lehnte sich ähnlich behäbig zurück, wie Bär es gerade getan hatte, faltete die Hände über dem Bauch und sagte: »Man hat mir zugetragen, dass deine Lehrer dich den gesamten ersten Abschnitt über haben dämpfen müssen, weil du nicht fähig warst, deine Kräfte zu kontrollieren. Stimmt das?«

Elidar protestierte, und gleichzeitig erhoben sich die Stimmen Bärs und Sturms. Der Salamandermagier sah sich befriedigt lächelnd um. »Was für ein Aufruhr«, sagte er sanft. »Nun, man wird doch fragen dürfen. Also, junger Mann, zeige mir, was du gegen einen Dämpfer unternimmst.« Er zeigte auf Elidar, zischte den Bann, und Elidar fühlte, wie das vertraute, beengende Gefühl des Eisenbandes sich um ihre Stirn und die Schläfen legte.

»Das ist doch lächerlich …«, fuhr Bär auf, und auch Casarius Sturm protestierte: »Calixtus, das halte ich für eine überaus ungeeignete Prüfung eines Schülers!«

Sarcinor lächelte. »Welche Vorschrift spricht dagegen?«, fragte er ölig. »Ich denke, mit so etwas sollte ein angehender Magister fertig werden. Oder?«

Elidar nickte Sturm unmerklich zu. Er ließ sich wieder in seinen Stuhl zurücksinken. »Also bitte«, sagte er mit einer resignierten Handbewegung.

Elidar lächelte dem Salamandermagier zu. »Bann gerochen, Bann gebrochen«, zitierte sie einen alten Magierwitz.

Calixtus Sarcinor runzelte unwillig die Stirn. »Du bist frech, junger Mann.«

Elidar zuckte mit den Schultern. Der Dämpfer war unwirksam, aber das wusste niemand hier im Raum. Prinzessin Morgenblüte hatte ihr längst gezeigt, wie man damit umging, und ihre Methode einen solchen Zauber zu brechen, war mit Sicherheit keinem der Männer hier im Raum bekannt. Sie regte keinen Finger, sah dem Salamandermagier gerade in die Augen und flüsterte: »Fervefacio«.

Der Zauber ging ordentlich daneben. Sie hatte den Zorn unterschätzt, der in ihr aufgeflammt war, als der Erzmagus sie so herablassend behandelte. Eigentlich hatte sie seinen prächtigen Backenbart nur ein wenig an den Spitzen ansengen wollen, aber stattdessen ging er lichterloh in Flammen auf.

Der Magier, der noch darauf wartete, dass sie sich mit dem Dämpfer abmühte, hatte keine Gelegenheit, einen Abwehrzauber zu sprechen. Er konnte nur die Arme in die Luft werfen und vor Überraschung und Schreck laut aufschreien.

Valon reagierte zuerst wieder. Er riss die Hände zur Brust und brüllte: »Exstingue!« Ein scharfer Knall und das Feuer erlosch. Zurück blieb ein Erzmagus, dessen bartloses, aber ansonsten unversehrtes Gesicht leicht vor sich hinrauchte.

»Bravo, meine Jungs«, murmelte Honorabilis Bär.

Der Erzmagus befühlte seine glatten Wangen, und Elidar rechnete mit einem Wutausbruch. Aber Sarcinor überraschte sie.

»Das war allerdings beeindruckend«, sagte er, sich an Sturm wendend. »Aber, mein lieber Casarius, du wirst mir zustimmen, dass dies nicht das Werk eines Windmagiers war.« Er lächelte, verzog dann das Gesicht und betastete erneut seine leicht geröteten Wangen.

Sturm hüstelte. »Es mag sein, dass Elidars windmagische Fähigkeiten sich gelegentlich als etwas unkalkulierbar erweisen. Aber dennoch – er ist unbestreitbar ein Äthermagus, und damit ist die Windmagie sein Element.«

»Casarius«, rief Sarcinor gequält aus. »Du willst es einfach nicht wahrhaben, alter Freund! Dieser junge Magus dort ist ein begabter Bursche, der sich ausgezeichnet auf sein Element versteht – das Feuer, Casarius. Das Feuer!« Er schlug mit der flachen Hand bekräftigend auf den Tisch. Elidar sah, dass der Novizenmeister zustimmend nickte, und auch Bär wiegte nachdenklich den Kopf.

Casarius Sturm beugte sich vor und starrte Sarcinor finster an. »Äther und Feuer gehen nicht zusammen«, sagte er.

»Du sagst es.«

Sturm biss die Zähne aufeinander. »Bitte – prüfe ihn.«

Die beiden anderen Magier protestierten. »Casarius, dies ist eine Magisterprüfung«, mahnte Bär.

Sturm sprang auf. »Ja, meine Herren, dies ist eine Magisterprüfung! Und es ist eine Farce, was wir daraus gemacht haben!« Er schlug mit der Faust auf den Tisch, und alle sahen ihn verblüfft an. So ein Ausbruch sah der beherrschten Magnifizenz nicht im Mindesten ähnlich.

»Erinnert ihr euch noch an eure Prüfung?«, fuhr er etwas leiser, aber mit der gleichen Vehemenz fort. »Erinnert ihr euch, dass wir tagelang auf die Probe gestellt wurden, bis wir Blut geschwitzt und vor Erschöpfung gezittert haben?«

Spectabilis Grimm nagte nachdenklich an seiner Unterlippe. Bär schaute auf seine Hände nieder, und Sarcinor hüstelte.

»Was sind das heute für Magisterprüfungen? Wir fragen sie ein wenig ab wie Novizen des ersten Abschnitts, aus lauter Furcht, einen von ihnen zu verlieren«, ereiferte sich Sturm. »Wir haben Sprenz zum Magister gemacht! Sprenz! Er ist kaum in der Lage, einen Bannspruch von einer Beschwörung zu unterscheiden! So jemand wäre zu meiner Zeit nicht einmal als Proband angenommen worden!«

Der Novizenmeister legte das Gesicht in die Hände, und Bär brummte betroffen. Sarcinor sah seinen Amtsbruder an. »Du hast recht, Casarius«, sagte er. »Oh, du hast recht! Aber was bleibt uns denn? Der Nachwuchs ist spärlich geworden, und die Kräfte werden von Generation zu Generation schwächer. Wir sterben aus, meine Herren! Wir sind die letzten Magier!«

Stille. Elidar warf Valon einen schnellen Blick zu und sah, dass er bleich geworden war.

Honorabilis Bär fasste sich als erster. »Wir sollten diese Prüfungen nun beenden«, sagte er. »Lasst nicht unsere begabtesten Schüler darunter leiden, dass wir selbst ratlos sind.«

Sturm schüttelte den Kopf. »Nein, Nicodemus. Gerade unseren begabtesten Novizen sollten wir diese Schande nicht antun. Sie verdienen es, ernsthaft geprüft zu werden – so, wie wir damals von unseren Meistern ernsthaft geprüft worden sind!«

Wieder herrschte Stille. Elidar wechselte beklommene Blicke mit Valon.

Dann löste sich beinahe fühlbar die Spannung im Raum. Der Erzmagus nickte, Spectabilis Grimm murmelte seine Zustimmung, und Bär wiegte endlich den Kopf und hob geschlagen die Hände. »Tut, was ihr nicht lassen könnt«, sagte er. »Aber ihr wisst, dass ihr damit riskiert, unsere Besten zu verlieren.«

Seine Worte standen eine Weile zwischen den Magiern. Elidar fröstelte.

»Keine Zaghaftigkeit, meine Herren. Ich vertraue auf meine Novizen.« Casarius Sturm rieb sich die Hände. »Wir beginnen mit Valon. Keine Einwände? Gut.« Er nickte Elidar zu. »Bitte halte dich draußen bereit, mein Junge. Es wird nicht lange dauern.«

Elidar wanderte im Vorraum des Saals auf und ab und zählte die Quadrate des rotweiß gemusterten Kachelbodens.

Endlich öffnete sich die Tür. Valon kam heraus, blass, aber triumphierend. Elidar bekam keine Gelegenheit, ihn nach dem Ablauf der Prüfung zu fragen, denn gleich hinter ihm stand Bär, der einladend die Tür aufhielt.

Die Magier standen mitten im Raum und redeten leise miteinander. Bär schob Elidar in ihre Mitte und schloss selbst den Kreis.

»Feuer, Wasser, Erde und Wind«, sagte Casarius Sturm, deutete dabei auf jeden seiner Kollegen und auf sich. »Das ist der alte Kreis einer Magierprüfung. Du wirst uns deinen Geist öffnen und dich bemühen, dem zu begegnen, was wir dir schicken.« Die vier Magier reichten sich die Hände und senkten die Lider.

Elidar schloss ebenfalls ihre Augen und wartete. Nichts geschah. Sie blinzelte durch die gesenkten Lider, aber das Gesicht Sturms, auf das sie schaute, war still und konzentriert.

Dann, plötzlich, durchfuhr sie das Gefühl eisiger Kälte. Elidar keuchte auf und stemmte sich mit aller Macht dagegen. Vergebens. Das Eis kroch an ihrem Körper empor und ließ ihre Glieder erstarren. Sie fühlte, wie ihre Finger und Zehen abstarben. Panik stieg in ihr auf. Sie spannte ihre Muskeln, aber das ließ das Eis nur noch schneller an ihr emporwachsen. Es ergriff ihr Gesicht und lähmte alle Muskeln. Sie erkannte, dass sie sterben würde, die Magier würden sie töten, wenn es ihr nicht gelang, den Zauber zu besiegen.

Elidar floh tief in ihr Innerstes und wärmte sich an dem Feuer, das dort brannte – dann war es plötzlich vorbei. Das Eis war fort, als wäre es nie dagewesen. Etwas hatte den Zauber gebrochen.

Die Magier atmeten tief ein und ließen ein tiefes Summen ertönen. Augenblicklich woben sich allerfeinste Fäden um

Elidar, spannen sich um ihre Arme, fesselten jeden einzelnen ihrer Finger, schnürten ihre Augenlider zu, woben sich als Gespinst um ihren Brustkorb und ihren Kopf. Sie war versucht zu lachen, denn das Spinnengewebe kitzelte sie, aber das verging schnell, denn die hauchfeinen Fäden wurden zu Drähten, die sie einschnürten und zu ersticken und zerquetschen drohten.

Dieses Mal wartete sie nicht darauf, dass die Angst sie lähmte. Sie zog sich zurück in ihren Kern, ließ sich vom Feuer wärmen, suchte nach der Kraft, um dem Zauber zu begegnen – und entdeckte, dass er im gleichen Moment schon gebrochen war.

Sie hörte die Magier unruhig murmeln und sich bewegen und öffnete die Augen. Der Kreis hatte sich geöffnet, der Novizenmeister hielt sich mit schmerzverzerrter Miene das Handgelenk. Nicodemus Bär beugte sich darüber und sprach eine Heilformel.

»Ich bitte für meine Unaufmerksamkeit um Vergebung«, sagte der Novizenmeister endlich und wischte sich über die Stirn. »Wir können weitermachen.«

Wieder schloss sich der Kreis. Die vier Magier hoben die Hände und berührten mit den Zeigefingern Elidars Stirn, Hinterkopf und Schläfen. Sie wappnete sich.

Der Sturm toste heftig. Von allen Seiten schlugen Kräfte auf sie ein, zerrten an ihr und brachten sie ins Wanken. Ohrenbetäubender Lärm ließ sie ertauben, Blitze blendeten sie, Hitze und Kälte zermürbten Geist und Körper. Elidar schlang die Arme um den Leib und warf ihr Feuer gegen die auf sie einstürmenden Kräfte. Doch da war Wasser und löschte es, Wind ließ es als nutzlose Funken in alle Richtungen stieben, Erde bedeckte und erstickte die Glut, Feuer stand ihrem Feuer entgegen und kesselte es ein …

Elidar sank tiefer, unter das Feuer in ihrem Inneren und fand Nichts. Sie tauchte durch das Feuer wieder empor und warf Nichts dem tobenden Chaos der Elemente entgegen, deckte Nichts über die sengende Glut und das reißende Wasser, die erstickende Erde, den fauchenden Sturmwind. Nichts breitete sich aus, schob die Kräfte hinaus aus ihrem Inneren, fegte durch den Kreis aus reiner Magie, legte sich über die Angreifenden, ließ alle Luft aus dem Raum entweichen, drückte die Magier zu Boden, nahm ihnen die Luft zum Atmen, krümmte ihre Knochen und verdrehte ihre Körper, vertrieb die Lebensfunken aus ihrem Inneren, nahm ihnen alle Kraft und jede Form der Magie und quetschte sie zu kleinen, zuckenden Gebilden zusammen, die darum flehten, sterben zu dürfen …

»Elidar«, hörte sie eine ersterbende Stimme stöhnen. »Um der Dunklen Nigh Willen – halt ein!«

Sie wollte nicht. Es gelüstete sie, diese winzigen, lächerlichen Existenzen zu vernichten und danach das Nichts weiter hinaus zu schicken, das Haus und die Stadt damit zu bedecken, Ledon, das Imperium, die Länder hinauf bis zum Steinernen Wall und hinunter bis zum Ozean … Alle würden sterben, Menschen, Tiere und Pflanzen, denn wo Nichts war, konnte nichts leben. Alle außer ihr würden sterben, nur Drachen konnten im Nichts existieren.

Die Tochter des Drachen breitete auf dem Höhepunkt der Ekstase die Arme aus, legte den Kopf in den Nacken und rief das Nichts zurück. Und es gehorchte ihrem Ruf, zog sich zusammen, ließ sich von ihr aufnehmen wie ein folgsames Hündchen und zurückbringen unter das Feuer, das in ihrem Inneren brannte und das Nichts vor der Welt beschützte – oder beschützte es die Welt vor dem Nichts?

Elidar sank in die Knie und barg das Gesicht in den Händen, bis auf die Knochen erschöpft. Die Magier lagen wie vom Unwetter niedergemähte Weizenhalme auf dem Boden und regten kein Glied mehr. Elidar konnte nicht erkennen, ob sie noch atmeten oder ob sie tot waren. Sie lauschte der Stille in ihrem Inneren und suchte nach der Quelle der Macht, die sie eben noch so gewaltig aus sich hatte herausbrechen fühlen. Aber sie fand nur das schwach glimmende Feuer, das ihr ständiger Begleiter war. Sie konnte sich nicht erklären, was mit ihr geschehen war, und sie wusste nicht, ob sie jemals in der Lage sein würde, das zu wiederholen – ob sie das überhaupt wollte. Zu gewaltig war die

Kraft gewesen, zu groß und übermächtig die dunkle Versuchung, die vollkommene Zerstörung zu genießen.

Ein Keuchen und eine Bewegung in ihrer Nähe ließen sie die Augen öffnen und den Kopf heben. Zu erschöpft, um Erleichterung zu verspüren, beobachtete sie, wie zwei der zusammengesunkenen Magier sich regten. Nicodemus Bär war der erste, der seinen Kopf hob und mit einem Knurren auf die Knie kam. Er half dem neben ihm liegenden Novizenmeister, sich aufzusetzen und hinkte dann zu Casarius Sturm hinüber, der noch in tiefer Ohnmacht lag.

Elidar vernahm den schwachen Hilferuf, den der Novizenmeister aussandte, in ihrem Inneren.

Es dauerte keine drei Atemzüge, bis der Cubicular, gefolgt von drei jüngeren Magistern, hineinstürmte. Elidar sah die grenzenlose Überraschung in seinem Gesicht, aber er fasste sich schnell und gab den jüngeren Magistern hastige Anweisungen. Jeder von ihnen eilte zu einem der Magier und kniete neben ihm nieder. Da verließen Elidar die Kräfte, sie sank zu Boden und wurde von Dunkelheit empfangen.

19

Die sonst im Frühherbst begangene feierliche Einkleidungszeremonie der neuen Magister konnte erst zum Einbruch des Winters stattfinden. Casarius Sturm war nach dem Vorfall bei Elidars Prüfung in schlechter Verfassung.

Valon berichtete ihr, dass das Ordenshaus vor Gerüchten summte wie ein aufgescheuchter Bienenstock. Vorbei war es mit der beschaulichen Stille und der Geruhsamkeit, die sonst im Haus herrschte; selbst den gelassensten, erfahrensten und abgeklärtesten unter den älteren Magiern gelang es nicht, vollkommen unberührt zu bleiben, geschweige denn, ihre Mitbrüder zur Ordnung zu rufen.

Valon ging es nicht anders als allen anderen Magiern und Novizen des Ordens: Er platzte schier vor Neugier zu erfahren, was bei Elidars Prüfung wirklich vorgefallen war. Aber Elidar konnte und wollte nicht mit ihm darüber sprechen, sie konnte das Geschehene selbst nicht erklären und einordnen und war durch das Erlebnis bis in die Tiefen von Körper und Geist erschüttert worden.

Eusebian, der Cubicular, hatte sich in der Nacht um sie gekümmert, als sie in ihrer Kammer aus der Bewusstlosigkeit erwacht war. Er war es auch, der ihr berichtete, dass keiner der Prüfer durch ihren Ausbruch getötet worden war. Elidar, die das Allerschlimmste befürchtet hatte, war gleich nach diesen Worten in tiefen Schlaf gefallen, der zwei Tage und drei Nächte andauerte, und aus dem sie geschwächt, hungrig und orientierungslos erwachte. Sie wusste nicht, was sie nun erwartete – eine Bestrafung? Womöglich die Wiederholung der Prüfung oder noch schlimmer: der Ausschluss aus dem Orden?

Nicodemus Bär war der Erste, der sie aufsuchte. Elidar saß auf ihrer Schlafstelle und las in den »Prinzipien einer zeitgemäßen Elementmagie« – oder vielmehr, sie starrte auf die Buchseite, ohne den Sinn der Worte und Sätze zu erfassen, nagte an ihrem Daumennagel und grübelte.

Plötzlich öffnete sich die Tür und Honorabilis Bär murmelte: »Ist es erlaubt?«

Elidar erstarrte, stand dann hastig auf. Das Buch fiel zu Boden. Jetzt kam also endlich das, wovor sie sich fürchtete – aber sie hatte nicht damit gerechnet, dass es der Stellvertreter seiner Magnifizenz sein würde, der sie deswegen aufsuchte. Wäre ihr Besucher der Novizenmeister, dann hätte sie sich Hoffnungen machen dürfen, dass die zu erwartende Bestrafung möglicherweise weniger hart ausfiel – aber der Honorabilis? Das verhieß Schlimmes.

Bär brummte beruhigend. »Setz dich wieder hin, Elidar, du siehst aus, als würdest du jeden Moment umkippen.« Er zog sich einen Hocker heran, auf dem er sich vorsichtig niederließ, und hob dabei das Buch vom Boden auf.

Er beugte sich vor und musterte Elidar, die sich wieder auf den Rand ihrer Liege gesetzt hatte. »Du bist blass und hohläugig«, sagte er anklagend. »Hat Eusebian sich nicht anständig um dich gekümmert?«

Elidar versicherte ihm, dass der Cubicular sie sogar geradezu verhätschelt habe.

Bär nickte. »Gut«, sagte er. »Es tut mir leid, dass ich heute erst zu dir komme, aber du hast uns alle gründlich außer Gefecht gesetzt.« Er schmunzelte ein wenig gequält. »Ich fürchte, es hat unser Verhältnis zum Salamanderorden nicht verbessert, dass du dem Erzmagus erst den Backenbart abgefackelt und ihn dann beinahe umgebracht hast.«

Elidar lächelte pflichtschuldig und entspannte sich ein wenig. Es schien, als würde sie nicht gehen müssen.

Nicodemus Bär streichelte gedankenverloren über den Einband des Buches. »Wir rätseln seit der Prüfung, was genau geschehen ist«, sagte er. »Kannst du uns aufklären?«

Elidar schüttelte den Kopf. »Ich habe niemals zuvor auf diese Kraft zugreifen können«, sagte sie. »Ich hätte euch alle um ein Haar getötet.« Und die ganze Welt gleich mit, dachte sie, obwohl ihr dieser Gedanke jetzt, wo sie auf ihrem Bett saß, beinahe lächerlich anmaßend erschien.

Bär rieb sich die Nase. »Es war eindrucksvoll«, murmelte er. »Seine Magnifizenz möchte dich gerne darüber befragen, aber er ist noch nicht soweit wiederhergestellt, dass wir ihm das erlauben können.« Er lächelte über den kleinen Scherz, aber der Ausdruck seiner Augen war besorgt.

Er legte das Buch behutsam auf ihr Bett und erhob sich. »Betrachte dich bis zu eurer Einkleidung als Magister praestolatus. Du bekommst ein größeres Zimmer zugewiesen, wenn du das wünschst.« Er blickte sich missbilligend um. »Wenn ich dir etwas raten darf: Wünsche es dir!«

Valon kam zu ihr, kaum dass Bär zur Tür hinaus war, er musste draußen gewartet haben. Er musterte sie mit unverhohlener Neugier. »Wir werden alle noch nicht eingekleidet wegen dir«, sagte er mit leisem Vorwurf.

Elidar nahm seine Worte gelassener hin, als sie selbst erwartet hätte. Aber vor dem Hintergrund des Geschehenen war die aufgeschobene Einkleidung wahrhaftig ohne große Bedeutung. Sie betrachtete Valon mit dem neuen Blick, den sie seit der Prüfung für diese so zerbrechliche Welt übrig hatte.

Er war ebenso wie sie kein Kind mehr, sondern ein ernsthafter junger Mann mit einer aristokratischen Erscheinung, derer er sich durchaus bewusst war. Elidar sah, dass er aufgehört hatte, sich die Haare zu scheren. Die dunkelblonden Stoppeln auf seinem Kopf waren schon so lang, dass er damit bereits ein gutes Stück vor der Prüfung aufgehört haben musste. Elidar lächelte. Auch Valerian hatte sich ständig darüber beklagt, wie unzumutbar er die Sitte fand, den Novizen die Köpfe zu scheren. Sie fuhr sich unwillkürlich über den Kopf, wo ebenfalls ein dichter, feiner Flaum wuchs. Würde sie mit Haaren am Ende weniger wie ein Mann aussehen?

»Was grinst du so?«, fragte Valon ein wenig verstimmt. Er schien die verschobene Einkleidung weniger gelassen zu nehmen als Elidar. »Ich ärgere mich darüber, natürlich. All die Equils warte ich darauf, endlich aus diesen würdelosen Lappen herauszukommen, den richtigen Habit anzuziehen und als Magister anerkannt zu sein – und dann kommst du und bringst alles durcheinander!« Er schniefte und verschränkte die Arme vor der Brust. »Ich stecke noch immer in Novizenkleidern – und mein Bruder darf sich längst ›Magister Tonitrus‹ nennen. Was für ein Name!«

Elidar nickte versonnen. Magister Donner, das war der Name, den Valerian sich bei ihren Spielen immer gegeben hatte. Magister Donner und Magister Zorn – so wollten sie beide die Welt das Fürchten lehren. Und jetzt war Valerian ein Salamandermagier, und sie selbst stand vor der Ungewissheit, ob seine Magnifizenz sie überhaupt zum Magister ernennen würde.

»Gehen wir ein wenig in den Garten, bevor du mir das ganze Bett über den Boden verteilst?«, fragte sie Valerians Bruder, der mit verdrossener Miene in ihrer Strohmatratze herumbohrte und Halm um Halm herauszog.

Er stand wortlos auf und öffnete die Tür.

Sie spazierten eine Weile über die geharkten Kieswege des Gartens. Elidar atmete in tiefen Zügen die frische, ein wenig feuchte Luft. Sie war noch unsicher auf den Beinen, aber mit jedem Schritt gewann sie Festigkeit und Kraft zurück, als gäbe ihr der Boden unter den Füßen und der Himmel über ihrem Kopf Stärke und neue Zuversicht.

Sie war so sehr in Gedanken versunken, dass sie erst nach einer ganzen Weile das Tuscheln und die Blicke bemerkte, die ihren Weg begleiteten.

Dann liefen sie Luriel und Sprenz über den Weg, die neben dem kleinen Teich auf- und abgingen. Luriel, ein massiger Bursche, dessen Statur und Gemüt eher zu einem Fleischer als zu einem Gelehrten passte, sah Elidar und stemmte die schaufelgroßen Hände in die Seiten. »Schau, wer da kommt«, dröhnte er.

Sprenz, immer noch so rattengesichtig und schmächtig, wie er als Kind gewesen war, fletschte die Zähne. »Unser Meisterschüler«, zischelte er. »Danke, du Streber. Du hast es nach Strich und Faden vermasselt.«

»Uns allen vermasselt«, fügte Luriel grollend hinzu.

Valon musterte seine beiden ehemaligen Gefolgsleute abschätzig. »Ihr solltet lieber euren Mund halten«, sagte er gefährlich sanft. »Wenn ihr die gleiche Prüfung hättet bestehen müssen, die sie uns auferlegt haben, würdet ihr jetzt hier im Haus die Keller fegen dürfen. Oder die Sickergruben ausräumen. Also seid dankbar, dass ihr euch bald Magister nennen dürft, auch wenn es mir wehtut, dass ich dann mit euch in einem Topf stecke.«

Sprenz quiekte beleidigt und Luriel hob drohend die Fäuste. »Du Lackaffe«, knurrte er. »Du eingebildeter, arroganter Schnösel. Glaubst wohl immer noch, dass du was Besseres bist als wir, he? Aber wir sind alle gleich im Haus, und deine feine Familie ist hier keinen Pferdeapfel wert!«

Valon lächelte und hob eine Augenbraue. »Einfaltspinsel«, sagte er.

Luriel schlug zu, aber Valon tänzelte mit amüsierter Miene beiseite. Elidar hörte, wie er einen Spruch wisperte, den sie aus einem obskuren Werk über die Bergmagier der ledonischen Nordprovinz kannte, auf das sie kurz vor ihrer Prüfung in der Bibliothek gestoßen waren. Sie blickte interessiert zu Luriel. Eigentlich war es fast unmöglich, dass dieser Zauber eine Wirkung zeigen würde, so seltsam war er konstruiert. Aber anscheinend hatte Valon ihn richtig eingeschätzt, denn Luriel ächzte und schloss die Augen, als hätte ihn ein kalter Windstoß getroffen. Er schlang die Arme um den Leib, stöhnte: »Du Mistkerl!«, und rannte davon. Sprenz zog den Kopf ein und eilte hinter Luriel her.

»Erstaunlich«, murmelte Valon. »Ich hätte nicht gedacht, dass er funktioniert.«

Elidar pflichtete ihm bei. »Wir sollten uns jetzt lieber von den bewussten Räumlichkeiten fernhalten. Es könnte dort schlecht riechen.«

Valon boxte mit der Hand gegen ihre Schulter. »Ganz deiner Meinung«, rief er gut gelaunt.

Sie setzten ihren Spaziergang fort, ohne noch einmal über die Prüfung oder ihre Anerkennung zu sprechen. Allerdings fragte Elidar nach einer Weile, ob Valon in den letzten Tagen mit Casarius Sturm gesprochen oder ihn gesehen habe.

Valon verneinte. »Bär führt derzeit die Geschäfte des Ordens«, erklärte er. »Anscheinend hat seine Magnifizenz den Vorfall bei unserer Prüfung nicht gut überstanden.« Er vermied es, Elidar anzusehen.

Sie seufzte. »Er wird mich hinauswerfen«, sprach sie ihre geheimsten Befürchtungen aus. »Das kann er nicht einfach so übergehen. Bär bringt es nicht übers Herz, mir das zu sagen. Deshalb schieben sie die Einkleidung auf, Valon. Sie werden mich feierlich hinauswerfen und dann werdet ihr drei anerkannt.« Sie seufzte wieder.

»Rede nicht so einen Unsinn«, erwiderte Valon, aber es klang nicht sonderlich überzeugt. »Was willst du?«, fuhr er im gleichen Atemzug einen Novizen an, der sich ihnen schüchtern genähert hatte.

»Sei nett«, mahnte Elidar leise.

Der Novize, ein magerer Junge mit großen roten Ohren, gab sich alle Mühe, sie nicht ungebührlich anzustarren. »Seine Magnifizenz«, stieß er atemlos hervor, ganz überwältigt davon, dass der oberste Magier des Ordens ihn wahrgenommen und dann auch noch mit einer so wichtigen Aufgabe betraut hatte. »Seine, seine, seine Magnifizenz ...« Valon verdrehte die Augen.

»Ganz ruhig«, sagte Elidar. »Atme erst einmal tief durch. Hat Bär euch das nicht beigebracht? Immer erst ein- und ausatmen, ehe man sich in einen Zauber stürzt.« Sie lächelte dem Jungen zu, dessen Ohren bei ihren Worten noch roter wurden.

»Seine Magnifizenz schickt mich«, sagte er. »Er bittet, bittet euch ... bittet euch ...«

»Bittet, bittet, bittet uns ...?«, rief Valon ungeduldig. »Könntest du damit aufhören, seiner Magnifizenz und uns die Zeit zu stehlen?«

Der Novize verstummte gänzlich und leckte sich über die Lippen. Dann flüsterte er: »Ich soll euch zu seiner Magnifizenz bringen, bitte.«

Elidar und Valon sahen sich verblüfft an. »Dann mal los«, sagte Elidar nach einer kleinen Pause, in der ihr Herz einen kurzen Ausflug in ihre Kehle unternommen hatte.

Sie folgten dem Novizen und seinen leuchtenden Ohren ins Haupthaus und die Treppe hinauf. Er führte sie zu den Räumen seiner Magnifizenz und klopfte dort mit vor Wichtigkeit geblähter Brust an.

Sie hörten keine Antwort, aber die Tür schwang auf. »Danke, Rufus«, flüsterte es in ihre Ohren. »Elidar, Valon, tretet ein.«

Das Zimmer lag im Dunkeln, die dichten Vorhänge waren vorgezogen und nur das Kaminfeuer spendete ein wenig Licht. Niemand saß hinter dem Schreibtisch oder im Lehnsessel neben dem Kamin.

Valon schaute sich unschlüssig um, und Elidar machte zwei Schritte ins Zimmer hinein. »Eure Magnifizenz?«, sagte sie halblaut.

Die Tür zum Nebenzimmer öffnete sich – diesen Raum hatte noch keiner von ihnen jemals betreten. Auch dort war es dunkel, aber als sie eintraten, glomm ein Licht auf und erhellte den hinteren Teil des Zimmers.

Sie fanden sich in einem kleinen Raum, der nicht viel mehr Mobiliar enthielt als Elidars Zimmerchen: ein schmales Bett, einen Lehnstuhl, zwei Hocker und einen kleinen Tisch. Im Lehnstuhl, in einen voluminösen Hausmantel gehüllt, saß Casarius Sturm und trank Tee aus einem Becher.

»Kommt herein«, sagte er. »Setzt euch.« Er wies auf die beiden Hocker. Elidar und Valon ließen sich darauf nieder, und die junge Frau musterte Sturm beklommen. Bär hatte angedeutet, dass seine Magnifizenz sich in keiner guten Verfassung befand, und sein Anblick ließ dies noch als wohlwollende Beschönigung dastehen. Hätte man Elidar gebeten, jemanden zu beschreiben, der auf dem Totenbett seinem Ende entgegen sieht, dann hätte sie wohl das Erscheinungsbild des obersten Spinnenmagus heraufbeschworen.

Elidar unterdrückte ein hoffnungsloses Seufzen. Was auch immer der Grund sein mochte, dass Sturm sie beide trotz seiner schlechten Verfassung zu sich gebeten hatte – am Ende konnte eigentlich nur ihr Hinauswurf stehen.

»So«, sagte Sturm und stellte den Becher ab. »Da seid ihr also. Alle beide.« Er rieb sich mit einer erschöpften Geste über die Augen. »Der dumme Junge sollte euch eigentlich nacheinander zu mir bringen. Nun ja. Da seid ihr jetzt. Valon, mit dir rede ich gleich.« Er bewegte nur die Spitze seines Zeigefingers, und Valon erstarrte.

Elidar riss die Augen auf. Ihr Freund war buchstäblich erstarrt – die Falten seines Habits, die er gerade hatte glätten wollen, ebenso wie seine stoppeligen Haare, die Wimpern seiner Augen, die leicht geblähten Nasenflügel, der in der Bewegung seiner Hand seltsam abgespreizte kleine Finger – starr wie eine steinerne Statue hockte er da, atmete nicht, regte sich nicht. Und Sturm hatte keinerlei Spruch für diesen Bann gewirkt, hatte nur matt mit dem Finger gezuckt.

Sie starrte den Magier an, der ihren Blick mit leisem Amüsement erwiderte. »Zaubersprüche sind etwas für Stümper«, sagte er. »Das weißt du eigentlich selbst, oder?«

Sie war nicht einmal mehr überrascht, dass er wusste, was sie dachte. »Wie meint Ihr das?«

»Du hast keine Worte benutzt, als wir dich prüften«, erwiderte er.

Sie schluckte schwer. Jetzt kam er zur Sache.

Sturm faltete die Hände. Seine ausdruckslos hellen Augen wichen nicht von ihrem Gesicht.

»Spectabilis Grimm fordert deine Relegation«, sagte Sturm. »Die Meinungen darüber sind im Kollegium aber durchaus geteilt. Nicodemus Bär und unser Cubicular haben sich deutlich für deinen Verbleib im Orden verwendet.« Er sah sie an und wartete auf eine Entgegnung.

Elidar räusperte sich. »Ich respektiere die Meinung des Novizenmeisters«, sagte sie.

»Hm-hm«, machte Sturm. Sein Gesicht blieb ernst, aber in seinen grauen Augen schien sie den fernen Schimmer eines Lächelns erahnen zu können. Oder hoffte sie nur darauf?

»Was würdest du tun, wenn wir dich relegieren?«

Sie schüttelte den Kopf. Natürlich hatte sie in den letzten Tagen darüber nachgedacht, gründlich sogar. Eine Relegation bedeutete ja nichts weiter, als dass sie nicht mehr dem Spinnenorden angehörte und nicht offiziell den Titel »Magister« zuerkannt bekam. Ihre Fähigkeiten und das, was sie in den vergangenen Equils gelernt hatte, würden ihr bleiben. Sie konnte wieder zurückgehen nach Yasaim und sich dort als Magus einen Namen machen. Sie hätte dort mit Sicherheit ein sehr gutes Leben zu erwarten. Oder sie könnte ihre Gönnerin, die Prinzessin Morgenblüte, um weitere Protektion bitten. Vielleicht könnte sie nach Malandakay reisen und in der wunderbaren Heimat der Prinzessin ein neues Leben beginnen.

»Der Orden ist die einzige Heimat, die ich je besessen habe«, sagte sie. »Ich wüsste nicht, was ich tun sollte.«

Sturm nickte knapp und ein wenig unfreundlich. »Sarcinor«, begann er, und Elidar biss sich auf die Lippe. Der Erzmagus würde mindestens ihren Kopf fordern, da war sie sich sicher.

Sturm hielt inne und betrachtete sie mit leicht geneigtem Kopf. »Du bist beunruhigt?«

Elidar hielt seinem Blick stand und sagte nichts. Sturm nickte kurz und fuhr fort: »Sarcinor hat mir ausrichten lassen, falls ich dich relegieren sollte, würde dies seine Meinung über mich nur bestätigen. Außerdem böte er dir in diesem Fall an, dich dem Salamanderorden anzuschließen. Er meinte, einen stärkeren Feuermagier als dich habe er – seine eigene Person selbstverständlich ausgenommen – noch nicht zu Gesicht bekommen.«

Elidar schnappte nach Luft. Sturm legte die Hände in den Schoß und betrachtete sie eingehend. »Wäre das nicht erfreulich für dich? Du würdest deinen Freund Valerian wiedersehen. Wie heißt er nun? Magister Tonitrus?«

Elidar dröhnte der Kopf. Der Salamanderorden. Bei aller Rivalität zwischen den Orden und allen abfälligen Bemerkungen, die über den Bruderorden gemacht wurden: Der Orden des Glühenden Salamanders war eine ebenbürtige Gemeinschaft von Magiern, wie jede der Sieben. Es wäre keine Schande, dort als Magister zu wirken.

»Feuermagier?«, sagte sie. »Ich bin Eurem Urteil nach doch gar kein Feuermagier.«

Casarius Sturm nickte leicht. »Was uns zu einem anderen Punkt bringt, den ich mit dir besprechen wollte.« Sein Blick streifte flüchtig den starren Valon. Elidar fragte sich, ob es den Magus Energie kostete, diesen Zustand aufrechtzuerhalten, denn er war im Verlauf ihres Gesprächs noch ein wenig bleicher geworden, und auf seiner Stirn standen feine Schweißperlen, die er nun mit einem Tüchlein abtupfte.

»Ich glaube, dass wir uns geirrt haben. Dass ICH mich geirrt habe«, fuhr Casarius Sturm fort. »Du hast in all den Equils deiner Ausbildung keine wirklichen Fortschritte in deinem Element gemacht, und das hätte mir eigentlich zu denken geben sollen.« Er verstummte und sein Blick ging ins Leere.

Elidar fühlte sich bei seinen Worten ein wenig beruhigt. Es deutete nichts darauf hin, dass Sturm sie wirklich hinauswerfen würde. Das Problem ihres so erstaunlich schwierig zu meisternden magischen Elementes besprachen sie hier und heute nicht zum ersten Mal. Sturm, der mächtigste Windmagier des ledonischen Imperiums, war naturgemäß in den Equils des letzten Abschnitts auch ihr Meister und sie sein Schüler gewesen – und sie beide waren in endlosen Sitzungen schier daran verzweifelt, die in ihr schlummernde Magie zu einer halbwegs zuverlässigen Kraft und Reife zu bringen – was Elidar trotz aller Bemühungen bisher nicht gelungen war. Sie zweifelte längst daran, dass sie ein Windmagier sein sollte, aber ihre Versuche, diesen heiklen Punkt mit Magnifizenz Sturm zu besprechen, waren nicht allzu produktiv verlaufen. Das allerdings schien sich jetzt, nach der fatalen Prüfung und der Beurteilung durch den Erzmagus, verändert zu haben. Sturm schien bereit, einen Irrtum einzugestehen. Elidar erwartete gespannt sein Urteil.

Der Magus kehrte aus seinen Gedanken zurück und fixierte Elidar mit einem unangenehm klaren Blick. »Du hast es ja schon einige Male angesprochen«, sagte er. »Du denkst ebenfalls, dass Feuer dein Element ist.«

Es war keine Frage, aber Elidar nickte.

Sturm ließ einen kleinen Seufzer hören. »Du stellst alles auf den Kopf, was ich weiß oder zu wissen glaube. Schau in die Bücher, junger Magus. Es ist nahezu ausgeschlossen, dass ein Äthermagier mit der Feuerenergie arbeiten kann.«

»Nahezu bedeutet nicht ›vollkommen‹«, wandte Elidar ein. »Die Drachen ...«

»Dummes Zeug und alter Aberglaube«, fuhr Sturm auf. »Wenn es wirklich jemals in grauer Vorzeit Drachen gegeben haben sollte, die über magisches Potenzial verfügten – was ich persönlich bezweifle – dann mag es sogar sein, dass sie mit Feuer und Äther ihre Magie gewirkt haben. Aber du stammst aus Yasaim, du kennst die Drachen. Sie verfügen über keinerlei Magie.«

»Wie Frauen«, konnte Elidar sich nicht verkneifen.

»Ganz recht«, bekräftigte Sturm. »Das ist das Prinzip der sich ausschließenden Kräfte. Die Urväter der Drachen waren möglicherweise einmal feuerspeiende Wesen, wie wir sie aus den Sagen kennen. Möglicherweise! Das würde aber nach heutigen Erkenntnissen bedeuten, dass sie keine Äthermagie beherrschten. Und Frauen sind zu sehr an die Materie gebunden, um über die feineren geistigen Kräfte zu verfügen. Es geht einfach nicht zusammen, junger Freund. Feuer und Äther, Frauen und Magie …« Er versank wieder ins Grübeln.

Elidar war noch nie zuvor so nahe an den Abgrund getreten, in den sie jetzt hineinblickte. Ein einziger Schritt nach vorne, die Worte: »Ich bin eine … ich bin kein Mann!« – und dann? Der Absturz in eine bodenlose Leere. Sie war unfähig vorherzusagen, wie Sturm darauf reagieren würde. Sie verschränkte fest die Hände und schloss die Augen. Es war ein unsinniger Impuls, den es zu überwinden galt. Was sollte sie damit gewinnen? Nein, sie würde alles verlieren, was sie sich erarbeitet hatte. Sie würde ein Magister unter Magistern sein, ein Mann unter Männern. Das war der Preis, den sie mit Freuden für das Erreichen ihrer Ziele zu bezahlen bereit war – ein lächerlich geringer Preis, wie sie fand.

»Was denkst du?«, schreckte Sturm sie aus ihren Gedanken.

»Ich denke, dass wir nichts verlieren, wenn wir als Hypothese einmal davon ausgehen, dass ich Feuermagier bin«, erwiderte Elidar, ohne sich ihre wahren Gedanken anmerken zu lassen.

Sturm nickte nachdenklich. »Das klingt vernünftig«, sagte er.

»Ich werde also nicht relegiert?«, wagte Elidar sich vor.

Sturm antwortete eine erschreckend lange Weile nicht. Er hatte die Finger ineinander verhakt und klopfte mit dem Daumen gegen sein Kinn. »Nein«, sagte er dann. Elidar biss die Zähne zusammen. »Nein, die Entscheidung hierüber steht noch aus, und ich kann und werde sie nicht alleine treffen. Ich könnte zwar kraft meines Amtes das Kollegium hierbei übergehen. Aber eine solch einsame Entscheidung, was die Ernennung eines neuen Mitglieds unserer Bruderschaft betrifft, würde das innere Gleichgewicht des Ordens empfindlich stören, und das kann ich nicht verantworten.«

Elidar ließ den Kopf sinken. Das waren böse Nachrichten.

»Sie werden wohl kaum für mich stimmen, nachdem ich Euch so übel mitgespielt habe«, sagte sie resigniert. »Euer gesundheitlicher Zustand …«

»… hat nicht das Geringste mit dir und dem Vorfall bei deiner Prüfung zu tun«, erwiderte Sturm mit erstaunlicher Heftigkeit. Elidar sah ihn erstaunt an.

»Es war zwar nicht gerade ein Genesungsmittel, das du mir da verabreicht hast«, fuhr Sturm fort, »aber du bist nicht die Ursache für diesen – diesen unerträglichen Zustand der Gebrechlichkeit.« Er ließ in einer ohnmächtigen Geste seine Faust auf die Armlehne des Sessels fallen. Elidar wusste nicht, was sie darauf erwidern sollte.

»Befreien wir deinen Freund«, brach Sturm das angespannte Schweigen. Er bewegte erneut seinen Finger und Valon glättete endlich die Falten seines Habits, wobei er Magnifizenz Sturm aufmerksam anblickte.

»Meine Schüler«, sagte Sturm, »ihr fragt euch, warum eure Anerkennung als Magister aufgeschoben wurde.« Valon vermied es, Elidar anzusehen, und nickte.

»Natürlich könnte man sagen, dass diese Verzögerung mit den Vorfällen bei eurer Prüfung zusammenhängt, und das wäre noch nicht einmal vollkommen falsch«, fuhr Sturm fort. »Aber ich habe euch zu mir gebeten, um euch die anderen Aspekte vor Augen zu führen, die eure Einkleidung und die eurer Mitnovizen zur Zeit unmöglich machen.« Er schwieg, und sein Atem ging schwer und laut. Elidar musterte besorgt sein fahles Gesicht.

»Magnifizenz«, sagte sie leise, »sollten wir das nicht lieber zu einem späteren Zeitpunkt …«

Er hob die Hand. »Nein«, sagte er scharf. »Ich bin nicht sicher, wie viel Zeit mir bleibt, um dies mit euch zu besprechen.« Er beugte sich ein wenig vor und hustete; ein hartes, kratzendes Geräusch, das tief aus seiner Brust kam.

Elidar spürte den vorwurfsvollen Blick, den Valon ihr zuwarf. Trotz Sturms vorheriger Versicherung, dass sie keine Schuld an seinem Zustand traf, fühlte sie sich dafür verantwortlich.

»Ihr werdet nun etwas erfahren, in das nicht einmal alle Magister unseres Ordens eingeweiht sind«, fuhr Sturm fort. »Der beste Absolvent des letzten Abschnitts wird nach der offiziellen Prüfung noch einer geheimen Prüfung unterworfen, die für seinen weiteren Weg innerhalb unseres Ordens entscheidend ist. Die Zeremonie zur Ernennung der neuen Magister wird erst danach angesetzt.« Er pausierte und griff nach dem Becher, den er auf der Armlehne abgestellt hatte. Elidar bemerkte, dass die abgekühlte Flüssigkeit darin nach einem kurzen Moment wieder zu dampfen begann. Auch ein Windmagier verfügte durchaus über gewisse feuermagische Kräfte.

Sturm trank einen Schluck und seufzte. »Ihr werdet euch nun fragen, warum ich euch beide hergebeten habe, denn der beste Absolvent eures Abschnitts ist Elidar.« Er blickte Valon an, der missmutig dreinblickte. »Ich weiß, dass du das anders beurteilen würdest, mein Junge. Aber ich kann weiter und auch tiefer schauen als du, und deshalb ist meine Wahl für diese letzte, entscheidende Prüfung im Verlaufe des letzten Equils auf deinen Freund und Konkurrenten gefallen.«

Er trank und stellte den Becher wieder fort. »Nun leben wir in besonderen Zeiten – wir haben jetzt schon Absolventen aus fünf Abschnitten zu Magistern ernannt, und kein einziger von ihnen war auch nur im Entferntesten würdig, sich der letzten Prüfung zu stellen. In früheren Zeiten hätte keiner von ihnen seine Ausbildung hier beenden dürfen. Aber wir haben ja keine große Wahl mehr …« Seine Stimme verklang. Er hatte das Kinn auf die Hände gestützt und schien in einer Vergangenheit zu weilen, in der die uralte Magie noch immer stark und mächtig gewesen war, und die Orden ihre Absolventen gnadenlos aussieben und beinahe zu Tode prüfen konnten, ehe ihnen der Magistertitel verliehen wurde. Elidar lief ein Schauder über den Rücken, und Valons Gesichtsausdruck kündete von ähnlichem Unbehagen.

»Nun, alles ändert sich«, kehrte Sturm aus seinen Gedanken zurück. »Ich habe mich also für Elidar entschieden und dem Kollegium meine Entscheidung mitgeteilt. Es gab keinerlei Einwände dagegen. Aber jetzt hat sich etwas ereignet«, sein Blick streifte Elidar, »das das Kollegium zutiefst spaltet. Ich darf nichts zulassen, was unseren Orden schwächt, und deshalb habe ich mich gegen alle Regeln entschieden, euch beide zu dieser Prüfung zuzulassen.« Er richtete einen scharfen Blick auf Elidar. »Solltest du unseren Orden verlassen, wirst du dich vorher einer Prozedur unterwerfen müssen, die diese Erinnerung aus deinem Geist löscht. Denn dies gehört zu den Mysterien unseres Ordens, die nicht in die Welt hinausgetragen werden dürfen.«

»Warum schließt Ihr Elidar dann nicht einfach von dieser Prozedur aus?«, fragte Valon. »Ihr habt mich, reicht das nicht?«

Elidar schickte ihm einen zornigen Blick. Magnifizenz Sturm neigte nachdenklich den Kopf. »Du sprichst einigen aus dem Kollegium aus dem Herzen, junger Mann.« Er richtete sich auf, und Elidar sah, wie viel Mühe ihm das bereitete. »Aber noch bin ich, Casarius Sturm, die Magnifizenz der Gemeinschaft der Dunklen Nigh, und habe das erste und das letzte Wort in allen Angelegenheiten unserer Bruderschaft!«

Er stand auf, ließ mit einem ungeduldigen Zucken seiner Schultern den Hausmantel hinabfallen und deutete auf seine Kukulle, die an der Tür hing. Elidar stand auf und reichte sie ihm.

Sturm schlüpfte hinein und zog die Kapuze tief in die Stirn. »Gehen wir also.«

20

Elidar und Valon folgten seiner Magnifizenz zur Treppe, die hinunter in die Halle führte. Elidar, die sah, wie sehr Sturm sich für diese wenigen Schritte anstrengen musste, fasste sich ein Herz und reichte ihm den Arm, damit er sich auf sie stützen konnte. Nach kurzem Zögern ließ er sich von ihr die Treppe hinunterführen. Sie bemerkte, dass er vor Erschöpfung und Kraftlosigkeit zitterte. »Was ist es?«, wagte sie flüsternd zu fragen. »Habe ich Euch doch so verletzt …«

Sturm schüttelte beinahe unmerklich den Kopf. »Dies liegt nicht in deiner Verantwortung«, antwortete er ebenso leise. »Die Zeit ist unerbittlich. Ich bin älter als alle anderen Magi hier im Orden – nein, ich bin weitaus älter als die Magi aller sieben Orden. Meine Lebenskraft und meine Stärke schwinden in gleichem Maße wie auch die Magie in unserer Welt abzunehmen scheint.« Er wandte ihr das von der Kapuze überschattete Gesicht zu, und Elidar erhaschte den Schimmer eines schmerzlichen Lächelns. »Doch ich habe noch immer keinen Nachfolger gefunden«, sagte er. »Nein, SIE hat noch immer keinen Nachfolger für mich gefunden.« Er erklärte seine Worte nicht, sondern wandte den Kopf wieder ab, und Elidar hörte nur seinen schweren Atem. Sie hatte sich nie zuvor Gedanken darüber gemacht, wie alt Casarius Sturm sein mochte. Auf sie hatte er immer wie ein Mann mittleren Alters gewirkt.

Sie betraten nun den ältesten Gebäudetrakt, der auch die Novizenkammern beherbergte. Sturm führte sie schweigend durch die Vorratskammern, die über dem alten Gewölbekeller lagen, und von dort die steile Treppe hinab in den Keller. Die Anstrengung war ihm nun deutlich anzumerken, und Valon, der hinter ihnen gegangen war, kam an Sturms Seite und ergriff wortlos seinen anderen Arm. Es war eng auf der Treppe. Elidar scheuerte mit der Schulter und dem Arm an der rauen Wand entlang, und Valon stieß sich gelegentlich das Knie, aber sie spürten Sturms Dankbarkeit für die Unterstützung, die seine beiden Zöglinge ihm angedeihen ließen.

»Danke«, sagte er, als sie schließlich den untersten Treppenabsatz erreicht hatten. »Eine kleine Pause, bitte.«

Dann gingen sie weiter. Elidar fragte sich, wohin Sturm sie führen mochte. Dies hier war der profanste Teil des Ordenshauses – ein großer Keller voller Vorräte und Gerätschaften, heiliger Spinnen und ihrer Netze, Mäusekot und Schatten: das Reich des Cubiculars.

»Eusebian ist auch der Custos«, sagte Sturm, der lange geschwiegen hatte. »Ich habe ihn nicht benachrichtigt, aber ich denke, er – ah.«

Eine verhüllte Gestalt trat aus dem Schatten in das Licht einer blakenden Fackel, die in einer Wandhalterung steckte. Elidar erkannte den Cubicular nur an seiner rundlichen Figur, denn sein Gesicht lag vollkommen im Schatten der Kapuze.

»Ist es erlaubt, einzutreten?«, fragte Sturm.

»Licet«, erwiderte der Custos und trat beiseite, um eine Türöffnung freizugeben, die Elidar zuvor nicht bemerkt hatte.

Der Raum dahinter war niedrig, schmal und lang, die Luft roch abgestanden und ein wenig modrig. Es war ein Kellerraum, kalt und kahl. Elidar tauschte einen verblüfften Blick mit Valon.

»Beide?«, fragte der Custos.

»Ja«, erwiderte Sturm. »Valon zuerst.«

Eusebian kniete nieder und wob mit den Händen ein kompliziertes Muster in die Luft. Das Netz aus Linien schimmerte in mattem Gelb und verblasste wieder, ein Nachbild in dunklem Violett hinterlassend. Der Custos hob den Kopf und winkte Valon zu sich. Er wies den jungen Magier an, sich in das Zentrum der verblassenden Linien zu stellen, und wiederholte die Beschwörung. Dieses Mal blieben die Linien aus Licht erhalten, sie umhüllten Valon von den Füßen bis zum Kopf, strahlten blendend hell auf, durchliefen das gesamte Spektrum des Regenbogens bis ins dunkle Violett und wechselten dann in ein glühendes Schwarz, eine vollkommene Abwesenheit von Licht und Farbe, deren Anblick die Augen blendete und in den Zähnen schmerzte.

Elidar musste sich zwingen, den Blick auf das glühende Netz gerichtet zu halten. Sie konnte nur schemenhaft Valons Gestalt in seiner Mitte erkennen. Er stand reglos da, nichts geschah. Dann sank er plötzlich langsam, wie ein fallendes Blatt, in die Knie und barg den Kopf in den Armen. Elidar hörte ein tiefes Stöhnen.

Eusebian, der Custos, machte einen halben Schritt in seine Richtung und zögerte. »Warte«, hielt ihn Sturm zurück. »Es ist noch nicht vorbei.« Er hatte die Kapuze zurückgeworfen, und Elidar konnte sein Gesicht im Widerschein des schwarzen Lichts sehen – es erinnerte sie an einen Totenschädel, eingefallen und mit schwarzen Augenhöhlen, in denen ein kalter, wilder Funke glühte.

»Casarius«, wandte Eusebian ein. »Er ist sicherlich nicht der Rechte, du siehst es doch. Erspare dem Jungen die Quälerei.«

Sturm bleckte die Zähne. »Warte!«, zischte er.

Valon lag mittlerweile zu einem zitternden Bündel zusammengekauert auf dem Boden. Der Custos machte ein unwilliges Geräusch und hob beide Hände in einer Geste, die das Netz aus Licht und Dunkelheit zerreißen ließ.

»Komm, mein Junge«, sagte er und half Valon auf die Beine. »Kannst du mich hören? Siehst du mich? Gut.« Er schob den zitternden jungen Mann an die Wand und ließ ihn dort niedersitzen. Sturm kniete sich neben Valon, legte eine Hand auf seine Schulter und redete flüsternd mit ihm. Elidar hörte, wie Valon, stoßweise atmend, antwortete.

Sturm hörte zu, nickte, und klopfte dem jungen Mann schließlich aufmunternd auf die Schulter. »Gut gemacht«, hörte Elidar ihn sagen. »Ruh dich jetzt aus.«

Valon ließ den Kopf auf die Brust sinken. Sein Gesicht war beinahe so fahl wie das seiner Magnifizenz.

Sturm drehte sich um und sah den Custos an. Er hob mit

einer resignierten Bewegung die Hände und ließ sie wieder fallen. »Du hattest recht«, sagte er knapp. »Aber er hat sich wacker gehalten.«

Eusebian nickte. Sein Gesicht wandte sich Elidar zu. »Jetzt er?«

Sturm bejahte. Elidar sah beklommen zu, wie der Custos erneut das schwach leuchtende Netz auf den Boden zeichnete und dann aufsah. Ohne seine Aufforderung abzuwarten, ging sie zu ihm und stellte sich in die Mitte des Zeichens. Ihr Herz schlug schnell und hart, aber sie bemühte sich, ihre Angst nicht zu zeigen. Was immer Valon erlebt hatte, er hatte es überlebt. Das würde auch sie schaffen.

Eusebian murmelte: »Viel Glück, Junge.« Dann hob er die Hände, und Elidar sah das Netz um sich herum emporwachsen, hell aufleuchten, durch alle Farben wechseln – und dann, als sie mit dem schmerzhaft schwarzen Glühen rechnete, löste sich das Netz auf und war verschwunden. Sie machte einen Schritt nach vorne, im Glauben, dass Eusebians Beschwörung misslungen war, und stellte fest, dass der Custos, Sturm und Valon ebenso verschwunden waren wie das glühende Netz, und dass sie selbst sich nicht mehr an derselben Stelle befand wie noch einige Atemzüge zuvor.

Sie drehte sich einmal um die eigene Achse. Es war ein unterirdischer Raum, in dem sie stand, ebenso niedrig und langgestreckt wie der Kellerraum des Ordenshauses, und auch hier roch die kühle Luft modrig und abgestanden. Aber damit endeten auch schon die Ähnlichkeiten. Der Keller des Ordenshauses hatte gemauerte Wände und einen Ziegelboden, dieser Raum hier war entweder grob aus dem Fels gehauen oder es handelte sich um eine natürliche Höhle. An seinen Wänden und der Decke glitzerten Kristalle und Feuchtigkeit, und schwach leuchtendes Moos sorgte dafür, dass sie ihre Umgebung erkennen konnte.

Elidar drehte sich ein weiteres Mal und atmete scharf ein. Diese Höhle hatte keinen erkennbaren Ausgang. Sie war hier gefangen wie eine Fliege im Bernstein.

Sie machte einen weiteren Schritt auf das entferntere Ende der Höhle zu, und die kleine, abgeschlossene Welt um sie herum erzitterte. Ein wortloses Seufzen, wie das Atmen eines Steins, dann ein scharfer, klagender Laut wie Wind, der sich zwischen Felsen fängt. Ein zarter Hauch strich über Elidars Stirn.

Willkommen – sei gegrüßt, junge Königin, flüsterte eine körperlose Stimme. *Wir haben lange auf dich gewartet. Die Kräfte schwinden. Du musst uns nach Hause bringen.* Der Wind wurde stärker.

»Was?«, entfuhr es Elidar. »Wer ist da? Wo verbirgst du dich?«

Stille, nur das Pfeifen, Stöhnen und Brausen des immer heftiger werdenden Windes, der an ihrem Habit zerrte wie ein junger, ungezogener Hund. Elidar schlang die Arme um den Leib und rief gegen das Tosen des Windes an: »Wer ist da? Zeige dich!«

Wir sind hier, erklang das Flüstern, das dennoch mühelos durch das Getöse des Sturmes drang. Elidar kniff die Augen gegen den Wind zusammen, und sah, dass unmittelbar vor ihrem Gesicht eine faustgroße Kugel aus glühender Schwärze in der Luft hing. Kleine silberne Funken und Wirbel tanzten durch die Schwärze und erweckten den Anschein, dass die Kugel sich rasend schnell drehte. War sie der Ursprung des Windes? Elidar versuchte, die Kugel zu berühren. Doch obwohl sie dicht vor ihrer Nase zu hängen schien, konnte Elidar sie selbst mit ausgestrecktem Arm nicht erreichen. Mit einem Mal schien ihr die Kugel nicht mehr faustgroß und nah, sondern weltengroß und weit entfernt zu sein.

»Was bist du?«, schrie Elidar, um den Sturm zu übertönen.

Wir sind die M/ü/t/t/e/r Wir sind die T/ö/c/h/t/e/r . Elidar schwankte. Es war eine Stimme und gleichzeitig war es ein ganzer Chor von Stimmen, die sie da hörte.

»Welche Mütter? Wessen Töchter?«, fragte sie.

Deine M/ü/t/t/e/r /deine T/ö/c/h/t/e/r, antwortete die Stimme. *Du bist die junge Königin, du bist die Mutterkönigin.*

Du bist die Erwartete, die uns nach Hause bringt. Wir waren getrennt, wir werden eins in dir, und wir werden wieder geteilt, wenn du uns gebierst. Das ist der ewige Kreislauf, Tochterkönigin/Mutterkönigin.

»Ich verstehe das nicht«, schrie Elidar verzweifelt. »Erklärt es mir!«

Schweigen, nur der Wind pfiff, heulte und sauste wie ein verdammtes Wesen, das um Erlösung bettelte. Elidar sah in das wirbelnde Schwarz der Sphäre, die sich sternenweit entfernt um ihre eigene Achse drehte. Sie hob die Hand, streckte den Finger aus und berührte den glühenden Ball. Ihre Hand schloss sich darum. Glatt und kühl wie Marmor, schwer wie eine Welt aus Blei, gleichzeitig heiß und mitternachtskalt lag die Kugel in ihrer geschlossenen Hand. Elidar spürte das Wirbeln und Glühen, es drohte ihr die Hand zu versengen und alle Fingerknochen zu brechen, aber sie öffnete die Hand nicht. Dann verschwand das Gefühl, eine Welt zwischen den Fingern zu halten. Die Kugel war fort. *Drachentochter*, flüsterte die Stimme, und der Wind erstarb. Das Mal an Elidars Schläfe pulsierte in scharfem Schmerz. Sie schrie auf, hob die Hände zum Kopf …

»Alles gut, alles gut. Kannst du mich hören? Siehst du mich?« Eine Hand umklammerte ihren Arm. Elidar stöhnte und ließ sich von Eusebian aufhelfen. Sturm kam an ihre Seite und führte sie ein Stück beiseite. »Was hast du gesehen?«, fragte er gedämpft.

»Eine schwarze Sphäre«, erwiderte Elidar zögernd, während Bilder über Bilder durch ihren Kopf schossen. Wirbelnde Sphären in allen Farben des Regenbogens, Augen ohne Körper, die sie starr anblickten, flüsternde und donnernde Stimmen …

Seine Magnifizenz nickte befriedigt über diese magere Antwort. »Das Auge der Dunklen Nigh hat dich erkannt«, sagte er. Er wandte sich mit erstaunlicher Energie zum Custos um und rief: »Lass die Einkleidungszeremonie für morgen ansetzen, Eusebian. Das Auge hat beide Novizen erkannt. Wir haben zwei neue Magister.«

Der Cubicular hob in gespieltem Erstaunen die Hände. »Du alter Fuchs«, sagte er unter anerkennendem Kopfschütteln. »Das Kollegium wird toben.«

»Das kann es ruhig tun«, erwiderte Sturm. »Diese beiden sind ab heute als Magister unseres Ordens anerkannt – nicht durch mich oder das Kollegium, sondern durch die Dunkle Nigh selbst!«

Er wandte sich an Elidar und Valon, der sich aufgerappelt hatte und zu ihnen gekommen war. »Magister Unstern, Magister Zorn – es ist mir eine Ehre, euch als erster gratulieren zu dürfen.«

Valon klappte die Kinnlade herunter. »Was?«, fragte er.

Eusebian, der inzwischen seine Kapuze abgestreift hatte, lachte und klopfte dem jungen Magier auf den Rücken. »Magister Unstern. Ein schöner Name. Ich gratuliere.« Dann reichte er, ein wenig ernster, Elidar die Hand. »Magister Zorn. Ich freue mich für dich. Das kann dir nun keiner mehr nehmen.«

»Nein«, bestätigte Sturm. »Deine Ernennung ist besiegelt und bekräftigt durch die allerhöchste Instanz unserer Bruderschaft.« Er schwankte leicht, und der Cubicular griff nach seinem Ellbogen.

»Gehen wir hinauf«, sagte Eusebian und öffnete die Tür. »Wir können alle eine Stärkung gebrauchen.«

Elidar ging an Valons Seite, während sie vergeblich versuchte, das Geschehene zu verstehen. »Was ist dir begegnet?«, fragte sie leise.

Valon, dessen Blässe langsam verschwand, fuhr sich mit den Fingern über den Kopf. »Nicht viel«, sagte er zögernd. »Eine schwarze Kugel, die zu einem großen Auge wurde, das mich ansah. Dann hat etwas versucht, mein Gehirn aus den Ohren zu saugen und durch die Nase wieder einzufädeln, das war ziemlich unangenehm. Daraus hat Eusebian mich erlöst. Weiter nichts.«

»Weiter nichts«, wiederholte Elidar nachdenklich.

»Und wie war es bei dir?« Valon musterte sie intensiv. »Du

warst nur ganz kurz in dem Netz, keine drei Atemzüge lang, dann hat es sich aufgelöst und Eusebian hat mit seiner Wiederbelebung begonnen.« Er lächelte schwach.

»Es ist mir viel länger erschienen«, erwiderte Elidar. »Aber sonst – ungefähr so, wie du geschildert hast.« Es widerstrebte ihr, Valon zu berichten, was ihr widerfahren war. Sie musste mit seiner Magnifizenz darüber sprechen – vielleicht hatte er eine Erklärung parat.

Valon war damit zufrieden, ihn beschäftigte etwas anderes. »Wir sind Magister«, flüsterte er und stieß Elidar an. »Hättest du damit gerechnet? Ist das nicht großartig? Jetzt müssen sie uns einkleiden, daran führt kein Weg mehr vorbei.«

Elidar nickte matt. Das war es, was sie sich gewünscht und wofür sie all die Equils gearbeitet hatte. Noch heute Morgen hatte sie befürchtet, dieses Ziel nicht mehr zu erreichen. Und jetzt war sie zu verwirrt und erschöpft, um sich darüber zu freuen.

Eusebian führte sie zurück zu Sturms Räumlichkeiten. »Ich komme mit einer Erfrischung«, verkündete er und ließ die Prüflinge und Sturm allein.

Die beiden jungen Magier ließen sich auf Stühle fallen, während Sturm in seinen Lehnsessel sank und fröstelnd den Hausmantel über seine Beine legte. Valon lehnte den Kopf an die Wand hinter sich, schloss die Augen und begann binnen weniger Momente, leise zu schnarchen.

Elidar und Sturm blickten sich an. »Magnifizenz«, begann Elidar, »ich erbitte Eure Hilfe. Die Stimmen haben einiges gesagt, was ich nicht verstanden habe.« Als die Worte über ihre Lippen kamen, wurde ihr siedend heiß. Sie konnte ihm unmöglich berichten, was sie gehört hatte!

Casarius Sturm richtete sich mit erstaunter Miene auf. »Es hat zu dir gesprochen?«

Elidar nickte zögernd. »Es hat ›Willkommen‹ gesagt«, murmelte sie. »Und dass es lange auf mich gewartet hat.«

Sturm faltete die Hände vor dem Mund. Seine Augen funkelten vor Erregung. »Willkommen«, wiederholte er. »Mein Junge, mein Junge. Weißt du, was das bedeutet?«

Elidar wusste es nicht. Sie war mit einem Mal so müde und ihr Kopf so schwer, als trüge sie eine ganze Welt darin.

Sturm beugte sich vor. »Darf ich es sehen?«, fragte er und streckte die Hand aus. Elidar schreckte zurück, aber der Magus berührte schon das Drachenmal an ihrer Schläfe mit dem Finger. Die Berührung war eiskalt und sengend heiß zugleich, und Elidar konnte sich nicht davon lösen. Starr saß sie Sturm gegenüber und erwiderte hilflos seinen bohrenden Blick. Das Feuer in ihrem Inneren und die Kraft unter dem Feuer waren erloschen, erkaltet, verschwunden, als hätten sie niemals existiert. Elidar konnte sich nicht gegen Sturms Griff zur Wehr setzen, mit dem er nun ihre Erinnerungen fasste und ans Licht zog.

Sie blickte in seine Pupillen, zuerst starr und klein, dann groß und weit. Ihr Bild spiegelte sich darin. Sie sah sich selbst, wie sie die Hand nach der schwarzen, wirbelnden Sphäre ausstreckte und sie berührte. Elidar rang verzweifelt darum, ihre Erinnerungen und Gedanken für sich zu behalten, sie nicht vor diesem kalten Blick ausbreiten zu müssen. Sie hätte nicht gezögert, sich mit einem unkontrollierten Ausbruch ihrer Kräfte von dem unbarmherzig sezierenden Zugriff loszureißen, aber ihre Kräfte standen ihr nicht zur Verfügung. Irgendetwas blockierte sie, hielt sie fest, als lägen sie unter einem Berg von Steinen verschüttet.

In ihrem Inneren hallte wie ein fernes Echo der Ruf ›*Mutterkönigin …*‹ wider. Die Brust ihres Gegenübers hob sich in einem langen, tiefen Atemzug. Elidar erkannte, dass all ihre Träume und Hoffnungen mit diesem einen Wort endgültig vernichtet waren. Es war vorbei.

Der Griff um ihre Erinnerung lockerte sich, löste sich, verschwand. Sie riss den Kopf zurück, erwiderte den Blick Sturms.

Der Magus hatte die Hand sinken lassen und saß erstarrt in seinem Sessel. Wenn sein Gesicht sie vorhin im Keller an das eines Totenschädels erinnert hatte, dann glich es jetzt dem eines Mannes, der eine unvorhergesehene Begegnung mit einem der Todesboten aus der untersten Hölle gehabt hatte. Aus seinem

Blick sprach Unglauben, seine Lippen formten das Wort »Verrat«.

»Magnifizenz«, sagte Elidar. »Lasst mich erklären ...«

Die Tür öffnete sich und Eusebian trat mit einem Tablett in den Händen ein, gefolgt von Nicodemus Bär, der mit ausgestreckten Händen auf Elidar zustürmte. »Ich gratuliere euch«, dröhnte Bär. »Casarius, du raffinierter Hund, das war ein meisterlicher Schachzug!«

»Eusebian, stell das Tablett ab und bring den Jungen ins Bett«, sagte Sturm. »Ich habe mit Nicodemus und – und Elidar etwas Wichtiges zu besprechen.« Er legte das Gesicht in die Hände. »Die Ernennungszeremonie müssen wir vorerst aufschieben«, fügte er hinzu.

Eusebian verzog das Gesicht. »Ich habe schon alles in die Wege geleitet«, sagte er. »Was ist denn los?«

Sturm ließ die Hände sinken und warf Elidar einen abgrundtief kalten Blick zu. »Ich erkläre es dir später«, sagte er. »Lass uns jetzt bitte allein.«

Der Cubicular schniefte gekränkt, aber er rüttelte Valon wach und schob ihn zur Tür hinaus.

Bär, dessen sonst so schläfriger Ausdruck einer wachen, gespannten Miene Platz gemacht hatte, ließ sich auf den freigewordenen Stuhl fallen. »Also, was ist passiert?«, fragte er.

»Ich weiß nicht, wie wir das dem Kollegium erklären sollen«, murmelte Sturm. »Wir hätten es doch bemerken müssen. ICH hätte es bemerken müssen. Aber es ist eigentlich unmöglich, gegen jedes Gesetz der Natur.« Er rang die Hände. »Wir werden zum Gespött sämtlicher Bruderhäuser«, stieß er hervor.

»Casarius, du faselst«, sagte Bär, sichtlich erschreckt. »Beruhige dich doch. Was ist geschehen?«

Sturm stöhnte und deutete anklagend auf Elidar. »Dieses – dieses DING dort hat uns alle an der Nase herumgeführt. Wir haben uns lächerlich gemacht, wir haben uns blamiert bis ins Mark unserer Knochen wegen dieser ... dieser ... Spottgeburt!« Er verdrehte die Augen und sank im Sessel zusammen. Sein Atem ging laut und schwer.

Nicodemus Bär zog die Brauen zusammen. Er blickte Elidar an, die sein Erstaunen mit hoffnungsloser Miene erwiderte. »Kannst du mir erklären, was er meint?«, fragte Bär. »Eusebian sagte mir, dass ihr beide die letzte Prüfung mit Bravour bestanden habt.«

Elidar biss sich auf die Lippe. Bär war derjenige unter den älteren Magiern, mit dem sie in den letzten Equils den engsten Kontakt gepflegt hatte. Er hatte sie immer unterstützt und gefördert, und sie verband inzwischen eine Freundschaft. Sie würde es kaum ertragen können, wenn er sie mit der gleichen Verachtung, dem gleichen ungläubigen Entsetzen ansähe wie Sturm.

»Sieh selbst nach«, krächzte seine Magnifizenz. »Sieh, was während der letzten Prüfung geschehen ist. Das Auge hat dieses Ding willkommen geheißen! Ich verstehe es nicht!«

Bär schüttelte den Kopf. »Du bist ja vollkommen außer dir, Casarius. Das sind doch großartige Nachrichten! Wir warten schon so lange auf einen Aspiranten …«

»Hör auf zu schwätzen – sieh nach!«, kreischte Sturm.

Bär brummte unwillig und lehnte sich vor. »Darf ich?«, fragte er höflich.

»Frag nicht – tu es einfach«, Sturm schlug unbeherrscht mit den Fäusten auf die Armlehnen seines Sessels ein. »Du verdammter Idiot, du Stümper! Du hättest es doch bemerken müssen!«

Bär, dessen Miene sich bedrohlich verfinstert hatte, flüsterte: »Verzeihung« und legte seine Pranken auf Elidars Schläfen.

Elidar ließ es geschehen. Sie spürte die sachte Berührung seines Geistes und öffnete ihre Erinnerungen für ihn. Dies tat sie nicht zum ersten Mal, aber zum ersten Mal ließ sie auch die Barrieren fallen, die sie so sorgsam gegen eine unglückliche Enttarnung ihres wahren Wesens errichtet hatte.

Seine Augen öffneten sich weit, tief in seiner Kehle formte sich ein Knurren. Er riss die Hände von ihren Schläfen, als hätte er sich verbrannt. »Aber«, sagte er, »aber, aber – das ist doch nicht möglich!«

»Was sollen wir jetzt tun?«, rief Sturm. »Nicodemus, was

sollen wir tun? Die Dunkle Nigh hat das da gesehen und willkommen geheißen! Wir müssen die Anerkennung rückgängig machen!«

»Ein Magister«, sagte Bär, der sichtlich um Fassung rang. »Elidar ist Magister, das habe ich deutlich gesehen und gespürt. Es gibt keinen Weg, einem Magister seinen Titel wieder zu nehmen, das weißt du, Casarius.«

»Dann müssen wir es fortschicken.«

»Das können wir genauso wenig«, sagte Bär, dessen ungläubig versteinerte Miene sich wieder zu beleben begann. »Was geschehen ist, ist geschehen. Elidar Zorn ist ein vollgültiger Magister der Gemeinschaft der Dunklen Nigh.« Er hob den Kopf und lachte donnernd.

»Nicodemus!«, rief Sturm aus. »Du scheinst dir nicht bewusst zu machen, was das bedeutet!«

»Doch, doch«, gluckste Bär und wischte sich die Augen. »Doch, das tue ich durchaus, mein lieber Casarius. Was für ein tolles Bubenstückchen«, er musterte Elidar vom Kopf bis zu den Füßen. »Oder sollte ich besser sagen: Mädchenstückchen?« Er schüttelte den Kopf. »Du bist verrückt, mein Junge – mein Mädchen. Du bist komplett verrückt. Wie konntest du das wagen?«

Elidar verschränkte die Arme. »Ich wollte Zauberer werden, ich bin Zauberer geworden«, erwiderte sie trotzig.

»Ja, das bist du wohl«, kommentierte Bär, der sich durchaus vergnügt anhörte. »Wir haben alle geglaubt, dass das komplett unmöglich sei. Interessant, oder, Casarius?«

»Du solltest das Ganze etwas ernsthafter betrachten«, beklagte sich seine Magnifizenz, aber Bärs Heiterkeit färbte unerwartet auch auf Sturm ab. Seine Mundwinkel hoben sich um eine Winzigkeit.

»Ernsthaft, ja sicher. Aber bei Nighs unzähligen Eiern – das ist doch eigentlich eine großartige Sache!« Bär ereiferte sich, seine großen Hände vollführten ausgreifende Gebärden. »Wir beklagen uns seit so vielen Equils, dass der Nachwuchs immer spärlicher und immer unzureichender ausfällt – und da steht die Lösung unserer Probleme vor uns: ein Mädchen, Casarius!«

Das winzige Lächeln des anderen erstarb, er barg aufstöhnend das Gesicht in den Händen. »Diese verfluchte Hexe!«, stieß er hervor. »Dieses verdammte, ausgekochte, hinterlistige Weibsstück! Das hat SIE eingefädelt, diese, diese ...« Er hob die Hände in einer hilflosen Geste. »Sie wird es überall ausposaunen. Was glaubst du denn, darauf hat sie doch nur gewartet!«

Bär hatte schneller begriffen als die versteinert dasitzende Elidar, wen Sturm damit meinte. »Die Prinzessin«, sagte er. »Natürlich, das müssen wir im Auge behalten. Wir können Elidar nicht fortschicken, du siehst es selbst.«

»Aber wir können sie auch auf keinen Fall bei uns behalten«, stöhnte Sturm.

»Die Dunkle Nigh hat sie willkommen geheißen«, gab Bär zu bedenken. »Wenn wir dieses Ergebnis der letzten Prüfung bei einem unserer jungen Männer zu sehen bekommen hätten, dann wäre er unfehlbar für eine Karriere bis in die höchsten Ränge vorgesehen worden, Casarius.«

»Du kannst doch nicht im Ernst vorschlagen, dass wir eine F ... Frau zum Spectabilis oder gar zur Magnifizenz ernennen«, rief Sturm fassungslos aus.

Bär neigte den Kopf und fixierte Elidar nachdenklich. »Sie ist ein ungewöhnliches Mädchen, das musst selbst du zugeben. Und sie hat wahrhaft außergewöhnliche Kräfte.«

»Niemals!«, sagte Sturm. »Niemals wird das Kollegium das geschehen lassen. Von den anderen Bruderschaften ganz zu schweigen. Nicodemus, du musst vollkommen verrückt sein, darüber auch nur nachzudenken!«

»Warum sollen wir nicht darüber nachdenken – sie ist hier, sie hat unsere Ausbildung mit Bravour durchlaufen, und die Dunkle Nigh hat sie als Magister anerkannt.« Bär gluckste leise. »Wir können da nicht mehr viel machen, Casarius. Außer, Elidar einzukleiden.«

»Niemals«, rief Sturm aus, aber es klang nicht besonders entschlossen.

Bär klopfte mit dem Zeigefingernagel gegen seine Zähne.

»Wir verraten einfach niemandem, was bis jetzt nur uns dreien hier im Raum bekannt ist. Und von einer Person wissen wir ja bereits, dass sie ein Geheimnis wahren kann.« Er blinzelte Elidar zu.

»Du bist vollkommen wahnsinnig«, erklärte Sturm. »Vollkommen wahnsinnig.« Er war in seinem Sessel zusammengesunken und hatte die Augen geschlossen. Bär stand auf und neigte sich über ihn.

»Du solltest dich hinlegen«, sagte er leise. »Was nützt es dir und uns, wenn du dich wegen einer solchen Lappalie beinahe umbringst?«

»Lappalie«, flüsterte Sturm mit geschlossenen Augen.

»Ja, Lappalie«, bekräftigte Bär energisch. »Überlass das mir, Casarius. Ich bin dein Stellvertreter. Wenn es dir wieder besser geht, kannst du alles anders regeln, aber bis dahin …«

Elidar sah, dass Sturm die Augen öffnete und Bär scharf musterte. Dann flog ein ironisches Lächeln über sein Gesicht. »Wenn es mir besser geht, ja. Danke, Nicodemus, du bist ein wunderbarer Freund. Eine wahre Stütze in schweren Zeiten.«

Bär brummte leise. Er bot Sturm seinen Arm an und hob den alten Magus beinahe aus seinem Sitz, um ihn ins Nebenzimmer zu geleiten. Die Tür schloss sich hinter den beiden, und Elidar sank in sich zusammen. Was sollte sie nun anfangen? Sie lauschte in die Stille in ihrem Inneren. Die Stimmen schwiegen. Mit einem tiefen Atemzug, wie ein Taucher, der sich zum Meeresboden wagt, glitt sie tief in ihren Kern und suchte nach dem, was ihre Magie ausmachte. Was war geschehen? Sie fand nur Stille, Kälte, eine Anmutung von Asche und erkaltetem Gestein, wo einmal feurige Glut und die unbezähmbare Kraft hinter der Lohe gewesen war. Nichts. Nichts … Kälte, Stille, Verlust.

Ohne dass sie es bemerkte, liefen Tränen über ihr Gesicht.

21

Als Bär aus dem Nebenzimmer trat und die Tür leise hinter sich schloss, waren die Tränen auf Elidars Gesicht bereits getrocknet. Sie sah ihm gefasst entgegen.

Der große Magier deutete zur Tür. »Gehen wir.«

Während sie durch das stille Ordenshaus schritten, hingen beide ihren Gedanken nach. Bär hatte seine schwere Hand auf Elidars Schulter gelegt, wie so oft, wenn sie ins Gespräch vertieft durch den Garten wandelten. Er führte Elidar zu seinen Räumen im alten Gebäudetrakt.

»Willkommen in der Bärenhöhle«, pflegte er immer zu sagen, wenn Elidar ihn dort aufsuchte. Sie dachte melancholisch an die langen Nächte zurück, in denen er Pfeife geraucht und mit ihr über Bücher gesprochen hatte, oder sie hatten einen obskuren Bannspruch diskutiert oder einfach nur über das Leben und die Welt geplaudert. Sie roch das würzige Aroma des Pfeifenkrauts, als er sie in sein Quartier winkte.

Während Bär die Lampe anzündete und mit einer beiläufigen Handbewegung den Holzstoß im Kamin zum Brennen brachte, wartete sie mit verschränkten Armen neben der Tür.

»Steh nicht so herum«, sagte Bär nicht unfreundlich.

Elidar hockte sich auf die Kante des Sessels, in den sie sich sonst so bequem hineinzuflegeln pflegte, und blickte ihn an.

»Ich komme gleich«, sagte er und verschwand in seinem Schlafzimmer. Wenig später kehrte er zurück, er hatte die Kukulle gegen seinen abgeschabten, gemütlichen Schlafrock getauscht. Das beruhigte Elidars aufgewühltes Gemüt ein wenig. Er würde sie wohl kaum für ihre Hochstapelei bestrafen, während er in diesem informellen Kleidungsstück steckte.

Bär sah sie nicht an. Er holte schweigend seine Pfeife und das Pfeifenkraut aus der Lade, dann nahm er die Karaffe mit Wein, die auf einem Tischchen neben dem Kamin stand, und schenkte zwei Gläser voll.

»So«, sagte er und ließ sich auf das durchgesessene Kanapee fallen, das Elidar gegenüberstand.

Er brummte zufrieden, stopfte sich zwei Kissen in den Rücken und legte die Füße hoch. Er rauchte die Pfeife an und sandte ein paar graublaue Wölkchen in die Luft. »Jetzt müssen wir gut nachdenken«, sagte er. »Casarius hat natürlich recht – deine schiere Existenz bringt uns in eine unangenehme Lage.« Er hob das Weinglas und betrachtete die Reflexe des Kaminfeuers darin. »Ich sehe das Ganze natürlich weniger dramatisch als er.« »Noch vor ein, zwei Equils hätten er und ich einen Plan entworfen, wie wir das Kollegium, die Prinzessin und all unsere Bruderorden gegeneinander ausspielen, und du wärst unsere Trumpfkarte gewesen.« Er schüttelte den Kopf. »Er ist in einem zu schlechten Zustand. Aber ich bin immer noch da, und ich denke, wir beide werden das Spiel auch ohne ihn wagen.« Er sog an seiner Pfeife.

Elidar beugte sich vor. »Was willst du damit sagen?«

»Ich werde die Zeremonie eurer Ernennung durchführen«, erwiderte Bär. »Das Kollegium wird erfahren, dass es seiner Magnifizenz gesundheitlich nicht möglich ist, seinen Aufgaben nachzukommen, dass er mich deshalb beauftragt hat, in seinem Namen zu handeln.«

»Seine Magnifizenz wird dem nicht zustimmen«, wandte Elidar ein. »Du weißt, was er gesagt hat.«

»Ich habe es gehört, und du hast es gehört – aber sonst hat es niemand gehört.« Elidar konnte seinen Blick nicht deuten. »Er ist nicht mehr in der Lage, die Geschäfte der Bruderschaft zu führen«, fuhr er gedämpft fort. »Und er wird es auch nie wieder sein. Ich bin immerhin sein Stellvertreter.«

Elidar rieb sich unwillkürlich über die Arme. »Ist das nicht Verrat?«, sagte sie zögernd. »Er hat deutlich gesagt, dass er nicht wünscht, dass ich …«

»Ich glaube nicht, dass wir darauf noch Rücksicht nehmen dürfen«, erwiderte Bär erstaunlich heftig. »Du bist der stärkste

Magus, den die Bruderschaft seit mehreren Generationen ausgebildet hat. Wir können es uns gar nicht leisten, dich zu verlieren! Nicht wegen so einer Kleinigkeit!«

Elidar musste lächeln. ›Kleinigkeit‹ war sicher nicht das Wort, das Sturm in diesem Zusammenhang verwendet hätte.

»Natürlich darf es nicht herauskommen«, sagte Bär. »Aber du hast ja schon bewiesen, dass du alle täuschen kannst. Was denkst du – wird dir das auch weiterhin gelingen? Hältst du die Maskerade durch – vielleicht für immer?«

Elidar schluckte. Diesen Gedanken hatte sie bisher nicht zugelassen. Konnte sie das tun? Für immer als Mann zu leben, niemanden so nahe an sich heranzulassen, dass er ihr auf die Schliche kommen konnte, niemals eine enge Bindung zu einem anderen Menschen eingehen?

»Ja«, sagte sie. »Ja, das kann ich.«

Bär nickte zufrieden. »Ich habe nichts anderes von dir erwartet – mein Junge!«

»Sturm …«, wollte Elidar, die diese Worte zwar stolz machten, voller Zweifel einwenden.

»Sturm ist Geschichte«, sagte Bär hart. »Lass ihn nur meine Sorge sein. Niemand wird zu ihm vorgelassen, der nicht zuvor bei mir war.« Er richtete sich auf, und seine Augen blitzten gefährlich. Elidar nickte beklommen.

»Da ist noch etwas«, sagte sie zögernd. »Ich fürchte, dass irgendetwas bei dieser letzten Prüfung mir Schaden zugefügt hat. Ich fühle meine Kräfte nicht mehr.«

Bär sog ein paar Mal an seiner Pfeife. Dann legte er sie sorgfältig beiseite und richtete sich auf. »Ich muss es selbst sehen«, sagte er. »Ich habe deine Prüfung durch die Dunkle Nigh nicht in allen Einzelheiten betrachten können – dafür war ich viel zu überrascht.« Er lächelte schwach und hob die Hand. »Darf ich?«

Elidar überließ sich dieses Mal leichten Herzens seiner Sondierung. Seine geistige Berührung war sanft und fest zugleich. Sie folgte seinem Weg durch ihre Erinnerungen und durchlebte erneut die Begegnung mit der schwarzen Sphäre.

Als er schließlich seine Hand sinken ließ, fühlte sie sich ähnlich erschöpft wie zuvor beim Verlassen des Kellers. Es war ein anstrengender und aufwühlender Tag gewesen, und ihre Knochen fühlten sich an, als wären sie mit Blei ausgegossen worden.

Bär steckte seine erkaltete Pfeife zwischen die Zähne. Sein Gesicht war nachdenklich. »Sehr seltsam«, sagte er nach einer Weile. »Ich habe diese Sphäre natürlich zu meiner Zeit auch gesehen, aber sie hat nicht zu mir gesprochen.« Er kaute auf der Pfeife herum. »Was mag es bedeuten, dass sie dich *junge Königin* nennt und dich bittet, sie nach Hause zu bringen? Wir alle haben das Auge der Dunklen Nigh immer als eine Manifestation der Kräfte unserer Bruderschaft betrachtet.«

»Hast du erkennen können, was meine Kräfte blockiert?«, fragte Elidar.

Bär legte die Pfeife beiseite. »Ich habe nicht den Eindruck, dass da irgendetwas blockiert ist«, sagte er. »Hast du probiert, sie zu benutzen?«

Elidar lauschte nach innen. Ihr Leben lang hatte sie das Glühen der Kraft tief in ihrem Inneren gespürt. Sie hatte nicht gewusst, was es war, aber es hatte ihre Kindheit begleitet wie ein wärmendes Herdfeuer. Jetzt war da nichts als der schale Geschmack von kalter Asche.

Sie blickte seufzend auf. »Es hat keinen Zweck, aber ich versuche es.« Sie lenkte ihre Aufmerksamkeit auf die glosenden Holzscheite im Kamin. Normalerweise hätte es nur einer kleinen geistigen Bewegung bedurft, eines winzigen Aufzuckens ihrer Kraft, damit das glimmende Holz in einer tosenden Feuersbrunst verzehrt wurde, aber jetzt geschah: Nichts.

Bär beobachtete ihre Bemühungen mit einem Anflug von Sorge. »Hör auf«, sagte er nach einer Weile. »Das hat keinen Sinn. Du bist erschöpft und aufgewühlt, wahrscheinlich stört das deine Kräfte. Geh, schlaf dich aus, morgen wirst du wieder ganz der Alte sein.« Er betonte den Artikel mit einem sardonischen Zucken seiner Mundwinkel. »Ich komme morgen früh zu dir und wir besprechen eure Einkleidung.«

Elidar lächelte matt und erhob sich. »Bis morgen also.«

»Bis morgen, Magister Zorn.«

Elidar sah die Glühwürmchen zwischen den Büschen im dunklen Garten tanzen und trat, getrieben von ihrer heftigen Sehnsucht nach frischer Luft, hinaus in den Garten. Auf ihrem Lieblingsplatz, der Bank am kleinen Goldfischteich, saßen zwei Männer, die Kapuzen tief ins Gesicht gezogen. Das war das unter Magiern übliche Zeichen, dass sie nicht angesprochen werden wollten. Elidar machte also kehrt, um zum Haus zurückzugehen, als einer der beiden ihren Namen rief. Sie erkannte Valons Stimme.

»Du kommst wie gerufen«, sagte er. »Weißt du schon etwas über die Zeremonie? Findet sie morgen statt?«

Elidar hatte wenig Lust, sich mit ihm darüber zu unterhalten. »Ja«, erwiderte sie deshalb knapp und wandte sich wieder zum Gehen.

»He, bleib hier«, sagte Valons Begleiter amüsiert. »Ich habe dir noch gar nicht gratuliert. Oder willst du nichts mehr von mir wissen, seit ich ein Salamander bin?«

»Valerian?«, rief sie erstaunt.

Er lachte und schob die Kapuze ein Stück aus dem Gesicht. Er war natürlich inzwischen ein erwachsener Mann, aber sie erkannte den halbwüchsigen Jungen in seinem Gesicht wieder. Valon und er sahen sich ganz erstaunlich ähnlich, was sie ein wenig verblüffte. Warum hatte sie das damals nicht erkannt?

»Hallo, Elidar«, sagte Valerian und packte ihre Hand mit festem Griff. »Ich gratuliere dir zur bestandenen Prüfung. Das muss ja ein Riesending gewesen sein, falls ich Valon Glauben schenken darf.«

Valon trat ihm auf den Fuß, und Valerian boxte ihn in die Seite. »Mach Platz, lass Elidar sitzen.« Und an Elidar gewandt: »Du siehst aus, als hättest du ganz alleine die Bibliothek aufgeräumt.«

Das war ein alter Scherz zwischen ihnen, und Elidar lächelte pflichtschuldig, obwohl ihr nicht nach Lachen zumute war.

Sie zwängte sich zwischen die beiden jungen Männer. Die Bank war ein wenig zu schmal für drei, Valerian legte seinen Arm um ihre Schultern. »Erzähl schon. Hat Valon aufgeschnitten? Bei uns kursieren die wildesten Gerüchte über eure Prüfung. Der alte Backenbart sah ausgesprochen mitgenommen aus.«

Valon prustete. »Elidar hat ihn abgeflammt wie ein Brathühnchen. Und dann hat er versucht, die Prüfungskommission zu erledigen.«

»Der Wunschtraum eines jeden Novizen«, kommentierte Valerian trocken. »Stimmt das, Elidar?«

Sie seufzte. »Teilweise«, gab sie zu. »Valerian, ich bin nicht besonders gesprächig, sei mir nicht böse. Es hat heute einigen Ärger gegeben, den ich erst verdauen muss.«

Valon riss neugierig die Augen auf. »Was war denn los?«, fragte er. »Eusebian hat mich ja rausgezerrt, aber irgendwas ist doch passiert, das habe ich noch mitbekommen.«

»Haben sie es also doch rausgefunden?«, fragte Valerian beiläufig.

Elidar starrte ihn an. »Was?«

»Na, dass du ...«, er rieb sich die Nase. »Du weißt schon. Haben sie es rausgefunden?«

»Woher ... seit wann weißt du ...?« Es verschlug Elidar den Atem.

»Was denn, bei allen Göttern?«, rief Valon aus. Valerian ignorierte ihn.

»Schon lange«, sagte er. »Du bist immer so wütend geworden, wenn wir über Magie und Frauen gesprochen haben. Und dann die Prinzessin – es ist bekannt, dass sie und die Orden sich deswegen ständig in der Wolle haben. Und außerdem« – sogar in der Dunkelheit konnte Elidar erkennen, wie Valerian ein wenig rot wurde – »habe ich dich mal überrascht. Keine Absicht, wirklich nicht. In der Badekammer.«

Elidar schloss die Augen und ließ den Kopf in den Nacken sinken. »Warum hast du nichts gesagt? Als Sturm dich weggeschickt hat, hättest du es damit doch ganz leicht verhindern können.«

»Ich verrate keinen Freund!« Er klang beleidigt. »Und außerdem hab ich mir gedacht, dass es dem alten Sturm nur recht geschieht. Wenn er dich vorzieht, soll er eben sehen, was er davon hat. Rache wird kalt genossen! – Entschuldige«, fügte er ein wenig kleinlaut hinzu.

Valon, der stumm und missmutig zugehört hatte, riss der Geduldsfaden: »Würdet ihr mich freundlicherweise an eurem Spaß teilhaben lassen?«, fauchte er.

»Spaß!«, stöhnte Elidar.

»Sie *haben* es rausgefunden«, murmelte Valerian mitleidig.

Elidar nickte.

Valon stand auf. »Wenn ihr nicht mit mir reden wollt, kann ich ja gehen«, sagte er.

Valerian hielt ihn fest und sah Elidar fragend an. Sie zuckte mit den Achseln und nickte dann resigniert.

»Setz dich wieder hin, Bruderherz, und hör zu. Du musst aber versprechen, dass du den Mund hältst. Wie es aussieht, sitzt sie sowieso schon bis zum Hals in der Klemme, aber wir wollen es ja nicht noch verschlimmern.«

Valon nickte verbissen und setzte sich wieder hin. Dann sah er seinen Bruder an. »Sie?«

»Er meint mich«, sagte Elidar widerstrebend. »Hör zu, Valerian, es ist vielleicht doch kein so guter Gedanke – noch gehöre ich zum Orden.« (Und Bär hatte sie darauf eingeschworen, niemandem zu verraten, wer sie wirklich war. Nun gut, das hatte sie ja auch nicht getan, sondern Valerian.)

»Sie?«, fragte Valon verständnislos. »Wieso nennst du Elidar *sie*?«

»Weil ich kein Mann bin«, sagte Elidar. Sie war wütend. Wütend auf all diese dummen, engstirnigen, bornierten Männer, die meinten, die Wahrheit und die Magie für sich gepachtet zu haben.

Valon quollen die Augen aus dem Kopf. »*Was*?«, krächzte er. »Was – ihr wollt mich doch veräppeln!«

»Wie haben sie es herausgefunden?«, fragte Valerian und ignorierte das aufgebrachte Gemurmel seines Bruders.

»Sturm. Er hat mich nach der Prüfung sondiert.«

»Aua«, murmelte Valerian. »Und jetzt schmeißt er dich raus,

richtig? Nein, das tut er nicht!«, fuhr er fort und schlug sich gegen die Stirn. »Das kann er gar nicht. Er wird versuchen, es zu vertuschen.«

»Ihr wollt mich nicht veräppeln?« Valon beugte sich vor und starrte Elidar ins Gesicht. »Das kann doch nicht dein Ernst sein! Du bist nie im Leben eine, eine ...«

»Frau«, sagte Valerian. »Doch, mein Alter, genau das ist sie. Wenn auch eine ziemlich ungewöhnliche.«

»Aber Frauen haben keine Magie.« Valon gab sich alle Mühe, sehr vernünftig und überlegen zu wirken.

Valerian grinste. »Sei vorsichtig. Bei dem Thema reißt sie einem den Kopf ab.«

Elidar legte erschöpft das Gesicht in die Hände. Das verkomplizierte alles. Wenn Valon Bescheid wusste, dann war die Gefahr groß, dass auch andere Brüder es herausfanden. Wenn das geschah, würde Bär sie fallen lassen wie einen faulen Apfel. Bär. Er versprach sich etwas von ihr, aber was war das? Sie hatte immer gedacht, dass sie ihn gut kannte, aber seit heute war sie da nicht mehr so sicher.

Valerians Arm lag immer noch um ihre Schultern. Er zog sie an sich, und der tröstliche Druck seiner Hand beruhigte ihr aufgewühltes Gemüt ein wenig. »Geht es?«, fragte er.

Sie nickte und sah auf. »Valerian, Valon«, sagte sie eindringlich, »das hier darf niemand außer euch wissen. Meine Zukunft ist ungewiss. Noch schützt Bär mich, aber ich bin mir über seine Motive nicht im Klaren.«

Valerian schnalzte mit der Zunge. »Nicodemus Bär. Der immer so harmlos tut.«

Valon nickte. »Ich traue ihm auch nicht über den Weg. Er ist mir zu freundlich.«

»Aber wen interessiert Honorabilis Bär?« Valerian sah seinen Bruder und Elidar forschend an. »Was ist mit Sturm? Ist er nicht mehr Magnifizenz?«

Elidar wiegte zweifelnd den Kopf. »Doch«, sagte sie, »das schon. Aber ich glaube, nur noch dem Namen nach.«

»Bär leitet den Orden jetzt schon seit unserer Prüfung«,

fügte Valon hinzu. »Und es sieht für mich nicht danach aus, als wollte er das Ruder wieder aus der Hand geben.«

»Nicht freiwillig, nein«, sagte Elidar zögernd. Es missfiel ihr, so über Bär zu reden. Er war ein Freund – so weit das zwischen Schüler und Lehrer und zwischen Magiern überhaupt möglich war. »Aber er ist immerhin bereit, mir eine Chance zu geben. Wenn es nach seiner Magnifizenz ginge, hätte ich jetzt schon mein Bündel gepackt und stünde vor der Tür.«

Valerian nickte. »Also lässt du dich demnächst offiziell und feierlich einkleiden«, sagte er.

»Das werde ich«, erwiderte Elidar entschlossen. »Dafür habe ich schließlich hart genug gearbeitet.«

»Das hat er – das hat sie!«, bekräftigte Valon zu ihrer Überraschung. »Wenn jemand hier die Ernennung zum Magister verdient hat, dann ist das Elidar.«

Valerian sah ihn überrascht an. »Der Stallbursche«, sagte er zweifelnd.

Valon errötete ebenso tief wie vorhin sein Bruder. »Das war doch albern«, wehrte er ab. »Du warst mit ihm – mit ihr befreundet, also habe ich – ach, ihr wisst schon.«

»Und umgekehrt«, murmelte Valerian. »Wir waren schon ganz schöne Kindsköpfe, was, Valon?«

In Gedanken versunken saßen sie da. Endlich stand Elidar auf und sagte: »Ich verabschiede mich, ich kann meine Augen kaum noch offen halten. Valerian – du kommst bald wieder?«

Der ältere der beiden Brüder lächelte sie an. »Ich bleibe eine Weile hier, ich werde mir eure Einkleidung nicht entgehen lassen. Der Erzmagus hat mich beurlaubt.«

»Ich freue mich«, sagte Elidar, obwohl der Gedanke an die Zeremonie sie bedrückte. Sie wünschte beiden eine gute Nacht und ging ins Haus.

22

Die zeremonielle Ernennung der neuen Magister fand wenige Tage später statt – allerdings ohne die üblichen pompösen Feierlichkeiten, eilig und beinahe ein bisschen verschämt, als wolle die Ordensgemeinschaft diese Angelegenheit möglichst schnell und ohne Aufsehen hinter sich bringen.

Casarius Sturm wohnte der Zeremonie nicht bei. Honorabilis Bär hielt eine freundliche, wenn auch kurze Rede, das anwesende Kollegium spendete matten Applaus, und dann durfte jeder der frisch ernannten Magister vortreten und seinen neuen Habit aus den Händen des breit lächelnden Cubiculars in Empfang nehmen.

»Unspektakulär«, murmelte Valerian, der als einziger Außenstehender ein wenig entfernt von den Ordensmitgliedern gestanden hatte. Er drückte seinem Bruder die Hand und klopfte Elidar auf die Schulter. »Ich muss sagen, bei uns läuft so etwas doch deutlich feierlicher ab.«

»Das gleiche vorlaute Mundwerk wie früher«, knurrte Bär, der unbemerkt zu den dreien getreten war. »Magister Tonitrus, wir fühlen uns durch deine Anwesenheit bei dieser armseligen Veranstaltung höchst geehrt.« Er lachte dröhnend.

Valerian verneigte sich steif. »Danke für das herzliche Willkommen. Ich vermisse seine Magnifizenz bei dieser Zeremonie. Ich hatte gehofft, ein paar Worte mit ihm wechseln zu können.«

»Wir alle vermissen seine Magnifizenz in diesen Tagen«, sagte Bär und schob Elidar und Valon zur Tür. »Begleite uns, junger Magister. Auch wenn dies eine *unspektakuläre* Veranstaltung war – du bist herzlich zum anschließenden Umtrunk eingeladen.«

Im weinberankten Innenhof waren Tische aufgestellt worden, und Novizen eilten geschäftig umher, um die Magister zu bedienen. Elidar, die ihre neuen Kleider unter den Arm geklemmt hatte, bat darum, sich umkleiden zu dürfen, und Valon schloss sich der Bitte an.

»Wo habe ich nur meinen Kopf«, sagte Bär. »Geht, entledigt euch der alten Raupenhülle, junge Schmetterlinge.« Er lachte und legte Valerian seinen Arm um die Schultern. »Wir beide werden schon mal einen oder zwei Becher auf euch trinken.«

Nach der Wärme im Hof war es unangenehm kühl im Inneren des Hauses. Elidar fröstelte. Seit ihr inneres Feuer erloschen war, war ihr ständig kalt. Sie sah Valon an, der still neben ihr herging. »Was denkst du?«, fragte sie.

Er hob die Schultern. »Ich hatte mir diesen Tag anders vorgestellt. Ich bin ein wenig enttäuscht.« Er lächelte. »Dumm von mir, oder?«

Sie schüttelte den Kopf. »Nein. Es tut mir leid. Ich habe dir und den anderen eure Feier verdorben.«

Er blieb stehen und sah sie an. »Du? Nimmst du dich nicht ein bisschen zu wichtig, Eli?«

Er hatte sich angewöhnt, ihren Namen abzukürzen, was ihr anfangs nicht gefallen hatte. Aber sie hatte festgestellt, dass er es nicht herablassend meinte, und sein Gesicht und seine Stimme drückten nichts anderes als Zuneigung aus. Sie lächelte ihn an. »Ich nehme mich nicht wichtig, lieber Freund. Aber was denkst du, warum sie uns so beiläufig und beinahe verschämt ernannt haben? Sicher nicht deinetwegen. Oder wegen Sprenz.«

»Oh, der wäre aber ein guter Grund dafür«, scherzte Valon. »Komm. Ich möchte zurück sein, ehe die Feier vorüber ist.«

Sie zogen sich in Elidars Zimmer um, da es dem Hof näher lag. Sie spürte Valons Blick, als sie sich aus ihrem Habit schälte, aber als sie aufsah, hatte er sich abgewandt und nestelte an einem Knoten herum. Sie konnte nur ein Stückchen seiner Wange und ein Ohr unter seinen blonden Locken sehen – und beides leuchtete rot.

»Fertig?«, fragte er, ohne sich umzuwenden.

»Fertig«, gab sie zur Antwort. Sie knotete das Cingulum und stellte fest, dass ihre Finger bebten.

Als sie das Zimmer verließen, war das Klatschen von Sandalen auf dem Steinboden zu vernehmen. Wenig später bog ein keuchender Novize um die Ecke. »Magister Zorn«, rief er und winkte ihr zu. »Endlich finde ich dich. Seine Magnifizenz wünscht dich zu sprechen.«

»Seine Magnifizenz?«, rief Valon erstaunt. Der Novize nickte und deutete eine kleine Verbeugung an.

»Geh«, sagte Valon und gab Elidar einen kleinen Schubs. »Ich vertrete dich bei Bär. Und mach dir keine Sorgen«, setzte er leise hinzu. »Du bist offiziell zum Magister ernannt worden, er kann das nicht mehr rückgängig machen.«

Elidar nickte knapp und folgte dem Novizen. »Ich kenne den Weg, Avitus«, sagte sie nach wenigen Schritten. »Du brauchst mich nicht zu begleiten.«

Der Junge sah im Bewusstsein seiner wichtigen Mission ernst zu ihr auf. »Ich habe aber die Anweisung, dich zu seiner Magnifizenz zu bringen.«

»Dann walte deines Amtes«, erwiderte Elidar und verkniff sich ein Lächeln. Sie folgte ihm und betastete dabei den Stoff ihres Habits, der sich ungewohnt steif und neu anfühlte.

»Magister Zorn, Eure Magnifizenz«, rief Avitus und klopfte an die Tür zu Sturms Arbeitszimmer.

»Herein«, erklang es leise von drinnen.

Der Novize öffnete die Tür und ließ Elidar eintreten.

»Elidar, komm näher«, hörte sie Sturms Stimme. Wieder lag das Zimmer im Halbdunkel, die Vorhänge waren zugezogen und ließen nur an den Rändern ein wenig von dem strahlenden Sonnenlicht in den Raum dringen.

»Magnifizenz, Ihr habt nach mir geschickt?«

»Setz dich her«, sagte er. Sie sah die Hand, die sich hell auf der Armlehne seines Sessels bewegte.

Beklommen setzte sie sich auf den Stuhl ihm gegenüber und blickte auf die Dunkelheit, die den Magier beinahe vollständig vor ihren Blicken verbarg. Es war nicht nur das Dämmerlicht des Raumes, ein zusätzlicher, tieferer Schatten hüllte ihn ein.

»Du bist ernannt worden?«

»Ja.«

Ein Seufzen erklang aus dem Schatten. »Es ist falsch«, sagte Sturm.

Elidar erwiderte nichts darauf. Nach einer Weile hörte sie ihn mit schwacher Stimme sagen: »Hüte dich, Kind.«

Elidar wartete auf eine Erklärung, doch vergebens. »Wovor soll ich mich hüten, Magnifizenz?«, fragte sie schließlich.

Er antwortete nicht sofort. Sie hörte seinen Atem, der schwer und röchelnd ging.

»Er wird dich benutzen«, sagte er nach einer Weile. Wieder eine Pause, die Elidar nicht zu unterbrechen wagte. Dann fuhr Sturm fort: »Sei auf der Hut, Elidar. Er benutzt dich und er wirft dich weg, wenn du nicht mehr nützlich für ihn bist.« Er hustete.

»Wer, Eure Magnifizenz?«, fragte Elidar verwirrt.

Die Dunkelheit, die den Magier verhüllte, verschwand. Elidar verschluckte einen Laut des Schreckens. Das Gesicht, das sie anblickte, schien keinem Lebenden zu gehören. Haarlose Haut spannte sich über Knochen, papierdünn und zum Zerreißen gespannt. Die Augen lagen so tief in ihren Höhlen, dass sich kein Licht darin spiegelte. Die Lippen waren krampfhaft von den Zähnen gezogen und zu einem totenkopfähnlichen Grinsen erstarrt.

Dennoch öffnete dieser Schädel erneut den Mund und flüsterte: »Bär.«

Sie hörte seinen Atem wie einen löchrigen Blasebalg. Dann bewegte er die Hand, winkte sie näher heran. Elidar beugte sich vor, bis sie vor seinem Sessel kniete.

»Du warst mein liebster Schüler«, flüsterte Sturm. »Die Dunkle Nigh hat dich erkannt. Wärst du doch nur früher gekommen. Du hättest mein Nachfolger werden können, mein Sohn.« Eine einzelne Träne lief über sein regloses Gesicht.

Elidar fröstelte. »Magnifizenz«, sagte sie. »Ihr hättet mich niemals zu Eurem Nachfolger gemacht. Ich bin nicht das, was Ihr euch erhofft habt.«

Wieder füllte der keuchende, pfeifende Atem die Pause. Dann bewegte sich der Kopf des Magiers sacht. »Du bist der Äthermagier«, flüsterte er flehend. »Heile mich, Sohn. Du bist der Einzige, der das vermag.«

Elidar ließ den Kopf auf ihre ineinander verschränkten Hände sinken. »Ich kann es nicht, Magnifizenz«, erwiderte sie gequält. »Meine Kräfte haben mich verlassen.«

Ein seltsames Geräusch ließ sie aufblicken. Der alte Magus schien sich in Krämpfen zu winden, er ruckte vor und zurück, sein Kopf wackelte hin und her, und er stieß abgehackte, krächzende Laute aus. Sie erschrak, griff nach seiner knochigen Hand, und dann begriff sie, dass er lachte.

»Dummer Junge«, keuchte er. Seine zitternde Hand wischte über sein Gesicht. »Du kannst sie nicht verlieren, so wenig, wie du deinen Namen verlieren kannst oder deine Eltern.«

Er klopfte sich gegen die Brust. »Deine Kräfte sind bei dir. Immer.«

Elidar schüttelte den Kopf. »Ich belüge Euch nicht, Magnifizenz. Sie sind verschwunden, seit ich der schwarzen Sphäre begegnet bin.«

Er neigte den Kopf. »Die Dunkle Nigh«, sagte er, und aus seiner Stimme klangen Sehnsucht und Trauer zugleich. »Sie ist eine strenge Herrin, aber sie nimmt ihren Kindern nichts fort. Sie ist es doch, die uns die Gnade ihrer Magie gewährt.« Er pausierte mit geschlossenen Augen. Dann sah Elidar, wie seine Hand sich drehte, bis sie mit geöffneter Handfläche wartend vor ihr lag. Sie legte ihre Hand hinein, und seine Finger schlossen sich kalt und trocken darum.

Eine Weile lang blieb es still. Elidar konnte nicht erkennen, ob Sturm eingeschlafen war, oder ob sein Geist versuchte, den ihren zu erreichen.

Dann lockerte sich der Griff seiner Finger, und seine Hand zog sich zitternd wie ein kleines Tier zurück. »Du bist ein seltsames Wesen, Elidar Zorn«, flüsterte er schwach. »Aber wenn du bereit bist, mir zu helfen, dann kannst du es tun. Ich kann deine Kraft erkennen, und sie ist so groß und schrecklich wie zuvor. Niemand hat sie dir genommen.«

Er lachte wieder, und es klang gespenstisch.

»Willst du mir helfen, mein Kind?«, fragte er.

Elidar seufzte. Seine Worte hatten ihr wohl getan, obwohl sie nichts daran änderten, dass sie selbst sich schwach und ohnmächtig fühlte. »Ich täte nichts lieber«, sagte sie. »Aber ...«

»Du wirst sie wieder benutzen können«, sagte er. »Du solltest dich aber sputen, denn ich weiß nicht, wie lange er mich noch leben lässt.«

Er hatte die letzten Worte nur geflüstert, deshalb war sich Elidar nicht sicher, ob sie ihn richtig verstanden hatte. »Magnifizenz?«, fragte sie, aber Sturm antwortete nicht. Sein Kopf war vornüber gesunken, und die Hand, die sie gerade noch berührt hatte, lag schlaff in seinem Schoß. Und während sie ihn ansah, verdichtete sich der Schleier wieder, der bei ihrem Eintreten über seiner Gestalt gelegen hatte, und verhüllte ihn vor ihren Blicken.

Elidar kehrte nachdenklich zu ihren Freunden in den sonnendurchfluteten Innenhof zurück. Schon während sie durch die Tür ins Freie trat, hörte sie Valons Stimme, der sich mit einem Becher in der Hand ein Wortgefecht mit seinem Bruder lieferte. Bär saß daneben und lächelte in sich hinein.

»Da bist du ja endlich«, empfing Valon sie. »Wir streiten gerade über die passendste Stelle für das Zeichen der Dunklen Nigh.« Sein Gesicht war erhitzt und fröhlich.

Elidar blickte von ihm zu Bär, der mit seinem breiten Rücken bequem an der Mauer lehnte und seine Pfeife schmauchte. Er beugte sich ein wenig vor und schob den Ärmel über seinem kräftigen Unterarm hoch, um ihr das eintätowierte Spinnennetz darauf zu zeigen.

Valerian lachte. »Wie kann man sich nur so etwas in die Haut stechen lassen? Ihr seid verrückt.«

Valon boxte ihn gegen die Schulter. »Du warst ganz wild

darauf, also gib nicht so an. Weißt du noch, wo du es haben wolltest?« Er tippte sich grinsend an die Schläfe. Dann stieß er Elidar an, deren Gedanken immer noch bei der Begegnung mit dem im Sterben liegenden Sturm weilten.

»Ja«, sagte sie geistesabwesend. »Genau da möchte ich es haben.« Sie wandte sich dem stillen Bär zu. »Kann ich mit dir sprechen – allein?«

Er musterte sie ebenso neugierig wie die beiden jungen Magister. »Jetzt?«

»Wann immer es dir passt«, erwiderte sie.

Er erhob sich. »Wir sind gleich wieder bei euch«, sagte er.

Sie gingen Seite an Seite ins Haus. Bärs Gesicht war freundlich und gelassen wie immer, aber Elidar hörte ihn leise und fast tonlos summen, was er immer tat, wenn ihn etwas beunruhigte oder ärgerte.

»Wo warst du?«, fragte er nach ein paar Schritten.

»Bei seiner Magnifizenz«, erwiderte sie. »Deshalb möchte ich mit dir reden.«

»In der Bibliothek?«, schlug Bär vor. Sie nickte.

Wie erwartet, war der große, nach alten Büchern und Staub riechende Raum leer. Stimmen schallten fröhlich aus dem Hof zu ihnen herein. Elidar ging zum Fenster und schloss es.

»Du hast ihn gesehen«, sagte Bär. Er setzte sich nicht an den langen Tisch in der Mitte des Raums, sondern blieb neben der Tür stehen und befingerte unruhig seine Pfeife, die er aus der Tasche gezogen hatte.

»Setzen wir uns?« Sie ließ sich in einen Sessel am Fenster fallen und stützte die Füße gegen das Sims.

Bär zögerte einen Lidschlag lang, dann zog er sich ebenfalls einen Sessel heran. Er blickte unschlüssig auf seine Pfeife nieder und begann dann damit, sie zu stopfen.

»Was wollte er von dir?«, fragte er beiläufig.

Elidar ließ sich Zeit mit ihrer Antwort. Sie betrachtete Bär, der ganz in sein Tun vertieft schien, und dachte an ihren allerersten Morgen im Ordenshaus und ihr Zusammentreffen in der Küche. Sie war ein Kind gewesen und hatte sich an seiner

Freundlichkeit gewärmt wie an einem Herdfeuer. Bär war ihr damals wie ein Riese erschienen, groß wie ein Berg und ebenso massiv und unerschütterlich.

Groß war er immer noch, und wahrscheinlich sogar noch etwas massiver. Sein Gesicht begann ein wenig zu verwittern und der Haarkranz um seinen Kopf war grauer geworden. Er summte leise und unmelodisch vor sich hin. Aber Elidar spürte die Unruhe in seinem Inneren und sah scharfe Linien in seinem großen Gesicht, die seine Stirn furchten und seine Mundwinkel verzogen.

»Was hat er?«, fragte sie zurück.

Bär drückte mit seinem breiten Daumen das Pfeifenkraut zusammen und hob den Blick. »Er stirbt«, sagte er.

»Woran?«

Die Pfeife drehte sich ruhelos zwischen den Fingern des Magiers. »Das, woran letztlich jeder von uns sterben wird. Die Last der Equils, mein junger Freund.«

Elidar zog die Brauen zusammen. »Warum so plötzlich? Und warum behauptet er, du …« Sie unterbrach sich und verschränkte fest die Hände.

Die Pfeife lag still in der großen Hand. Bär lehnte sich zurück und sah Elidar an. Das Weiße in seinen Augen leuchtete gespenstisch im Halbdunkel der Bibliothek. Sie konnte seine Miene nicht deuten.

»So plötzlich«, wiederholte er. »Ahnst du überhaupt, wie alt seine Magnifizenz ist?«

»Ich weiß, dass er weit älter ist, als ich gedacht habe.«

Bär schnaubte. »Er ist weit älter als wir alle zusammen.« Er drehte wieder ruhelos die Pfeife zwischen seinen Fingern, die Stirn in tiefe Falten gelegt. Elidar hatte ihren behäbigen Lehrer gelegentlich auch wütend oder betrübt erlebt, aber die Stimmung, in der er sich nun befand, war ihr fremd. Bei jedem anderen hätte sie vermutet, dass er außer sich sei – vor Sorge oder aus irgendeinem anderen Grund. Aber Nicodemus Bär war kein Mann der heftigen Gefühlsregungen. Was immer ihn bewegte, sie konnte es nicht deuten.

Bär steckte die Pfeife in die Tasche, seufzte und schüttelte sich, wie ein Hund, der aus dem Regen kommt. »Casarius war einer der Gründer unseres Ordens. Ich habe euch im ersten Abschnitt mit dieser Geschichte gelangweilt.« Der Schimmer eines Lächelns huschte über sein Gesicht, nistete kurz in seinen Augenwinkeln und machte erneut einer sorgenvollen Miene Platz.

Elidar kramte in ihrem Gedächtnis. »Es war dort aber keine Rede von seiner Magnifizenz«, sagte sie nach einer Weile.

Bär streckte ächzend die Arme aus und verschränkte sie dann hinter dem Kopf. Die Nähte seines Habits knirschten bedrohlich.

»Er wollte es nicht«, sagte er. »Keiner von uns hat jemals herausfinden können, wie es ihm gelungen ist, so lang zu leben und dabei kaum zu altern. Glaube mir, es gab viele vergebliche Versuche, sein Geheimnis zu lüften. Und wahrscheinlich hat es ebenso viele fehlgeschlagene Versuche gegeben, dieses unerklärlich lange Leben zu verkürzen.« Er verzog das Gesicht.

»Mordversuche?«, fragte Elidar, die sich dabei ertappte, dass sie den Atem anhielt.

»Zwei davon habe ich persönlich aufdecken und vereiteln können.« Bär ließ die Arme sinken und lehnte sich vor. Er sah sie eindringlich an. »Und damit wären wir bei der Frage, die du mir eingangs beinahe gestellt hättest.«

Elidar sah sein Gesicht und schluckte. Bär fixierte sie mit einem Lächeln, das so kalt war wie eine Wüstennacht. »Du traust mir also zu, dass ich meinen Ordensobersten, meinen Mentor und ältesten Freund kaltblütig und hinterhältig ermorde.« Es war keine Frage.

Elidar erwiderte seinen Blick, ohne die Augen niederzuschlagen. »Ja«, sagte sie einfach.

Bär zuckte leicht mit den Lidern. »Dein Urteil trifft mich sehr«, erwiderte er leichthin. »Ich hätte allerdings vermutet, dass du zu einer anderen Einschätzung meiner Person und meiner Motive gelangt bist, und frage mich, ob ich mich nun gekränkt oder geschmeichelt fühlen soll.«

Elidar blickte auf ihre Hände und sammelte ihre Gedanken.

Es stimmte, niemand würde Bär ernsthaft eine so große Bosheit zutrauen.

»Du hast recht«, sagte sie nach einer Weile. »Wenn du mir diese Frage früher gestellt hättest, vor meiner Prüfung oder auch kurz danach, hätte ich so etwas weit von mir gewiesen.«

»Aber heute siehst du das anders«, stellte Bär fest.

War er wirklich gekränkt? Sein Gesicht und seine Haltung ließen keine Deutung zu.

»Heute sehe ich es anders«, bestätigte sie.

»Und weshalb sollte ich etwas so Perfides planen?«

»Vielleicht verlangt es dich danach, seinen Platz einzunehmen«, erwiderte Elidar nach einem kurzen Moment des Zögerns.

Bär lachte kurz auf. »Was für ein absurder Gedanke. Dann müsste ich wohl zuallererst das gesamte Kollegium aus dem Weg räumen. Niemand hier würde mich als Magnifizenz akzeptieren. Ich bin sein Stellvertreter, weil er mich dazu ernannt hat. Wenn er stirbt, bin ich nicht einmal mehr das.« Er lachte wieder. »Wenn es mir also allein darauf ankäme, meine Stellung hier im Orden zu behalten, müsste ich ihm vielmehr ein langes und gesundes Leben wünschen.«

Elidar nickte nachdenklich. Bär gehörte nicht zu den Magistern, die sich nach Macht und Anerkennung verzehrten, dazu war er viel zu bequem. Aber dennoch …

Er hatte sie nicht aus den Augen gelassen. »Du zweifelst!«, stellte er erstaunt fest. »Was hat deine Meinung über mich derart beeinflusst?«

Die Frage überraschte sie. Ja, was war es gewesen? Etwa die abfälligen Bemerkungen der beiden Brüder über ihn?

»Dein Verhalten nach meiner Prüfung«, sagte sie.

Er hob die Brauen. »Was denn – dass ich dich in Schutz genommen habe, als dein wahres Wesen ans Licht kam? Ich hatte angenommen, dass du mir dafür dankbar bist.«

»Das bin ich auch«, sagte sie nachdrücklich. »Und nicht nur dafür – du hast mich immer unterstützt.« Sie rieb sich über die

Schläfen. »Jedem der anderen Magister – vielleicht mit Ausnahme Eusebians – traue ich zu, dass er sich gegen seine Magnifizenz wendet oder versucht, so viel Einfluss und Macht zu gewinnen wie möglich. Aber ich hätte niemals geglaubt, dass du zu einer Intrige überhaupt fähig bist.«

»Der dumme, alte Bär«, sagte er sanft, »so harmlos wie ein Mäuschen und genauso gefährlich. Lasst ihn die Novizen unterrichten, da kann er sich nützlich machen.« Seine Stimme klang so ruhig wie immer, aber Elidar sah in seine Augen und fröstelte.

»Sturm hat das anders gesehen«, wandte sie ein. »Er hätte dich sonst nicht zu seinem Stellvertreter ernannt.«

Bär lachte grollend. »Casarius ist ein kluger Mann. Er hält auch nicht viel mehr von mir als alle anderen, aber er weiß einen loyalen Gefolgsmann zu schätzen. Ich habe ein breites Kreuz, er weiß, ich kann einiges von ihm fernhalten.«

Elidar schrak vor der Bitterkeit in seinen Worten zurück. »Und deshalb hast du ihn jetzt …«

»Nein«, unterbrach Bär sie scharf. »Nein, das habe ich nicht. Casarius weiß nicht mehr, was er sagt. Vor ein paar Tagen hat er Eusebian in meiner Gegenwart beschuldigt, ihn vergiftet zu haben. Der Arme wusste gar nicht, wie ihm geschah.« Er lächelte grimmig, als er Elidars zweifelnde Miene sah. »Und nicht nur ihn oder mich beschuldigt er. Wusstest du, dass du für seinen elenden Zustand verantwortlich bist? Du hast ihn bei deiner Prüfung mit einem bösen Bann belegt.«

Elidar schluckte. »Das klingt allerdings übel. Das wusste ich nicht.«

Bär ließ sie nicht aus den Augen. »Deshalb lasse ich auch niemanden zu ihm vor. Sollte er solche Beschuldigungen vor Grimm oder einem der anderen Dummköpfe des Kollegiums äußern, dann hätte das unkalkulierbare Folgen. Es ist schlimm genug, dass Sturm nicht mehr bei klarem Verstand ist und sich um den Orden kümmern kann. Diese prekäre Situation müssen wir nicht noch fahrlässig verschärfen.«

Elidar nickte langsam. Das klang alles vernünftig und ganz

und gar nach dem Nicodemus Bär, den sie zu kennen glaubte. Aber dennoch …

»Was hast du also vor?«

Bär nickte zufrieden. »Das ist endlich die richtige Frage. Du bist wahrhaft mein Schüler, Elidar Zorn.«

Sie erwiderte nichts, und er fuhr fort: »Wir haben auf jemanden wie dich gewartet. Auf einen ungewöhnlich starken Magier, wenn nicht sogar einen Äthermagier. Sturm hat immer gewusst, dass selbst er nicht ewig leben wird. Und dass kaum noch Magier geboren werden – schon gar keine starken Magier! – hat die Dringlichkeit nur verstärkt.«

»Warum?«, fragte Elidar.

»Weil wir einen Nachfolger brauchen. Wir brauchen dich.«

»Ich – Nachfolger seiner Magnifizenz?« Elidar lachte auf, Bär musste scherzen. Die Vorstellung war absurd. Aber Bär stimmte nicht in ihr Lachen ein. Sie runzelte die Stirn. »Ich habe keine Erfahrung, und selbst wenn ich nun Magister bin, so habe ich immer noch viel zu lernen. Ich bin zu jung, Bär!«

Er stand auf und ging zum Fenster. Die Geräusche des Festes klangen laut, fröhlich und trunken vom Hof herauf.

»Äthermagie«, sagte Bär so leise, als spräche er zu sich selbst. Seine sonore Stimme drang dennoch mühelos an Elidars Ohr. »So rar wie Drachengold und ebenso kostbar. Sturm hat dich richtig erkannt und doch hat er dich vollkommen falsch eingeschätzt, Elidar Zorn. Du bist ein Äthermagus, das ist richtig. Aber du bist kein Windmagier, und in diesem Punkt hatte wohl der dumme alte Bär einmal recht.« Er wandte sich um. Sein Gesicht war nur ein heller Fleck in der Dunkelheit, Elidar konnte seine Miene nicht erkennen.

»Du trägst einen silbernen Anhänger«, fuhr er fort. Elidar griff unwillkürlich danach. »Was hat er zu bedeuten?«

»Die Prinzessin hat ihn mir geschenkt«, sagte Elidar.

»Die Prinzessin«, murmelte Bär. »Ich frage mich manchmal, ob wir sie unterschätzt haben, nur weil sie eine Frau – und noch dazu eine Malandakay-Prinzessin ist.« Er rieb sich über die Nase und brummte leise vor sich hin.

»Sie hat dir den Anhänger also geschenkt«, sagte er nach einer Weile. »Warum ein Drache?«

»Weil ich die Tochter des Alten Drachen bin«, erwiderte Elidar mit einem Lachen. Das klang inzwischen selbst in ihren Ohren ein wenig kindisch.

Bär lachte erneut nicht mit ihr. »Die Tochter des Alten Drachen«, wiederholte er nachdenklich. »Nun, Drachentochter, das bestätigt die Meinung des alten Bären.« Er seufzte tief und legte eine schwere, warme Hand auf ihre Schulter. »Was weißt du über Drachenmagie?«

Elidar überlegte. »Nichts«, antwortete sie dann.

»Also das, was die meisten von uns darüber wissen.« Sie hörte an seiner Stimme, dass er lächelte. Bär liebte Diskussionen über solche Themen. Sie hatten oft nächtelang in ähnliche Gespräche vertieft vor dem Feuer gesessen.

Bär nahm die Hand von ihrer Schulter und zog seinen Sessel so nah an den ihren heran, dass ihre Knie sich fast berührten. Er beugte sich vor und murmelte: »Du sagst, du seist zu jung für dieses Amt. Aber unser Orden wurde schon früher von Magiern geleitet, die gerade dem Noviziat entwachsen waren.« Seine Stimme wurde noch leiser, er flüsterte fast. »Du vergisst, dass du jemanden an deiner Seite hast, der Erfahrung besitzt. Erfahrung mit der Führung eines Ordens. Jemanden, der dies schon seit einiger Zeit ohne große Mühe tut.«

»Dich«, hauchte Elidar. Sie spürte sein Nicken mehr, als dass sie es sah.

»Du bist der Magus, auf den Sturm gewartet hat«, fuhr er fort. »Und ich bin der Magus, dem sein Vertrauen gehört. Es wäre in seinem Sinne, Elidar.«

Sie schüttelte den Kopf. »Nein, das wäre es nicht, und das weißt du.«

Er nahm beschwörend ihre Hand zwischen seine Pranken. »Noch vor einem Dutzend Equils hätte er darüber genauso gedacht wie ich. Das Alter hat ihn starrköpfig und unbeweglich gemacht. Glaube mir, der Casarius Sturm, den du kennengelernt hast, ist nicht der Sturm, den ich einst verehrt habe!«

Elidar hielt einen Moment lang den Atem an. All die schönen Worte, all die so vernünftig klingenden Argumente – sie wusste nicht, was sie glauben sollte. Der unerschütterliche, gleichmütige Nicodemus Bär erschien ihr wie ein Felsen, der plötzlich vor ihren Augen zu singen und zu tanzen begann. Und wenn er noch so vehement bestritt, Verrat zu planen: Das, was er ihr vorschlug, kam einem Putsch bedenklich nahe!

»Was hat das alles mit Drachenmagie zu tun?«, fragte sie. Sie brauchte Zeit, um nachzudenken, und wollte ihn mit diesem Thema ablenken.

»Darüber sollten wir uns später unterhalten«, sagte Bär. »Ich bin müde. Und außerdem ist dies der Tag deiner Einkleidung, und das Fest geht langsam seinem Ende zu. Du willst doch sicherlich noch ein wenig mit deinen Freunden zusammensein.«

Nichts lag Elidar im Moment ferner, aber Bär stand auf und rückte seinen Stuhl wieder an den alten Platz. Er hatte deutlich zu verstehen gegeben, dass er heute nicht weiter mit ihr sprechen wollte.

»Morgen?«, sagte sie. Und, als er nicht antwortete: »Ich bin mir immer noch nicht im Klaren, wo du stehst. Ich muss morgen mit dir reden!«

Einen Lidschlag lang meinte sie, so etwas wie Zorn in seinem Blick zu erkennen, aber dann lächelte er und legte ihr die Hand auf die Schulter, um sie zur Tür zu schieben. »Morgen, mein ungeduldiger Schüler. Natürlich. Wir haben schließlich noch vieles zu besprechen.«

23

Elidar war in den Hof zu den anderen zurückgekehrt, obwohl ihr die Lust auf die Feier gründlich vergangen war. Sie setzte sich zu den Brüdern, die leise miteinander plauderten, und hob ihren Becher Wein an die Lippen.

Valerian sah sie prüfend an. »Alles in Ordnung mit dir?«, fragte er. »Du bist blass um die Nase.«

Sie bemühte sich um ein Lächeln. »Mir geht es gut. Bin ein bisschen müde, das ist alles.«

Er wandte die Augen nicht ab, und die Sorge darin vertiefte sich. Dann wechselte er einen Blick mit Valon. Der nickte und rückte auf der Bank an Elidars freie Seite. Die Brüder legten wortlos ihre Arme um ihre Schultern und beugten sich vor.

»Was wollte seine Magnifizenz von dir?«, flüsterte Valon.

Elidar zögerte, warf einen Blick auf Valerian, der kein Spinnenmagus mehr war, und schüttelte den Kopf. »Nichts Wichtiges. Er hadert immer noch damit, dass er meine Einkleidung zulassen musste.«

»Und Bär?«, fragte Valon weiter. »Er schien nicht gerade begeistert zu sein, dass du mit ihm sprechen wolltest.«

Sie seufzte in sich hinein. Dieser neugierige Bursche!

»Ich wollte ihm von meinem Gespräch mit Sturm berichten«, erwiderte sie kurz. »Immerhin deckt er mir den Rücken.«

»Warum auch immer«, scherzte Valerian.

Schließlich wechselten sie das Thema und begannen, Erinnerungen auszutauschen und sich von ihrer Ausbildung zu erzählen. Elidar trank gegen ihre Gewohnheit etwas mehr von dem dunklen Wein als sonst und genoss das Gefühl der Wärme und Schwere, das durch ihren Körper und ihren Kopf flutete. Wozu sich Sorgen machen? Morgen würde sie mit Bär sprechen und alles würde sich klären. Er war ihr Freund und hatte ihr nie etwas Böses getan. Vielleicht hatte er recht, vielleicht geschah ja alles nur zum Besten des Ordens.

Irgendwann, es mochte spät in der Nacht sein oder schon früh am Morgen, erhob sie sich, hielt sich an der Tischkante fest und sagte: »Ich gehe schlafen. Seid mir nicht böse.« Ihre Zunge gehorchte ihr nur widerwillig, was sie zum Lachen brachte. »Ich bin wohl betrunken«, konstatierte sie vergnügt. »Komisches Gefühl. Ist das immer so?«

Valon, der sich ebenfalls leicht schwankend auf die Füße

stellte, legte den Kopf schräg und sah sie mit schwimmendem Blick an. »Wieso, warst du noch nie be …, be …«, er schluckte laut und vollendete nicht, was er sagen wollte.

»Betrunken«, sagte Elidar. Sie kniff die Augen zusammen, weil sich alles drehte, aber das machte den Schwindel nur noch schlimmer. »Nein, war ich nie. Will ich auch nie wieder sein.« Sie löste die Hände von der Tischkante und machte einen vorsichtigen Schritt nach dem anderen auf das Haus zu. Es fiel ihr schwer, denn die Tür bewegte sich wie in einem heftigen Sturm von einer Seite zur anderen. Elidar schimpfte verdrossen auf die dumme Tür, die einfach nicht stillhalten wollte, taumelte und setzte sich auf den Schoß eines rundlichen Magisters, der mit offenem Mund eingeschlafen war und nun mit einem erschreckten Schnarcher erwachte.

»Entschuldigung«, murmelte Elidar und stemmte sich hoch. »Die Tür ist schuld. Ganz dumme Tür.«

Eine Hand griff nach ihrem Ellbogen. »Ich bringe dich zu deiner Kammer«, sagte Valerian, der im Gegensatz zu seinem Bruder noch recht nüchtern wirkte. »Valon, du kommst doch alleine zurecht, oder?«

»Ich komme immer alleine zurecht«, erwiderte der junge Magus würdevoll, wenn auch ein wenig undeutlich, und folgte ihnen ins Haus.

Valerian geleitete sie schweigend zu ihrer Kammer. Elidar murmelte einen Dank und wollte die Tür schließen, aber Valerian hielt sie auf.

»Würde es dich stören«, begann er und räusperte sich. »Ich meine, was hältst du davon, wenn ich«, wieder unterbrach er sich. Elidar sah ihn verständnislos an. Valerian kratzte sich verlegen an der Wange. »Du und ich«, sagte er. »Also – was denkst du …«

Elidar gähnte. »Ich bin schrecklich müde«, sagte sie. »Hör auf herumzustottern, ich möchte ins Bett.«

»Ich meine – was hältst du davon, wenn ich, wenn wir beide

zusammen – darf ich heute Nacht bei dir bleiben?«, platzte er heraus.

Sie blinzelte überrascht. »Was?«

Valerian wurde rot, aber er blieb nahe bei ihr stehen und griff nach ihrer Hand. Elidar entzog sie ihm schnell. »Sei nicht albern«, sagte sie, plötzlich nüchtern. »Das hier ist ein Ordenshaus. Wir sind beide Magister.« Sie versuchte ein Lächeln. »Das sähe doch wirklich seltsam aus, wenn jemand uns morgen im gleichen Bett erwischen würde.«

Valerians Miene verfinsterte sich. »Mach dich nicht lustig über mich«, sagte er.

Nun war sie es, die nach seiner Hand griff und sie drückte. »Geh schlafen. Wir sind beide betrunken. Denk an morgen und dass wir uns noch als die guten Freunde begegnen möchten, die wir heute sind.«

Valerian nickte steif. »Wie du meinst«, sagte er gekränkt. Er wandte sich ab und murmelte etwas, das Elidar erst mit ein bisschen Verspätung verstand. Sie lief hinter Valerian her und hielt ihn fest. »Nein«, sagte sie und sah ihm ins Gesicht. »Nein, Valerian. Valon hat nichts damit zu tun. Es ist niemand hier im Haus oder sonst wo auf der Welt. Ich bin es einfach nicht gewöhnt, von mir anders zu denken als jeder es tut. Ich bin ein Mann.«

Sie hatte den letzten Satz nur geflüstert, aber Valerian erwiderte laut: »Nein, verdammt, das bist du nicht!« Er machte sich heftig frei und stapfte davon.

Elidar blickte ihm nach. Sollte sie hinterhergehen und ihn besänftigen? Die Müdigkeit siegte. Morgen. Es gab nichts, was nicht bis morgen warten konnte.

Sie versuchte, das Drehen und Wirbeln in ihrem Kopf, das nicht allein dem genossenen Wein, sondern ebenso den verwirrenden Ereignissen des Tages zuzurechnen war, mit einem beruhigenden Zauber zu vertreiben. Normalerweise konnte das jeder Novize ab dem zweiten Abschnitt ohne große Mühe, aber auch dieser kleine Zauber wollte ihr nicht gelingen. Elidar schob auch diese Sorge in einen dunklen Winkel ihres Bewusstseins und zog die Decke über ihren Kopf.

Wirre Träume geisterten durch ihren unruhigen Schlaf. Magnifizenz Sturm drohte ihr mit Knochenfingern und stöhnte: »Bürschchen, wenn ich dich erwische!« Sie lief vor dem Schreckensbild davon und ein hausgroßer Mann versperrte ihr den Weg. Er stieß dunkelgraue Rauchwolken aus und grollte dabei wie ein feuerspeiender Berg. Sie flüchtete sich in ein Mauseloch, fiel lange Zeit durch schwindelerregende Dunkelheit und fand sich in der abgeschlossenen Höhle wieder, in der sie die schwarze Sphäre gesehen hatte. Die Höhle war leer, bis auf flüsternde Stimmen. Sie verstand die Worte nicht, so sehr sie sich auch anstrengte. Das Flüstern wurde lauter, es wurde zu einem flehenden Gemurmel, zu Rufen, zu Schreien, zu ohrenbetäubendem Gebrüll. Sie schlug die Hände vor die Ohren und krümmte sich am Boden, ein kleines, schmerzzuckendes Bündel Mensch.

Dann war es plötzlich still. Sie lag in ihrer Kammer, in ihrem Bett, und hatte die Augen geöffnet. Jemand stand vor ihr, eine dunkle Gestalt mit hellen Haaren, deren Gesichtszüge sie im Dunkeln nicht deutlich erkennen konnte. Die Gestalt beugte sich zu ihr nieder, sie hörte Stoff rascheln und dann schlüpfte jemand zu ihr unter die Decke.

»Ich habe dir doch gesagt, du sollst gehen«, murmelte sie schlaftrunken. »Wenn man uns entdeckt …«

»Pst«, machte der Mann. Eine Hand legte sich sacht auf ihre Lippen. Sie genoss die Berührung seiner Finger auf ihrer Haut und die Wärme seines Körpers an ihrem Leib. Wann hatte sie zuletzt jemand umarmt und gestreichelt? War es ihre Ziehmutter gewesen? Der Gedanke an ihre Kindheit im fernen Kayvan stach wie mit Nadeln, und sie vertrieb ihn, um sich den sanften Berührungen hinzugeben. Schnurrend wie eine Wüstenkatze schmiegte sie sich in die fremden Arme, die nicht mollig und weich, sondern hart und ein wenig knochig waren. Dennoch genoss sie ihren festen Druck ebenso wie die unbeholfenen Küsse, die ihr Gesicht und ihren Mund trafen und dann langsam hinunter wanderten zu den Bereichen ihres Körpers, die sie niemals gelernt hatte zu benennen. Ihr Atem wurde tiefer und weicher.

Sie legte ihre Hände auf den Leib des Mannes und streichelte sein festes Fleisch. Sein weiches Haar kitzelte sie. Er flüsterte ihren Namen, und sie hörte das Staunen in seiner Stimme.

Mit einem tiefen Rauschen wie der Atemzug eines Riesen kam Hitze und Bewegung über sie, riss sie mit sich fort und schleuderte sie in die Dunkelheit. Die Stimmen flüsterten, wisperten, raunten. Sie wurden lauter, klangen frohlockend und erregt. Jetzt plötzlich konnte sie einzelne Silben und Worte verstehen. »Mutterkönigin«, sangen die Stimmen. »Junge Königin, bring uns nach Hause. Prinzessin, Drachentochter, bring uns heim.«

Sie genoss die huldigenden Rufe der kleinen Schwestern, reckte sich träge und kratzte mit den Klauen über den harten Boden, der ihr so bequem und weich erschien wie das allerfeinste Daunenbett. Feuer umspielte ihre Nüstern und tanzte auf ihrem Atem. Seine rötlichen Reflexe spielten auf den Kristallen, die rundum an den Wänden wuchsen.

»Mutterkönigin«, sangen die Stimmen der kleinen Schwestern.

»Eli«, hörte sie eine andere, erschrockene Stimme ausrufen. Jemand schüttelte sie. »Eli, was ist?«

Sie wusste nicht, wo sie war. Ihr Blick wanderte durch das seltsame Kämmerchen und landete auf dem eigenartigen, schuppenlosen und rosahäutigen, behaarten Wesen, das da neben ihr hockte. Sie richtete sich auf und versuchte, ihre Augen mit der Zunge zu säubern, und als das nicht ging, riss sie das Maul auf, um Feuer zu speien und danach die rauchenden Überreste des lächerlichen rosa Wurms zu zerfetzen und aufzufressen.

»Eli?«, sagte der Wurm. »Geht es dir nicht gut?« Seine Hände lagen auf ihren Schultern, und sie erkannte entsetzt, dass auch ihr eigener Körper rosafarben und weich wie der eines Wurmes zu sein schien. Sie legte ihre lächerlichen, klauenlosen Hände vor die Augen und stöhnte.

Der andere Wurm – Valerian, dachte etwas in ihr. Das Etwas,

das nicht Mutterkönigin war, stemmte sich gegen das Drachenbewusstsein und kämpfte darum, wieder die Oberhand zu gewinnen. Elidar, dachte das Etwas. Elidar Zorn, Magister. Der nackte Wurm dort neben dir ist Valerian. Nein, nicht Valerian – Valon!

Der Schock über diese Erkenntnis verbannte die Mutterkönigin endgültig wieder hinter den Vorhang aus Feuer, in das Nichts, aus dem sie hervorgetreten war. Elidar fuhr hoch, raffte das Bettlaken um sich und rief: »Was *machst* du hier?«

Valon atmete erleichtert aus. »Bei den Göttern, Eli, du hast mich zu Tode erschreckt!« Er strich eine schweißfeuchte Locke aus seiner Stirn. »Du hast so seltsame Geräusche gemacht. Es hat sich angehört wie eine Sprache, aber nicht wie eine menschliche.« Er versuchte ein Lachen, was ihm kläglich misslang. »Wenn ein Stein reden würde, dann würde sich das so anhören, glaube ich. Und dann haben deine Augen angefangen, rot zu glühen.«

»Du machst Witze«, sagte Elidar. Sie angelte nach ihrer Tunika, die neben dem Bett auf dem Boden lag, und wollte sie über den Kopf ziehen, aber Valon hielt ihre Hand fest.

»Ich mache Witze?«, sagte er. »Sieh doch!«

Elidar verrenkte den Kopf. »Was soll ich sehen?«, fragte sie verdrossen.

»Der kleine Drache«, Valon näherte seine Fingerspitze dem Silberanhänger und zuckte zurück, ehe er ihn berühren konnte. »Er ist glühend rot! Spürst du das denn nicht?«

»Du bist ein Spinner«, sagte Elidar und umfasste den Drachen mit der Faust. Der Anhänger war warm, aber keineswegs glühend heiß.

Valon stöhnte auf und schloss die Augen. Elidar zog die Tunika über und schwang die Beine aus dem Bett. »Du siehst Gespenster, Val. Oder bist du immer noch betrunken?«

Sie ignorierte sein aufgebrachtes Gemurmel. »Was ist dir eigentlich eingefallen, uneingeladen zu mir ins Bett zu kommen?«

Valon zog den Kopf ein. »Ich dachte …«, murmelte er.

»Du dachtest – was?«

»Na ja, du hast Valerian weggeschickt. Da dachte ich …«

Elidar mochte sich jetzt nicht mit Valon oder seinem Bruder und der Frage beschäftigen, was die beiden plötzlich in ihr zu sehen glaubten. Die Traumerscheinung regte sich dicht unter ihrer Haut. Es war ihr, als besäße sie immer noch Klauen und Flügel und funkensprühende Nüstern.

»Geh in dein eigenes Bett«, sagte sie, und sie bemühte sich, es freundlich zu sagen. Er war ihr in den letzten Equils ein guter Freund geworden und hatte sich als sanfter und liebevoller Gast auf ihrem Lager erwiesen.

»Bist du mir böse?«

Elidar schüttelte den Kopf. »Nein, Valon«, »du warst ein angenehmer Besucher.«

Sein Blick belebte sich. »Dann darf ich wiederkommen?«

»Bitte lass mich allein«, erwiderte sie. »Jetzt ist nicht die Zeit, darüber zu reden!«

Er gehorchte. Sie wartete, bis sich die Tür hinter ihm geschlossen hatte, dann streckte sie sich auf dem Bett aus. Ihre Finger tasteten nach dem kleinen Silberdrachen. Er war immer noch warm, aber es war nur die sanfte Wärme eines lebenden Wesens. Ihre Gedanken wanderten zu Morgenblüte, die sie sehr lange nicht mehr gesehen hatte. Der kleine Drache schien in ihren Fingern zu atmen.

Der Gesang der kleinen Schwestern bildete den Hintergrund für ihre Gedanken. Elidar runzelte die Stirn. Es hatte sich gut angefühlt, Klauen und einen langen, gezackten Schweif zu haben, kräftige Muskeln und das machtvolle Feuer in ihrem Inneren. Es hatte sich mehr als gut angefühlt – es hatte sich *richtig* angefühlt. Sie streckte unwillkürlich die Hände aus und musterte ihre Finger. Menschenfinger, zerbrechlich und dünn. Und das Feuer – sie tauchte in ihr Inneres und erwartete die Stille und Leere, das Gefühl von kalter Asche, das sie seit ihrer Begegnung mit der schwarzen Sphäre erfüllte.

Aber sie fand das Feuer, und es war nicht der stille, glühende Kern, den sie schon ihr Leben lang beherbergte. Nein, dies war das rasende, tosende, brüllende Feuer der Drachenmagie, heiß genug, um eine ganze Welt zu verschlingen.

Elidar zog sich erschreckt zurück und beruhigte ihr rasendes Herz, den hastigen Atem und die sich überschlagenden Gedanken. Etwas war geschehen. Es hatte seinen Anfang genommen, als sie der schwarzen Sphäre begegnet war. Etwas in ihr sträubte sich dagegen, die Erscheinung als »Dunkle Nigh« zu bezeichnen, auch wenn Bär und seine Magnifizenz es taten.

»Die kleinen Schwestern«, sagte sie halblaut. Das klang richtig, auch wenn sie nicht wusste, was es zu bedeuten hatte.

Sie stand auf und zog sich vollständig an. Dann zögerte sie, die Hand an der Türklinke. Sie wandte sich zu dem winzigen Ofen um, der im Winter ihre Kammer zu erwärmen versuchte – wenn auch nicht sonderlich erfolgreich – und konzentrierte sich auf sein Inneres. Asche und angekohlte Späne lagen in seinem eisernen Bauch. Elidar griff nach dem Feuer, das in ihr brannte, und zuckte zurück. Es war so heiß! Warum stand sie hier und fühlte es in ihrem Inneren, warum verbrannte es sie nicht zu weißer Asche?

Zögernd tastete sie nach der Lohe, ergriff sie mit einem unwillkürlichen Schmerzenslaut und warf sie in den Ofen. Mit einem Zischen und einem kleinen Knall loderten die Späne auf, brannten einen Moment lang mit blauer Flamme und zerfielen dann zu Asche.

Elidar seufzte. Allem Anschein nach hatte Sturm wieder einmal Recht behalten. Ihre Kräfte waren immer noch da – aber sie hatten sich verändert, und diese Veränderung machte ihr Angst.

Kurzentschlossen zog sie die Kapuze ihrer Kukulle tief in die Stirn. Vielleicht gelang es ihr, sich zu seiner Magnifizenz ins Zimmer zu schleichen, ohne dass Bär sie dabei ertappte.

Das Haus war still und wie ausgestorben. Elidar eilte durch die Gänge des alten Gebäudes und verlangsamte ihren Schritt erst, als sie sich den Räumen seiner Magnifizenz näherte. Sie beugte die Schultern, um kleiner zu erscheinen, und zwang sich zu einem schlurfenden Schritt. Auf den ersten Blick mochte sie so wie einer der älteren Brüder erscheinen, der von der Bibliothek oder dem Refektorium in sein Zimmer zurückhumpelte.

Niemand hielt sie auf, auch nicht, als sie leise und vorsichtig die Tür zu Sturms Arbeitszimmer öffnete. Dies war der gefährlichste Moment. Wenn Bär bei seiner Magnifizenz weilte, würde sie ihm in die Arme laufen. Er hatte ihr sehr deutlich zu verstehen gegeben, dass er keine Besuche bei dem siechen Ordensoberhaupt dulden würde, und sie wollte sich nicht ausmalen, was er sagen oder tun würde, wenn er sie dort antraf.

Sie schloss die Tür und lauschte. Nichts regte sich. Trotz der Wärme, die draußen herrschte, brannte ein Feuer im Kamin, das Holz knackte leise und die Flammen knisterten. Abgesehen davon war es still im Zimmer. Elidar ließ die Türklinke los und durchmaß leisen Schrittes den Raum. Die Tür zum Nachbarzimmer war nur angelehnt. Sie lauschte wieder, vernahm nichts und öffnete mit aller Vorsicht die Tür.

Stille. Auch hier brannte ein Feuer im Kamin, es war erstickend warm. Elidar spürte, wie ihr Schweißtropfen den Rücken hinunter rannen. Sie ließ die Tür einen Spalt offen stehen und trat ins Zimmer.

Im Lehnstuhl am Feuer regte sich jemand.

»Magnifizenz!«, sagte Elidar und eilte zu ihm. »Eure Magnifizenz, hört Ihr mich?«

Sie vernahm ein Seufzen und kniete neben dem Stuhl nieder. Sie versuchte, den magischen Schleier zu durchdringen, der wieder über dem Stuhl lag, aber sie konnte nur erahnen, dass dort jemand saß und sie ansah.

»Magnifizenz«, sagte sie, »Ihr hattet Recht. Ich bin durch einen seltsamen Traum aufgewacht und habe das Feuer und meine Kraft wiedergefunden.«

Die verhüllte Gestalt regte sich leicht. »Zeig es mir«, flüsterte der Mann.

Elidar atmete erleichtert auf. Casarius Sturm lebte und war bei Sinnen. Sie beugte sich vor und tastete nach seiner Hand. Seine Finger lagen trocken und erstaunlich fest und warm in den ihren. Sie öffnete ihren Geist und zeigte ihm das brüllende, lodernde Feuer in ihrem Inneren, und sie spürte sein Erstaunen.

»Ah«, flüsterte der Schemen triumphierend. »Drachenmagie! Ich habe es doch immer gesagt!«

Elidar riss ihre Hand fort. »Bär!«

Der Schatten lichtete sich, und sie blickte in die dunklen Augen ihres Freundes und Lehrers. »Warum spielst du dieses Spiel mit mir?«, fauchte sie wütend. »Wo ist seine Magnifizenz?«

»In seinem Bett, wo er auch hingehört bei seinem elenden Zustand«, erwiderte Bär. »Und warum sollte ich mit dir spielen? Ich war nur neugierig, wer da mein ausdrückliches Verbot missachtet und warum. Ist das nicht mein gutes Recht?«

Elidar verschränkte die Arme vor der Brust. »Nein«, schnappte sie. »Das ist es ganz und gar nicht. Casarius Sturm ist immer noch Magnifizenz unseres Ordens!«

Bär richtete sich drohend auf.

Elidar wich keine Fingerbreit zurück. Sie blieb vor Bär stehen und funkelte ihn an. »Also?«, fragte sie scharf.

Ein anerkennendes Lächeln kräuselte seine Mundwinkel. »Kleine Tigerkatze«, sagte er.

»Spar dir deine Herablassung«, sagte Elidar grimmig. »Ich möchte mit Sturm sprechen.«

Seine Pranke landete schwer auf ihrer Schulter. »Das kann ich leider nicht erlauben. Lass uns hinausgehen.«

Sie riss sich los. »Ich denke nicht daran, mich von dir herumkommandieren zu lassen. Du bist nicht seine Magnifizenz.«

Nun verschränkte er seine Arme vor der breiten Brust. Seine Brauen zogen sich grollend zusammen. »Also bitte«, sagte er. »Störe den armen Mann in seinem Schlaf. Wahrscheinlich bringst du ihn damit um, aber das wäre vielleicht sogar das Beste für ihn.« Er nickte schroff und ließ sie stehen. Sie hörte seine schweren Schritte das Arbeitszimmer durchqueren, dann schlug die Tür zu.

Elidar sammelte sich. Er ließ sie mit Sturm allein. Also fürchtete er sich wohl doch nicht vor dem, was Sturm ihr sagen würde. War das Misstrauen, das sie gegen Bär hegte, unberechtigt? Sie wusste es nicht, aber der Zweifel nagte in ihr.

Im Bett, hatte er gesagt. Auf den ersten Blick schien das Lager leer zu sein und unter der dünnen Decke nichts weiter zu liegen als ein Bündel alter Kleider. Dann erkannte sie die knochenbleichen, abgemagerten Hände auf der Decke und ein abgewandtes Gesicht. Casarius Sturm erschien ihr so klein und so dürr wie eins der Kinder aus der Gosse von Kayvan.

»Magnifizenz?«, flüsterte sie. Sie hockte sich neben dem Bett nieder und berührte vorsichtig seine Hand. Eiskalt. Lebte er überhaupt noch? Aber die dünne Decke hob und senkte sich in langen Abständen mit seinem flachen Atem.

Etwas beherzter sagte sie erneut: »Eure Magnifizenz? Ich bin es, Elidar.«

Er seufzte und wandte ihr das Gesicht zu. Seine Augen lagen so tief in ihren Höhlen, dass sie nicht sehen konnte, ob er sie geöffnet hatte. »Elidar«, hörte sie ihn flüstern.

»Magnifizenz, ich möchte Euch helfen«, sagte sie, überrascht über ihre eigenen Worte. Sie nahm seine Hand zwischen beide Hände und fixierte die dunklen Schatten, die seine Augen ihrem Blick verbargen.

»Helfen«, meinte sie ihn flüstern zu hören, und es klang hoffnungslos.

Sie leerte ihren Geist und berührte sacht das Feuer. Es fühlte sich fremd an, und sie musste an sich halten, nicht ängstlich zurückzuweichen. Sie zwang sich, der lodernden Flamme entgegenzutreten. »Gehorche«, befahl sie lautlos.

Das Feuer flammte hoch auf, und sie spürte, wie es sie zu versengen drohte. Sie wich keine Haaresbreite zurück, sondern wiederholte gebieterisch: »Gehorche mir, Flamme. Ich bin die junge Königin, höre meine Stimme!«

Das Feuer zischte und brüllte wie ein wildes Tier. Es umschloss sie von allen Seiten und sie glaubte, ihr verglühendes Haar und verkohlendes Fleisch zu riechen. Aber sie wiederholte nur noch strenger: »Gehorche mir, gehorche der Mutterkönigin!« – und die sengenden Flammen neigten sich, sanken herab, und das tobende, brüllende Feuer beugte sich ihrem Willen so gehorsam, wie ein Hündchen sich zu Füßen seines Herrn legt.

»Puh«, machte Elidar höchst unzeremoniell und erleichtert. Sie öffnete die Augen, die sie unwillkürlich geschlossen hatte. Die blicklosen Augenhöhlen waren immer noch auf sie gerichtet.

»Puh?«, hörte sie Sturm wispern, und dann erklang ein geisterdünnes Lachen. »Was ist das denn für eine Beschwörung?«

Elidar lächelte. »Ich bin unvorbereitet hier angekommen«, erklärte sie. »Aber ich habe nicht damit gerechnet, dass Bär mich empfangen würde.«

»Bär«, sagte Sturm. »Ach, Bär. Es wundert mich …«, er sprach nicht weiter. Elidar erkannte an seinem schwerer werdenden Atem, wie sehr es ihn anstrengte, mit ihr zu reden.

»Still«, sagte sie deshalb und drückte seine kalte Hand. »Ich habe meine Kraft wiedergefunden, Magnifizenz. Ich will versuchen, Euch zu helfen.«

Der schwache Druck seiner Finger zeigte ihr, dass er sie verstanden hatte. Sie senkte die Lider und suchte nach dem Feuer. Stand es immer noch zu ihren Diensten oder hatte es sich erneut freigemacht? Nein, da war es, duckte sich gehorsam und erwartete ihre Befehle. Ihre Befehle. Wie sahen die aus? Ein Schweißtropfen rann kitzelnd über ihren Nacken und den Rücken hinunter. Was konnte sie tun, um dem alten Magier zu helfen?

»Kalt«, hörte sie ihn wispern. Kälte – dagegen hatte sie allerdings das richtige Mittel. Vorsichtig nahm sie mit Geistfingern etwas von der Glut und hielt sie fest, formte einen dünnen Faden daraus, den sie wie einen Ball aus Spinnenseide aufwickelte. Was jetzt? Sie öffnete die Augen und betrachtete den alten Mann. Dann nahm sie kurz entschlossen den feurigen Ball und begann, den dünnen, wärmenden Faden um Sturms eisige Hände zu wickeln.

Er seufzte leise und streckte vorsichtig seine Finger, und sie hörte das Knacken der Gelenke. Mutiger geworden, spann sie eine zweite Handvoll ihres inneren Feuers zu dünnen Fäden und fuhr fort, den Magister damit zu umhüllen. Wie eine Spinne ihr Opfer, bevor sie es aussaugt, dachte sie unwillkürlich, und schüttelte den Gedanken dann fort wie eine lästige Fliege. Leben, nicht Tod. Wärme, nicht Kälte. Heilung, nicht Gift.

Sturm seufzte wieder, dieses Mal lauter, und sie glaubte, seinen Blick zu spüren. »Wagst du es, mich zu heilen?«, flüsterte er. »Er wird dich dafür bestrafen.«

Elidar fragte nicht, von wem er sprach. Sie biss die Zähne zusammen und nickte. Wieder schloss sie die Augen und tauchte hinab. Vor ihrem inneren Auge sah sie den alten Mann, eingesponnen vom Kopf bis zu den Füßen in leuchtende, glühende Magie. Drachenmagie. Sie wusste mit einem Mal, dass Bär wirklich recht behalten hatte. Das war uralter, mächtiger Zauber, älter als jede Magie der Menschen und ungleich machtvoller. Warum sie darüber verfügte, wusste sie nicht zu sagen und wagte sie nicht zu vermuten.

Das war jetzt auch nicht von Belang. Die Zeit drängte, denn Bär würde zurückkommen, und dann musste ihr Werk geschehen sein.

Behutsam, wie sie es gelernt hatte, tastete sie nach Sturms Geist und schrak zurück vor dem, was sie dort fand. Erneut griff sie aus und berührte seinen Körper. Dort war nichts, was noch unversehrt und lebendig war, Krankheit, Tod und Verfall herrschten noch im allerkleinsten, allerunwichtigsten Winkel seines Leibes. Und in seiner Mitte, dort, wo in ihrem eigenen Inneren das Drachenfeuer brannte, fand sie einen grün schimmernden, giftig pulsierenden Knoten, aus dem sich schleimige Ströme hinauswanden und jedes einzelne Organ, jede Stelle des Körpers umschlangen, überwucherten und erstickten.

Von Ekel geschüttelt zog Elidar sich zurück und schnappte nach Luft. Was war das nur? Sie sah den alten Magus an und meinte, das widerlich grüne Wabern unter seiner Haut herumkriechen zu sehen. Giftig und krank sah es aus.

Giftig. Sie beugte sich vor. »Gift?«, sagte sie halblaut. Aber warum sollte jemand, der über Magie verfügte, sich eines Giftes bedienen, um Sturm zu schaden?

Sturm regte sich, sein Gesicht wandte sich ihr zu, er richtete den Kopf auf. »Gift«, sagte er schwach. »Er ist kein starker Magus, das war er nie. Er kann sich nicht mit mir messen.« Er rang nach Luft, aber Elidar bemerkte, dass seine Stimme kräftiger klang. Die Wärme, die das Drachenfeuer durch seinen Körper sandte, schien ihm wohl zu tun.

»Ich war nachlässig, weil ich ihm vertraute«, fuhr Sturm fort. Seine Hände, die umschlossen vom Drachenfeuer sanft glühten, bewegten sich unruhig. »Aber ich hätte es bemerken müssen und hätte mich schützen können – bevor er es mir verabreichte. Jetzt bin ich zu schwach.« Seine Stimme verklang, und sein Kopf sank zurück auf das Kissen. Elidar hörte seinen krächzenden Atem und beugte sich entschlossen über ihn.

Das Drachenfeuer hatte für Sturm getan, was es tun konnte, aber es war nicht stark genug, um ihn vor dem Tod zu bewahren. Jetzt musste sie tiefer greifen, mitten hinein in den Kern ihrer Kraft, den das Feuer umschloss wie eine schützende Hülle. Sie atmete tief ein und tauchte hinein wie in die Wellen des Ozeans. Das Feuer umschmeichelte sie, glitt liebkosend über ihre Gedanken, hielt sie umschlungen und ließ sie endlich bedauernd wieder frei.

Diesen Ort hatte sie erst einmal betreten, und die Erinnerung daran ließ sie schaudern. Sie erwartete Nichts, und sie fand Nichts. Kalt, es ließ ihre Glieder erstarren und fror ihre Gedanken zu Eis. Sie durfte hier nicht verweilen, denn das Nichts würde sie unweigerlich töten. Alles verlangsamte sich, jede Bewegung wurde zu einem Kampf gegen eine Kraft, die mit Leichtigkeit eine ganze Welt zermalmen konnte. Elidar zögerte, obwohl sie wusste, dass jedes Zaudern ihr und damit auch Sturm den Tod bringen würde. Sie musste sich in das kalte, todbringende Zentrum der Drachenmagie wagen, um das Leben für sie beide zu gewinnen, aber die Angst vor dem grauen Nichts hatte sie gepackt und lähmte sie beinahe noch mehr als die tödliche Kälte. Eis kroch durch ihren Geist und ließ ihn erstarren. Es war so einfach, hier an dieser Stelle stehen zu bleiben und Nichts zu tun. Nichts geschehen zu lassen. Nichts …

Dann plötzlich leckte eine kleine Flamme wie ein verspieltes Schoßhündchen an ihren Fingern, biss zärtlich hinein, zerrte an ihr, biss ein wenig fester … Elidar japste und schüttelte sich. Die Zeit drängte. Sie schob alle Bedenken, alle Furcht beiseite und ließ sich ins Nichts fallen wie vorher in das Feuer. Graue Kälte schloss sich um sie und raubte ihr den Atem und alle Wahrnehmung. Eine unermessliche Zeitspanne schwebte sie im Nichts, ohne Atem, ohne etwas zu spüren und ohne jeden Willen. Frieden. Ruhe. Im Schoß des Nichts schlafen und niemals mehr aufwachen.

Aufwachen. Sie zog die ersterbenden Reste des Drachenfeuers um sich wie einen löchrigen Mantel und zwang ihre widerstrebende Hand, sich auszustrecken und das Nichts zu greifen. Zu umschließen. Mit erfrierenden, steifen, leichengrauen Fingern zu einer festen, weltenschweren Kugel zu formen und dann diese Kugel tief in ihr Inneres zu schieben, wo das Feuer wartete, um sie aufzunehmen. Einen Moment lang schwindelte ihr. Sie war dort in ihrem Inneren, sie hatte das Feuer durchquert und Nichts gefunden. Und in diesem Nichts wiederum war sie selbst, und tief in ihrer Mitte loderte das Drachenfeuer, in dem der eisige Kern aus Nichts geborgen lag … Schale um Schale, unendlich oft umeinander geschichtet. Sie riss sich los, stieß sich empor wie eine Taucherin, die nach Luft giert, schob sich ins Licht, in die Wirklichkeit.

Sie fand sich halb über dem ausgezehrten Körper des alten Magus liegend, nach Luft ringend wie eine Ertrinkende und gleichzeitig voller Angst, zu spät gekommen zu sein. Da war keine Lebensregung, nur kalte, tote Stille. Der Kokon aus Feuer war vergangen, nur seine erkalteten Reste hingen wie zerrissene Spinnweben von Sturms Körper herab. Sie neigte sich erschreckt über sein Gesicht und spürte nach langem, ängstlichem Warten den kaum wahrnehmbaren Hauch seines Atems. Er lebte noch, aber sie durfte nicht länger zaudern.

Um ihre schwindenden Kräfte zu schonen, richtete sie sich nicht auf, sondern blieb auf ihre Ellbogen gestützt. Sie schloss die Augen und wappnete sich dagegen, erneut dem widerlichen Knoten aus Gift und Tod zu begegnen. Der Gedanke allein ließ sie vor Ekel und Widerwillen zurückschrecken. Entschlossen stieß sie ihre Geistfinger in den siechen Körper und tastete nach dem Übel. Sie fand es, pulsierend vor Kraft inmitten des zerfallenden Körpers, von dem es sich nährte wie ein bösartiger Egel. Elidar überwand sich und packte den grünschillernden Knoten. Er wand sich in ihren Fingern wie ein lebendiges Wesen, und sie spürte, wie sein Schleim sich in ihre Hand fraß und sie zu zersetzen begann. Sie ließ ihn nicht fallen. Mit einer letzten Anstrengung schob sie die Kugel aus Nichts tief in den sich wehrenden Knoten und umschloss ihn dann fest mit ihrer Faust. Sie spürte sein heftiges Zucken, seinen vergeblichen Versuch, das fremde Ding wieder loszuwerden. Seine giftigen Ausscheidungen fraßen sich durch ihre Finger, und sie sah das kranke grüne Leuchten durch ihr Geistfleisch hindurch immer heller und giftiger strahlen. Sie würde ihn nicht halten können, wenn er ihre Hand zerfraß. Was würde geschehen, wenn der giftige Knoten sich das Nichts unbeschadet einverleibte? Würde er dann umso stärker werden und sie und Sturm beide vernichten?

Sie vertrieb den Gedanken und konzentrierte sich darauf, Drachenfeuer in ihre zerfallende Hand zu schicken. Das Feuer stärkte ihren Griff für einen kurzen Augenblick, ehe es erlosch, aber dieser Moment hatte ausgereicht. Sie fühlte, wie die Gegenwehr erlahmte. Das Leuchten erlosch, der Knoten erstarrte. Schließlich hielt sie nur noch einen Klumpen Eis in den Fingern, der zu schmelzen begann und in zähen grünlichen Fäden aus ihrer Faust rann.

Elidar stöhnte und ließ los. Sie zog sich aus Sturms Innerem zurück und sank neben ihm auf das Bett. Er bewegte sich nicht, aber sie konnte sehen, dass er ruhig atmete. Die wabernden Ströme unter seiner Haut waren erloschen.

Elidar wusste, dass ihre Arbeit noch nicht getan war, aber sie gönnte sich den Luxus, für einige Atemzüge die Augen zu schließen.

24

Sie hatte wohl länger ausgeruht, als sie es vorgehabt hatte. Erschrocken fuhr sie auf und rieb sich über die müden Augen. Ihre linke Hand tat höllisch weh, die Finger waren gerötet und mit kleinen Blasen übersät, als hätte sie sich böse verbrannt.

Elidar ignorierte den Schmerz, während ihrer Ausbildung hatte sie sich weitaus üblere Verletzungen zugezogen. Das konnte warten.

Viel wichtiger war Casarius Sturm. Als sie eingeschlafen war, hatte er leise und leicht neben ihr geatmet. Seine tief in die Höhlen gesunkenen Augen waren immer noch geschlossen. Sie berührte seine Schulter und dann seine Wange, um ihn aufzuwecken, aber er regte sich nicht. Nur sein Atem zischte leise und regelmäßig über seine Zähne.

Elidar blickte unruhig zur Tür. Etwas sagte ihr, dass Bär jeden Moment zurückkommen würde. Wenn er sie hier fand, neben Sturm, der ganz offensichtlich friedlich schlief, würde ihn das misstrauisch machen. Dann würde er sich Sturm näher ansehen und feststellen, dass der giftige Knoten aus seinem Inneren verschwunden war. Das durfte nicht passieren.

Sie rieb erneut über ihre müden Augen. Was konnte sie tun, um die Heilung zu verschleiern? Verschleiern … Der Gedanke brachte etwas in ihr zum Schwingen.

Natürlich! Sie sah das Blumengesicht der Prinzessin vor sich, ihre blitzenden Augen, und das Lachen, mit dem sie die magischen Kräfte der »schrecklichen alten Männer« abtat. Morgenblüte hatte den Dämpfer von Elidar genommen und ihr gezeigt, wie sie dies vor anderen verbergen konnte.

Elidar legte ihre Hände auf Sturms eingefallene Schläfen. Dann suchte sie nach der Stelle in ihm, wo der Knoten gesessen hatte. Immer noch waren die Zeichen des Todes stark in seinem

Körper, aber der Verfall hatte aufgehört, sich weiterzufressen. Vielleicht würde sie ihn mithilfe des Drachenfeuers vollständig heilen können. Aber nicht jetzt, das brauchte Zeit und keine Störung.

Sie stellte sich das grüne Geschwür vor. Dort hatte es gesessen und sein Gift und seine Zerstörung durch den geschwächten Leib geschickt. So hatte es ausgesehen, genau SO!

Vor ihrem Geistauge bildete sich schemenhaft, dann immer klarer und fester ein Ebenbild des giftigen Knotens. Er schob sich an seine Stelle und sandte seine grünen Ranken aus. Eine kleine Anstrengung mehr, und das Gift begann scheinbar erneut zu fließen, wieder sah sie das widerlich grüne Wabern unter Sturms Haut. Das sollte ausreichen, um Bär auf den ersten Blick zu täuschen. Und warum sollte er Sturm genauer untersuchen, wenn doch alles so schien, wie er es erwartete?

Sie löste ihre Hände von Sturms Schläfen und stand auf. Bis auf die Knochen erschöpft wankte sie zum Lehnstuhl am Feuer und ließ sich hineinfallen.

Wenig später öffnete sich die Tür und Bär trat ein. Er hob die Brauen, als er Elidars sah. »Nanu?«, sagte er.

»Er ist nicht aufgewacht«, sagte sie und verbarg die verletzte Hand im Ärmel ihrer Kukulle. »Ich hätte gerne mit ihm gesprochen, aber er wacht einfach nicht auf.«

Sie sah den Schatten eines undeutbaren Gefühls über sein großes Gesicht huschen. War es Beunruhigung? Freude? Ärger?

Ohne ein Wort ging er zum Bett und beugte sich über den Schlafenden. Dort verharrte er eine Weile, von Elidar mit Spannung beobachtet.

Als er sich aufrichtete, sah sie ihn fragend an. Er schüttelte den Kopf. »Er wird immer schwächer. Ich denke nicht, dass er den Herbst noch erleben wird.«

Elidar nickte stumm. »Wie bedauerlich«, sagte sie nach einer Weile.

»Also dann …«, sagte Bär und trat beiseite, um den Weg zur Tür freizugeben.

Elidar stand auf und sah noch einmal zu Sturm hin. Dann schob sie sich an Nicodemus Bär vorbei und verließ das Zimmer.

Sie lag auf ihrem Bett, starrte gegen die Decke und dachte nach. Ihre verletzte Hand pochte und brannte, aber sie war zu erschöpft, um sich darum zu kümmern. Sturm war nicht gerettet, sie hatte nur seinen weiteren Verfall gestoppt. Sie musste ihn bald wieder aufsuchen und herausfinden, wie sie ihm helfen konnte.

Etwas Schweres lag wie ein Stein auf ihrer Brust und erschwerte ihr das Atmen. Sie griff unwillkürlich danach und biss sich auf die Lippen, um nicht aufzuschreien. Es war glühend heiß – nein es war kalt, so kalt, dass es an ihrer Brust kleben blieb und dabei etwas von ihrer Haut abriss. Sie hob das Etwas vor ihr Gesicht und sah, dass es der Silberdrache war. Er war eisig beschlagen und dampfte vor Kälte, und er war so schwer, dass sie ihn kaum halten konnte.

Aber noch während sie ihn ansah, verschwand das Eis, und er fühlte sich wieder ganz normal an.

»Morgenblüte«, sagte sie und richtete sich auf. Sie musste die Prinzessin besuchen. Elidar wusste nicht, woher dieser Gedanke kam, aber sie ahnte, dass es bald sein musste.

Das war ohnehin eine gute Idee, weil Morgenblüte ihr vielleicht einen Rat geben konnte, was sie mit Bär und Magnifizenz Sturm anfangen sollte. Die Situation war so verästelt wie ein alter Baum, aber Morgenblüte hatte einen scharfen Verstand, und wenn es hart auf hart kam, den treuen Sao-Tan an ihrer Seite.

Elidar lächelte, als sie an die Prinzessin und ihren Leibwächter dachte. Von neuer Kraft beseelt, sprang sie auf die Füße und richtete ihren Habit. Warum warten? Sie konnte jetzt gleich zum Palatium gehen, Sie war schon lange nicht mehr dort gewesen. Morgenblüte würde sich über ihren Besuch freuen.

Elidar hatte das Ordenshaus schon lange nicht mehr verlassen. Sie genoss es, kräftig auszuschreiten und dabei ihre Gedanken wandern zu lassen. Erst, als der Hügel hinter ihr lag, der den letzten Teil des Weges ins Zentrum der Stadt markierte, fiel ihr auf, dass die Menschen, denen sie begegnete, sich anders verhielten als gewöhnlich.

Die Magierorden waren gefürchtet in Cathreta, deshalb wagte kein Bürger, die Novizen der Orden offen anzupöbeln. Ihnen war bei ihren Ausflügen jedenfalls keine besondere Aufmerksamkeit zuteil geworden, wenn man von gelegentlichen rüden Bemerkungen und unfreundlichem Gemurmel hinter ihrem Rücken absah, das sie jedoch zu ignorieren gelernt hatte.

Aber jetzt wies ihr Habit sie als vollgültigen Magister aus. Sie hatte wie gewöhnlich die Kapuze tief in die Stirn gezogen, um sich der Blicke zu erwehren, und bemerkte deshalb nicht gleich, dass jeder, der ihren Weg kreuzte, einen respektvollen Bogen um sie schlug. Manch einer, der ihr entgegenkam, wechselte sogar die Straßenseite oder sprang in einen Hauseingang. Es war, als hätte sie die eitrige Beulenfäule. Bei dem Gedanken musste sie schmunzeln. Vielleicht sollte sie eine Klapper benutzen, wie sie die Beulenkranken in Yasaim immer bei sich tragen mussten.

Der Lakai, der ihr die kleine Tür im hinteren Tor öffnete, erbleichte, als er ihrer ansichtig wurde. »Ehrenwerter Magister«, sagte er und verbeugte sich tief. »Ihr habt euch im Eingang geirrt. Dies ist das Dienstbotentor. Darf ich Euch zum Trakt der Herrschaften geleiten?«

Elidar nickte stumm und folgte dem Lakaien durch die bekannten Gänge. Das Palatium durfte nicht mit verhülltem Gesicht betreten werden, so sollte wohl ausgeschlossen werden, dass ein Attentäter sich den Zugang erschlich. Elidar spürte die neugierigen Blicke, nachdem sie ihre Kapuze heruntergeschoben hatte, und wahrte eine unnahbare Miene, während sie darüber nachsann, woran die Palastwache wohl einen Meuchelmörder erkennen sollte. An seiner Nase oder am schuldbewussten Blick?

Der Diener sagte etwas zu ihr, aber sie hatte nicht zugehört. Sie sah ihn fragend an, und er wiederholte: »Soll ich Euch seiner Exzellenz melden? Er wartet sicher schon auf Euch?«

Elidar runzelte die Stirn. Von wem, bei allen Teufeln der unteren Höllen, sprach der Mann? Sie kannte keine Exzellenz und hatte auch keine Lust, das zu ändern.

»Nein«, sagte sie. »Nein, ich werde von Ihrer Hoheit erwartet. Prinzessin Morgenblüte«, setzte sie eilig hinzu. Nicht, dass der Mann sie am Ende noch bei Carelja, der ersten Frau des Kurators, ablieferte.

»Oh«, machte der Lakai und verbeugte sich hastig mehrmals. »Ich bitte um Vergebung. Dorthin kann ich Euch nicht geleiten. Ich muss jemanden rufen, der die Befugnis hat, diesen Teil des Palatiums zu betreten. Wenn Ihr so gütig sein wollt, edler Magister, Euch hier eine Weile zu gedulden. Ich eile ...« Mit diesen Worten lief der Bedienstete mit wehenden Rockschößen davon.

Elidar sah sich unbehaglich um. Sie stand mitten in einer Marmorhalle, rundum ragten rosafarbene Säulen in die Luft und stützen eine herrlich verzierte Decke, die so weit über ihrem Kopf schwebte, dass sie, um die Deckengemälde zu betrachten, sich auf den Rücken hätte legen müssen. Als Magister konnte sie sich doch jede Form der Wunderlichkeit herausnehmen, dachte sie plötzlich. Kurzentschlossen streckte Elidar sich auf dem kalten Boden aus und ließ ihren Blick über das farbenprächtige Gemälde wandern, das ein offensichtlich schwindelfreier Künstler geschaffen hatte. Es zeigte eine Szene aus einem der heiligen Bücher der Ledonier. Im Zentrum war der gekrönte Hirsch dargestellt, der aus vielen Wunden blutend auf der Flucht vor seinen Jägern Schutz bei seiner Mutter, der heiligen Camilla, suchte. Die Heilige blickte mit weit aufgerissenen Augen zum Himmel, ihre Hände flehend erhoben, und ähnelte mit ihren aufgebauschten dunklen Locken, dem glühenden Blick und dem dekorativ zerrissenen, pastellfarben gerüschten Gewand eher einer Schauspielerin aus der Kunstvollen Komödie als der Mutter des Hirschgottes. Der Phantasie des Malers waren hier offensichtlich die Pferde durchgegangen. Oder die Hunde?

Elidar kicherte, denn ihr Blick war auf die Hundemeute gefallen, die dem Hirschgott Jason folgte. Niemand konnte ernsthaft glauben, dass diese niedlichen, wuscheligen, pummeligen Schoßhündchen den Hirschgott zu Boden reißen und zerfleischen wollten.

Ein Hüsteln riss sie aus ihrer Betrachtung. Sie wandte gemächlich den Kopf, erblickte ein Paar dunkelgekleidete Beine.

»Hallo, Sao-Tan«, sagte sie.

Der hünenhafte Leibwächter ging neben ihr in die Hocke und musterte sie mit schiefgelegtem Kopf. Sie sah das Amüsement in seinen Augen, obwohl seine Miene so beherrscht und unbewegt war wie immer.

»Geht es dir gut?«, fragte er.

»Bestens«, erwiderte sie und setzte sich auf.

»Du willst zu meiner Herrin?«

»Ich habe meinen Besuch nicht angekündigt«, erwiderte Elidar. »Aber ich hatte das Gefühl, dass ich erwartet werde.«

Sao-Tan reichte ihr die Hand und zog sie auf die Beine. Sie war inzwischen nicht mehr sehr viel kleiner als er, reichte ihm bis zum Kinn. Sein langer Zopf hatte inzwischen jedoch mehr silberne als schwarze Haare, er war kein junger Mann mehr. Aber die Leichtigkeit, mit der er ihr auf die Füße half, zeigte ihr die Kraft, die in seinen Armen und Schultern stecken musste.

»Du bist sicherlich erwünscht«, sagte er. »Meine Herrin hat sich schon gefragt, ob du sie vielleicht vergessen haben könntest.«

»Das könnte ich niemals!«, erwiderte Elidar voller Überzeugung.

Sao-Tan lächelte schwach. »Nun, dann folge mir bitte.«

Sie lief neben ihm her und fragte sich, wie viele Wege durch das Palatium es wohl geben mochte. Sie war schon so oft hier gewesen, und jedes Mal hatte Sao-Tan sie auf einem anderen Weg zu den Gemächern der Prinzessin geführt.

»Sie ermüdet schnell dieser Tage«, sagte er unvermittelt, bevor er eine hohe, mit Schnitzwerk verzierte Tür öffnete. »Nimm bitte Rücksicht.« Und ehe Elidar fragen konnte, was er damit meinte und ob die Prinzessin etwa krank sei, war sie schon durch die Tür getreten und stand vor einem Sessel mit hoher Lehne, in dem Morgenblüte, in eine blumenbestickte Seidendecke gehüllt, ruhte.

Die Prinzessin blickte voller Unmut auf, aber der Zorn in ihrer Miene verschwand augenblicklich und machte einem freudigen Erstaunen Platz. »Elidar«, sagte sie und richtete sich auf. »Wie ich mich freue. Du bist wirklich endlich Magister?«

Elidar nickte nur stumm, so sehr erschreckte sie der Anblick der Prinzessin. Blass und spitz sah ihr Gesicht aus, und der müde Blick belebte sich nur wenig, obwohl sie sich sichtlich über Elidars Anblick freute.

»Ja«, sagte Elidar schließlich und nahm auf dem angebotenen Hocker Platz. »Ja, ich bin endlich Magister. Und es ist alles ganz schrecklich schief gegangen.« Sie berichtete Morgenblüte von ihrer Prüfung und allem, was danach geschehen war.

Die Prinzessin lauschte konzentriert. »Wie überaus seltsam und wunderbar«, sagte sie, als Elidar geendet hatte. Ihr Gesicht hatte etwas Farbe bekommen und sie wirkte lebhafter als zuvor. »Und du denkst, dass dieser Bär seine Magnifizenz vergiftet hat?«

»Vergiftet und dann mit einem Bannzauber belegt, damit Sturm nichts gegen das Gift unternehmen kann, ja«, erwiderte Elidar düster. Bärs Verrat ging ihr immer noch sehr nah.

»Diese schrecklichen alten Männer«, sagte Morgenblüte, aber es klang anerkennend. Sie drehte sich um und suchte Sao-Tans Blick, dabei rutschte die Seidendecke auf ihren Schoß herab. »Lass uns Tee bringen«, befahl sie.

»Oh«, machte Elidar und starrte Morgenblüte an. Die zierliche kleine Prinzessin trug einen ballongroßen Bauch, der …

Morgenblüte lächelte strahlend, während sie die Wölbung ihres Leibes besitzergreifend umfasste. »Der Thronfolger«, sagte sie. »Carelja wird vor Wut bersten!«

Elidar spitzte verblüfft die Lippen. »Aber wieso …« begann sie und wusste dann nicht, wie sie die Frage formulieren sollte, ohne Morgenblüte zu verletzen.

Sao-Tan, der mit einem Tablett herankam, das er einer Dienerin an der Tür abgenommen hatte, beugte sich vor und schenkte beiden Frauen aus einer zierlichen Kanne ein. Es duftete nach Jasmin und Holunder.

»Wieso Thronfolger?«, fragte er leise, und Elidar sah, wie beunruhigt war. »Wo doch Careljas Sohn schon zehn Equils zählt?«

Morgenblüte lächelte noch strahlender und nahm mit einem hoheitsvollen Nicken die Teetasse in Empfang.

»Carelja«, sagte sie mit deutlicher Verachtung. »Und ihr schwachköpfiger Sohn Otho. Der Kurator wird froh sein, wenn die beiden endlich den Platz einnehmen, der ihnen zusteht. Und das ist nicht der Platz auf dem Thron!« Sie richtete sich stolz auf. »Mein Ältester wird der Kronprinz sein, und der Jüngere sein Erbe. Ganz, wie es das Gesetz befiehlt.«

Elidar blickte fragend von ihr zu Sao-Tan.

»Zwillinge«, murmelte er ohne Begeisterung. »Wie Livius und Lucius.«

Elidar begriff nur langsam, was er damit meinte. »Die Söhne des Hirschgottes«, sagte sie. »Die Gründer Cathretas!«

»So ist es«, sagte Morgenblüte und nippte zufrieden an ihrem Tee. »Ein Zwillingsbrüderpaar hat automatisch Vorrang vor jedem anderen Sohn des Kurators. So ist es bestimmt.«

»Oh«, sagte Elidar, der dämmerte, warum Sao-Tan ein so besorgtes Gesicht machte. »Oh, das gibt Ärger.«

Sao-Tan seufzte, und Morgenblüte zog die Brauen zusammen. »Du redest wie er, der alte Schwarzseher«, beklagte sie sich. »Was soll mir denn geschehen? Carelja würde es kaum wagen, mir oder den Söhnen des Kurators hier im Palatium etwas anzutun. Das wäre doch wohl viel zu offensichtlich!«

Elidar wechselte einen verblüfften Blick mit Sao-Tan. Der Leibwächter hob ein winziges Stück die Schultern. Es sah Morgenblüte gar nicht ähnlich, sich so leichtsinnig und naiv zu gebärden.

»Wer weiß, dass du Zwillinge erwartest?«, fragte Elidar.

Als die Prinzessin nur mit beleidigter Miene in ihre Teetasse starrte und keine Anstalten machte zu antworten, sagte Sao-

Tan: »Bisher niemand. Meine Herrin war glücklicherweise so klug, dieses Detail für sich zu behalten.« Er sah Morgenblüte nicht an. Elidar ahnte, wie viel Überzeugungskraft und Mühe es ihn gekostet hatte, die Prinzessin dazu zu bewegen, den Mund zu halten.

»Wäre es nicht klüger gewesen, den Kurator zu informieren?«, fragte Elidar. »Wenn er Bescheid weiß, dann ist das Risiko für Carelja noch viel größer, etwas zu versuchen.«

Sao-Tan schüttelte den Kopf. »Hier im Palatium ist es fast unmöglich, ein Geheimnis zu wahren. Und in dem Moment, wo Carelja erfährt, dass die Stellung ihres Sohnes – und damit ihre eigene – in Gefahr ist, kann ich für die Sicherheit und das Leben meiner Herrin und ihrer Söhne nicht mehr garantieren.« Er zuckte mit den Achseln. »Der Kurator würde Carelja wahrscheinlich bestrafen, vielleicht sogar hart. Aber Otho ist zur Zeit sein einziger Thronfolger – und wäre es dann immer noch.«

Elidar nickte langsam. »Das ist wahr«, sagte sie und dachte an Bär und Magnifizenz Sturm.

»Danke«, sagte Sao-Tan mit einem winzigen Lächeln.

»Ihr beide seid Trauereulen«, fuhr die Prinzessin auf und warf wutentbrannt ihre Teetasse zu Boden. »Trauereulen und Jammerunken! Ich werde endlich den Rang einnehmen, der mir zusteht, und ihr hockt da und schüttelt eure Köpfe und mümmelt und greint! Geht, alle beide! Ich will allein sein, ich brauche meine Ruhe!« Mit diesen Worten zog sie die Decke über ihr Gesicht, und Elidar hörte ihr ersticktes Schluchzen.

»Morgenblüte«, sagte sie und hob die Hand, um ihre Schulter zu berühren. Aber ein eisenharter Griff um den Arm hielt sie zurück und zog sie auf die Füße. »Komm«, sagte Sao-Tan und zog sie mühelos mit sich hinaus.

»Was ist mit ihr los, so kenne ich sie gar nicht«, sagte Elidar erschüttert.

Sie saß auf einem niedrigen Hocker in der kleinen, karg eingerichteten Kammer, die Sao-Tan bewohnte. Der große Leibwächter hockte ihr gegenüber auf einer zerschlissenen Matte, die Beine untergeschlagen und die Hände im Schoß gefaltet.

»So benimmt sie sich immer kurz vor der Niederkunft«, sagte er. »Es ist, als wäre ein Teil ihres Geistes in ihrem Kind und kehrte erst wieder zurück, wenn das Kind atmet und schreit.« Sein Blick ging nach innen und betrachtete die Vergangenheit. »Ihre Mutter war ganz genauso«, sagte er, und seine Stimme war leise und sanft. »Vor Nyimaganyi-Chuns Geburt mussten wir sie festbinden, damit sie nicht hinausläuft und auf dem Dach des Mondpalastes tanzt.« Er lachte leise. »Der Mondpalast ist zweimal so hoch wie das Palatium – und seine Dächer sind spitz und mit Stacheln besetzt wie ein Drachenschwanz. Es wäre selbst dem leichtfüßigen Silbervögelchen schwer gefallen, dort zu tanzen.«

»Silbervögelchen ist Morgenblütes Mutter?«

Er nickte, ganz in seine Erinnerungen versunken. »Das war sie, ja. Die schönste Frau, die je vom Mondlicht geküsst wurde. Ganz Silber und Seide, Blütenduft und zartes Gefieder.« Er verstummte, und Elidar hielt den Atem an, um ihn nicht zu stören.

»Sie starb«, fuhr Sao-Tan fort, und seine Stimme klirrte.

Elidar seufzte leise. Sao-Tan blickte auf und fuhr sich mit der großen Hand übers Gesicht. »Ich bitte um Vergebung«, sagte er.

Elidar nickte stumm. Es war zu deutlich, dass er nicht nur um seine alte Herrin trauerte, und das Leid in seinen Augen war zu tief, um oberflächlichen Bemerkungen zu vertragen.

»Was wirst du tun?«, fragte sie.

Seine Schultern strafften sich. »Die Niederkunft steht kurz bevor. Ich werde bis dahin nicht von ihrer Seite weichen. Ihre Söhne sollen heil und gesund das Licht der Sonne erblicken.«

»Und dann?«, fragte Elidar. Der alte Kämpe erwiderte ihren Blick mit großer Hoffnungslosigkeit. Er antwortete nicht.

»Du denkst, dass Carelja versuchen wird, sie zu töten«, sagte Elidar.

Er nickte grimmig. »Dazu brauche ich keine magische Hellsichtigkeit. Selbst, wenn der Kurator die Söhne meiner Herrin in seine Schatzkammer schließt und von seiner gesamten Garde bewachen lässt: Carelja wird einen Weg finden. Meine Herrin wird sterben.«

Elidar legte konzentriert die Fingerspitzen vor dem Mund zusammen, eine Geste, die sie unbewusst von Casarius Sturm übernommen hatte. »Ihr müsst fliehen«, sagte sie nach einer Weile.

Sao-Tan erwiderte starr ihren Blick. Sie konnte erkennen, dass er lange vor ihr zu diesem Ergebnis gekommen war. Sao-Tan war seiner Herrin blind ergeben, aber er war kein Narr.

»Kannst du sie zurück nach Hause bringen?«, fragte Elidar. Die Reise nach Malandakay war lang und beschwerlich. Man konnte sie einer Frau mit ihren gerade geborenen Säuglingen schon unter normalen Bedingungen kaum zumuten – wie erst, wenn sie sich auf der Flucht vor dem mächtigsten Herrscher dieses Teils der Welt befand?

Sao-Tan schüttelte den Kopf. »Nein, der Smaragdene Hof wird uns unter diesen Umständen nicht willkommen heißen. Seine Kaiserliche Herrlichkeit wird den Frieden mit dem Ledonischen Reich auf keinen Fall wegen einer seiner jüngeren Schwestern aufs Spiel setzen. Und außerdem – sie wird nicht gehen wollen. Nicht jetzt, wo sie Carelja endlich aus ihrer Stellung vertreiben könnte.«

Ein silbernes Glöckchen über Elidars Kopf begann zu läuten. Sao-Tan kam geschmeidig auf die Füße, legte den Schwertgurt wieder um, den er beim Betreten des Zimmers abgelegt hatte, und verneigte sich mit zusammengelegten Händen vor Elidar. »Sie ruft mich«, sagte er. »Ich danke dir, dass du einem ratlosen alten Mann deine Zeit geschenkt hast.«

Elidar sah ihm verblüfft nach.

Warum war sie eigentlich hergekommen? Der Silberdrache hatte sie gerufen, und sie war dem Ruf gefolgt. Elidar hatte gehofft, dass Morgenblüte ihr helfen würde, das Rätsel um das Drachenfeuer in ihrem Inneren zu lösen. Aber nun benötigte wohl eher die Prinzessin *ihre* Hilfe!

Elidar machte sich auf den Weg zurück ins Ordenshaus, und ihre Gedanken waren grimmig. Sie war fest entschlossen, Sturm zu heilen und Bär die Stirn zu bieten – und dann musste sie sich erneut mit Sao-Tan treffen und einen Plan entwickeln, wie sie die Prinzessin dazu bringen konnten, das Palatium zu verlassen und ihre Söhne mitzunehmen.

Unwillkürlich musste sie lachen. Und dann würden sie noch nebenbei dem Zwillingsmond eine neue Bahn zuweisen und ein oder zwei Berge versetzen – ein Kinderspiel im Vergleich zu ihrem Vorhaben.

Sie war nicht überrascht, als sie beim Betreten des Ordenshauses Nicodemus Bär in der Eingangshalle vorfand. Er stand dort, als hätte er sie erwartet. Sie nickte ihm zu, und er wies mit einer einladenden Handbewegung zur Tür, die in den größeren der beiden Innenhöfe führte.

Elidar folgte ihm hinaus. Der weinberankten Kreuzgang lag in grüngoldenem Dämmerlicht, und das Laub warf schimmernde Schatten auf die von vielen Füßen glattpolierten und ausgetretenen Fliesen des Bodens. Sie umrundeten schweigend den Hof.

»Nun?«, fragte Bär, als sie den gegenüberliegenden Gang betraten. »Warst du unten in der Stadt?«

Elidar bejahte. Er wartete, und als sie nichts weiter sagte, fragte er: »Hast du jemanden besucht?«

Sie nickte und sah ihn an. Würde er weiterfragen?

Er nickte ebenfalls. »Die Prinzessin«, sagte er. Und lächelte, als er ihr Gesicht sah. »Du hast keine Familie in Cathreta. Und wenn du Freunde hättest, wüsste ich es. Vergiss nicht, ich kenne dich gut.«

Bildete sie es sich nur ein, oder hörte sie eine Drohung in seiner Stimme?

Er ließ sich auf der Balustrade nieder, die den Gang vom Hof trennte, und lehnte sich gegen eine Säule. »Du warst lange bei seiner Magnifizenz. Was denkst du?«, fragte er.

Elidar suchte in seinem Gesicht nach Verrat und Falschheit,

aber auch jetzt fand sie dort nichts als Gelassenheit, Ruhe und freundliche Aufmerksamkeit.

»Was denkst *du*?«, fragte sie kühl zurück. »Du hast es doch so eingerichtet, bist du zufrieden?«

Sein Gesichtsausdruck änderte sich nicht. Er neigte nur ein wenig den Kopf und musterte sie beinahe neugierig.

»Sieh an, das Schoßtierchen beißt«, murmelte er, und es klang amüsiert. »Was ist, bist du unzufrieden damit, wie ich die Sache regele? Gerade du müsstest mir doch Beifall klatschen.«

»Sturm hat dir vertraut«, sagte sie wütend. »Er ist dein Freund. Und du vergiftest ihn? Ich habe das Gift unter seiner Haut wabern sehen!«

Bär nickte nachdenklich, als hätte sie ihm eine Frage zu einem kniffligen magischen Problem gestellt. »Ja, das stimmt«, sagte er. »Es war möglicherweise nicht sehr freundlich von mir. Aber es war notwendig.«

Elidar verschlug es beinahe den Atem. »Du nennst es ›nicht sehr freundlich‹ und ›notwendig‹ einen Freund zu vergiften?«

Bär schlug die Augen nicht nieder, sondern erwiderte ungerührt ihren Blick. »Du bist schon so lange hier bei uns und hast doch nicht viel begriffen«, sagte er. »Jeder Magier sollte seinen eigenen Rücken schützen. Und wer einem anderen Magier so weit vertraut, dass der ihn vergiften kann, ist durch die entscheidende Prüfung gefallen.« Er lächelte nicht, als er das sagte.

Elidar schüttelte aufgebracht den Kopf. »Du rätst mir also, dir nicht zu vertrauen«, sagte sie.

Bär zog die Brauen hoch. »Was sonst könnte ich dir raten? Was stört dich, Tigerkatze? Du wolltest doch immer nur eins: um jeden Preis Zauberer werden. Das gehört dazu. Finde dich besser damit ab, sonst ist dein Leben kurz und das Ende schmerzhaft.«

Elidar wandte sich ab und verschränkte die Arme über der Brust. Sie blickte in den stillen Hof hinaus. Nichts anderes hatte auch Sturm immer zu ihr gesagt: Es gibt keine Freundschaft unter Magiern. Und dennoch hatte er Bär vertraut und ihn als Freund bezeichnet.

Sie runzelte die Stirn. Allem Anschein nach hatte Bär noch nicht bemerkt, dass sie das Gift aus Sturms Körper entfernt hatte. Wie würde sie jetzt weiter vorgehen?

»Worüber denkst du nach?«, fragte der hünenhafte Lehrer, den sie einst so sehr gemocht hatte.

»Ich denke darüber nach, wie es weitergeht«, erwiderte sie. »Was wird mit seiner Magnifizenz geschehen?«

»Er wird sterben.« Bär klang gelangweilt, das Thema Sturm schien für ihn schon erledigt zu sein. »Dann werde ich mit dem Rest des Kollegiums kämpfen müssen, damit ich das neue Oberhaupt des Ordens werde.« Er beugte sich vor und zwang sie, seinem Blick zu begegnen. »Dafür brauche ich dich«, sagte er leise und eindringlich. »Ich weiß, dass meine Kräfte nicht ausreichen, um gegen alle zu bestehen.«

»Wenn du seine Magnifizenz von dem heilst, was du ihm angetan hast, denke ich darüber nach. Vorher nicht!«

Bär lachte. »Was denkst du denn, was geschieht, wenn Casarius wieder gesund wird? Er wird dich vor die Tür setzen. Komm, mein *Junge*, eine Hand wäscht die andere. Wenn er tot ist, weiß außer uns beiden keiner, wer du bist. Du hilfst mir, und ich sorge dafür, dass du Karriere machen kannst. Das hast du doch immer gewollt, hm? Das ist der einzige Weg zu deinem Ziel, und ich bin dein einziger Verbündeter!«

»Verdammt und verflucht«, rief Elidar, und es kam aus tiefstem Herzen.

Bär lachte wieder laut und herzlich und klopfte ihr auf die Schulter. »Zieh die Krallen ein, Tigerkatze. Du bist ein kluges Mädchen, du wirst die Kröte schon noch schlucken, da bin ich mir sicher.« Er lächelte sie an, und seine Zähne blitzen weiß im grünlichen Dämmerlicht des Kreuzgangs. »Aber lass dir nicht zuviel Zeit. Sturm wird nicht mehr sehr lange leben.«

Er wandte sich ab und ging davon.

»Bär?«, rief Elidar hinter ihm her. Er blieb stehen, ohne sich umzudrehen.

»Ich überlege es mir!«

»Gut«, hörte sie ihn noch sagen.

25

Elidar schloss sich in ihrem Zimmer ein, schlief kurz und unruhig und wartete dann, ein Buch auf den Knien. Zur zweiten Stunde nach der Mitte der Nacht war es im Ordenshaus am stillsten.

Elidar öffnete ihre Tür und lauschte, ehe sie sich auf den Weg zu Casarius Sturm machte. Bär konnte mit noch so geflügelter Zunge sprechen, er würde ihr nicht einreden, was recht und was unrecht war. Und wenn ihr Tun wirklich die Konsequenz hatte, dass sie am Ende den Orden verlassen musste, dann würde sie auch das tun – und zwar erhobenen Hauptes!

Wie sie gehofft hatte, war Magnifizenz Sturm allein. Er lag in seinem Bett, wie sie ihn verlassen hatte. Einen Moment befürchtete sie, dass das Gift noch immer in ihm wütete. Aber als sie die Hand auf seine Brust legte, konnte sie fühlen, dass sein Atem zwar flach, aber doch ruhig ging, und dass die grünen Ströme unter seiner Haut nur die von ihr geschaffenen Illusionen waren.

»Magnifizenz Sturm, könnt ihr mich hören?«

Seine Lider zuckten leicht, aber er schlug sie nicht auf.

Elidar hockte sich auf die Kante des Bettes und kaute auf ihrer Unterlippe. Es würde gefährlich sein. Sie musste erneut ihre Drachenmagie anzapfen, um Sturm zu heilen. Aber sie fürchtete die Gewalt, die hinter dieser heißkalten Magie steckte. Sie hätte gerne die Prinzessin um Rat gebeten – aber das war ein müßiger Wunsch. Es musste auch so gehen. Jetzt oder nie. Wenn Bär dahinter kam, dass das Gift aus Sturms Körper verschwunden war, würde er wissen, wer dafür verantwortlich war.

Mit einem tiefen Atemzug schloss Elidar die Augen und ließ sich in ihr Inneres hinabsinken. Wieder streifte sie das übelkeiterregende Schwindelgefühl, nicht zu wissen, wo und wer sie war. Drachenklauen und scharfe Zähne, Feueratem und ein schuppiger Schweif. Eine edelsteinverkrustete Haut, die jedem Schwert und jedem Feuer widerstehen konnte, und starke Muskeln. Ledrige Schwingen, die eng zusammengefaltet an ihrem Leib lagen. Das Bedürfnis, sie auszubreiten und sich in die Luft zu schwingen, auf dem Wind unter dem Sternenhimmel zu reiten, den heißen Atem des Sturms in ihren Nüstern zu spüren und zu sehen, wie unter ihr Vulkane Feuer und flüssiges Gestein in die schwarze Nacht spieen. Sehnsucht. Heimweh, das biss und zerrte.

Sie zwang sich dazu, in das enge, stickige Gemach zurückzukehren, das sie ebenso einengte wie der weiche, rosige Madenleib, in dem sie seltsamerweise festzustecken schien. Sie betrachtete die andere Made, die da vor ihr lag. Das elende Ding lebte kaum noch. Sie sollte ihm das Herz herausreißen und es verspeisen, das enge Gelass in Trümmer legen, alles verbrennen und davonfliegen, fort aus dieser muffigen Enge. Fauchend hob sie die seltsam rosige Tatze, um das Ding zu töten und spürte einen Widerstand, der sie noch wütender machte.

Nein, flüsterte etwas hinter ihr. Sie drehte sich um, aber da war nichts.

»Wo bist du? Zeige dich«, zischte sie. Als keine Antwort kam, beugte sie sich wieder über das Menschenwürmchen auf dem Lager. Sie verspürte Hass und nagenden Hunger.

Nein, befahl die körperlose Stimme da. Sie hasste Befehle! Wenn jemand befahl, dann war sie es!

Lass ihn, sagte die Stimme. Geh, ruh dich aus. Ich brauche dich später. Geh zurück in dein Nest, Drachenkönigin. Schlafe, bis ich dich wecke.

Ja, die Stimme hatte recht. Sie war müde, so müde. Sie ringelte den Schweif um sich, legte den Kopf darauf, schloss die Augen. Schlafen. Ein wenig nur. Dann würde sie fressen und zerstören. Aber jetzt …

… jetzt …

…

Elidar betrachtete ihre zitternden Hände. Kraft brannte darin, die sie kaum im Zaum zu halten wusste. Kraft, die Sturm töten würde, wenn sie sie nicht zu bändigen verstand.

Sie ließ ihre linke Hand behutsam auf seinen Brustkorb sinken. Winzige rotgelbe Funken sprühten. Drachenfeuer, dachte sie.

Als nichts geschah, ließ sie ihre andere Hand folgen und legte sie sachte auf seine Stirn. Wieder Funken, und wieder keine erkennbare Reaktion des alten Mannes.

Elidar verschnaufte. Sie spürte Energie und Kraft aus sich herauslaufen wie Wasser aus einem lecken Eimer. Das war falsch, grundfalsch!

Die Drachenkönigin öffnete ein juwelenglitzerndes Auge.

Ich brauche dich später? Ihr Wispern klang spöttisch und belustigt. *Dann zeig mir, was du ohne mich ausrichten kannst, Drachentochter.*

Elidar knurrte, und sie musste an sich halten, nicht die geballten Fäuste mit aller Macht auf den reglosen Leib vor ihr niederfahren zu lassen. Es wäre viel einfacher, ihn zu vernichten, das Gemach zu verwüsten, das Nichts aus ihrem Inneren freizulassen und alles rundum zu vernichten. Frei zu sein, fortzufliegen …

Sie zwang sich, ihre Hände ohne Spannung auf dem schwach atmenden Körper auf dem Bett ruhen zu lassen.

Drachenkönigin, dachte sie. Hör mir zu. Wir beide sind eins. Ich bin nicht ohne dich und du nicht ohne mich. Dies ist unser Körper. Wir werden …

Lächerlich!, unterbrach sie die Feuer-und-Funken-Stimme der Drachenkönigin. *Wie können wir eins sein? Wie kann dieser schwächliche Leib der meine sein? Hüte dich, Made, dass ich nicht zornig werde!*

Elidar spürte, wie der Lebensfunken unter ihren Händen mit jedem Atemzug schwächer wurde. Das Gift mochte vertrieben sein, aber es hatte sein Werk bereits getan. Sturm würde diese Nacht nicht überleben, wenn sie den Drachen nicht zur Kooperation überredete.

Hör mir zu, dachte sie geduldig, aber ihre Kiefer waren aufeinander gepresst. Wir werden nach Hause gehen, wenn das hier erledigt ist. Ich bringe die kleinen Schwestern nach Hause. Du wirst wieder deine Schwingen ausstrecken und unter den Himmeln fliegen. Aber jetzt musst du mir helfen, sonst können wir nicht gehen.

Sie wartete. Sie konnte förmlich spüren, wie die Gedanken der Drachenkönigin durch ihre Adern flossen wie flüssiges Gestein, heiß und träge. Die Zeit tropfte davon, und unter ihren Händen versickerte die Lebenskraft ihres alten Lehrers.

Ich höre dich, sagte die Drachenkönigin schließlich. *Ich werde mich dieses eine Mal herablassen, dir zu helfen, aber denke nicht, dass du mir befehlen kannst.*

Elidar entließ den angehaltenen Atem. Danke, dachte sie. Dann hilf mir. Ich brauche deine Kraft.

Sie spürte, wie Feuer durch ihre Adern floss. Die sengende Hitze brachte ihr Blut zum Sieden, und sie fürchtete, innerlich zu verbrennen.

Das klirrende Lachen der Drachenkönigin riss sie aus ihrer Erstarrung. Hastig griff sie nach dem Kern ihrer Kraft und ließ sie wie einen Schutzmantel um sich gleiten. Die Hitze ließ nach, aber das Gefühl von Feuer, das durch ihren Körper strömte, blieb. Sie stieß ihren Atem aus und erwartete, Feuer zu sehen. Die Kraft war beinahe zu viel und drohte, sie mitzureißen wie ein Fluss voller Stromschnellen. Elidar stemmte sich dagegen, sammelte die Kraft in ihren Händen und begann, sie behutsam in Sturms Körper zu leiten.

Eine Zeitlang änderte sich nichts, dann drehte der alte Magier den Kopf und ächzte leise. Seine Augen öffneten sich einen Spalt breit, und seine Hände strichen über das Laken.

Elidar beobachtete ihn genau. Er schien zwar an Energie zu gewinnen, aber die Verheerungen, die das Gift bereits angerichtet hatte, waren nicht so leicht zu beheben. Sie musste tiefer gehen, aber dafür würde sie der Drachenmagie die Kontrolle über ihren Körper überlassen müssen. Elidar ließ einen Augenblick verstreichen, dann richtete sie ihre Aufmerksamkeit nach innen und rief die Drachenkönigin.

Hör mich an, sagte sie stumm. Ich will dieses Wesen heilen und dazu muss ich in seinen Körper eintreten. Wirst du für mich Wache halten?

Sie spürte das leise Lachen der Drachenkönigin. *Ein Wachhund,* sagte sie amüsiert. *Nun gut, ich werde dein Wachhund sein, kleines Wesen. Du erinnerst dich an dein Versprechen? Bring uns nach Hause!*

Ich halte mein Versprechen, dachte Elidar. Das Lachen beunruhigte sie, aber es schien, als würde die Drachenmagie tun, was sie von ihr verlangte.

Elidar vertrieb alle Unruhe aus ihren Gedanken und ließ sich hinabsinken. Sie packte mit festem Griff das Nichts, das den Kern ihrer Kraft bildete, und sprang – hinaus aus ihrem Körper.

Zum ersten Mal ließ sie ihn vollkommen hinter sich. Es war ein beängstigendes Gefühl, und für einen schrecklichen Moment befürchtete sie, den Rückweg versperrt vorzufinden.

Dann ließ sie auch diesen Gedanken los und konzentrierte sich auf das, was vor ihr lag.

Sie fand es schwierig, sich zu orientieren. Bisher hatte sie die zerstörten Organe dieses Körpers nur von außen gesehen, aber das war etwas völlig anderes. Sie begann, sich durch den Körper zu bewegen, und langsam nahm sie Farben und Formen wahr, deren Bedeutung sich ihr auf den ersten Blick nicht erschlossen. Auf den zweiten Blick schienen sie ihr jedoch zuzurufen, was ihnen fehlte, was falsch und zerstört war.

Ohne sich weiter den Kopf zu zerbrechen, begann Elidar ihr Werk.

Eine unmessbare Zeitspanne später durchwanderte sie erneut den Körper, erschöpft und ausgelaugt, als hätte sie ein riesiges Haus alleine entrümpelt und gesäubert. Sie fand nichts mehr, was falsch und krank aussah, und selbst wenn irgendwo noch Zerstörung und Krankheit herrschen sollte, dann musste dieser Körper jetzt alleine damit fertig werden, sie konnte kaum noch die Augen offen halten.

Sie tauchte auf und geriet in ein brüllendes Inferno.

Die Drachenkönigin versperrte jemandem den Weg zum Bett, auf dem Sturm immer noch schlief. Elidar rang verzweifelt mit der Drachenmagie um den Besitz ihres Körpers und fand sich schließlich, angeschmiegt an das heißkalte Wesen der Drachenkönigin, zumindest wieder im Besitz ihrer Sinne. Was sie sah, ließ sie vor Schreck erstarren. Vor ihr, in der Nähe der Tür, kauerte eine Gestalt in dunkler Kukulle, die Hände schützend erhoben. Die Wand um die Tür und die Tür selbst waren rußgeschwärzt und versengt, und es roch nach Feuer und Verkohltem.

»Was …«, begann Elidar, aber da vollendete die kauernde Gestalt ihre Handbewegung, und eine schwere, unsichtbare Faust presste Elidar die Luft aus den Lungen. Funken stiebten vor ihren Augen auf, und sie begann, das Bewusstsein zu verlieren.

Warte, Wurm, hörte sie durch das Rauschen in ihren Ohren die verächtliche Stimme der Drachenkönigin noch zischen, dann hörte und sah Elidar nichts mehr.

Sie holte Luft, sog sie weit hinunter in ihre Lungen, spürte das vertraute Grollen der Hitze tief in ihrem Inneren. Voller Freude machte sie sich zum Kampf bereit. Wie lange war es her, dass sie solche schreienden rosigen Würmchen durch die Straßen ihrer lächerlichen Ansammlung von erbärmlichen Hütten gejagt hatte? Dies hier war nicht ihr Zuhause, die Luft war feucht und stickig, und sie fühlte Stein und Mauern um sich, die sie einengten und bedrückten. Ihr mächtiger Leib passte nicht in dieses winzige Gelass. Ihre Flügel spannten sich geisterhaft durch Mauern und Zimmer, ihre Klauen bohrten sich einige Stockwerke tiefer in den Boden unter dem Gebäude. Sie bewegte probeweise den Schweif, der draußen durch ein paar Bäume und eine Mauer fegte. Es war selbst für sie nicht leicht, in diesem halb materiellen, halb aus Gedankenkraft und Magie bestehenden Zustand zu verweilen und gleichzeitig genügend von sich in dieser Welt zu halten, um das rosige Fleisch dieses aufmüpfigen Wurms vor ihrer Nase zu Asche zu verbrennen.

Mit einem Stöhnen schrumpfte die Drachenkönigin, bis sich der größte Teil ihres Kopfes und vorderen Rumpfes samt den

Vorderbeinen in dem kleinen Zimmer befand. Ihre funkelnden Augen betrachteten das Menschlein. Der Magier starrte mit schreckgeweiteten Augen auf ihre Zähne und die rote Glut, die um ihre Nüstern tanzte. Dies war die Stelle, an der die meisten Würmchen in Ohnmacht fielen und der Spaß vorbei war.

Aber dieser hier war aus härterem Holz geschnitzt. Die Drachenkönigin spreizte voller Wonne ihre Klauen. Er machte sich wahrhaftig bereit, einen neuen Zauber gegen sie zu versuchen. Was für ein Hohlkopf – wenn auch ein tapferer, wie sie zugeben musste. Nun gut, sie würde ihn nicht leiden lassen.

Wieder holte sie tief Luft und heizte das Feuer weiter an. Nach diesem würde sie sich dem Rest der Würmchen in diesem Steinhaufen widmen und dann, in ihrer vollen Größe, über die Stadt aufsteigen und sie in Trümmer, Schutt und Asche legen. Voller Vorfreude ließ sie ein paar Funken aus ihren Nüstern stieben. Das Feuer war heiß genug. Jetzt, Würmchen, dachte sie, schrei deinen letzten Atemzug in die Welt hinaus!

»Halt ein«, hörte sie eine brüchige Stimme rufen. Und zu ihrem Erstaunen spürte sie die Wirkung eines Bannes, die ihre Glieder einen Moment lang erstarren ließ. Als der Bann an ihrer Macht zerschellte, wandte sie den Kopf, um sich den neuen Gegner anzusehen.

Ein magerer Wurm, der sich kaum auf den Beinen halten konnte. Kein Gegner für sie, und nicht halb so interessant wie der größere Mensch auf der anderen Seite. Wieder wandte sie ihre Aufmerksamkeit dem ersten zu, und wieder ließ ein unvermuteter Bannspruch sie für kurze Zeit innehalten.

Erbost fuhr sie mit dem Kopf herum und hob angriffsbereit den langen Schweif. Kein Feuer für das lästige, knochige Dingelchen. Ein Schlag mit dem Schweif, und …

»Elidar«, sagte der Magere. Seine erhobene Hand zitterte, aber der Blick aus den tiefliegenden Augen war fest. »Lass ab von ihm.«

Die Drachenkönigin schnaubte, ein Funkenschauer hüllte das Menschenwesen ein. »Wie nennst du mich, Wurm?«

Sie konnte erkennen, was er vor sich sah: Ein schreckenerregendes Ungeheuer, mit eisernen Klauen gewappnet und gepanzert, rotglühende Nüstern und Augen, die wie Eis und Feuer glitzerten und Mordlust versprühten, ein dornenbesetzter Schweif, der sich wie der Stachel des Wüstenskorpions kampfbereit über dem Rücken bog. Aber dennoch wich der Mensch nicht zurück und zeigte zwar Furcht, doch keine knochenerschütternde Angst wie all die anderen Menschenwürmchen.

»Elidar«, wiederholte der Mensch, und es klang müde und geduldig, als spräche er zu seinem ungezogenen Kind. »Lass ab. Dies ist dein Freund und Lehrer. Du willst ihn nicht töten.«

»Und ob ich das will«, zischte sie. In ihr vermischten sich seltsame Gedanken und Gefühle, die das grollende Feuer ein wenig abkühlten. Das Feuer brannte vielleicht weniger heiß, aber Zorn, Enttäuschung und das Gefühl, verraten worden zu sein, loderten umso höher. »Er hat den Tod verdient, Eure Magnifizenz. Er hat Euch hintergangen und vergiftet!«

Sie sandte einen wütenden Stoß brennend heißer Luft gegen den Kauernden. Der riss die Arme empor und schrie, versuchte, das Gesicht und die Augen zu schützen und die sengende Luft nicht in die Lungen zu ziehen, während seine Kleider zu glimmen begannen. Dann schob sich ein Bann zwischen ihren Atem und den sich windenden Magier.

»Friede, Elidar«, wiederholte der andere Magus geduldig. »Überlass ihn mir, mein Kind. Er war mein Freund, und mir hat er geschadet. Die Bestrafung steht allein mir zu. Ich danke dir für deine Hilfe. Aber nun lass ihn gehen.«

Sie senkte den Kopf. Die Kraft lief aus ihr heraus wie aus einem lecken Gefäß, das Donnern und Tosen des Feuers verstummte, die Welt wurde kühl, dunkel und still.

Sie fand sich mit zitternden Gliedern auf dem Boden. Ihre Beine waren zu schwach, um sie zu tragen, und sie konnte kaum den Kopf heben. Stimmen drangen an ihr Ohr, aber sie war zu erschöpft, um den Sinn der Worte zu erfassen.

Dann war es still. Dankbar sank sie in einen dämmerigen Halbschlaf, der sie weich, still und grau umfing.

26

»Ein kräftiger Schluck Würzwein und eine heiße Brühe wirken Wunder«, sagte der Cubicular und sah Elidar wohlwollend zu, wie sie den Napf mit einem Stück Brot auswischte. »Möchtest du noch einen Nachschlag, mein Junge?«

Elidar schob den Napf mit einem Stöhnen von sich. »Danke, Eusebian«, sagte sie. »Aber das war schon der Nachschlag!« Sie streckte die Beine aus und dehnte die Arme über den Kopf. »Ich war halb verhungert. Du hast mir das Leben gerettet!«

Der Cubicular nickte und verschränkte mit zufriedener Miene die Hände über dem Bauch. Elidar betrachtete ihn voller Zuneigung. Eusebian war noch ein wenig rundlicher geworden, seit sie zum ersten Mal vor ihm gestanden hatte, ein verschrecktes Kind, dem alles in diesem riesigen Haus fremd und ungewohnt erschienen war.

Sein ehemals fuchsrotes Haar hatte einen verblichenen Zimtton angenommen und das lächelnde Gesicht durchzog ein Netz winziger Runzeln wie die Falten eines weichen alten Lederhandschuhs. Aber er war immer noch genauso geschäftig und zu ihr noch genauso liebenswürdig und freundlich wie damals, als sie Novize im ersten Abschnitt gewesen war.

Eusebian hatte sie mit dem Duft der kräftigen Brühe geweckt. Sie befand sich in einem fremden Zimmer und auf einem Lager, das nicht das ihre war, und erst, als sie den zweiten Napf zur Hälfte geleert hatte, erkannte sie, dass das Zimmer und das harte Bett, auf dem sie hockte, Magnifizenz Sturm gehörten.

»Wo ist seine Magnifizenz?«, fragte sie.

Eusebians Gesicht strahlte auf, als würde es von der Sonne beschienen. »Ich weiß nicht, was du gemacht hast«, sagte er. »Er kam hinunter zu mir und sagte: ›Eusebian, kümmere dich um den Jungen‹, und ich hab nur nach Luft geschnappt wie ein

Karpfen, der eine Landpartie macht. Er stand da vor mir, munter wie ein frischgeschlüpftes Küken, als hätte er niemals auf den Tod gelegen! Du warst das, mein Junge, nicht wahr?« Er unterbrach sich, weil sein Blick auf die verkohlte Täfelung fiel. Sein Lächeln verblasste und machte einem sorgenvollen Stirnrunzeln Platz. »Nicodemus. Er ist übel zugerichtet. Weißt du, wer ihn angegriffen hat?«

Elidar fühlte einen bitteren Geschmack auf der Zunge. »Ich«, sagte sie. Und dachte: Ich? Oder sie? Sie lauschte nach innen, aber die Drachenkönigin blieb stumm.

»Du?« Eusebian riss die Augen auf. »Aber wieso?«

Elidar rieb sich fröstelnd die Arme. Trotz des Feuers im Kamin, des Würzweins und der warmen Brühe war ihr kalt. Es war, als hätte die Drachenkönigin all ihr Feuer mit sich genommen und Elidar mit Eis und Schnee in den Adern zurückgelassen.

»Er hat seine Magnifizenz vergiftet«, sagte sie kurz angebunden. »Ich musste mich gegen ihn verteidigen.« Das war nur teilweise richtig, aber es stimmte im Kern.

»Oh«, machte Eusebian und tastete hinter sich nach dem Stuhl. Er sank schwer darauf nieder. »Oh«, sagte er wieder. »Oh, das ist … Ich kann das nicht glauben!« Er sah Elidars Gesicht und setzte hastig hinzu: »Ich zeihe dich nicht der Lüge, mein Junge, wirklich nicht! Aber es ist schwer für mich zu glauben, dass unser Nicodemus Bär …« Er schüttelte kummervoll den Kopf.

»Aber er hat es getan«, sagte Elidar hart. Der alte Cubicular tat ihr leid, sie wusste, dass er mit Bär befreundet war – wie so viele hier, fügte sie in Gedanken bitter hinzu.

»Wo ist er jetzt?«, fragte sie.

Eusebian schreckte aus seinen trüben Gedanken auf. »Wer? Ach, Bär. Casarius hat ihn mit einem Rigor belegt. Ich dachte, dass er das wegen seiner Brandwunden getan hat. Aber wenn das, was du sagst, stimmt …« Er schüttelte wieder den Kopf.

»Ein Rigor. Gut.« Wenn Bär in diesem Bann steckte, konnte er nichts anrichten. Und er hatte keine Schmerzen. Sie verzog das Gesicht. Brandwunden. Wenn sie die Schmauchspuren an der Tür betrachtete, konnte sie sich vorstellen, dass Bär nicht viel besser aussah. Die Drachenkönigin hätte ihn zu Asche verbrannt, wenn Sturm sie nicht aufgehalten hätte. Wenn Sturm Elidar nicht aufgehalten hätte ... Sie schauderte.

Eusebian fasste sich. Er stand auf und zog seine Kukulle glatt. »Wenn du dich wieder kräftig genug fühlst, möchte seine Magnifizenz mit dir sprechen«, sagte er.

»Wo ist er?«

»Im kleinen Saal. Er berät sich mit Spectabilis Dorn und dem Novizenmeister.«

Dorn und Grimm, die beiden ranghöchsten Magister nach Honorabilis Bär. Beide Magier zählten nicht gerade zu Bärs engsten Freunden. Was Sturm zu berichten hatte, würde sie nicht allzu traurig stimmen.

»Ich gehe zu ihm«, sagte sie. »Danke, Eusebian.«

Der Cubicular nickte stumm und begann, das benutzte Geschirr und den Suppentopf auf ein Tablett zu räumen.

Kleiner Saal war die etwas hochtrabende Bezeichnung für einen fensterlosen Raum in der Nähe der Schulungszimmer. Elidar klopfte und wartete. Sie meinte, Murmeln von drinnen zu hören, und als sich nach einer Weile die Tür öffnete, traten Dorn und Grimm heraus, die beide eine ähnlich sorgenvolle Miene zur Schau trugen wie zuvor der Cubicular.

»Der junge Magister Zorn«, sagte der Novizenmeister. »Sieh an. Gute Arbeit, junger Mann. Meinen Respekt!«

Spectabilis Dorn nickte ihr nur anerkennend zu. »Seine Magnifizenz erwartet dich«, sagte er und wies auf die Tür.

Casarius Sturm stand mit gesenktem Kopf neben dem langen Tisch, der die Mitte des Raumes einnahm, und stützte sich mit einer Hand auf der Lehne eines Stuhles ab. Als er ihre Schritte hörte, blickte er auf und sah sie starr an.

»Elidar«, sagte er.

»Eure Magnifizenz«, erwiderte Elidar.

Sturm wies auf einen Stuhl. »Nimm Platz. Wir müssen miteinander reden.«

Elidar setzte sich und barg die Hände in den Ärmeln ihrer Kukulle. Sie fröstelte.

Sturm ließ sich ihr gegenüber nieder und faltete die Fingerspitzen vor dem Mund. Elidar war erstaunt, wie gut der alte Magier sich erholt zu haben schien. Seine Gestalt war knochig und seine Hände dürr wie Stecken, aber seine Bewegungen erschienen kraftvoll, und sein Gesicht hatte nicht mehr die graue und totenähnliche Farbe wie noch vor einigen Stunden.

»Du hast wahrhaftig Erstaunliches bewirkt«, sagte Sturm, der wieder einmal ihre Gedanken zu lesen schien. »Ich war dem Tode nahe. Ich hätte nicht geglaubt, dass irgendjemand mir noch helfen kann.« Er zog finster die Brauen zusammen und verzog ein wenig die Lippen. Der Gedanke schien ihm nicht wirklich zu gefallen. »Ich habe dir noch nicht gedankt«, fuhr er fort.

Elidar wollte ihm antworten, dass sie das auch nicht erwartete, aber er hob abwehrend die Hand.

»Ich danke dir«, sagte er rau. »Du hast nicht nur mich gerettet, sondern auch unserem Orden einen großen Dienst erwiesen.« Es klang bitter.

Elidar neigte den Kopf. »Bär«, sagte sie nur.

»Bär.« Er legte die Hände auf den Tisch und sah darauf nieder wie auf einen seltsamen Fund. »Er ist übel zugerichtet. Dennoch – es wird uns ein Leichtes sein, ihn von seinen Verletzungen zu heilen.« Er blickte auf und sah sie scharf an. »Oder wir lassen ihn einfach dort, wo er ist.«

»Im Rigor«, murmelte Elidar.

Der Magier nickte.

»Hat er Schmerzen?«

Sturm zuckte mit den Schultern. »Ist das wichtig?«

Elidar sah ihn an. Ja, er hatte sich erholt. Aber in seinem Gesicht konnte sie deutlich die Spuren der vergangenen Wochen erkennen.

»Was wird mit ihm geschehen?«

Sturm rieb sich mit Daumen und Zeigefinger müde die Augen. »Was würdest du vorschlagen?«

»Ich?« Elidar schluckte. »Warum sollte ich …?«

»Weil du erkannt hast, was er vorhat und weil du ihn unschädlich gemacht hast.« Er verzog den Mund. »Vielleicht habe ich einen Fehler gemacht, als ich dich daran gehindert habe, ihn zu töten. Wir hätten jetzt ein Problem weniger. Und außerdem hatte ich gar kein Recht dazu. Ein magisches Duell ist ein magisches Duell, ganz gleich, ob es unter formalen Bedingungen ausgetragen wird oder spontan. Ich hätte mich nicht einmischen dürfen.« Wieder verzog er die Lippen, aber dieses Mal zu einem schwachen Lächeln. »Ich muss aber gestehen, ich hatte Sorge, dass du danach das ganze Haus in Trümmer legst. Du warst ein wenig … nun … außer dir.«

Elidar holte zittrig Luft. »Ich weiß nicht, was noch geschehen wäre«, sagte sie ehrlich. »Und ich bin Euch dankbar, dass ihr mich daran gehindert habt, ihn zu töten. Er war ein Freund.«

»Das war er«, erwiderte Sturm bitter. »Und ich war ein alter, schwachköpfiger Narr, dass ich meine eigenen Lehren vergessen und ihm vertraut habe!« Er erhob sich und durchmaß aufgebracht den Raum.

»Wir werden ihn bestrafen«, fuhr er fort, als er sich ein wenig beruhigt hatte. »Vielleicht, indem wir den Rigor festigen und ihn unten im Kartoffelkeller vergessen.« Er schlug die Hände ineinander. »Aber das größte unserer Probleme ist damit nicht gelöst!«

Er fuhr zu Elidar herum und funkelte sie an. »Ich bin dir sehr, sehr dankbar«, sagte er. »Aber …« Er hob in einer hilflosen Geste die Hände und ließ sie wieder sinken. »Aber …«

Elidar fröstelte. Bärs Stimme erklang in ihrem Kopf: *Das erste, was er tun wird, ist dich vor die Tür zu setzen.*

»Aber ich bin immer noch eine Frau, und deshalb untragbar für diesen Orden«, sagte sie und starrte Sturm kalt an. Sie würde ihm nicht den Gefallen tun, Schwäche zu zeigen, zu betteln und zu flehen, er möge sie nicht hinauswerfen.

Er schlug die Augen nicht nieder, obwohl sein Blick zu flackern begann. »Es ist unendlich bedauerlich«, sagte er. »Du bist seit undenkbar langer Zeit der erste Drachenmagier, und wir haben dich gut ausgebildet.« Er schlug grimmig gegen die

Lehne eines Stuhles. »Du hättest unsere Vorrangstellung vor allen anderen Orden gefestigt. Du hättest mein Nachfolger werden können. Ich habe gesehen, welche Kraft in dir steckt. Du bist noch nicht so weit, sie vollkommen zu beherrschen, aber ich hätte dir dabei helfen können. Niemand in dieser Stadt – ach, was rede ich? – niemand in ganz Ledon hätte mehr wagen können, dem Spinnenorden die Stirn zu bieten! Was für ein Verlust!« Sein gequälter Aufschrei hallte in dem fensterlosen Raum wider und schmerzte in Elidars Ohren.

»Ich bin immer noch hier«, erwiderte sie.

Sturm hörte auf, die Hände zu ringen und sah sie verdutzt an. »Was? Nein. Nein, nein, das ist ganz und gar undenkbar. Du bist eine, eine ...«

»Ich weiß«, erwiderte sie müde. »Wie also lautet Eure Entscheidung?«

Er ließ sich in den Stuhl am Kopf des langen Tisches sinken und legte erschöpft die Stirn in die Hände. »Ich bin noch nicht wieder vollkommen bei Kräften. Gleich, nach der Ruhezeit, werden wir im Rat über Bärs weiteres Schicksal entscheiden. Ich bin müde, Elidar. Ich wünsche mir nichts weiter, als in meinem Bett zu liegen, Eusebians heiße Brühe zu löffeln und bis übermorgen zu schlafen.« Er seufzte. »Halte mich nicht für undankbar. Du hast mir und dem Orden einen großen Dienst erwiesen. Deshalb werde ich dich auch nicht sofort fortschicken. Und du wirst nicht ohne eine Summe Geldes gehen, mit der du dir anderen Ortes ein Leben aufbauen kannst.« Er blickte auf. »Möglichst weit fort von Ledon, verstehst du mich? In diesem Land ist kein Platz für solche wie dich. Geh zurück nach Yasaim. Oder sieh dich ein wenig in der Welt um. Die Heimat unserer verehrten Prinzessin soll Frauen wie dich beherbergen.«

Das waren klare Worte. Elidar nickte steif und erhob sich.

»Wann muss ich gehen?«

Er sah sie nicht an. »Morgen.«

Er hatte ›nicht sofort‹ ganz offensichtlich wörtlich gemeint. Elidar nickte und wandte sich zum Gehen. Sie musste packen.

»Komm morgen früh zu mir«, hörte sie Sturm noch sagen, dann trennte sie die geschlossene Tür.

Ihre Kammer war still und kalt. Elidar, die immer noch heftig fror, ließ das Holz in der Feuerstelle aufflammen und hockte sich auf ihr Bett, mit einem Mal bis auf die Knochen erschöpft. Sie sah sich im Zimmer um. Neben dem Bett lagen ein paar Bücher und an der Tür hing die warme Garnitur für den Winter.

Elidar beugte sich vor und griff nach der Kukulle aus dicker Wolle. Sie hüllte sich hinein und musterte weiter das spärlich eingerichtete Zimmer. Viel zu packen hatte sie nicht. Selbst die Kleider, die sie am Leibe trug, gehörten dem Orden. Sie würde Eusebian bitten müssen, ihr einen ausgemusterten Habit zu überlassen. Oder würde seine Magnifizenz darauf bestehen, dass sie zivile Kleidung anzog, wenn sie den Orden verließ?

Sie zog die Beine unter sich und legte die Hände in den Schoß. Das, was jetzt mit ihr geschah, ließ sie erstaunlich kalt. Noch gestern wäre sie am Boden zerstört gewesen, aber gestern war weit fort. Sie war im Feuer der Drachenkönigin verglüht, und jetzt hockte jemand auf diesem schmalen Lager, den sie selbst nicht kannte.

»Mutterkönigin?«, rief sie stumm. Sie lauschte, aber es blieb still in ihr. Ganz in der Ferne hörte sie das schwache Singen der schwarzen Sphäre. Es klang sanft, sehnsüchtig, ließ sie an Kayvan und seine sonnenglühenden Straßen denken. Wie heiß es dort gewesen war! Sie konnte sich an keine Nacht und erst recht keinen Tag erinnern, an dem sie dort gefroren hätte. Schaudernd zog sie die Kukulle enger um sich. Ledon war kalt, feucht und neblig. Sie sehnte sich nach der trockenen Hitze ihrer Heimat und nach dem endlosen Nachthimmel mit den unzählbaren glitzernden Sternen. Die Flügel auszubreiten und über dem ausgetrockneten Ozean weite Kreise zu ziehen, sich an die Zeit zu erinnern, als die Brandung noch an die felsige Küste schlug und Seevögel ihre heiseren Rufe erklingen ließen. Ach, die Wonne, tief über dem endlosen Wasser zu fliegen, den Himmel über sich, die Gischt zu spüren, wie sie im Feueratem zu Dampf wurde, und dann tief hinabzutauchen und die Kavernen unter dem Meer aufzusuchen, die ihrer eigenen Höhle im Gebirge gleichzeitig so sehr glichen und die doch so ganz anders waren …

Sie schloss die Augen und dachte fremdartige, von Feuer und Rauch geschwängerte Gedanken, in denen sie trockene Gebirgsketten überflog, in den tiefsten Höhlen auf Bergen von edlen Steinen schlief und von Flügen durch eine endlose, warme Nacht träumte …

Der geistige Ruf des Ordensoberhauptes riss sie aus ihrem gedankenlosen Schweben in einer fremden Welt.

Sie benötigte eine Weile, um sich in ihrem Körper zurechtzufinden, der sich eigenartig weich, verletzlich und unvollständig anfühlte. Wie schafften es diese lächerlichen Wesen mit ihren ungepanzerten, schwächlichen Körpern überhaupt, so lange zu überleben, bis sie die Reife erreicht hatten? Sie lachte und versuchte vergeblich, ihre Nüstern mit einem Feuerstoß zu reinigen. Auch das Schulterzucken führte nicht zum gewünschten Entfalten der Schwingen.

»Was für ein nutzloser Körper«, murmelte sie und schlingerte zur Tür, die sich erst nach einigen vergeblichen Versuchen öffnen ließ.

Während sie mit fester werdendem Schritt den Gang entlanglief, betrachtete sie neugierig ihre Finger. Rosige, dünne Dinger waren das, aber sie boten mit ihrer Beweglichkeit durchaus Vorteile.

»Eli! Was treibst du da?« Schritte, dann ein Arm, der sich vertraulich um ihre Schultern legte. Sie wandte den Kopf und zischte erbost.

Der tollkühne Mensch, der neben ihr ging, verbrannte nicht zu Asche, sondern lächelte sie breit und fröhlich an.

»Du siehst aus, als hättest du schlecht geschlafen«, sagte er. »Und warum trägst du bei dieser Hitze deinen Winterhabit? Du wirst doch im eigenen Saft gegart!«

Hitze! Sie hätte beinahe gelacht. Was nannte dieser Wurm »Hitze«? Sie fror, seit sie aus dem Schlaf erwacht war und sich in dieser eigenartigen Verbindung mit dem zweibeinigen Wurm gefunden hatte.

Ihr Begleiter drückte ihre Schulter auf sehr vertraute Weise. »Eli, hast du es schon gehört? Irgendetwas Großes muss passiert sein, der Rat wurde einberufen!«

Sie sah ihn verständnislos an. Er blieb stehen und zwang sie, ebenfalls anzuhalten. »Eli, was ist los?«, fragte er beunruhigt. Seine Augen, die weder grau noch grün waren, musterten sie scharf. Sie erwiderte seinen bohrenden Blick und etwas in ihrer Sicht verschob sich. Die Farben erschienen mit einem Mal wärmer und leuchtender, die Lichtsäume um jede Kontur erloschen und alles in ihrem Sichtbereich war ein klein wenig verschwommen.

»Valon«, sagte sie überrascht und kniff die Augen zusammen. »Was ist los?«

Er schüttelte sie sacht. »He, schläfst du noch? Du siehst aus wie ein überraschtes Langhörnchen.« Mit dümmlichem Gesichtsausdruck rümpfte er schnüffelnd seine aristokratische Nase und lieferte damit eine erstaunlich gute Imitation eines im Schlaf überraschten Nagetiers.

Elidar lachte auf, aber ihre Stirn blieb gerunzelt. »Was hast du gesagt? Der Rat wurde einberufen?« Dann fiel ihr ein, was sie aus ihrer Ruhe gerissen hatte. Und dann kehrte auch die Erinnerung an die Geschehnisse des letzten Tages zurück, und sie wurde blass. »Oh, nein«, murmelte sie und klammerte sich an Valons Arm. »Val, ich hätte Bär um ein Haar getötet! Und Sturm hat mich rausgeworfen!«

Valons Mund klappte auf. »Was?«, brachte er mühsam heraus. »Du hast – was? Und seine Magnifizenz hat … was? Oh, Elidar!«

»Nicht deswegen«, sagte sie. »Das mit Bär – deswegen hat er mich nicht rausgeworfen – ach, verflucht!«

»Warte«, sagte Valon. »Seiner Magnifizenz geht es so schlecht, dass ich dachte, sie hätten seinetwegen den Rat zusammengerufen. Du weißt schon – wegen der Nachfolge.«

Elidar schüttelte den Kopf. »Nein, ich habe ihn geheilt. Bär war derjenige, der ihn vergiftet hat, und als er versuchte, mich daran zu hindern, habe ich ihn beinahe getötet. Jetzt soll der Rat über sein weiteres Schicksal bestimmen. Und Sturm hat mich gerade zu sich gerufen – warum auch immer. Ich dachte, ich hätte noch einen Tag, um meine Angelegenheiten hier zu ordnen.«

Valons Blick spiegelte seine Verwirrung. »Du nimmst mich nicht auf den Arm, oder?«, fragte er ohne große Hoffnung.

Elidar schüttelte den Kopf. »Ich muss mich beeilen. Seine Magnifizenz wartet nicht gerne.«

»Sehen wir uns gleich im Garten?«, rief Valon hinter ihr her. »Du musst mir alles haarklein …«

Sie rannte um die Ecke, und seine Stimme verklang.

Magnifizenz Sturms Ruf hatte sie zum großen Saal beordert. Sie nahm an, dass dort noch immer der Rat tagte, aber als sie eintrat, war der Saal leer bis auf den Ordensobersten, der etwas in einen schweren, ledergebundenen Folianten schrieb. Er sah auf und runzelte die Stirn.

»Da bist du ja«, sagte er. »Warte, ich bin auch gleich soweit.« Er beugte sich wieder über das große Buch, und seine Feder kratzte gleichmäßig und leise über das Papier.

Elidar lehnte sich gegen einen der Tische, mit einem Mal so müde, dass sie kaum noch die Augen offen halten konnte. Die letzten Stunden waren hinter einem Nebel aus fremdartigen Empfindungen, Gerüchen und Geräuschen verborgen. Was riss sie nur immer wieder aus dieser Wirklichkeit und entführte sie auf ein fremdes, unheimliches Gebiet? Ihre Lider sanken hinab und sie lauschte nach innen. Stille. Und es war immer noch kalt, so kalt.

Das Kratzen der Feder verstummte. Sie hörte, wie Sand über die Seite rieselte und fortgepustet wurde. Dann schlug das Buch mit einem dumpfen Knall zu. »So, das hätten wir«, sagte Sturm, und es klang gleichzeitig befriedigt und enttäuscht.

Er faltete die Hände auf dem Folianten. »Der Rat hat entschieden. Bär wird in Rigor versetzt und bleibt dort, bis der Rat anders entscheidet. Also voraussichtlich für immer, jedenfalls, solange sich die Zusammensetzung des Rates und sein Vorsitz nicht ändern.«

Elidar fröstelte. Der alte Magier hob die Brauen. »Ist dir etwa kalt? Du trägst Winterwolle.« Er wischte sich einen Schweißtropfen von der Stirn und fuhr fort: »Was dich betrifft, habe ich dem Rat mitgeteilt, dass du um deine Entlassung aus dem Orden gebeten hast, weil es dich zurück in deine Heimat zieht. Deinem Gesuch wurde mit großem Bedauern stattgegeben.«

Elidar wahrte eine eiserne Miene. Sie nickte knapp.

»Um deiner Verdienste Willen gewährt der Rat dir ein einmaliges Handgeld«, sagte Sturm. »Die Höhe liegt in meinem Ermessen – und ich werde mich großzügig zeigen, das verspreche ich dir.«

Wieder nickte Elidar nur. Sturm wartete, ob sie etwas sagen oder einen Dank äußern würde, fuhr aber nach einem missbilligenden Räuspern fort: »Dann wäre das also besprochen. Nun komme ich noch zu dem, weswegen ich dich gerufen habe.«

Er stand auf und bedeutete Elidar, ihm zu folgen. Während er auf eine unauffällige Tür am hinteren Ende des Saales zuging, fuhr er fort: »Der Rat hat entschieden, dass du als derjenige, der den heimtückischen Anschlag aufgedeckt und den Attentäter unschädlich gemacht hast, den letzten Schlüssel zum Rigor sprechen sollst. Das ist eine große Auszeichnung.« Er verzog ein wenig das Gesicht, offenbar billigte er den Entschluss des Rates nicht. Eine Frau, dachte Elidar, eine Frau erhält diese Auszeichnung, das muss furchtbar für ihn sein. Sie hätte beinahe gelächelt, aber der Anlass war zu bitter.

»Ich würde gerne darauf verzichten«, sagte sie.

Sturm öffnete die Tür und ließ ihr den Vortritt. »Das geht nicht«, sagte er. »Ich werde den Rigor vollenden, aber du musst den Anfang machen. Sieh es als einen letzten Dienst an, den du deinem Freund Bär erweist.«

Elidar fröstelte wieder, aber dieses Mal war es nicht die Kälte, die sie schaudern machte.

Der kurze Gang, den sie betraten, endete an einer Türöffnung, die mit einem Bannzauber belegt war. Sturm löste ihn mit einer schnellen Handbewegung und schob Elidar hindurch.

Das düstere Gelass ließ ihre Knochen vor Kälte schmerzen. Sturm ließ mit einer weiteren Handbewegung ein Licht aufglimmen. Jetzt sah sie, dass auf einer hölzernen Trage eine menschliche Gestalt lag, den Kopf und die mächtigen Glieder mit einem dünnen Tuch bedeckt.

»Bär?«, fragte sie, und statt der erwarteten Bestätigung Sturms erschreckte sie das heiser gehauchte »Ja« des verhüllten Mannes. Er war nicht mit einem Bann belegt, sondern wach und ganz und gar bei Bewusstsein.

»Bär«, wiederholte sie hilflos. Sie näherte sich der Trage, und er wandte ihr das Gesicht zu.

»Da naht mein Schicksal«, flüsterte er heiser. »Du hast mich übel zugerichtet, Tigerkatze.« Seine Hand bewegte sich unter dem Laken. »Und zu Tode erschreckt«, setzte er hinzu. Er lachte und hustete gleichzeitig, es klang schrecklich.

»Meine Innereien sind verbrannt«, krächzte er und hustete wieder. Das dünne Tuch blähte sich über seinem Mund und legte sich dann wieder über sein Gesicht. Elidar erahnte seine Gesichtszüge darunter. Sie sah, dass das Tuch fleckig und feucht war, die Flecken waren rötlich gefärbt.

»Es tut mir leid«, hörte sie sich sagen. »Es tut mir schrecklich leid, Nicodemus.«

Seine Hand bewegte sich wieder. Sie schob ihre Hand zu seinen tastenden Fingern. Sie wagte nicht, ihn zu berühren, weil sie seinem verbrannten Fleisch nicht zusätzlich Schmerzen bereiten wollte.

Bär ergriff ihre Hand und drückte sie schwach. »Es ist gut«, flüsterte er. »Das ist das Spiel. Manchmal gewinnt man, meistens verliert man.« Er hustete und lachte wieder. »Du hast verloren, oder?«

Elidar schluckte. »Ja, das habe ich wohl«, sagte sie. »Du aber auch, Bär.«

Sie erahnte ein Achselzucken. »So ist das Spiel. Weißt du, was ich wirklich vermissen werde? Meine Pfeife.« Er hustete. »Ich bin froh, dass ihr mich jetzt schlafen schickt. Meine Lunge ist hinüber, ich könnte keine Pfeife mehr rauchen. Ich werde gut schlafen.« Seine Finger lösten sich von ihrer Hand. Sie sah, wie er sie unter der Decke bewegte, dann tauchten sie wieder auf und hielten etwas.

»Hier«, sagte er. »Nimm. Er gehört dir, du hast ihn dir verdient.« Er drückte ihr den Gegenstand in die Hand. Sein Arm fiel herab und baumelte schlaff von der Trage. »Macht schnell«, krächzte er mühsam. »Es tut verdammt weh!«

Elidar hörte, wie Sturm an ihre Seite kam. »Ich bereite den Rigor vor, du sprichst den ersten Schlüssel«, sagte er knapp. Er sah den Verhüllten an. »Leb wohl, alter Freund«, sagte er. »Du hast dir dies hier selbst ausgesucht.«

»Nicht ganz«, keuchte Bär. »Aber ich will nicht undankbar sein. Leb wohl, Casarius.«

Sturm hob die Hände und wob ein leuchtendes Gespinst über den Liegenden. Dann sah er Elidar auffordernd an. Erst stockend, dann mit immer fester werdender Stimme wirkte sie den Bannspruch. Schon während sie die letzten Worte sprach, sah sie, wie die Gestalt ihres Lehrers und Freundes unter ihrer Verhüllung erstarrte und sein Atem erstarb.

Sie beendete den ersten Schlüssel und sah Sturm an, erschöpft und traurig. Der Magier nickte ihr zu. Dankbar für die Entlassung zog sie sich ein Stück zurück und fand jetzt erst die Muße, sich anzusehen, was Bär ihr als letzten Gruß und Vermächtnis gegeben hatte.

Eine fein gearbeitete goldene Spinne mit roten Augen und schwarzgoldenen Beinen sah sie von ihrer Handfläche an. »Oh«, sagte Elidar leise. »Dein Ring!« Sie nahm ihn und schob ihn auf den Zeigefinger. Er passte. Sie meinte, das leise Lachen Bärs zu hören.

Elidar blickte hastig auf. Hatte Sturm gesehen, was Bär ihr gegeben hatte? Der Ring wies sie als Mitglied des Spinnenordens aus – mindestens so deutlich, wie das eine Tätowierung getan hätte. Die Tätowierung würde sie nun nicht mehr erhalten, und auch ihren Habit würde sie höchstwahrscheinlich abgeben müssen. Aber diesen Ring wollte sie um jeden Preis behalten! Hastig zog sie ihn wieder ab und steckte ihn ein.

Sturm vollendete den Rigor. Das leuchtende Gespinst war erloschen und hatte einem düsteren blauen Glühen Platz gemacht. Der Magier wandte sich um und fuhr mit einer erschöpften Geste über seine Stirn. »Ich werde Anweisung geben, ihn in eins der leeren Zimmer im Obergeschoss zu bringen«, murmelte er. »Es kommt mir nicht richtig vor, ihn in den Keller zu verbannen.«

Elidar sah erstaunt, dass Tränen in seinen Augen standen.

Er straffte seine Schultern und blinzelte. »Gehen wir«, sagte er knapp.

Draußen holte er tief Luft. »Jetzt zu dir, Elidar.« Er wandte unbehaglich den Kopf. »Lass es uns hinter uns bringen. Ich hatte zwar für heute genug Unerfreuliches auf dem Tisch, aber diesen Nachtisch möchte ich mir nicht für morgen verwahren.«

Sie nickte grimmig. Ihren Abschied aus dem Orden – oder besser gesagt, ihren Hinauswurf – als unerfreulichen Nachtisch eines unverdaulichen Mahles bezeichnet zu sehen, war ein kleiner Schmerz, der sich zum großen hinzufügte. Aber angesichts des Schicksals, das Bär nun für eine unermessliche Zeitspanne ertragen musste, war ihr Schmerz wirklich zu unbedeutend, um sich daran aufzuhalten.

»Ich habe schnell gepackt«, sagte sie deshalb nüchtern. »Wenn es Euch so leichter wird, bin ich bereit, das Ordenshaus heute Abend noch zu verlassen.«

Er sah sie überrascht an. »Nein, nein, das ist nicht nötig«, sagte er. »Aber ich danke dir für dein Angebot. Morgen, Elidar. Morgen reicht vollkommen. Nach einem guten Frühstück, hörst du?«

Sie nickte. Dann konnte sie sich noch verabschieden. Eusebian. Ambrosius Schnee. Valon.

Valerian. Ihn würde sie wohl nicht wiedersehen. Der Gedanke tat unerwartet weh.

»Morgen früh dann also«, sagte sie rau.

27

Die letzte Nacht im Ordenshaus, das ihr so lange Schule und Zuhause gewesen war, brach an. Nachdem sie sich von ihren wenigen Freunden verabschiedet hatte, suchte sie Eusebian, den Cubicular auf, um ihm ihren Habit und den abgewetzten alten Lederbeutel zurückzugeben, in dem sie all die Equils ihre Bücher und ihr Schreibzeug herumgetragen hatte.

Eusebian hatte sie kopfschüttelnd betrachtet. »Ich glaube es nicht«, sagte er. »Ich kann es einfach nicht fassen, dass du uns verlassen willst. Es war immer dein größter Wunsch, ein Mitglied unseres Ordens zu sein.« Er nahm sie bei der Hand. »Sag mir die Wahrheit, mein Junge. Warum gehst du fort?«

Elidar wollte ihn nicht belügen, aber sie konnte ihm schlecht die Wahrheit sagen. Sie schüttelte den Kopf. »Frag nicht mich, Eusebian«, bat sie. »Seine Magnifizenz schickt mich fort.«

Der Cubicular schüttelte heftig den Kopf. »Das kann ich mir nicht vorstellen! Er hat lange auf einen Schüler wie dich gewartet. Du hast ihm das Leben gerettet.« Sein Gesicht verfinsterte sich, wahrscheinlich dachte er an Bär.

»Er schickt mich fort«, wiederholte Elidar. »Lass es gut sein, Eusebian. Er tut wahrscheinlich recht damit. Auch wenn es mir schwer fällt, das zu sagen.«

Nein, sagte eine empörte innere Stimme. Nein, es ist unrecht! Sie hieß die Stimme schweigen. Was nützte es, sie musste gehen, ob es nun gerecht war oder nicht.

Eusebian seufzte und nahm den Sommerhabit entgegen, den Elidar ihm ordentlich gefaltet übergab.

»Kann ich Kleider von dir bekommen?«, fragte sie. »Sonst muss ich erst hinunter in die Stadt und mir etwas besorgen.«

Eusebians Miene wurde noch kummervoller. »Das fehlte noch«, sagte er. »Warte, mein Junge. Ich werde dich doch nicht nackt vor die Tür setzen!« Er verschwand im hinteren Lager.

Elidar hockte sich auf einen Schemel und streckte die Beine von sich. Hier hatte sie gesessen, an ihrem ersten Tag im Orden. Und jetzt saß sie wieder hier, und ihre Gefühle waren ähnlich bang im Angesicht einer Zukunft, die hinter dichten Schleiern verborgen lag. Wohin würde ihr Weg sie nun führen? Sie war ein ausgebildeter, wenn auch noch recht unerfahrener Magister. Vielleicht konnte sie sich bei einem Adelshaus als Hausmagier verdingen. Das kam vor. Der kleine Sprenz hatte eine solche Stellung angenommen; er würde die Kinder eines Landedelmanns unterrichten, seinem Herrn mit allerlei Alltagszaubern dienlich sein und sicherlich ein gutes Leben führen.

Sie seufzte unwillkürlich. Nein, das konnte nicht ihr Weg sein. Alles in ihr sehnte sich danach, den Himmel Yasaims über sich zu sehen, trockene Wüstenluft zu schmecken, die heiße Sonne ihre klammen Knochen erwärmen zu lassen und endlich wieder die weichen Laute der yasemitischen Sprache zu hören und zu sprechen statt des kantigen und rauen ledonischen Idioms. Elidar schüttelte lächelnd den Kopf. So unglaublich es auch klingen mochte – sie hatte Heimweh.

Eusebian schnaufte ein wenig, als er zurückkehrte. »Hier«, sagte er atemlos und legte ein dickes Bündel und ein Paar beinahe neuer Stiefel auf den Tisch. »Das sollte dir passen.«

Elidar entfaltete die Kleider. Es war kein Habit, aber schlichte Männerkleidung in dunklen Farben und – was ihr das Wichtigste war – ein langer Kapuzenmantel aus weicher Wolle, der im Schnitt einer Kukulle ähnelte. Über dem Kleiderbündel lag noch der Rest eines Konservierungs-Zaubers, der Motten und Alter fernhalten sollte.

»Ich danke dir, Eusebian, du bist der Allerbeste«, sagte Elidar erleichtert. »Das sind wunderbare Kleider. Wo hast du sie her?«

Der Cubicular lächelte erfreut. »Das hat einem unserer Magister gehört, einem jungen Adligen, der immer in Zivil seine Familie besucht hat. Er hat den Orden verlassen, um sein Erbe anzutreten, und diese Kleider hat er uns geschenkt. Ich wusste immer, dass ich sie für jemand Besonderes aufbewahre.«

»Eusebian, du warst von der ersten Minute an so freundlich zu mir«, erwiderte Elidar. »Es fällt mir schwer, mich von dir zu verabschieden.«

Der Cubicular blinzelte gerührt. »Warte, ich habe noch etwas für dich«, sagte er eilig und verschwand wieder in den Tiefen seines Lagers.

Als er zurückkehrte, hielt er eine abgeschabte Lederbörse in der Hand. Er drückte sie ein wenig verlegen zwischen den Fingern. »Sie hat mich fast ein Leben lang begleitet«, sagte er gedämpft. »Aber ich bekomme hier alles, was ich benötige. Du hingegen kannst sie jetzt wirklich brauchen, mein Junge.« Er drückte sie Elidar in die Hand und sah sie erwartungsvoll an.

Elidar wendete die schäbige Börse ratlos in der Hand. Ihr Leder war weich und rissig vom Alter und vom langen Gebrauch, und es glänzte speckig. »Danke«, sagte Elidar verdutzt.

Eusebian gluckste. »Ich verrate dir jetzt etwas, was keiner weiß und auch keiner wissen darf«, sagte er verschwörerisch. »Diese Börse habe ich von meiner Großmutter bekommen.« Er nickte bedeutungsvoll und zwinkerte ihr zu.

»Ja?«, fragte Elidar ratlos.

Der Cubicular wurde ernst. »Du weißt doch, dass magische Kräfte sich vererben, vom Vater auf den Sohn«, sagte er gedämpft. Elidar nickte zögernd.

»Aber manchmal – auch wenn es den Büchern und der Anschauung all der weisen Männer vor uns widerspricht – gibt es zauberkräftige Frauen«, fuhr Eusebian fort. Seine Augen funkelten. »Und eine davon war meine Großmutter Balbina. Sie war eine starke junge Frau, sie hat ganz alleine gelernt, ihre Kräfte zu beherrschen. Und dann hat sie einen Magus gefunden, der es gewagt hat, sie auszubilden.« Er beugte sich vor, und seine Stimme wurde noch ein wenig leiser. Elidar lauschte gebannt. »Es war tollkühn von ihm, das zu tun. Und er ist dafür hart bestraft worden. Außergewöhnlich hart!« Er lehnte sich wieder zurück und nickte, in Erinnerungen versunken. »Meine

Großmutter hat mir davon oft erzählt. Ich war der einzige in ihrer Familie, der ihre Kräfte geerbt hat. Und ich wusste schon als kleiner Junge, dass ich unbedingt diesem Orden hier beitreten will, weil Balbinas Lehrer ebenfalls ein Spinnenmagier gewesen ist.«

Er saß da und lächelte in sich hinein. »Sie hat mir diese Börse geschenkt, als ich mein Noviziat antrat. Ich habe sie gehütet wie meinen Augapfel. Und jetzt ist es an der Zeit, dass die Börse einen neuen, würdigen Besitzer findet.« Er sah auf, und sein Blick war scharf und bohrte sich in ihr Inneres. »Ich glaube, dass Balbina sich sehr über dich gefreut hätte«, sagte er. »Und ich glaube, dass sie gewollt hätte, dass du die Börse bekommst. Elidar.«

Elidar krampfte die Hand zur Faust. »Eusebian. Ich bin …«

»Ich weiß«, unterbrach er sie. »Es ist gut. Ich bin einer der wenigen, die Balbinas Geschichte kennen. Ich und Casarius Sturm.«

Sie riss die Augen auf. »Seine Magnifizenz?« Dann begriff sie, was Eusebian sagen wollte. »Nein«, sagte sie. »Nein, das kann nicht sein. Er ist es doch, der mich fortschickt, weil ich …«

Eusebian nickte kummervoll. »Er wagt es kein zweites Mal.«

Beide schwiegen, jeder in seine Gedanken versunken. Dann schüttelte der Cubicular sich wie ein Hund, der einen Wasserguss abbekommen hatte, und lächelte. »Komm, Elidar. Du bist ein kluger Junge. Erzähle mir, was ich dir da gegeben habe.«

Elidar richtete ihre Aufmerksamkeit erneut auf die Börse, die halb vergessen zwischen ihren Fingern klemmte. Sie rieb das alte Leder, öffnete die Börse und blickte hinein – sie war leer. Sie verschloss das Beutelchen wieder und wog es in der Hand. Ratlos blickte sie auf und wollte den Cubicular um eine Erklärung bitten, da regte sich etwas in ihr.

Zauberwerk, murmelte eine träge, belustigte Stimme. *Noch dazu stümperhaft. Würmchen können es einfach nicht besser.*

Elidar begutachtete die Börse erneut. Natürlich, wie hatte sie das übersehen können? Da schlummerte ein kühler, alter Zauber in den morschen Nähten des Lederbeutelchens. Sie tastete die Börse erneut ab, aber dieses Mal mit ihren Geistfingern, und fühlte dem Zauber nach.

Wachstum und Fülle. Das war ein Zauber, der normalerweise dafür sorgte, dass Gemüse gut gedieh und Obstbäume reiche Frucht trugen.

Sie fühlte Eusebians Blick auf sich ruhen und sah in sein lächelndes Gesicht. »Sie sollte eigentlich voll sein«, sagte sie. Eusebian nickte. »Aber sie ist leer. Das ist ein Widerspruch, außer …« Elidar zögerte und sagte dann: »Lieber Cubicular, du wirst mir diese wunderbaren Kleider doch sicherlich nicht einfach so schenken. Ich denke, dass ich dafür etwas bezahlen sollte.«

Sein Lächeln wurde noch breiter. Er nickte und entgegnete: »Du hast vollkommen recht, mein lieber Junge. Diese wunderbaren und beinahe neuen Kleider würde ich dir für – nun, sagen wir einmal, einen Halbdrachen und drei Litra überlassen.«

»Das ist angemessen.« Elidar öffnete die Börse, um den genannten Betrag hervorzuholen. Dann stülpte sie das Lederbeutelchen um, aber die Börse war wieder leer.

Elidar lachte laut, und der Cubicular schmunzelte. »Die Stiefel«, sagte Elidar. »Ich muss dir auch diese guten, festen Stiefel noch bezahlen!«

»Ah, die Stiefel«, Eusebian strich mit der Hand über das glatte Leder. »Ja, die kann ich dir wirklich nicht einfach schenken. Sagen wir, ich möchte zwei Litra und vier Unzen dafür haben.«

Sie grinste und schüttete die Münzen auf ihre Handfläche. Und wieder war die Börse leer.

Elidar wurde ernst. »Eusebian, das kann ich nicht annehmen. Die Börse ist ein wunderbares Stück magischer Arbeit – und sie ist eine Erinnerung an deine Großmutter.«

Der Cubicular legte seine Hände auf ihre Hand und drückte sie fest. »Sie hätte sich gefreut, wenn sie gewusst hätte, dass du die Börse bekommst«, sagte er. »Es war schwer für sie, immer die Einzige zu sein, die Seltsame, die Missgeburt.« Er sah Elidar eindringlich an. »Du bist etwas Besonderes. Ich hätte mir gewünscht, dass du hier bei uns bleibst und anderen helfen kannst, die so sind wie Balbina – und du. Aber vielleicht war das ein dummer Wunsch.« Er zuckte mit den Schultern. »Ich würde mich sehr freuen, wenn du mir vielleicht ab und zu mal eine Nachricht zukommen lässt, wie es dir geht und was du so treibst.« Seine Finger drückten noch einmal fest und herzlich zu und ließen dann los. »Leb wohl, mein Junge. Vergiss den alten Eusebian nicht.« Er wandte sich ab und verschwand hinter den Schränken und Regalen, dann hörte Elidar die Tür zum Lager zuschlagen. Sie blinzelte ein paar Tränen fort und nahm das Kleiderbündel und die Stiefel. Er hatte ihr auch noch einen Reisesack dazu gelegt, was sie jetzt erst bemerkte. Sie verstaute alles, schulterte den Sack und machte sich auf, um die letzte Nacht in ihrer Kammer zu verbringen.

Ihre wenigen Habseligkeiten hatte sie schnell verstaut. Dann legte sie den Habit ab, faltete ihn sorgsam zusammen und legte ihn auf den Hocker neben ihrem Bett. Die zivilen Kleider fühlten sich seltsam an. Sie hatte sich so an die Bewegungsfreiheit gewöhnt, die eine Tunika gewährte, dass die recht eng geschnittenen Beinkleider, das Hemd und die Jacke ihr das Gefühl gaben, eingeschnürt zu sein. Sie machte ein paar Schritte, ging in die Knie und richtete sich wieder auf, hob die Arme über den Kopf und ließ sie kreisen, und langsam erinnerte sich ihr Körper wieder daran, wie es war, eine Hose, einen Gürtel und ein Hemd zu tragen.

Sie blickte ein wenig besorgt an sich herab. Tunika und Kukulle verbargen vortrefflich jede Körperkontur. Aber wie mochte sie wohl in diesen Kleidungsstücken aussehen?

Noch während sie darüber nachdachte, klopfte es leise an die Tür. Bevor Elidar etwas sagen konnte, trat Valon ein.

»Oha«, machte er und prallte zurück. »Ach du meine Güte. Darüber habe ich ja gar nicht – hör mal, ich hab dich noch nie ohne Habit gesehen!«

»Doch, mehrmals«, murmelte Elidar.

Valon errötete. »Du weißt schon, was ich meine!« Er musterte sie gründlich. »Das sieht aber gut aus. Woher hast du die Kleider?«

»Eusebian«, sagte sie kurz. Und dann: »Wie sehe ich aus?«

»Gut«, sagte er erstaunt.

Elidar lachte auf. »Ich wollte keine Komplimente hören. Sieht man mir an, dass ich kein Mann bin?«

Valon runzelte die Stirn und zog die Lippe zwischen die Zähne. Er betrachtete sie erneut. »Nein«, sagte er schließlich, und es klang verwundert. »Nein, Eli. Du siehst aus wie ein ganz normaler junger Mann. Der geschorene Kopf ist vielleicht ein wenig ungewöhnlich, aber sonst könntest du der Sohn eines Kaufmanns oder Adligen sein.«

»Danke für den ›Adligen‹«, erwiderte Elidar. »Das aus deinem Munde ist dann doch ein Kompliment.«

Sie lachten beide, und dann herrschte verlegenes Schweigen.

»Wir werden uns wahrscheinlich nicht wiedersehen«, sagte Elidar schließlich.

Valon senkte den Kopf. »Ich habe mir etwas überlegt. Ich könnte seine Magnifizenz bitten, mich für ein oder zwei Equils freizugeben. Ich könnte mit dir kommen.«

Elidar suchte seinen Blick. »Das willst du nicht wirklich«, sagte sie sanft. »Valon. Lieber. Du willst hierbleiben und lernen. Und dann, irgendwann, lehren. Du willst Spectabilis werden, dann Honorabilis. Und vielleicht sogar Magnifizenz. Du willst das nicht wegwerfen, um mit einer Missgeburt wie mir heimatlos durch die Welt zu wandern.«

Ohne darüber nachzudenken, hatte sie das Wort gewählt, das sie aus Eusebians Mund vernommen hatte. Valon zuckte heftig zusammen.

»Nenn dich nicht so«, sagte er. »Bitte, Eli. Du bist keine Missgeburt. Das alles hier ist nur nicht für dich eingerichtet. Oder sollte ich besser sagen: auf dich vorbereitet?« Er versuchte ein Lachen, das ihm misslang.

Elidar lauschte dem krächzenden Laut hinterher. Wieder regte sich das andere Bewusstsein tief in ihrem Innern und flüsterte: *Nimm ihn mit. Treue Männchen sind nützlich. Du kannst ihn ja jederzeit wieder fortschicken.*

»Nein«, widersprach sie laut. Valon blinzelte.

»Ich habe nicht dich gemeint«, sagte sie schnell. »Manchmal rede ich mit mir selbst.«

»Hm«, machte er und verengte die Augen. »Du willst also nicht, dass ich dich begleite?« Er klang eingeschnappt, aber da war auch Erleichterung zu spüren.

Elidar legte den Arm um seine Schulter. »Danke für das Angebot, es war sehr großherzig von dir. Aber ich denke, dass es so besser ist. Für uns beide.« Sie zögerte, dann gab sie ihm einen schnellen Kuss auf den Mund. »Leb wohl«, sagte sie.

Valon erwiderte den Druck ihrer Hand und öffnete die Tür.

»Valon?«, rief sie. »Würdest du – würdest du Valerian von mir grüßen?«

Er wandte sich nicht um. »Ja«, sagte er kurz. »Leb wohl.«

Elidar ließ sich auf ihr Bett fallen und legte den Arm über ihre Augen. Wenn sie nach innen schaute, dann musste sie erstaunt feststellen, dass der Abschied von Valon nicht mehr und nicht weniger schmerzte als der von Eusebian. Der Gedanke an seinen Bruder hatte ihr einen Stich versetzt – aber Valerian war nun schon so lange aus ihrem Leben verschwunden, dass der Schmerz fern und klein war und schnell wieder verging. Dieser Teil ihres Lebens war nun endgültig vorüber. Jetzt kam etwas völlig Neues, und sie begann sich darauf zu freuen.

Sie schlief nicht in dieser Nacht. Stattdessen flog sie durch funkensprühende Dunkelheit und atmete die eisige Luft der nächtlichen Wüste. Es fühlte sich immer richtiger und normaler an, ein Drache zu sein. Die Erinnerung an ihr menschliches Dasein verblasste zu seltsamen Traumgebilden.

Als der Morgen dämmerte, musste sie ihre ganze Kraft darauf verwenden, wieder in ihren eigenen Körper zurückzukehren und sich darin zurechtzufinden. Sie stand schwankend auf und richtete ihre zerdrückten Kleider. Eigentlich hätte sie müde sein müssen, aber ihr Geist war frisch, kalt und klar wie die Wüstennacht. Es kostete sie einige Mühe, ihren Blick zu fokussieren, denn Drachenaugen boten eine vollkommen andere Sicht auf die Welt. Der Winkel war ein anderer, die Höhe vom Boden, und auch die Farben und Formen boten sich seltsam anders dar, wenn man die Dinge durch ein Drachenauge betrachtete.

Elidar konzentrierte sich auf ihre Hände. Das waren die Stellen ihres Körpers, die dem Drachen in ihr am seltsamsten erschienen, und die deshalb am besten dafür geeignet waren, sie wieder ganz und gar in ein menschliches Wesen zu verwandeln.

Nach einer Weile seufzte sie und blickte auf. Ja, das war der gewohnte Anblick ihrer Kammer. Sie warf einen letzten Blick rundum, schulterte dann ihren Reisesack und schloss die Tür hinter sich.

Sie dachte über ein Frühstück nach, als sie am Refektorium vorbeiging, aber sie verspürte keinen Hunger, noch nicht einmal Appetit. Deshalb wandte sie ihre Schritte gleich zum Arbeitzimmer seiner Magnifizenz.

Wie es schien, hatte Sturm sie bereits erwartet. »Ausgezeichnet«, sagte er. »Du siehst aus wie ein reisender Magister. Eusebian hat deine Kleidung gut ausgesucht.«

»Es stört Euch nicht?«, fragte Elidar erstaunt. Sie fand auch, dass ihre Kleider dem formellen Habit glichen. Sie waren schmucklos, beinahe düster, und der lange Mantel war wie eine Kukulle geschnitten. Wenn sie ihn schloss und auch noch die Kapuze in die Stirn zog, würde jedermann sie als Magister erkennen.

Sturm neigte den Kopf. »Es ist gut so«, sagte er. »Immerhin bist du ein Magister unseres Ordens. Die Dunkle Nigh hat dich erkannt. Daran ändert auch die Tatsache nichts, dass wir dich entlassen haben.«

Elidar nickte knapp. Das war schon mehr an Anerkennung, als sie von Casarius Sturm überhaupt erwartet hätte. »Ihr habt also nichts dagegen einzuwenden, wenn ich als reisender Magister von hier fortgehe?«

Er zog die Brauen zusammen. »Je nun«, sagte er zögernd. »Es ist ja nicht von der Hand zu weisen, dass du deine Ausbildung hier abgeschlossen hast. Sehr gut abgeschlossen hast, wie ich hinzufügen möchte.« Er räusperte sich unbehaglich. »Unter anderen Umständen wäre ich stolz, dich vor der gesamten magischen Welt als meinen Schüler bezeichnen zu dürfen. Aber immerhin – du bist ein ausgebildeter Magister. Wenn du mir versprichst, diskret mit deinem – nun – kleinen Makel umzugehen …«

Elidar fuhr auf. »Was nennt Ihr einen ›kleinen Makel‹?«

Er vollführte eine hilflose Handbewegung. »Elidar, mache es mir nicht noch schwerer«, bat er. »Du hast dich unter falscher Flagge hier eingeschlichen und musst gewusst haben, was das bedeutet. Nimm mir nicht übel, dass ich nicht anders handeln kann. Ich tue nur das, was für den Orden und uns alle am besten ist. Du kannst in Frieden von hier fortgehen und wir werfen dir keinen Stein hinterher.«

»Das wäre ja auch noch schöner«, sagte Elidar erbost. »Ich darf Euch daran erinnern, dass Ihr nicht einmal mehr in der Lage wärt, einen Stein vom Boden aufzuheben, wenn ich Euch nicht geholfen hätte.«

»Das ist wahr, und du wirfst mir zu Recht Undankbarkeit vor«, sagte er leise. »Glaube mir, Elidar, ich bin nicht glücklich darüber. Wenn ich könnte, dann würde ich dich so, wie du bist, in Ehren hier deine Arbeit tun lassen.«

Elidar schüttelte den Kopf. »Aber Magnifizenz, Ihr könnt doch nicht ernsthaft behaupten, dass Ihr keine freie Hand habt in dem, was Ihr tut und lasst.«

Er sah sie scharf an. »Du redest, wie du es verstehst. Nein, Elidar, ich mag zwar über einen großen Spielraum verfügen, in dem ich mich frei bewege. Aber auch als Oberhaupt des größten und angesehensten Magierordens habe ich Rücksichten zu wahren und bin Regeln unterworfen. Der Kurator …«

»… hat eine Magierin zur Nebenfrau genommen«, unterbrach ihn Elidar. »Es scheint ihn nicht sonderlich zu berühren.«

Sturm kniff die Lippen zusammen. »Das ist wahrlich etwas vollkommen anderes.«

»Und Ihr selbst? Ihr habt eine Magierin unterrichtet – vor mir.«

Seine Augen verengten sich. »Wer hat dir das erzählt? Ach, natürlich, Eusebian, der alte Schwätzer!« Er ballte die Faust.

»Hat er dir auch berichtet, was das für Konsequenzen hatte? Ich wäre um ein Haar relegiert worden. Ich habe meinen Rang verloren und durfte für beinahe zehn Equils das Ordenshaus nicht mehr betreten. Ich war gezwungen, als reisender Magister meinen Lebensunterhalt zu verdienen – und das zur Zeit des Großen Aufstandes, als alle meine Kollegen sich in ihren Häusern verschanzten, weil Magier Freiwild waren!«

Elidar nickte knapp und griff nach ihrem Reisesack, den sie neben ihren Füßen abgestellt hatte. »Ich darf mich also verabschieden, Magnifizenz.«

»Warte«, sagte der Magus. Er zog eine Lade auf und entnahm ihr einen wohlgefüllten Beutel, den er über den Tisch zu ihr hinschob. »Ich weiß, dass ich dir nicht bezahlen kann, was du für mich getan hast. Aber du sollst zumindest nicht mittellos von hier fortgehen.«

Elidar blickte auf den Beutel nieder. Das war eine stattliche Summe Geldes – sie konnte sehen, dass es nicht nur Kupfermünzen waren, die das Leder ausbeulten. Casarius Sturm wollte wahrlich nicht undankbar und kleinlich aussehen.

Sie blickte ihn an und neigte kurz den Kopf. »Ich danke Euch für diese großzügige Gabe. Aber ich möchte sie nicht annehmen. Ich bin nicht mittellos.« Sie schulterte ihren Reisesack und wandte sich zum Gehen.

»Warte«, sagte Casarius Sturm wieder. Er hatte sich erhoben und kam um den Tisch herum. »Ich verstehe, dass du nichts von mir annehmen willst. Aber ich möchte dich um etwas bitten.« Er presste verlegen die Hände gegeneinander. Dann griff er in eine Tasche seines Gewandes und zog ein schmales Büchlein heraus, das er ihr nach kurzem Zögern reichte. »Es ist kostbar«, sagte er leise. »Nicht nach Geldeswert, niemand würde dir dafür auch nur einen lumpigen Drachen geben. Aber dieses Buch hat eine Geschichte, die wahrscheinlich nur noch ich kenne.«

Elidar blickte auf das Buch nieder. Es hatte Stockflecken und strömte einen modrigen, schimmligen Geruch aus. Als sie den Einband öffnete, rieselten kleine Flocken heraus, als würde das Buch sich jetzt in diesem Augenblick vor lauter Alter auflösen.

Sie schloss es eilig wieder und hielt es ein wenig von sich weg. Es roch wirklich nicht gut.

»Was soll ich damit?«, fragte sie ratlos.

Casarius Sturm schabte sich unbehaglich über das Kinn. »Es ist vollkommen verrückt von mir, das zu tun. Dieses Buch ist ebenso ein Teil unseres Ordens wie das Auge der Dunklen Nigh. Ich dürfte es nur meinem Nachfolger und sonst niemandem anvertrauen.« Er rieb wieder nervös seine Hände gegeneinander. »Nimm es an dich. Verwahre es für mich. Die Magie ist stark und feurig in dir – und sie erlöscht nach und nach in jedem Magus, der hier im Hause wirkt. Nein, viel schlimmer: Sie stirbt in jedem Magus hier in Ledon. Ich bin verzweifelt! Ich begreife nicht, was vor sich geht, aber ich beobachte das langsame Erlöschen schon seit vielen Equils.« Er griff nach Elidars Hand und hielt sie beschwörend fest. »Du bist der einzige wirklich starke Magus, den ich seit langem erlebe. Du bist wie aus einer anderen Zeit zu uns gesandt. Ich werde bald sterben und den Orden ohne einen Nachfolger hinterlassen. Der Spinnenorden wird erlöschen und alle anderen Orden noch vor ihm. Ich dürfte dich nicht gehen lassen, Elidar, ich müsste dich hier einsperren und für uns arbeiten lassen. Aber ich fürchte mich davor, zusehen zu müssen, wie auch deine Kraft schwindet. Geh fort, Elidar. Geh so weit fort wie du kannst und rette das, was an Magie in dir ist. Rette es für uns alle!«

Er ließ ihre Hand los und wandte sich heftig ab.

»Magnifizenz!«, sagte Elidar erschüttert.

Er stützte sich auf der Lehne seines Stuhles ab und wischte mit dem Ärmel seiner Kukulle über seine Augen. »Es ist gut«, sagte er gefasst. »Geh nun. Wir werden uns nicht wiedersehen. Hüte das Buch – es ist sicher kein mächtiges magisches Artefakt, aber es ist auch nicht ohne Kraft. Es trägt die Spuren eines dreihundert Equils alten Ordens.«

Elidar nickte und steckte das modrige Büchlein nachlässig ein. Am liebsten hätte sie es auf dem Tisch liegen lassen, aber wenn Sturm es so unbedingt loswerden wollte, würde sie sich nicht mit ihm darüber streiten.

Wenige Atemzüge später fiel die schwere Eingangstür mit einem dumpfen, endgültigen Knall hinter ihr ins Schloss.

28

Der »Rote Stier« war noch ein wenig schäbiger und viel kleiner, als sie ihn in Erinnerung hatte. Sie stand vor der Eingangstür und musste an das halbwüchsige Kind denken, das hier seine erste Nacht in Cathreta verbracht hatte. Der Stall war warm und freundlich gewesen – aber heute würde sie sich ein Zimmer mieten!

Beim Betreten des Gastraumes musste sie ein wenig den Kopf einziehen, damit sie sich nicht am oberen Türbalken stieß. Sie lächelte, als sie zum Schanktisch ging und dort mit Bärs Spinnenring, den sie am Finger trug, gegen das blank gescheuerte Holz pochte.

»Ich komme«, rief es von hinten. Eine geraume Weile später kam ein grauhaariger, dickbäuchiger Mann in den Schankraum, der sich die Hände an einer fleckigen Schürze abwischte. Elidar erkannte den Wirt, der sie damals beherbergt hatte, auch wenn er älter und nicht dünner geworden war.

»Entschuldigt, ich habe eine Lieferung Bier in den Keller …« sagte der Wirt und unterbrach sich, als er Elidars ansichtig wurde. Seine Augen wurden groß, und er verbeugte sich hastig und so tief, wie sein ausladender Bauch es zuließ. »Ehrenwerter Magister«, sagte er und verbeugte sich ein zweites Mal. »Ihr habt Euch sicherlich verlaufen – nein, vergebt mir, ein Magister verläuft sich selbstverständlich nie, was schwatze ich!« Er verbeugte sich verwirrt ein drittes Mal, und Elidar sah dicke Schweißperlen auf seine Stirn treten.

»Meister Flavian, beruhige dich«, sagte sie belustigt und ein wenig gerührt. »Ich möchte dein bestes Zimmer mieten.«

Der Wirt richtete sich ächzend auf und starrte sie an, bemerkte sein Starren und schlug hastig die Augen nieder. »Welche Ehre«, nuschelte er. »Und Ihr kennt sogar meinen Namen. Aber meine Zimmer entsprechen schwerlich dem, was ein ehrenwerter Magister gewöhnt ist. Ich fühle mich geehrt, aber ich würde Euch empfehlen, in der Drachenkrone am Großen Markt nach einem Zimmer zu fragen. Dort pflegen edle Herrschaften wie Ihr abzusteigen.«

»Danke, Flavian«, sagte Elidar ein wenig ungeduldig. »Aber ich möchte hier im Roten Stier wohnen. Ist das Ostzimmer immer noch dein bestes Zimmer?«

Die Kinnlade des Wirtes klappte hinunter. Er nickte stumm und schloss den Mund mit einem hörbaren Schlucken. »Ich lasse es für Euch herrichten, Herr. Wollt Ihr bis dahin so freundlich sein, Platz zu nehmen? Was darf ich Euch bringen?«

Elidar ließ sich auf die Bank neben dem Fenster sinken und verstaute ihren Reisesack darunter. »Ein frischgezapftes Bier. Und ich könnte ein Frühstück brauchen. Lass Marcella etwas herrichten, bitte.«

Der Wirt nickte stumm und ergeben und verschwand in die Küche. Er war ganz offensichtlich davon überzeugt, dass dieser Magister erstens in der Lage war, jeden Menschen hier im Haus mit Namen anzusprechen und zweitens vollkommen verrückt sein musste.

Elidar lächelte in sich hinein und streckte die Beine aus. »Flavian?«, rief sie nach hinten. »Wann rechnest du mit Rui?«

Der Wirt steckte den Kopf durch die Tür. »Rui«, sagte er überrascht. »Er müsste im Laufe der übernächsten Woche hier eintreffen, Herr.«

»Gut«, murmelte Elidar. Damit war ihre Rückreise nach Yasaim gesichert. Händler waren froh, wenn ein Magier ihre Karawane begleitete und nahmen in der Regel noch nicht einmal Geld dafür.

Flavian ächzte heran und stellte ein hochbeladenes Tablett vor ihr ab. Elidar starrte es an und fragte: »Wen erwarten wir noch?«

Der Wirt wischte verlegen die Hände an seiner Schürze trocken. »Das Beste, was die Küche zu bieten hat. Und frisch gezapftes Bier aus einem Fass, das ich extra für Euch angeschlagen habe. Ich hoffe, es mundet Euch!« Er zog sich unter tiefen Verbeugungen zurück.

Elidar nahm das Frühstück in Angriff, und endlich meldete sich der Hunger mit großer Macht zurück.

Das deftige und reichhaltige Frühstück war erstaunlich schmackhaft und das Bier, wie versprochen, frisch und kühl. Elidar schob gesättigt das Tablett von sich, auf dem immer noch genügend Essen lag, um einige hungrige Novizen satt zu bekommen, und trank einen großen Schluck aus dem frisch gefüllten Becher.

Dann lehnte sie sich zurück, stellte die Füße auf die Bank und zog neugierig das modrige alte Buch aus der Tasche. Sein lederner Einband trug noch Spuren einer alten Vergoldung, die aber längst abgegriffen und verblichen war. Vorsichtig schlug Elidar das Büchlein auf. Das Papier war brüchig und braun verfärbt. Sein vormaliger Besitzer hatte sich bemüht, es durch einen Konservierungszauber zu schützen, aber auch solch ein Zauber besaß seine natürliche Grenze. Sturm hatte gesagt, dass er es seit dreihundert Equils besaß, aber das Buch war offenbar noch deutlich älter. Sie wagte kaum zu atmen, als sie behutsam darin blätterte. Die Seiten waren eng mit einer spinnenfeinen Schrift bedeckt, und selbst als Elidar sie ganz nah an ihre Nase hielt, konnte sie das Geschriebene nicht entziffern. Es war, als entzögen sich die Buchstaben und Wörter ihrem neugierigen Blick.

Elidar fluchte leise und probierte einen Zauberspruch, mit dem man Verborgenes enthüllen konnte, aber die Schriftzeichen tanzten weiter.

Schließlich klappte sie das Buch entnervt zu und steckte es wieder ein. Das war nicht wichtig und konnte warten. Bevor sie mit Rui abreiste, musste sie noch der Prinzessin Bescheid geben. Sao-Tan hatte ihr zu verstehen gegeben, dass er sich bei ihr melden würde, sobald Morgenblüte wieder zu sprechen sei. Das konnte nun jeden Tag der Fall sein – oder aber noch geraume Zeit auf sich warten lassen. Elidar kannte sich nicht aus mit Geburten und der Frage, wann eine Frau danach wieder auf den Beinen zu sein pflegte.

Sie stand auf und rief den Wirt zu sich. »Sei so freundlich und lass meinen Reisesack auf mein Zimmer bringen. Ich bin heute Abend zurück und hätte dann gerne ein Abendessen auf dem Zimmer.«

Der Wirt nickte und dienerte und druckste herum. Elidar musterte ihn fragend. »Herr«, murmelte der Wirt verlegen. »Ich weiß nicht, wie ich es sagen soll …« Seine Finger machten eine verschämte Geste.

Elidar lachte und zog Eusebians Börse hervor. »Was darf ich dir geben? Ich miete das Zimmer mit zwei guten Mahlzeiten am Tag, bis Rui wieder abreist.«

»Einen und einen Halbdrachen?«, fragte der Wirt. Er war ganz offensichtlich bereit, ihr Zimmer und Essen zu schenken, wenn sie ein böses Gesicht zog oder die Zahlung verweigerte.

Elidar aber nickte nur und griff in die Börse. Ein und ein halber Drachen fielen in ihre Finger, und obwohl sie in der Börse herumsuchte, wurde es nicht mehr. Ein Trinkgeld wäre angemessen, dachte sie. Fünf Unzen für die Köchin und zwei Unzen für den Burschen, der die Zimmer in Ordnung hält.

Es kribbelte kurz in ihren Fingerspitzen, dann berührte sie die Kupfermünzen, an die sie gedacht hatte. Sie drückte das Geld dem Wirt in die Hand und wies ihn an, Marcella und dem Burschen ihr Trinkgeld zu geben.

Der Wirt dienerte davon, und Elidar ging hinaus, um ein paar alte Erinnerungen aufzufrischen.

In einer Schänke am Flussufer ruhte sie am späten Nachmittag ihre schmerzenden Füße aus. Das ungewohnt feste und warme Schuhwerk musste sie wohl erst einlaufen.

Sie war durch die ihr bekannten Gassen und Straßen des Viertels gelaufen und hatte sich dann auf den Weg zum Palatium gemacht. Der kleine Silberdrache, der kühl auf ihrer Brust ruhte, blieb still, und auch die Drachenkönigin in ihrem Inneren schien zu schlafen. Elidar genoss das weite Ausschreiten in ihrem herrschaftlich wehenden Mantel. Jeder, der ihr begegnete, erkannte sie als Magister, und das freute sie. Nicht alle Blicke zeugten von Respekt, viele waren furchtsam und einige hasserfüllt, aber alle, die ihr entgegenkamen, machten bereitwillig Platz.

Vor dem Tor, durch das sie gewöhnlich das Palatium betrat, machte sie Halt. Was wollte sie hier? Die Prinzessin würde sie schwerlich empfangen.

Der Türhüter erkannte sie und verbeugte sich. Elidar bat ihn, Sao-Tan zu suchen und ihm etwas von ihr auszurichten. Sie befühlte die magische Börse und ertastete wie gewünscht eine mittelgroße Münze, die sie in der Handfläche des Lakaien verschwinden ließ. Dann gab sie ihm ihre Botschaft: »Ich werde mit Rui nach Kayvan reisen, aber ich möchte mich vorher noch von ihrer Hoheit verabschieden. Du findest mich im Roten Stier.«

Leise pfeifend machte sie sich wieder auf den Rückweg, und weil sie schon seit einigen Equils nicht mehr unten am Fluss gewesen war, entschied sie, den Weg den Hügel hinab zu nehmen und von da aus über die Schafsbrücke zum Roten Stier zu gehen.

Das war allerdings ein größerer Umweg, als sie gedacht hatte, und deshalb saß sie nun in der Flussschänke und labte sich an einem Becher Most. Die Wirtin hatte sie furchtsam begrüßt und an den besten Tisch komplimentiert, von dem aus sie einen schönen Blick auf das ruhig vorbeifließende Wasser hatte. Die Schänke war schon recht voll, aber dennoch gesellte sich niemand zu ihr, was ihr durchaus angenehm war.

Gegen Abend kehrte sie zum Gasthaus zurück, wo ein vortreffliches Abendessen auf ihrem Zimmer wartete.

Satt und zufrieden legte sie sich danach auf das Bett, das von unzähligen Gästen durchgelegen und entschieden zu weich war. Elidar dachte mit Bedauern an ihr schönes, hartes Lager im Ordenshaus und suchte nach einer Position, die es ihr erlauben würde, einzuschlafen.

Der Mond näherte sich dem höchsten Punkt am Himmel, als sie es aufgab, den Schlaf herbeizwingen zu wollen. Elidar stand auf, trank einen Schluck Wasser aus dem Krug neben ihrem Bett und setzte sich auf den Hocker am Fenster. Sie schlug eins der Bücher auf, die sie aus dem Ordenshaus hatte mitnehmen dürfen. Der volle Mond schien zwar durchs Fenster, aber es war zu dunkel im Zimmer, um ohne Licht zu lesen.

Sie sah sich nach einer Kerze oder einer Öllampe um, aber solchen Luxus hatte die karge Einrichtung des Zimmerchens nicht zu bieten. In ihrem Augenwinkel erhaschte sie einen Schimmer, der nicht vom Mondlicht stammte. Verwundert sah sie auf das Buch nieder, das sie in der Hand hielt. Es war nicht das »Vollständigliche Compendium der Ungemeyn Nützlichen und Hülfreichen Sprüchlein für den Eyffrigen Novizen«, wie sie geglaubt hatte, sondern ein ihr unbekanntes schmales Büchlein, dessen Einband im Mondlicht wie flüssiges Silber schimmerte.

Sie wendete und betastete das Büchlein mit vorsichtigen Fingern. Es wirkte so kostbar, dass sie Sorge hatte, es zu beflecken, und als sie es aufzuschlagen wagte, leuchteten die Seiten wie die allerteuerste gebleichte Seide aus Malandakay. Elidar ertappte sich dabei, dass sie den Atem anhielt. Wie mochte diese Kostbarkeit zwischen ihre Habseligkeiten geraten sein? Sie konnte sich nicht erinnern, in der Bibliothek des Ordenshauses dergleichen gesehen zu haben. Es gab dort einen wohl verschlossenen Schrank mit den bibliophilen Schätzen, die im Laufe der Zeit zusammengetragen worden waren, aber keins dieser Bücher glich dem, das sie jetzt in den Händen hielt.

Sie betrachtete die erste Seite. Feine, tiefschwarze Schriftzeichen bedeckten sie dicht an dicht, durch keinerlei schmückendes Beiwerk oder Illustration unterbrochen. Elidar hielt die Seite nah an die Augen, und jetzt erst bemerkte sie, dass es immer noch dunkel im Zimmer war, und alles Licht von der Seite selbst auszugehen schien.

Das Buch war ganz offenbar ein magisches Werk, und sie war umso neugieriger zu erfahren, welches Subjekt es behandelte. Sie betrachtete die erste Seite, aber der Text sträubte sich seltsam hartnäckig dagegen, von ihren Augen erfasst zu werden. Sie zwang einige Worte, sich ihr zu ergeben. »Drachenlicht«, las sie. »Schwinden und Erstarken der magischen Kräfte«. Dann musste sie das Büchlein sinken lassen und rieb sich ermattet über die brennenden Augen. Was war das nur für ein Buch?

Ein leichter Modergeruch wehte sie an und sie rümpfte die Nase. Dies mochte das beste Zimmer des Roten Stiers sein, aber es roch hier dennoch nicht sehr reinlich.

Elidar legte das Buch widerstrebend auf den Tisch und rieb sich erneut die Augen. Sie war müde bis auf die Knochen, aber wusste mit vollkommener Klarheit, dass sie auch in dieser Nacht keinen Schlaf finden würde. Also konnte sie genauso gut ein wenig herumlaufen, statt hier im Zimmer zu sitzen und modrige Luft zu atmen.

Sie schob den Schemel zurück und griff nach ihrem Mantel. Der Spinnenring blinkte an ihrer Hand, als ein Strahl Mondlicht ihn traf, und sie verharrte einen Augenblick, um ihn zu betrachten und an Bär zu denken. Wie mochte es sein, gefesselt im Rigor zu liegen? War er sich dessen bewusst, oder hörten auch die Gedanken auf, wenn der Zauberbann vollendet wurde? Er verdiente seine Strafe, aber dennoch wünschte sie ihm, dass er nicht litt.

Sie verließ das Zimmer und ging die Treppe hinunter, ohne sich allzu sehr um Geräuschlosigkeit zu bemühen. Vom Gastraum lärmte der schrille Klang einer Fiedel, Gesang und trunkenes Gegröle durch das Haus, und auch draußen auf der Straße war es alles andere als still. Das hatte sie nicht gestört, als sie noch im Stall geschlafen hatte, aber inzwischen war sie die Stille des Ordenshauses gewöhnt.

Sie lief ziellos durch die Gassen des Viertels, in denen trüber Fackelschein und das Zwielicht einer mondhellen Nacht seltsame Bewegungen und verzerrte Schatten auf Boden und Wände malten. Das Mondlicht weckte eine Sehnsucht in ihr, die sie nicht erklären konnte, und die sie ruhelos und gereizt machte.

Irgendwann kehrte sie in eine Schänke ein, aus der es nicht gar so laut herausschallte, weil nur einige wenige schweigsame Zecher und eine Handvoll schlafender Betrunkener im Raum hockten. Sie zog sich mit einem Becher Bier in eine Ecke zurück und legte die Beine auf einen Schemel. Das trübe Bier war dünn und sauer, und sie stellte den Becher nach einem Schluck angewidert beiseite.

Als sie in ihrer Tasche nach einem Tüchlein suchte, um sich die Finger abzuwischen, sprang ihr etwas in die Hand und drängte sich gegen ihre Finger wie ein eifriger kleiner Hund, der darum bettelt, gestreichelt zu werden.

Erstaunt zog sie es ans Licht und erblickte das modrige alte Buch, das Sturm ihr mitgegeben hatte.

Kopfschüttelnd öffnete sie es. Wenn es so danach drängte, von ihr beachtet zu werden, würde es vielleicht jetzt etwas von seinem Inhalt preisgeben.

Aber wie schon zuvor starrte sie verständnislos auf das wirre Gekrakel und die tanzenden Schriftzeichen, die wie hinter einer Nebelwand über die braunfleckigen und zerfallenden Seiten hüpften.

»Das ist der Tag der seltsamen Bücher«, sagte sie laut.

Der Zecher, der am Nebentisch hockte, hob den Kopf und stierte sie mit blutunterlaufenen Augen an. »Hä?«, machte er. »Was wills' du von mir, Kerl?«

»Nichts, werter Herr«, erwiderte Elidar und erhob sich, um zu gehen. Sie schob sich an dem Burschen vorbei. Der packte ihren Mantel und hielt sie fest, wobei er sich schwankend erhob. »Was wills' du? Hä? Sag? Was wills' du?« Ein paar Tröpfchen Speichel landeten auf ihrer Brust. Elidar griff nach seiner Hand und pflückte sie spitzfingrig von ihrem Mantel.

»Nichts, habe ich gesagt«, erwiderte sie scharf. »Trink weiter, Mann, und belästige mich nicht!«

Der Betrunkene holte mit einem wortlosen Knurren zum Schlag aus. Elidar hob die Hand und zischte einen Bann, der ihn für einen kurzen Augenblick erstarren lassen sollte, damit sie sich in Ruhe entfernen konnte.

Der Bann traf ihn mit einer ungewohnt grellen Lichterscheinung und ließ seine Glieder erstarren. Elidar wollte sich abwenden, aber es gelang ihr nicht. Etwas regte sich tief in ihrem Inneren und ließ ein Schnurren hören wie eine riesige Katze. »Hrrrmmmm. Was ist das für ein feiner Bissen?«, hörte sie sich laut sagen.

Hinter ihr verließen ein paar der wacheren Gäste fluchtartig den Schankraum. »Ein verfluchter Magus«, hörte sie einen von ihnen rufen.

»Lauft!«, brüllte ein anderer, der den kürzeren Weg durch das offen stehende Fenster vorzog.

»Haltet ein, Herr, ich bitte Euch«, schrie der Wirt, der hinter dem Schanktisch in Deckung gegangen war.

Elidar schüttelte ihren Mantel aus, dessen Saum voller Sägespäne und Staub vom Boden war. »Bissen, wie möchtest du gefressen werden?«, fragte sie sanft. »Ich bevorzuge das rohe, blutige Fleisch und die saftig splitternden Knochen. Aber wenn du willst, kann ich dich vorher ein wenig rösten. Ich bin ja kein Untier.«

Der Mann, dessen schreckgeweitete Augen zeigten, dass er trotz seiner erstarrten Glieder alles hören und sehen konnte, was um ihn herum vorging, gab ein ersticktes Gurgeln von sich.

»Bitte?«, fragte Elidar höflich und beugte sich etwas vor. Das Gurgeln wurde lauter und hektischer.

»Herr«, greinte der Wirt. »Edler Herr Magister, ich flehe Euch an! Verschont meine Gäste und meine Schänke. Was darf ich Euch anbieten? Ihr seid hungrig? Ich lasse Euch aus der Küche bringen, was Euer Herz begehrt!«

Die Drachenkönigin ließ von ihrem Gefangenen ab und wandte sich gemächlich um. Sie fixierte das neue Opfer. Es war dicker als der Betrunkene, aber auch älter. Nun, ein bisschen zäher, aber dafür insgesamt fleischiger, das mochte angehen. Sie glitt in seine Richtung und lächelte mit blitzenden Zähnen. »Was mein Herz begehrt? Das hat mir schon lange niemand mehr angeboten«, schnurrte sie. »Gut, Würmchen, ich nehme an. Geh, reibe dich ein wenig mit Salz ein. Kein

Knoblauch, wenn ich bitten darf, mein Magen ist empfindlich.« Sie lachte zischend, ein paar Funken sprühten. Sie spürte, wie sich ihre Schwingen mit einem ledrigen Geräusch aneinander rieben.

Der Wirt riss Augen und Mund auf, japste und fiel in Ohnmacht.

Die Drachenkönigin beugte sich über ihn und musterte ihn interessiert. Er roch nicht sonderlich appetitlich, und eigentlich verspürte sie gar keinen Hunger, auch wenn sie das behauptet hatte, um die Würmchen in Angst und Schrecken zu versetzen. Sie wandte sich ab, fauchte einen kurzen Flammenstoß auf den Schanktisch, der mit einem lauten Knall zu Asche zerfiel, und verließ das schäbige Etablissement.

Auf der Gasse war niemand zu sehen, aber sie hörte Schreie und lautes Getrappel, das näher kam. Jemand hatte die Wache alarmiert. Einen Moment lang spielte sie mit dem Gedanken, diesen aufgeblasenen Würmchen in Uniform eine Jagd zu bieten, wie sie sie noch nie erlebt hatten – vor allem, weil sie selbst die Gejagten sein würden – aber dann verwarf sie den Impuls und breitete die Schwingen aus. Am Himmel leuchtete das große Drachenlicht, floss über die Mauern und durch die engen Straßen der hässlichen Steinwüste und verwandelte ihre eigenen Schuppen in flüssiges Silber. Dies war ihr Element, und sie fühlte, wie es in ihrem Blut seinen mächtigen Lockruf erklingen ließ. Das Drachenlicht rief sie zum Tanz. Dies war nicht der Himmel ihrer Heimat, aber sie wollte endlich wieder frei durch das Licht des Mondes fliegen, auch wenn dieser fremde Himmel voller Wolken war und die Luft unerträglich feucht an ihren Schwingen klebte.

Sie sprang mit einem feuerglühenden Ruf und laut knatternden Schwingen in die Luft. Rundum schrillten Schreckensschreie und Alarmrufe, aber sie kümmerte sich nicht darum. Mit kräftigen Flügelschlägen schraubte sie sich empor und hinauf in die silberleuchtende Dunkelheit, wo sie in eisiger Stille mit den Sternen tanzen konnte.

29

Sie konnte sich nicht daran erinnern, wann es ihr schon einmal so übel gewesen war. Ihr Mund war trocken, und der Geschmack, den sie auf der Zunge hatte, war geradezu unbeschreiblich widerlich. Was hatte sie bloß angestellt, dass sie sich so elend fühlte?

Elidar richtete sich stöhnend auf und hielt sich den Kopf. Sie schnalzte mit der pelzigen Zunge, öffnete eins ihrer verklebten Augen und tastete nach dem Wasserkrug. Nach einem kräftigen Schluck goss sie sich den Rest über den Kopf, und danach fühlte sie sich so weit gekräftigt, dass sie einen einfachen Zauber zum Vertreiben des Unwohlseins anwenden konnte.

Das Schädelbrummen wurde erträglicher. Elidar schüttelte sich und stand auf. Sie hatte in Unterzeug geschlafen, und ihre Kleider lagen zerknüllt in der einen Ecke, die Stiefel und der Mantel in einer anderen. Alles war in keinem allzu guten Zustand. Gab es hier in dieser schrecklich feuchten, zugigen und kalten Steinstadt so etwas wie ein Badehaus?

Sie zog sich an und steckte nach kurzem Zögern das kleine Buch ein, das sie von Sturm bekommen hatte. Vielleicht gelang es ihr ja heute, etwas darin zu entziffern.

Unten im Gastraum saßen ein paar Händler mit ihren Körben und ein kleiner, dunkelhäutiger, wettergegerbter Mann, der sich von Flavian gerade eine kalte Mahlzeit servieren ließ.

»Rui, du bist schon da?«, rief Elidar erstaunt. Hatte der Wirt nicht gesagt, er erwarte Rui frühestens in der übernächsten Woche?

Der mokarenische Händler drehte sich gemächlich um und musterte sie mit seinen cha'fai-farbenen Augen. »Ihr müsst der Magier sein, von dem Flavian mir erzählt hat. Kennen wir uns?«

Elidar grinste ihn an. »Hast du ein Khev da, das ich dir einreiten kann?«

Rui sah sie verständnislos an. Dann leuchteten seine Augen und er lachte laut auf. »Potzdonner«, sagte er und schlug mit der flachen Hand auf den Tisch, dass Becher, Teller und Messer einen scheppernden Satz machten. »Ich habe dich nicht erkannt. Der dürre Bengel ist ja plötzlich ein erwachsener Mann!« Er sprang auf und reichte Elidar die Hand. Seine Zähne blitzten weiß im dunklen Gesicht.

»Na, ganz so plötzlich wohl kaum«, erwiderte Elidar. Sie musterte den kleinen Händler mit Zuneigung. Er war auf ihrer langen Reise in den Norden immer freundlich zu ihr gewesen und hatte sie nur ungern und deutlich besorgt um ihr Wohlergehen in Cathreta zurückgelassen. Sie hatte ihn seitdem nicht wiedergesehen, aber in all den Equils hatte nur sie sich offensichtlich verändert – Rui war immer noch ganz derselbe, klein und knorrig, mit wettergegerbtem Gesicht und einem dicken dunklen Zopf, in dem keine Spur Grau zu sehen war.

»Erzähle mir«, sagte sie und zog sich einen Stuhl heran. »Wie geht dein Geschäft? Gibt es Neuigkeiten aus Kayvan? Was treibt Luca?«

»Viele Fragen, viele Antworten«, erwiderte er und schob sich gemächlich ein Stück Brot zwischen die Zähne. »Lass mich erst etwas essen, Freund Elidar.« Seine Augen lächelten. »Du siehst aus, als könntest du etwas feste Nahrung vertragen, mein Junge. War eine lange Nacht, hm?«

Elidar kratzte sich ein wenig verlegen an der Nase. »Ich glaube, ja«, murmelte sie und winkte Flavian.

»Du *glaubst* – oho!«, kommentierte Rui vergnügt. »Mir scheint, die Zauberer haben dich nicht nur ihr Handwerk gelehrt.«

Elidar grunzte und griff hilfesuchend nach dem Becher Tee, den der Wirt ihr hinstellte. »Ein kleines Frühstück, bitte, Flavian«, sagte sie und trank von dem heißen, starken Gebräu. Es war bitter und es vertrieb die letzte Benommenheit aus ihrem Kopf.

Rui schob seinen Stuhl endlich zurück und griff nach seinem Rauchzeug. Er stopfte die Pfeife und setzte sie in Brand. »Also, lass sehen«, sagte er, nachdem er behaglich ein paar Züge geraucht hatte. »Was wolltest du alles wissen? Wie meine Geschäfte gehen – nun, wie immer. Es könnte besser sein.« Er schnitt eine ulkige Grimasse, und Elidar lachte. Sie wusste inzwischen, dass Händler wie Rui immer über den Umsatz jammerten, auch wenn die eingenommenen Drachen ihre Taschen zu sprengen drohte.

»Was es in Kayvan Neues gibt … nun, allerlei. Wo fange ich an?« Er paffte nachdenklich ein, zwei Wölkchen. »Der Statthalter hat den alten Scha'Yassim-Palast aufgegeben und sich etwas außerhalb der Altstadt ein neues Domizil gesucht«, begann er. »Man sagt, dass der Alte Drache dabei seine Klauen im Spiel hatte. Er bewohnt nämlich nun den Palast.«

»Was, Mukhar-Dag wohnt im Palast?«

Der Händler nickte und spuckte aus. »Die Altstadt ist inzwischen fest in Drachenhand«, sagte er. »Kein Geschäft, legal oder illegal, das sie nicht kontrollieren. Es ist, als wollten die Dkhev Kayvan nach all den Menschenaltern wieder zurückerobern.«

»Das dürfte den Kayvanern nicht schmecken.«

»Sie kommen damit zurecht. Die Drachen sind auch nicht schlimmer oder besser als der Statthalter und seine Garde.«

Elidar dachte über seine Worte nach. Machte es für sie überhaupt einen Unterschied, wer in der Stadt das Sagen hatte? Sie würde sich als Magier verdingen – ganz gleich, ob es nun bei den Menschen oder den Drachen von Kayvan war.

Die Söhne werden uns empfangen, wie es uns zusteht.

»Was?«, sagte sie erschreckt.

»Ich habe nichts gesagt«, erwiderte Rui und trank.

»Wieso bist du so früh hier?«, fragte Elidar, um ihre Verwirrung zu überspielen.

Rui setzte den Becher ab und wischte sich über den Mund. »Früh? Ich habe elende Verspätung, weil die Passstraße blockiert war. Erdrutsch. Wir haben uns regelrecht hindurchgraben müssen. Ich wollte eigentlich sechs Tage nach Vollmond hier sein, aber jetzt ist es elf Tage später.«

Elidar schüttelte den Kopf. »Aber Vollmond war doch in der letzten Nacht.«

Rui starrte sie an. »Junge, musst du abgestürzt sein«, sagte er beinahe ehrfürchtig.

»Ich stürze nie ab«, erwiderte sie eisig. Erinnerungen blitzten in ihr auf. Hohe, schneebedeckte Gipfel. Weite Ebenen, die im Mondlicht aussahen wie das Meer, wenn der Wind das hohe Gras bewegte. Die Küste, steil und gischtbespritzt, und eine fahle Bahn aus Silber, die sich über das Wasser erstreckte. Der Mond, der selbst im Abnehmen noch genug Licht verströmte, um die Silhouetten der Boote erkennen zu lassen, die auf dem Wasser ankerten. Elidar schüttelte sich.

»Die Passstraße war verschüttet?«, fragte sie. »In Höhe des Sargnagels?« Eins der Bilder in ihrem Kopf zeigte ihr die charakteristische Form des Berggipfels, eine unpassierbare Straße und eine Karawane, die vor dem Erdrutsch lagerte.

Rui nickte verdutzt.

Elidar vergrub den Kopf in den Händen. Königin, flüsterte sie, wir waren doch fast zu Hause. Warum bist du zurückgeflogen?

Sie hörte das klingelnde Lachen in ihrem Inneren. *Du wolltest dich verabschieden.* Morgenblütes Gesicht tauchte vor ihrem inneren Auge auf.

»Geht es dir gut?«, fragte Rui besorgt.

Elidar sah auf und lächelte. »Keine Sorge. Ich sortiere nur meine Gedanken.«

Der Händler lachte vergnügt. »Das kenne ich. Bin als junger Bursche auch gelegentlich mal ins Weinfass gefallen und hab so schnell nicht wieder rausgefunden.« Er zwinkerte ihr zu. »Ich bin beruhigt, dass das auch euch Zauberern passiert.«

Eine Weile plauderten sie über dies und das, bis Elidar ihr Inneres beruhigt hatte. Dann sagte sie: »Erzähl mir von Luca. Was treibt er, wie geht es ihm?«

»Oh, Luca«, sagte Rui und wich ihrem Blick aus.

»Was ist mit ihm?«, fragte sie ruhig. War ihm womöglich etwas zugestoßen? Sie hatte ihm gelegentlich geschrieben, wenn sie einem der reisenden Brüder einen Brief mitgeben konnte, aber nie eine Antwort erhalten. Das hatte ihr aber keine Sorge bereitet, denn Luca gehörte nicht zu denen, die sich hinsetzten und Briefe verfassten. Morgenblüte hatte ihr stets versichert, dass es ihm gut ging, und sie hatte ihr geglaubt. Hatte die Prinzessin sie belogen?

Rui klopfte seine Pfeife aus und begann sie zu reinigen. »Nein, nein«, erwiderte er, aber es klang nicht sonderlich überzeugend. »Er war so eine Art Vater für dich, hm?«

»Rui«, sagte sie scharf.

Er seufzte und legte die Pfeife auf den Tisch. »Also gut. Du weißt, dass Mukhar-Dag ihn in seinen Dienst genommen hat?«

Elidar nickte.

»Nun, er war Mukhar-Dags rechte Hand«, fuhr Rui fort.

»War?«, fragte Elidar ungeduldig.

Der Händler hob die Hand. »Lass mich erzählen, Junge. Schau nicht so grimmig aus der Wäsche. Luca ist am Leben und es geht ihm gut – jedenfalls war das der Fall, als ich Kayvan vor ein paar Wochen verließ.

Also, Mukhar-Dag hatte ihn in seinen Dienst genommen und zu seiner rechten Hand gemacht. Das hat natürlich für einige Aufregung gesorgt. Ein Mensch, noch dazu ein ehemaliges Mitglied der ›Unsterblichen‹, dient den Drachen!« Rui grinste und trank seinen Becher leer.

»Dann hat sich aber keiner mehr deswegen aufgeregt, weil sie ihren Atem für etwas anderes gebraucht haben. Die Dkhev haben nämlich damit begonnen, dem Statthalter seinen Spaß zu verderben. Egal, in welchem Fleischtopf Maurus seine fetten Finger hatte, Mukhar-Dag hat ihn daraus vertrieben. Mit List, mit Gold, manchmal auch mit Gewalt. Und dann hat er angefangen, sich in den Stadtvierteln breit zu machen, die bis dahin für die Drachen tabu waren.« Rui griff kopfschüttelnd nach dem Messer und schnitt sich ein Stück Trackrinde ab, das er zwischen die Zähne steckte. Er schob beides Elidar hin, die dankend ablehnte.

»Die Dkhev haben also die Stadt übernommen«, fasste Elidar zusammen.

Rui wiegte den Kopf. »Man könnte es so sagen. Mehr oder weniger – ja.«

»Und der Statthalter hat tatenlos zugesehen?«

Rui schnaubte verächtlich. »Maurus ist ein fettes Nichts. Wenn es wirklich Ärger gibt, versteckt er sich unter seinem Bett. Die Garde hat versucht, etwas gegen die Dkhev zu unternehmen, aber du kennst Kayvan. Und du kennst die Drachen.«

Elidar nickte nachdenklich. Sie hatte die Tage erlebt, an denen die Kayvaner gegen die Drachen zogen. Dabei hatte es regelmäßig Feuer und Trümmer, Tote und Verletzte gegeben – aber nicht aufseiten der Drachen.

»Und hier kommt auch Luca wieder ins Spiel«, fuhr Rui fort. »Er hat dem Alten Drachen natürlich unschätzbare Dienste erweisen können, weil er ihm die Garde, den Statthalter, Ledon und die Art und Weise, wie Menschen handeln und denken, hat erklären und deuten können. Du kannst dir vorstellen, mit welchem Namen sie ihn in Kayvan belegen?«

»Verräter«, sagte Elidar.

Rui nickte. »Er wurde fürstlich bezahlt. Das macht die Sache nicht ehrenhafter.«

Elidar seufzte. »Es ist nicht unehrenhaft, einem Herrn zu dienen, der gut bezahlt.«

»Aber es ist unehrenhaft, in den Diensten eines fremden Herren zu stehen, der dein eigenes Volk terrorisiert«, sagte Rui. Das klang allerdings eher anerkennend als missbilligend.

»Nun, das gilt wohl auch für den Statthalter und seine Garde.«

»Getroffen«, erwiderte Rui. »Wenn man es so sieht, hatte Luca nur den Dienstherren gewechselt – und Mukhar-Dag ist, streng genommen, ein Einheimischer. Kein Fremder. Nur eben kein Mensch.«

Elidar nickte, und beide schwiegen eine Weile.

»Du sagtest, Luca *war* in seinen Diensten?«, nahm Elidar schließlich den Faden wieder auf.

»Er hat quittiert oder Mukhar-Dag hat ihn entlassen. Ich weiß nicht, was stimmt. Die einen erzählen, Luca habe den Befehl bekommen, einen widerständigen Kaufmann samt seiner Familie zu exekutieren – als warnendes Beispiel – und er habe es verweigert, woraufhin Mukhar-Dag ihn rausgeworfen habe. Andere wiederum erzählen, Luca habe aus denselben Gründen von sich aus den Dienst gekündigt. Wie auch immer – er ist nun wieder frei in Kayvans Straßen unterwegs. Und muss aufpassen, dass er nicht hinterrücks gemeuchelt wird, wenn ihn jemand erkennt.«

»Warum geht er nicht fort?«

Rui zuckte mit den Schultern. »Wohin sollte er gehen? Nach Ledon kann er sich nicht zurückwagen, der Kurator würde ihn sofort inhaftieren und hinrichten. Er gilt als Verräter. Bei Maurus ist er in Sicherheit, der ist zu fett und zu bequem, um etwas zu unternehmen.«

Elidar lachte laut auf. Bei aller Sorge um Luca – er war ein fähiger Soldat und würde sich schon zu schützen wissen.

»Danke für deinen Bericht«, sagte sie. »Wann reist du weiter?«

»Ich warte noch auf eine Lieferung Sternharz«, sagte er. »Morgen, vielleicht übermorgen.«

»Auf dem kurzen Weg?« Das hieß, ohne Umwege zurück nach Kayvan.

Er schüttelte den Kopf. »Ich will noch den Jahrmarkt in Skwa mitnehmen. Ich habe ohnehin Verspätung, also, was soll's?«

Elidar nickte langsam. Das war ein Schlenker, der Rui auf seinem Rückweg wieder an Cathreta vorbeiführen würde. Sie konnte also überlegen, ob sie noch hierblieb oder gleich mit ihm reiste.

»Nimmst du mich mit?«

Rui riss in gespieltem Entsetzen die Hände in die Luft. »Bewahre«, sagte er. »Ich werde mich doch nicht mit einem Magier des Spinnenordens belasten. Ihr bringt Unglück, wusstest du das nicht?«

Elidar gluckste. »Ich bin relegiert worden«, sagte sie vergnügt. »Also droht deiner Karawane keine Gefahr.«

»Relegiert? Was hast du angestellt?«

»Seiner Magnifizenz das Leben gerettet«, erwiderte Elidar gallig.

Ruis Mundwinkel zuckten. »Das ist immer schlecht«, sagte er. »Wie ich die Zauberer und ihren Ruf kenne, hättest du ihn besser um die Ecke gebracht. Dann wärst du mit Ehren überhäuft worden.«

»Das ist nicht von der Hand zu weisen«, murmelte Elidar. Rui ahnte nicht, wie dicht seine Worte an die Wahrheit herankamen.

Sie erhob sich mit einem Stöhnen. »Ich gehe und suche mir ein Badehaus. Kannst du mir eins empfehlen?«

Rui schnitt eine Grimasse. »Du als Yasemit wirst die ledonischen Einrichtungen unzulänglich finden. Aber das Badehaus in der Unteren Flussgasse ist einigermaßen erträglich.«

Elidar dachte über all das nach, was Rui ihr erzählt hatte, während sie zum Fluss hinunter ging. Sie würde bei ihrer Rückkehr ein anderes Kayvan vorfinden als sie verlassen hatte. Besser oder schlechter – wer konnte das schon sagen?

Und selbst Luca erschien ihr wie ein Geist aus der Vergangenheit. Sie hatte ihn als einen großen, freundlichen Mann im Gedächtnis, an dessen Gesicht sie sich kaum noch erinnern konnte. Zu kurz war die Zeit gewesen, in der sie ihn gekannt hatte, und zu viel war seitdem passiert.

Es tat gut, sich gründlich vom Kopf bis zu den Füßen abzuschrubben, im kalten Wasser unterzutauchen und danach eine Weile im Dampfbad zu dösen.

Erfrischt und ausgeruht machte sie sich auf den Rückweg zum Roten Stier. Jetzt, wo sie sich nicht mehr so elend fühlte, konnte sie darüber nachdenken, was in den letzten Tagen geschehen war. Der Vollmond (*Drachenmond*, flüsterte es in ihr) hatte anscheinend die Drachenkönigin geweckt, und die war stark genug gewesen, Elidar aus ihrem eigenen Körper zu vertreiben und für etliche Tage und Nächte in einen Zustand tiefer

Bewusstlosigkeit zu versetzen. Das war allerdings eine unangenehme Vorstellung.

Elidar hockte sich auf einen Mauervorsprung und stützte den Kopf in die Hände. Es war an der Zeit, darüber nachzudenken, was die Drachenkönigin in ihrem Inneren zu suchen hatte und was Elidar tun konnte, um den ungebetenen Gast wieder loszuwerden.

Das leise Lachen des Drachenwesens klingelte in ihrem Inneren. *Du stellst dich dümmer als du bist*, flüsterte die Königin. *Versuche nicht, dir vorzumachen, dass du den Flug unter dem Drachenmond nicht auch genossen hättest!*

»Aber ich kann mich doch kaum daran erinnern!«, rief Elidar.

Die Drachenkönigin machte ein belustigtes Geräusch. *Du* willst *dich nicht erinnern. Du hast ein paar Dinge getan, die dir jetzt nicht mehr gefallen.*

Elidar schüttelte heftig den Kopf. »Du bist ein Drache, ich bin ein Mensch. Was willst du überhaupt von mir? Geh und lebe dein Drachenleben, Königin. Lass mir meinen Frieden!«

Wieder lachte die Drachenstimme. *Du willst es einfach nicht verstehen, Drachentochter. Das ist nicht schlimm. Es dauert so nur etwas länger. Bring uns nach Hause, Drachenkind.*

Dann schwieg die Stimme. Elidar rief stumm nach der Königin, aber es blieb still in ihr. Es war, als wäre die Drachenpräsenz vollkommen aus ihrem Inneren verschwunden.

Als sie den Roten Stier betrat, sprach ein Junge sie an. »Magister Zorn?«

Elidar bejahte. Der Junge zog einen Brief hervor, den er ihr gab. Sie dankte ihm geistesabwesend, während sie den Brief ansah. Ihr Name und sonst nichts stand in einer ungelenk wirkenden Schrift darauf. Das Papier war von recht guter Qualität. Sie blickte auf und sah, wie der Botenjungen sie erwartungsvoll anschaute. »Ja?«, fragte sie, und schüttelte dann lächelnd den Kopf. »Natürlich. Einen Augenblick.« Sie zog die Börse hervor, aber fand kein Geldstück darin.

»Nein, nein«, sagte der Junge im gleichen Moment. »Ich soll nur auf Eure Antwort warten.«

Elidar lachte auf. Wie dumm, sie hätte den Boten doch einfach fragen können, wer ihn geschickt hatte.

»Es steht alles darin, soll ich sagen«, erwiderte der Junge. »Und ich soll auf Eure Antwort warten.«

Elidar betrachtete unschlüssig den Brief. Es widerstrebte ihr, ihn in der Gaststube zu öffnen. »Warte hier«, befahl sie dem Jungen und ging hinauf auf ihr Zimmer.

»Elidar«, begann der Brief in der ihr unbekannten Handschrift. Sie warf einen Blick auf die Unterschrift, die aber nur »dein alter Freund« lautete. Also wandte sie sich wieder dem Anfang des Briefes zu und las: »Es ist geschehen, wie wir es befürchtet haben – mehr noch, das Schlimmste ist eingetreten. Wir sehen uns gezwungen, unseren Aufenthaltsort zu wechseln, und zwar so schnell wie möglich, um weiteres Unglück zu verhüten. Wir würden dich aber vorher gerne noch treffen, um zu erfahren, wie deine Pläne aussehen und uns zu verabschieden. Der Bote ist vertrauenswürdig, du kannst ihm zu unserem Treffpunkt folgen.«

Elidar ließ den Brief sinken und fuhr sich aufgewühlt über die Stirn. Das Schreiben musste von Sao-Tan stammen. Was war im Palatium geschehen? Lebte die Prinzessin noch? Sie blickte auf die Zeilen nieder. »Das Schlimmste ist eingetreten« – aber »wir sehen uns gezwungen«. Was auch immer ihrer Gönnerin zugestoßen sein mochte, Sao-Tan fürchtete offensichtlich um ihr Leben und wollte mit ihr fliehen. Er brauchte ihre Hilfe!

Elidar zerknüllte mit einem Fluch das Blatt und schleuderte es zu Boden. Dann besann sie sich, hob das Papierknäuel wieder auf und strich es glatt, bevor sie es sorgsam einsteckte. Sie stopfte hastig ihre Habseligkeiten in den Reisesack, warf ihn sich über die Schulter und verließ das Zimmer.

»Flavian«, rief sie, als sie die Gaststube betrat, »ich muss fort und weiß nicht, wann ich zurückkomme. Richte Rui aus, dass ich später zu ihm stoßen werde, vielleicht aber auch gar nicht.« Der Wirt nickte und nahm das Geld, das sie ihm reichte.

»Gehen wir«, sagte Elidar zu dem Jungen, der geduldig neben der Tür wartete.

Elidar folgte dem schweigsamen Boten durch das Gewirr der Altstadtgässchen bis zum Fluss hinunter. Sie hatte erwartet, dass er sie zum Palatium bringen würde, und schalt sich eine Idiotin – natürlich war die Prinzessin nicht mehr dort!

Die Luft roch intensiv nach Fisch und Flusswasser, als sie sich dem Hafen näherten. Das Wasser schwappte bräunlich gegen die Kaimauern, und außerhalb des Hafenbeckens zog, von den Rotsteinbergen kommend, träge der Nabrat vorüber.

Das Hafenviertel war eine der schäbigsten Ecken der Hauptstadt. Hierher verirrte sich selten ein Magus der Sieben Orden, und dementsprechend auffällig war Elidars Erscheinung in ihrem dunklen, weiten Mantel.

Sie erwiderte die Blicke, die sie trafen, mit einer unnahbaren, hochmütigen Miene, während ihre Gedanken sich jagten. Führte der Junge sie in die Irre? War sie einer gefälschten Botschaft aufgesessen?

Der Junge hielt vor einem halb verfallenen Haus. Elidar sah ihn zweifelnd an. »Hier?«

Er nickte und deutete auf die Tür. »Geht nur hinein.«

Elidar zuckte mit den Schultern. Was sollte ihr passieren? Selbst wenn dies ein Hinterhalt war, würde sie das Haus und seine Bewohner einfach in Asche und glühende Kohlen verwandeln.

Und mit diesem drachenhaften Gedanken zog sie den Kopf ein, um sich nicht am niedrigen Türsturz zu stoßen.

Der Raum war fensterlos und unmöbliert, an der Rückwand befanden sich eine weitere Tür und eine kalte Feuerstelle. Durch das schadhafte Mauerwerk filterte an einigen Stellen ein wenig Licht. Elidar durchquerte das Zimmer und gelangte in ein dunkles Treppenhaus. Mit einer ungeduldigen Handbewegung entzündete sie ein magisches Licht, das vor ihr hertanzte, während sie die Treppe erklomm.

Oben angekommen stand sie vor einer verschlossenen Tür. Sie klopfte an. Schritte näherten sich von der anderen Seite.

»Sao-Tan«, sagte sie. »Ich bin hier.«

Ein Riegel schnappte, dann schwang die Tür auf. Die hünenhafte Gestalt des malandakischen Leibwächters füllte den Rahmen. Er hielt ein blankes Schwert in der Hand, und sein Gesicht war grimmig. »Bist du allein?«, fragte er statt einer Begrüßung und blickte an ihr vorbei.

»Ich bin allein, und soweit ich das sagen kann, ist mir auch niemand hierher gefolgt. Nur der Junge war bei mir.«

Sao-Tan nickte und trat beiseite, damit sie an ihm vorbei ins Zimmer konnte. Die Tür schlug zu und der Riegel schnappte vor.

»Sao-Tan, was ist geschehen?«, fragte Elidar. Ein kurzer Blick hatte genügt, um ihr zu zeigen, dass sie mit dem Leibwächter offensichtlich allein war. In einer Ecke des Raumes lag ein Haufen Decken und ein wenig Gepäck, ansonsten war das Zimmer ebenso leer wie der Raum darunter.

Sao-Tan hockte sich auf den nackten Boden, das Schwert quer über seine Beine gelegt. »Das böse Weib«, sagte er finster. »Sie hat mich übertölpelt. Ich habe Tag und Nacht über meine Herrin und ihre Söhne gewacht, aber auch ich muss einmal schlafen. Ich hatte uns gut eingeschlossen, aber Carelja ist es gelungen, ins Gemach einzudringen.« Er hieb die Faust gegen sein Bein, und Elidar verzog unwillkürlich das Gesicht.

»Was hat sie getan?«, fragte sie ruhig.

Der Leibwächter vergrub das Gesicht in den Händen und zerrte an seinem Zopf, als wollte er ihn ausreißen. »Sie hat uns alle betäubt und dann hat sie sie getötet! Während ich schlief!«, erwiderte er krächzend. »Dieses böse Weib, diese Tochter eines mordlüsternen Wolfes! Sie hat sie getötet!« Er schrie es hinaus, den Kopf in den Nacken gelegt, und Elidar sah helle Tränen über sein gramzerfurchtes Gesicht laufen.

»Morgenblüte?«, fragte sie beklommen. Wen sonst sollte die Gemahlin des Kurators schon getötet haben, außer Morgenblüte und ihre neugeborenen Söhne?

»Nein«, sagte eine schwache Stimme. »Ich bin hier, Elidar.«

Sao-Tan sprang auf die Beine und stieß das Schwert in die Scheide auf seinem Rücken. »Herrin«, sagt er und sank neben dem unordentlichen Deckenberg auf ein Knie. »Herrin, Ihr seid wach.«

»Du hast ja laut genug geschrien«, erwiderte Morgenblüte.

Elidar näherte sich dem improvisierten Lager und erblickte das blasse Gesicht der Prinzessin zwischen den groben und zerschlissenen Decken. Sie erschien so deplaziert wie eine Lilie auf einem Dunghaufen.

»Morgenblüte«, sagte sie und kniete ebenfalls nieder. Die Decken bewegten sich, und eine zierliche Hand reckte sich ihr entgegen. Elidar nahm sie und drückte sie.

»Sao-Tan hat es dir gesagt«, flüsterte die Prinzessin.

Elidar nickte. »Hat Carelja sie wirklich ermordet?«

Morgenblüte schloss die Augen und nickte. Unter ihren Lidern quollen Tränen hervor. »Ihn trifft keine Schuld«, flüsterte sie. »Careljas Magier hat uns mit einem Schlafzauber gebannt.«

Elidar schlang die Arme um sich, sie fröstelte.

»Aber warum versteckt ihr euch nun hier?«, fragte sie, nachdem sie sich ein wenig gefasst hatte. »Sollte nicht Carelja auf der Flucht sein?«

»Sie hat es so aussehen lassen, als hätte meine Herrin selbst, mit ihren eigenen Händen, ihre Söhne geschlachtet«, sagte Sao-Tan. Die Kälte in seiner Stimme jagte Elidar den nächsten Schauer über den Rücken.

»Das kann der Kurator doch auf keinen Fall glauben«, wandte sie ein. Sie sah den Leibwächter an und dann Morgenblüte. Die Prinzessin war wieder eingeschlafen, mit langsam trocknenden Tränenspuren auf den Wangen.

»Er kennt die Wahrheit, aber er bestraft die Prinzessin«, erkannte Elidar fassungslos. »Weil Careljas Sohn nun immer noch sein Nachfolger ist – und sie seine Mutter.«

Sao-Tan nickte. »Wir können nicht darauf hoffen, dass er uns verschont«, sagte er. »Er verliert das Gesicht vor dem ganzen Hof, wenn er zugibt, dass die Erste Gemahlin ihm auf der Nase herumtanzt.«

»Was der gesamte Hof ohnehin weiß«, vermutete Elidar.

Sao-Tan zuckte mit den Achseln. »Wir können es nicht ändern. Aber ich kann verhindern, dass meine Herrin für etwas bestraft wird, das ihr selbst so großes Leid verursacht.« Sein Gesicht verzerrte sich, als wollte er weinen, aber seine Augen blieben trocken.

»Verfüge über mich«, sagte Elidar entschlossen. »Morgenblüte hat so viel für mich getan, es ist an der Zeit, dass ich mich dafür revanchiere.«

Sao-Tan neigte dankend den Kopf. »Nichts anderes habe ich von dir erwartet.« Er verstummte und blickte auf den Boden, und Elidar sah, wie er mühsam seine Gedanken sammelte. Sie hatte den besonnenen Leibwächter noch niemals zuvor so aufgewühlt erlebt. Es musste ihn sehr mitnehmen, dass seiner Herrin unter seiner Obhut etwas so Schreckliches widerfahren war.

»Wohin willst du sie bringen?«, fragte Elidar sanft.

Sao-Tan rieb sich über die Augen. »Wir können nicht nach Hause zurück«, erwiderte er nüchtern. »Vielleicht nehmen wir die beschwerliche Reise nach Osten auf uns und setzen zum Grünen Land über. Morgenblütes Schwester zur Linken Jamyang lebt dort.«

Schwester zur Linken – das bedeutete, dass Jamyang und Morgenblüte verschiedene Mütter hatten.

»Das Grüne Land«, überlegte Elidar. »Dort herrscht der Freifürst mit seinem Clan.«

»Jamyangs Gemahl«, bestätigte Sao-Tan. Elidar musste lächeln – der Mondkaiser hatte augenscheinlich dafür gesorgt, dass die mächtigsten – und gefährlichsten – Herrscher dieses Teils der Welt mit seiner Familie eng verbunden waren. Es würde ihm sicherlich nicht gefallen, dass Morgenblüte vom Hof des Kurators hatte fliehen müssen.

»Warum wirft sie sich nicht ihrem Bruder zu Füßen? Sie kann ihm doch alles erklären – und du bist ihr Zeuge«, wandte Elidar ein.

Sao-Tan schnaubte. »Seine kaiserliche Heiligkeit, der 123. Dyen-Shu von Malandakay, pflegt nicht mit einfachen

Sterblichen zu plaudern. Er würde den einfachsten Weg wählen, um dem Kurator zu gefallen, und zwei abgeschlagene Köpfe im Gepäck einer seiner unverheirateten Schwestern oder Nichten nach Cathreta schicken.«

Elidar starrte ihn an. »Er würde seine eigene Schwester einfach so hinrichten lassen? Ohne jeden Grund?«

»Seine kaiserliche Heiligkeit hat keinen Mangel an Schwestern.«

Elidar schüttelte sich. »Was ist mit Morgenblütes Schwester Jamyang?«

Sao-Tan warf einen kurzen Blick auf die schlafende Prinzessin. Dann beugte er sich vor und murmelte: »Die beiden können sich nicht ausstehen!«

Elidar konnte nicht anders, sie musste lachen. Sao-Tan verzog das Gesicht zu einem winzigen Lächeln.

Elidar wurde wieder ernst. »Sucht der Kurator nach euch?«

Sao-Tan hob die Schultern. »Ich weiß es nicht. Aber es ist wahrscheinlich. Deshalb habe ich hier Unterschlupf gesucht.«

Elidar nickte nachdenklich. »Rui«, rief sie plötzlich.

Sao-Tan sah sie fragend an.

»Ruis Karawane reist in Kürze zurück nach Kayvan. Wenn ich ihn bitte und eure Passage bezahle, wird er euch mitnehmen.« Hoffentlich, dachte sie. Wenn der mokarenische Händler witterte, dass seine beiden Reisegäste vor dem Kurator auf der Flucht waren, könnte es schwierig werden.

Sao-Tan nickte nachdenklich. »Yasaim. Deine Heimat, Elidar. Du würdest mit uns kommen?«

Elidar nickte. Der Leibwächter atmete auf. »Also Kayvan. Ich wollte immer schon die yasemitische Wüste sehen. Daheim in Malandakay gibt es so etwas nicht.« Er räusperte sich und wischte mit einem Finger über die Augen. »Staubiges Loch«, murmelte er.

Elidar betrachtete ihn mitfühlend. »Hast du eigentlich Heimweh, Sao-Tan? Nach deiner Familie oder deinem Zuhause?«

Er räusperte sich wieder. »Keine Familie«, brummte er. »Ich

bin als Junge an den Kaiserlichen Hof gekommen und dort ausgebildet worden. Die Kaiserlichen Leibwächter haben keine Familien. Mein Zuhause ist dort, wo meine Herrin ist.«

Elidar nickte. »Ich werde Rui sagen, dass zwei weitere Passagiere mit ihm reisen.«

Sie sah sich um. »Ich lasse meinen Reisesack hier bei dir. Was braucht ihr? Wenn ich zurückkehre, bringe ich alles mit, was euch fehlt.«

Sao-Tan legte mit trauriger Miene die Handflächen aneinander und verneigte sich tief. »Wir haben nur das retten können, was wir am Leibe tragen«, sagte er. »Wir sind mittellos, ehrenwerte Freundin.«

Elidar griff nach seiner Schulter und nötigte ihn, sich aufzurichten. »Sao-Tan«, sagte sie ernst. »Ich stehe so tief in eurer Schuld, dass ich sie in meinem ganzen Leben nicht zurückzahlen kann. Was ich für euch tun kann, werde ich tun.«

Wieder verneigte sich der große Leibwächter, und Elidar sah das Schimmern in seinen Augen. »Ich bin nur ein wertloser und unwichtiger Diener«, sagte Sao-Tan. »Aber wenn du meiner Herrin hilfst, werde ich dir mein Leben lang mit meiner Ergebenheit danken.«

»Du redest dummes Zeug, Sao-Tan«, erwiderte Elidar gerührt. »Wenn ich zurückkehre, bringe ich euch Essen mit und bessere Decken. Braucht Morgenblüte eine Heilerin?«

Sao-Tan hob mit besorgter Miene die Hände. »Ich weiß es nicht«, flüsterte er. »Sie ist seit der Niederkunft so schwach. Die Frauen sagen, dass es schwer für sie war.«

Elidar sah zu der Schlafenden hin. »Ich verstehe nichts von Geburten. Aber ich könnte nachsehen, ob in ihr etwas nicht in Ordnung ist. Vielleicht kann ich ihr helfen.«

Sao-Tans Gesicht hellte sich auf. »Könntest du das? Das wäre wunderbar.« Er drückte ihre Schulter mit seiner großen Hand. »Es ist gut, dass du so viel gelernt hast«, sagte er unbeholfen.

30

Rui zeigte sich mäßig begeistert von der Aussicht, zwei weitere Reisende mitnehmen zu sollen. »Vater und Tochter?«, brummte er – denn als solche hatte Elidar die beiden eingeführt. »Der Mann ist mir willkommen, wenn er ein Schwert zu führen weiß, wie du sagst. Aber eine Frau …« Er wiegte skeptisch den Kopf. »Es ist eine lange, beschwerliche Reise für eine Frau. Und ich bin ein Händler, meine Karawane bietet keinerlei Komfort, wie du weißt. Frauen brauchen aber Komfort, sonst werden sie unleidlich. Ich weiß nicht, ob ich möchte, dass sie Unfrieden stiftet, wenn wir …«

Elidar riss der Geduldsfaden. »Hör auf zu jammern, Rui«, sagte sie. »Ich bezahle dir die Passage – und ich bezahle sie gut! Sao-Tan ersetzt alleine eine ganze Truppe bewaffneter Begleiter. Mach dir keine Sorgen wegen der … wegen der Frau, um die kümmere ich mich schon.«

»Auch noch Malandaker«, maulte Rui. »Ich kann diese Leisetreter nicht leiden. Lächeln den ganzen Tag und schlitzen dir dann nachts die Kehle auf.«

»Oh, Rui!«, stöhnte Elidar. »Du bist ein Holzkopf! Du wirst sie gar nicht bemerken. Und mit Sao-Tan wirst du dich gut verstehen. Er lebt schon sehr lange hier in Cathreta.«

Rui sah sie durchdringend an. »Gehören die beiden zum Gefolge der Malandakay-Prinzessin?«, fragte er. »Ich habe Gerüchte gehört, sie sei in Ungnade gefallen. Ich will keinen Ärger mit dem Palatium.«

Elidar verschränkte die Arme und blickte finster. »Kümmere dich nicht um die Gerüchte. Du wirst keinen Ärger bekommen, dafür sorge ich.«

Rui nickte, als hätte sie seinen Argwohn bestätigt. »Also doch. Sei mir nicht böse, alter Freund – ich nehme die beiden nicht mit. Der Kurator kann sehr ungnädig werden, wenn man ihm in die Quere kommt.«

Elidar seufzte. »Wie viel?«, fragte sie.

Der Händler hob empört die Hände zum Himmel. »Du verstehst mich falsch«, beschwerte er sich. »Es geht mir nicht darum, mehr Geld aus dir herauszuholen. Ich wage es einfach nicht, das Palatium zu verärgern!«

Elidar sah, dass Rui die Wahrheit sprach. Sein Gesicht war besorgt und ein wenig ängstlich. Sie lenkte ein. »Pass auf, Rui. Du reist doch ohnehin erst nach Skwa. Wenn du danach die Route über die Quittenhügel einschlägst, könnten meine Begleiter und ich uns dir in Settenberg anschließen. Das Gasthaus dort ist doch eine deiner Stationen, oder?«

Rui wiegte zwar immer noch skeptisch den Kopf, aber er schien geneigt, Elidar nachzugeben. »Na gut. Weil du es bist. Und du bezahlst eure Passagen vorher.«

»Das mache ich«, erwiderte Elidar erleichtert. »Danke, Rui. Du bist ein Freund.«

Sie stand auf – sie hatten nebeneinander auf zwei Kistenstapeln gehockt, die im Hof des Roten Stiers auf ihre Verladung warteten – und zog ihre Börse hervor. Ohne große Überraschung schüttelte sie fünf Drachen heraus. Wie auch immer die Zauberbörse ihre Diskussion interpretiert haben mochte: dies war eine fürstliche Entlohnung für drei Passagen nach Kayvan.

Rui bekam große Augen. »Nun, nun«, stotterte er, »ach, das ist doch … hör mal, mein Junge, ich will dir nicht das Hemd ausziehen. Das ist zuviel!«

»Es ist in Ordnung«, versicherte Elidar ihm. »Damit kannst du deine Magenschmerzen kurieren.«

Der Händler griff nach den Goldmünzen und steckte sie sorgfältig ein. »Danke. Ich erwarte dich und deine Freunde im Quittenfass in Settenberg.«

Er schüttelte Elidar mit festem Griff die Hand und machte sich dann wieder an seine Arbeit. Seine Gehilfen, die die Gelegenheit genutzt hatten, im Schatten ein wenig zu pausieren, sprangen eilig auf die Füße und fuhren fort, die Kisten und Säcke auf die Wagen zu laden.

Elidar verharrte noch einen Moment neben einem der Zugtiere. Das Dakh sah kurz von seinem Fressen auf, musterte sie mit tiefliegenden, gleichgültigen Augen und kaute dann weiter. Elidar legte eine Hand auf die warme, trockene Haut der Echse. Sie spürte das sanft glühende Feuer in ihrem Inneren. *Sei gegrüßt*, flüsterte es aus ihr. *Kleiner Sohn.* Das Dakh hörte auf zu kauen und brummte tief hinten in seiner Kehle. Elidar kraulte die weiche Stelle neben dem Ohrloch, das Dakh schloss die Augen und das Brummen wurde tiefer und lauter.

Ein Mokarener, ebenso dunkelhäutig wie Rui, mit kurzgeschorenen grauen Haaren, blieb neben Elidar stehen und musterte sie wohlwollend. »Du magst Dakh, hm?«, fragte er. »Das ist selten. Und er mag dich, wie ich höre.«

Elidar hörte verlegen auf, das große Tier zu kraulen und sagte: »Ich bin Yasemit.«

Der Alte nickte. »Ja, dann. Aber dennoch, er hier ist sonst nicht so zahm. Du hast eine gute Hand für Echsen, hm?«

Seine Augen weiteten sich. »He, hör mal. Du bist der Junge, den Rui damals aus Kayvan mitgebracht hat, was? Ich war auf der Reise nicht dabei, aber alle haben von dir erzählt.« Er streckte seine Hand aus, und Elidar ergriff sie. »Ich bin Jord. Ich kümmere mich um die Dakhs und Khevs. Du kannst sie reiten, stimmt das?«

Elidar grinste. »Ich konnte es – als Kind. Ob ich mich heute noch trauen würde, weiß ich nicht.«

In das Lachen des alten Mokareners mischte sich das klingelnde Gelächter der Drachenkönigin. *Sie gehorchen dir alle, Dummchen. Du bist die junge Königin!*

Elidar hatte sich inzwischen so an die Einwürfe der Drachenpräsenz gewöhnt, dass sie nicht mehr laut antwortete. Was meinst du damit?, fragte sie stumm.

Probiere es. Setz dich auf seinen Rücken.

Elidar blickte zweifelnd auf die schuppige Flanke des großen Tiers. Sie kannte die Hornvorsprünge, an denen sie sich auf seinen Rücken ziehen und beim Reiten ihre Füße verankern musste. Auf der langen Reise nach Cathreta war sie auch auf den Zugtieren geritten, und das langsame und gleichmäßige Schaukeln hatte sie oft in den Schlaf gewiegt.

Jord deutete ihren Blick richtig. Er machte eine auffordernde Bewegung. Elidar packte die Hornvorsprünge und schwang sich hoch. Das Dakh hörte auf zu kauen und rülpste verdutzt.

Elidar hörte Ruis Gehilfen erwartungsvoll murmeln. Wahrscheinlich freuten sie sich schon darauf, den hochnäsigen Magister gleich der Länge nach im Staub liegen zu sehen. Sie bohrte dem Dakh nicht allzu vorsichtig die Fersen in die Flanken (die Panzerung der großen Echse verlangte eine eher grobe Behandlung, damit sie überhaupt etwas spürte) und schnalzte mit der Zunge. »Ssssa«, zischte sie und hielt sich lieber gut am Nackenkamm des Tieres fest.

Das Dakh rülpste erneut und stand auf. Es sah sich nach seinem gewohnten Treiber um. Jord stand mit verschränkten Armen neben dem Dakh und grinste breit. Elidar beugte sich vor und ruckte an einem der empfindlicheren Auswüchse auf dem Nacken des Dakhs. Die Echse brummelte und setzte sich mit einem Kopfschütteln in Bewegung. Elidar hörte die Rufe der Mokarener, aber sie war viel zu beschäftigt, das störrische Tier in einer Schleife über den Hof zu leiten.

»Hier zum Wagen«, hörte sie Rui brüllen. »Komm schon. Wir schirren ihn gleich an.«

Elidar begann heftig zu schwitzen. Das Dakh zu lenken war schwerer als sie in Erinnerung hatte. Im Moment sah es sehr danach aus, als würde es sie jeden Moment aus dem Tor und hinaus auf die Straße tragen. Sie zerrte an seinem Nackenkamm und fluchte unterdrückt.

Mach es nicht so kompliziert, sagte die Drachenkönigin. Sie klang amüsiert. *Sag ihm einfach, was du von ihm willst. Die kleinen Söhne sind nicht sehr klug, aber sie tun, was du sagst.*

Elidar blinzelte den Schweiß aus ihren Augen und dachte verzweifelt: Geh zum Wagen, kleiner Bruder. Du kennst das doch. Komm schon, geh zum Wagen, lass dich anschirren.

Das Dakh verharrte. Vor ihm lockte das offene Tor. Es knurrte enttäuscht und trat von einem Bein aufs andere, dann machte es endlich schaukelnd kehrt und trottete gehorsam zur Mitte des Hofes, wo Rui mit dem Geschirr wartete. Die Gehilfen staunten und klatschten Beifall, und Jord lachte über das ganze Gesicht. »Gut gemacht, junger Dakh-Treiber«, rief er und klatschte ebenfalls in die Hände. »Du kannst gleich bei mir anfangen!«

Rui zwinkerte ihr anerkennend zu, als sie neben ihm vom Dakh-Rücken sprang. »Nichts verlernt, hm?«, sagte er.

Elidar beruhigte ihren verräterisch hastigen Atem und zuckte so gelassen wie möglich mit den Schultern. »Ich habe mich erinnert«, sagte sie. Dann half sie Rui, das Dakh an den Wagen zu schirren.

Nach diesem Zwischenspiel schien Rui jeden Vorbehalt gegen die Reisegesellschaft, die Elidar ihm aufgedrängt hatte, verloren zu haben. Er verabschiedete sich herzlich von ihr und bekräftigte, dass er in Settenberg auf sie und ihre Begleiter warten würde, falls die Karawane zuerst dort eintreffen sollte.

Elidar machte sich erleichtert auf, um ihre Einkäufe für Morgenblüte zu organisieren. Sao-Tan hatte ihr gesagt, wo sie den Jungen finden würde, der ihr seinen Brief überbracht hatte. Sie gab ihm die Einkaufsliste und ein großzügiges Handgeld, für das er die erstandenen Waren in das Versteck der beiden Flüchtlinge bringen sollte. Sie schärfte ihm ein, vorsichtig und diskret zu sein, was er mit einem milde herablassenden Blick bestätigte, und ließ ihn dann ziehen. Sao-Tan vertraute dem Jungen, also wagte sie es auch.

Sie selbst ging über den kleinen Markt, auf dem auch Flavians Köchin immer einkaufte, und wählte aus dem erstaunlich reichhaltigen Angebot die frischesten und wohlriechendsten Früchte aus, frischgebackenes Brot und feste Butter, ein wenig Schinken und Käse, einen Krug Wein und einen kleinen Beutel mit geröstetem Cha'fai. Den wunderbar duftenden Tee, den Morgenblüte ihr immer hatte servieren lassen, gab es hier natürlich nicht zu kaufen, aber Elidar hoffte, dass ein kräftiger Cha'fai, auf yasemitische Art zubereitet, der Prinzessin ebenfalls munden würde.

Statt mit ihren Vorräten sogleich ins Versteck zurückzukehren, setzte sie sich vor einer kleinen Taverne in die Sonne, streckte die Beine aus und sah in den Himmel. Schon vor einiger Zeit hatte sie festgestellt, dass sie mit offenen Augen direkt in die Sonne schauen konnte, ohne dass sie geblendet wurde oder ihr die Augen schmerzten. Das heiße Strahlen war ihr so angenehm wie früher die Wärme eines Kaminfeuers, und der Anblick der Sonne gab ihr in angestrengten Momenten Ruhe und Kraft.

Sie wandte den Blick auch nicht ab, als sie jemanden neben sich hörte. »Bring mir einen Becher roten Wein und etwas Brot.«

Stuhlbeine scharrten über den Boden. »Was erlaubst du …«, begann sie und richtete sich erbost auf.

»Hallo, Elidar«, sagte Valerian und schob ihr einen Becher hin. »Weißwein, es tut mir leid. Ich wusste nicht, dass du Roten möchtest.«

»Valerian.«

»Du bist nicht gerade begeistert, mich zu sehen.«

Elidar zwang sich zu einem Lächeln. »Vergib mir. Du kannst ja nichts dazu, dass ich momentan eine Aversion gegen Magier hege.«

Valerian nickte. »Geht uns das nicht allen von Zeit zu Zeit so? Ich habe gehört, was passiert ist. Es tut mir leid. Was hast du jetzt vor?«

Sie zuckte betont gleichmütig mit den Schultern. »Ich werde mir ein bisschen die Welt ansehen. Vielleicht setze ich ins Grüne Land über. Der Freifürst soll einen Magus suchen.«

Valerian runzelte die Stirn. »Der Freifürst ist ein schwieriger Herr«, sagte er. »Und er nimmt am liebsten Salamander in seinen Dienst. Vor Spinnen fürchtet er sich.«

Beide lachten. Elidar musterte Valerian mit erneut aufflammender Zuneigung. Sie sah ihn hier zum ersten Mal außerhalb des Ordenshauses, und erst jetzt fiel ihr so richtig auf, dass er kräftiger geworden war und sehr gelassen und selbstbewusst wirkte. Von dem schlaksigen, unruhigen Jungen von früher war an diesem breitschultrigen, Ruhe ausstrahlenden Mann wirklich nichts mehr zu finden.

Valerian erwiderte ihren Blick. Er hob die Hand und zog neckend an den Haarsträhnen, die sich in einem schmalen Streifen über ihren geschorenen Kopf zogen. »Was wird das?«, fragte er. »Ein malandakischer Zopf?«

Elidar blinzelte kurz. Sie hatte nicht darüber nachgedacht, als sie sich für diese Form entschieden hatte, ihre Haare wachsen zu lassen. Sie wollte nicht länger wie ein Novize herumlaufen, aber es bestand dennoch die Gefahr, dass sie zu weiblich wirken würde. Da hatte es nahegelegen, sich einen Zopf wachsen zu lassen wie Sao-Tan ihn trug.

Valerian zog die Brauen zusammen. »Hast du die Gerüchte gehört?«, fragte er. »Deine Freundin, die Prinzessin, scheint ernsthaft in Ungnade gefallen zu sein. Es heißt, dass ihr gesamtes Gefolge an den Smaragdenen Hof zurückgeschickt wird.«

Elidar nickte nur. Valerian wartete, und als er erkannte, dass sie dazu nichts sagen wollte, lächelte er kurz. »Sag, ich sollte eigentlich beleidigt sein, dass du Valon mir vorgezogen hast.« Er sagte das leichthin, wie im Scherz.

Elidar sah ihn an. Sie kannte ihn gut genug, um die Verletzung in seinen Augen zu erkennen.

»Valerian«, sagte sie ruhig, »was in dieser Nacht passiert ist, war ein großer Irrtum. Ich habe dich fortgeschickt, und später kam jemand zu mir, von dem ich annahm, dass du es seist.«

Er blickte in sein Weinglas. »Ihn hast du nicht fortgeschickt.«

»Ich dachte, du seist es.« Sie berührte seinen Handrücken mit den Fingerspitzen. »Ich war nicht allzu nüchtern, Valerian. Wäre ich bei klaren Sinnen gewesen, hätte ich euch beide zum Ungehörnten geschickt!«

Er sah auf und lachte ein wenig gequält. »Mein Bruder war immer groß darin, sich vor meiner Nase straflos die besten Stücke von der Platte zu angeln. Also hat er es dieses Mal wieder geschafft.«

»Danke, dass du mich als ›bestes Stück‹ bezeichnest«, knurrte Elidar. »Eigentlich müsste ich jetzt beleidigt sein.«

»Friede«, sagte er. »Lass uns über etwas anderes reden, ja?«

Beide schwiegen und nippten an ihrem Wein.

»Wer hat dir eigentlich den Flammenblick gezeigt?«, fragte Valerian nach einer Weile.

Elidar sah auf und hob fragend die Brauen.

»Das beherrschen noch nicht mal alle Salamander«, fuhr Valerian fort. Er rieb mit dem Daumen über den Becherrand und leckte die Tröpfchen ab. »Ich zum Beispiel nicht. Die Salamander-Novizen werden ab der ersten Ausbildungsminute damit traktiert – ich habe einfach zu spät angefangen.«

»Wovon redest du?«, fragte Elidar geduldig.

Valerian deutete zum Himmel. »Als ich kam. Du hast in die Sonne geblickt.«

»Ach das«, sagte Elidar. »Das hat mir Bär irgendwann mal gezeigt.« Im gleichen Moment hätte sie sich für diese Antwort ohrfeigen können.

»Bär?«, rief Valerian ungläubig. »Im Leben nicht! Willst du mich veräppeln?«

»Na, dann war es jemand anderes. Ich weiß es nicht mehr.«

Valerians Blick wurde bohrend. »Du solltest nicht versuchen, mich für dumm zu verkaufen. Zum Flammenblick gehört selbst dann eine Ausbildung von vielen Equils, wenn du ein starker Feuermagier bist. Ich kenne übrigens niemanden bei den Spinnen, der ihn beherrscht.«

Elidar malte Kringel auf die Tischplatte. »Lass es gut sein, Valerian«, bat sie matt.

Er schüttelte aufgebracht den Kopf. »Hat jemand aus meinem Orden dich unerlaubt unterrichtet? Sag es mir!«

»Lass es gut sein!«, sagte Elidar scharf. Die Drachenpräsenz erwachte mit einem schnurrenden Geräusch. *Soll ich ihn zum Schweigen bringen?*

Elidar schloss die Augen. Nein. Er ist ein Freund.

Seltsame Freunde hast du. Na gut.

Elidar öffnete die Augen und sah Valerian an. Ihre Sicht war rötlich verschleiert. Er wich ein Stückchen zurück. »Hast du mich erschreckt! Du beherrschst den Flammenblick wahrhaftig vollkommen – ich schwöre, ich habe Funken gesehen!«

Elidar rieb sich über die Augen. »Ich habe ein wenig Probleme, die Drachenmagie im Zaum zu halten«, gab sie zu.

»Und wenn du wütend wirst, versengst du deinen Kontrahenten?«

Sie musste lachen. »Nein«, sagte sie, »bis jetzt noch nicht. Aber ich fliege gelegentlich herum und kann mich nachher nicht mehr richtig daran erinnern.«

»Du – fliegst herum?« Er wollte über den Scherz lachen, aber es blieb ihm im Hals stecken, als er ihr Gesicht sah. »Das meinst du doch nicht ernst?«

Elidar bereute ihre Worte sofort. Sie lächelte und schüttelte den Kopf. »Nein, natürlich nicht. Hör mal, ich habe hier etwas, das ich dir gerne zeigen würde.« Sie zog das modrige alte Büchlein hervor, das sie immer bei sich trug.

Valerian sah es nicht an. Sein misstrauischer Blick haftete auf ihrem Gesicht. »Du hast das ernst gemeint«, sagte er anklagend.

»Valerian«, sagte Elidar und tippte auf das Büchlein. »Sieh es dir bitte an. Ich wüsste gerne, was du davon hältst – du bist doch ein Bücherfresser.«

Er wandte seinen Blick noch eine Weile lang nicht von ihr ab, dann senkte er ihn und begutachtete das Buch.

»Hm«, machte er, wendete es hin und her und schlug es schließlich vorsichtig auf. Er rümpfte ein wenig die Nase. »Woher hast du das?«

Sie erzählte es ihm. Er schüttelte den Kopf. »Ich habe keine Ahnung, was das sein soll. Ich kann es nicht entziffern, du?«

Sie schüttelte den Kopf. Er schob ihr das Büchlein mit spitzen Fingern wieder hin. »Wirre Krakelei. Wertlos, wenn du mich fragst. Der alte Sturm wird schließlich doch noch senil, was?«

»Ja, vielleicht«, antwortete sie enttäuscht. Sie trank ihren Becher leer. »Ich muss gehen, ich bin noch verabredet.« Sie stand auf.

Valerian legte den Kopf in den Nacken und sah zu ihr auf. Sein Haar leuchtete hell in der Sonne, und er musste blinzeln. »Siehst du, ich beherrsche es nicht, Drachentochter.« Er lachte.

»Leb wohl, Valerian«, erwiderte Elidar.

Er stand nicht auf, sah nur weiter mit zusammengekniffenen Augen zu ihr auf. »Sei vorsichtig«, sagte er. »Du wirst verfolgt.«

Elidar stockte der Atem. Warum sagte er das jetzt, und in so beiläufigem Plauderton, als hätte er ihr einen schönen Tag gewünscht?

Sie beugte sich lächelnd vor und fragte leise: »Wer – und wie kommst du darauf?«

Er lächelte und nickte fröhlich. »So ein krummnasiger kleiner Kerl. Er sitzt dort hinten an der Mauer und tut so, als ob er döst. Ich habe ihn eben schon beobachtet, als du über den Markt gegangen bist.« Er lachte, als hätte er einen Scherz gemacht, und Elidar stimmte ein.

»Und?«, fragte sie lachend.

»Ich habe mir nicht viel dabei gedacht – so, wie er aussieht, ist er ganz sicher kein Geheimpolizist des Kurators. Aber er beobachtet dich, und er ist aufgestanden, als du dich verabschiedet hast. Jetzt steht er dort drüben und schaut sich die Auslage des Gemüsehändlers an.«

Beide lachten noch einmal herzlich, dann drehte sich Elidar um, winkte Valerian zu und rief deutlich vernehmbar einen Abschiedsgruß. Sie ging zügig auf den Stand des Gemüsehändlers zu und betrachtete dabei den Mann, den Valerian meinte.

Krummnasiger kleiner Kerl, hatte er gesagt. Das war recht unfreundlich ausgedrückt. Der Mann war wirklich nicht allzu groß, hatte ein scharfgeschnittenes Gesicht mit einer großen Adlernase und samtdunkle Augen. Seine Haut war goldbraun getönt, das glatte Haar beinahe schwarz, und obwohl er in unauffälliger ledonischer Kleidung steckte, rief alles an ihm: Yasemit. Ein gutaussehender Bursche, dachte sie.

Sie bemerkte, dass er sie aus den Augenwinkeln beobachtete. Sie stellte sich neben ihn vor die minzgrünen Melonen, nahm eine davon und drückte sie prüfend, legte sie wieder hin und roch an einer Schlangenfrucht. »Was meinst du, ist die reif?«, fragte sie auf Yasmit.

»Sie riecht sehr gut«, erwiderte er ohne ein Zeichen der Überraschung. »Ich hatte sie auch schon in der Hand.« Er sah sie an. »Ibramarbi al Fasil, zu Euren Diensten«, sagte er mit einer kleinen Verbeugung.

Elidar legte die Schlangenfrucht hin und machte eine einladende Handbewegung. »Erzähle mir, was du von mir willst.«

»Hochedler Magister«, sagte der kleine Yasemit, »ich dachte mir, dass Ihr mich mit Euren zauberischen Fähigkeiten sogleich als das erkennt, was ich bin – ein armseliger Sohn der Wüste.«

Elidar lachte auf. »Wertester Ibramarbi, wenn du ein Sohn der Wüste bist, bin ich der uneheliche Sohn des Kurators. Ich erkenne einen Kayvaner, wenn ich ihn sehe.«

Der Yasemit lächelte und faltete entschuldigend die Hände vor dem Gesicht. »Seid mir nicht böse«, bat er. »Ich bin hier in einem fremden Land, unter Fremden, deren Sprache ich nur unzulänglich spreche und die mich herablassend behandeln. Ich verspüre großes Heimweh.«

Elidar sah ihn nachdenklich an. Das klang sehr aufrichtig, aber dennoch lag ein falscher Ton unter dem süßen Gesang.

»Warum hast du mich verfolgt?«, fragte sie geradeheraus.

Der Yasemit zuckte kurz mit den Lidern. »Ich habe Euch nicht …«, begann er, dann unterbrach er sich, lächelte, zuckte mit den Schultern. »Ach, es ist sinnlos, einen Magister anlügen zu wollen. Ja, Herr, ich habe Euch verfolgt. Seit ihr dort hinten mit Rui, dem Händler gesprochen habt.« Seine Augen funkelten. »Ich habe gesehen, wie Ihr das Dakh geritten habt. Es war wie ein Blitz in meinem Herzen.« Er presste seine Hände auf die Brust. »Ich wusste, dass Ihr der Rechte seid, Herr«, er blieb stehen und verneigte sich so tief, dass Elidar befürchtete, er werde jeden Moment umfallen. »Lass die Kriecherei«, sagte sie unangenehm berührt.

Er richtete sich geschmeidig wieder auf und legte die rechte Faust auf sein Herz. »Herr, ich biete Euch meine Dienste an.«

Elidar schüttelte den Kopf. »Ich brauche keinen Diener«, wehrte sie ab.

»Oh, doch!«, insistierte der lästige kleine Mann. »Ihr tretet eine lange, beschwerliche Reise an. Ruis Karawane ist kein angenehmer Aufenthaltsort für einen vornehmen Herrn wie Euch! Ein Diener würde Euch mancherlei Bequemlichkeit und Erleichterung auf der langen Reise verschaffen. Und ich verlange keinen Lohn – nur die Passage nach Kayvan.« Er verbeugte sich wieder und sah Elidar flehend an.

Sie seufzte. »Ibramarbi al Fasil, ich danke dir für dein Angebot. Aber ich benötige keinen Diener. Leb wohl.« Sie ließ ihn stehen und ging davon.

Es überraschte sie nicht, als an der übernächsten Ecke der kleine Yasemit wieder auf sie wartete. Sie war zügig gegangen, also musste er gerannt sein, aber sein Atem ging ruhig. Er verbeugte sich erneut, nicht ganz so tief wie zuvor und sagte: »Ich falle Euch lästig und bitte dafür um Vergebung. Darf ich dennoch an einem ungestörten Platz ein paar Worte mit Euch sprechen?«

Elidar wollte höflich und bestimmt ablehnen, aber dann zögerte sie. Das Verhalten des kleinen Mannes, der Ausdruck seines Gesichtes und seine Haltung hatten sich verändert. Vorhin auf dem Marktplatz hatte sie der Kayvaner noch an einen kleinen, winselnden Hund mit hängenden Ohren und eingeklemmter Rute erinnert. Aber jetzt war seine Haltung bestimmt und fest, er sah sie ruhig an, und alles Kriecherische und Honigträufelnde war aus seiner Miene und Gestik verschwunden.

»Ibramarbi al Fasil«, sagte sie nachdenklich, »du bist ein seltsamer Mann. Gut, lass uns miteinander reden.«

Er blickte sich aufmerksam um. »Gehen wir einfach weiter«, schlug er vor. »Ich achte darauf, ob uns jemand folgt.«

Elidar hob die Brauen, aber sie schwieg und ging neben ihm her. Er führte sie in einem engen Bogen durch die Altstadt, bis sie wieder in der Nähe ihres Ausgangspunktes angelangt waren. »Und?«, fragte Elidar halb amüsiert, halb ärgerlich.

Er hob die Hände in einer typisch yasemitischen Geste. »Ich denke, dass wir reden können.«

»Bitte, dann rede«, sagte Elidar nicht ohne Schärfe.

Er sah sie an, ohne zu blinzeln. »Eure Freunde sind in ihrem Versteck nicht mehr lange in Sicherheit«, sagte er. »Der Kurator lässt seine Geheimpolizisten die Altstadt durchkämmen. Und Ihr steht ebenfalls auf seiner Liste. Der Primispettor hat sich im Ordenshaus schon nach Eurem Aufenthaltsort erkundigt.«

Elidar ging weiter, obwohl ihr Herz einen erschreckten Satz machte. »Welche Freunde meinst du?«, fragte sie.

Er sah sie blinzelnd von der Seite an. »Nun, der – hm – malandakische Vater mit seiner kranken Tochter. Die so gerne das schöne und weit entfernte Kayvan besuchen möchten.«

Elidar packte seinen Arm und fühlte erstaunlich kräftige Muskulatur unter ihren Fingern. »Geh weiter«, sagte sie scharf. »Und nun verrate mir: Was willst du von mir?«

Er blickte ungerührt geradeaus. »Ich habe es Euch bereits gesagt: Ihr braucht einen Diener.«

»Und weshalb sollte ich dir vertrauen?«

Er schenkte ihr ein blitzendes Lächeln. »Vielleicht, weil ich dafür gesorgt habe, dass der geheimpolizeiliche Primispettor in Zukunft sehr wirkungsvoll an seinen Nachforschungen über Euch gehindert sein wird?«

Elidar blieb verblüfft stehen. Sie waren an einem kleinen Platz angelangt, von dem fünf Gässchen ausgingen. Von hier aus war es nicht mehr weit bis zu Morgenblütes Versteck.

Ibramarbi nickte Elidar zu und deutete auf den richtigen Weg.

»Halt«, sagte Elidar, die ihn immer noch festhielt. »Was hast du damit gemeint, dass er an seinen Nachforschungen gehindert ist?«

Der Yasemit lächelte sie an. Er vollführte eine schnelle, geschmeidige Bewegung, die ihn aus Elidars Griff befreite, und zeigte ihr seine Faust. Sie sah die schmale, scharfe Klinge darin, und noch bevor sie einen Schutzzauber um sich legen konnte, hatte Ibramarbi sich erneut bewegt, schnell wie der Schlag eines Flügels, und die Klinge war verschwunden.

Elidar atmete aus. »Du hast ihn getötet?«, fragte sie ungläubig.

»Er war dem Versteck auf der Spur«, sagte der Yasemit nüchtern. »Es hätte nicht lange gedauert, bis er es entdeckt hätte. Ein sehr fähiger Mann, dieser Geheimpolizist.«

»Gehen wir weiter«, sagte Elidar heiser. »Dort hinten schauen Leute zu uns her.«

»Harmlos«, winkte Ibramarbi ab.

Elidar fühlte sich, als hätte ein Unsichtbarer ihr einen festen Tritt versetzt. »Wer bist du und was willst du von mir?«, fragte sie erneut.

»Ibramarbi al Fasil, Sohn des Tuch- und Gemischtwarenhändlers Fahim und seiner Gemahlin Asma. Zu Euren Diensten, Magister Zorn.« Seine Stimme klang nach unterdrücktem Gelächter, und Elidar wurde wütend.

»Was willst du?«, fuhr sie ihn an.

»Ich will Euch dienen.«

»Warum, bei allen Dämonen aus Satt'kas unterster Hölle?«

»Weil ich denke, dass Ihr meine Dienste benötigt. Weil ich nach Yasaim zurück will und so pleite bin wie der Hund, dem man seine Flöhe gestohlen hat.« Er hob die Arme. »Seht mich an, Magister Zorn. Ich besitze nur das, was ich am Leibe trage, und das ist alt und zerschlissen. Meine Taschen sind gefüllt mit Wind, und mein Magen ist so leer wie das Alte Hafenbecken von Kayvan. Ich habe schon seit langem nicht mehr gesättigt in den Schlaf gefunden.«

»Du bist einer der Hunde Satt'kas«, entfuhr es Elidar.

Der kleine Mann zuckte ein wenig zusammen. »Das ist ein hässlicher Name«, sagte er vorwurfsvoll.

Die Hunde Satt'kas. Elidar erinnerte sich mit einem Schaudern, obwohl sie nie einem Mitglied dieser finsteren Bruderschaft begegnet war. Aber die Legenden, die sich um sie rankten, waren vielfältig und blutig. Es war kostspielig, einen Hund zu beauftragen – aber wer sichergehen wollte, dass ein Mord zuverlässig ausgeführt wurde und der Mörder seinen Auftraggeber auch unter Folter nicht preisgeben würde, der engagierte einen Hund. Und wenn solch ein Hund einmal die Fährte aufgenommen hatte, dann gab es für sein Opfer keine Rettung mehr.

»Hat dir jemand aufgetragen, mich zu töten?«, fragte Elidar ruhig.

Ibramarbi schüttelte den Kopf. »Nein«, sagte er. »Ich bin einem Mann hier in den Norden gefolgt, der mich um meinen Lohn betrügen wollte.« Er zuckte lächelnd die Achseln. »Er hatte kein Geld, und jetzt sitze ich hier fest. Die Ledonier sind ein seltsames Volk, sie beschäftigen nicht gerne Ausländer.«

Elidar nickte nachdenklich. So seltsam es auch klang – sie vertraute dem kleinen Meuchler. »Warum holst du dir dein Reisegeld nicht irgendwo hier in der Stadt?«, fragte sie. »Es gibt viele reiche Bürger hier.«

Er riss die Augen auf. »Ich bin kein Räuber und kein Dieb«, sagte er empört.

Sie musste lachen. »Also gut«, sagte sie kurz entschlossen. Es war vielleicht nicht das Schlechteste, einen fähigen Mörder in seinen Diensten zu haben, wenn es auf diese Reise ging. Er würde auf Morgenblüte aufpassen können, wenn Sao-Tan schlief.

»Also gut?«, fragte Ibramarbi. Er hob die Hand, und sie legte, statt sie einfach nur bekräftigend zu drücken, einen Drachen hinein. »Du bist engagiert. Hier ist dein erster Lohn – ein Halbdrachen. Vom Rest organisierst du uns eine Kutsche oder etwas Ähnliches. Wir müssen hier verschwinden, ehe der Kurator uns aufstöbert.«

»Eine Kutsche oder etwas Ähnliches«, wiederholte der Yasemit. »Ich finde Euch dort?« Er deutete mit den Augen auf das Haus am unteren Ende der Straße.

»Dort erwarte ich dich morgen«, bestätigte Elidar.

Er nickte und wandte sich zum Gehen. »Ihr werdet es nicht bereuen«, hörte sie ihn leise sagen, dann verschmolz seine Gestalt mit dem Schatten einer Seitengasse.

31

Sao-Tan weigerte sich, etwas von dem frischen Obst zu essen, bevor nicht seine Herrin gegessen hatte. Elidar sah, wie sein Blick verlangend auf einer dunkelroten Sonnenfrucht ruhte.

Elidar warf sie ihm zu. »Iss, Sao-Tan. Du nützt Morgenblüte nicht, wenn du vor Hunger und Sorge schlapp machst!«

Der Leibwächter betrachtete die Frucht in seiner Hand. Dann seufzte er und begann sie zu schälen.

Elidar beugte sich über die Prinzessin. Der Junge hatte eine einfache, aber saubere Strohmatratze besorgt, Kissen und Decken. »Morgenblüte«, sagte Elidar leise und berührte ihre Wange. Die Prinzessin seufzte und schlug die Augen auf.

»Ich habe frische Früchte, Gebäck und Wein mitgebracht«, sagte Elidar. »Darf ich dir etwas davon bringen?«

Morgenblüte richtete sich mit Elidars Hilfe auf. »Wie lieb von dir«, sagte sie. »Eine Aprikose, ein Schluck Wein und ein wenig Gebäck, ach, das wäre schön.«

Sie aß und trank in kleinen Bissen und Schlucken. Dann legte sie die letzten Reste beiseite und sank zurück auf ihr Lager.

»Darf ich versuchen, dir zu helfen?«, fragte Elidar. »Ich weiß nicht, ob es mir gelingt, aber ich habe an seiner Magnifizenz ein wenig üben können.«

Morgenblüte lachte schwach. »Versuche es, Drachentochter. Ich selbst habe mir nicht helfen können.«

Sao-Tan kam an ihre Seite und kniete wachsam neben ihr nieder. Elidar sah ihn an. »Ihr wird nichts geschehen«, sagte sie sanft. Sao-Tan nickte stumm.

»Habe ich euch schon erzählt, wie es weitergeht?«, fragte Elidar, um ihn etwas abzulenken. »Wir werden mit Ruis Karawane reisen, und wir treffen ihn in Settenberg. Dort ist ein ruhiges Gasthaus, in dem wir bequem auf ihn warten können.«

»Das ist schön«, murmelte Morgenblüte.

»Ihr beide reist als Vater und Tochter«, erklärte Elidar.

Sao-Tan riss die Augen weit auf und machte eine abwehrende Handbewegung. »Nein, nein«, rief er. »Das geht nicht! Auf keinen Fall!«

Elidar sah ihn verwundert an. Diese heftige Reaktion sah dem Leibwächter gar nicht ähnlich.

»Ich konnte euch schlecht als Prinzessin Morgenblüte und ihren Leibwächter einführen«, sagte Elidar geduldig. »Es war so schon schwierig genug, Rui dazu zu bringen, dass er uns mitnimmt. Die Stadt schwirrt vor Gerüchten.«

Sao-Tan schüttelte immer noch den Kopf. »Nicht ihr Vater«, sagte er. »Das geht nicht, Elidar. Der Vater meiner Herrin ist seine kaiserliche Heiligkeit, der 122. Dyen-Shu, der auch der Vater seiner kaiserlichen Heiligkeit, des 123. Dyen-Shu ist.« Er legte die Hand auf seine Brust und verneigte sich, dass sein Zopf auf den Boden schlug.

»Lass es gut sein, Sao-Tan«, mischte sich die Prinzessin ein. Der Wein hatte ein wenig Farbe in ihr bleiches Gesicht gebracht. »Mein Vater hat unzählig viele Kinder und die wenigsten sind von ihm. Also mach darum nicht so ein Getue, hörst du?«

Elidar sah Morgenblüte verblüfft an. Noch nie zuvor hatte sie aus ihrem Mund Worte gehört, die ihre hochedle, nahezu göttliche Abkunft infrage stellten.

Sao-Tan japste und schloss die Augen. »Prinzessin«, protestierte er schwach.

»Du bist ein Snob, Sao-Tan«, sagte sie, und es klang merkwürdig fröhlich. »Gewöhne dich besser an den Gedanken, dass deine heilige Herrin nun nicht mehr wert ist als das letzte Küchenmädchen am Smaragdenen Hof. Wir sind elende Flüchtlinge, mein ehrenwerter Vater.«

Sao-Tan starrte sie mit hervorquellenden Augen an. »Ihr entschuldigt mich«, sagte er endlich und stand hastig auf. Er vollführte eine abgehackte Verbeugung und rannte beinahe aus dem Zimmer.

Elidar sah ihm sprachlos nach. »Was hat er?«.

Morgenblüte schloss die Augen und seufzte leise. »Es ist schwer für ihn. Seit ich denken kann, dient er mir, und vor mir meiner Mutter. Das, was jetzt mit uns geschieht, ist für ihn beinahe noch schlimmer als für mich.«

Elidar schüttelte langsam den Kopf. »Ich glaube, dahinter verbirgt sich noch mehr«, murmelte sie. Aber dann vergaß sie Sao-Tan und sein sonderbares Benehmen und nahm Morgenblütes Hand. »Lass mich sehen«, sagte sie.

Die Prinzessin blickte ihr voller Vertrauen in die Augen. Elidar ließ die Lider sinken und tastete mit ihren Geistfingern die Lebenskraft ab, die den zierlichen Körper der Prinzessin durchwob. Es war anders als bei Magnifizenz Sturm. Dort waren es einige wenige kräftige Adern und starke Bahnen gewesen, die die nur noch spärlich tröpfelnde Lebenskraft durch den sterbenden Körper leiteten. Hier erspürte sie fein gewobene Strukturen, die sich bis in die kleinsten Ausläufer fein verästelten, und die ein milchig leuchtendes Spinnennetz bildeten.

Elidar musste sich überwinden, das feine Gespinst zu berühren. Sie tastete den zuckenden Energieströmen nach und fuhr die Hauptadern eine nach der anderen ab. Morgenblütes Lebenskraft floss ungestört und erstaunlich kräftig durch das feingesponnene Netz. Elidar versenkte sich etwas tiefer und warf einen Blick auf die darunter liegenden Ebenen. Sie erwartete das kraftvolle dunkle Glühen, das Sturms Zentrum nach seiner Heilung ausgezeichnet hatte, oder das feurige Lohen ihrer eigenen Mitte, fand aber auch hier einen völlig anders gearteten Kern vor. Das milchige Leuchten speiste sich aus einem Zentrum, das in einem so hellen Silber strahlte wie der volle Mond.

Sie tauchte auf und schüttelte sich erschöpft. Sao-Tan, der inzwischen zurückgekehrt war, reichte ihr schweigend einen Becher mit Wein, den sie dankbar annahm.

»Es ist alles gut, so weit ich das beurteilen kann«, sagte sie, als sie sich ein wenig erholt hatte. »Ich habe keine Spur einer Krankheit, eines Zauberbanns oder Giftes finden können. Deine Erschöpfung muss andere Ursachen haben.«

Morgenblüte nickte und schloss schläfrig die Augen.

Sao-Tan nickte ebenfalls. »Es ist die Krankheit des Mondes«, sagte er gedämpft. »Auch ihre Mutter litt darunter.«

Elidar sah ihn fragend an. Er legte den Daumen auf sein Herz. »Ihre Seele ist traurig«, sagte er.

Elidar machte ihm ein Zeichen, Morgenblüte schlafen zu lassen, und beide hockten sich dicht nebeneinander in die andere Ecke des Zimmers. Elidar erklärte ihm flüsternd, dass sie jemanden damit beauftragt hatte, ein Gefährt für sie zu besorgen.

Sao-Tan lauschte konzentriert, das Gesicht des alten Leibwächters war ernst und gesammelt.

»Wer ist der Mann?«, fragte er nur.

Elidar erklärte, dass Ibramarbi al Fasil, ein Yasemit, sich ihr als Diener angeboten habe. »Er weiß alles über uns«, fuhr sie fort. »Er kennt euer Versteck, er weiß, wer ihr seid und er behauptet, einen Geheimpolizisten, der uns auf den Fersen war, getötet zu haben.«

Sao-Tan zischte durch die Zähne. »Ich misstraue ihm.«

Elidar nickte. »Ich weiß. Aber ich bin Yasemitin. Und ich kenne den Codex der Satt'ka-Hunde. Er hat mein Handgeld akzeptiert, damit gehört der Hund mir, bis ich ihn fortschicke.«

Sao-Tan kniff die Augen zusammen. »Was ist das?«

»Eine Gilde von Meuchlern«, erklärte Elidar, die sich nicht sicher war, wie Sao-Tan auf diese Eröffnung reagieren würde. Würde er einen gedungenen Attentäter und Mörder als Diener und zweiten Leibwächter der Prinzessin akzeptieren?

Er überraschte sie erneut. »Ein Schlangenbruder?«, sagte er. »Das ändert meine Meinung. Wenn diese yasemitischen Hunde den Schlangenbrüdern meiner Heimat ähneln, dann können wir ihm vertrauen bis in den Tod.«

Elidar lächelte erleichtert. Die Reise würde sich mit dem kleinen Yasemiten an ihrer Seite sehr viel einfacher gestalten.

»Sao-Tan«, sagte sie leise. »Können wir Morgenblüte die Reise zumuten?«

Sein Blick war fester als seine Stimme, als er antwortete: »Ja. Sie ist stark, Elidar. Sei nachsichtig mit ihr. Sie hat ihre Söhne verloren und mit ihnen alles, was sie sich erhofft hatte.« Er verstummte, und wieder glaubte sie, das Schimmern von Tränen in seinen Augen zu erahnen.

Sie schloss stumm ihre Finger um seine Hand. Er atmete tief ein und wieder aus. »Ich bin ein nutzloser alter Mann«, sagte er. »Ich habe nicht verhindern können, dass Carelja meiner Herrin das Allerschlimmste antut. Vielleicht solltest du mich hier zurücklassen, Elidar. Ohne mich könnt ihr noch unauffälliger reisen …«

»Rede kein dummes Zeug, alter Narr«, ließ sich Morgenblütes Stimme vernehmen. »Du bist alles, was ich an Familie noch habe und jemals haben werde.«

»Prinzessin«, stammelte er und sprang auf die Füße, um gleich darauf in eine tiefe Verbeugung zu versinken. Elidar verdrehte die Augen. Morgenblüte winkte den Leibwächter an ihre Seite. Sie sprachen gedämpft miteinander in ihrer melodisch fließenden Sprache.

Elidar lehnte sich gegen die Wand des Zimmers und holte das kleine Buch aus der Tasche. Zum wiederholten Male versuchte sie vergeblich, die tanzenden Schriftzeichen zu entziffern.

»Elidar«, hörte sie Morgenblüte rufen. Die Prinzessin saß aufgerichtet auf ihrem Lager, ein Kissen im Rücken, und hielt ihr auffordernd die Hand entgegen. »Zeige mir, was du da hast!«

Elidar stand auf und reichte ihr das Buch. Morgenblüte nahm es und schloss ihre Hände darum. »Ein Mondstrahlbuch«, sagte sie erstaunt. »So eins habe ich zuletzt bei meiner alten Lehrerin Jin-Pa gesehen. Schau nur, Sao-Tan.«

Der Leibwächter beugte sich vor. »Ah«, sagte er ein wenig ratlos. »Das macht keinen sehr kostbaren Eindruck.«

Elidar lachte auf, und Morgenblüte neigte den Kopf. »So sehen sie aus, wenn der Mond sie nicht anlächelt.«

Sie hob die Hand über das modrige Büchlein und flüsterte ein paar Worte in ihrer Sprache. Weiches Licht strahlte auf das Buch nieder und badete es in flüssigem Silber.

»Oh«, sagte Elidar aufgeregt. »Das ist es – das ist das andere Buch! Ich habe darin gelesen!«

Morgenblüte lachte und das Licht erlosch. »Es strengt mich zu sehr an«, beklagte sie sich. Sie reichte Elidar das alte Buch. »Was steht darin?«

Elidar berichtete ihr von den wenigen Sätzen und einzelnen Wörtern, die sie entziffert hatte. Morgenblüte lauschte mit geschlossenen Augen. Dann hob sie erneut die Hand. »Der Silberdrache«, flüsterte sie. »Er ist der Schlüssel.« Ihr Kopf sank auf die Schulter.

Sao-Tan erhob sich und bettete sie wieder auf ihr Lager. Dann bedeutete er Elidar, das Zimmer zu verlassen, damit die Prinzessin in Ruhe schlafen konnte.

Elidar war nicht böse über diesen freundlichen Hinauswurf. Obwohl sie schon seit langem nicht mehr jede Nacht schlief und das Schlafen sogar zeitweise für eine ganze Woche oder länger vergaß, war sie dennoch müde und freute sich darauf, ein wenig ruhen zu können.

In dem kleinen, lichtlosen Raum am unteren Ende der Treppe breitete sie ihre Decke aus, rollte sich in den Mantel und schob ihren Reisesack unter den Kopf. Sie zog das Büchlein hervor und hielt es in den Händen. Mondschein. Das Licht des vollen Mondes war es, das die silberne Erscheinung des Buches zutage brachte. Und nicht nur dies … Sie dachte nun endlich darüber nach, was beim letzten vollen Mond mit ihr geschehen war. Ein halber Monat, wenn nicht sogar ein paar Tage mehr fehlten in ihrem Gedächtnis, und an ihrer Stelle fand sie Bilder von mondbeschienenen Wasserflächen und einige verwirrende Gedanken, Gerüche und Erinnerungen, die sie nicht einordnen konnte. Wann war der nächste volle Mond? Würde sie wieder die Kontrolle über ihr Leben verlieren? Das durfte auf keinen Fall geschehen, denn auf der Reise mit Ruis Karawane musste sie so wachsam sein, wie es nur möglich war. Der Kurator war offensichtlich nicht bereit, seine Zweitfrau in Frieden ziehen zu lassen. Elidar und Sao-Tan würden die Prinzessin Tag und Nacht zu bewachen haben.

Sie tastete nach dem Silberdrachen. Was hatte Morgenblüte damit gemeint, dass er der Schlüssel sei? Der kleine Anhänger lag kalt und still in ihren Fingern. Elidar starrte blicklos ins Dunkel, und ihre Gedanken wurden immer leiser und hörten auf…

Dunkel? Es war nicht dunkel. Sie schnaubte verächtlich. Was für eine erbärmliche Hütte dies war! Sie streckte sich und atmete tief die staubige, muffige Luft ein. Es würde gut tun, ein paar Schritte zu laufen. Dies war kein schlechter Körper, wenn man seine Beschränkungen in Kauf nahm. Unauffälliger als andere Formen des Daseins. Kaum jemand würde sich nach ihr umdrehen oder vor ihr davonlaufen.

Das kleine Buch in ihrer Hand zog ihren Blick auf sich. Sie blätterte darin herum, las hier eine halbe Seite, dort ein paar Passagen, zuckte die Achseln und steckte es nachlässig ein.

Als sie sich erhob, weckten leise Geräusche und Schritte ihre Aufmerksamkeit. Sie wich an die Wand des Zimmers zurück und wartete, die Lider halb gesenkt, damit der Glanz ihrer Augen sie nicht verriet. Wer auch immer dort kam, würde eine Überraschung erleben.

Von einem silbernen Leuchten umhüllt stieg eine hochgewachsene Gestalt die Treppe hinab. Sie betrachtete mit Wohlgefallen die breiten Schultern und kräftigen Glieder des Menschen. Der Silberglanz, der ihn umhüllte, verbarg seine Züge vor ihr, aber die waren ihr ohnehin unwichtig. Sie streckte sich mit einem kehligen Geräusch und richtete sich hoch auf, unwillkürlich ihre Gestalt wechselnd.

Der Mann erstarrte im Schritt, seine Hand flog hinauf zur Schulter und ein Schwert sprang hinein. Sie lachte gurrend. »Sieh an, ein großer Held«, spottete sie.

Er war in Windeseile die Treppe hinuntergelaufen und stand nun vor ihr, den Kopf hoch erhoben. Das Silberleuchten verschleierte immer noch seine Züge, aber sie sah das Erstaunen in seinen Augen. Dort war keine Angst, und das gefiel ihr.

Sie entfaltete ihre Schwingen halb und bemerkte, dass ihre Gestalt zwischen Mensch und Drache changierte. Die Hand, die sie ihm entgegenstreckte, war menschlich, und ebenso Beine und Körper. Aber sie blickte aus Drachenaugen, denn es war dämmrig hell in dem finsteren Raum. Warum konnte er sie überhaupt erkennen? Sie blickte ihre Hand an und erkannte, dass auch ihre eigene Gestalt von einem hellen Glühen umflossen war. Rötlich, wie Feuersglut. Sie lachte wieder.

Der Mann sank zu ihrer Verwunderung auf sein Knie, er legte das Schwert auf den Boden und senkte den Kopf. »Edle Li-Aung, Königin der Feuerdrachen«, sagte er demütig. »Nehmt mein Herz und meine Augen. Ich bin bereit zu sterben.«

Sie streckte die feuerumflossenen Arme aus. »Dann stirb, tapferer Held«, antwortete sie in der singenden Sprache des mandeläugigen Volkes.

Sie umschlang ihn und fühlte, wie sein starker Körper sich in ihrer Umarmung wand. Er schrie, und es lag gleichzeitig Schmerz und Ekstase in seiner Stimme. Die Drachenkönigin verschlang den Silbernen mit Haut, Haar und Knochen, sie nahm sein Herz und seine Augen, und er verging zuckend und stumm in ihrer Umarmung. Danach lag sie lange in der Stille und lauschte ihren eigenen Atemzügen, und die Gedanken waren sanfte Wellen, die an einen weit entfernten Strand schlugen.

Leise Schritte und eine Hand, die sacht an ihrer Schulter rüttelte, weckten sie aus dem Dämmerzustand, der weder Schlaf noch Traum war.

»Ich habe die Kutsche, Magister«, sagte der kleine Yasemit, der neben ihr hockte. »Sie steht drüben auf dem Hof des Kohlenhändlers, ich dachte, das ist weniger auffällig.«

Er sah sie fragend an. »Alles in Ordnung?«

Elidar schüttelte die Benommenheit ab. Was war geschehen? Undeutliche Bilder eines silberglänzenden Recken, der mit dem Schwert in der Hand vor ihr niederkniete, vergingen, als sie sie zu fassen versuchte.

»Alles in Ordnung«, murmelte sie. »Ich habe schlecht geträumt.« Sie stand auf und schüttelte ihren Mantel aus. »Warte hier, Ibramarbi. Ich sehe nach, ob meine Gefährten reisefertig sind.«

»Ibram«, sagte er. »Meine Freunde nennen mich Ibram.«

»Hast du Freunde?« Sie konnte sich diese Frage nicht verkneifen.

Er schenkte ihr ein weißblitzendes Lächeln. »FreundINNEN trifft es wohl genauer.«

Elidar lachte und lief die Treppe hinauf. Sie klopfte an, und nach einigen Momenten hörte sie Sao-Tans Schritte. Er bewegte sich seltsam schwerfällig, und als er die Tür öffnete, wirkte er ähnlich benommen und verwirrt wie sie, als Ibram sie geweckt hatte. »Geht es dir gut?«, fragte sie besorgt.

Er sah sie lange an, bevor er mit schleppender Stimme antwortete: »Ich bin eingeschlafen. Unverzeihlich.«

»Ich war doch unten«, sagte sie begütigend.

»Ja«, sagte er. »Du warst unten. Und da war …« Er verstummte und rieb sich mit einer matten Geste über die Augen. »Da war …«

Elidar meinte, einen silbrigen Schimmer um seinen geschorenen Kopf zu sehen. Dann war die Erscheinung fort. Er schüttelte sich und straffte die Schultern. »Komm herein.«

»Ibram hat eine Kutsche besorgt. Wann seid ihr reisefertig?«, fragte Elidar.

»Sofort«, hörte sie Morgenblüte antworten. Sao-Tans breites Kreuz hatte ihr den Blick versperrt, aber nun sah sie die Prinzessin, die neben einer kleinen Reisetruhe kniete und ein bunt besticktes Gewand zusammenfaltete. Morgenblüte trug ein schlichtes ledonisches Gewand mit einem dunklen Mantel darüber, und ihr lackschwarzes Haar bedeckte der züchtige Schleier einer verheirateten Ledonierin. Elidar staunte.

»Nun, ich kann nicht gut in einer seidenen Xiquang auf eine solche Reise gehen«, sagte Morgenblüte mit einem Lächeln. »Ich wollte ja Männerkleider, so wie du sie trägst, aber Sao-Tan hätte bei dem Gedanken fast der Schlag getroffen. Also habe ich mich für dies hier entschieden – schlicht und praktisch.« Sie stand auf und vollführte einen kleinen Knicks. »Zu Euren Diensten, edler Magister.«

»Morgenblüte, ich bin beeindruckt.« Elidar musste lachen. »Aber dann sollte Sao-Tan sich auch umziehen, und das wird schwierig. Wir können ihm schlecht auch so einen Schleier über den Kopf ziehen.«

Morgenblüte legte den Kopf schief und musterte ihren Leibwächter. »Na gut, der Zopf muss ab.«

Sao-Tan keuchte, seine Hand griff schützend an seinen Kopf. Morgenblüte sah ihn scharf an. »Geht es dir gut, Sao-Tan?« Die Frage klang ernstlich besorgt.

Er verbeugte sich. »Ich habe seltsam geträumt, Prinzessin. Ich bin der Drachengöttin begegnet und sie hat mein Opfer angenommen.«

Morgenblüte öffnete den Mund und schloss ihn wieder. Sie sah Elidar an, die ihren Blick verblüfft erwiderte. »Das ist wirklich seltsam«, sagte sie.

»Was ist die Drachengöttin, und welches Opfer verlangt sie?«, fragte Elidar.

Die beiden Malandaker vollführten gleichzeitig dieselbe Geste: Sie berührten Brust und Stirn mit den Fingerspitzen und verneigten sich dabei.

»Die Drachengöttin schützt unser Volk durch ihre vielen Kinder. Du trägst eins davon um den Hals – Li-Aungyin, den Silberdrachen«, sagte Morgenblüte dann. »Wenn ein Mann des Schwertes der Göttin sein Herz und seine Augen anbietet, dann verschlingt sie ihn und nimmt so seine Kraft in sich auf.«

Elidar wollte mehr darüber wissen, aber mit einem Mal wurde ihr schwindelig und sie griff Halt suchend nach Sao-Tans Arm. Die Berührung prickelte mit einer kleinen Entladung durch ihre Hand. Sein fester Griff umspannte ihren Arm und hielt sie. Sie spürte, wie ihre Knie nachgaben, und Sao-Tan sie trotz ihrer Körpergröße mühelos auffing und zu den zusammengelegten Decken trug.

»Gib ihr etwas zu trinken«, hörte sie Morgenblüte. Das Summen in ihren Ohren wurde lauter und übertönte alles andere.

Sie wusste, dass sie die Augen weit geöffnet hatte, aber dennoch war da nichts als samtene Dunkelheit, durchbrochen von einem kaum wahrnehmbaren, silbernen Glühen.

Sanfte Hände berührten ihre Stirn und brachten Ruhe. Sie spürte, wie der silberne Anhänger über ihren Kopf gezogen wurde. Es war ein Moment des Verlustes, und sie wollte dagegen protestieren, aber ihre Zunge gehorchte ihr nicht.

Sie hörte die beiden leise miteinander sprechen. Die Hitze in ihr stieg auf und durchglühte ihre Glieder. »Bring uns nach Hause«, hörte sie die Stimmen der Töchter betteln. Sie kämpfte darum, ihre Schwingen auszubreiten.

Kühle Hände legten sich auf ihre Stirn. Weiches Silberlicht floss durch ihren Körper und kühlte das Feuer. Mit einem Seufzer entspannte sie ihre verkrampften Glieder. Mondlicht. Es ließ seinen verführerischen Ruf hören. Es wäre so leicht, ihm zu folgen und nach Hause zu eilen, aber stattdessen würde sie mit diesen erdgebundenen Würmern über den staubigen Boden kriechen, Würmernahrung fressen und Wurmgedanken denken. Der Mond würde sich runden und wieder abnehmen, runden und wieder abnehmen, und sie wäre immer noch nicht dort, wo es sie voller Macht hinzog. Sie stöhnte.

»Schhh, Drachentochter«, murmelte eine besänftigende Stimme. »Feuer und Mondlicht, Mondlicht und Feuer. Lass sie zusammenkommen. Du bist nicht die Drachengöttin.«

Das funkensprühende Dunkel vor ihren Augen lichtete sich, Konturen schälten sich heraus. Ein Gesicht. Dunkle Augen, die besorgt auf sie herabblickten.

»Nicht die Göttin«, sagte sie schleppend.

»Nein.« Etwas Kleines, Schweres, Kühles landete in ihrer Handfläche und sie schloss die Finger darum. Sie kannte das Gefühl, es war der kleine Silberdrache.

»Nein, Liebes. Denn wärst du ein Feuerdrache, dann wäre Sao-Tan nicht mehr am Leben.« Die Prinzessin kniete neben ihr, sie sah fremd aus in den einfachen Kleidern. »Ich weiß nicht, was du bist. Du gehörst nicht zu meinem Volk.« Sie zuckte anmutig mit den Schultern. »Wir werden es herausfinden. Bis dahin möchte ich dich bitten, meinen Leibwächter nicht wieder zu fressen. Er wirkt etwas angegriffen.« Es war ein schwacher Scherz, und Elidar erkannte die Besorgnis dahinter.

Sie schüttelte die Benommenheit ab und setzte sich auf. »Ibram wartet«, sagte sie. »Wir sollten aufbrechen.«

Sao-Tan hatte die kleine Reisetruhe aufgehoben und stand an der Tür. Elidar spürte seinen fragenden Blick. Sie nickte ihm zu, und er erwiderte das Nicken ebenso ernst.

»Gehen wir also«, sagte die Prinzessin. Die Aussicht darauf, Cathreta hinter sich lassen zu können, schien sie erstaunlicherweise aufzumuntern.

Ibram, der geduldig neben der Tür gehockt hatte, sprang auf die Beine und verbeugte sich tief. »Hoheit, ich stehe Euch zu Diensten«, sagte er.

Morgenblüte schien erfreut über die ehrerbietige Begrüßung. Elidar warf Sao-Tan einen Blick zu. Der Leibwächter runzelte die Stirn, aber er sagte nichts. Stattdessen stellte er die Reisetruhe ab und deutete wortlos darauf.

Der kleine Yasemit öffnete den Mund und schloss ihn wieder. Mit einer weiteren Verbeugung nahm er die Kiste auf, ächzte leise und sagte: »Unsere Kutsche wartet dort drüben. Darf ich Euch führen?«

Elidar ging mit Ibramarbi und Morgenblüte voraus und Sao-Tan mit dem Schwert auf dem Rücken blieb einen Schritt hinter ihnen. Er hatte sich nicht überreden lassen, es weniger auffällig zu tragen. »Ich muss es schnell ziehen können, wenn meine Herrin angegriffen wird«, sagte er. »Und in Verkleidung sähe ich nur aus wie ein verkleideter Malandaker.«

Elidar musste ihm recht geben. Die Prinzessin in ihrem Mantel und dem Schleier konnte man auf den ersten Blick für eine Ledonierin halten, aber Sao-Tan war allein von seiner Körpergröße her eine auffällige Erscheinung. »Wir hätten dich als Magister verkleiden können«, sagte sie, ärgerlich, dass es ihr nicht eher eingefallen war. »Niemand wagt es, einen Magister allzu genau anzusehen.«

Auf dem Hof des Kohlenhändlers stand ihr Gefährt – eine unauffällige, nicht allzu komfortabel aussehende Kutsche, die von einem schlanken Dakh gezogen wurde. »Ich bin davon ausgegangen, dass ich der Kutscher sein würde«, erklärte Ibramarbi. »Und ich kann mit Pferden nicht umgehen. Außerdem war das Tier recht günstig.«

Elidar lachte. »Kein Ledonier würde freiwillig mit einem Dakh reisen. Aber gut, Rui wird sich freuen. Es sieht gesund und kräftig aus.«

Sie kraulte die empfindliche Stelle neben dem Ohrloch, und das Dakh brummte wohlig. Seine gelben, geschlitzten Augen schlossen sich zufrieden. Ibram verstaute die Truhe und Elidars Reisesack. »Alles einsteigen«, rief er fröhlich und kletterte auf den Bock.

Elidar half der Prinzessin in die Kutsche, dann kletterte sie hinterher. Als letzter kam Sao-Tan, der mit wachsamen Blicken Ausschau gehalten hatte, ob jemand sie beobachtete.

»Auf nach Yasaim«, rief Ibramarbi, ihr Kutscher, und schnalzte mit der Zunge, um das Dakh anzutreiben. »Ilal, ilal!«

»Vorwärts, vorwärts«, stimmte Elidar leise zu. Sie nahm Morgenblütes Hand und drückte sie fest. Die Prinzessin seufzte leise und ergriff mit der anderen Hand Sao-Tans Pranke. »Vorwärts«, sagte sie, und es klang halb wehmütig, halb abenteuerlustig. »Auf nach Yasaim!«

32

Es war still in dem kleinen Studierzimmer. Elidar hatte ihren beiden Zuhörern nur das Wichtigste erzählt – wie sollte sie auch die Ereignisse von beinahe fünfzehn Equils in ein paar dürre Worte gießen? Sie hatte kurz ihren Weg nach Ledon und die Aufnahme in den Spinnenorden skizziert, die Prinzessin als ihre Gönnerin und Freundin erwähnt (und dabei Luca nicht aus den Augen gelassen). Alles, was die Drachenkräfte anging, hatte sie nur am Rande gestreift.

Ibram brachte ihnen etwas zu trinken, und Elidar benetzte sich dankbar die Lippen. Sie spürte die Blicke Tajos und Lucas auf sich gerichtet – ungläubig und fragend.

Elidar trank erneut und stellte den Becher ab. »Ich danke euch für eure Aufmerksamkeit«, sagte sie. »Junger Freund, ich werde dich nun gehen lassen. Aber ich bitte dich, mich morgen gegen Abend wieder aufzusuchen.«

Tajo schwirrte der Kopf von der Geschichte, die der seltsame Magus ihr erzählt hatte. Oder die seltsame Magierin? Sie musterte den hageren Magister voller Misstrauen. Nein. Das war keine Frau. Warum versuchte er, ihr das weiszumachen? »Ihr bindet uns einen gewaltigen Dakh auf«, sagte sie zu ihm. Oder ihr?

Elidar warf den Kopf zurück und lachte. Sie lachte, wie sie es schon seit Equils und Zequils nicht mehr getan hatte, jedenfalls nicht, soweit sie sich erinnern konnte.

»So, tue ich das?«, sagte sie atemlos. »Luca, denkst du das auch?«

Der Söldner saß auf seinem Stuhl, das Gesicht in den Händen vergraben. Er hob den Kopf, und sein Gesicht war tief gefurcht. »Jemand hat Euch viel über mich erzählt«, sagte er. »Und er hat die richtigen Dinge gewusst, um mich bis auf die Knochen zu quälen. Ihr wisst das. Macht Euch nicht lustig über meine Trauer.«

Elidar schüttelte den Kopf. »Luca, alter Freund«, sagte sie sanft. »Ohne dich wäre ich niemals nach Ledon gekommen. Ich bin dir so dankbar, wie eine Waise ihrem Wohltäter nur sein kann. Verzeih mir, dass ich dich bis heute wie einen Bediensteten behandelt habe. Aber ich wusste nicht, was die Zeit aus dir gemacht hat. Was ich von Rui gehört habe, hat mich beunruhigt.«

Tajo atmete kaum noch und wartete gespannt auf die Reaktion.

Luca verschränkte mit grimmiger Miene seine Arme vor der Brust. »Auch wenn ich Euch Glauben schenken sollte – was wollt Ihr von mir?«

Elidar legte die Hände zusammen. »Ist die Frage nicht vielmehr: Was kann ich für dich tun? Ich habe eine Schuld zu begleichen. Du hast meinetwegen deinen guten Posten verloren und musst dich nun als Söldner verdingen. Hat denn der Alte Drache dich so schlecht entlohnt?«

Luca verzog das Gesicht zu einem humorlosen Grinsen. »Im Gegenteil. Fürstlich träfe es eher.«

Elidar runzelte die Stirn. »Was ist geschehen?«

»Meine Geschichte taugt nicht für jeden hergelaufenen Lumpenbengel«, erwiderte er hart. »Schick den Burschen fort, dann können wir meinetwegen reden. Nicht, dass ich dir auch nur eine Silbe glaube«, setzte er hinzu. Elidar bemerkte die vertrauliche Anrede und lächelte schmal.

»Geh nun, mein Junge«, sagte sie zu Tajo. »Morgen will ich dich wiedersehen, hast du verstanden?«

»Ich habe meine Arbeit«, wandte Tajo ein. Es gelüstete sie nicht sehr nach einem Wiedersehen mit diesem seltsamen Gespann.

»Dann sagst du deinem Herrn, dass Magister Zorn dich benötigt. Du kannst etwas zu essen bekommen und einen Schlafplatz für die Nacht, wenn dir das den Weg hierher versüßen würde.«

Tajo nickte wenig überzeugt. Sie wollte nichts weiter als hinaus aus diesem Zimmer, diesem Haus. Sie sprang auf die Füße und eilte zur Tür.

»Wenn du nicht kommst, werde ich dich finden«, hielt die sanfte Stimme sie noch einmal an. Tajo nickte wieder und wischte zur Tür hinaus.

»Nun sind wir unter uns«, sagte Elidar.

Der Söldner rieb sich mit einer resignierten Geste übers Gesicht. »So ist es«, bestätigte er, und seine Stimme und seine Haltung waren müde. Er schien mit einem Mal jede Härte und

Angriffslust verloren zu haben. Er legte die Hände auf die Knie und sah Elidar an. Das Misstrauen in seinen Augen erschien ihr wie eine Granitwand ohne Fugen und ohne Halt.

»Was willst du von mir?«, fragte er.

Elidar stand auf und schenkte Wein ein. »Du glaubst mir nicht«, sagte sie nüchtern.

Er nahm den Becher an. Langsam schüttelte er den Kopf. »Ich sehe dich«, sagte er. »Ich erinnere mich an das Mädchen, das nach Ledon ging. Es passt und es passt auch wieder nicht. Du bist anders als sie.« Er rang um Worte. Elidar erkannte, dass er schon lange nicht mehr mit jemandem geredet hatte. Nicht gekämpft, nicht gestritten, nicht um Handgeld gefeilscht – einfach nur geredet. Trauer verengte ihr die Kehle, und sie trank einen kleinen Schluck Wein. »Anders«, wiederholte sie dann. »Aber natürlich. Du hast ein Kind abreisen sehen. Auch du hast dich verändert, alter Freund. Du warst ein junger Gardist, der die Welt mit freundlichen Augen gesehen hat ...«

»Naiv, willst du sagen«, unterbrach sie Luca.

»Wenn du es so nennen willst. Nein, ich finde nicht, dass mein Retter naiv war. Ein bisschen unerfahren, das mag stimmen.«

Er senkte den Kopf. Sein Wein war immer noch unberührt. »Sag schon, was willst du?« Seine Stimme war rau.

Elidar seufzte. Sie stellte ihren Becher beiseite und beugte sich vor, um Lucas Handgelenke zu packen. Er wollte ihr ausweichen, aber sie war schneller, und als sie ihn festhielt, wehrte er sich nicht. Sie zwang ihn, ihr in die Augen zu blicken. »Luca«, sagte sie eindringlich, »ich will nichts. Nein, alter Freund: Was willst du?«

Er schnappte nach Luft, und seine Hände zuckten unter ihrem Griff. Elidar entließ ihn nicht. Sie spürte, wie die Drachenpräsenz sich in ihr rührte. *Gutes Material*, sagte die Königin anerkennend. *Kräftig. Narbig. Erfahren. Sieht aus, als wäre es ein passendes Männchen.*

Halt den Mund, erwiderte Elidar lautlos. Dieser hier ist definitiv *kein* passendes Männchen!

Die Königin schwieg. Lucas Augen hatten sich verengt. »Was war das?«

Elidar war verblüfft. Sie trug nun schon lange genug die Königin in sich und wusste mit ihren Einmischungen umzugehen. Nie hatte sie in den letzten Wochen erlebt, dass jemand etwas von ihren inneren Dialogen bemerkte.

»Was meinst du?«

»Deine Augen. Sie haben ihre Farbe gewechselt«, erwiderte er. Sein Gesicht zeigte Abscheu.

Elidar seufzte und ließ ihn los. »Du kannst gehen«, sagte sie. Sie stand auf und drehte sich zum Tisch.

Hinter ihr blieb es still. »Morgenblüte.« Der Name fiel wie ein Stein in einen Teich.

»Morgenblüte«, wiederholte Elidar. »Ja, natürlich.« Sie wandte sich um. »Was willst du wissen?«

»Wie geht es ihr?« Er hatte sich vorgebeugt, seine Hände fest um die Knie geklammert.

Elidar nickte. »Sie ist hier.«

Er fuhr auf. »Hier? Aber – wie kann das sein?«

Elidar erzählte ihm in aller Kürze, was sie vorher nicht erwähnt hatte.

»Wer passt auf sie auf? Sao-Tan?«, fragte Luca, als Elidar geendet hatte.

»Sao-Tan«, bestätigte sie.

Er nickte, seine Haltung entspannte sich. »Gut. Er ist der Beste.«

»Das ist er«, erwiderte sie leise.

»Bring mich zu ihr«, forderte er.

Elidar trank einen Schluck, um Zeit zu gewinnen. Sie musterte Luca über den Rand des Bechers hinweg. Das war nicht mehr der junge, hoffnungsvolle Gardist, den Morgenblüte in Erinnerung hatte. Sie schüttelte langsam den Kopf.

Jetzt war es Luca, der aufsprang und ihre Handgelenke packte. Sie wich nicht zurück.

»Bring mich zu ihr«, wiederholte er.

»Luca …«, begann sie, aber er unterbrach sie. Die Worte

sprudelten aus ihm heraus: »Ich bin kein armer Schlucker, den man aus der Gosse retten muss. Mukhar-Dag war ein großzügiger Herr, auch wenn wir uns nicht im Guten getrennt haben. Ich habe genug Geld, um der Prinzessin ein angenehmes Leben garantieren zu können. Nicht standesgemäß, nein, das ganz sicher nicht. Aber angenehm!«

»Warum …«

Wieder ließ er sie nicht ausreden. Seine großen Hände umklammerten ihre Handgelenke, und er sah ihr aus nächster Nähe eindringlich in die Augen. »Ich habe ein kleines Landgut außerhalb von Kayvan. Mein Verwalter ist ein fähiger und treuer Mann, er hält das Gut besser in Schuss, als ich es könnte. Ein Weingut. Es ist guter Wein, besser als dieser hier.« Er lachte, und es klang zittrig.

Elidar befreite sich aus seinem Griff und nahm seine Hände in ihre. »Luca«, sagte sie ruhig, »warum verdingst du dich dann als Söldner?«

Er seufzte. »Ich habe mir Feinde gemacht in Mukhar-Dags Diensten. Feinde unter den Dkhev ebenso wie unter den Menschen. Nachdem ich den Dienst des Alten Drachen verlassen hatte, habe ich das Gut gekauft und wollte mich dort zur Ruhe setzen. Keine Kämpfe mehr, keine schlechten Träume. Aber meine Vergangenheit hat mich verfolgt. Drei ›Hunde‹ habe ich in den ersten zehn Wochen töten müssen, und zwei Dkhev habe ich mit gebrochenen Knochen nach Hause geschickt. Es war eine Frage der Zeit, wann mich einer in einem unachtsamen Moment erwischt und tötet. Also habe ich mein Schwert lieber wieder umgegürtet.« Er grinste schief. »Niemand sucht mich hier. Hier bin ich nur ein abgehalfterter Söldner unter vielen.«

Elidar zog die Brauen zusammen. »Das sind schlechte Nachrichten. Die Prinzessin wäre in deiner Nähe in Gefahr.«

Er straffte sich. »Nein«, sagte er. Seine Kiefermuskeln spannten sich. »Ich gehe zu Mukhar-Dag und Nagib, dem Oberhaupt der kayvanischen Händler, und kaufe mich frei. Mit Geld geht in Kayvan alles!«

Sie neigte skeptisch den Kopf. »Hast du denn genug?«

»Es wird teuer, aber ich kann es mir leisten«, erwiderte er. »Ich werde einen Teil meines Gutes verkaufen. Mein Nachbar ist schon lange hinter den Weinbergen an der Grenze zu seinem Land her.«

»Du würdest für Morgenblüte tun, was du für dich selbst nicht getan hast?«

Er nickte, finster entschlossen. »Diese Weinberge sind mein wertvollster Besitz, ihretwegen habe ich das Gut gekauft. Ich hätte mich niemals von ihnen getrennt, aber in diesem Fall tue ich es gerne!«

Elidar ließ sich die Gedanken, die ihr durch den Kopf gingen, nicht anmerken. Sie nickte knapp. »Ich bringe dich zu ihr. Heute Abend.«

Er lachte erleichtert auf. »Heute Abend«, bestätigte er und wandte sich ab, plötzlich in Eile. »Ich muss vorher noch etwas … Benötigst du mich? Magister?«

Elidar schüttelte den Kopf. »Geh nur.«

Elidar stand auf dem flachen Dach des kleinen Hauses und blickte in den Himmel. Obwohl die Sonne schon tief im Nachmittag stand, lag die Hitze wie eine schwere Hand auf der Stadt.

Sie lehnte sich gegen die Brüstung und hielt ihr Gesicht in die auffrischende Brise, die vom alten Hafen über die Stadt wehte und ein heulendes, sausendes Geräusch in den Windtürmen verursachte. Sie bildete sich ein, den Geruch von Wasser und Tang einzuatmen, und der Gedanke brachte sie zum Lächeln. Der Ozean hatte sich schon vor einigen Menschenaltern von diesen Ufern zurückgezogen.

Vom Nur-Tayl erklang der Ruf zum Gebet. Die Dächer des Scha'Yassim-Serails leuchteten rötlich im Sonnenlicht, und Elidar schauderte. Der Alte Drache. Seit sie mit Ruis Karawane in Kayvan angekommen war, drückte sie der Gedanke an Mukhar-Dag wie ein Stein im Schuh.

Sie hatte den Alten Drachen immer nur halb im Scherz als ihren Vater bezeichnet. Zwar hatte sie nie gehört, dass ein Kind aus einer Verbindung von Menschenfrau und Dkhev hervorgegangen wäre, aber dennoch … Elidar trug die Drachenkraft in sich, und die stammte sicher nicht von einem menschlichen Elternteil. Sie legte die Hände auf die Brüstung und ließ für einen Moment die Schultern sinken. Was sollte sie tun? Zu Mukhar-Dag gehen und ihn fragen, ob er ihr Vater war? Wahrscheinlich würden sie gar nicht bis zu ihm gelangen. Es hieß, der Alte Drache habe sich vollkommen zurückgezogen und ließe niemanden mehr vor.

Schritte auf der Treppe rissen sie aus ihren Gedanken. Sie zog ihre Kapuze über den Kopf und wandte sich um.

»Luca ist zurück, Herr«, sagte Ibram, der kleine Yasemit. Seine Augen funkelten vergnügt. »Soll ich eine Kutsche mieten oder reiten wir?«

»Kann er mit seinem Bein reiten?«, fragte sie sich laut.

Ibram wiegte den Kopf. »Ich denke, ja.«

»Dann reiten wir«, entschied Elidar und ging zur Treppe. »Worüber amüsierst du dich so?«

Sie kletterte die Leiter hinab und Ibram folgte ihr. »Über nichts«, hörte sie ihn sagen. »Über gar nichts, Magister.« Sein Tonfall wirkte ähnlich vergnügt wie sein Gesicht.

Als Elidar Luca sah, wusste sie, was Ibram so erheiterte. Der Söldner war ganz offensichtlich bei einem Barbier gewesen und hatte sich rasieren lassen. Auch sein Haar war frisch geschoren und glänzte feucht. Außerdem hatte er sich in recht neue ledonische Kleider gewandet, die wohl für einen besonderen Anlass aufbewahrt worden waren. Sie rochen ein wenig nach getrocknetem Grellkraut, das Motten aus Kleiderkisten vertreiben sollte.

»Luca«, sagte Elidar erstickt. »Du hast dich aber nett zurechtgemacht.« Sie hüstelte.

Luca warf ihr einen schrägen Blick zu, aber seine erwartungsvolle Freude ließ sich durch nichts trüben. »Ich kann doch schlecht in Sack und Asche bei ihr auftauchen«, verteidigte er sich und ordnete verlegen die Falten seines dunkelblauen Mantels. Der Griff eines Schwertes schaute hervor und verschwand wieder.

»Du hast ja doch eine anständige Waffe«, entfuhr es Ibram.

Elidar erkannte es sofort. »Durftest du es behalten?«, fragte sie sanft.

»Ein Gardist trennt sich niemals von seinem Schwert – nicht solange er lebt. Und es würde auch für keinen anderen taugen«, sagte Luca melancholisch.

»Du warst in der Garde?« Ibram quollen die Augen aus dem Kopf.

Luca straffte sich. »Ich war ein Unsterblicher.«

Ibram lachte. »Das Dakh kannst du einem anderen aufbinden!«

»Dämliche Krummnase«, brummte Luca erstaunlich friedlich.

»Wenn ihr beide fertig seid, können wir vielleicht aufbrechen«, fuhr Elidar dazwischen. »Luca, kannst du reiten?«

Er nickte knapp.

»Hast du alles, was du benötigst?«, fragte sie Ibram, während sie sich auf den Weg zum Mietstall in der Nähe des Basars machten.

»Ich bin gut gerüstet«, erwiderte er. Er runzelte die Stirn. »Es missfällt mir, Euch alleine und ohne Schutz zurückzulassen.«

Elidar schmunzelte. Gelegentlich übertrieb Ibram es mit seiner Fürsorge ein wenig. »Ich bin nicht schutzlos«, sagte sie. »Aber danke, dass du dich um mich sorgst.«

Seine Stirn blieb gerunzelt. »Wir dachten, es sei vorüber«, wandte er ein, »aber die neuerlichen Vorfälle beunruhigen mich.«

Luca, der gedankenverloren ein Stück hinter ihnen gegangen war, beschleunigte seine Schritte. »Was ist geschehen?«, fragte er, als er Elidar eingeholt hatte.

Elidar musterte sein Gesicht. Er wirkte wieder wie der alte Luca, den sie als Kind kennengelernt hatte: Straff, wachsam, konzentriert. Soldatisch.

»Der Kurator«, sagte sie knapp. »Er ist uns auf der Spur – oder zumindest mir. Deswegen habe ich Morgenblüte auch nicht in meiner Nähe untergebracht, das war zu riskant.«

»Wir haben bisher jeden Attentäter aufgespürt, ehe er Schaden anrichten konnte«, fügte Ibram hinzu. »Ich hatte angenommen, es sei vorüber, weil seit einem Drittelequil nichts mehr vorgefallen ist. Aber jetzt ist wieder einer hinter uns her.«

Luca blieb stehen. »Wir sollten nicht reiten«, sagte er.

Ibram hob die Schultern und sah Elidar an.

»Es drängt mich zwar, sie wiederzusehen«, sagte Luca eindringlich, »aber nicht um jeden Preis. Ich will sie nicht gefährden!«

Elidar schüttelte den Kopf. »Wir reiten«, entschied sie. »Und wir halten die Augen auf. Es geht ein Stück durch ebenes Land, dort werden wir einen Verfolger unweigerlich entdecken.«

»Und töten«, fügte Ibram vergnügt hinzu und rieb sich die Hände. »Das ist sogar besser, als wenn wir in der Stadt auf ihn warten.«

Luca warf ihm einen erstaunten Blick zu. Dann wandte er sich wieder an Elidar. »Wir sollten sie nicht unnötig in Gefahr bringen«, drängte er. »Lass uns umkehren. Ibram und ich suchen nach dem Verfolger und stellen ihn. Dann können wir immer noch ...«

»Wir reiten«, sagte Elidar unnachgiebig und warf einen flüchtigen Blick zum Himmel.

Ibram folgte ihrem Blick. »Vollmond«, sagte er. »Heute?«

»Morgen«, erwiderte sie kurz.

»Ich verstehe euch nicht«, beklagte sich Luca, doch er folgte ihnen.

Ibram klopfte ihm auf den Arm. »Das ist auch nicht nötig. Tu einfach, was man dir sagt, Großer.«

»Halt's Maul, Krummnase!«

»Gebt Ruhe!«, befahl Elidar, und die Männer gehorchten.

Der Weg führte nach Osten. Auf dieser Seite Kayvans gab es einen kleinen Fluss, der das Land bis zu den Bergen grün und fruchtbar machte, nicht steinig und trocken wie auf der Westseite der Stadt. Felder und gelegentlich ein Bauernhof säumten ihren Weg durch die Ebene.

Dann erreichten sie ein kleines Landgut, das geschützt zwischen den Hügeln lag. Elidar sprang von ihrem Dakh und ließ es laufen. Luca, der langsamer vom Rücken seiner Reitechse stieg, sah dem davonschaukelnden Tier erstaunt nach. »Hast du keine Angst, dass es dir wegläuft?«, fragte er.

»Kein Dakh rennt Magister Zorn davon«, erklärte Ibram stolz. »Er ruft sie, und sie kommen.«

»So«, machte Luca skeptisch, aber er ließ sein Tier ebenfalls stehen, ohne es anzubinden. Er sah sich um. »Hier lebt sie?«, fragte er missbilligend.

»Hier lebt die Prinzessin«, bestätigte Elidar ungerührt. Sie öffnete das Tor und bedeutete ihm, ihr zu folgen.

Sie fanden Morgenblüte hinter dem Haus. Sie stand unter einem dunkelroten Tinkianbaum und hielt eine Wasserkanne in den Händen, gekleidet wie eine Yasemitin, die Gartenarbeit verrichtet. Elidar fand es immer noch seltsam, die Prinzessin so zu sehen, aber Morgenblüte schien sich in ihrer ärmlichen Umgebung erstaunlich wohl zu fühlen. Sie wirkte nicht mehr so zerbrechlich und durchscheinend wie noch vor zwei Equils in ihrem abgedunkelten Gemach im Palatium.

»Elidar«, rief sie, als sie die Ankömmlinge bemerkte. »Ich habe erst morgen mit dir gerechnet. Hast du dich im Mond geirrt? Sieh mal, ich habe einen Sarkarbusch gepflanzt!«

Eine hünenhafte Gestalt tauchte hinter ihnen auf. »Ein Fremder«, sagte der Leibwächter.

»Kein Fremder«, erwiderte Elidar und trat beiseite, damit Luca und Morgenblüte sich sehen konnten.

Luca starrte die Prinzessin stumm an.

Die Sonne stand schon tief und warf lange Schatten, ein buttergelber Mond stieg über den Horizont. Morgenblüte kniff die Augen zusammen.

»Wen bringst du mir?«, fragte sie mit unsicherer Stimme. Und dann: »Elidar, hast du ihn endlich gefunden?«

Sao-Tan ließ die Hand von seinem Schwert sinken. »Luca«, sagte er. »Sei willkommen in diesem Haus!«

Aber Luca sah und hörte nichts. Sein Blick hing an Morgenblütes zierlicher Gestalt.

Die Prinzessin breitete ihre Arme aus. »Luca«, wiederholte sie. »Du lebst und bist wohlauf!«

Er war in zwei langen Schritten bei ihr und verharrte zögernd, ehe er schwerfällig auf ein Knie sank und seinen Kopf senkte. »Hoheit«, sagte er heiser.

»Alberner Junge«, murmelte sie zärtlich und nahm sein Gesicht zwischen die Hände. »Du bist ja ganz knittrig geworden. Geht es dir gut?«

Elidar wandte sich taktvoll ab. Im Haus hörte sie Ibram mit dem Wasserkessel hantieren. »Sao-Tan«, sagte sie leise, und der Leibwächter trat an ihre Seite. »Ich reite heute wieder zurück.«

Er nickte, ohne sich seine Enttäuschung anmerken zu lassen.

Sie sah ihn an. »Und?«

Er erwiderte den Blick. »Du siehst müde aus«, sagte er. »Wollen wir hineingehen?«

Sie nahm seinen Arm. »Ich lasse Ibram hier. Und Luca wird sicherlich auch bleiben. Kommst du mit in die Stadt?«

»Morgen ist Vollmond.«

»Morgen, ja.«

»Was beunruhigt dich?«

Sie rieb sich über die Stirn. »Morgen ist schon wieder Vollmond. Ich kann das Drachenlicht immer noch nicht rufen, wenn ich es brauche. Morgenblüte hat sich solche Mühe gegeben, es mich zu lehren, aber ich bin zu schwach …«

Er legte seinen Arm um ihre Schulter, und sie lehnte sich einen Moment lang in die tröstliche Umarmung. »Sobald du es wirklich brauchst, wird es da sein.«

Ihr Blick wanderte über sein Gesicht. Die Bestimmtheit in seiner Stimme erstaunte sie. »Danke, dass wenigstens du an mich glaubst«, sagte sie ironisch. »Also kommst du mit mir?«

Er sah sie verwundert an. »Aber natürlich.« Sein Blick ging noch einmal zurück zu Luca und der Prinzessin.

»Bringst du es fertig, sie allein zu lassen?«

Er seufzte. »Ich muss es lernen. Sie ist erwachsen, weißt du? Und dies ist nicht der Smaragdene Hof und auch nicht das Palatium.«

»Das ist wahr. Tut es sehr weh?«

»Ja«, erwiderte er knapp. »Aber ich werde es überleben.«

»Der Tee ist fertig«, rief Ibram von drinnen. Elidar löste sich aus Sao-Tans Armen.

»Trinken wir Tee. Danach reiten wir zurück.«

33

Sao-Tan hatte Kissen und Polster auf das flache Dach geschafft, einen kleinen Tisch, Teller und Becher. Das Licht der Sterne und des beinahe vollen Mondes war so hell, dass jede Einzelheit der Stickereien und die Maserung des Tisches deutlich zu erkennen waren.

Elidar saß auf der Brüstung und wartete auf seine Rückkehr.

Als Sao-Tan erneut das Dach betrat, balancierte er ein Tablett mit einem Krug und kleinen Schüsseln. Elidar eilte zu ihm. »Du offenbarst erstaunliche Qualitäten«, neckte sie ihn.

Er nickte und deckte den Tisch. »Komm her. Iss etwas. Du siehst aus, als hätte sich Ibram nicht gut um dich gekümmert.«

Die Kissen waren weich und bequem, und als Elidar sich hineinkuschelte, bemerkte sie, wie müde und hungrig sie war.

Sao-Tan deckte die Schüsseln ab. Der Duft ließ sie beinahe ohnmächtig werden vor Verlangen. »Sao-Tan«, sagte sie, »du bist ein Wunder! Aber seit wann gehört so etwas zu den Aufgaben eines königlichen Leibwächters?«

Er füllte ihren Teller, schenkte den gekühlten Wein ein und ließ sich neben ihr auf den Polstern nieder. »Die Prinzessin erwartet von ihren Untergebenen eine gewisse Flexibilität.« Er hob seinen Becher. »Lass es dir gut schmecken.«

Elidar ließ sich nicht länger bitten. Wann hatte sie zuletzt etwas zu sich genommen? Manchmal vergaß sie das Essen einfach. Es war wie mit dem Schlaf – wenn man lange genug darauf verzichtete, vermisste man es nicht mehr. Oder zumindest fiel es nicht mehr so auf.

Sie aßen schweigend. Das kühle Mondlicht badete ihre Umgebung in sanftes Silber.

Gesättigt lehnte Elidar sich zurück. Sie legte den Kopf gegen ein dickes Kissen und betrachtete Sao-Tan.

Er saß entspannt da, hielt seinen Becher in den Händen und erwiderte ihren Blick. Auch er hatte seine Alltagskleidung gegen einen hellen yasemitischen Kaftan aus dünner Sirhukseide getauscht. Ließ man den Schnitt seiner Augen und Wangenknochen beiseite und die sanftgoldene malandakische Haut, dann hätte er ohne Weiteres eine Wiedergeburt der alten yasemitischen Könige sein können.

»An was denkst du?«, fragte er. Als sie es ihm erzählte, lachte er und deutete eine Verneigung an. »Du siehst mich mit freundlichen Augen, aber ich bin nur ein alter Schwertmann.«

»Alt ...« Elidar schüttelte den Kopf. »Du wirst mit jedem Tag jünger, Sao-Tan. Die Prinzessin hat es auch schon bemerkt.«

»Das Geschenk der Göttin an ihre Gefolgsleute«, erwiderte er. »Ich bin ihr dankbar. Du bist so jung, Elidar Zorn.«

Die Drachenkönigin hob ihr Haupt. *Jung*!, zischte sie, halb erbost, halb amüsiert. *Du armselige Eintagsfliege! Ich war jung, als diese Welt jung war. Alles hier war Ozean und frischer Wind, und die Berge stießen an den Himmel! Jung – du, du ... KIND!*

Elidar schüttelte sich. Als ihr Blick sich klärte, sah sie, dass Sao-Tan an die Balustrade zurückgewichen war. Die Kissen, an denen er gelehnt hatte, zeigten Brandspuren. Er kniete auf Händen und Füßen und hatte die Stirn auf den Boden gelegt. »Vergebt einem unwürdigen Sklaven«, hörte sie ihn sagen. »Ich habe Euch unwissentlich beleidigt. Straft mich nicht zu hart, Ewige!«

»Sao-Tan«, rief Elidar erschrocken aus und sprang auf. Sie eilte an seine Seite. »Bist du verletzt?«

Er hob den Kopf. »Nein. Ich bin wohlauf.«

Sie sah, dass der Ärmel seines Kaftans versengt war und griff nach seinem Arm. Er zog ihn weg. »Lass. Ich bin nicht verletzt.«

»Ach«, rief sie ärgerlich. »Ich sehe es doch. Lass mich dir helfen!«

»Nein«, wiederholte er stoisch. »Das ist das Mal der Göttin. Ich trage es mit Stolz.«

»Rede kein dummes Zeug«, fuhr Elidar ihn an. Die Sorge ließ ihre Stimme schärfer klingen als beabsichtigt. »Ich habe dich verletzt, weil ich meine Kräfte immer noch nicht unter Kontrolle habe. Es war meine Schuld und meine Schwäche, nicht mehr und nicht weniger. Du trägst schon viel zu viele Narben, die ich dir beigefügt habe!«

»Rede nicht so.« Er stand hoch aufgerichtet vor ihr. Sein Gesicht erschien im Mondlicht wie aus Marmor gemeißelt. »Jede Narbe, die die Göttin ihrem Schwertmann schenkt, ist ein Ehrenmal.«

»Sao-Tan«, sagte sie erschöpft. »Dies ist nicht eure Drachengöttin, sondern eine Kraft, die ich nicht erklären kann, und die auch Morgenblüte Rätsel aufgibt. Ich habe Angst, Sao-Tan. Nicht um mich – um dich!«

Er kniete ohne Hast neben ihr nieder und nahm ihr Gesicht zwischen seine großen Hände. »Wenn die Göttin mein Leben will, wird sie es nehmen. Fürchte nichts, meine Gefährtin. Ich bin stark.«

»Das weiß ich.« Sie drückte ihre Lippen gegen seine Handfläche. »Aber es ist nicht nötig, dass du Schmerzen erduldest. Lass mich die Verletzung sehen, Lieber.«

Er seufzte und überließ ihr seinen Arm. Sie streifte behutsam den Ärmel hoch. Mit einem schnellen Blick zum beinahe vollen Mond griff sie in die Luft, schöpfte eine Handvoll des blassen Silberlichtes und goss es über die nässende Wunde. Sao-Tan sog scharf die Luft ein.

»Nein, es schmerzt nicht«, beruhigte er sie, als er ihren besorgten Blick auffing. »Meine Seele zittert nur immer noch, wenn sie sieht, was du zu tun vermagst.«

»Sag deiner Seele, sie möge sich beruhigen«, murmelte Elidar unzufrieden. »Ich erwarte erst dann Beifall, wenn ich dies hier ohne die Hilfe des Mondes tun kann.«

Die Wunde schloss sich und hinterließ eine blassrote, haarlose Stelle, die ein wenig glänzte. »Narbe«, sagte Elidar mutlos.

»Du bekommst die Narbe, die du dir so sehr gewünscht hast, Mann des Schwertes.«

»Ich danke dir«, erwiderte er ernsthaft.

Sie schlug spielerisch nach ihm. »Du musst dich nicht auch noch über mich lustig machen. Geh, Sao-Tan. Spring vom Dach!«

Er stand auf, ohne eine Miene zu verziehen, verbeugte sich und stieg auf die Balustrade. Sie sah ihm ungerührt zu, und regte auch keinen Muskel, als er sprang.

»Ich weiß, dass dort ein Mauervorsprung ist«, sagte sie schließlich laut. »Komm, mein Held. Ich bin müde. Lass uns hineingehen.«

Sein Kopf tauchte über der Balustrade auf. Er lachte und zog sich wieder zurück aufs Dach. »Gehen wir schlafen. Morgen ist Vollmond.«

»Morgen«, bestätigte sie und schauderte. »Ach, Sao-Tan, ich fürchte den Mond mit jedem Mal mehr.«

»Fürchte nichts, meine Herrin.« Er nahm ihre Hand und geleitete sie zur Leiter. »Wenn die Göttin mich zu sich ruft, werde ich mit Freude gehen.«

Sie schüttelte wortlos den Kopf und folgte ihm hinunter ins Haus.

Der Morgen dämmerte rötlich und versprach einen weiteren glutheißen Tag. Sao-Tan lag auf dem zerknitterten Laken, eine dünne Decke über sich geworfen, und atmete leise und tief.

Elidar hatte lange gegen die Wand gelehnt im Bett gesessen und den Schlafenden betrachtet. Dann hatte sie leise das Büchlein hervorgeholt, um im Mondschein zu lesen.

Als der Mond unterging, saß sie am Fenster und blickte hinaus. Struppige Sandraben hüpften durch die Gosse, zankten miteinander und pickten auf, was an Essbarem im Unrat zu finden war. Ein magerer Hund rannte über die Straße, er verfolgte eine nicht minder magere Ratte. Später schob ein Händler seinen Karren vorüber, die Räder ratterten laut und quietschten. In der Ferne brüllten Dakhs, die zum Basar getrieben wurden. Ein Hahn krähte.

»Du hast wieder nicht geschlafen.«

Sao-Tan war aufgewacht, er stützte sich auf die Ellbogen und gähnte.

»Ich schlafe nicht«, erwiderte sie.

Er schüttelte den Kopf. »Das ist nicht gut. Ich kenne solche Zeiten. Es macht dich verrückt, wenn du zu lange wach bist.«

Sie stand auf. »Ich mache uns Frühstück. Bleib liegen, ich bin an der Reihe!«

»Der Junge kommt heute Abend.« Sie wischte den Teller mit dem Rest Brot ab. Vom Nachtmahl waren noch genug Reste für ein üppiges Frühstück übrig geblieben.

Sie trank von dem bitteren Cha'fai. »Der Junge, der Ibram die Börse gestohlen hatte.«

Sao-Tan verzog das Gesicht. »Das hat ihn getroffen«, sagte er verständnisvoll. »Der kleine Hund ist ein sehr stolzer Mann.«

»Ist er das?« Sie sah ihn einen Moment lang nachdenklich an. »Ja, wahrscheinlich hast du recht. Wie so oft.«

»Und der Junge?«

»Er hat nicht nur Ibram die Börse gestohlen, er hat sie auch benutzt. Und er hat mir Widerstand geleistet, als ich das hier mit ihm machte.« Sie griff mit Geistfingern nach Sao-Tan und zog ihn zu sich, um ihm einen Kuss zu geben.

»Dummer Junge«, sagte Sao-Tan. Elidar lachte und gab ihm einen Knuff.

»Die Börse zu benutzen ist schwierig?«

»Unmöglich«, erwiderte Elidar. »Ich habe Ibram dazu ermächtigt, aber für die Übertragung war eine längere Sitzung nötig, nach der du mich mit dem kleinen Finger hättest umstupsen können.«

Sao-Tan nickte. »Also hat er Kräfte.«

»Die hat er. Aber er weiß es nicht.« Sie runzelte die Stirn. »Und etwas ist seltsam mit dem Kind. Es erinnert mich …« Sie verstummte.

»Erinnert dich?«, fragte Sao-Tan nach einer Weile, aber als Elidar nicht antwortete, fragte er nicht weiter.

Er stand auf. »Da ich schon einmal hier bin, erledige ich ein paar Einkäufe.«

Elidar blickte zu ihm auf. »Warum schickst du mir keine Nachricht?«, fragte sie vorwurfsvoll. »Ich kann Ibram jederzeit bitten, euch etwas zu bringen. Morgenblüte soll keinen Mangel leiden.«

Sao-Tan verharrte. »Sie leidet nicht«, sagte er. »Natürlich trauert sie immer noch um ihre Söhne, aber auch dieser Schmerz lässt nach. Ich weiß, dass es unglaublich klingt, aber ich habe sie noch nie so zufrieden erlebt, seit ich sie kenne.« Er neigte den Kopf. »Und ich kenne sie seit ihrer Geburt«, setzte er leise hinzu.

Elidar musterte ihn mitfühlend. »Alles hat sich geändert, oder?«

»Sehr vieles«, bestätigte er ernst. »Sie sieht mich mit anderen Augen, glaube ich.«

»Nicht mehr als ihren Bediensteten«, murmelte Elidar. »Einer der treuesten, einer der ältesten. Aber jetzt … was bist du jetzt für sie?«

»Ich bin Malandakay.« Er klang ein wenig bitter. »Ich erinnere sie an das, was sie verloren hat. Und obwohl sie zufrieden ist, zufriedener denn je, bin ich ein Stein in ihrem Schuh. Ich erinnere sie an ihre toten Söhne und an ihre verlorene Stellung.« Er seufzte.

Elidar schüttelte den Kopf. »Sag es ihr.«

»Nein.« Er klang bestimmt.

»Sie ahnt es doch.« Elidar ließ nicht nach. »Oder sie weiß es und will es nicht zugeben. Das ist doch albern.«

»Nein. Sie ist Nyimaganyi-Chun, Prinzessin des Smaragdenen Hofes, Tochter des 122. Dyen-Shu, Schwester Seiner kaiserlichen Heiligkeit, des 123. Dyen-Shu von Malandakay. Ich kann ihr das nicht auch noch nehmen.«

»Das tust du nicht«, sagte sie heftig. »Sie selbst hat gesagt, dass ihr Vater viele Kinder hatte und bei weitem nicht alle von ihm …«

»Die anderen«, unterbrach er sie. »Die anderen. Nicht sie! Nicht meine Prinzessin!«

»Satt'kas Hölle«, fluchte sie. »Sao-Tan, ihr Vater zählte gute siebzig Equils, als Morgenblüte zur Welt kam! Ihr Bruder ist vierzig Equils älter als sie! Sie kann doch nicht ernsthaft glauben …«

»Doch, das kann sie.«

Elidar gab auf. »Den Dickkopf hat sie von dir«, murmelte sie.

»Von ihrer Mutter«, entgegnete er und lächelte.

Elidar verbrachte den Tag in ihrem Studierzimmer. Sie rekapitulierte die Seiten des Büchleins, das sie in der Nacht gelesen hatte. Seit Morgenblüte ihr gesagt hatte, wie es zu lesen sei, hatte Elidar jede Mondnacht, die ausreichend Licht bot, genutzt. Es war ein schmales Buch, und dennoch schien sich sein Inhalt auf merkwürdige Art zu vermehren oder zu ändern. Nie fand sie eine Passage wieder, die sie ein zweites Mal lesen wollte. Deshalb bemühte sie sich, das Gelesene gut einzuprägen, auch wenn sie es nicht verstand.

»Drachenlicht«, sagte sie halblaut. »Wenn ich doch nur in der Lage wäre, es zu erzeugen!« Morgenblüte hatte es ihr geduldig immer wieder gezeigt, aber sie wollte und wollte diesen Zauber nicht meistern. Er erschien so leicht, und die Prinzessin hatte ihr versichert, dass es einer der Zauber war, den sie selbst zuallererst gelernt hatte.

Seufzend breitete Elidar die Hände aus und formte eine Schale. Silbernes Mondlicht. Sie sah es vor sich, sie konnte seine kühle Kraft fühlen. Es schien durch ihre Adern zu pulsieren. Doch nichts konnte es dazu bewegen, sich in ihren Händen zu zeigen.

Als ihre Finger zu prickeln und zu summen begannen – ein Zeichen dafür, dass sie zu viel Kraft aufwendete, es zu sehr WOLLTE – schüttelte sie die Hände aus und stand auf. Der Junge würde jeden Moment hier erscheinen und sie wollte ihn nicht im Hauskaftan empfangen. Das würde sicherlich nicht den gewünschten Eindruck machen.

Sie hörte, dass Sao-Tan sich im Haus bewegte, und fröstelte. Waren es ein Dutzend Vollmondnächte oder mehr? Es mussten mehr sein. Jede dieser Nächte hatte die Gefahr in sich geborgen, dass er die aufgehende Sonne nicht mehr erblickte. Bisher hatte er immer nur ein paar neue Narben davongetragen, die seinen Körper zerklüfteten. Sie betete zu seiner Drachengöttin, dass diese ihren Schwertmann weiterhin beschützte. Sie selbst konnte dies offensichtlich nicht.

Es klopfte, und sie hörte, wie Sao-Tan zur Tür ging und sie öffnete.

Sie schlüpfte in ihren Mantel und zog die Kapuze über. Ein bisschen Theater gehört dazu, dachte sie.

Es klopfte, diesmal an der Tür zum Studierzimmer. Sie ließ die Tür aufschwingen. »Danke, Sao-Tan«, sagte sie.

Der Leibwächter verneigte sich stumm und zog sich zurück. Der Junge stand unschlüssig in der offenen Tür.

»Komm herein«, sagte Elidar.

Es schien, als wolle er fortlaufen, aber dann trat er ein und wartete.

Als die Tür hinter ihm ins Schloss fiel, zuckten seine Lider, doch er sagte nichts.

Elidar deutete auf den Stuhl. »Setz dich. Verrätst du mir heute deinen Namen?«

Der Junge senkte den Kopf, sein Gesicht wurde von dem struppigen Schopf verdeckt. Er schüttelte den Kopf.

»Erzähl mir von dir«, forderte Elidar ihn auf.

Er sah sie trotzig an. »Was wollt Ihr von mir? Ich habe Euch nichts getan.«

Elidar rieb sich über die Augen. Was wollte sie von dem kleinen Streuner? »Du hast keine Eltern«, sagte sie. »Und ganz sicher hast du keinen Unterschlupf, du bekommst nichts Anständiges zu essen, deine Kleider sind Lumpen. Ich biete dir an, zu bleiben. Du kannst hier wohnen und ich kümmere mich um dich.«

»Warum?«, fragte er.

Warum. Sie wusste es nicht. »Ohne jeden Hintergedanken«, sagte sie laut. »Ich war auch einmal so ein Herumtreiber wie du.

Ich hätte mich gefreut, wenn …« Sie unterbrach sich. Hätte sie das? Nein, sie wäre voller Misstrauen gewesen und hätte die Hand gebissen, die versuchte, sie zu füttern. Elidar lachte auf. »Also gut. Möchtest du für mich arbeiten? Du kannst Ibram zur Hand gehen. Einkaufen und fegen und unser Essen kochen.«

Der Junge verengte seine Augen zu Schlitzen. Dann lächelte er. »Ich bin kein Diener.«

»Was bist du denn?«

»Ich werde ein Meisterdieb«, erwiderte er stolz. »Der König der Diebe unterrichtet mich.«

Elidar lachte erneut auf. »Der alte Karem lebt also noch?«

Der Junge öffnete verblüfft den Mund. »Ihr kennt ihn?«

»Ich bin hier aufgewachsen, so wie du«, versetzte sie. »Jeder kennt Karem. Er bildet aber keine Mädchen aus – und ich wollte ohnehin schon immer Zauberer werden.«

»Mich hat er genommen«, sagte das Kind stolz. Dann schlug es sich vor den Mund, und sein Gesicht wurde blass unter der Schicht aus Sonnenbräune und Schmutz.

»Ah«, machte Elidar und setzte sich auf. »Natürlich! Das ist es!« Sie beugte sich vor und musterte das Kind eindringlich. »Kennst du den Alten Drachen?«, fragte sie.

»Ja. Ich habe Schulden bei ihm, und er wird mir die Zunge rausreißen und mich fressen, wenn ich sie nicht bezahle. Aber ich werde ein Meisterdieb, und dann ist er zufrieden und ich bin es auch!«

Elidar seufzte. »Ich könnte deine Schulden bezahlen«, bot sie an.

»Ich kann das alleine. Danke. Darf ich gehen?«

»Überleg dir mein Angebot. Du kannst hier wohnen.«

Kopfschütteln. Elidar seufzte. »Nun gut, du willst unabhängig sein. Ich verstehe das. Warte.« Sie hob die Hände und öffnete die Kette, die sie um den Hals trug. »Komm her.« Sie legte dem Kind die Halskette um und schloss sie.

»Was ist das?«, fragte es misstrauisch.

»Ein Talisman. Er wird dir Glück bringen und Unheil abwehren.«

Das Mädchen nestelte den Anhänger hervor und schielte darauf herab. Ein Lächeln glitt über ihr Gesicht. »Wie schön«, sagte sie atemlos. »Ein Drache?«

»Ein Drache«, bestätigte Elidar. Ihr Herz war schwer.

Das Mädchen hob den Blick und sah sie zum ersten Mal richtig an. »Danke«, sagte sie. Dann zögerte sie und setzte hinzu: »Tajo. Tajbanu, eigentlich.«

»Tajo«, wiederholte Elidar. Sie hob die Hand und legte sie kurz auf den Kopf des Mädchens. »Geh mit dem Segen der Götter, Tajbanu, Tochter der Drachen.«

Dann öffnete Elidar mit einem Gedanken die Tür. »Komm vorbei, sooft du magst«, rief sie ihr hinterher, dann schlug die Haustür zu. Elidar stützte das Kinn in die Hand.

»Er ist weg«, sagte Sao-Tan, der lautlos herangekommen war.

»Sie ist weg«, bestätigte Elidar. Die Augen des Leibwächters weiteten sich kurz. Dann nickte er. »Das hat dich gestört! Ist sie – wie du?«

»Ich weiß es nicht. Vielleicht.« Elidar erhob sich und streifte den Mantel ab. »Morgen werde ich den Alten Drachen aufsuchen, ich habe es lange genug vor mir hergeschoben.«

»Morgen«, wiederholte Sao-Tan. »Nun iss etwas. Du brauchst deine Kraft zuerst für heute Nacht.«

Elidar zog es jedoch vor, zu fasten. Sie saß im Schneidersitz auf dem Dach des Hauses und sah, wie der Mond sich über die Dächer erhob. Sie fröstelte trotz der drückenden Hitze, die nach einem langen Sonnentag immer noch herrschte.

»Königin«, dachte sie. »Königin, ich bitte dich um eins: Lass mich heute Nacht ganz und gar ich sein. Lass mich sein, wie ich bin. Ich habe Angst um ihn.«

Die Drachenkraft hob ihren Kopf und züngelte. *Angst um ihn? Willst du mir sagen, dass er tapferer ist als du? Er ist der Gefährte seiner Göttin.*

»Das glaubt er.« Der Gedanke schmeckte bitterer als Cha'fai.

Ich soll dich also lassen, wie du bist. Ganz und gar du selbst. Der Gedanke schien die Drachenkönigin zu amüsieren.

»Ich bitte dich darum.«

Sie erhielt keine Antwort. Mit einem tiefen Atemzug öffnete sie weit ihre Augen und fixierte den vollen Mond. Sein Licht floss über ihre Haut und färbte sie silbern wie Eis und Wasser. Sie spürte dem Feuer in ihrem Inneren nach. Seit einigen Mondwechseln veränderte es sich. Seine Flammen verblassten und es brannte weniger heiß. Zuerst hatte sie befürchtet, dass ihr Feuer verlösche. Aber dann erkannte sie, dass es immer noch genauso stark und kräftig brannte wie zuvor. Nein, es loderte sogar heftiger als noch vor einem Equil. Dennoch gaben die Flammen kaum mehr Hitze ab und schienen wie Eiszapfen zu sein. Was auch immer geschah, es schien ihre Kräfte nicht zu mindern.

Sie hob das Gesicht und die Hände dem Mondlicht entgegen.

»Ich bin bereit«, sagte sie. »Komm zu mir.«

Obwohl sie nur leise gesprochen hatte, hörte sie wenige Atemzüge später die Leitersprossen quietschen. *Der Gefährte kommt.*

Sao-Tans Gestalt erschien ihr wie ein Abbild ihrer selbst. Seine Glieder glänzten wie in flüssiges Silber getaucht. Sie betrachtete ihn genau. Jünger mit jedem Mal, dachte sie. Er wirkt kaum noch älter als seine Tochter. Und dennoch fürchte ich um ihn …

Er kniete vor ihr nieder und senkte den Kopf. »Euer unwürdiger Diener kniet zu Euren Füßen, Ewige.«

Elidar unterdrückte ein unwilliges Schnauben. »Sao-Tan«, sagte sie. »Lass das! Steh auf, ich bitte dich.« Sie beugte sich zu ihm, und er griff nach ihr und zog sie lachend an sich.

»Du Mistkerl«, flüsterte sie atemlos. Er hob sie mühelos hoch. Wieder einmal erstaunte sie die Kraft seiner Glieder und die Zärtlichkeit seiner Berührung.

Er bettete sie auf die Polster, die noch von der vergangenen Nacht hier lagen. Sein Gesicht und seine Augen schimmerten im hellen Licht der Gestirne. Elidar erwiderte seine Umarmung und vergaß für eine unmessbare Zeit all ihre Befürchtungen.

Der Mond stieg am Himmel empor und wurde kleiner und heller. Sein Licht badete ihre Körper und kühlte die Hitze. Sie umklammerte Sao-Tans Leib mit geschlossenen Augen und genoss das Gefühl, sich an der Grenze zwischen Hitze und Kälte aufzulösen und zu verlieren. Sie grub ihre Finger in seinen Rücken. Da stöhnte er auf, tief und von Schmerz erfüllt. Elidar öffnete die Augen und blickte entsetzt in sein Gesicht, das sich in Agonie verzerrte. Sie sah scharf und kalt, die Nachtluft strich nicht länger über schweißbedeckte Haut, sondern über Panzer und Horn. Sie spürte, wie starke Flügel sich spannten. Es gelüstete sie danach, das kleine Wesen zu zerreißen und davonzufliegen in den nächtlichen Himmel, um unter den Sternen zu tanzen.

Wieder stöhnte Sao-Tan. Sein Name, der in ihrem Inneren erklang, riss sie aus ihren Drachengedanken. Mit einem Schrei löste sie ihren Griff und sah, wie Sao-Tan zu Boden sank.

Elidar zwang sich in ihre menschliche Erscheinung zurück und kniete neben dem Bewusstlosen nieder. Ihre Drachenklauen hatten seinen Rücken aufgerissen, und er lag in einer Lache seines Blutes, die schnell größer wurde. Er atmete zwar noch, aber nur flach und unregelmäßig.

Hastig griff sie ins Mondlicht und ließ es über seine Wunden fließen, um die Blutung zu stoppen. Dann tauchte sie in ihr Inneres. Sie hatte ihr erkaltetes Feuer noch nicht erprobt, aber sie durfte keine Zeit verlieren. Sie formte es trotz der damit verbundenen Schmerzen, und lenkte die Kraft in Sao-Tans verwundeten Leib.

Elidar biss sich auf die Lippe, bis der salzige Geschmack von Blut ihren Mund füllte, und hielt die Spannung zwischen Kälte und Hitze, die sie schier zu zerreißen drohte.

Endlich seufzte Sao-Tan tief und schlug die Augen auf. »Göttin, hilf mir«, murmelte er.

»Ruhig«, sagte sie mit erstickter Stimme. »Ruhig. Alles wird gut.« Er sah sie an, aber sie konnte erkennen, dass er sie nicht wahrnahm.

Lange wanderte der Mond über den Himmel, und die Sterne

zogen ihre stummen Kreise. Erst als es zu dämmern begann, tat Sao-Tan einen langen Atemzug und schloss die Augen. Er schlief endlich.

Elidar löste sich von seinem Körper und sank auf Hände und Knie. »Warum hast du mich nicht gelassen?«, dachte sie voller Bitterkeit.

Worüber beklagst du dich?

»Ich hatte dich um etwas gebeten.«

Und ich habe dich gehört. Du bist undankbar, junge Königin.

Elidar legte sich neben Sao-Tan und zog eine Decke über sie beide. Sie war zu erschöpft, um mehr tun zu können. »Undankbar?«, fragte sie. »Es war nur eine kleine Bitte. Du hättest sie mir gewähren können.«

Das habe ich getan.

Die Drachenpräsenz schwieg, und ihre Worte hallten in Elidars Innerem wider. *Das habe ich getan …*

Sie schlief ein, zum ersten Mal seit über einem Equil, und ihre Träume waren wirr und quälend. Sie war kein Mensch mehr, sondern eine geflügelte Bestie, die Tod und Zerstörung über die Stadt brachte. In ihren Träumen sah sie alle sterben, die sie liebte: Morgenblüte und Valerian lagen in ihrem Blut, Luca und ihre Ziehmutter, an die sie schon so lange nicht mehr gedacht hatte, verbrannten zu kleinen Haufen Asche und Knochen, Bär wand sich in Zuckungen, während sie ihn zerfleischte, Sao-Tan starb mit ihrem Namen auf den Lippen …

Mit einem Schrei fuhr sie hoch und wusste nicht, wer oder wo sie war. Eine große, warme Hand berührte ihr Gesicht, auf dem sich Schweiß und Tränen mischten. Die Sonne brannte erbarmungslos auf das ungeschützte Dach nieder, aber ein improvisiertes Sonnensegel behütete sie und den Mann an ihrer Seite.

Sie richtete sich auf und schüttelte die Träume ab. Sao-Tan saß gegen die Brüstung gelehnt da. Er war etwas blasser als sonst, schien aber wohlauf zu sein. »Ich bin untröstlich«, sagte er. »Ich habe es nicht geschafft, dich zu wecken oder hinunter ins Haus zu tragen.«

Sie kam auf die Knie und stieß mit dem Kopf gegen die Decke, die er als Sonnenschutz aufgespannt hatte. »Geht es dir gut?«, fragte sie. »Lass mich deinen Rücken sehen.«

Er machte keine Anstalten, sich umzudrehen. »Meinem Rücken geht es gut.«

»Ich sehe doch, dass du noch Schmerzen hast.«

Er neigte den Kopf. »Es geht mir gut«, wiederholte er stoisch. »Die Göttin hat mich gezeichnet, aber sie hat mein Leben verschont. Ich bin dankbar.«

»Du sollst nicht …«, schrie Elidar auf, dann atmete sie tief durch und schüttelte ihren benommenen Kopf. »Ich habe Angst«, sagte sie leise. »In einer von diesen Nächten werde ich dich töten. Es war nahe daran, Sao-Tan, so nah!«

»Wenn mein Tod der Göttin gefällt, werde ich gehen«, erwiderte er. »Und du solltest stolz darauf sein, so wie ich es bin. Jeder von uns weiß, dass er eines Tages sein Leben für die Göttin geben muss. Das ist das erste, was ein Schwertmann lernt.«

»Sao-Tan«, sagte sie hilflos. Er hob die Hände und zog sie in seine Arme.

»Sei stolz, meine Herrin«, wiederholte er sanft. »Ich lebe, weil du mich verschont hast. Ich danke dir dafür.«

Sie fühlte Tränen über ihr Gesicht laufen. Wann hatte sie das letzte Mal geweint? Sie konnte sich nicht erinnern. »Ich habe sie gebeten, mich wenigstens in dieser Nacht sein zu lassen, was ich bin«, flüsterte sie. »Ein Mensch, und nichts als ein Mensch. Sie hat geantwortet, dass sie meinen Wunsch gewährt habe. Sao-Tan, was bin ich?«

Er neigte sich über sie, um sie zu küssen. »Du bist Li-Aung, Königin der Feuerdrachen.«

Sie machte sich frei. »Nein, das bin ich nicht.« Ihre Stimme war ruhig. »Du weißt es, Sao-Tan. Das Feuer verwandelt sich in Eis. Ich bin kein Feuerdrache, Morgenblüte hat recht.«

Er sah sie mit weit geöffneten Augen ruhig an. »Es gibt nicht nur Li-Aung.« Er verneigte sich, als er den Namen nannte. »Sie ist die Göttin, der mein Schwert geweiht ist. Aber es mag sein, dass du Li-Aungtan oder Li-Aungsun bist. Es ist gleichgültig, denn alle Drachengöttinnen sind nur Aspekte der einen Göttin.«

Sie verbarg ihr Gesicht in den Händen. »Sao-Tan, du machst mich fertig«, beklagte sie sich und hörte ihn lachen.

Das Lachen vertrieb die Dämonen der Nacht. Elidar kam auf die Füße, wobei sie das Sonnensegel herabriss, und reichte Sao-Tan die Hand. »Gehen wir hinein, mein tapferer Held. Ich möchte meine müden Knochen noch ein paar Stunden auf einem weichen Bett ausstrecken.«

34

»Soll ich dich nicht lieber begleiten?« Er stand hinter ihr, und am Klang seiner Stimme erkannte sie seine Besorgnis. Sie schloss ihren Mantel und wandte sich zu ihm um.

»Danke, ich gehe lieber allein.« Sie berührte seinen Hals und liebkoste ihn. Der Schreck der vergangenen Nacht steckte noch tief in ihren Knochen, und sie musste sich gelegentlich vergewissern, dass Sao-Tan lebte und atmete.

Er schloss seine Arme um sie und zog sie an sich. »Du weißt nicht, was dich dort erwartet«, gab er zu bedenken. »Ein Schwert an deiner Seite kann falsche Gedanken im Keim ersticken.«

»Wie ich die Drachen kenne, würden sie dich gar nicht erst einlassen.« Sie seufzte. »Nein, es ist mir lieber, du bleibst hier. Falls ich nicht wiederkehre, musst du Luca um Rat fragen. Und hol dir auch Ibram zur Hilfe.«

»Du rechnest mit Ärger«, stellte er fest.

Elidar machte sich los. »Nein. Aber ich kann ihn nicht ausschließen.« Sie berührte seine Wange mit den Fingerspitzen. »Ruh dich heute aus.«

Er küsste ihre Finger. »Pass auf dich auf.«

Den Weg zum alten Scha'Yassim-Serail fand sie noch immer mit verbundenen Augen. Es war seltsam, am Tor keinen ledonische Gardisten stehen zu sehen. Es stand weit offen und schien unbewacht. Sie betrat den Hof, und auch hier war keine Seele zu sehen, weder Mensch noch Dkhev. Sie sah sich um und schritt dann beherzt auf das Hauptportal zu.

Wie schon der Hof wirkte auch die Halle hinter dem Portal, als wäre das große Gebäude seit langem unbewohnt. Staub lag auf allen Oberflächen und unter ihren Füßen knirschte Sand.

Elidar gelangte in den säulenumstandenen Innenhof, der halb verfallen war. Steine waren aus den Balustraden herausgebrochen und lagen auf dem Boden. Die Pflanzen, die einstmals den Hof zu einer kühlen Oase gemacht hatten, waren vertrocknet und das Brunnenbecken in der Mitte des Hofes voller Unrat.

Elidar blickte sich um. Hatte es überhaupt Sinn, hier nach Mukhar-Dag zu suchen? Rui und auch Luca hatten zwar gesagt, der Alte Drache habe sein Domizil in den Serail verlegt, aber hier lebten offensichtlich nur Spinnen und Fledermäuse.

Sie drang tiefer in das Gebäude ein. Ihre Schritte hallten laut von den Wänden wider. Der Serail war leer, sie stieß auf ihrem Weg ins Innere weder auf Möbel noch Wandschmuck oder irgendeinen anderen Gebrauchsgegenstand. Anscheinend hatte der Statthalter alles mitgenommen, und die Dkhev gaben sich mit dem nackten Gebäude zufrieden.

Irgendwann verlor Elidar die Orientierung. Sie ging weiter, bis sie einen der vielen kleinen Innenhöfe erreichte, und setzte sich dort für eine kleine Verschnaufpause auf eine steinerne Bank. Irgendwo in dem Gebäude sang ein Vogel. Elidar legte den Kopf in den Nacken, die Sonne brannte ihr heiß ins Gesicht. Sie blickte mit weit geöffneten Augen in die sengende Glut und genoss die Hitze und Helligkeit.

So erfrischt, als hätte sie tief und fest geschlafen, erhob sie sich nach einer Weile wieder, um den Rückweg anzutreten. Mukhar-Dag musste warten. Sie würde Ibram bitten, den Aufenthaltsort des Alten Drachen herauszufinden.

Mit diesem Gedanken betrat sie das Gebäude und lief zwei Dkhev direkt in die Arme.

»Mukhar-Dag«, sagte sie, als die Überraschung nachließ. Wo

waren die beiden hergekommen? Wieso hatte sie sie nicht bemerkt? »Ich möchte mit ihm sprechen. Führt mich bitte zu ihm.«

Der Kräftigere der beiden verschränkte die Arme und stand breitbeinig da. Der Kleinere züngelte. Sie wusste, dass er wie eine Schlange damit ihre Witterung aufnahm.

»Wer will den Alten Drachen sprechen?«, fragte er mit heller Stimme.

»Elidar Zorn, Magister der Gemeinschaft der Dunklen Nigh«, erwiderte Elidar. Sie ließ Licht auf den Spinnenring fallen.

Der größere Dkhev verlagerte unruhig sein Gewicht, aber der kleinere schien wenig beeindruckt. »Ein Magister«, sagte er. »Warum willst du den Nestvater sehen? Erwartet er dich?«

»Nein, aber ich habe Geschäfte mit ihm.«

»Geschäfte.« Der Dkhev zeigte unverhohlen seine Skepsis. »Welcher Art?«

»Wer will das wissen?«, fragte Elidar hochmütig zurück.

Der Stämmigere gab ein Zischen von sich, aber der Kleinere gebot ihm zu schweigen. »Elkar-Dag«, sagte er. »Ich bin der Sulaq-Aray des Alten Drachen.«

Elidar wusste nicht, was das bedeutete, aber sie wollte sich nicht die Blöße geben, nachzufragen. Also nickte sie und sagte: »Ich bin geehrt, Elkar-Dag. Führst du mich zum Nestvater?«

Wieder zischte der Größere, und Elkar-Dag züngelte aufgebracht. »Ich werde dich aus dem Nest führen, Magister Zorn. Du bist nicht erwünscht.«

Elidar seufzte. »Elkar-Dag«, sagte sie geduldig, »der Ehrwürdige Nestvater wird dich hart bestrafen, wenn du mich fortschickst. Ich werde wiederkommen und dann werde ich ihm von deiner Dummheit berichten.«

»Was willst du von Mukhar-Dag?«, fragte er unbeirrt.

Sturer Drache, dachte sie. Und mit diesem Gedanken erwachte die Drachenkönigin und lachte.

Lauf, kleiner Sohn. Lauf zu deinem Nestvater und weine.

Sie hatte es nicht laut gesagt, aber die stummen Worte schienen dennoch etwas zu bewirken. Der größere Dkhev fuhr zurück und leckte sich nervös über die Augen, und Elkar-Dag hob die Schultern, als wolle er einen Schlag abwehren.

»Nun gut«, sagte er. »Gut, dann … Ich bringe dich zu Mukhar-Dag. Soll er sich um dich kümmern.« Er wandte sich abrupt um, und Elidar beeilte sich, ihm zu folgen.

Er führte sie hinunter. Elidar erkannte überrascht, dass sich unter dem Serail ein weitläufiges Kellersystem befand, von dem sie nichts gewusst hatte. Jedermann in Kayvan kannte den alten Scha'Yassim-Palast, man erzählte sich von der Pracht der Säle, den Zimmerfluchten, Arkadengängen und Innenhöfen – aber sie hatte niemanden je von den gewaltigen Gewölbekellern erzählen hören, die sie nun im Schlepptau ihres unwilligen Führers betrat.

Es ging tief hinunter, über breite, bequeme Treppen, deren steinerne Stufen von Generationen von Bediensteten und Soldaten geglättet und ausgetreten worden waren.

Die Luft unter dem sonnendurchglühten Boden Kayvans war erstaunlich kühl und frisch. Hier waren in früheren Zeiten wahrscheinlich die Vorräte des Serails aufbewahrt worden. Zeugkammern, Waffenarsenale, möglicherweise auch Dakh-Stallungen (die großen Echsen liebten kühle und dunkle Höhlen) und Mannschaftsunterkünfte – Platz genug war für ganze Armeen und gleich mehrere Warenlager.

Je tiefer sie in den Keller eindrangen, desto weniger erinnerte ihre Umgebung an etwas, das Menschen erschaffen hatten.

»Wer hat das hier erbaut?«, fragte Elidar.

Elkar-Dag warf ihr einen verächtlichen Blick zu. »Dies ist uraltes Dkhev-Gelände«, sagte er. »Mein Volk hat schon in Qssa-Qartan gelebt, als es euch Weichfleischige noch gar nicht gab.«

Elidar nickte nachdenklich. Bilder tauchten in ihrem Geist auf, die nicht aus ihrer Erinnerung stammten. Heißes Gestein, über dem die Sonne flimmerte. Kühle Höhlen. Reißende Flüsse tief unter der Erde, und unter den Höhlen weitere tiefe Schluchten und Gräben, in denen rötliche Feuersglut schimmerte. Die menschliche Bevölkerung von Kayvan ahnte nicht einmal, was sich unter ihren Füßen verbarg. Der Serail war ein Eingang zu dieser unterirdischen Welt. Jetzt erst verstand Elidar, warum der Alte Drache den Serail zu seinem Sitz gemacht hatte.

Der Dkhev bedeutete ihr, zu warten, und verschwand in einem finsteren Durchgang.

Elidar fragte sich einen Moment lang, ob er sie vielleicht einfach hier zurücklassen wollte – und ob sie jemals wieder an die Oberfläche zurückfände. Der Gedanke beunruhigte sie.

Sei nicht albern, sagte die Drachenkönigin verächtlich. *Du bist hier zu Hause. Spürst du, wie die kleinen Schwestern sich freuen, dass du endlich dein Versprechen einlöst?*

»Mein Versprechen«, sagte Elidar verblüfft. Ja, sie hatte den Stimmen versprochen, sie nach Hause zu bringen, und hatte gedacht, dass damit Kayvan gemeint sei. Aber jetzt, wo sie hier im Dunkeln stand und die kühle, feuchte Luft tief in die Lungen sog, wusste sie, dass dies der richtige Ort war. Sie rieb sich schaudernd über die Arme. Was hatte das zu bedeuten?

Schritte rissen sie aus ihren Gedanken. Elkar-Dag kehrte zurück und gab ihr einen Wink, ihm zu folgen.

Die Höhle, in die er sie führte, war durch schwaches Fackellicht trüb beleuchtet. Eine Gestalt schälte sich aus den Schatten. Der Dkhev warf sich zu Boden und sagte: »Dies ist der Magister, der dich zu sprechen wünscht, ehrwürdiger Nestvater.«

»Er mag näher treten«, sagte eine volle, ein wenig brüchige Bassstimme.

Elidar folgte der Aufforderung und sah sich einem uralten Dkhev gegenüber, der sie mit kühlem Blick musterte.

»Warum störst du meine Ruhe?«, fragte Mukhar-Dag.

»Ehrwürdiger«, sagte Elidar, »ich bitte dich um Vergebung. Aber ich habe ein Anliegen, das keinen Aufschub duldet.«

Der Alte Drache züngelte nachdenklich, dann machte er eine auffordernde Handbewegung.

Elidar wählte ihre Worte mit Bedacht: »Ehrwürdiger, ich möchte Schulden bezahlen.«

Mukhar-Dag faltete die Hände vor der Brust. »Du hast Schulden bei mir?«

»Nein, nicht ich.« Sie barg die Hände in den Ärmeln ihres Mantels. »Da ist ein Kind namens Tajo …«

Mukhar-Dag neigte den Kopf. »Ich kenne Tajo.«

»Er hat Schulden bei dir«, fuhr Elidar fort. »Ich möchte sie bezahlen.«

»Warum?«

»Mir liegt an Tajo. Ich möchte, dass er unbelastet tun kann, was ihm gefällt.«

Mukhar-Dag kratzte sich mit einem schabenden Geräusch am Kinn. »Ich ermögliche dem Jungen eine Ausbildung bei Karem. Er braucht niemanden, der ihn auslöst.«

»Dennoch«, beharrte Elidar. »Ich bin sicher, dass Tajo diese Ausbildung fortsetzen will. Aber er soll es aus eigenen Stücken tun, nicht, weil du ihn dazu verpflichtet hast. Glaube mir, Mukhar-Dag, ich kenne die Menschen. Wenn sie eine Sache freiwillig betreiben, sind sie mit ganzem Herzen dabei – und das sind sie nicht, wenn man sie zwingt.«

Mukhar-Dag starrte sie reglos an. Nach einer Weile nickte er. »Also gut. Du darfst seine Schulden begleichen.«

Elidar nickte. Jetzt kam der schwierige Teil. »Es geht mir aber nicht nur um seine Schulden. Da ist noch jemand.«

Der Alte Drache knurrte leise, die Sache schien ihn zu amüsieren. »Nun, du bist ein wohltätiger Magister, wie mir scheint. Eine Menge Menschen haben Schulden bei mir, wirst du sie alle bezahlen?«

Elidar räusperte sich. »Nein, Ehrwürdiger. Ich kenne nicht alle Menschen von Kayvan, auch, wenn ich hier aufgewachsen bin.«

Mukhar-Dags Augen verengten sich. Er beugte sich vor. »Du bist kein Yasemit«, sagte er. »Ich kann das sehen. Ich weiß, dass manche meiner Nestsöhne glauben, dass alle Menschen gleich aussehen, aber das stimmt nicht. Du scheinst mir ein Ledonier zu sein.«

Elidar schüttelte den Kopf. »Ich weiß nicht, was ich bin«,

sagte sie freimütig. »Aber aufgewachsen bin ich in den Gassen von Kayvan. Meine Ziehmutter sagte mir, du seist mein Vater.«

Mukhar-Dag blinzelte schnell und verblüfft. »Was?«, sagte er. »Wie originell.«

»Luca«, sagte Elidar schnell, um seine Verblüffung auszunutzen. »Was verlangst du, damit er künftig in Ruhe leben kann?«

Elkar-Dag stieß einen scharfen Pfiff aus und entschuldigte sich hastig dafür. Der Alte Drache erhob sich von seinem Sitz und richtete sich bedrohlich auf. Er war eher klein, und ein alter Mann, aber in seinem Zorn eine achtunggebietende Gestalt. »Was erlaubst du dir, Mensch?«, zischte er. »Wie kannst du es wagen, diesen Namen in meiner Gegenwart zu nennen? Ich sollte dich von meinen Nestsöhnen töten lassen!«

Elidar wich nicht zurück. »Mukhar-Dag«, sagte sie besänftigend, »ich weiß nicht, was zwischen dir und ihm vorgefallen ist – und es interessiert mich auch nicht. Aber Luca hat mir einmal das Leben gerettet und ich stehe tief in seiner Schuld. Ich bitte dich nochmals: Wirf den alten Groll in die Feuerschlucht. Ich bin bereit, dir jeden gewünschten Preis dafür zu zahlen.«

Mukhar-Dag stand dicht vor ihr. Sie roch die würzigen Ausdünstungen seines Körpers, die erstaunlicherweise denen eines Dakhs glichen. Einen irrwitzigen Moment lang musste sie dem Impuls widerstehen, die Hand zu heben und den alten Dkhev an der weichen Stelle neben seinem Ohrloch zu kraulen. *Nestbruder*, dachte es in ihr.

»Die Feuerschlucht«, wiederholte der Alte Drache und ließ sich langsam wieder in den Sitz sinken. »Woher kennst du die Feuerschlucht?«

Sie schüttelte irritiert den Kopf. »Aber …«, sagte sie und verstummte. Nein, das kannte nicht jeder. Niemand oben in Kayvan wusste von den Feuern unter der Stadt. Sie atmete tief ein. »Mukhar-Dag«, sagte sie, »ich denke, dass meine Ziehmutter recht hatte. Hältst du es wirklich für ausgeschlossen, dass ich dein Sohn bin?«

Der Alte Drache lachte laut auf, und auch Elkar-Dag ließ ein

Prusten hören. »Nein, junger Weichfleischiger«, sagte Mukhar-Dag dann, »nein, das ist vollkommen unmöglich. Alle Nestsöhne sehen so aus wie der junge Elkar dort hinter dir. Wie sollte denn auch ein Mensch aus einem Dkhev-Gelege entspringen können?«

»Aber wenn eine Menschenfrau sich mit einem Mann deines Volkes gepaart hätte, wäre das dann nicht möglich?«

Wieder lachte der Alte Drache und schüttelte den Kopf. »Vollkommen unmöglich«, sagte er. »Vollkommen. Du verstehst es nicht, junger Mensch. Wir Dkhev können uns nicht, wie du es nennst, paaren.«

Elidar ließ das Thema auf sich beruhen. Wenn sie Mukhar-Dag und seinen Nestsohn ansah, erschien es auch ihr sehr unwahrscheinlich, dass familiäre Bande zwischen ihr und den Dkhev bestehen sollten.

»Darf ich dich noch einmal bitten, mir einen Preis für Lucas Wohlergehen zu nennen?«, fragte sie. »Ich bin bereit, dir alles zu geben, was du dir wünschst.«

Das war eine wirksame, aber sehr gefährliche Formulierung, und sie wusste es. Der alte Dkhev versank in tiefes Nachdenken.

»Du nimmst den Mund sehr voll«, sagte er nach einer Weile.

»Ich weiß, dass du nichts Unmögliches oder Unwürdiges von mir verlangen wirst, Ehrwürdiger.«

Sie sah ihn zum ersten Mal in dieser Unterhaltung lächeln. »Du bist entweder ein sehr dummer oder ein überaus kluger Mensch«, sagte er. »Du packst den Alten Drachen bei seiner Ehre.« Er blickte den jungen Dkhev an. »Hole uns etwas zu trinken, Nestsohn. Ich möchte mich mit diesem Menschen ein wenig unterhalten.«

Er nickte Elidar zu. »Setz dich hierher. Erzähle mir, warum du für Luca dein Leben aufs Spiel setzt.«

Elidar berichtete Mukhar-Dag von ihrem Leben in den Straßen von Kayvan und davon, wie ein junger Gardist sich des elternlosen Kindes angenommen, es mit seinem Leben beschützt und später nach Ledon geschickt hatte. Der Alte Drache lauschte, und als Elkar-Dag einen Krug mit gekühltem Sandbeerensaft brachte, schickte er den jungen Dkhev gleich wieder hinaus, um mit Elidar allein zu sein.

»Ich verstehe«, sagte er, als Elidar geendet hatte. »Und obwohl ich Luca immer noch zürne, denn er hat meine Befehle missachtet und mich vor meinen Nestsöhnen zum Gespött gemacht, bin ich doch bereit, deiner Bitte zu entsprechen, denn dein Mut imponiert mir.«

Elidar entließ ihren angehaltenen Atem. »Ich danke dir, Ehrwürdiger«, sagte sie.

Sie wollte nach der Börse greifen, aber Mukhar-Dag hob die Hand. »Nein, später, das muss warten. Ich werde dir einen meiner Nestsöhne schicken, der dir sagen wird, was du mir schuldest. Jetzt möchte ich etwas von dir wissen. Warum glaubst du, ein Nestsohn des Alten Drachen zu sein? Was bringt dich auf diesen erstaunlichen Gedanken?«

Was konnte Elidar Mukhar-Dag antworten? Dass eine Drachenpräsenz in ihr wohnte, die sie nicht zu bändigen wusste? Je länger sie dem Alten Drachen gegenüber saß, desto weniger schien die Drachenkönigin mit dem Dkhev gemein zu haben.

»Mukhar-Dag«, sagte sie zögernd, »ich habe während meiner Ausbildung zum Magier gelernt, Feuerenergie zu bändigen und einen Drachen zu beschwören. Aber dieser Drache ist ganz anders als du und deine Nestsöhne. Er scheint vielmehr den Drachengöttern der Malandaker zu gleichen.«

Sie sah, dass eine Regung über sein Gesicht ging, die sie nicht deuten konnte. Er leckte sich schnell über die Augen, und sein Blick flackerte durch den Raum. »Die Drachen von Malandakay«, sagte er. »Ich bin ihnen nie begegnet.«

Sie sah ihn fragend an, aber er stand wortlos auf und machte Anstalten, sie zu verabschieden.

»Warte«, sagte er plötzlich und zischte durch die Zähne. »Nein, warte, jetzt verstehe ich!« Er rieb aufgeregt die Hände aneinander, was ein trockenes, kratzendes Geräusch hervorrief. »Du bist der Nestling! Luca hat mir erzählt – nein, Nkar-Dag hat es erzählt. Du bist der Nestling, der einen der kleinen Brüder geritten hat!«

Elidar sah ihn beunruhigt an. Irgendetwas schien ihn ungemein aufzuregen.

Mukhar-Dag packte unvermittelt ihre Schultern. Der Griff seiner Klauenfinger bohrte sich unangenehm durch ihre Kleidung. Sein schuppiges Gesicht kam ganz nah, und sie musste an sich halten, um nicht zurückzuweichen.

»Du siehst aus wie ein Mann«, sagte er. »Aber du bist ein Weibchen!«

Woher wusste er das? Elidar schüttelte den Kopf, aber der Alte Drache schnaubte erregt. »Du kannst mich nicht täuschen«, zischte er. »Du befiehlst den kleinen Brüdern – du bist ein Weibchen!« Er ließ sie so abrupt los, dass sie taumelte und stieß einen Alarmruf aus, der irgendwo zwischen einem Pfiff und einem schrillen Schrei lag und ihr die Ohren klingeln ließ.

Sie hörte das Geräusch rennender Füße und laute Antwortschreie und wich an die Wand zurück. Vielleicht konnte sie die Echsenmänner mit einem Lähmzauber zurückwerfen und fliehen. Würde sie den Weg zurück an die Oberfläche finden?

Eine Horde Dkhev rannte auf sie zu, angefeuert von Mukhar-Dags Schreien. Der Höhlenraum war zu klein, um ihnen allen Platz zu bieten, und sie behinderten sich gegenseitig bei dem Versuch, Elidar zu umzingeln.

Drachenkönigin, jetzt brauche ich dich, dachte sie verzweifelt, als der Lähmzauber an den ersten Angreifern nahezu wirkungslos abprallte.

»Königin«, rief Elidar laut. In ihrem Inneren ertönte ein Lachen, das ihr voller Hohn erschien. Sie warf verzweifelt ihren stärksten Feuerzauber über die Angreifer, doch der Feuerball verpuffte ohne große Wirkung. Nur der Dkhev, der sie gepackt hielt, schrie vor Schreck und prallte zurück. Im Niederstürzen riss er zwei andere mit sich, aber die Nachdrängenden ließen sich davon nicht abschrecken. Drei stämmige Dkhev warfen sich auf Elidar und rangen sie zu Boden. Sie wehrte sich verzweifelt gegen die Echsenmänner, aber ihre Zauber verpufften, und sie musste sich schließlich gegen die Übermacht geschlagen geben.

Keuchend, zerkratzt und zerschlagen, hastig mit Lederriemen gefesselt und halb ohnmächtig kniete sie vor Mukhar-Dag, der mit einer seltsamen Mischung aus Zorn und Furcht auf sie niederblickte.

»Bringt das Weibchen hinunter«, befahl er. »Sie darf hier nicht bleiben. Fort mit ihr, schnell!«

Elidar wurde auf die Füße gezerrt und trotz ihrer Gegenwehr aus der Höhle geschleift. Die Dkhev schleppten sie mit sich wie ein sperriges Möbelstück und nahmen keinerlei Rücksicht darauf, ob sie bei ihrem Lauf gegen Felsen, Mauern oder andere Hindernisse gerammt wurde. Nach einigen Dutzend Schritten wurde sie hart an der Schläfe getroffen, greller Schmerz blitzte auf wie Sonnenlicht, und als ihre Knie unter ihr nachgaben, warf einer der Dkhev sie über seine Schulter.

Der Weg führte stetig abwärts, immer tiefer in die Höhlenwelt hinein. Die Fackeln beleuchteten die Umgebung mit einem unsteten Licht, das Konturen verzerrte und Schatten schwindelerregend tanzen ließ. Elidar überließ sich dem holpernden Lauf und kämpfte mit der Übelkeit, die der Schlag auf den Kopf ihr beschert hatte. Sie war ihrer Sinne kaum noch mächtig, und irgendwann verlor sie schließlich das Bewusstsein.

35

Still, kühl und dämmrig. Sie blinzelte durch die halbgeschlossenen Lider. Wo war sie? Sie lag unter einer weichen Decke, und ihr taten alle Knochen weh, als wäre sie von einer Herde Dakhs niedergetrampelt worden. Ihr Kopf hämmerte, und sie ertastete eine schmerzhafte Beule.

Elidar richtete sich ächzend auf und sah sich um.

Sie befand sich in einem kleinen, höhlenähnlichen Raum, der mit Decken und Kissen behaglich eingerichtet war. Ein Feuer brannte in einem kleinen Kamin, aber die Kühle im

Raum wurde dadurch kaum gemindert. Elidar fröstelte, als sie die Decke zurückschlug. Sie war beinahe vollständig bekleidet, nur ihr Mantel lag ordentlich zusammengefaltet auf einem Hocker und ihre Schuhe standen darunter.

»Wie komme ich hierher?«, fragte sie sich.

Du bist zu Hause, wenn auch nicht ganz freiwillig.

»Was?«, entfuhr es Elidar.

Dann kehrte die Erinnerung zurück. Sie befand sich tief unter Kayvan – und sie hatte keine Ahnung, warum der Alte Drache sie hatte gefangen nehmen lassen.

Elidar griff in das kalte Feuer in ihrem Inneren und ließ eine Kugel aus Licht auf ihrer Handfläche erscheinen. Das strahlend weiße Licht vertrieb alle Schatten und leuchtete die kleine Höhle bis in den letzten Winkel aus. Elidar erkannte erstaunt, dass die Türöffnung nicht versperrt war, denn das Licht strahlte einen Teil des Raumes dahinter aus.

Sie dämpfte das magische Feuer zu einem matten Glimmen und wartete, bis ihre Augen sich erneut an das Dämmerlicht gewöhnt hatten. Dann ging sie zur Tür und blickte hinaus.

Der zweite Raum entpuppte sich als ein Gang, der in nur ein kurzes Stück einzusehen war. Elidar verließ das Zimmer mit dem unguten Gefühl, einen sicheren Hafen zu verlassen und sich ohne Lotsen auf hohe See hinauszuwagen. Schon nach wenigen Schritten wurde der warme Lichtschein der kleinen Höhle von der allumfassenden Dunkelheit verschluckt.

Elidar ließ sich von ihrem Gespür leiten. Der Gang schien unter ihren Füßen leicht anzusteigen, also folgte sie ihm. Gelegentlich passierte sie eine Kreuzung, an der sie das schwache Licht auf ihrer Handfläche hell aufstrahlen ließ.

Dann narrte ein Lichtschein ihre Augen. Sie löschte ihr magisches Licht und wartete, ob es sich um eine Täuschung handelte. Aber der Lichtschein blieb und lockte wie eine freundliche Stimme.

Elidar blieb dennoch auf der Hut. Sie näherte sich dem Licht leise und langsam, und je näher sie kam, desto bedächtiger wurden ihre Schritte, bis sie an einem Höhleneingang angelangt war. Sie blieb im Schatten stehen und blickte in die Höhle.

Sie war groß und weitläufig, Elidar gelang es nicht, ihre Decke oder das entgegengesetzte Ende zu erkennen. Es war hell dort drinnen, überall brannten Fackeln oder warm strahlende magische Feuer. Sie sah Gestalten geschäftig hin und her eilen.

Vorsichtig tat sie einige Schritte in die Höhle hinein. Neben dem Eingang kniete eine Gestalt über einem steinernen Gelass, die Elidar nicht bemerkt hatte. Sie blickte auf, und Elidar schrak zurück, in der Erwartung, einen Alarmruf zu hören. Aber der Dkhev nickte ihr nur gleichmütig zu und beugte sich wieder über seine Arbeit.

Elidar konnte nicht erkennen, womit er dort hantierte, und sie wollte nicht stehenbleiben und ihm zusehen. Also ging sie einfach weiter. Alle, die ihr begegneten, waren mit irgendeiner Arbeit beschäftigt, und keiner schenkte ihr größere Aufmerksamkeit als ein beiläufiges Nicken.

Dkhev schleppten zugedeckte Tragen und Körbe durch den Raum. Andere knieten wie der erste vor kleinen Kammern, die in die Wände oder den Boden gelassen worden waren, und dichteten sie mit Stroh und Wolle ab.

Herde, in denen starke Feuer brannten, versorgten über Rohrleitungen Gruppen von solchen Kammern mit Wärme. Vor anderen, offenen Kammern standen Dkhev und reinigten sie mit Besen und großen Pinseln. Andere schleppten Eimer und Schalen, aus denen eine zähe braune Flüssigkeit schwappte, die mit Schöpfkellen in die Kammern gefüllt wurde.

Elidar erschrak, als ein Dkhev sie anhielt.

»Du kommst gerade recht«, sagte er, »ich brauche Hilfe mit den Würmlingen an der Windseite. Sie müssen umgesetzt werden.«

Elidar folgte ihm verwundert. Der Dkhev schien sich wie die anderen nicht im Mindesten daran zu stören, dass sie ein Mensch war. Er führte sie zu einer steilen Wand, in der mehrere Reihen von großen Kammern übereinander lagen. Sie alle waren unverschlossen, und Elidar konnte grauweiße, glatte Steine darin liegen sehen.

»Hier. Hilf mir, sie auf die Trage zu legen.« Der Dkhev griff in eine der Kammern und holte einen der Steine heraus, wobei er so vorsichtig vorging, als sei er aus kostbarem Porzellan. Er reichte ihn Elidar, die ihn ebenso behutsam in Empfang nahm. Der Stein war leichter, als sie erwartet hatte, und fühlte sich warm und ein wenig rau an. Und während sie ihn in den Händen hielt, spürte sie eine Bewegung darin.

»Halt es gut fest«, sagte der Dkhev, der eine Decke auf einer Trage ausbreitete. »Der Würmling wird jeden Moment schlüpfen.«

Elidar unterdrückte einen Ausruf. Das war ein Ei? Sie hatte sich noch nie Gedanken darüber gemacht, wie die Dkhev sich fortpflanzten. Sie kannte nur männliche Echsen, und sie hatte niemals ein Dkhev-Kind zu Gesicht bekommen.

Das Ei bewegte sich heftiger, und auf der grauweißen Oberfläche bildete sich ein feiner Riss.

»Leg es hierher«, sagte der Dkhev. Sie bettete das Ei auf die Trage, während der Riss sich vergrößerte und verbreiterte. Das Lebewesen begann, sich durch die Schale zu arbeiten.

»Ein Dakh«, sagte der Dkhev und holte das nächste Ei aus dem benachbarten Gelass. »Die kleinen Brüder schaffen das ganz gut alleine. Komm, hier warten noch mehr auf uns.«

Elidar überwand ihre Verwunderung und half dem Echsenmann, ein gutes Dutzend der schlüpfenden Tiere auf Tragen und dann in gepolsterte Aufzuchtkammern zu bringen. Der erste winzige Würmling war mittlerweile aus seiner Umhüllung gekrochen und lag zappelnd auf der Decke. Er glich einer unförmigen, riesengroßen Made ohne erkennbare Gliedmaßen oder Sinnesorgane.

»Es braucht Wärme«, sagte der Pfleger und wies auf eine der gepolsterten und beheizten Kammern.

Sie verstauten die Würmlinge und wandten sich dann wieder der Wand mit den Eiern zu. »Jetzt kommen die Nestbrüder von der Windseite«, sagte der Dkhev. »Die Khev sind noch nicht soweit.« Er sah sie zum ersten Mal richtig an. »Du bist sicher die junge Königin, von der sie gesprochen haben. Wir haben uns schon Sorgen gemacht, weil sechs Generationen vor dir nicht zurück nach Hause gekommen sind.« Er zeigte lächelnd die Zähne. »Vielleicht habe ich dich sogar damals aus deiner Bruthöhle gehoben, wer weiß?«

Elidar blieb stehen. Was faselte er da? Sie schüttelte den Kopf. Es war schwer, die Dkhev zu verstehen. Sie ähnelten den Menschen so sehr, aber wenn man sie näher kennenlernte, wirkten sie immer fremder. Wofür auch immer er sie halten mochte, sie würde ihn nicht aufklären. Er war freundlich und nicht sehr verschlossen, und vielleicht würde er ihr den Weg an die Oberfläche weisen.

Sie arbeiteten schweigend und konzentriert, um die restlichen Würmlinge zu ihrem neuen Standort zu bringen. Gelegentlich erklärte der Dkhev ihr, was er gerade tat. Sie erfuhr, dass die Eier auf der Windseite gekühlt wurden, um zu reifen, die Würmlinge dann aber die Wärme der Aufzuchtkammern benötigten, um zu gedeihen.

»Natürlich ist das anders bei den jungen Königinnen«, sagte er. Sie fegten gerade die leeren Kammern aus.

Elidar wartete, aber er pfiff nur leise durch die Zähne.

»Kälte und dann Wärme für die Dkhev, Dakh und Khev«, zählte Elidar auf. Warum Tiere und Echsenmänner hier in den gleichen Brutkammern gediehen, wagte sie nicht zu fragen.

»Kälte und dann Wärme«, bestätigte der Dkhev. »Du musst aufpassen, dass du die Eier unterscheidest. Die befruchteten Eier sind etwas kleiner und haben eine dünnere Schale.« Er hob den Kopf und stieß erneut den schrillen Pfiff aus, den sie inzwischen als Alarmruf oder Bitte um Aufmerksamkeit erkannte. Wenig später eilten zwei Dkhev mit einer Trage herbei.

»Sieh hier«, sagte der Dkhev und hob die schützende Decke an. »Das ist ein befruchtetes Ei. Daraus schlüpft ein Dkhev.« Er hielt es ihr hin. »Und das hier ist entweder ein Dakh oder ein Khev.« Er legte die Eier vor Elidar hin und deutete auf die Brutkammern. »Wenn wir Khev wollen, müssen wir sie auf die Windseite legen. Dakh brauchen die windabgewandte Seite, hier, zur Mitte hin. Und die Dkhev legen wir zwischen beide.

Sie bleiben länger hier, ungefähr zwei Perioden, bevor sie in die Aufzuchtkammern gebracht werden.«

Elidar schwirrte der Kopf. »Also sind alles die gleichen Eier – nur befruchtet oder unbefruchtet, kalt oder warm gelagert?« Wie konnten Tiere wie die geduldigen Dakh und die schnellen Khev aus den gleichen Eiern wie der Echsenmann neben ihr geschlüpft sein?

Der Dkhev sortierte mit sicheren Bewegungen die Eier in die Kammern. Er nickte.

»Woher kommen die Eier?« Ganz sicher hatte sie ihn missverstanden, oder möglicherweise auch er sie.

Er hielt inne und stemmte die Arme in die Seiten. »Woher die Eier kommen?«, fragte er verblüfft. Dann lachte er und schüttelte den Kopf. »Du scherzt. Das ist freundlich von dir, so geht die Arbeit leichter von der Hand.« Immer noch schmunzelnd, verschloss er die gefüllten Brutkammern.

Elidar ließ es auf sich beruhen. Warum hatte der Alte Drache sie hierher verschleppt? Und warum war es ihm gleichgültig, dass sie nun vollkommen frei und ungehindert herumlief?

Der Dkhev, dessen Namen sie nicht kannte, reckte die Arme und dehnte seine Schultern. »Ich darf nun eine Pause machen«, sagte er. »Möchtest du mich begleiten? Ich gehe zum Ruheraum und zeige dir auf dem Weg dorthin das Gelände.«

Elidar nahm sein Angebot dankbar an. Während sie neben ihm herlief, überlegte sie, wie sie ihn am Unverfänglichsten nach dem Weg an die Oberfläche fragen konnte.

Sie durchquerten das weitläufige Höhlenareal. Eine ganze Armee von Dkhev war damit beschäftigt, Brut- und Aufzuchtkammern zu leeren und wieder zu füllen, Würmlinge von der Kälte in die Wärme und zurück zu tragen, Boden und Wände der Kammern zu säubern, die Öfen zu feuern und die Nahrung in die Kammern zu füllen.

»Warum werden nicht alle Würmlinge gefüttert?«, fragte Elidar.

Wieder blickte der Dkhev voller Verwunderung auf sie. »Alle zu füttern würde das Gleichgewicht stören«, sagte er dann.

»Wir haben das Kontingent an Weibchen für diese Brutperiode bereits erreicht. Jetzt bekommen nur noch diese Würmlinge Nahrung.«

Elidar begann zu begreifen. »Befruchtete Eier werden zu Dkhev«, rekapitulierte sie laut. »Und gefütterte Würmlinge, die aus befruchteten Eiern stammen …«

»… werden zu jungen Königinnen«, ergänzte der Dkhev. Er lachte wieder. »Du stellst Fragen wie ein Nestling, der gerade seine Aufzuchtkammer verlassen hat. Hast du denn dort draußen alles vergessen?«

»Ich bin kein …«, begann Elidar und verstummte. Die Drachenkönigin lachte. *Er weiß nichts. Er kennt nur seine Eier und seine Würmlinge. Frag ihn nach der Welt dort draußen.*

»Wann ist dein Dienst beendet? Wann gehst du hinaus?«, fragte Elidar.

»Hinaus?« Sein Gesicht zeigte echten Schrecken. »Du meinst … nach oben?«

»Nach oben. Hinaus. In die Stadt.« Elidar bemühte sich, nicht ungeduldig zu klingen.

Der Dkhev schüttelte heftig den Kopf. »Niemand von uns Pflegern geht hinaus. Das hier ist meine Heimat. Nur junge Königinnen gehen nach oben. Und einige der Männchen, wenn der Erste sie anfordert.«

»Dann kennst du den Weg hinaus wahrscheinlich gar nicht«, folgerte Elidar mutlos. Der Dkhev nickte voller Unbehagen.

»Dort drüben ist die Nestling-Station. Hier bleiben die Nestlinge, bis sie alt genug sind, um ihre Arbeit zu tun«, sagte er, erleichtert, dass er das Thema wechseln konnte.

Elidar blickte über die Absperrung. Das mussten die Dkhev-Kinder sein, die noch niemand je zu Gesicht bekommen hatte. Sie sahen nicht anders aus als die Erwachsenen, vielleicht waren sie ein wenig kleiner und zierlicher. Sie spielten jedoch nicht miteinander, sondern saßen und lagen still in dem pferchähnlichen Raum, schliefen oder starrten in die Luft. Elidar schüttelte sich unwillkürlich.

»Sie sind noch nicht fertig«, merkte der Dkhev an. »Siehst

du, sie können noch nicht sprechen oder wie ein ausgewachsener Dkhev auf etwas reagieren.« Er klatschte laut in die Hände, aber die Nestlinge schien das plötzliche Geräusch nicht zu interessieren.

»Hier ist der Ruheraum«, sagte der Dkhev und blieb stehen. »Willst du auch ruhen?«

Elidar lehnte ab. »Ich muss mit dem Leiter sprechen«, sagte sie. »Wo kann ich ihn finden?«

Wieder dieser Blick voller Unverständnis. »Leiter?«

Elidar bewegte hilflos die Hände. »Dein Vorgesetzter. Derjenige, der hier das Sagen hat. So etwas wie der Alte Drache.«

Der Dkhev zuckte mit den Schultern. »Ich weiß nicht, was du meinst«, erwiderte er. Dann nickte er freundlich und ließ sie stehen.

Elidar wanderte weiter durch das Höhlengelände. Irgendwann musste sie doch an einen Ausgang gelangen, an einen Weg hinaus. Das Brennmaterial, die Nahrung für Würmlinge und Pfleger, die Decken und anderes Material mussten schließlich hier herunter transportiert werden. Das war möglicherweise ihr Weg in die Freiheit.

Je weiter sie ging, desto spärlicher wurde der Betrieb. Immer weniger Dkhev begegneten ihr, Fackeln und Feuer brannten in größeren Abständen, und schließlich verengte sich das Gelände zu einem schmalen Durchgang. Elidar passierte ihn und stand wieder in undurchdringlicher Finsternis. Dies war nicht der Versorgungsweg, auf den sie gehofft hatte.

Sie ging weiter, ohne ihren Weg zu beleuchten. Ihre Augen schienen sich an die Dunkelheit gewöhnt zu haben. Mit traumwandlerischer Sicherheit wich sie Hindernissen, Steinen und in den Weg ragenden Felsnasen aus.

Alles, was der Pfleger ihr erzählt und was sie selbst beobachtet hatte, drehte sich in ihrem Kopf wie ein wildgewordener Khev. Die Dkhev, deren kleine Brüder Dakh und Khev waren. All die Eier, Würmlinge und Nestlinge, die in diesen Höhlen aufgezogen wurden …

Sie blieb inmitten der Finsternis stehen und schloss die Augen.

Woher kamen die Eier? Und wieso hatte der Dkhev geglaubt, sie gehöre hierher? Sah sie etwa aus wie ein Echsenmann?

Mittlerweile hatte sie jedes Gefühl für Zeit und Raum verloren. Sie verspürte weder Hunger noch Durst, sie war weder müde noch erschöpft, sondern setzte geduldig Fuß vor Fuß in der kühlen, stillen Dunkelheit.

Endlich gelangte sie wieder in eine kleinere Höhle, die der glich, in der sie aufgewacht war. Heute? Oder gestern? Sie betrat den freundlich beleuchteten und erwärmten Raum, ließ sich auf einen Hocker sinken und schloss die Augen.

»Nun?«, fragte eine Frauenstimme, »hast du dich ein wenig umgesehen?«

Elidar schrak auf. Wieso hatte sie nicht bemerkt, dass eine Frau auf dem Lager ruhte? Sie lehnte in den Kissen, hatte den Kopf in die Hand gestützt und sah Elidar mit freundlichem Spott an.

»Ich bitte um Verzeihung«, sagte Elidar und stand hastig auf.

Die Frau machte eine ungeduldige Handbewegung. »Setz dich hin«, befahl sie.

Elidar blieb stehen. »Mit wem habe ich die Ehre?« Die Frau war gekleidet wie eine wohlhabende Yasemitin. Aber was suchte so jemand hier im Drachennest, tief unter der Welt der Menschen? War sie entführt worden?

Die Fremde lachte, als hätte sie Elidars Gedanken gelesen. »Nun setz dich schon, Kind«, sagte sie. »Hier, trink etwas, iss etwas. Du musst doch hungrig sein.«

Elidar nahm widerstrebend Platz. Sie griff nach dem dargebotenen Becher und roch daran. Es war kühles, klares, und, wie sie dankbar feststellte, überaus wohlschmeckendes Wasser.

Während sie trank und auch von dem Obst aß, das in einer Schale neben ihr auf dem Boden stand, musterte sie ihr Gegenüber. Eine beeindruckende Erscheinung. So groß wie sie selbst – zumindest hatte es den Anschein – aber kräftiger, mit üppigen Formen. Ein herrisches Gesicht, hellhäutig, mit topasfarbenen Augen, die im Fackellicht schillerten wie Schmetterlingsflügel. Ihre Bewegungen ließen bei aller Trägheit die Kraft erahnen, die sich dahinter verbarg. Wie alt mochte diese Frau sein? Sie schien nicht mehr jung, aber auch nicht alt …

»Nun haben wir uns lange genug angeschwiegen«, unterbrach die Frau Elidars Gedanken. »Sei nicht so langweilig. Du hast dich doch schon umgesehen. Willst du etwas wissen?«

»Wer seid Ihr?«, fragte Elidar.

Die Frau lachte, und dieses Lachen ließ Elidar aufhorchen, denn sie kannte es. Sie kannte das Lachen, weil sie es in den vergangenen Equils immer und immer wieder gehört hatte.

»Drachenkönigin«, sagte sie laut. Sie erwartete, das Echo des Lachens in ihrem Inneren zu hören, aber es blieb stumm.

»Sei nicht so formell«, winkte die Frau ab und erhob sich. »Komm, Kind, lass dich ansehen.« Sie legte ihre Hand auf Elidars Schulter und blickte sie prüfend an. »Du bist seit langer Zeit die Erste, die es geschafft hat, nach Hause zu kommen. Wir warten seit sieben Generationen darauf, aber keine deiner Schwestern war stark genug. Das ist bedauerlich für sie – und gut für dich.« Sie lachte wieder. Dann wurde sie ernst. »Du warst im Norden. Dort habe ich vor langer Zeit meine Brut zurücklassen müssen – hast du sie mir mitgebracht?«

Elidar wich ein Stück zurück. Die Frau war ihr unheimlich. »Ich weiß nicht, wovon Ihr sprecht.«

Die Drachenkönigin schüttelte unwillig den Kopf. »Nein, natürlich nicht. Dummes junges Ding. Komm mit.« Sie schnippte mit den Fingern, und Elidar sah sich mit einem Mal in eine völlig anderen Umgebung versetzt. Die Drachenkönigin hielt sie fest, aber dennoch taumelte Elidar. Sie waren in einer der Bruthöhlen, wie sie mit einem schnellen Blick feststellte.

»Ringar-Dru«, rief die Königin. Ein Dkhev eilte herbei und verbeugte sich tief.

»Ringar-Dru, bring uns zu einer leeren Brutkammer«, befahl die Königin.

Der Dkhev verbeugte sich wieder. »Folgt mir bitte«, sagte er und eilte davon.

Elidar ließ sich von ihrer Begleiterin über das Gelände schieben. Sie hatte sich inzwischen an den Anblick der Pfleger gewöhnt, und achtete nicht länger auf ihre Umgebung, sondern rief in die Stille in ihrem Inneren: Drachenkönigin? Wo bist du?

Sie meinte, ein leises Lachen zu vernehmen, aber im gleichen Moment erklang die Stimme der Königin neben ihr: »Ich bitte um deine Aufmerksamkeit, Kind.«

Elidar richtete den Blick auf die Brutkammern. »Ja?«, fragte sie höflich.

Die Königin schüttelte ungeduldig den Kopf. »Ich bitte dich! Du musst doch wissen, was von dir erwartet wird.«

Elidar sah sie fragend an. Die Königin klatschte in die Hände, und zwei Pfleger mit einer leeren Trage eilten herbei. »Gib sie mir«, forderte die Königin.

Ehe Elidar sie fragen konnte, was sie meinte, wurde sie von unsichtbaren Händen gepackt. Kurz war sie starr vor Schreck, dann sammelte sie ihr Feuer und versuchte, den Griff zu sprengen.

»Na bitte«, sagte die Königin befriedigt. »Eine Handvoll von ihnen hat dort in Ledon überlebt.«

Elidar verspürte einen Sog, der ihr Innerstes nach Außen zu kehren drohte. Sie schloss die Augen und stemmte sich dagegen, aber der Sog riss sie mit, wirbelte sie um und um und ließ sie ausgehöhlt, schwindlig und leer zurück. Sie sank in die Knie und kämpfte darum, bei Bewusstsein zu bleiben.

»Es sind sogar mehr, als ich dachte«, hörte sie die Königin sagen. Die vertraute Stimme klang leise und weit entfernt durch das Rauschen in ihren Ohren. »Oh, wie erfreulich. Seht nur, diese stammen von ihr! Sie muss bereits einen Gefährten gefunden haben!«

Elidar zwang sich, die Augen zu öffnen. Die beiden Pfleger waren gerade dabei, Dkhev-Eier in die wärmenden Decken zu hüllen, und die Königin hielt entzückt eins davon in den Händen. »Seht nur«, wiederholte sie. »Ist es nicht wunderschön?«

Das Ei war kleiner als die, die Elidar mit dem Dkhev versorgt hatte, und es schimmerte im Fackellicht wie eine kostbare Perle. Die Königin sah, dass sie wieder bei Bewusstsein war, und hielt ihr das Ei entgegen. Elidar nahm es an, ohne darüber nachzudenken, und fühlte seine Glätte und Schwere. *Zu Hause*, hörte sie eine ferne Stimme singen. Dann war es still.

»Kleine Schwester?«, fragte Elidar verblüfft.

Die Königin lachte und nahm ihr das Ei vorsichtig ab. »Das sind die Töchter, die ich in meiner Jugend in Ledon gelassen habe. Ich hatte eine gefährliche Reise vor mir und wollte nicht riskieren, dass sie vor der Zeit sterben.« Sie reichte das Ei einem der Dkhev.

Elidar begann zu begreifen. »Ich habe sie mitgebracht?«

»Das hast du, mein Kind. Das hier sind deine Schwestern – zumindest einige von ihnen.« Sie lachte, und es klang vergnügt. »Die armseligen ledonischen Zauberer werden sich wundern, wo ihre Kraft geblieben ist.«

Elidar kam schwankend auf die Beine. Sie fühlte sich wie eine Fliegenhülle, die leergesogen im Spinnennetz baumelt. »Warum?«, fragte sie matt.

Die Königin stützte sie. »Komm mit, du bekommst etwas Stärkendes zu trinken. Nun, du hast ihnen ihre Magie gestohlen. Diese Stümper, sie haben gerade so viel magische Kraft, wie sie ein Menschenwürmchen eben hat. Und das ist gemeinhin nicht mehr, als du unter deinen Fingernägeln hast.« Sie lachte wieder. »Wir Drachen sind es, die auf dieser Welt über die Magie herrschen. Wir besitzen sie, wir können sie jemandem schenken und wieder fortnehmen. Du wirst dich an den Gedanken noch gewöhnen, meine Tochter.«

Elidar blieb stehen. Alle Teile des Rätsels, die seit Equils ihren Verstand verwirrt hatten, rutschten an ihren Platz und nahmen ihr den Atem. »Tochter!«, keuchte sie. Ihr wurde schwindelig.

Jemand hielt ihr einen Becher mit einer Flüssigkeit unter die Nase, die süßlich und aromatisch roch.

»Trink«, befahl die Königin. Elidar nahm den Becher und schluckte den Inhalt hinunter. Süß und scharf zugleich rann die Flüssigkeit durch ihre Kehle, brannte ein wenig in ihrem Magen und beruhigte ihre revoltierenden Innereien.

Sie atmete tief ein und wieder aus und wischte sich über das Gesicht. »Du bist meine Mutter«, sagte sie.

Die Königin klatschte in die Hände. »Du kluges Kind!« Es klang spöttisch.

»Was hast du in all den Equils in meinem Kopf getrieben?«

Elidar wurde wütend.

»Nichts. Du irrst dich, Kleines.«

Elidar dachte schon über etwas anderes nach. Ihre Gedanken schwirrten. »Ich kann mich nicht daran erinnern, schon einmal hier gewesen zu sein. Und das müsste ich doch, wenn ich aus einem dieser – dieser Dinger stammte!«

Ein Blick aus schmalen Augen traf sie. »Du glaubst, dass ich dich belüge?«

»Du bist eine Menschenfrau. So wie ich.«

Nachdenkliches Nicken. »Dann komm mit, Menschenfrau.«

Wieder durchquerten sie die Höhle und betraten einen niedrigen Durchgang. Der Raum dahinter war nur schwach beleuchtet, es war sehr warm. Die Königin sah sich um, dann ging sie zu einer Kammer, an der gerade ein Dkhev arbeitete.

»Nerkar-Dru«, sprach sie ihn an, »zeige uns den Nestling.«

Der Dkhev griff in die Kammer und hob ein schwach zappelndes Bündel heraus, das er der Königin entgegenhielt. Sie nahm es ihm ab und wiegte es sacht im Arm. »Sieh her«, sagte sie.

Elidar beugte sich über das Wesen, das locker in ein helles Tuch gehüllt war. Schläfrig blinzelnde blaue Augen, eine winzige, rosige Nase, dann ein herzhaftes, zahnloses Gähnen. Das war ein Menschenkind, ganz ohne Zweifel. Elidar berührte vorsichtig die runde Wange des Kindes. Weich und warm, ganz und gar menschlich.

Sie sah die Königin fragend an. Die lächelte und hielt ihr das Kind hin. Elidar nahm es in den Arm. »Sieh dir deine kleine Schwester an«, flüsterte die Königin.

Elidar presste die Lippen zusammen. Sie beugte sich tief über das Kind, roch seinen pudrigen, milchigen Geruch und schüttelte den Kopf. »Das ist ein Menschenkind«, sagte sie.

»So?«, erwiderte die Königin. »Glaubst du das?«

Elidar erwiderte den Blick der Frau. Sie sah den Spott in den topasfarbenen, schmetterlingsschillernden Augen. In ihren Händen bewegte sich das Kind, es maunzte leise wie ein Kätzchen. Etwas Seltsames an der Bewegung und dem jammernden Geräusch ließen Elidar den Blick senken. Sie sog scharf die Luft ein. Was sich dort in ihren Händen wand, war ungefähr so menschlich wie eine Schlange oder ein Salamander.

»Drachenbrut«, sagte die Königin. »Junge Königinnen. Die nächste Generation, die ins Nest zurückfinden muss. Dieses hier ist noch zu jung, um es nach oben zu bringen. Es sollte jetzt gefüttert werden.«

Der Dkhev, der geduldig neben ihr gewartet hatte, nahm ihr den Drachennestling aus den Händen. Das kleine Wesen zischte, eine lange, grünliche Zunge fuhr witternd aus der spitzen Schnauze und wieder zurück. Kugelige, grünschillernde Augen drehten sich in ihren Höhlen. Drachenbrut. Junge Königin. Kleine Schwester …

Elidar fand sich vor der Brutkammer wieder. Sie hockte auf einem Felsen und hörte ihren Herzschlag in den Adern pochen.

Die Drachenkönigin stand neben ihr und sah sie an. »Du hättest es doch wissen müssen. Wie sonst könntest du dich in einen Drachen verwandeln, mein Kind? Du bist meine Tochter.«

Elidar hob den Kopf. »Wer ist mein Vater?«, fragte sie. »Der Alte Drache?«

Die Königin wirkte verblüfft. »Mukhar-Dag? Liebes Kind!« Sie stieß einen erstickten Laut aus. »Mukhar-Dag ist der älteste Sohn. Dein Nestbruder, wenn du es so willst. Er ist der Vater der Dkhev in diesem Nest. Aber die Dkhev sind unwichtig. Nicht wertvoller als die Dakh.« Sie reichte Elidar ihre Hand und zog sie auf die Füße. »Hier ist es unbequem. Komm, wir gehen, zurück in meinen Ruheraum.« Und schon schwankte die Welt wieder unter Elidars Füßen.

Elidar sammelte ihre Gedanken. »Also hast du deine … Kinder in Ledon gelassen. Bei den Magierorden.«

»Nicht alle«, sagte die Königin. Sie lehnte in den Polstern

und aß einen saftigen Pfirsich. »Ich habe in Ledon meinen Gefährten verloren und wollte seine Brut nicht in Gefahr bringen. Er war ein guter, starker Gefährte.«

Elidar kämpfte erneut mit Übelkeit. »War er mein Vater?«, fragte sie.

Die Königin überlegte, während sie sich klebrigen Saft von den Fingern leckte. »Ja, das könnte sein«, sagte sie schließlich. »Ich bin nicht sicher. Es ist schon so lange her. Damals waren gerade zwei deiner älteren Schwestern ins Nest zurückgekehrt und haben ihre Position beansprucht. Ich habe das Gelege, zu dem du gehört hast, in die Kühlkammern bringen lassen, damit sie es nicht zerstören können. Dort hast du mit deinen Gelegeschwestern eine lange Periode verbracht, bis die Angelegenheit geklärt war.«

»Ich glaube, ich verstehe gar nichts«, murmelte Elidar, die mit einem Mal so müde war wie schon seit Equils nicht mehr.

»Du solltest dich ausruhen«, sagte die Königin. »Komm her.« Sie rückte beiseite, und Elidar, die sich kaum noch auf den Beinen halten konnte, fiel neben ihr auf das weiche Lager. Die Königin legte ihre Arme um sie und zog sie an sich. »Ruh dich aus«, flüsterte sie Elidar ins Ohr. »Hier kann eine junge Königin sicher schlafen. Also schlaf tief und fest, meine Tochter. Du hast bald deinen letzten Kampf zu bestehen.«

Aber Elidar hörte sie nicht mehr. Sie schlief.

36

Elidar schlief, und sie wusste, dass sie schlief, zum ersten Mal seit langer, langer Zeit.

Sie träumte, und es war ihr nicht bewusst, dass sie träumte, denn der Traum war so klar und deutlich, wie es nur die Wirklichkeit sein konnte.

Es waren Drachengedanken, die sie dachte, und Drachengefühle, die sie fühlte. Sie sah aus Drachenaugen und bewegte die starken Muskeln eines Drachenleibes, und es war richtig und gut.

Die Luft, die sie atmete, strömte frisch und kalt durch ihre Nüstern. Das kalte Feuer in ihrem Inneren brannte stark und hell. Sie flog über Berggipfel, die bis an die Wolken reichten, und vor ihr lag ein unermesslich weiter Ozean, der an eine zerklüftete Küste brandete. Die Welt war jung und wild, und die Menschen ein Schatten, eine Ahnung, die in weiter Zukunft lag. Noch gehörte die Welt den Drachen, die mit den Stürmen tanzten.

Sie löste sich bedauernd vom lockenden Anblick des Ozeans, der sich blau und grün und schwarz vor ihr ausdehnte. Wie gerne hätte sie ihn überquert, um sein anderes Ende zu sehen, wenn es überhaupt ein Ende gab!

Aber sie musste bleiben, denn hier und jetzt erwartete sie die erste Prüfung, die eine junge Königin zu bestehen hatte. Ihre Nestschwestern schärften ihre Klauen und heizten ihr Feuer an. Nur eine von ihnen würde ins Nest zurückkehren, das dann für immer ihr gehörte.

Sie riss sich vom Anblick des aufgehenden Mondes los. Drachenlicht. Sie war der Eisdrache, der Silberdrache, der Monddrache. Diese Nacht war eine gute Nacht, um zu kämpfen – und zu siegen.

Als sie erwachte, war es dunkel. Ein phosphoreszierendes Glühen lag über ihrer Umgebung und ließ sie gespenstisch erscheinen.

Elidar streckte sich gähnend und berührte etwas Festes, Unnachgiebiges, das sich kühl und hornig anfühlte. Es umgab sie wie eine halb geöffnete Hand, die ihren Rücken berührte.

Elidar richtete sich auf. Sie wusste, dass sie sich in der Höhle der Drachenkönigin befand, und erinnerte sich, dass sie zu ihr aufs Lager gekrochen war, weil sie zu müde und von den Ereignissen zu erschöpft gewesen war, um sich einen anderen Platz zu suchen. Aber als sie sich in der glühenden Dunkelheit umsah, schien die Höhle weitaus größer zu sein als der kleine Raum, der gerade mal ein üppiges Lager und eine Sitzgelegenheit umfasst hatte.

Sie tastete nach dem, was sie umfangen hielt wie ein mütterlicher Arm. Kühl war es, glatt und ledrig, rau und hornig, fest und an manchen Stellen nachgiebig. Es war dunkel und ohne den Schimmer, der die Umrisse der Gegenstände rundum erkennbar werden ließ.

Elidar zögerte, ihr magisches Licht zu entzünden. Sie weitete ihren Blick und versuchte, das fremde Etwas in der Dunkelheit zu erkennen. Es ragte vor ihr auf wie eine dunkle Wand, und sie konnte seine Oberkante hoch über ihrem Kopf erahnen. War das die Höhlenwand? Aber das Lager hatte sich doch mitten im Raum befunden.

Sie legte die Hände ineinander wie eine Schale und ließ ein mattes Licht entstehen, das sie sogleich abschirmte. Nur durch einen Spalt ihrer Finger beleuchtete sie die Wand, vor der sie kniete. Schimmernd in allen Farben des Regenbogens gab sie das Licht zurück. Elidar hielt den Atem an. Schmetterlingsflügel und buntes Vogelgefieder konnte nicht schöner sein als dieser Anblick. Sie dämpfte das Licht zu einem matten Glimmen und betastete die schillernde Oberfläche. Sie war bei aller Festigkeit so weich wie ein Handschuh, glatt und gleichzeitig ein wenig rau und nicht so kalt wie Gestein, aber auch nicht so warm wie lebendes Fleisch. Elidar drückte prüfend dagegen.

Es gab nach, und sie spürte ein Vibrieren, ein Pulsieren tief im Inneren. Ein Beben ging hindurch, und sie hörte einen Laut, der wie ein Windstoß oder ein tiefes Seufzen klang. Das Beben wurde stärker, und Elidar trat einen Schritt zurück, weil sie nicht wusste, was geschehen würde. Sie ließ ihr Licht aufflammen, und die Wand vor ihr barst in einer Explosion aus Farbe und Feuer wie ein riesiger, geschliffener Edelstein.

»Ahhh«, machte eine Stimme, die gleichzeitig zu flüstern und zu donnern schien. Elidars Umgebung schwankte und rutschte, fiel herab und richtete sich auf, drehte sich und verschob sich, und schließlich, inmitten des sinnverwirrenden Wirbels, starrte ein riesiges, juwelenfarbenes Auge auf sie herab. Elidar stand wie erstarrt, die Hand mit dem Licht hoch erhoben, und sah dem Drachen ins Gesicht, in dessen Umarmung sie so fest und ruhig geschlafen hatte.

»Du bist wach«, sagte die Stimme der Drachenkönigin. Sie klang wie eine tiefe Glocke, die gleichzeitig dicht an ihrem Ohr und in weiter Ferne ertönte.

Elidar schluckte ihren Schrecken hinunter. »Ich bin wach«, erwiderte sie. »Nun sage mir, Königin: Was willst du von mir?«

Der Drachenkopf senkte sich nachdenklich. »Warum fragst du mich das?«

Elidar sah sich um, sie wollte nicht vor der Drachin stehen wie ein gescholtenes Kind. Jetzt erst erkannte sie, dass das Lager, auf dem sie so weich und bequem geruht hatte, aus einem Haufen von glitzerndem Zeug bestand. Matt glänzendes Geschirr, goldene Ketten, funkelnde Steine … ein Schatz, der jedem Räuber das Wasser im Munde hätte zusammenlaufen lassen. Sie schob ein paar scharfkantige Gerätschaften aus Gold beiseite und setzte sich auf eine Kiste, in der es leise klimperte. »Du hast mich begleitet, seit ich der schwarzen Sphäre begegnet bin«, erwiderte sie. »Du warst in meinem Inneren und hast mich ganz nach deinem Gutdünken benutzt, um zu tun, was dir gefällt. Ich habe tagelang als Drache gelebt, ohne zu wissen, was ich – oder vielmehr du – in der Zeit alles angerichtet habe. Ich finde, dass ich die Frage zu Recht stelle.«

Die Drachenkönigin senkte die Lider, bis nur noch ein schmaler Streifen das Funkeln ihrer Augen erkennen ließ. Sie schien amüsiert. »Du irrst dich gewaltig«, sagte sie. »Niemand anderes als du selbst hat getan, was eine junge, gerade erwachte Königin zu tun pflegt. Und niemand ist dort in deinem Kopf und benutzt dich. Du trägst, wie deine Schwestern und ich, die Erinnerung an all deine Leben in dir. Du bist, genau wie ich, die erste der Drachenköniginnen. Wir sterben nicht, meine Tochter. Wir geben nur weiter.«

Elidar lief es kalt über den Rücken. Sie hätte am liebsten ihre Ohren verschlossen und wie ein kleines Kind laut gesungen, um diese schreckliche Stimme und das, was sie sagte, nicht mehr hören zu müssen.

»Lass mich gehen«, sagte sie schließlich. »Ich bitte dich, Königin, zeig mir den Weg hinaus.«

Der riesige Drache erhob sich und entfaltete seine Flügel. »Nein«, dröhnte die Stimme der Königin. »Wenn du gehen willst, dann musst du es aus eigener Kraft schaffen. Keine junge Königin bettelt bei der alten um Hilfe. Wenn du deine Freiheit haben willst, musst du mich besiegen, junges Gewürm!«

Ein Feuerstoß aus ihren Nüstern donnerte auf Elidar hinab. Sie konnte sich beiseite werfen, wobei die scharfkantigen Gerätschaften ihr die Hände zerschnitten.

Ein stachelbesetzter Drachenschwanz fegte zischend durch die Luft und zertrümmerte die Felsnase, hinter der Elidar Zuflucht gesucht hatte. Sie hörte, wie die Drachenkönigin Luft holte und wusste, dass der nächste Feuerstoß sie töten würde.

Mit einem Schrei voller Wut, Trauer und Entsetzen, sprang Elidar auf, griff tief in das kalte Feuer in ihrem Kern und verwandelte sich. Dies war das erste Mal, dass sie es aus eigenem Willen tat, und deshalb erlebte sie auch zum ersten Mal in vollem Bewusstsein, wie sich ihre Glieder streckten, wie ihre Haut sich veränderte, ihre Augen schärfer sahen und das Gefühl von Kraft ihren ganzen Körper durchströmte. Das kalte Feuer war nicht mehr nur ein kleiner Herd in ihrem Inneren, sondern erfüllte sie durch und durch, von der Spitze ihres dornigen Schweifes bis zu den Nüstern, aus denen es weißglühend sprühte.

»Ah«, donnerte die Königin und schwang sich mit knatternden Flügeln in die Luft. »Da bist du endlich ganz und gar, meine Tochter, meine Rivalin. Komm zu mir, mein Kind. Komm und töte mich – oder lass dich töten!«

Das Feuer umtoste Elidar wie ein wütender Sturm. Sie ließ die durchsichtige Nickhaut vor ihre Augen gleiten und sprang kraftvoll hoch in die Luft. Die Königin zog unter dem weit entfernten Dach der riesigen Höhle ihre Kreise und stieß höhnische, schrille Schreie aus.

Elidar schlug mit ihren Flügeln und verfolgte die Drachenkönigin. Sie brannte vor Wut und Rachegelüsten. Warum ließ die Königin sie nicht in Ruhe? Warum entführte sie sie, sperrte sie hier ein und verhöhnte sie mit jedem Wort und jedem Atemzug? Elidar erwiderte die Schreie des anderen Drachen mit einem tiefen Brüllen. Hier komme ich, sagte es. Nimm dich in Acht!

Die beiden Drachen umkreisten sich. Feuer tobte zwischen ihnen, heizte die Luft auf, schlug gegen Felsen und sengte über glitzernde Drachenhaut. Elidar versuchte, unter die Königin zu kommen, um ihren weniger gut geschützten Bauch anzugreifen. Aber ehe sie ihr Feuer auf ihre Gegnerin richten konnte, stürzte sich die Königin im Sturzflug auf Elidar und schlug die Klauen in ihren Rücken. Sie zerfetzte ihr den Flügel und ließ Elidar, die weniger Erfahrene, hoch in der Luft ins Trudeln kommen. In einer dichten Spirale stürzten die beiden ab, nacheinander schnappend und Feuer speiend.

Im Aufprall löste sich Elidar aus dem Klammergriff der Königin und rollte beiseite. Ihr zerfetzter Flügel geriet dabei unter ihren gepanzerten Leib, und sie hörte, wie Knochen brachen und Sehnen rissen. Mit einem verzweifelten Aufschrei kroch sie zu einem Felsspalt, der gerade groß genug war, um sie aufzunehmen, und drückte sich tief hinein.

Die Königin, die nach dem Aufprall ohne Besinnung liegen geblieben war, kam taumelnd auf die Beine. Ihre Klauen klirrten und kratzten über den Boden, der übersät war mit Geschmeide und goldenem Gerät. »Wo bist du?«, kreischte sie. »Wo ist das feige Gewürm? Zeig dich, damit ich dich in Stücke reiße! Du bist nicht würdig, mein Erbe anzutreten, elender Würmling!«

Elidar drehte sich unter Schmerzen in der engen Spalte. Wenn sie sich nun zurück in einen Menschen verwandelte, würde die Königin sie hier in ihrem Gefängnis rösten, ohne dass sie etwas dagegen unternehmen konnte. Oder reichten ihre Kräfte aus, um sie zu schützen?

Sie musste es riskieren. Sie steckte fest, und wenn sie sich aus dem Spalt wagte, konnte die Königin sie in aller Ruhe zerfleischen.

Sie schrie auf, als die Verwandlung ihren Lauf nahm. Der Drachenleib war erstaunlich unempfindlich gegen Schmerzen, aber ihr menschlicher Körper war das nicht. Es schien, als sei jeder Knochen in ihrem Leib gebrochen und die Haut in Fetzen gerissen worden. Sie sank in die Knie und kämpfte darum, bei Bewusstsein zu bleiben. Sie würde sich wieder zurückverwandeln, aber zuerst musste sie aus dieser verfluchten Felsspalte hinaus, ohne dass die Königin sie bemerkte.

Dann hörte sie den Schrei aus der Höhle: »Menschenwurm! Du dringst hier ein und glaubst, lebendig zu entkommen?«

Im ersten Moment glaubte sie, die Königin beschimpfe sie, um sie aus ihrem Versteck zu locken, aber dann hörte sie eine Stimme rufen: »Meine Herrin ist hier bei Euch. Ich bitte Euch, mich zu ihr zu führen!«

Sao-Tan, dachte sie voller Verzweiflung. Dieser selbstmörderische Verrückte, warum war er ihr gefolgt?

Sie hörte das mordlustige Lachen der Königin. »Deine Herrin«, rief sie, »habe ich in Stücke zerfetzt, zu Asche verbrannt, ins Vergessen geschickt. Willst du ihr dahin folgen, kleiner Mann?«

»Ich folge ihr«, antwortete die Männerstimme. »Und Euch nehme ich mit, mörderische Gottheit!«

»Sao-Tan«, schrie Elidar. Sie stürzte hinaus, und im Laufen verwandelte sie sich erneut. Ihr zerfetzter Flügel hinderte sie daran, in die Luft zu steigen, und so sprang sie in weiten Sätzen durch die Höhle, um sich zwischen Sao-Tan und die Königin zu werfen.

Die Drachin flog dichte Kreise über dem kleinen Menschen und vergnügte sich damit, ihn mit ihren Feuerstößen durch die Höhle zu jagen. Elidar wusste, dass sie nur mit Sao-Tan spielte, um sie aus ihrem Versteck zu locken.

»Hier bin ich, Königin«, donnerte sie und mobilisierte ihre letzten Kräfte, um der Drachin gegenüber zu treten. »Lauf, Sao-Tan. Bring dich in Sicherheit!«

Er verharrte in der Bewegung und starrte zu ihr empor. Sie sah das Entsetzen und die Furcht in seinen Augen, als er sie zum ersten Mal in ihrer vollständigen Drachengestalt erblickte. »Herrin«, keuchte er, und ehe er mehr sagen konnte, fauchte der nächste Feuerstoß heran, gefolgt von einem Klauenhieb, der ihm Haut und Fleisch vom Leib riss, Knochen splittern ließ, ihn von den Füßen fegte und gegen die Wand schmetterte. Er blieb besinnungslos liegen, und Elidar konnte nicht erkennen, ob er noch lebte.

Sie verschloss ihr Herz und ihren Verstand vor allen menschlichen Regungen und stellte sich erneut zum Kampf, wohl wissend, dass es ihr letzter sein würde und dass weder Sao-Tan noch sie diese Höhle lebend verlassen würden.

Die Königin erwartete sie. »Da bist du, meine Tochter«, schnurrte sie. »Du schlägst dich nicht weniger tapfer als deine Schwestern, und dein Gefährte war ein sehr mutiger – oder sehr dummer – Mann. Nun lass es uns zu Ende bringen« Sie sprang lachend empor in die Luft.

Elidar biss die Zähne zusammen und ließ sich in ihr kaltes Feuer fallen, badete ihren zerschlagenen Leib darin und stärkte sich für das, was auf sie zukam.

Die Königin schraubte sich in einer engen Spirale über ihrem Kopf immer höher. Sie wollte auf Elidar hinabstürzen und sie, die hilflos über den Boden kroch, mit ihren Klauen attackieren. Die Wucht, mit der sie bei einem solchen kontrollierten Sturz auf Elidar träfe, würde ausreichen, um sogar durch den starken Rückenpanzer zu brechen.

Elidar zwang sich, zu warten. Sie hatte nur einen Versuch, und der durfte nicht scheitern, wenn sie den Angriff überleben wollte.

Die Königin ließ sich fallen. Elidar gab sich den Anschein, zu schwach zur Flucht zu sein, sammelte jedoch ihre Kräfte. Es kostete sie große Beherrschung, auszuharren, während die Königin auf sie herabstürzte, die nur aus mörderisch ausgestreckten Klauen und einem zahnstarrenden Maul zu bestehen schien. Und als die Königin über ihr war, bemerkte Elidar zum ersten Mal, dass Sao-Tans Schwert bis zum Heft in ihrer weichen Flanke steckte.

Dann war die Angreiferin auf Schweiflänge heran, und Elidar warf sich herum, so dass sie auf dem Rücken lag und der Königin ihren ungeschützten Bauch präsentierte. Die Drachin ließ einen Schrei des Triumphes hören.

Elidar schleuderte ihr das kalte Feuer in einem einzigen, ungezügelten Ball aus Magie und entfesselter Glut entgegen. Sie wusste nicht, ob diese Explosion sie selbst zerreißen oder ob die Magie sich gegenseitig aufheben würde und wie ein Klumpen nassen Papiers an der Panzerung der Königin abprallen würde.

Sie erwartete den knochenerschütternden, panzerbrechenden Aufprall, das fetzende Zuschlagen der Klauen, den Feueratem, der alles beenden würde.

Doch ihr Angriff aus Feuer und Magie schmetterte gegen die weiche Bauchseite der Drachenkönigin und warf diese zurück. Elidar hörte das Kreischen, mit dem die Königin ihre Überraschung herausschrie. Ein Feuerstrahl donnerte auf sie zu, und sie warf sich herum und drehte ihm ihren gepanzerten Rücken zu. Das Feuer nahm ihr den Atem und ließ sie für einige Augenblicke beinahe die Besinnung verlieren. Sie hörte und spürte, wie der schwere Drachenleib neben ihr aufschlug. Dann war es still.

Sie lag da, zu schwach, um sich zu bewegen. Wenn die Königin nun angriff, würde sie sich nicht einmal mehr wehren können. Es war ihr beinahe gleichgültig. Wenn sie wenigstens noch ein einziges Mal über das weite Meer hätte fliegen dürfen. Sie vermisste den Anblick des Himmels, wenn er voller Sterne hing. Es war schrecklich, so tief unter der Erde ihre letzten Atemzüge zu tun. Es tat weh, zu atmen. Es tat weh, nichts zu tun. Es würde weniger weh tun, einfach loszulassen und zu sterben.

Sie lag und lauschte dem Schmerz, der brüllte und donnerte, pfiff und sang, jubilierte und wisperte. Sie glaubte, den Druck all des Gesteins auf sich lasten zu fühlen, und das Verlangen danach, den freien Himmel über sich zu sehen und einen Windhauch ihren zerschlagenen Körper kühlen zu lassen, wurde übermächtig.

Mit einem Seufzen, weil sie zu schwach war, einen Schrei auszustoßen, stemmte sie sich auf die Füße und begann, sich zu dem Felsportal zu ihrer Linken zu schleppen. Hinauf, dachte sie. Sie spürte das sanfte Ziehen, den Sog der Sterne und des

Mondlichts, und wusste, dass sie den Weg finden würde – wenn sie nicht irgendwo dort draußen im lichtlosen Gängegewirr starb, lange, bevor sie die Oberfläche erreicht hatte.

Dem Drachenleib, der leblos neben ihr lag, schenkte sie keine Aufmerksamkeit.

Unter Schmerzen kroch sie weiter. Sie passierte ein Bündel aus Fleisch, Haut und Knochen – ein Mensch, der in seinem Blut unter der Felswand zusammengesunken war. Auch ihm schenkte sie keine Beachtung. Menschendinge waren unwichtig. Wichtig war es, hinaufzukommen und nicht hier in der lichtlosen Tiefe zu verenden.

Das Menschenbündel bewegte sich. Eine Hand streckte sich nach ihr aus, und sie sah ein Auge in dem blutigen Trümmerfeld, das einmal ein Gesicht gewesen sein musste.

»Elidar«, flüsterte das Menschlein.

Sie zögerte. Das war einmal ihr Gefährte gewesen, ein guter, starker, tapferer Gefährte. Sie spürte, wie der letzte, kostbare Rest ihrer Kraft unwiederbringlich verrann, aber war sie es ihm nicht zumindest schuldig, ihn von seinen Schmerzen zu erlösen?

Sie blieb stehen und beugte sich über ihn. Ihr Feuer war nahezu erloschen, also konnte sie ihm nicht den schnellen Tod durch Einäscherung schenken. Aber es war nur noch so wenig Leben in ihm, dass ein zerfetzender Schlag mit ihrer gesunden Klaue genügen musste.

Der Blick aus seinem Auge folgte ihr, und sie sah, dass er erkannte, was sie für ihn tun wollte. Er schloss und öffnete das Auge zu einer schmerzlichen Bestätigung. »Danke, Herrin«, hörte sie ihn flüstern.

Sie verlagerte ihr Gewicht, um den Schlag ausführen zu können, wobei sie den Gefährten nicht aus den Augen ließ. Wie war sein Name? Er hatte einen Namen, und er verdiente es, dass sie ihn nannte, bevor er starb.

»Sao-Tan«, sagte sie laut, und ihre Klaue verharrte im Schlag. »Sao-Tan, warum bist du mir gefolgt?«

Er konnte nicht antworten, aber sein versehrter Blick flehte um Erlösung.

Ein Schrei der Enttäuschung brach aus ihrem Inneren. Sie würde die Sterne nicht mehr sehen. Eine kurze, heftige Transformation, die ihre Qual ins Unermessliche steigerte, dann kroch die Menschenfrau zu ihrem sterbenden Gefährten und sank neben ihm zu Boden. Wieder lag sie und lauschte dem Gesang der Schmerzen.

Ihr gequälter Blick ruhte auf einem schimmernden Gegenstand, der dicht neben ihrer Hand zu Boden gefallen war. Schimmernd wie Drachenhaut und Mondlicht. Sie bewegte die Finger und berührte ihn. Das Buch. All die Stunden, die sie in diesem Buch gelesen hatte, umsonst. Es war ihr nie gelungen, das Mondlicht zu ihrem Werkzeug zu machen.

Silberschimmer kroch ihr von dem Büchlein entgegen und floss über ihre Hand. Weich und lindernd, kühl und Frieden spendend. Sie genoss das Streicheln, lockte es, umwarb es, öffnete sich für seine sanfte Kraft. Drachenlicht, flüsterte sie. Komm zu mir und erfülle mich.

Das Drachenlicht gehorchte ihrem sachten Ruf. Es floss über ihre Hände, umschmeichelte ihre Arme, glitt besänftigend über die schmerzenden Glieder, sank wie Balsam in ihr Inneres, flößte ihr Kraft ein.

Elidar richtete sich auf die Ellbogen auf und hob die Hände. Das reich fließende Silberlicht tropfte wie Wasser von ihren Fingern, und als es Sao-Tans zerschlagenes, blutiges Gesicht berührte, hob sich seine Brust in einem schwach zitternden Atemzug.

Elidar stemmte sich auf die Knie. Sie ließ das Drachenlicht über seinen geschundenen Körper fließen, und als ihr das Rinnsal zu dünn und zu unzulänglich erschien, gemessen an seinen Verletzungen, bat sie das Licht demütig um eine größere Gabe. Ihre Bitte wurde erhört, aber auf andere Weise, als sie erwartet hatte.

Statt des erwarteten sanften Stroms spürte sie, wie das Drachenlicht sich mit der Gewalt eines Kataraktes den Weg durch ihr Innerstes nach außen brach, und erkannte, dass es sie zerreißen würde. Es gab nichts, was sie dieser Kraft entgegensetzen konnte, die alle Dämme zerstörte wie eine Springflut, und sie mit sich wirbelte wie ein Boot auf schäumender Gischt.

Mit letzter Kraft leitete sie den Strom nach außen und zu ihrem Gefährten. Das Licht explodierte über seinem Leib und hüllte ihn in eine silberne Wolke, die ihr Blick nicht durchdringen konnte. Sie hielt dem reißenden Strom stand, obwohl sie wankte und die Knochen und Sehnen ihrer Hände unter der Gewalt, die sie lenkte, zu bersten drohten.

Dann war es vorbei. Das Licht verlosch mit einem Schlag und ließ sie geblendet und kraftlos zurück. Sie wankte und brach über Sao-Tans Körper zusammen.

Er bewegte sich. Sein Arm löste sich vom Boden und legte sich um sie. Sao-Tan sagte ihren Namen, und seine Stimme war voller Staunen.

Elidar öffnete die Augen und sah ihm ins Gesicht, das eben noch eine blutige, formlose Masse gewesen war.

Er sah sie aus zwei gesunden Augen an, und die Verwunderung und die Ehrfurcht in seinem Blick waren grenzenlos. Blutverschmiert war er, geschunden und schmutzig, aber er lebte, und seine entsetzlichen Wunden hatten sich geschlossen.

»Sao-Tan«, sagte sie, und ihr Staunen war nicht geringer als seines. Sie erwiderte seine Umarmung, und nur noch ein dumpfes Echo erinnerte bei dieser Bewegung an ihre eigenen Schmerzen. Lange hielten sie sich umschlungen.

Dann löste sich Elidar und richtete sich auf. »Wir dürfen hier nicht bleiben.« Sie legte die Hand sacht auf seine Wange. »Warum bist du mir nur gefolgt?«, fragte sie mit sanftem Vorwurf.

Er kam auf die Knie und verzog das Gesicht. Sie wusste, dass er sich ebenso zerschlagen und zerschunden fühlen musste wie sie selbst – aber er lebte!

»Ich habe vier Tage und Nächte auf eine Nachricht von dir gewartet«, erwiderte er. »Es hat mich alle Kraft gekostet, das zu tun, und nicht schon am zweiten Tag nach dir zu suchen. Dann bin ich endlich gegangen. Ich weiß nicht, wie lange ich durch diese Höhlenwelt geirrt bin, hier unten verschwindet jedes Zeitgefühl.«

Elidar konnte kaum glauben, was sie hörte. Sie war doch seit allerhöchstens zwei Tagen hier …

Sie stand auf und reichte ihm die Hand. »Lass uns gehen. Ich will diesen Ort hinter mir lassen.« Sie versuchte ein Lächeln. »Oder vielmehr unter mir.«

Er kam geschmeidig auf die Füße und blieb dicht vor ihr stehen. »Danke«, sagte er.

Sie schüttelte den Kopf. »Ich hätte dich um ein Haar einfach sterbend liegen lassen oder sogar selbst getötet.«

»Aber du hast es nicht getan.« Seine Stimme und sein Blick zeugten von einer festen Zuversicht.

Elidar lächelte schwach. »Komm, mein tapferer Schwertmann.«

Er tastete nach seiner Schulter. »Ich habe es verloren«, sagte er betrübt. »Ich bin ein armseliger Kämpfer ohne mein Schwert, meine Herrin.«

Sie erinnerte sich, wo sie es gesehen hatte, und schauderte. »Holen wir es uns zurück«, sagte sie dennoch entschlossen.

Der mächtige, leblose Leib der Königin lag dort, wo Elidar ihn verlassen hatte. Ihre prächtigen Flügel waren weit ausgebreitet und von den spitzen Felsen zerfetzt und die schimmernde Panzerung ihres Körpers aufgebrochen und zersplittert. Sao-Tans Schwert steckte immer noch tief in ihrer Flanke.

Elidar näherte sich der Königin und blieb neben ihr stehen. Dann legte sie ihre Hände neben dem Schwert auf die raue Drachenhaut, sammelte sich einen Moment lang und packte den Schwertgriff, um es herauszuziehen.

Ein tiefes Stöhnen ließ sie innehalten. Ein Beben ging durch den Drachenkörper. Elidar erstarrte und beobachtete, wie das schwere Haupt der Königin sich ein Stück vom Boden hob und zu ihr herumschwenkte. Die Juwelenaugen waren getrübt, aber ganz tief in ihnen glomm immer noch ein schwaches Feuer.

»Tochter?«, vernahm sie ein schwaches Seufzen, wie Wind in weit entfernten Bäumen. Sie kniete neben dem Drachenhaupt nieder und antwortete: »Hier bin ich.«

Das Auge rollte und richtete sich auf sie. »Das war ein guter

Kampf«, sagte die ferne Stimme, und Elidar hörte den Schatten eines Lachens darin. »Ich kann jetzt gehen, meine Zeit ist um.«

Die Nickhaut glitt über das Auge, aber immer noch rauschte der schwache Atem durch die Nüstern des Drachen.

»Deine Schwestern …«, sagte die Königin und öffnete das Auge wieder.

Elidar wartete geduldig.

»Du weißt, wo sie liegen. Vernichte sie. Nimm das Schwert deines Gefährten, töte die Würmlinge. Alle.«

Elidar wich zurück. »Das kann ich nicht tun, Königin.«

»Sei nicht dumm.« Die Drachin keuchte. »Sie werden dir die Herrschaft streitig machen, bevor du bereit dazu bist.«

Elidar schüttelte den Kopf. »Ich will diese Herrschaft nicht.«

»Du weißt nicht, wovon du redest. Hör mir gut zu.« Elidar beugte sich zu ihr. »Nicht nur deine Schwestern werden dich angreifen. Deine Töchter …«

»Das interessiert mich nicht«, sagte Elidar heftig. »Es wird keine Töchter geben. Ich gehe und kehre nicht wieder zurück.«

Wieder das geisterhafte Lachen. »Dummes Kind. Deine Töchter liegen längst in den Kältekammern. Wenn ich gegangen bin, werden die Pfleger sie herausholen und zu den Brutkammern bringen.«

Elidar schwindelte es. »Wieso …«, stammelte sie, »woher sollen denn Töchter kommen?«

»Du hast sie hierher mitgebracht.« Die Königin ließ den Kopf schwer auf ihre Pranken sinken. »Ich gehe nun«, sagte sie. »Du wirst das Nest verlassen, wie jede junge Königin, die ihre Krone erkämpft hat. Wir lecken unsere Wunden und wir müssen vergessen. Geh, sieh dir die Welt an. Du wirst irgendwann hierher zurückkehren. Höre meinen Rat: Schaff dir jetzt und hier deine Rivalinnen vom Hals, damit sie dich nicht finden und töten. Denn das werden sie unweigerlich tun. Leb nun wohl. Wir sehen uns nicht wieder.«

Sie stieß einen langen Seufzer aus, und der schwache Glanz ihres Auges verlosch.

Elidar kniete vor der toten Königin, dann endlich stand sie auf, packte den Schwertgriff und zog daran. Das Schwert glitt so leicht und mühelos aus dem toten Körper, als zöge sie es aus seiner Scheide.

Sao-Tan, der lautlos an ihre Seite getreten war, nahm es in Empfang, wischte es mit einem Tuch ab, und steckte es an seinen angestammten Platz. Er sah Elidar fragend an.

»Nein«, sagte sie. »Nein, ich werde nicht meine Schwestern und …«, sie schloss die Augen, »… und unsere Töchter meucheln.«

Er sog scharf die Luft ein, aber er blieb stumm. Sie spürte seinen Widerspruch aber auch so. »Nein«, wiederholte sie deshalb fest. »Vielleicht ist es ein Fehler, und vielleicht werde ich ihn eines Tages bereuen. Aber ich bin keine Mörderin.« Sie blickte auf die tote Königin und fügte bitter hinzu: »Auch wenn ich gerade meine Mutter getötet habe.«

Sao-Tan legte seinen Arm um ihre Schultern, und sie ließ sich einige Atemzüge lang in die Umarmung sinken.

Dann machte sie sich los. »Gehen wir«, sagte sie. »Ich will diesen Ort nie wieder sehen!«

37

Die Prinzessin stand mit nackten Füßen zwischen den Büschen und Obstbäumen hinter ihrem Haus. Ihr Kaftan war hochgeschürzt und an den Knien mit Erde und Gras befleckt, Strähnen ihres lackschwarzen Haars hatten sich aus dem Zopf gelöst und hingen ihr in die Stirn.

Aus dem Haus eilte Luca zu ihr, ebenfalls barfuss, aber das blanke Schwert in der Hand, denn ihr Aufschrei hatte ihn geweckt.

Nun stand sie stumm da und starrte mit zusammengekniffenen Augen in den Himmel.

»Was ist?«, fragte er, sein Atem ging schnell. Er sah sich um. »Wieder ein Attentäter?«

Morgenblüte schüttelte unwillig den Kopf und legte den Finger auf den Mund. Sie hatte Erde unter den Fingernägeln. Luca ließ sein Schwert sinken. Er nestelte mit der freien Hand an den Verschlüssen seines offenen Hemdes.

»Da«, sagte Morgenblüte aufgeregt, und als Luca nun ebenfalls in den Himmel blickte, hörte er ihr Aufatmen. »Sie sind es. Beide.«

Luca sah nichts, aber er wusste, von wem sie sprach. »Beide«, wiederholte er erleichtert. »Ich hatte es schon nicht mehr zu hoffen gewagt. Ich hole Ibram.«

»Er soll uns etwas zu essen machen!«, rief Morgenblüte hinter ihm her.

Die Prinzessin rührte sich nicht von der Stelle, als der Drache zwischen den Bäumen landete und dabei einen kleinen Sturm aus Staub, Erde und Blättern aufwirbelte. Sie beobachtete, wie Sao-Tan vom Rücken des Ungeheuers sprang und sich umsah, wie jemand, der nicht mehr damit gerechnet hatte, noch einmal Bäume, Erde und grünes Gras zu erblicken.

Morgenblüte ließ ihre Augen nicht von dem Drachen, der sich erschöpft niedergelegt hatte. Sie hatte noch niemals zuvor eines dieser Geschöpfe aus so großer Nähe gesehen, und seine Schönheit nahm ihr den Atem. Seine Haut schimmerte wie Mond auf dem Wasser, die Stacheln und Dornen seines langen Schweifes funkelten wie Juwelen im Licht der Morgensonne, und die halb geschlossenen Augen hatten das eisige Funkeln des Bergkristalls und das sanfte Feuer von Opalen.

Die Prinzessin löste sich aus ihrer Erstarrung und ging auf die beiden Ankömmlinge zu.

»Sao-Tan«, rief sie leise. Der Schwertmann wandte sich um und machte Anstalten, sich zu verneigen, aber Morgenblüte war mit zwei schnellen Schritten bei ihm und hinderte ihn daran. »Du hast sie gefunden«, sagte sie. »Du hast sie zurückgebracht!«

Er lächelte, und sie erschrak über sein ausgezehrtes Gesicht.

»Sie hat mich zurückgebracht«, entgegnete er. »Wir wussten nicht, wie wir auf anderem Weg schnell aus der Stadt und hierher kommen sollten.« Er sah zum Haus. »Sie ist völlig entkräftet«, sagte er. »Wenn wir etwas zu essen …«

»Das bekommt ihr«, unterbrach ihn die Prinzessin. »Und ein Bad und Schlaf. Du siehst aus, als hättest du den Tod gesehen.«

»Das haben wir.« Er schwankte, und die Prinzessin stützte ihn.

»Komm ins Haus«, sagte sie, aber er winkte ab.

»Ich bleibe hier bei ihr.«

Morgenblüte kniete sich ins Gras und zog Sao-Tan mit sich. »Ich muss wissen, was euch begegnet ist«, sagte sie. »Ich habe von euch geträumt, und die Träume waren schrecklich.« Er ließ es zu, dass sie seine Hände nahm. »Willst du es mir erzählen?«, fragte sie sanft.

Sao-Tan erwiderte ihren Blick, dann seufzte er. »Später. Wenn Ihr es erlaubt, Herrin.«

Sie schüttelte den Kopf. »Nein«, sagte sie. »Das ist vorbei, Sao-Tan. Deine Herrin schläft dort drüben.«

»Hoheit!«, sagte er betroffen.

Sie schüttelte wieder den Kopf. »Vorbei, Sao-Tan. Ganz und gar vorüber. Du solltest mich nicht mehr so ansehen und auch nicht mehr so nennen. Versprichst du mir das?«

Er senkte den Blick. Dann stieß er den Atem aus und sah sie wieder an. »Ich verspreche es Euch. Aber Ihr sollt wissen, dass ich, so lange ich lebe, Euer Diener bleibe. Daran wird sich niemals etwas ändern.«

Morgenblütes Erwiderung wurde im Keim erstickt, denn Luca kam auf sie zu, gefolgt von Ibram. Beide trugen vollbeladene Tabletts. »Ich dachte, wenn ihr nicht ins Haus kommt, dann kommen wir eben zu euch«, rief Luca lachend.

Dann sah er den Drachen, der zwischen den Bäumen lag, und verstummte. Er stellte behutsam das Tablett auf einen Stein und tastete nach seinem Schwert.

»Luca«, mahnte Morgenblüte, »du weißt doch, wer das ist.«

Er ließ den Blick nicht von dem schlafenden Ungetüm. »Mag sein«, erwiderte er, und seine Stimme war heiser, »aber du musst mir vergeben – mit diesem Anblick habe ich nicht gerechnet. Es … sie ist so riesig!«

Ibram, der langsam herangekommen war, setzte ebenfalls sein Tablett ab und begann ungerührt damit, Morgenblüte und Sao-Tan zu bewirten. Luca fuhr sich übers Gesicht und folgte dann seinem Beispiel.

»Was ist mit Elidar?«, fragte Morgenblüte. »Sollten wir sie nicht wecken? Sie muss doch halb verhungert sein.« Sie zögerte. »Oder hat sie … Als Drache könnte sie ja … ein Dakh oder ein Schaf …?«

Sao-Tan wärmte seine Hände an einem Becher Cha'fai. »Wenn es Euch gelingt, sie zu wecken, wird sie Euch sicher nicht böse sein«, erwiderte er.

Morgenblüte sprang auf die Füße und näherte sich dem Drachen. Lucas Blick folgte ihr wachsam.

»Keine Sorge«, beruhigte Sao-Tan den Jüngeren. »Sie liebt die Prinzessin nicht weniger als du. Sie würde ihr niemals etwas zuleide tun.«

Luca biss die Zähne zusammen, aber er nickte und wandte den Blick ab. Stattdessen musterte er Sao-Tan. »Ihr seid in Schwierigkeiten geraten, oder? Hat Mukhar-Dag euch festgehalten?«

»Nicht der Alte Drache.« Sao-Tan wirkte erheitert. »Der war ganz zahm, geradezu ehrfürchtig.«

»Du willst mich auf den Arm nehmen«, brummte Luca. Doch Sao-Tan begann zu essen und das Gespräch versiegte.

Morgenblüte kniete neben dem Haupt des Drachen nieder. »Elidar«, sagte sie. »Wach auf, meine Freundin.«

Nichts deutete darauf hin, dass Elidar sie hörte. Morgenblüte beugte sich besorgt vor. Atmete der Drache überhaupt noch? Sie berührte vorsichtig sein Haupt. »Elidar?«

Ein Atemzug strömte seufzend durch den Drachenleib. Das Haupt erbebte und wandte sich der Prinzessin zu, aber der Drache öffnete seine Augen nicht. »Was willst du?«, grollte er.

»Meine Freundin, wir sorgen uns um dich«, sagte die Prinzessin beherzt. »Du bist nicht länger in Gefahr. Sao-Tan hat dich zurückgebracht.«

Das Lid des Drachenauges zitterte und hob sich um eine Winzigkeit. Opalener Glanz leuchtete darunter hervor. »Sao-Tan«, seufzte der Drache. »Sao-Tan. Ich habe ihn getötet.«

»Nein, Elidar, das hast du nicht. Er sitzt hier bei dir. Ibram hat uns ein Frühstück bereitet.«

»Ibram«, wiederholte der Drache. »Wer ist Ibram? Und wer bist du, Menschenfrau? Ich meine dich zu kennen, aber dies ist lange her, viel zu lange für ein Menschenleben.« Wieder seufzte der Drache.

»Du hast vergessen, wer du bist?«, fragte Morgenblüte beklommen. »Du hast uns vor wenigen Tagen verlassen, um den Alten Drachen aufzusuchen, erinnerst du dich daran?«

Das Auge öffnete sich ein wenig weiter. »Mukhar-Dag, mein Bruder«, sagte der Drache. »Er wollte mich nicht gehen lassen, aber ich bin es nun, die befiehlt. Er gehorcht.« Ein leises, glockenähnliches Lachen kam aus ihrer Kehle.

Die Prinzessin gluckste. »Was hast du ihm befohlen?«

»Dass er Luca in Ruhe lässt, solange er und seine Brut lebt. Nein, mehr, dass er dafür sorgt, dass ihm und der Prinzessin nichts geschieht. Die beiden werden unter seinem persönlichen Schutz stehen, so lange sie auf yasemitischem Gebiet bleiben.« Der Drache öffnete sein Auge weit und richtete sich auf. »Niemand wird euch mehr etwas antun können, Morgenblüte – dafür habe ich gesorgt. Wenn der ledonische Statthalter im Auftrag des Kurators weiter seine Attentäter nach dir aussendet, wird er sein blaues Wunder erleben!«

Noch während der Drache sprach, begann er seine Gestalt zu verwandeln. Morgenblüte sah der Transformation gebannt zu, denn sie hatte dies niemals zuvor beobachten können. Drachenglieder wurden zu Menschenfleisch, wo Schuppen und Horn waren, begannen Haut und Haar zu wachsen, Klauen wurden zu Fingern und ein zahnstarrendes Maul zu einem müden, abgezehrten Antlitz, aus dem sie dunkle, überschattete Augen anblickten.

»Morgenblüte«, sagte Elidar und ließ sich von der Prinzessin in eine feste Umarmung ziehen. »Wir haben es wirklich hierher geschafft? Ich habe es nicht zu hoffen gewagt!«

Morgenblüte nahm ihren Arm und führte sie zu den anderen. »Du musst etwas essen, und dann ruhst du dich aus. Als Mensch«, fügte sie streng hinzu. »Und heute Abend oder morgen, wenn du ausgeschlafen bist, wirst du uns erzählen, was dir begegnet ist. Wirst du das tun?«

»Das werde ich«, versprach Elidar und breitete die Arme aus. »Sao-Tan! Luca! Ibramarbi«

Nach dem Frühstück wies Morgenblüte Ibram an, das große Gartenzimmer für die beiden vorzubereiten. Sao-Tan wehrte sich dagegen und bestand darauf, in seiner alten Kammer zu schlafen, aber die Prinzessin blieb hart. »Das kommt nicht infrage. Soll ich Elidar zwingen, auf dem Boden zu schlafen? Oder glaubst du, sie möchte ausgerechnet jetzt von dir getrennt werden, nach dem, was ihr durchgemacht habt? Oder willst du etwa allein schlafen?«

Sao-Tan musste klein beigeben. Morgenblüte lächelte über seine zerknirschte Miene und gab ihm einen aufmunternden Klaps. »Geh, Schwertmann. Nimm ein Bad und dann leg dich schlafen. Meine Neugier muss warten.«

Morgenblütes Neugier wurde noch auf eine harte Probe gestellt, denn weder Sao-Tan noch Elidar ließen sich am Abend blicken, und auch der nächste Sonnenaufgang und Morgen fand ohne die beiden statt.

Erst am späten Vormittag tappte eine gähnende Elidar in die Küche. Sie setzte den Wasserkessel auf, hockte sich auf einen Schemel und nickte gleich wieder ein. So fand sie Luca, der sie lächelnd betrachtete, bevor er eine Handvoll Cha'fai-Blätter in eine große Kanne warf.

Das Wasser kochte, und der klappernde Deckel weckte Elidar auf. »Luca«, sagte sie erstaunt. »Bin ich etwa eingeschlafen?«

Er grinste und schüttete das Wasser auf die Kanne. »Sieht so aus. Du wolltest Cha'fai kochen, nehme ich an?«

»Ah«, machte sie nur dankbar. »Und wenn du etwas Brot für uns hättest ...«

Luca öffnete schweigend den Schrank und holte Brot, Käse, geräucherten Dakh-Schinken, Eier und grüne Zwiebeln hervor. »Ich muss dir wohl wieder danken.« Er sah Elidar nicht an und begann, dicke Scheiben vom Brot zu säbeln.

»Warum?« Sie gähnte.

»Morgenblüte hat mir erzählt, dass du den Alten Drachen gezähmt hast.«

»Ach, das.« Elidar beugte sich vor und stibitzte ein Bröckchen Käse und ein Stück Schinken. Sie sah ihn misstrauisch an, murmelte »Dakh« und legte ihn wieder hin. »Ja, mein Nestbruder hat sich gezwungenermaßen kooperativ gezeigt.«

Luca ließ das Messer sinken, mit dem er erstaunlich ungeschickt Zwiebeln hackte, und starrte sie an. »Dein – Nestbruder?«

Elidar nickte kauend. »Komplizierte Familienverhältnisse«, sagte sie undeutlich.

Luca hackte kopfschüttelnd weiter Zwiebeln, dass die Stückchen nur so durch die Küche flogen. Elidar sah ihm lächelnd dabei zu. »Geht es dir gut?«, fragte sie nach einer Weile.

Er leckte sich über einen Schnitt im Finger und nickte. »Mir ist es nie zuvor so gut gegangen«, sagte er. »Morgenblüte und ich ...« Er legte das Messer beiseite und hockte sich auf die Tischkante. »Sie will nicht mehr zurück nach Malandakay und auch nicht nach Ledon.« Er sah Elidar erwartungsvoll an, und sie tat ihm den Gefallen.

»Nein? Was plant sie denn?«

Ein breites, glückliches Lachen zog über sein Gesicht. »Sie will mit mir auf das Weingut ziehen. Sie sagt, sie hätte Gefallen daran gefunden, mit Erde unter den Fingernägeln zu leben! Wir werden das Gut bewirtschaften, Elidar! Und vielleicht werden wir sogar … Sie hat doch ihre Kinder verloren …« Er wurde ein wenig rot.

Elidar beugte sich vor und nahm seine Hände. »Ich freue mich so sehr für euch«, sagte sie aus tiefstem Herzen. »Ihr beide seid meine besten Freunde, und wenn ich mir meine schuppige Verwandtschaft ansehe, dann würde ich mir wünschen, sie gegen euch eintauschen zu können.« Ein Schatten flog über ihr Gesicht, aber sie gab ihm keine Heimat. Sie sprang auf die Füße und schob Luca beiseite. »Lass mich das machen, bevor du noch alle Fingerkuppen im Essen verlierst.«

»Kannst du kochen?« Er lugte ihr misstrauisch über die Schulter.

»Nein«, gab sie zu. »Aber ich vertraue darauf, dass gleich entweder Ibram oder Sao-Tan hier auftaucht und nachsieht, warum es so seltsam riecht.«

Sie hatte recht. Kaum hatte sie die Eier in eine Pfanne geschlagen, in der das Fett schon bedrohlich zu rauchen begonnen hatte, stand Ibram in der Tür. Er stieß einen entsetzten Schrei aus und schob Elidar so umstandslos zur Seite, wie sie es vorher mit Luca getan hatte. Er riss die Pfanne vom Herd und kippte die halb rohen, halb verkohlten Eier in den Schmutzeimer.

Elidar schmunzelte, denn in diesem Moment kam auch Sao-Tan herein und fragte: »Ist etwas passiert?«

»Das Frühstück wäre beinahe von zwei Unholden ermordet worden«, erklärte Elidar. »Ibram kam als strahlender Retter für die unglücklichen Eier leider etwas zu spät.«

Der Yasemit schnaubte, und Sao-Tan griff lachend nach einer Scheibe Brot.

Sie frühstückten gemeinsam im Hof hinter dem Haus, nachdem Luca und Ibram den großen Tisch aus dem vorderen Zimmer hinausgetragen hatten.

Sao-Tan, der mit anpacken wollte, wurde von Elidar und Morgenblüte mit sanfter Gewalt daran gehindert. Der Schwertmann bewegte sich immer noch vorsichtig und ein wenig steif, und er hatte die jugendliche Anmutung verloren, die ihn in seit dem Winter auf so erstaunliche Weise ausgezeichnet hatte.

Aber nun saßen sie im Schatten der Hausmauer, unter dunklem Weinlaub und blühenden Herbstrosen, hatten die bis auf wenige Krümel leer geputzten Teller und Bretter zusammengeschoben und tranken bitteren, heißen Cha'fai. Luca hatte mit einem Zwinkern eine kleine Tonflasche auf den Tisch gestellt, deren Versiegelung er nun sorgfältig aufschnitt. »Es ist ein süßer Wein, mehr eine Leckerei als ein Getränk«, erklärte er und schenkte jedem eine Probe der dickflüssigen, beinahe schwarzen Flüssigkeit in ein kleines Glas.

Es erklang beifälliges Murmeln. Nur Sao-Tan schob sein Glas beiseite und schüttelte bedauernd den Kopf.

Morgenblüte klatschte leise in die Hände. »Da wir nun alle gesättigt und zufrieden sind, wäre es jetzt an der Zeit, unsere Neugier zu stillen.« Sie blickte Elidar auffordernd an, die seufzte und Sao-Tan einen hilfesuchenden Blick zuwarf.

Der Schwertmann, der still und nachdenklich neben ihr saß, beugte sich vor und legte die Hände auf die Tischplatte. Er sammelte seine Gedanken und hob an, zu erzählen, wie er Elidar gefolgt war. Elidar kannte seine Geschichte bereits, deshalb lehnte sie sich zurück und schloss die Augen. Sie hörte die erstaunten Rufe ihrer Freunde, als Sao-Tan von seiner Begegnung mit Mukhar-Dag erzählte, und dass der Alte Drache ihn bereitwillig von einem Nestsohn in die Höhlenwelt des Dkhev-Nestes hatte führen lassen. Sie wusste ebenso wenig wie Sao-Tan, warum er das erlaubt hatte. Doch es war ein kluger Zug gewesen. Wenn die Königin Elidar getötet hätte, wäre auch Sao-Tan dort unten gestorben. Und durch seine Unterstützung von Elidars Sieg hatte Mukhar-Dag sich gleich das Wohlwollen der neuen Königin gesichert. Sie lächelte bei der Erinnerung. Die Begegnung mit dem alten Dkhev war geradezu skurril verlaufen. Er hatte sich mitsamt einer Handvoll seiner Nestsöhne vor Elidar auf den Boden geworfen und ihr sein Leben angeboten, aber sie hatte ihm angesehen, dass er sich nicht fürchtete. Warum auch? Er war der Arm der Königin, derjenige, der die Angelegenheiten des Nestes in der Welt oben lenkte und verwaltete. Und das tat er auf seine Art und Weise gut und zuverlässig, auch wenn ihr persönlich der Weg nicht gefiel, den die Dkhev einschlugen. Sie war immer noch zu sehr Mensch, um die Welt allein mit Drachenaugen sehen zu können.

Sao-Tans tiefe Stimme verstummte, und danach blieb es eine Weile still, bevor die anderen Sao-Tan Fragen stellten.

Elidar fühlte, dass jemand ihren Arm berührte, und öffnete die Augen. Morgenblüte deutete in den Garten hinaus.

Die beiden Frauen standen auf und gingen den Weg entlang, der zu einer Bank zwischen würzig duftenden Sandbeerensträuchern führte. »Erzähle mir den Rest«, befahl Morgenblüte.

Elidar schmunzelte. Die Prinzessin hatte sich verändert, seit sie den ledonischen Hof verlassen hatte, aber hin und wieder konnte sie ihre Herkunft nicht verleugnen.

Elidar kam der strengen Bitte nach und berichtete, zuerst stockend, dann immer freier, über das, was ihr im Drachennest widerfahren war. Morgenblüte lauschte mit gerunzelter Stirn, die bald Staunen wich.

Nachdem Elidar geendet hatte, saßen sie schweigend da und hingen ihren Gedanken nach. Elidar sprach als erste wieder. »Tajbanu«, sagte sie gedankenverloren.

»Bitte?«, fragte die Prinzessin.

»Tajbanu. Tajo. Das diebische Kind, das ich festgehalten habe. Ich habe ihr deinen Silberdrachen gegeben, ich hoffe, du verzeihst es mir.«

Morgenblüte spitzte die Lippen. »Das erklärt mir einiges«, sagte sie ein wenig tadelnd. »Ich habe versucht, Verbindung mit dir aufzunehmen, als du nicht zurückgekommen bist. Sao-Tan war so sehr in Sorge um dich!« Sie begann zu lächeln. »Ich habe die Kleine erreicht. Sie erinnert mich an dich, als ich dich das erste Mal sah. So jung, und so – besonders.«

Elidar erwiderte das Lächeln nicht. Sie runzelte sorgenvoll die Stirn. »Sie ist meine Schwester. Wir stammen nicht aus dem selben Gelege, aber dennoch …« Sie rieb sich über das Gesicht.

»Ich weiß nicht, was ich tun soll, Morgenblüte. Die Königin gab mir den Rat, meine Schwestern zu töten, damit ich wenigstens für ein paar Equils meine Ruhe habe. Sie meinte, ich solle meine Position festigen, bevor sich meine Schwestern oder Töchter auf mich stürzen.« Die Prinzessin sah sie sprachlos an, und Elidar verzog das Gesicht zu einem ironischen Lächeln.

»Das ist ja schlimmer als im Palatium«, sagte Morgenblüte. »Liebes, was soll ich dir raten? Meine Söhne sind getötet worden von jemandem, dessen Position ich in Gefahr gebracht habe. Wenn ich an deiner Stelle wäre, würde ich dem Rat deiner – der alten Königin folgen. Du hast schließlich keinerlei Bindung zu deinen Schwestern. Und Sao-Tan könnte dies für dich tun.«

Elidar schlug die Hände vor das Gesicht. »Wenn es nur um einige Dracheneier in einer Brutkammer ginge«, sagte sie erstickt. »Aber schon da fällt es mir schwer. Sao-Tan ist der Vater meiner … meiner … Brut.« Sie hob den Kopf und starrte Morgenblüte an. »Satt'kas Hölle«, flüsterte Elidar da halb entsetzt, halb belustigt. »Morgenblüte, dir steht durch mich wirklich seltsame Verwandtschaft ins Haus.«

Die Prinzessin verzog keine Miene. »Wir wollen dieses Thema nicht vertiefen«, sagte sie nur. »Vergiss nicht, ich bin die Tochter des 122. Dyen-Shu …«

»… und Schwester des 123. Dyen-Shu von Malandakay«, setzte Elidar hinzu. Der Gedanke an Morgenblütes Halbschwestern erheiterte ihr Gemüt und ließ sie eine Entscheidung treffen. Sie schlug die Hände ineinander. »Ich werde mich nicht einmischen«, sagte sie. »Und ich werde nicht Careljas blutigem Beispiel folgen und meine Stellung mit dem Schwert verteidigen. Noch dazu, wo ich keinen Wert darauf lege, mich als Königin der Drachen in diesen schrecklichen Höhlen dort unten einmauern zu lassen.« Sie schüttelte sich.

Morgenblüte verlor ihre besorgte Miene nicht, aber sie nickte dennoch. »Vielleicht hast du Recht«, sagte sie. »Und Sao-Tan kann auf dich aufpassen. Ich brauche keinen Leibwächter mehr, weißt du?« Sie schlug die Augen nieder.

»Luca wird auf dich aufpassen. Und sämtliche Dkhev von Kayvan obendrein.« Elidar zögerte. »Darf ich dich um etwas bitten?«

»Um alles«, bestätigte Morgenblüte warm.

»Ich werde von hier fortgehen«, sagte Elidar. »Kayvan ist mir für den Moment verleidet. Aber das ist es nicht allein.« Sie suchte nach Worten. »Es gibt einige Orte, die ich aufsuchen möchte. Cathreta, um zu sehen, was aus den Orden geworden ist, nachdem sie die Drachenmagie verloren haben.« Sie grinste. »Jetzt müssen sie mit der geringen menschlichen Magie auskommen. Vielleicht finde ich ein paar begabte Frauen, denen ich eins meiner Eier in Obhut gebe. Damit sie den schrecklichen alten Männern mal zeigen, wie es sich anfühlt, der Schwächere zu sein.« Sie wurde wieder ernst. »Aber das ist nicht wirklich wichtig. Ich möchte den Ozean sehen. Hinüberfliegen, auf die andere Seite. Und vor allem möchte ich in deine Heimat reisen. Die Drachen von Malandakay interessieren mich. Vielleicht sind meine ferneren Verwandten ja nicht ganz so engstirnig und blutgierig wie meine Nestfamilie hier in Kayvan. Und vielleicht können sie mir zeigen, was es heißt, ein Drache zu sein.«

Morgenblüte wirkte nachdenklich. »Die Drachengötter.« Sie wiegte den Kopf. »Ich bin nicht ganz so sicher wie Sao-Tan, dass sie nicht nur eine Legende sind. Sao-Tan glaubt fest an sie, aber er ist ein Schwertmann. Ohne seine Drachengöttin würde er sich verloren fühlen wie ein Kind.«

Elidar hob die Hände und ließ sie wieder sinken. »Wenn es sie gibt, werde ich sie finden«, sagte sie entschlossen.

»Worum möchtest du mich bitten?«, fragte Morgenblüte.

»Das Kind«, erwiderte Elidar zu. »Tajo. Sie trägt deinen Drachen – kannst du sie ein wenig im Auge behalten?«

Elidar war verblüfft, als die Prinzessin verschmitzt zu kichern begann. »Ich habe Luca gebeten, das Mädchen herzubringen. Vielleicht kann ich die Kleine überreden, hier bei mir zu bleiben. Sie scheint über gewisse Fähigkeiten zu verfügen.«

Elidar lachte. »Sie will Meisterdieb werden. Ich denke nicht, dass du sie von etwas anderem überzeugen kannst. Aber ich danke dir, dass du dich um sie kümmern willst. Das nimmt mir einen Stein vom Herzen.«

Sie stand auf und warf einen Blick zum Tisch hinüber, an dem die plaudernden Männer saßen. »Ibram entlasse ich aus meinem Dienst«, sagte sie nachdenklich. »Vielleicht möchte er dir künftig zur Hand gehen.«

»Ich werde ihn fragen.«

Beide verstummten und sahen sich an. Morgenblüte war die erste, die das Schweigen brach. »Du willst ihn nicht mitnehmen?«

Elidar schwieg.

»Du brichst ihm das Herz, wenn du ihn zurücklässt.« Morgenblüte nahm ihre Hand. »Warum willst du ohne ihn gehen? Weil er kein Drache, sondern nur ein Mensch ist?«

Elidar schüttelte beinahe entsetzt den Kopf. »Nein. Nein, aber ich kann doch nicht über deinen Gefolgsmann bestimmen. Du bist seine Herrin!«

Morgenblüte drückte fest ihre Hand. »Ich habe ihn aus meinem Dienst entlassen. Er ist frei.«

»Und er war damit einverstanden?«

Die Prinzessin stemmte die Arme in die Seiten. »Was glaubst du denn? Sao-Tan kann der Drachengöttin in Fleisch und Blut dienen – womit sollte ich ihn noch an mich fesseln können?« Es klang scherzhaft, aber darunter lag auch Ernst.

»Du weißt, dass das nicht stimmt. Euch binden engere Bande.«

Morgenblüte hob das Kinn. »Darüber wollten wir doch nicht mehr sprechen«, erinnerte sie Elidar. »Nun geh schon. Und nimm ihn mit. Aber denk daran, wiederzukommen und zu erzählen, was ihr erlebt habt. Ich liebe spannende Geschichten.«

Sie ließ Elidar los, gab ihr einen sanften Schubs und sah ihr nach.

Viel zu bald stand sie an der gleichen Stelle, an der sie die Ankunft des Drachen beobachtet hatte. Wieder hatte sie den Kopf in den Nacken gelegt und starrte in den Himmel, der erstmals die tiefblaue Färbung des nahenden Winters zeigte. Neben ihr stand Luca, den Arm um ihre Schultern gelegt.

Sie standen lange dort, ohne zu sprechen. Dann gingen sie zum Haus zurück, und Luca fragte mit belegter Stimme: »Ob wir sie jemals wiedersehen?«

Morgenblüte drehte ein opalig schimmerndes, glatt-raues Hornplättchen zwischen den Fingern. »Aber ja«, sagte sie versonnen. »Ganz bestimmt. Irgendwann.«